［増補新版］

モデルネの葛藤

仲正昌樹

作品社

まえがき

〈近代〉にとって、〈文学＝ポイエシス〉とは一体何だったのか？　最近の文芸雑誌をめくっていると、必ずと言っていいほど、そうした〝哲学〟的な、あるいはメタ・文学的な問いに出くわす。そうした〈問い〉が出てくる背景として、読者層＝公衆が無限に分散化していくポストモダン状況の中で、近代文学を支えていた共通の地平が見失われつつあるということがよく言われている。では、その〈共通の地平〉とはどのようなものだったのか（もしくは、〝だった〟と思われていたのか）？　近代を貫くメタ文学としての〈大文字の物語＝歴史〉とは、どのような〝物語〟だったのか？　何となくそうした大きな〝物語〟のイメージが浮かんできそうな気もするが、はっきりした答えを出そうとすると、どうしてもその〈答え〉に回収されない〈残余〉が浮上してきて、〝物語〟の実体は〈差延〉の戯れの中にするっと逃げ込んでしまう。かつて（正統派の）マルクス主義文学理論は、〝物語〟の形を確定しようとしたが、それがどのような帰結をもたらしたか、今更言うまでもないだろう。〈文学〉の対象とは〝何か〟を問うことは、必然的に、〈近代〉という物語の〝本質〟をめぐる大きな〈問いの構造〉に繋がっていくのである。

ゲーテが戯曲『ファウスト』の中で象徴的に表現したように、近代市民社会の誕生に伴って、政治、経済、宗教などから独立の自立的領域として成立した〈文学＝ポエジー〉は、自己の支配圏を拡張すべく絶えず自己同一化運動を続ける〈近代〉を観察してきた。社会的に〝意味〟のある〈内容〉を伝達するためではなく、〈書くこと＝エクリチュール〉それ自体のために新たな〈形式〉を求めながら創作（ポイエシス）する〈文学〉は、〈近代〉に特有の現象である。〈近代〉の代表的メディアである〈貨幣〉が全てを自己のもとに蓄積する性質を有するのに対し、アンチ・近代のメディアである〈文学〉は〈蕩尽 Verschwendung〉を特徴とする（拙著『貨幣空間』第一章参照）。近代市民社会の（経済的）余力のおかげで存在を許されていながら、市民社会の日常的論理・規範を（準）超越論的な位置から批判する〈文学〉は、ある意味で、当初から〈ポストモダン〉的な営みだったと言える。デカルト―カント―ヘーゲル的な〈近代〉の論理から一定の距離を取りつつ、しかし、全面的に離れてしまうことのない微妙な位置において、近代〈文学〉は自己創出（オートポイエシス）するのである。

そうした文学＝エクリチュールの根源的な〈ポストモダン〉性を自覚しながら、（学の学としての）文学を結ぶトランスディシプリナリーな知を目指した先駆者が、ドイツ・ロマン派、特にベンヤミンの〈批評〉理論・実践にも強い影響を与えた初期ロマン派のフリードリヒ・シュレーゲルとノヴァーリスである。二人は、フィヒテによって〝完成〟された〈知識学〉を、知識学自体が設定する基準に徹底して忠実に〝継承〟することを通して、結果的に〈脱構築〉するに至った。自己自身を世界の中心として設定する〈絶対自我〉を出発点とする知識学の〝後〟に現れた初期ロマン派の〈超越論的ポエジー〉は、自我によって措定された概念・論理へと固定化されることなく、無限に〈自己〉を描出し続ける。超越論的ポエジーを成り立たしめている果てしなき意味の〈戯れ〉の中には、最終審級として機能し得る特権的な位置はない。シュレーゲルたちが目指した〈(ポストモダン的)文芸批評〉は、単なる個別作品への注釈の次元を超えて、作品の内に見出される〈描出されるもの〉と〈描出するもの〉の間の意味の裂開を積極的に露呈していくことで、決して完結することのない〈生成〉を演出する。

本書の第VI章で詳しく論じるように、近代的な知の巨人であるヘーゲルが全ての〈知〉をツリー(樹木)状に体系化していく〈エンツィクロペディー=百科全書〉を構想したのに対し、シュレーゲルとノヴァーリスは、〈始まり〉と〈終わり〉が確定することのない、いわばリゾーム状に絡み合っていく、もう一つの〈百科全書〉をイメージしていた。それは、弁証法的に一点へ集約していくことなく、絶えず〈自己〉自身からズレながら、非近代的な知の在り方を志向するものであった。彼らの試みは、二重の意味で〈未完の作品〉に留まることになったが、その〝痕跡〟は現代の思想の様々な局面に見出される。例えば、あらゆる可能性を秘めた知の種子(ロゴス・スペルマティコス)を無限にまき散らし続けるノヴァーリスの『花粉』のイメージは、デリダの『散種』に受け継がれている。ブランショの文学空間概念が、シュレーゲルの聖書計画の影響を受けていたこともよく知られている。

ドイツ・ロマン派をポストモダンの視点から再解釈することは、単なるドイツ文学史の再評価、リバイバルの試みに留まらず、〈近代〉のもう一つの〈歴史=物語〉を描くことに通じているのである。

凡例

一、本書は『モデルネの葛藤』（御茶の水書房、二〇〇一年）を底本とした。また、『〈絶対的自我〉の自己解体——フリードリッヒ・シュレーゲルのフィヒテ批判をめぐって』（駒澤大学文学部文化学教室紀要『文化』第一八号、一九九八年）、「フリードリッヒ・シュレーゲルの詩学における祖国的転回」（日本独文学会機関誌『ドイツ文学』第一巻第二分冊［通巻第一一〇号］）、「第九章　シェリングとマルクスを結ぶ「亡霊」の系譜」『シェリング論集5　交響するロマン主義』（晃洋書房、二〇〇六年）を加筆訂正のうえで増補した。

一、本書の本体にあたる旧版部分では、書名や論文を表記するのに《　》を、概念やキーフレーズのようなものを示すのに〈　〉を用いているが、その後、著者の表記のスタイルが徐々に変化したため、増補部分では、異なる表記を使用しているところがある。統一しようとするとかなり煩瑣になるので、それぞれの論考ごとの表記は、基本的にそのままにした。

一、旧版では、引用は長文でも「　」で括って表示している箇所が多かったが、今回、長文の引用は行を改め、字下げにすることで、読みやすくした。

一、ただし、明らかな誤植や、（現時点で）自分から見ても分かりにくい表現、欧文を引用・参照する際の表示の不適切な部分などは適宜修正を加えた。

増補新版　モデルネの葛藤＊目次

増補新版　モデルネの葛藤

序　ロマン派の復権

近年、ドイツ語圏あるいは西欧全体の思想史における〈ドイツ・ロマン派〉の復権の動きが強まっている。ロマン派の運動がゲーテ、シラーの古典主義時代の後を受けてドイツ文学発展史上の一つのエポックを形成し、イロニー、ファンタジー、機知（Witz）、グロテスク、内面性といった基本的コンセプトを定着させたことは一般に知られているが、その思想がドイツ文化に与えた影響については、ヘーゲル、ハイネ、ルカーチらの批判に代表されるように、中身のない空疎なる自我の戯れ、（社会的）現実から幻想への逃避といった精神的後退の徴候としてネガティブに見られることが多かった。トーマス・マンは《ドイツとドイツ人》（一九四五）の中で、ロマン主義の精神はドイツの美しい魂、内面的沈静性を象徴し、世界の文化発展に貢献するところも大きかったが、反面ドイツを二度の世界大戦に導いたデモーニッシュ（悪魔的）な破壊力、古代ゲルマン的な野蛮性を宿していると厳しく内部告発している。

ドイツ・ロマン派の思想をこうした従来の反耽美主義的視点からではなく、その〝哲学〟的な意味での現代性に即して理解しようとする最近の試みは、主にフランスのポスト構造主義が中心になっているように思われる。ジャック・デリダはフラグメント（断片）を中心に展開されたイエーナ・ロマン派の文体・テクスト論における〈脱構築〉作用に注目し、ポール・ド・マンは言語が本来的に持っているアレゴリー的性格についての理論を文学に応用した先進性を指摘するといった具合である。

ハーバマス（Jürgen Habermas 1929–）との文化論争▼1でわが国でも知られるようになった文芸批評家のボーラー（Karl Heinz Bohrer 1932–）は、ドイツ、フランスを中心に第二次大戦前までの西欧の哲学・文学・社会思想におけるドイツ・ロマン主義受容史を概観した著書《ロマン主義の批評》（一九八九）で、〈精神 Geist〉の理性的な運動にのみ関心を向けていた哲学者ヘーゲルはフリードリヒ・シュレーゲル（Friedrich von Schlegel 1772–1829）のイロニーの思想を曲解していたとはっきりと指摘していた。その上でボーラーは、ベンヤミン（Walter Benjamin 1892–1940）の《ドイツ・ロマン主義における芸術批評の概念》（一九一九）で指摘された芸術作品の創作主体に対する自律性、〈指示 Referenz／指示対象 Referent〉の再帰的関係をめぐる理論的枠組みなどに注目し、伝統化してしまったヘーゲル的なロマン派への誤解を超克する視座として再評価している。

フランク（Manfred Frank 1945–）の《初期ロマン派美学入門》（一九八九）は、カントの《判断力批判》以降、ドイツ観念論の内部でなされた〈美的なもの〉の位置付けをめぐる議論が、シラーを経由して初期ロマン派美学の形成に向けて展開されていく歴史的過程を追いながら、それをハイデガー以降の現象学、ポスト構造主義における美の諸理論と比較対照しながらまとめたものである。この本でも、焦点はロマン派とヘーゲル主義の類似性と相違に焦点が当てられており、そこにはヘーゲルの一面性を超えて現代に直接繋がる可能性が示唆されている。同書ではこのほか、フラグメントの形式で表現されている機知やイロニーに〈意識／無意識〉の境を越える作用を見ようとする精神分析的アプローチが特徴的である。

ボーラーのロマン主義再評価論で批判の最大の標的と見做されているハーバマスは、西洋的合理性を擁護する立場から当然ロマン主義的なメシアニズムには消極的な評価しか与えていない。しかし彼のポストモダニズムへの見解をまとめた《近代の哲学的ディスクルス》（一九八五）では、Fr.シュレーゲルやシェリング（Fr. W. J. Schelling 1775–1854）らの神話復活論を単なる非合理主義としては片付けていない。彼はヘーゲル、シェリング、ヘルダリンの三者の綱領として書かれた〈ドイツ観念論最古の体系計画〉にまでカットバックして、ヘーゲル主義とロマン派の共通ルールを指摘、ロマン主義の内に近代精神即ち〈主観性〉の原理の誕生を見た上で、両者を分かつものを追っていくという手順を踏んでいる。少なくともロマン派への直接的な批判は避けているようであり、見方によっては彼もまた初期ロマン派のプログラムを、ポストモダンにまで繋がっていく近代が抱えた自己解体的要因として再点検していると言えなくもない（ボーラーはハーバマスの態度が欺瞞的だと反発しているが）。[2]

現在ドイツの思想界におけるロマン派に対する理論的再評価の主要な傾向は、大きく分けて、①ヘーゲル的な〈近代（モデルネ）〉の理性に常に随伴してきたアンチテーゼと見做す合理主義的立場（ハーバマス）、②ヘーゲルの〝歴史哲学〟的枠組みを理論的に超えてポストモダンの美学に直結すると見做す非合理主義の立場（ボーラー）、③カントからヘーゲルに至るドイツ観念論の内部での美の理論と初期ロマン派のそれとを整合的に論じ、モデルネからポストモデルネへの移行をスムーズに行おうとする中間的立場（フランク）――の三つに分類できよう。大局的に見ればロマン派再評価をめぐる三者の立場の違いは、文化論争に端的に示されるように東西統一後のドイツの文化的アイデンティティー確立の問題をも反映しており、単なる過去の一時期の文学・哲学運動の見直しという域に留まらず、アクチュアリティーを帯びたテーマになっている。

わが国の現代思想においては、一九八〇年代後半以降第三次ハイデガー論争などとの関連でヘルダリンが再び注目され、それに呼応する形でドイツ・ロマン派の思想・文学運動がポストモダンの文脈で話題にされるケースが一応増えてきた。しかしある程度〝流行〟になっているヘルダリンを除いては、個別の思想家の理論体系が包括的に研究されることは極めて稀である。シュレーゲル兄弟、ノヴァーリス、ティーク、ゾルガーらのイロニー論がドイツ、フランスで注目されていることはかなり広く知られているが、それらの理論が、近代合理主義哲学の代表格であるヘーゲルの弁証法と比較してどのような特徴を持つのか、また、フィヒテ、シェリングらの他の観念論哲学の体系とどのような関係にあり、どのような歴史的経緯で運動体として成立してきたのかといった踏み込んだ議論は行われていないと言わざるを得ない。

ロマン派についてのコメントの一例を挙げれば、柄谷行人が『隠喩としての建築』(一九八三、八九)の中で、ドイツ・ロマン派の思想の特徴として「アイロニカルな問題として意識した〈自己意識〉――自己自身に関わる自己」という点にわずかながら言及している。[3] 柄谷はロマン派が問題にした〈自己意識〉のアイロニカルな性格と、言語によって構成された自己言及的な体系としてテクストを分析する現代思想との類似性に、多少なりとも注目しているわけである。もっとも彼自身は、ドイツ・ロマン派の思想とゲーデル以降の言語哲学とは最終的に別の方向を指していると判断したようであり、フランクのようにロマン派のテクスト論と脱構築を比較するような論は展開していない。『探求I』(一九八六、九二)には〈他者〉の問題との関連でイロニーの問題を扱った章が収められているものの、Fr.シュレーゲルのイロニーを批判したヘーゲルの立場に言及しているにもかかわらず、ロマン主義的イロニーそのものについては何も述べられていない。[4]

ロマン派の思想をある程度包括的に紹介することを試みている近年の研究としては、今泉文子の『鏡の中のロマン主義』（一九八九）が知られているが、この研究では初期ロマン派の理論（特にノヴァーリスのそれ）がドイツ観念論における自我の自我自身への関わりとしての〈知的直感〉の問題と結び付いていることは触れられているが、むしろカントに代表される合理主義との相違が極端なまでに強調されているきらいがある。[5]今泉の議論は、ノヴァーリスはフィヒテやシェリング以上にプラトン、プロティノスらの神秘主義思想から直接影響を受け、〈神秘的合一 unio mystica〉＝〈脱自 Ekstase〉の状態から出発したとの前提に立っており、それを具体的な生の中で表現する方法がポイエシス（詩作）であるとしている。文学研究の特殊なテーマとしては〈脱自〉を中心に置いて論じることの意義は十分に認められるが、その場合哲学的議論との接点が見えにくくなり、ヘーゲル主義とロマン派を分かつ哲学的な立場の相違は視野に入らなくなる危険がある。

ロマン派の思想的再評価を行うには、初期ロマン派を中心とした哲学・美学・文学理論を〝体系〟として捉え直し、それを近代合理主義の言説の原形となったヘーゲル弁証法と対比し、彼らの理論のどこにヘーゲルを超えるものがあるかを明示する必要がある。しかし、これまで文学者主導で行われてきたわが国でのドイツ・ロマン派研究では、まずロマン主義文学を古典主義と写実主義の間に位置付けた上で、彼らと交友関係のあったフィヒテやシェリングらの影響を付随的に指摘していく方法を取ってきたため、一般に文学とは縁が薄いと思われているヘーゲルとの直接的比較研究はほとんど試みられなかった。一九九三年七月に出された『現代思想』の増刊号『総特集＝ヘーゲル』でわが国のシュレーゲル研究の第一人者である山本定祐は、ヘーゲルの美学講義でシュレーゲルのイロニー論が誤解されていることを指摘し、その論拠として初期シュレーゲルの断片のいくつかを挙げている。これはヘーゲルとロマン派の間の思想的対立の一面を垣間見る上で重要であるが、イロニー論の背景になっているシュレーゲルの自我哲学批判、完結した哲学的体系の否定など、より大きな視点から論じなければ、単にヘーゲルはロマン派美学を十分に理解していなかったというだけのことになってしまい、ボーラーとハーバマスの論争の争点になっている二つのモデルネの言説の対立というレベルまで議論を深めていくことはできない。

逆に哲学の側からのアプローチでは、シェリングの芸術・自然哲学が〝ロマン派哲学〟であるという暗黙の前提があり、他のロマン派の思想家たちを包括的にシェリング哲学の亜流と見做す傾向がある。文芸批評家もしくは作家であるシュレーゲル、ノヴァーリス（Novalis; Friedrich Leopold Freiherr von Hardenberg 1772–1801）らに、シェリングに匹敵する、もしくはシェリングの主体・客体の同一性の図式を超えてそのアンチテーゼたりうるだけの理論体系があったことはなかなか認められにくい状況である。これはシェリングやヘーゲルの場合と違い、シュレーゲル、ノヴァーリスの哲学的思索の大部分が断片や批評文、講義録といった形でのみ知られており、本人の生前に一冊の哲学書という形式で刊行されたものがほとんどないことにも原因があると言える。しかしより根本的には、わが国のドイツ哲学の研究者たちの間に依然として著作の形で体系化されていないものは思想として価値が低いという意識が支配している点に問題があると思われる。

本書では、フィヒテの〈知識学〉と同様に自己意識における反省の問題から出発し、フィヒテの議論を徹底化させることで独自の自我哲学、メタ論理学、言語哲学、（哲学的）文芸批評を展開したFr.シュレーゲルを中心に、初期（イエーナ）ロマン派思想の発展過程を観念論の主流であるヘーゲル、シェリングとの影響・対立関係を中心に見ていく。ヘーゲル的合理主義との対比と、これまでロマン派哲学の代表者と見做されてきたシェリングとシュレーゲル、ノヴァーリスの間の立場の相違を明らかにすることで、ボーラーの言う美的モデルネの言説の特徴を浮き彫りにすることが第一の目的である。

ボーラーが繰り返し強調しているように、ロマン派の影響がネガティブに見られてきた最大の原因は、シュレーゲルやノヴァーリスらの初期の理論家による近代合理主義批判の議論が綿密に検討されないまま、頭から非理性的と決めつけられ、更に、もろもろのゲルマン的神秘主義の傾向と一緒にされて〝ロマン主義的〟というあまりに漠然とした形で論じられてきたことにある。そうした混乱を防ぐためにも、本書では交遊関係や社会的・政治的・宗教的背景といった理論外の影響関係についての記述をできる限り省略し、かつ〝イエーナ・ロマン派の思想〟の範囲をかなり狭く限定する。つまり、ベンヤミンが《芸術批評の概念》で採用した図式に従って、フィヒテの自我の理論を批判的に吸収して独自の観念論体系を築き、かつそれを芸術批評の原理として積極的に応用した思想体系、具体的には前期(一八〇八年まで)のFr.シュレーゲルとノヴァーリスの哲学・文芸理論に限定する。

ただシュレーゲルとノヴァーリスの間に完全な見解の一致が成立していたはずはなく、またシュレーゲルが一八〇八年のカトリック改宗後、初期のダイナミズムを失い、体系的思想を志向するようになった点もシュレーゲル個人の思想的発展を知る上で当然問題にすべきであるが、ここでは先ず初期ロマン派思想の形成と、その基本戦略を明らかにすることが主眼であるので、これらの微妙な変化・差異については別の機会に論じることにしたい。

無論、彼らの言説が形成されてきた背景としての当時の思想界の流れと平行して、ポストモダン性も検証されねばならない。前半部では、メニングハウス(Winfried Menninghaus 1952-)の議論に依拠しながらシュレーゲル、ノヴァーリスの〈根源〉解体の議論とデリダの差延論との類似性を、言語の二重性という点から検討し、後半部ではボーラーの〈解釈学〉論を手掛かりにロマン派の批評理論と解釈学および脱構築の関係をテーマにする。

具体的構成としては、第Ⅰ章でフィヒテの〈知識学〉で提起された自我の自己自身についての絶対知のテーゼが近代哲学、特にドイツ観念論の歴史の中でどのような位置を占めていたか、また、シュレーゲルらの哲学の中にどのような形で受容されたかを論じ、第Ⅱ章ではシュレーゲル、ノヴァーリスのフィヒテとの訣別と対立、彼らが採用した自我哲学批判のための基本的戦略を明らかにし、第Ⅲ章では初期ロマン派哲学における〈絶対者〉をはじめとする哲学的原理の解体の戦略と、デリダの脱構築論のパラレルな性格と、差異について整理し、第Ⅳ章で初期ロマン派の言語論の根幹をなしている構想力と詩的言語論とを、前の世代のヘルダーらとの関係を、ハイデガーのカント論とも絡めながら問題にする。第Ⅴ章では初期ロマン派の文芸理論の根幹にある超越論的ポエジーへの反省理論の応用およびイロニーの持つ言語哲学的な意味についてまとめ、第Ⅵ章では全てのランガージュを一つの連続体と見做すシュレーゲルのテクスト論、ノヴァーリスの百科全書構想の〝未完成〟をめぐる問題について述べた上で、最終的にヘーゲル弁証法とロマン派のイロニー論とを対決させて二つのモデルネの対立を浮き彫りにする。

I　フィヒテの〈反省〉理論の受容

一　フィヒテの知識学に至る近代自我哲学の流れ

a　自我哲学における〈内部／外部〉問題

ベンヤミンは《芸術哲学の概念》の冒頭で、Fr.シュレーゲルやノヴァーリスら初期ロマン派の理論的特徴として、自己自身の内部での再帰的思考運動としての〈反省 Reflexion〉の概念を強調している。「自己意識の中で自己自身について反省する思考はFr.シュレーゲルにおいて、そしてノヴァーリスについてもかなり当てはまることだが、それはその認識論的な熟考の前提となっている根源的事実なのである。反省の中で成立している思考の自己自身への関係は、思考一般にとって最も身近な関係であると見做される。反省から他の全ての関係が展開するのである」[1]。つまり自己自身を対象として関わっていくことを特性とする自己意識の様態としての反省という現象が、シュレーゲル、ノヴァーリスにとって、彼らの哲学的熟考を進めていく上で最初の契機となるべき根源的事象だということである。ベンヤミンは、彼らにとっての根源的事象としての〈反省〉の問題を核としながら、初期ロマン派思想の体系的理解を試みている。

Fr.シュレーゲルは自らの文学理論の結実である小説《ルツィンデ Lucinde》の中で登場人物に、「思考は、自己自身の次には自らが無限に思考できることを思考しようとする特性を持っている」[2]と語らせている。これを逆に言えば、無限を目指して運動し続ける思考は最終的には自己自身についての思考として収束していくと解することができる。〈ohne Ende 無・限＝無・目的〉な運動が、実は〈自己〉という〈Ende 限り＝目的〉を持っているのである。ノヴァーリスによれば、地上での我々の生そのものが〈根源的反省〉の現れとして成立している。根源的反省というのは、原初的な自己の〝内〟への〈入り込み〉と、それに伴う〈自己自身の内での収束〉である。その逆に、自己の〝内〟から再び自己展開して、〈自己を指して再び出て〉行き、根源的反省運動の一部になるべく高まっていくことが我々の地上における生活である[3]。〈生＝根源的反省〉という議論が具体的に意味している内容については主に第Ⅳ章第一節で論じるが、ここではノヴァーリスの視点から見れば自己を中心とした思考の出入りの往復運動（＝〈反省〉）を通して、我々の精神が世界（として現象している自己自身）を経験していることをひとまず確認しておこう。簡単に言えば、我々の〝内〟でも〝外〟でも、反省を通して経験されるのは自己であり、我々の生活に現れてくる〝全て〟は反省を通しての自己自身との関わりなのである。

文学理論についてもFr.シュレーゲルはアテネウム断片の有名な箇所で、ロマン派の目指す〈超越論的ポエジー transzendentale Poesie〉は作品の中で自己反映としての反省の運動が無限に続くことを特徴とするとしている。彼の兄A・W・シュレーゲル（August Wilhelm von Schlegel 1767–1845）も〈詩 Poesie〉の特質は反省という精神の往復運動を通しての精神の高次化であると述べている[4]。〈反省〉はロマン派の哲学と文学理論を貫く共通のモチーフであると言われるが、それがいかなる経緯で共通項として位置付けられたか思想史的に追っていくことが本書の主要な目的である。

初期ロマン派の理論形成に中心的役割を果たしたFr.シュレーゲル、ノヴァーリスは、時期的にズレはあるもののいずれもイエーナに滞在し（ノヴァーリス：一七九四年、シュレーゲル：一七九六―九九年）、イエーナ大学でフィヒテ（Johann Gottlieb Fichte 1762–1814）の講義を聴講している。両者がフィヒテの哲学から強く影響を受けたことは、彼ら自身が著作や書簡などを通じて証言しているところである。

シュレーゲルの場合、フィヒテの体系と本格的に取り組み始めたのはちょうど彼がドレースデンからイエーナに移り、研究領域を古典文学から哲学と近代文学に拡大し始めた頃とされている。[5] 一七九六年八月から九七年七月にかけてシュレーゲルからノヴァーリスに宛てられた書簡のいくつかに、フィヒテと出会った感動と彼を崇拝するに至るまでの過程が書き連ねられている。[6] シュレーゲルの哲学的デビュー作となった《ニートハンマーの哲学雑誌への論評 Rezension von Niethammers Philosophischem Journal》（一七九七）には、カントの継承者としてのフィヒテに対する全面的な傾倒がはっきり現れている。[7]

この《論評》を見ると、彼は当初フィヒテの〈知識学 Wissenschaftslehre〉の中心を〈主体〉の自由な〈行為〉に見ていたことが分かる。「知識学の唯一の切り口、そして完全な根拠となっているのは活動である。即ち、再帰的な抽象の全体化、観察と結合した自己構築、自我性、自己定立、および主体と客体の同一性についての内的な自由直観である。哲学全体がまさにこの唯一の、自らの運動において捉えられ、自らの作用の中に表された活動である」。[8] この論評でシュレーゲルはフィヒテの哲学の全体的特徴をさほど詳しく述べているわけではないので、彼がフィヒテから受けた影響のエッセンスは摑みにくいが、少なくともこの箇所から認識あるいは活動の主体としての自我と、自我の〝外〟にある客体の関係が問題になっていること、この主体と客体の関わりとしての活動が本来的に〈再帰＝反射的な reflex〉性格を持っている点に触れていることは読み取れよう。シュレーゲルはこの時点で既に自我の活動の〈再帰性〉に注目していたわけである。フィヒテが無神論争に巻き込まれて、イエーナを去った後、シュレーゲル自身が私講師としてイエーナ大学で〈超越論哲学〉について講義を行う（一八〇〇―〇一）段階になると、彼はフィヒテの哲学は〈反省〉の哲学であり、〈認識〉を問題にしていると明確に規定している。[9]

ベンヤミンは〈反省〉およびこれと表裏一体の関係にある〈知的直観 intellektuelle Anschauung〉を初期ロマン派とフィヒテ、シェリングを結ぶカギとして重視している。〈自我と反省〉の問題は、以下見ていくように近代以降の哲学の最も重要なテーマの一つである〈内部／外部〉の二項対立と密接に絡んでいるほか、ロマン派のテクスト論の根拠にもなっている。この問題を歴史的に整理しておくために、ここで近代の自我中心哲学の原点にまで立ち返って考えてみよう。

周知のように、〈我思う cogito〉の原理を世界の中心に据えたデカルト（René Descartes 1596–1650）以降の近代哲学では、［真理は知性と事物の一致である veritas est adaequatio intellectus et rei］というトマス・アクウィナスの定義が全く異なった意味を持つことになった。哲学が中世神学の引力圏内にあった時代には、人間をはじめ宇宙全ての存在者は唯一神による創造の秩序の下にあり、認識する側も認識される側も同一の法則に従っていることが最低限保証されていた。問題はその認識が神によって与えられた存在の秩序に一致しているかどうかであって、普遍論争にしても〈存在 esse〉という枠自体は安定していた。

ところが世界の出発点が［sum 我あり］であって、自我以外の存在は疑おうと思えば疑えるということになれば事態は全く異なってくる。《方法序説 Discours de la Méthode》の第四部で〈自我 ego = Ich〉の存在を、全ての思考の根底に据えることを決定した直後、デカルトは〈自我の外側の物〉[10]に対してどういうスタンスを取るべきかという深刻な問題に直面している。〈私〉は確かに自分の外側にある〈物質的なもの choses corporelles〉についての観念を持っているが、私が見ている、あるいは想像している全てが偽りである可能性は否定できない[11]。

《省察 Meditationes de Prima Philosophia》でもこの問題を取り上げ、そこでは「私（自我）の内にある観念が、私の外側にある物に類似している、または一致している」ものと無条件に判断してしまうことが誤謬の原因になると述べている[12]。ある観念は生得的であるように思われ、またあるものは外から来たかのように、また他のものは私自身によって作り出されたように見えるが、その本当の起源は、私には分からない[13]。

私の〝内部〟と〝外部〟の対応関係が極めて不確実になり、明確に一致していると言える基準は喪失してしまう。この袋小路から脱するために、デカルトは不完全な存在である自我が完全性を求めるのは完全な存在である神が存在するからに相違ないとして、先ず神の存在を再確認する。その上で、「あらゆる明晰にして判明な概念は疑いなく現実的かつ実在的な何かであり、無を起源としているはずはなく、必然的に神の存在によって創造されたのである[14]」とする。つまり私の内に観念がある以上、それに対応する何かの実在があることが、神の存在によって保証されているというわけである（「神は私を欺くはずはない」）。

ただし事態はそれだけでは解決しない。つまり何をもって「明晰にして判明な概念」であるのかを問題にし始めると再び元に戻ってしまう。ここでデカルトは〈物質的な物〉についての観念を根拠付けるために〈感覚〉を持ち出す。

先ず〈想像 imagination〉と〈純粋な知性による把握 pure intellection, conception〉とを区別する。私は、三角形が三本の線から構成されていることを〈知性によって把握する〉だけではなく、私はその三本の線を〈私の精神の力により目の前にある（現前する）ものとして見ている〉ことになるが、この後者の

〈現前するものとして見る（直観する）praesentia intueor〉働きが〈想像する imaginer〉ことである。これが千角形になると、それが千本の線で構成されていることは知性によって把握できるが、それを現前するものとして見ることはできない。恐らく千角形を知性的に把握すると同時に、混乱して別の形が表象（représenter）されるであろう。[15]

このように二つの能力を区別した後、ある物を把握するに当たって純粋な知性による把握が「ある意味で自己の方を向き、自らの内にある観念の一つを熟視する」のに対して、想像するに当たっては「物体の方を向き、自らの知性もしくは感覚によって受容した観念に一致するものを直観する」[16]。知性的把握の場合と想像の場合では、精神の運動の方向が全く逆向きであることを強調する。デカルトが言いたいのは、自我が［〈現前するものとして直観する praesentia intueor〉＝〈表象する représenter〉］のは、知的に構成されたものと感覚的に構成されたものと二種類あるということである。ここでは便宜的に前者を内的表象、後者を外的表象と呼ぶことにする。

想像する能力が内的表象だけでなく外的表象をも直観する[17]という点が重要である。内的な表象だけを直観するのであれば〈我の外側の物〉の存在とは関係なくなるが、外的な表象も直観するということは感覚によって受容される観念を媒介にして物体の方を向いていることを意味する。感覚によって得られた観念は自らの意思とは独立に受容されたはずである。そのような観念が、私とは異なる物から来ていると考えられないだろうか[18]というのが〈物〉の存在に関するデカルトの〝証明〟である（ただしデカルトはこの提案に、「感覚的な観念を作り出すような知られざる能力が、自我の側にあるのだったら事態は異なる」と留保条件を付けている）。デカルトはこのようにして自我の外側にある物の存在を一応証明している。しかし、それは自らの意志と関係なく感覚的に受容される観念があるのだから、それに対応するものがあると考えてもいいのではないかという形の非常に消極的な議論である。物の存在は積極的な形では証明されていないのであり、見方によってはハイデガーが指摘するように、デカルトは実際には外側に物があることの証明を放棄していると も考えられる。[19]

〈外部〉の実在の問題の解決はひとまず保留したとしても、デカルトの論法はすぐにもう一つのアポリアに陥ってしまう。それは、想像する能力が内的表象をも直観している点に注目すると、必ずしも外と内とを区別する必要がなくなるという点での問題である。つまり、〈内〉も〈外〉もともに想像力の働きによって現前する、あるいは表象されるものとして直観されているのであるなら、両者を隔てる絶対的差異はなくなってしまう。常識的には感覚から来る観念と内で形成される観念は区別できるように思われるが、突きつめて考えれば両者を区別できると考えているのはあくまでも〈私〉自身である。〈内〉と〈外〉を含めて世界の全ては〈私〉の直観によって表象されていると主張することも可能になってしまう。実際にデカルト哲学の継承者の間からそのような議論が生まれてくる。

デカルトの後継者のうち、知的直観[20]による内的表象の方を強調することで〈内/外〉の差異を相対化し、一元論的に世界を構成しようとする傾向を特に顕著に示したのはマールブランシュ（Nicolas Malebranche 1638–1715）である。[21] 彼は（物について）ある観念が精神に対して現前していることと、その観念が表象している物の存在との間に必然的な関係はない[22]と言い切って、〈外部〉の問題を基本的に排除する。その上で誰にとっても明晰にして判明な観念が与えられているのは、それらが普遍的理性（raison universelle）もしくは、〈精神の場 lieu des esprits〉[23]として神の中に保持されているからだと主張するのである。

スピノザ（Baruch de Spinoza 1632–77）の場合は更に進んで、まず神を「唯一永遠にして無限なる本質を表出する無限に多くの属性からなる実体」であると定義し、[24] 最初から無限なるものについての認識が成立する場を神の内に設定する。つまり「人間の精神は神の無限なる知性の一部であり」[25]、かつ人間の精神の〈外部〉の物に関する全ては神の内なる観念にあるわけだから[26]、必然的に表象（Imaginatio）、推理（ratio）より更に高次の知の形態としての（知的）直観（intuitus）が成立することになる[27]。この体系においては、神の知性の一部に過ぎない〈自我〉はもはや世界の中心ではあり得ない。

マールブランシュやスピノザの立場においては、〈外部〉の存在を括弧に入れたまま観念の明晰さと判明さを保証するため、知的直観を可能ならしめる場としての神を持ち出してきたことが特徴である。彼らの神秘主義的な傾向に対しては多分に批判の余地があるものの、外部と内部の対応が厳密に証明できない以上、決定的に論駁することは不可能である。経験論の立場から感覚による観念の形成を強調しても、最終的に〈内／外〉をめぐるデカルトの疑問を超えることはできず、双方の立場が平行線を辿らざるを得なくなる[28]。

これは自我中心の近代哲学がスタート地点から抱えてきたアポリアである。こうした視点に立つと、カント（Immanuel Kant 1724–1804）の認識論の功績はデカルトが曖昧なままに残してしまった〈自我〉と〈外部の〉物〉との関係を改めて規定し直したことにあると言えよう。

b　カントと〈内部／外部〉問題

先ず《感覚界と叡智界について De Mundi Sensibilis atque Intelligibilis》（一七七〇）でカントは、デカルト以来の混乱の原因になっていた〈知性 intellectus〉と〈直観 intuitus〉との関係を再定義している。

象徴的な認識（cognitio symbolica）を除けば知性的なものへの直観は人間には与えられておらず、その限りで我々の知性に許容されるのは普遍的な抽象概念のみであって、具体的な個別のものではない。なぜなら、我々の直観は全て何らかの形式原理に制約されており、その（形式原理の）下でのみ何らかの直接的なもの、即ち個別的なものが精神に知られるのであって、単に論証的に一般概念によって把握されるのではないからだ。我々の直観の形式原理（空間および時間）はしたがって、その下で我々の感性の対象が存在し得る条件、つまり感覚的認識の条件であって、知的直観（intuitus intellectuales）の媒体ではない。……叡知的概念（conceptus intelligibilis）自体は人間の直観のあらゆる与件から隔てられている。[29]

カントはここで〈認識 cognitio〉自体の意味を限定し、時間と空間という形式の下で（感覚的）直観によって把握されるものだけを領域に入れようとしていることが分かる。つまり外的表象として認識されるものの形式を明確に指定することによって感覚的直観と知的直観を同列に扱い、〈外部〉の存在についての問題を認識の場として神の内に解消しようとしたスピノザ、マールブランシュの議論を封じ込めた形になる。

この論文のタイトルから既に明らかなように、カントは受容的な感覚によって把握される〈現象 Phaenomenon〉と感覚的直観では関知せられず知性によってのみ表象される〈叡智体 Noumenon〉とを完全に分離することを試みたのである。現象は常に空間、時間という自我の側に備わっているフィルターを通過した上で自我に対して現前する（＝表象される）のであるから、このフィルターが認識に際して〈内部／外部〉を区別する境界線の役割を果たすことになる。時間、空間の形式を帯びた表象であれば、それは既に自我の内部領域に取り込まれているが、そうでなければ〈外部〉ということになる。時間、空間のフィルターを経ないで自我に対して現前してくるものは叡智体でしかあり得ないが、こちらは〈認識〉の対象とはならないという論理である。

〈現象〉を研究しようとすれば、先ず認識の際のフィルターの方を問題にしなければならない。こうして空間、時間を領域とする基本的な学（scientia = Wissenschaft）として幾何学、力学、代数学が位置付けられ[30]、更にこれらの感覚的認識の領域において知性が公理化された概念を操作する際の規則を扱う学としての論理学の役割が与えられる。[31]これに対して感覚のフィルターを経ていない領域、純粋な知性の領域での概念操作を扱う哲学の分野として形而上学（Metaphysica）が定義される。[32]この方向で問題を整理していくと、経験的諸学の対象となる現象学では知的直観を働かせる余地はなくなってしまい、〈現象〉世界の中心としての自我の位置は保証されることになる。ただし現象に対応する〈物〉が〈外部〉に実際に存在するか否かは問題の圏外に移されてしまう。

周知のように、カントが認識論を基礎にした諸学の本格的体系化を行ったのは《純粋理性批判 Kritik der reinen Vernunft》（一七八一、八七）においてである。ここで彼は先の立場を更に徹底して、直観が対象に従うという従来の発想を覆し、逆に感覚の客体としての対象が直観能力の性質に従うのであるとした。これが哲学上の〝コペルニクス的転回〟である。[33]認識の対象そのものが外部から直接与えられるのではなく、主体によって構成されるのだから、自我による対象の認識はトートロジカルに自明のこととなる。この論法で行くと、経験の領域を外側にある物即ち時間・空間という感覚のフィルターにかかる〝以前〟の〈物自体 Ding an sich〉は、当然認識の圏外に置かれるわけであり、そこから、「物自体は認識不可能」という有名な命題が導き出される。

〈外部〉の存在をめぐるアポリアはこれで一応認識論上の問題としては括弧に入れられたわけだが、カントはこの問題を完全に放棄したのではなく、第二版の序文では「物自体は認識できないとしても、考える（denken）ことはできるはず」[34]と述べ、理性の直接的な作用によって〈叡智体〉にアプローチし得る可能性を暗示している。つまり、〈外部〉から来ると思われる刺激を通して直観形式のフィルターにかかってくる対象についてはフィルターより〝以前〟に遡って〈物〉の存在の有無を問うことはできないが、認識以外の思考においては〈叡智体〉を客体とすることが可能なのである。ただしそれはスピノザの知的直観のように主体に対して明らかな形で現前する（＝表象する）というのではなく、あくまでも可能性に留まるのである。

《実践理性批判 Kritik der praktischen Vernunft》（一七八八）は自我の能動的な活動に際しての客体としての〈叡智体〉の思考可能性をめぐる議論であるが、この中でカントは実践理性の客体の性格を以下のように設定している。「私が実践理性の概念という時、それは自由による可能な結果として客体の表象を意味している。即ち実践的認識自体の対象であるということは、それを通してその対象あるいはその反対物が実現されるであろう行為に対する意志の関係のみを意味している」[35]。つまり、時間・空間という感覚的直観の形式を通して構成された対象についての外的表象ではなく、理性に基づく自由な行為の対象として目指されている客体についての内的表象が問題になっているのである。この立場は〈内＝自我〉と〈外＝物〉との関係を二重化したことを意味する。つまり感性と悟性によって構成される（受動的な）認識の対象と、自由な意志が志向する（実践的な）認識の対象という二つの対象の定義が成立する。前者が外界に対する感性的な直観が基底にある純粋な現象であるのに対して、後者は実践主体が関係する〈叡智体〉との関係によって構成されたわけであるから、純粋な現象ではあり得ない。理性が受動的な認識の側にある場合と能動の側にある場合とでは、〈対象〉の意味がズレてしまう。

後者の〝対象〟について言えば、それが客体として実現するような行動を欲することが可能であるか否かが〈実践〉理性によって判別されるのであって、それが経験的に与えられているか否かは問題ではない。主体の行為の対象になり得るか否かの判定に経験的な要素が介入すると、行為を規定する根拠となる法則のアプリオリな性格との間に矛盾が生ずるからである。したがって、実践理性の客体であり得るのは善悪についての客体のみということになる。[36] これは、「汝の意志の格率が常に同時に普遍的立法の原則として妥当するように行為せよ」という定式で知られる道徳原理の普遍妥当性を保持する上では必要な議論ではあるが、認識論の立場から見ると〈内〉と〈外〉との対応関係は更に複雑になってしまう。認識される対象と行動の対象とを別々に規定すれば、思弁と行為の間の一貫性が保持されるのかという問いが生じてくる。[37] したがってこの問いに答えることが、《実践理性批判》における最大の課題であると言うこともできる。しかしカントはこの著作の中では、両者の一貫性についての論証的な保証は与えておらず、両者の間の〈優位〉の問題として解決することを試みている。つまり理性の思弁的使用と実践的使用はそれぞれ異なった関心を持っており、両者の間に矛盾が生じ得る可能性を一応認めた上で、全ての関心は最終的には〈実践的〉であるという立場から、両者が一つの認識において結合する場合、思弁的理性の方が実践的理性に必然的に従属すると述べている。[38]

これに関連する更に厄介な問題として、思弁的理性の使用と実践的理性の使用が異なる以上、両者の〝使用者〟を単純に〈自我＝主体〉として同一視してよいのかという疑問が生じてくる。対象レベルでのズレは主体そのものの位置がズレていることを意味するからである。カントは、道徳の法則に関しては主体としての人間が本質それ自体として純粋意識の内で表象され、自然法則に関しては経験的意識の中で主体自身が〈内的直観〉によって現象として表象されるとして、[39] そう説明することで矛盾は解決すると述べている。そうすると〈主体〉―〈対象〉の関係は完全に二系列に分断されてしまい、両者の間の関係は実践的領域の方が、思弁的領域に対して優位に立つというだけで、統一的に説明することは不可能になる。

カントは実践的領域の優位を前提に進めているが、もしも認識主体としての自我とは異なる〈物〉が〈外部〉に物自体として存在しているとすれば、実践理性がその存在によって制限されることなく自由に思考するということは果たして可能なのだろうか。我々の感覚を刺激する〈外部〉の〈物〉に対しては認識主体は受動的であるが、実践理性の対象に向かう時は行為主体は能動的になると判断すれば、一応実践理性の〈自由〉は保証された形になるが、両者が属しているはずの経験的意識の領域と純粋意識の領域の境界線はどのように引かれるべきなのであろうか。彼はこの点については明確に説明していないように思われる。

《純粋理性批判》に含まれる〈観念論の反証 Widerlegung des Idealismus〉という補遺的な文章で、カントは〈私の外〉の物質の存在について否定的立場を取ってきたデカルトやバークリーらの観念論的立場への反駁として、「端的に、しかし経験的に規定された私の現存在が私の外の空間における対象の現存在を証明している」[40]という命題を導入している。〝経験している私〟の存在が経験的に規定されているというのはいかにも奇妙な論理だが、カントの言い分によると、先ず私は自らの現存在（Dasein）を時間の中で規定されたものとして意識している。全ての時間規定は知覚における持続的な何かを前提にしているが、この持続的なものは私の内にある何かではない。何故なら時間の中に私があるということ自体、先ずこの持続的な何かによって規定されるからである。つまり時間の中に私がある（Ich bin）ということは、私の外で私が知覚する任意の物の存在によって規定されるのである。これは〈私があるということ〉と〈私の外に物が存在すること〉とを同値として扱うことを意味する。言い換えれば、認識の中では認識する主体としての私の存在と認識される客体としての対象の存在が時間を共通項としてペアをなしており、主体あっての客体であると同時に客体あっての主体というトートロジカルな構造が形成されているのだ。[41]

この証明は時間、空間という形式を経由しなければ現象として認められないという原則を自我に対しても適用したことから出てくる必然的な帰結である。しかし、もともと時間規定そのものが主体―客体関係と独立に成立しているのではなく、主体が対象を認識する際の直観の形式であるのだから、主体と客体とが同じ位置にあるといっただけでは、決して両者がともに存在していることの証明にはならないというハイデガーの批判は正鵠を射ていると言えよう。[42] 更に〈内部 Innen ／外部 Außen〉の境界線そのものを引いている基準はそもそも自我の内部にあるのであって、この点についても積極的な証明としては不十分である。

カントの認識論では、［私が存在する］という内的直観だけでは存在証明として不完全であり、したがって〈私〉についても外的対象と同様に時間、空間の形式を当てはめることが試みられているが、これは［私が存在する］ことを前提した上でもう一度私に存在の規定を当てはめてみるという二重の基準を取っているわけで、最終的な判断主体がどこにあるのか、少なくとも認識論の領域では確定できない。この点から考えても、思弁的意識に対するメタレベルとして自我が本質それ自体となる実践理性の領域が必要になってくるはずだが、既に述べたように、二つの領域の相互関係は明確になってはいない。

フィヒテ以降のドイツ観念論の系譜は、カントが真に体系的に解明し得なかった自我の内と外、主体―対象関係の二重性を一つの原点から説明し直そうとする試みであったと言うことができる。その試みの中で特にフィヒテの場合、カントが排除した知的直観の問題が内的直観と結び付いて再び浮上してくる。フィヒテのカントを超えようとする試みが、自我の自己知を基礎として全ての知の体系の結合を目指す知識学の構想へと繋がっていくのである。そうした当時のドイツ哲学界の状況の中でのフィヒテ哲学の先進性を、先に《ニートハンマーの哲学雑誌への論評》で見たように、Fr.シュレーゲルら初期ロマン派の理論家たちが注目することになる。

二　自己意識と反省の問題

a　フィヒテの知識学の構想

カントの哲学において、認識の領域における〈主体／客体〉関係と実践の領域におけるそれとが、明らかに二重化されているのに対して、フィヒテは哲学は一つの根本命題を起点とする一貫した体系であるべきだと主張する。彼の〈知識学〉は、諸学がそれぞれの基礎としている根本命題を基礎付ける学、即ち諸学の学（Wissenschaft der Wissenschaften）である。知識学自体も学である以上、知識学自体の内では証明できない根本命題から出発するが、知識学が諸学の学としてそれ自体一つの体系をなしているのだから、この根本命題は更に高次の学によって根拠付けられることはあり得ない。[1] 先ずフィヒテの知識学の特徴を特に自我と外部の関係に注目しながら概観しておこう。

知識学の最初の体系的な叙述である《全知識学の基礎 Grundlage der gesammten Wissenschaftslehre》（一七九四）でフィヒテは、第一根本命題としての伝統的な論理学における同一律、即ち〈A＝A〉という定式の認識・存在論的解釈から手をつけている。この定式は「もしAがあるとすれば、それならAはある」[2] という、誰にとっても自明な事実を端的に言い表しているに過ぎないが、問題になるのは〈もし〉と

〈それなら〉の間に成立しているはずの論理上の必然的な連関である。「両者の間の必然的連関こそ端的にかついかなる根拠もなく定立されているのである」。

この必然的連関を仮にXと名付けるとすれば、Xに従って経験的意識の中で〈＝〉であると判断している主体は何であるかが次の問題になる。この判断主体が〈自我 das ich〉である。つまりXは自我の内にあり、自我によって定立されている。この関係は、上の等式の可変項Aが〈自我〉自身である場合についても妥当するはずである。その場合〈自我＝自我〉という等式で表されている事態は、「自我は、自己において、自己自身を定立する」と理解することができる。

命題〈A＝A〉が確実であるためにには、根本命題〈私（自我）はある Ich bin〉が、確実でなければならない。ここで「自我がある」と表現されている事柄はXによって〈A＝A〉であると判断している自我が定立されていることを意味する。自我にとって〈自己自身を定立する sich selbst setzen〉ことと〈存在する sein〉ことは等価である。〈定立する〉という行為（Handlung）と〈存在する〉という事実は、自我においては同じ事柄の二つの側面を表しており、これをフィヒテは〈事行 Tathandlung〉と呼んでいるが、その意味で自我の自己定立は最も根源的な事行である。

第二の根本命題は矛盾律〈非A（―A）≠A〉の解釈に関わる。[3] この式が意味を持つにはAと同時にAの反対物（Gegentheil）としての非Aが自我の内に定立されている必要がある。つまり非AはAに対する〈対定立 Entgegensetzen〉[4]である。

第一命題との比較で〈A＝自我〉である特殊なケースを想定すると、その際に非Aに相当するのは〈非自我 Nicht-ich〉である。したがって、「自我に対して非自我が対定立されている」（第二根本命題）という事態が、少なくとも形式的には成立していることになる。

ただし、自我および非自我が具体的に指し示している意味内容を吟味してみると、一つ厄介な問題が生じてくる。つまり、「非自我が定立されている（das *Nicht*-Ich ist gesetzt）」というドイツ語の表現は、言い換えとして「自我は定立されていない（das Ich ist *nicht* gesetzt）」となる。[5]〈非自我〉であることは、字義的に見て〈自我〉を完全に排除していることと解釈できる。

しかしながら、〈定立〉は全て〝自我の内で〟起こっているわけだから、〈非自我〉が（対）定立されているのも自我の内でのことであるはずだ。そうすると〈自我〉の内において〈非自我〉が定立され、〈自我〉は定立されていないという事態が生じる。しかし、〈非自我〉の定立はその定義からして〈自我〉が（自己自身の内に）定立されていることへの対定立であるから、〈自我〉は自己自身の同じ意識の内に（im identischen Bewußtsein）おいて定立されており、かつ定立されていないというパラドクスが生じる。

これはそもそも否定辞〈nicht〉が文の中で〈自我〉にどのようにかかっているかという言語学的な問題であるが、内容的に考えれば、そもそも近代哲学が自我の〈内部／外部〉の境界線を一応引いてしまったあとで（主体としての）自我の内部に自我にあらざるものとしての対象を定立するという矛盾した前提に立っているのだから、当然生じてくるはずの問題である。自我において有るものとして定立されながら、それ自身は自我ではない対象というのは、何を意味しているのであろうか。

第三の根本命題は自我哲学が直面したこの袋小路を脱出するために導入される。即ち〈nicht〉――〈entgegen〉によって表現される否定は自我と非自我がお互いを完全に廃棄（aufheben）する関係を示しているのではなく、お互いに定立されている範囲を制限（einschränken）し合うと解するのである。この場合、何かを〈制限する〉というのは「そのものの実在性（Realität）を否定性（Negation）によって、全体的にではなく、部分的に廃棄する」ことである。[6] 定立とその反対物の対定立とを同時に成立せしめている制限

〈Schranke〉の概念には、実在性、否定性に加えて〈可分性 Theilbarkeit〉という性質も含まれている。[7]

定立されたものとそれに対定立されたもののどちらか一方が他方によって完全に廃棄されてしまうのではなく、両者の一部がお互いの定立によって廃棄され、両者がともに制限される。したがって第一の根本命題は、「自我は自我の内において可分的な自我に対し、ある可分的な非自我を対定立する」という形の第三命題へと変形される。[8]

このように述べると、自我は非自我が自我の内に定立される以前に既に可分性を含んでいるように見えるが、そうすると自我は世界の唯一の中心としての統一体ではなく、分裂した複数の自我になってしまう。フィヒテ自身そのことに留意して、自我の可分性と非自我の対定立はどちらかが一方に先行する関係にあるわけではなく、表裏一体であると予め断っている。それらは同一の事柄を指し示しているが、反省の過程で異なった現れ方をしたものである。[9]

〈自我が自己自身を定立する〉という命題は、自己意識の内部構造における自我についての二つの位相を示している。つまり定立する主体としての自我と定立される客体としての自我という二つの相である。別の言い方をすれば、自我とは自己定立という事行の根源であり、一方でその産物でもある（この自我の二面性については、フィヒテは知識学を発展させていく過程で何回か叙述を変化させているとの指摘もある）。[10]

少なくとも《全知識学の基礎》の段階でのフィヒテは、あらゆる判断の論理的主体である自我自体を非自我との相互対定立に関係において規定している存在を、絶対的に無規定的な自我（das absolut unbestimmbare Ich）、即ち〈絶対的自我 das absolute Ich〉と名付けている。[11] この絶対的自我は、カントにおいては分離したまま認識主体としての自我と、実践主体としての自我を更に高次元で統一する概念である。

フィヒテによれば、他の何かとの関係で規定されている〈制限可能もしくは規定可能な自我〉に対して、より高次の絶対的自我を起点としていることが批判哲学（kritische Philosophie）の本質である。〈制限可能な自我〉とは、《純粋理性批判》との対応で〈自我の外の空間における対象の現存在〉との関係を通してその存在が証明された〈現象としての自我〉に相当すると考えられる。絶対的自我が〈制限可能な（現象としての）自我〉を自己定立という事行によって規定し、それによって同時に〈制限可能な自我〉の認識および実践の客体となる非自我（＝対象）をも規定しているのであるから、自我と対象との二重化された関係は絶対的自我の下に一元化されたことになる。[12]

b　知的直観論をめぐって

このような形でフィヒテは存在、認識、実践の統一的な根源としての絶対的自我の概念を確立する。絶対的自我による定立が自我の認識、実践の根拠に先行しているという前提の下に、〈自我の自己自身についての知〉を根拠に全ての知識を一元的に体系化する知識学の構想が可能となるのである。シュレーゲルはフィヒテがカントの発展的継承者である根拠として自我による自己構築の原理を挙げているが、この原理は最終的に絶対的自我の概念に収斂していく。シュレーゲルはこの点でフィヒテを高く評価したが、実は、この絶対的自我による〝全て〟の一元的把握こそが、後に彼がフィヒテと一線を画することになった対立点でもある。この問題は次章で詳しく論じることとして、ここでは絶対的自我の概念がフィヒテの哲学の核であることを確認しておきたい。

絶対的自我の概念を中心にしたフィヒテ哲学での〈内部／外部〉問題の展開を更に詳しく見ていくと、知識学では全ては自我において定立されているわけだから、認識の対象を超えた位置に想定される〈物自体〉は問題にならなくなる。つまり物も自我の内で定立されるのである。自我の中に非自我が対定立された状態とは、自我が自我を超えて出た次元にあるより高次のものとの関係へと上昇するのではなく、むしろより低い自我の状態へと下降すると言うべきだろう[13]。カントの場合の実践主体としての自我に対して物自体は依然として〈外部〉にあるが、フィヒテの絶対自我に対してはもはや外側には何も存在しなくなるのである。カントの哲学が認識もしくは実践の客体の内容（Inhalt）を問題にしていたとすれば、フィヒテは自己意識としての自我の〈行為〉の方に焦点を置いていると言えよう[14]。デカルト以降、専ら対象との関係に即してのみ論じられていた自我の問題が自己意識という形で自我そのものの在り方に向けられたことは、近代合理主義から初期ロマン派の反省哲学への以降において決定的な意味を持つ[15]。

フィヒテは更に自己意識のもう一つの側面としての〈直観〉を問題化している。《全知識学の基礎》では、自我の自己定立に〈直観する anschauen〉作用が伴っていることを指摘する。自我の自己定立・非自我の対定立というのは自己意識の活動としての側面において観察されうる事態であるが、これと平行して、自我自体が自らによって引かれた〈内部＝自我／外部＝非自我〉の境界線の下での対象（＝非自我）との関係を、直観することにより、自我の外へ出ていく（herausgehen）活動の方向性が反転し、反射（＝反省）される（reflektiert）ことで自我と対象との総合的（synthetisch）な関係が意識的に把握されることになる[16]。

ここには自我のもう一つの重要な性質が見出される。「自我とは直観するものである。まさに直観しているもののみが、自我であり得るというべきだろう。これは自我が直観しているものとして、自己を定立することを意味していると言えよう[17]」。自我は直観することにおいて、活動しているものとしての自己を定立していると言うことができる。したがって直観は自我の活動性の本質的な構成要因である[18]。

自我が直観するものとして定立される以上、直観されるものがそれに対置されねばならないが、それに相当するのは非自我である[19]。逆の方向から見れば、非自我を直観することで自我は定立されたものとしての自己自身について反省している、つまり自己自身をも定立されているものとして把握するのであるから、この直観はカントの言う〈内的直観〉に対応していると考えられる。実際に《全知識学の基礎》のある箇所で、フィヒテは活動性に随伴する直観のことを〈内的直観 innere Anschauung〉と呼んでいる。[20]

フィヒテの場合、対象としての非自我を直観することと、自己自身の存在を直観することとは同じ直観の二つの側面を表していることになる。カントにおいては、時間・空間という感性の形式をフィルターにした感性的（外的）直観と、それとの連関によってパラレルに成立している内的直観との関係が必ずしも明確ではなかったが、フィヒテはこの直観の問題でも統一的説明を与えたことになる。この点がシュレーゲルがフィヒテの内的直観を画期的であると評価した理由である。

ただしフィヒテが〈非自我を直観する〉と表現している内容は、時空という感性のフィルターを通して成立する狭義の認識ではなく、認識が成立する前提として、自我にあらざるものとしての非自我の存在（定立）が確定されることを指しており、その意味で次元が異なっている。カントの場合、内的直観と外的直観の次元が最初から異なっていたのに対して、フィヒテは外的直観の次元を内的直観のそれに合わせて統一した形になる。

〈直観〉の概念を認識よりも根源的な位相に置いたことで、フィヒテはカントが人間の知性に対して禁じた〈知的直観〉の思想に再び接近しているように見える。即ち外界の事物からの感性的刺激を媒介としない知性のみによる〈物〉の把握である。しかし既に見たように、フィヒテは自我の外部に物を想定しておらず、またデカルトやスピノザの議論に登場してくるような、具体的な形を持った内的表象を問題にしているのでもないのであるから、知的直観といってもカント以前のそれとは自ずと意味が異なってくる。

フィヒテ自身、後にこの問題を以下のように説明している。カントの認識論の体系は全ての〈存在〉を感性を起点として導き出すことを原則としているため、感性から発せず直接に物を把握しようとする知的直観はナンセンスになってしまうが、知識学はカントの言う意味での〈存在〉ではなく、〈存在に向かう〉自我の活動の在り方を問題にしているのだから、当然知的直観の意味も異なってくる。[21]

自我の活動性と表裏一体の関係にある知的直観は経験的意識のあらゆる契機に現れる。我々が具体的に自分の手足を使って行為する際、必ず知的直観によってその行為の主体としての自我と行為の客体とを区別し、自らがその行為をなしていると意識する。[22] 知的直観自体は、あくまで意識内における行為の契機であるが、具体的行為は感性的に認識される対象と関わっているのだから、知的直観と感性的直観（sinnliche Anschauung）が全く相互に独立ではあり得ない。意識の内では常に知的直観と感性的直観が自我の行為の両端として不可分に結合している。感性的直観を通して自らが行為する客体を〈概念把握 begreifen〉していなければ行為は成立しない。[23]

知的直観と感性的直観が自己意識の活動性において不可分に結合しているということは、同時にデカルトが二元論的に叙述した〈内的表象〉と〈外的表象〉の関係を統一的に説明することにも繫がる。自我が〈現前するものとして直観する（＝表象する）〉対象は、先ず認識における知的直観とともに非自我として定立（＝内的に表象）され、それに伴い具体的な行為の向かう客体として感性的に直観（＝外的に表象）されるのであるから、二つのレベルで成立する〈表象〉は同一の客体に関わっていると考えることが可能になる。

このように知的直観の問題を出発点として自我についての哲学を展開していくやり方は、Fr.シュレーゲルも基本的には継承している。彼がフィヒテとの立場の違いを鮮明にするようになった時期、即ちシュレーゲルの哲学体系の最もまとまった叙述と見做される《哲学の発展 Entwicklung der Philosophie in zwölf

Büchern》(一八〇四—〇五)の講義が行われた時点に至っても、[24] ここまでの議論は大筋においてフィヒテを踏襲する形で展開されており、その上でフィヒテの視点に欠けていたものを指摘する形でフィヒテ哲学のメタ哲学を構築している。批判的な部分は後で検討することにして、この章では直観の理論を中心にフィヒテの理論が継承されている部分を見て、両者の類似点を確認しておこう。

シュレーゲルはまず認識の源泉の探求が全ての哲学の出発点であることを確認した上で従来の哲学史を再検証しながら、経験もしくは超自我的な知的直観のいずれか一方のみを源泉と考えて議論を展開するのは論理的に不備であるとする。双方の主張が法則として証明され得るための説明の根拠となる〈意識〉の問題、すなわち〈自己直観 Selbstanschauung〉こそが最も確実な出発点である。自己直観は静止した状態において自己を観察する状態を意味するのではない。自己直観は〈活動性 Tätigkeit〉の中で成立しているのであり、この活動の中に〈自我〉自体も成立しているとされる。[25]

〈知的直観〉ではなく〈自己直観〉という表現を使用しているのは、プラトンの想起説、プロティノスの脱自論や、ベーメ、スピノザ、マールブランシュらの自我を超えた超自然的な源泉から直接的に認識の根拠を導き出そうとする神秘主義的方向性が、既に〈知的直観〉もしくは〈内的直観〉と呼ばれているので、それらと区別するためである。[26]〈自己直観〉とは神秘主義的な直観ではなく、精神にとって所与の条件の下での自然な直観であり、理性と経験とを媒介するものである。[27]

カントは〈超感性的直観 übersinnliche Anschauung〉は許容しないという立場から、時間、空間を感性的直観の〈形式〉と名付けたものの、なぜ時空だけが直観の形式たりうるのかについては論じていない。カントの時空という形式についての説明自体はあくまで主観的・観念論的なものであり、したがってこれらの形式に実体はあるのか、またその形式に対応する時空が現実に存在しているのかという問いは、〈解明しようのない〉仕組みになっている。時空を感性的直観の形式であると想定している議論そのものの根底に、実は超感性的直観なるものが前提として隠されているという[28]のである。超感性的直観を前提にしているというのは、当然神秘主義的直観のことではなく、感性的直観の更に根底にあるという意味での自己直観である。つまり感性的直観そのものの中から、時空だけがその純粋な形式であることが判明するのではなく、それより上位のレベルで時空が感性的直観の形式として特権化されたものであることが認定されているのであるから、感性的直観に対して〈自己直観＝（フィヒテの言う意味での）知的直観〉が先行していることになる。

シュレーゲルは〈認識〉の活動を叙述する〈哲学〉の営み自体が自己意識の問題と重なっていると考える。哲学している自己の意識そのものの作用をも哲学的考察の対象に入れねばならないという主張は、フィヒテの自我理論を徹底させたシュレーゲルの思想の重要な特徴である。哲学は自らの源泉をも問題にすべきであるというシュレーゲルの基本的立場[29]からすれば、自己意識の活動性のあらゆる契機に含まれる〈自己直観＝自己定立〉の理論的根拠を第一に問題にせざるを得ない。〈哲学する主体〉としての自我が知識学の中で問題とされるべきことはフィヒテ自身も示唆している[30]。

シュレーゲルの哲学叙述も知識学と同様に同一律〈a＝a[31]〉からスタートする。この〈＝〉を言明するためには、①問題になっている対象［a］の存在の可能性と②［a］についての〈差異性〉と〈非差異性〉を識別する洞察が前提されていなければならず、この二つの前提を成立させる根拠が自我である。「この同一性（Gleichheit）とその同一性の必然性の根拠は［a］を思考するものの内に、即ち自我の内に求めることができる。我々は思考するもの（das Denkende）にのみその必然性を求めることができる。思考することの必然性もまた思考するものの内に求められるのであって、［a］自体の内にではない[32]」。これは先に述べた、感性的直観による対象の認識の根底に自己直観（＝知的直観）が先行しているという主張とも符号する。

前提①を別の形で表現すれば、〈a＝a〉であるというのは自我が対象［a］を〈自己の内に取り入れ in sich aufnehmen〉、〈自己と結合する〉ことを意味する。〈対象の受容 Aufnahme des Gegenstandes〉という表現は自我が〈対象に向かって完全に受動的に振る舞っている〉ような印象を与えるが、シュレーゲルによれば自我は〈対象の中に全面的に没入する〉ことはない。直観することにおいて自我は自我であり続ける必要がある。即ち対象から独立した自由な判断の原理としての位置を保っている必要がある。これは感性的直観による外部の物の受容と知的直観による〈自我の定立／非自我の対定立〉の関係を、平行するものとして表現したものと解釈できる。

自我が対象よりも高次の位置から判断する主体であり得るには、自我は同時に自我にとっての自我（ein Ich des Ichs）になっていなければならない。フィヒテが言うように、自我が〈自己自身に回帰する〉活動を通して自己意識化されていなければならない。

対象を認識し、また実践的に関わっていくには、自我は対象（＝非我）と自己を区別し、同時に〈対象を直観しているものとしての〉自己自身を直観していることになる。これをシュレーゲルは、自己回帰の活動によって自我が〈自己自身を摑む sich selbst ergreifen〉、または〈自己自身において自己を二重化する sich in sich selbst verdoppeln〉と表現する。[33] 自我が対象を直観することをより高次の位置にある自我が直観する、つまり直観を直観する入れ子的な構造になっているわけだが、そうするとこの高次の自我の自己直観の在り方も、もう一段階上から直観されていなければならないはずだから、直観の直観の直観の直観の……と無限に続いていく。この際限のない〈反省〉の連鎖をめぐる考察が、後で述べるようにロマン派の文学理論の中核に取り入れられる。

c　反省理論の変遷

この無限に続く〈反省〉の問題がフィヒテと初期ロマン派にとっての共通の根源的事象である。ベンヤミンが指摘しているように、初期ロマン派は意識の中での自我の自己自身との関わりとしての〈反省〉現象が我々の精神活動の全ての領域の根底で働いているという発想をフィヒテから学び取った。自己自身(=自我)と全ての対象(=非自我)が把握されている自我が反省の中で成立している以上、全ては反省の中に〝有る〟ことになる。全てを〈反省〉の中に位置付ける思考の枠組みは、ある意味でドイツ観念論とロマン派の共通基盤でもあるが、その反面〈反省〉理論の行き着く論理的帰結として自我の〝存在〟を支持するか、あるいは〝不在〟を意味するかで両者の根本的相違が生まれてくる。

〈反省〉を哲学的にどう捉えるかはフィヒテとロマン派の関係を理解する上で重要な問題である。〈反省〉の理解をめぐる両者の対立は次章で詳しく検証することにして、ここではフィヒテおよびシュレーゲルがそれぞれの哲学叙述において〈反省〉概念をどのように定義し、どのように連続していたか、カントの反省概念との関係も踏まえながら確認しておきたい。

フィヒテは知識学についての最初の著作である《知識学の概念について Über den Begriff der Wissenschaftslehre》(一七九四)[34]で〈形式 Form〉のみを扱う論理学と区別する意味で、知識学は〈形式〉とともにそれと分かちがたく結び付いている〈内容〉をも同時に探求する学であると述べている。知識学の研究対象は〈人間の知の体系〉であり、人間の精神の思考において形式と内容は分離不可能だからである。[35]〈人間の知〉自体は当然知についての学とは独立に〈ある vorhanden〉はずであるが、学によって〈体系的な形式に〉整理することができる。しかし、この学によって構築された体系的な形式も〈人間知〉に違いはない。そうすると〈人間の知〉はこの学によって体系化される以前に既に一定の形式を持っていることになり、ここにその形式と新しい〈体系的形式〉をどう区別したらよいのだろうか、その新しい形式とは何かという問いが生じてくる。

学と独立に人間の精神の内にあるものが精神の〈行為〉と名付けられ、自我の自己定立も精神の諸行為の内に含まれる。精神の諸行為が知識学の〈素材Stoff〉であると言うことができるが、それは学そのものではない。知識学が成立するためには素材となる行為とは別の種類の行為、即ち〈自らの行為の様式一般を意識へと高める〉行為が必要である。素材となる行為が〈必然的諸行為〉であるのに対して、学を成り立たせる行為は、〈自由な行為〉である。[36] ただし、〈必然／自由〉という区別はより高次の位置から観察している自由な行為の側から設定したものであって、絶対的なものではない。素材となる行為の在り方が〈観察している側から見て〉必然的にそうあらねばならない性質のものであるのに対して、観察している行為自体は素材の在り方から自由でなければならない。つまり、この観察している自由な行為もそれ自体がより高い位置から〈自由に〉観察される時には、〈必然的行為〉として現れる。「この自由な行為を通してそれ自体既に形式即ち人間の精神の必然的行為である何かが、内容として新しい形式、即ち知もしくは意識の形式の中に取り入れられる。したがって、この自由な行為は反省の行為である。当該の必然的諸行為はこれらの行為がそれ自体として生じてくるような系列から分離され、混ざりものがない純粋なものとして提示されるのである」[37]。

つまり何らかの〈内容〉もしくは〈素材〉について思考している精神の行為の〈形式〉をそのメタレベルから思考する時、思考の〈形式〉がより高次の思考の〈素材〉に変化することが、フィヒテの定義する

〈反省〉である。そうすると、学としての知識学の営み自体も、反省によって成り立っているわけであるから、知識学は自らの学問としての在り方を問題にしなければならなくなる。哲学する主体としての自我もまた、問題系の中に取り込まれるのである。

このような形で反省の問題を展開していくと、必然的精神行為の主体としての自我に対して自由な精神行為の主体をより高次に設定しなければならなくなる。つまり、必然的に縛られている主体の状態を抜け出して自由に観察し得る主体である。これをフィヒテは〈絶対的主体 absolutes Subjekt〉と呼んでいる。[38] ベンヤミンはこの主体の位置においてカントが否定した〈直接的認識 unmittelbare Erkenntnis〉が可能になると解説している。カントの認識の定義を考えると〈直接的認識〉という表現には多少無理があるが、この場合ベンヤミンは（感性的）直観による対象の認識ではなく、〈方法もしくは形式的なものの自己認識〉のことを指して言っているのであるから、〈直接的認識〉=〈内的（自己）直観〉と考えて差し支えなかろう。[39] いずれにせよフィヒテの〈反省〉は、認識している主体もしくは実践している主体を更に上から思考している〝超主体〟の存在、つまり《方法序説》や《エチカ》、《純粋理性批判》や《実践理性批判》などで認識や実践の問題について反省している主体、更には《知識学》を論じている主体自身をも問題化する可能性を潜在的に含んだ思想と言える。

カントは《純粋理性批判》の中で、「反省（Überlegung; reflexio）とは対象そのものに関わって直接対象から概念を引き出すことではなく、我々がその下で概念に到達することができる主観的条件を見つけることができるよう、そのために先ずもって自らを準備する心の状態のことである。反省とは与えられている表象の我々の様々な認識の源泉への関係についての意識であり、この意識によってこれらの関係は正しく規定される」[40] と述べている。カントがここで言及している反省は、対象についての表象が感性および純粋悟性との関係でいかに構成されるかを判断する能力のことであるから、それは〈方法もしくは形式的なものの自己認識〉に含まれると考えられる。ただ、「直接対象から概念を引き出すことではなく」とわざわざ断っていることからも窺えるように、カントは〈反省〉を〈知的直観〉と混同されないよう、[41]認識そのものとは全く切り離されたいわば意図的な操作であるかのように取り扱っている。言い換えれば、認識自体と認識についての反省との相互関係は明確な形では問題化されていない。つまりカントにあっては、反省の際に生じる〈絶対的主体〉の視座は少なくとも表向きは隠されたままである。[42]

フィヒテの反省理論は意識内部における〈形式〉自体の能動的変化にまで視野を広げていると言える。認識もしくは実践との関係で整理し直すと、反省とは〈外部〉の〈物＝認識・実践の素材〉に関わっている自我の〈内部〉における精神行為の〈形式〉が、次の段階では自我の内により高次の主体が成立することによって思考されるべき〈素材〉へと〈変形 umformen〉されていく過程として理解される。ベンヤミンの表現を借りれば、〈思考されたものとしての相関物を伴った端的思考〉が思考の思考としての反省の素材になるのである。[43] 自己直観による〈自我／非自我〉の定立とそれに伴う反省の運動は、自我内での形式→素材の変形運動として捉え直すことができる。

フィヒテは既に《知識学の新たな叙述の試み Versuch einer neuen Darstellung der Wissenschaftslehre》（一七九八）において、この変形を契機として意識の運動が入り込んでいく無限の迷路を示唆している。

君が自分の思考を意識するには、君は君自身のことを意識している必要がある。君が君自身のことを意識して〝いる〟と言う時、君は必然的に君の考えている自我と、その自我の思考の中で考えられている自我を区別していることになる。しかしそれが可能であることの前提として、その思考の中で考えているものが意識の客体であるとすれば、それはより高次の思考の客体であるはずである。そこで君は同時に新しい主体を得ることになる。それは先に自己意識であったものを再び意識する主体である。ここで私は初めと同じ議論を繰り返す。一旦この法則に従って結論を出そうとし始めると、君はもはやどこで留めるべきか示すことができなくなるだろう。あらゆる意識がその意識を客体とする新しい意識を必要とするため、我々は無限に進んでいき、現実の意識を捉えられなくなる。[44]

フィヒテはこのすぐ後の箇所で、反省の無限の連鎖にもかかわらず自己意識が成立している根拠を述べている。彼が終点のない反省の無限の連鎖を主張したいのでないことは明白だが、その理由は次章で詳しく述べることにする。ここでは、フィヒテの自己意識論にそのまま沿っていけば自由な自我の行為の主体が無限に並ぶことになり、もはや特定の自我を主体として確定できない状況に陥る可能性があることをフィヒテが既に予期していたことを押さえておけば十分であろう。この無限に続く自己意識もしくは自己直観の系列を、ロマン派は知識学の批判的レクチュールを通して学び取ったのである。

ここで認識・実践・思考における〈形式 Form／素材 Stoff, Materie〉[45]の二項対立についての議論をカントにまで遡って整理しておこう。カントは《純粋理性批判》において、〈形式〉および〈素材〉を上に述べた意味での反省の操作に用いられる〈反省概念〉として扱っている。感覚的認識においては、〈素材〉が感覚を通して与えられるのに対して〈形式〉は純粋直観・思考に由来し、素材を秩序付けると言うことができるが[46]、カントはこれを一般化して論理学的なレベルの問題まで含めて、悟性の使用の際の〈規定し得るもの das Bestimmbare〉を〈素材〉、〈規定しているもの die Bestimmung〉を〈形式〉と呼んでいる。[47]

つまりフィヒテは、カントが一般的に定義した〈形式／素材〉関係を思考のあらゆるレベルで設定し、より高次の段階に移る際の指標として〈形式〉→〈素材〉の変形運動として再定式化したわけである。

シュレーゲルは《イエーナ講義》の中で、フィヒテの反省の哲学を応用する形で、認識を構成している〈形式／素材〉関係を一般化し、形式の連続的な変形は最終的には世界全体の構成の問題にまで繋がっていることを前提として論じている。[48] これは、フィヒテの反省運動が〈外部〉への非我の対定立に伴って出発しているのを更に展開し、〈世界〉の問題にまで拡大したものと考えられる。この講義でシュレーゲルは、認識の中での〈形式／素材〉関係の変化についての議論を以下のような形で展開する。

我々の外部の世界は〈形式〉と〈素材〉から成り立っている。このうち素材の方は直接意識の内に入ってくることはない。何故なら〈素材〉それ自体は〈混沌 Chaos〉であって、その中では一切が区別されないからである。したがって〈形式〉だけが意識の内に入ってくる。つまり我々が〈素材〉と思っているものは実は〈形式〉なのである。〈素材〉はその定義からして形がない（formlos）はずであり、ポジティブな形では措定されないはずである。しかし形式は素材を条件に成立しているのであるから、全てが意識の内に形式として入ってくるとしても、全てが形式であると言ってしまうわけにはいかない。形式が意識の内に入ってくるためには根源的素材＝中心的エーテル（Central Äther）＝本質（Substanz）が前提されている必要がある。[49]

別の見方をすれば、形式とは（主体である自我の側から見て）必然的な要素として与えられるのではなく、〈端的に個体の内に〉与えられると考えるべきである。そして個体の〈個別性 Individualität〉は（主体の内に）形式が生み出された時点で止揚されることになる。つまり〈認識されるもの〉は実際には認識するものの側で変容（Modifikation）されたものであることを意味する。ここから「あらゆる形式は無限である」という定理が導き出される。形式は唯一、無限、永遠な〈本質〉が〈個体化〉されることを通して産出されるのであり、〈個体 Individuum〉とは形式の表現である。個体はその本質を無限に分割できるはずである。これに対応して形式も無限であると結論できる。[50]

カントの枠組みでは〈形式〉は認識主体の側に組み込まれた装置であるが、シュレーゲルは固定化された〈形式〉概念を解体し、認識されるべき〈個体〉の分割の仕方によって〈形式〉自体も変化するという方向に論を進める。その場合、〈認識するもの〉と〈認識されるもの〉の間の関係は一様ではなく、〈形式〉の変化とともに無限に変化することになる。見方を変えれば、〈主体〉と〈客体〉の関係は常に〈主体〉の側から一方的に規定されるのではなく、互いに規定し合う関係にあるとも言える。したがって〈主体的なもの〉と〈客体的なもの〉の一致として定義される〈真理〉も絶対的ではありえず、相対的であるということになる。[51]《哲学の発展》の段階になるとシュレーゲルはこの視点を更に徹底させてフィヒテの〈絶対的主体〉を否定するに至るが、この時点ではまだそこまで論を進めておらず、〈主体／客体〉の関係の相対性を指摘するに留めている。唯一、無限、永遠なる〈本質〉の概念はシュレーゲルがスピノザから借りてきたものだが、認識主体の内部における〈形式〉の変容によって世界が定立されるという発想はフィヒテのものであり、シュレーゲルは両者を結合したことになる。シュレーゲルはある意味でスピノザに再接近しているが、この場合形式は〈必然的に与えられている〉のではなくあくまで個の識別に際しての認識主体の側での変容として生み出されるのであるから、〈内部／外部〉の境界線は一応保持されており、その点で単純な知的直観説とは異なっている。このようにフィヒテが見出した意識の反省の運動は、初期ロマン派によって自我の自己直観の高次化と自然認識の細分化という二つの方向でそれぞれ無限に展開していくことになる。〈世界のロマン化 Romantisierung der Welt〉を宣言しているノヴァーリスの有名な断片（一七九八）は、この文脈に沿って理解することができる。

世界はロマン化されねばならない。そうなった時に、根源的な意味を再発見することができる。ロマン化するというのはまさに質的冪級数化（qualitative Potenzierung）以外の何ものでもない。低い自己はこの操作の中ではより良き自己と同一視し得る。したがって、私たち自身がそのような級数列（Potenzreihe）であると言うことができる。この操作は全く知られていない。通俗的なものにより高い意味を、通常のものに神秘的な外観を、有限なものに無限な装いを与えることによってロマン化する。またその逆に、この操作はより高きもの、知られざるもの、神秘的なものの側から見ればその繋がりを通して対数化される（logarithmiert）と言うことができる……。[52]

ロマン派の哲学では、私が反省するというより根源的な反省の級数列の鎖の一部として私の〈自我〉が位置付けられる。全ては私たちの内にあり、私たちの〈自我〉は私たちの〈自己〉の一部である。そのつどの〈内部／外部〉境界線の下で成立している自我の根底にあって共通しているものをシュレーゲルは〈原自我 Ur-Ich〉と呼んでいる。〈原自我〉は自我の内に生起する全てを包含し、その外には何もない。[53]初期ロマン派にとって自我は我々が通常〈世界〉と呼ぶものの総体であり、世界は〈生成過程にある無限の自我〉と見ることができる。[54]この無限の自我を捉えることが哲学の役割だが、捉えようとする主体自体が客体とともに変化するために、哲学の営みは果てしなく続くことになる。[55]

II　初期ロマン派のフィヒテ哲学からの離脱

一　〈定立〈存在〉〉理論への挑戦

a　定立と反省

初期ロマン派の哲学、特にシュレーゲルのそれがフィヒテの反省理論に肩車するものであったことは、シュレーゲル自身が認めているところである。[1] 彼にとって、フィヒテの哲学はそれまでの哲学体系の内で最も完成し、鍛え抜かれたものであり、全く新しいタイプの〈学〉であった。[2] しかし、当然それは彼の哲学とフィヒテの哲学が一致しているということを意味しない。

フィヒテの哲学は〈絶対的自我〉を全ての〈存在〉と〈行為〉の根底に据え、自我中心に全ての〈知〉の体系を導き出すことを目的とするものであった。シュレーゲルとノヴァーリスは、〈世界〉を自己意識内部での〈反省〉運動の外への現れとして理解しようとした点ではフィヒテを継承しているとも考えられる。しかし彼らの場合、反省の運動全体を統括し展望する〈絶対的自我〉のような存在、いわば超存在的なものは設定しない。シュレーゲルの《ニートハンマー論評》が端的に示していたように、初期ロマン派は自我を徹底して、〈存在〉するものとしてではなく、活動しているものとして捉えようとする。自我を自我として定立する究極的な主体を設定することが可能か否かで両者の立場は大きく分かれてくる。この章では自我の〈存在〉の問題を軸に、ロマン派をドイツ観念論から原理的に隔てているものが何であるかを見ていく。

シュレーゲルによれば、フィヒテは意識の理論で非常にオリジナルな発見をしながらも、その体系を全面的には展開しなかった。それは、彼が神秘主義的な夢想に陥ることを恐れるあまり、問題領域を〈制約された自我性 die bedingte Ichheit〉に限定し、〈無制約への自我性 die unbedingte Ichheit〉へと向かっていかなかったためである。[3] つまりフィヒテの哲学は反省の活動性を強調しているものの、最終的には〈自我〉を存在しているものとして捉えることでその活動性を制限し、固定化してしまっているというのがシュレーゲルの議論である。では、存在として制限されていない自我の理論はどのような形で可能になるのだろうか。

ベンヤミンによれば、フィヒテの哲学が〈反省〉よりも〈定立〉すなわち〈存在していること〉をより根源的な事行を見做しているのに対して、ロマン派は常に定立する主体より高次の主体を想定することを通して形式の形式の形式の……と無限に連なる〈反省〉の連鎖を理論の中心に据えている。そこから方向性の違いが生じてくる。[4] ベンヤミンは先ず〈自我の自己定立〉自体は無意識下で起こる作用であって、その〈定立された〉という事実が意識化されることが反省である点をヴィンデルバントのフィヒテ解釈も引き合いに出しながら確認する。[5] この点は《全知識学の基礎》に見られるフィヒテ自身の知的直観をめぐる以下のような叙述からも確かめることができる。

直観されるものは直観しているものとしての自我に対して対定立されているのであるから、必然的に非自我である。このことから第一にそのような直観されるものを定立する自我の行為は反省ではないということ、内部に向かうのではなく外部に向かう活動、即ち……生産であることが分かる。……更に言えば、自我がこの直観されるもの自体を生産する自らの活動を意識し得ないことも明らかである。何故なら、その活動は反省されておらず、自我に帰属していないからである。[6]

つまり、自我の〈必然的な〉行為である定立は無意識的であって、意識された自由な行為である反省とは異なっている。直観された非自我が自我に属するものであることが〈意識〉されるのは、この直観について論じている哲学的反省を通してである。

定立は一方では無限なるものを目指して外部へと出ていこうとする自我の生産的構想力の運動であるが、他方で自己自身による非自我の対定立、つまり〈表象すること〉によって自我の内部へと引き戻してしまう性格を持っている。フィヒテの言う反省はその引き戻す際に随伴してくる作用である。この反省によって自我は〈自我／非自我〉の境界線を意識する。つまり、〈表象しているもの das Vorstellende〉（＝自我自身）の表象化作用（Vorstellung）によって〈絶対自我〉の方へ引き戻されることになる。[8]

先の《知識学の新たな叙述の試み》における自己意識の無限連鎖の問題との関連で言えば、フィヒテは連鎖が起こる原因は意識の各段階で主体と客体が別のものであるように扱われ、個別に論じられているからだと説明している。即ち、「自我が考えている」と考えている自我はその〈考えている〉と考えられている自我とは、別ものであるかのように論じるために収拾がつかなくなるのであって、実際には両方とも

〈自我〉として同一ではないかということである。フィヒテは〈主体的なもの〉と〈客体的なもの〉が直接的に同一（eins）である意識があると主張する。定立された〈自我〉が自己自身であると意識する自己意識の直接的な在り方、即ち〈直観〉である。[9] 既に述べたように、「自我が直観しているものとして自己を定立する」ことで無限に向かう運動が内部へと反転し、〈自我／非自我〉の境界線が確認される。この意味でフィヒテの体系においては、知的直観は反省より優位にあると言えよう。[10] ヘンリッヒ（Dieter Henrich 1927–）も指摘しているように、フィヒテは次々とより高次の主体を設定していく〈反省〉の方法ではなく、直観によって自己意識内の同一の主体へと問題を収斂させていく路線を選んだのである。[11] 初期ロマン派との違いで重要なのは、〈直観〉を通して反省している主体としての自我と、反省されている客体としての自我の自己同一性が保証されている点である。即ち、この同一性に基づく自己の〈存在〉は知識学における最も根源的な事行であり、フィヒテは直観の直観の直観……という論法でそれを脅かすつもりはないのである。これに対して、《哲学の発展》におけるシュレーゲルはこの連鎖に歯止めをかけようとはしない。逆に運動を徹底化し、フィヒテが囚われている制限された〈自我〉の存在そのものを相対化することを目指している。それは次の箇所から読み取ることができよう。

自我が自我であるための能力はまさに無限である。直観の直観があるならば、同様に直観の直観の直観があるという風に無限に続いていき、際限がない。自我がこの果てしなき反省を追っていくなら、決して直観には至らないであろう。というのは、直観とは、表象しているものを表象しているものから区別する把握であるからだ。内的な思案と詭弁の内に、自我は対象を完全に失ってしまう。――自己意識の能力にも境界線を設定する根拠はない。[12]

シュレーゲルにおいては、もはや知的直観→反省の連動で自己同一性が確認されることはない。思考の無限連鎖を止められるのは意識を対象に向き直させる意志の働きのみである。意志は反省の〈無規定的な規定性〉に〈終端＝目的 Ende〉を与える。[13] これは基本的にフィヒテが非自我の定立によって反省が起こると言うのと同じ事態を指していると思われるが、決定的に異なるのは自我が自己定立する、即ち自己同一性が確立するとは言っていない点である。後の述べるように、対象との関係に限定されて〈制約された自我〉が成り立っているのであり、自我の自己定立が根源的事行だというのではない。

シュレーゲルによれば哲学への第一歩は〈物への疑い〉と〈自我の蓋然性〉であったが、彼は同時にその蓋然性と確実性が〈揺らぎ〉始めたことを告知している。[14] ノヴァーリスもかなり初期のフィヒテ研究において、「フィヒテはあまりにも恣意的に全てを自我の内に詰め込んだのではないか」[15] と、フィヒテの自我中心主義に疑問を投げかけている。

ベンヤミンはフィヒテの反省哲学が初期ロマン派への受容の過程で揺らぎ始めた理論的根拠として、思考の思考の思考の……過程で〈反省〉の意味自体が変質したことを挙げている。先ず思考における形式→素材の連鎖の第二段階（思考の思考）と第三段階（思考の思考の思考）以降とでは根本的に意味が異なってくる。第二段階で形式が次の段階の思考の素材になることはフィヒテ自身がはっきり認めており、これは反省の〈原形 Urform〉もしくは〈標準形 kanonische Form〉ということができる。これに対して第三段階以降では、この〈原形〉そのものが揺らいでくるわけである。

第三段階で思考されている客体は何かと考えると、二通りの答えが可能である。つまり、（思考の思考の）思考と、（思考の思考としての）思考の主体とが思考される客体であり得る。[16] 別の言い方をすれば、思考の形式の形式について更に考察を続けていくというメタ論理学的方向と、そうした反省を行っている主体そのものの在り方を問題にするメタ認識論的方向とに分かれていくということである。この二つの方向は各段階で相互に入り組んでおり、自我自身による〈自我／非自我〉の定立についての反省として定式化可能だった標準形が、第三段階以降、次第に多義的になり、回収不可能になってしまう。

原理的に考察すれば、これはカントが反省している主体と反省されている客体とを一応分離していたのに対して、フィヒテは反省の主体と客体の双方を自己意識内部の現象として同一レベルで解明しようとしたことから生じてきたアポリアである。現代的に言えば、分析主体の自己言及に起因するパラドクスである。

これを回避するためにフィヒテの取った戦略が知的直観を通しての定立の確認である。つまり、第三段階以降で〈自我＝自我〉としての同一性が保証されていれば、反省の基本的方向性は思考の形式の形式の形式……の形式について〈定立された自我〉が思考するという形に収斂され、標準形をそのまま維持することができる。[17]

この議論に対する初期ロマン派の批判を要約すれば、知的直観によって〈自我が定立された〉ことを確認しているということにどれだけの意味があるのか、それによって本当に〈自我＝自我〉であると証明できたことになるのかという疑問に集約される。ノヴァーリスは「存在は同一性を表すものではない」[18]と明言し、〈存在〉が単なる関係であって、何についても無条件に〈ある〉とは言えないことを示唆している。またシュレーゲルによれば、自我は〈判明な認識〉とはなり得ない解きがたい謎であり、常に〈蓋然性〉のままに留まっている。[19]つまり自我が〈存在〉しているものとして判明な形で確定されることは不可能であり、自我＝存在関係は宙に浮いたままになるのである。フィヒテと初期ロマン派の主要な対立点になっている知的直観による自己同一性の確定の問題を以下で詳しく検討していこう。

既に見たように、フィヒテは定立が無意識下で起こっていると述べているが、これは別の角度から見れば〈定立する〉こと自体に反省している意識が立ち会うことはできないこと、即ち、反省的意識は本来的な意味で〈定立〉を確認できないことを意味する。そうなると、フィヒテは「自我による自己定立は最も根源的事行である」と言い切って、それ以上は追求させないことになる。つまり無条件的に定立は反省に優越しているのである。そのことを彼は次のように表現している。

> 第一の意味での自我と第二の意味での自我は絶対的に同一で〝ある〟。したがって上の命題（「自我が自己自身を定立したのだから自我は〝ある〟」）を転倒して、次のように言うこともできる。自我が自己自身を定立するその絶対的理由は、自我があることである。自我はその端的な存在によって自己自身を〝定立〟し、またその端的に定立されていることによって〝ある〟のである。[20]

〈自己定立＝存在〉にかかっている〈絶対的〉という副詞および〈端的なbloß〉という形容詞は命題のトートロジカルな正しさを強調し、この根源的な事行を更に問題化しようとする問いかけを拒絶していると読むことができる。フィヒテは〈定立〉という言葉を定義しないまま用いている。〈定立〉は予め定立されているもの、あるいは既に定立されているものとの関係から帰結してくるのではない。[21] 定立によって〈端的にある〉としか言いようがないのである。

《全知識学の基礎》に見られるフィヒテの〈定立＝存在〉重視の態度をもう少し詳しく見ておこう。彼は、〈A＝A〉であると判断する論理的主体の更に根底に全てのカテゴリーがそこから導き出されてくる絶対的主体としての自我があると主張することの哲学的意義を強調するために、デカルト以降の哲学の再構築ないし読み替えを試みている。フィヒテは先ず「我思う、故に我ありcogito, ergo sum」は予め定立された命題に依拠しているのではなく、意識の直接性から導き出されたものであることを再確認する。即ち、「考えているものはある quodcunque cogitat, est」という大前提があって、それに小前提「私は考える cogito」を付加し、「故に我あり ergo sum」と結論する三段論法ではないということである。〈est〉↓〈sum〉と特殊化されると考えるのではなく、一人称の〈sum〉から一般的な〈est〉が根拠付けられねばならないはずである。フィヒテには、抽象的な〈res cogitans 思考する物〉について語ることは意味がないのである。これは《純粋理性批判》に示されたメンデルスゾーン（Moses Mendelssohn 1729-86）の〈魂の持続性 Beharrlichkeit der Seele〉の証明の批判の論法をそのまま応用した議論である。[22]

フィヒテはカントにならって、デカルトの発見をより明晰に表現するために「我は考えながらある、故に我あり（cogitans sum, ergo sum）」と言うべきだと提案する。[23] そうなると、〈cogitans 考えながら〉という分詞は必ずしも必要ではなくなる。〈ある〉のであっても必然的に考えるのではないからである。しかし考えるのであれば、必然的に〈ある〉。〈思考〉は本質ではなく〈存在〉の多くの規定性の一つに過ぎない。

フィヒテにとって〈思考している〉という事実の発見はより根源的な事行である〈存在〉の発見に至るための経路に過ぎないのであり、〈思考＝反省〉の方が先行していることを意味しない。発見された後では常に〈（私の）存在〉＝〈sum〉が全ての哲学の出発点にならねばならない。「自我が自己自身を定立する」という知識学の第一根本命題は、カントが《観念論の反証》で証明した〈私の現存在〉と〈私の外の空間における対象の現存在〉との平行関係の議論を〈私の現存在〉の方に焦点を合わせて法則化したものであると見ることができる。

次にフィヒテはラインホルト（Karl Leonhard Reinhold 1758–1823）の〈表象 Vorstellung〉の哲学に言及している。

デカルト的な形にすれば、彼の根本命題は「我は表象す、故に我はある repraesento, ergo sum」、より正確に言えば「我は表象しながらある、故に我はある repraesentans, sum, ergo sum」ということになろう。彼はデカルトより相当先に進んでいる、しかし、彼が単に学そのものないしは学の予備学（Propädeutik）を提示するだけのつもりでないならば十分先に進んでいるとは言えない。何故なら表象することは存在の本質ではなく、その特殊な規定性に過ぎないからである。それ以外の我々の存在の規定性もある。これらの他の規定性は経験的意識に至るために表象という媒体を超えていかねばならないのであるが。[24]

これだけの議論では〈sum〉の言葉遊びをやっているだけのようで、フィヒテがラインホルトの何を評価し、何を不十分だと言っているのか分かりにくいが、《知識学の概念について》や《全知識学の基礎》に少し先立って著された《エネシデムス書評 Rezension Aenesidemus》（一七九二、九四）においては、フィヒテ自身が表象の哲学から受けた影響について詳細に述べられている。シュルツェ（Gottlob Ernst Schulze 1761–1833）のラインホルト批判に反駁するという形を取った[25]この文書で、フィヒテはラインホルトがカント哲学では最後まで統一的に説明することができなかった〈主体／客体〉の溝をめぐる問題を、〈表象〉を原点に置くことで解決しようと試みた点で先ず評価している。[26]

ラインホルトの議論によれば、意識に対して直接的に与えられるのは〈端的な表象〉のみであり、〈主体＝表象するもの〉および〈客体＝表象されるもの〉は、前者の後者への関係を媒介にして成立する。〈意識の中で主体および客体に関係付けられるもの〉、つまり表象はその性質から考えて関係する〝以前〟にそこにある（da seyn）はずである。この論法で、彼は表象を〈哲学する理性〉が構築する全体系の出発点にすることを試みた。その体系的一貫性への志向はフィヒテに大きな影響を与えたが[27]、シュルツェの《エネシデムス》はそうした表象の哲学に内包される論理的な弱点を巧みに突いた批判である。

その批判のポイントは以下の形にまとめられる。ラインホルトは主体・客体に関係付けられるものが〈先にある〉と言っているが、そもそも〈関係付けられていくべき先〉の何かが先ずないと関係付けられないのではないか。それを考えると主体、客体の方が〝先にある〟はずだ——という議論である。結局、表象は〈（表象の）主体／（表象の）客体〉と表裏一体の関係にあるのだから、ラインホルトをシュルツェとどちらの言い分が妥当かを判定する決め手はなくなる。

そこでフィヒテは両者の主張を整理して、ラインホルトが表象は〈主体／客体〉に先立つと言っているのは経験的な意識における〈主体／客体〉関係について言えることであって、シュルツェの批判はより根源的な次元、即ち絶対的な〈主体／客体〉関係の方が表象より〝先にある〟という事態を指していると解釈し直すことができるとしている。ここから、絶対的主体としての自我は感覚的直観によってではなく、知的直観によって定立され、これに対して絶対的客体である非自我が対定立されるという知識学の第二根本命題が直接導き出されてくる。

このようなフィヒテの自我―定立―存在をめぐる議論の萌芽は、見方によっては既にカントの内に認められる。カントは《純粋理性批判》で、〈我思う〉という表象は自意識としての〈純粋統覚〉もしくは〈根源的統覚〉であり、〈経験的統覚〉とは区別されると述べている。この根源的統覚としての〈我思う〉

の表象は他の全ての表象に伴っており、全ての意識の中で同一性を保っているのである。[28] これは用語を置き換えて、「絶対的主体としての自我は知的直観によって定立されてある」と読み替えることもできよう。つまりフィヒテの知的直観はカントの根源的統覚の概念をより体系的に展開したものと見ることができる。フィヒテは経験的主体とは区別される絶対的主体による〈定立=存在〉の概念を導入し、デカルト―カントにつきまとっていた〈内部/外部〉の問題を一応解決したが、同時にこの〈絶対的主体―存在―純粋意識〉についてそれ以上追求することを禁止した。存在を零点としない限り、直観の直観の直観の直観の……パラドクスが生じるからである。その点では、純粋意識の領域をも超えようとするスピノザの汎神論は封じ込める必要のある危険な議論である。フィヒテはスピノザの議論について以下のようにコメントしている。

彼は経験的意識の統一性は否定しないが、純粋意識は完全に否定する。彼によれば、経験的主体の表象の系列全体は一つの表象がその系列に関わるのと同じように唯一の純粋主体に関わる。純粋主体にとっての自我［彼が自分の自我と名付けるもの、もしくは私が私の自我と名付けるもの］が絶対的にあるのは、自我があるからではなく異なる何かがあるからだ。スピノザによれば自我は確かに自我に対してあるのだが、彼はこの自我が自我の外の何かにとって何であるかを問うているのである。このような「自我の外」は恐らく同じように自我であり、その自我というのは定立された自我［例えば、私の自我］、そして全ての定立可能な自我がその変形であるような自我だろう。[29]

フィヒテが言いたいのは、彼が〈経験的主体↓絶対的主体〉で論じたのとパラレルな形でスピノザが

〈（絶対的）主体→（？）主体〉へと更に遡ろうとしている点である。〈絶対的主体〉はフィヒテの言う意味での自我の最終的同一性を確定している位置であるのだから、更にそれを定立している超絶対的主体があるとすれば、それはフィヒテの〈自我〉から見て自我の〈外部〉にある主体ということになる。つまり〈異なる何か〉なのである。しかしそのような〈外部〉もスピノザにとっては依然として〈自我〉の〈内部〉である。スピノザが依然として〈自我〉と呼んでいる超自我的な性格の〈異なる何か〉によって、私の〈自我〉を含めてモナド的に分散している各個体の自我が定立されていることになる。

第Ⅰ章第一節で述べたように、スピノザの議論に従うかぎり〈内部／外部〉の境界線が曖昧になり、デカルトの発見した近代的自我そのものが宙に浮いてしまい、カントが認識の領域から知的直観を排除したことの意味がなくなる。フィヒテは絶対的主体による〈存在＝定立〉の概念を導入して実質的に〈外部〉を切り捨てたが、この絶対的主体が、スピノザの場合のように汎・自我（＝神）論的な場の内に立てられていると誤解されたら、それは逆に自我に哲学にとっての大きな脅威となる。「『我はある』を超えると必然的にスピノザ主義に陥ってしまうことが私にはよく分かる[30]」。

この〈我はある〉の境界線を踏み越えるか否かで、ライプニッツ学派も含めたスピノザ主義[31]とカント―ラインホルト―フィヒテの批判哲学の系譜がはっきり分かれるとフィヒテは主張する。ただし彼は、スピノザ主義を論理的に完全に退けてしまうのは不可能であることも認めている。スピノザの体系はもはや理性が追えない領域に基礎を置いているため、それ自体としては一貫しており、論理的に反証することは不可能である。フィヒテに言えるのは、スピノザの体系には〈根拠がない〉ことだけである[32]。

b　〈～がある〉から〈～である〉へ

このように見てくると、フィヒテの体系は少なくとも《全知識学の基礎》の段階では絶対的主体によって確立される〈自我／非自我〉の境界線、〈存在〉の領域をあくまで守ろうとする極めて実在論的な態度に貫かれており、従来一般的に理解されてきたような無制限に拡大する捉えどころのない〈主観性〉に根拠を置くものでないことが分かる。フランクはこの点に注目し、フィヒテをロマン派の主観主義的傾向の元祖であると決め付けるガダマーの一方的見解を批判している。フランクによれば、フィヒテはむしろ観念論と実体論の双方に対して中立的な〈観念＝実在論 Ideal-Realismus〉の立場である。[33]

これに対して初期ロマン派はフィヒテが固執している〈存在〉の領域を突き破ることを目指す。絶対的主体の下に制御されている〈純粋意識―存在〉の圏内においては真の意味での自由な思考は不可能だからである。例えばノヴァーリスは《フィヒテ研究》の中で、フィヒテの〈存在〉論に対する懐疑を次のように暗示している。

> 全ての哲学は存在にのみ関わることができる。人間は彼にとっての全てを、そして彼自身をも取り囲む境界線即ち第一行為（die erste Handlung）を感じる。彼はそれを信じなければならない。信じることで彼は確実に他の全てを知る。したがって、我々はここではまだ超越しているのではなく、自我の内に、そして自我に対してあるのである。[34]

フィヒテが「自我が自己自身を絶対的に定立する」というのを至上命題としているのに比べて、ノヴァーリスは明らかにそこから距離を置く構えを見せている。フィヒテにとって根源的な事行であるものは、ノヴァーリスには〈信じなければならない〉ことである。ノヴァーリスはある意味で〈存在〉の領域を

〈超越〉しようとしているが、問題はいかに超越するかである。スピノザに回帰して〈存在〉の領域を神の内なる意識にまで拡大してしまうのが一番の近道だが、ノヴァーリスはその道は選ばない。フィヒテの〈存在〉を頭から否定しようとはせず、〈存在〉の意味とその拘束を相対化する戦略を取っている。例えば右に引用した箇所の少し後で、「存在は決して絶対的性質を表してはおらず、本質のある属性に対する関係を表している」[35]と述べている。つまり〈存在〉という言葉の使用を認めながらも、〈存在〉をそれ以上遡れない究極の〈何か〉もしくは〈法則〉としてではなく、特定の属性を表すための関係概念として捉える枠組みへの転換である。その〈関係〉というのも定冠詞付き〈die Relation〉ではなく、不定冠詞の〈eine Relation〉であることに注目すべきであろう。〈存在〉が意味する関係はノヴァーリスにとっては一義的ではなく多様なのである。

言語学的なレベルで言えば、フィヒテの方が存在詞の〈～がある〉を基準に考えた〈存在〉であるとすれば、ノヴァーリスの方は繋辞の〈～である〉を中心にした〈存在〉というべきであろう。ノヴァーリスが存在は〈絶対的な関係〉であると書いている[36]のは、繋辞による関係の仕方はいく通りあっても、繋辞そのものは自明でありすぎるのでそれ以上問えないというハイデガー的な問題設定をしているからだとも解釈できる。存在が同時に関係を表しているからには、「世界に端的にあるものはなく[37]」、〈あるもの〉は多くの関係の複合性の中で存在しているはずである。ノヴァーリスにおいては、「我は我である（Ich bin Ich）」の〈bin〉を絶対的な同一性と見做すことはもはや許されない。

フィヒテが自我による〈定立＝存在〉を〈～がある〉という意味で〈実在性 Realität〉に関わるものと考えた[38]のに対して、初期ロマン派はむしろ〈存在〉概念と〈実体〉概念とを明確に区別し、〈存在〉を〈～である〉の意味から規定しようとしたカントの立場へと回帰しているように見える。ここで〈sein〉

の意味をめぐる当時の議論の歴史的背景を概観しておこう。

周知のようにカントは《純粋理性批判》において伝統的なスコラ哲学における神の存在論的証明を原理的に批判し、〈sein = esse〉の意味分析から実在概念を引き出すのは意味がないという基本的見解を示している。[39] 神の存在論的証明はアンセルムス（Anselmus 1033–1109）の《プロスロギオン》にまで遡るもので、〈神〉という概念そのものから神の存在を証明するやり方である。〈それ以上に大きいものが考えられないほど大きいもの〉があるとすれば、それは単に知性の中だけではなく物としてもあるはずである。[40] 知性の中にのみ存在するものが〈それ以上に大きいものが考えられないもの〉であるとすると、それ以上に大きなものが物として有ることが可能になり、矛盾が生じるというのが論拠である。しかるに神という概念はその定義からしてそれ以上に大きいものがあり得ないほど大きい概念であるから、単に知性の中に存在するだけでなく物として実在するはずだという論法である。デカルトも形を変えてこの存在論的証明を継承している。これに対してカントが加えた批判は、要約すると理念のレベルを実在のレベルは本来的に区別されなければならないということである。〈もっとも大きいもの〉というのはあくまで概念である。そのような概念は思考の秩序を支える統制的概念としては有用であるが、だからといってその概念に対応する対象が〈実在〉すると言うことはできない。〈実在〉は概念レベルで問題にされる事柄ではなく、感性的経験の領域に属するからである。

カントにとって〈存在 Sein〉は明らかに実在の述語ではなく、名詞と名詞の関係を規定している繋辞に過ぎない。「神はある Gott ist」と言おうと、「それは神である Es ist ein Gott」と言おうと、それは〈神〉という概念に〈実在性〉を付与するものではない。〈sein〉という動詞は概念レベルと実在性のレベルの架け橋ではないのである。それは単なる可能性としての百ターラーの金額と実在の百ターラーとは概念としては同一であるが、具体的な資産の状態としては全く異なっているのと同じことである。〈至高の存在〉は理性の端的に思弁的な使用にとっての完全無欠な〈理想〉ではあるが、その実在性は証明されない。[41]

カントは神の存在論による証明批判の議論を通して実在的な意味での〈存在〉概念を排除し、概念的思考のレベルと感性的認識のレベルを改めて分離したことになる。これに対して〈自我〉概念による全ての領域の統一を目指したフィヒテは、自我による〈定立〉=〈存在〉を通して（第一根本命題）伝統的な存在論的な枠組みと自我中心の認識論的な枠組みを再統一することを試みた。つまり、彼は〈存在〉概念の〈実在〉的な意味を保持しようとしたと見ることができる。

フィヒテが〈定立=存在〉論を通して再び〈sein〉に実在的意味を付与しようとしたのに対して、ノヴァーリスらは、それは自我の自由を否定し制限するものと考えて反発した。彼らはカントの意味での〈sein〉、即ち思考を統制する理念としての〈存在〉概念へと回帰することを通して、フィヒテの知識学における実在的な意味での〈存在〉を除去することを試みたと考えられる。無論フィヒテの知識学を全て否定しているのではなく、自己直観と反省の理論は継承しているのであるから、単純なカント回帰ではない。初期ロマン派はカントの存在論的批判の方法を利用しながら、知識学の〈存在〉論的な部分を解体して独自の立場を主張したと考えられる。実在論的な哲学への徹底した原理的批判を行うことがロマン派の哲学の重要なメルクマールである。

シュレーゲルは古代ギリシア以来の伝統的哲学における〈実体〉概念へのこだわりを、〈物 Ding〉の問題として整理しており、それが全ての哲学の誤りの根源になってきたという基本的見解を示している。[42]

〈物〉というのは通常の人間の生活、ないし経験主義の立場において〈それ自体は現象しない変化しつつある諸現象の持続的な土台〉として捉えられてきた。プラトンは〈持続性 Beharrlichkeit〉についての概念をパルメニデスから継承し、それをソクラテスの絶対的な善、およびアナクサゴラスの絶対的な永遠の理性の概念と結合させた。その結果、彼の体系では〈物質 Materie〉に持続性を付与せざるを得なくなった。アリストテレスの影響を受けた中世スコラ哲学では、〈物〉の定義をめぐって普遍論争が生まれ、議論が次第に抽象化して実体論が実質的に観念論に接近するという皮肉な結果を生んだ。カントは〈物〉一般については語らなかったが、認識し得ない〈物自体〉を超感性的なものと同一視してしまったという。

シュレーゲルが問題にしている〈物〉というのは、認識の対象になる具体的な事物の根底にあって、それらに〈持続性〉を付与する〝もの〟のことである。少なくとも、そういう〝もの〟として想定されていた。しかし、かなり漠然とした、何とでも解釈できるような規定しか与えられてこなかった。にもかかわらず〝存在する〟かのように扱われてきたことが問題なのである。〈物〉=〈持続性〉の概念は〈限定性 Beschränktheit〉、〈有限性 Endlichkeit〉〈完全閉鎖性 völlige Abgeschlossenheit〉などと必然的に結合しており、そのことで哲学する理性の働きを妨げてきたというわけである。

ただし〈物〉など存在しないと言って、単純な観念論の立場を取ればいいというわけではない。プラトンのイデアも結局は持続する〈物〉になっており、結局〈物〉と名付けられている概念はなくても、別の名の下に新たな〈物〉が生まれてくるだけである。〈物〉そのものは決して現象として表に出てこないイデア的な性質のものであるのだから、直接的に否定することもできない。シュレーゲルに言わせれば、唯物論、観念論、汎神論などの全てを含めて従来の哲学は持続する〈物〉的存在にこだわり続ける〝唯物論〟ということになる。古代のヘラクレイトスから近代のフィヒテに至るまで、全ての観念論者は持続的なものないしは〈定立されたもの=法則 Gesetz〉を保持し続けてきたのである。

観念論は物の概念を完全に廃棄しようとしているように見える。観念論にとっては、全ての現存在(Dasein)、実体は生、そして活動の内にのみある。死んで静止して持続的なもの、即ち物に対立する意味での生の内にある。にもかかわらず既に見てきたように、物の概念は異なった姿の下に何度でも観念論に舞い戻って来る。[43]

〈形式/内容〉の関係で言えば、各哲学体系において物が本質だ、いや精神が本質だと論じられている内容が問題であるというより、持続性を持った〃もの〃を議論の中に取り込んでしまう哲学の形式に欠陥があると言うべきであろう。〈物〉の概念の内容は空洞化し、ほとんど〈無〉に等しくなってしまうが、それでも〈物〉を持ち出さずにはおれない思考構造が残る。ハイデガー以降の近代哲学の形而上学批判では、〈精神/物質〉の二元論の内容そのものを問題にするのではなく、二元論的思考を生み出している構造の解体を目指すべく方向転換がなされているが、シュレーゲルらは既により深いレベルで〈唯物論/観念論〉の対立の克服を構想していたのである。

そこでシュレーゲルの取った戦略は、〈物〉は理論的には根拠付けることができず、認識不可能であるが、実践的行為の根底に〈物〉の観念があるというカントの立場を更に徹底化することであった。彼の哲学においては〈物〉の理論的根拠は完全に消滅して、ただ〃実践面〃においてのみ有効性を持つことになる。[44]

なぜ〈実践〉面に限って許容できるのか。それは、一つの事柄に属する個々のメルクマールを数え上げる場合に限定して使用すれば一つの〃物〃を他の〃物〃から区別するのに都合が良いからである。我々は物を区別する際に、あの物この物というように一応〈物〉という言い方をしているが、別にそうした〈物〉という言葉の根底に共通の〈物〉という概念を設定しているわけでない。そうした便宜的な（praktisch）な区別のためには絶対的な〈物自体〉の概念は必ずしも必要ではなく、〈仮想的な土台〉あるいは〈仮想的な媒体〉を設定するだけで十分なのである。「一つの物の本質に対するあらゆる洞察はその物の生成をその源、その根拠、その目的、その形成の法則に沿って認識することによってのみ得ることができる」▼45。この場合、生成を認識すると言っているのは神話的な言葉で〈物〉の誕生について夢想するという意味ではなく、個別の概念についてのそれが〈物〉として固定化されて使用されるに至った経緯に即して考えることを通してその〈物〉を理解する態度である。非常に単純な例で言えば、〝金貨〟という概念について考える場合、当然金貨が人類の歴史の中でどのように扱われてきたかを考えるし、他方で金属的な成分のことも考えるであろう。〝金貨〟という非常に単純な〈物〉をとって見ても、その概念は様々な側面を持っており、一つの側面から［金貨＝……］と便宜的に定義することはできるが、それを不変的、持続的な〝もの〟と思い込んでしまったら、それは〈死んだ物〉になってしまう。〝物〟とは実践的にのみ使用されているのであり、常に変化・生成していることを忘れてはならないのである。

〈物〉が定立されて実体を持っている〈もの〉一般を指していることを念頭に置けば、ノヴァーリスが「（存在とは）単なる現在の概念（Gegenwartsbegriff）である。時間の世界（Zeitwelt）では存在は律動的な（rhythmisch）関係である。存在とは文字通り定立するものと定立されるものの間の相互関係である」▼46と言っているのも、シュレーゲルとほぼ同じ主張であることが分かる。シュレーゲルにとっても、〈a＝a〉の定立は持続的な〈存在〉ではなく〈生成〉である。そうでなければ定立された〈a〉が死んだ物になってしまう▼47。

c　存在の哲学と生成の哲学

このように見てくると、シュレーゲルが提唱する〈実践的適用 praktische Anwendung〉とは、カントが《実践理性批判》で示した実践的認識の対象に関する定義、即ち「それを通してその対象あるいはその反対物が実現されるであろう行為に対する意志の関係のみを意味している」という定義から倫理的な意味合いを捨象して、〈自我〉が〈対象〉に対して取るべき態度全般へと拡大したものだと考えられる。カントが理論的に根拠が確定できないために括弧に入れてしまった〈物自体〉の概念を実践面に限って消極的に適用していたのを、むしろ〈物〉の持続性・実在性を相対化するための方法として積極的に利用しようとする発想の転換である。

先に挙げた感性と反省に次ぐ第三の心の能力としての〈意志〉の概念もまた実践的適用の議論に関連しているため、ここでその関係を整理しておこう。〈意志〉というのは自我の側から〈物〉に関わっていく契機であるから、当然〈物〉が固定的なものとして捉えられるか、あるいは〈生成〉の途上にあるのかという問題と密接に関わっているはずである。カントは《実践理性批判》の中で、意志とは「表象に対応する対象を産出する能力か、もしくはとにかくそのような対象の実現に向けて自己自身を規定する能力である」[48]と定義している。シュレーゲルはこの定義の〈自己自身を規定する〉という部分をフィヒテの反省理論と組み合わせ、意志の働きを次のように定義した。即ち、意志の働きは、自己意識を具体的な対象の方に向けることで自己直観の直観の直観の……連鎖を止める働きである。言い換えればシュレーゲルから見て意志とは、自己の活動の限界を設定し、自己の一部を廃棄するネガティブな能力である。[49]

ここで重要なのは、シュレーゲルが意図的にフィヒテの〈自我に対する非自我の対定立〉という用語を使わず、意志によって意識を対象［a］に向けるという消極的な言い方に変えている点である。つまり、意識が［a］に向かっているというだけであって、実体的な〈存在＝定立〉ではないのである。これは実践理性の対象が時空の形式を伴った具体的な〈現象〉ではなく、可能性としての〈叡智体〉であったこととも関係している。「我々は［a］を他と関係なくそれ自体である対象としてではなく、単に意識の対象として前提したのである。［a］が何かであるのか、またそれが現実に意識の外に存在するかどうか、さらに、まさに争点になっているそれが物としてあるいは直観として思考し得るかといった問いは脇へ追いやったのである[50]」とシュレーゲルは宣言する。

フィヒテも、〈自我／非自我〉の持っている実在性は（絶対的主体としての）自我に属するものであり、その限りでの実在性であるとわざわざ断っており[51]、したがってシュレーゲルの主張は一見同じことの繰り返しのようにも見えるが、彼がこの点を繰り返すことで強調したいのは、〈存在―自体―物〉は結局関係概念であって、常に変動し生成しているという視点である。

〈内部＝自我／外部＝非自我〉という分割ラインは自我がある限り確かに存続してはいるが、［／］の両側の項は絶えず変化しているはずであり、ラインの位置も決して一定ではない。分割ラインをあたかも固定しているかのように記述すれば、定立するものと定立されるものの相互作用が見えなくなってしまう。直観という活動は常に対象を静止した持続的な物として現象させる性質を持っている[52]。しかし実際には［a］は仮象に過ぎない。

自我について、また対象について何らかの形で思考するには、意志によって意識を対象に向け、対象に持続性の仮象を与え[53]、〈内部／外部〉の分割ラインをひとまず設定しなければならない。シュレーゲルもここまではフィヒテの枠組みを一応認めている。しかし、まさにこの仮象の性格自体のせいで不可避的に対象が〝物〟化してしまい、自我自身も〝物〟との関係の中に没入する危険性が生じてくる。直観に際しての物についての先入観は常に回帰してくる。したがって自我との関係に限定された意味であるにせよ、〈存在—実在性〉を付与しようとするフィヒテの体系にそのまま従うわけにはいかないという結論になる。〈物〉への疑いを徹底していけば、〈物〉との持続的な関係から自我が解放されて自由になり、相対的にその蓋然性が強調されることになるが、それはあくまで蓋然性のままに留まる。直観の中で自我を捉える際に、結局自我そのものも固定化され、〈物〉として現象してしまうのであるから、単純に自我中心の観念論の立場を取るわけにはいかない。いずれかの極端な立場を取れば生命は消え去り、後に死骸が残されるだけである。無限に流動的なもの、運動しているものが直観されるべきなのであるが、それが原理的に不可能であることが問題なのである。「そこに大きな問題、即ち直観における自我の確実な把握の不可能性、そして固定化された自己直観を認識の源泉として提示しようとする見解の不正確さが生じてくる」[54]。自己直観を相対化することは、自我の内に絶対的主体を立てることが不可能であることを意味する。自我によって定立される存在が同一性・実在性を保証し得ず、〈自我／対象（＝物）〉関係も律動的な生成の内にあるのであれば、〈絶対〉という形容詞が付く主体はもはや成立しない。あるのは瞬間的に絶対的であるかのごとく振る舞う主体である。ノヴァーリスによれば、「主体は全ての意識において予め定立されている（vorausgesetzt）。それは意識の絶対的に活動している状態である。それは意識に先行するのではなく（nicht vor dem Bewußtsein）、意識とともに（mit dem Bewußtsein）ある。……それは、絶対的空間でないのと同様、絶対的主体ではない」[55]。フィヒテは経験的意識のあらゆる主体に対し、常により高い所に絶対的主体を設定していたが、初期ロマン派の思考の枠組みにおいてはそうした階層秩序を守ることはできない。最終的判断主体の位置は空席のままである。

そうなると、哲学する理性は完全に袋小路に入ってしまい、何も語れなくなってしまいそうだが、シュレーゲルは解決の余地を残している。つまり彼によれば、自我意識に常に伴っている〈物〉への懐疑が固定化されている〈物〉を崩壊させる作用を及ぼす。[56] この懐疑即ち哲学の開始によって、自我が固定的な直観から解放されるのである。

しかし少なくともこのように〈物〉も自我も、更には自我との関係に限定した意味での存在である〈定立〉までも相対化してしまうと、一つの原点から出発する自己完結的な哲学の体系の構築は不可能になる。〈哲学〉が依拠している根本原理の意味するところを再検証し、内部矛盾を引き出すことを通して完結した〈体系〉を構築することの不可能性を証明していくのが初期ロマン派の戦略であり、彼らの発想はハイデガー以降の現代哲学のそれに極めて類似している。シュレーゲルは彼の哲学の特徴を次のように表現している。

我々の哲学は他の哲学のように第一命題があたかも彗星の核ないしは第一の環であり、その他が蒸気でできている尾であるかのようになってしまう形で一つの第一根本命題から出発するのではない。我々は小さな、しかし生きている胚から出発する。核は我々の内に、中心（Mitte）にある。目に見えない僅少な出発点、即ちあらゆる思慮深い人間が部分的に表明している物への疑い、そして常に存続する自我の圧倒的な蓋然性から出発して、我々の哲学は次第に展開し、絶えざる進展の中で強化されていく。人間の認識の最高点にまで浸透し、全ての知識の範囲（Umfang）とともにその限界（Grenze）を示すまで。[57]

フィヒテは人間の知識には唯一の体系しかなく、〈唯一の体系しかあり得ない〉こと自体が人間の知識の一部にならねばならないと主張して知識学を宣言したが、[58] シュレーゲルはそれをそのまま逆手にとって、体系は完結しないという論理に組み替えてしまったのである。反省によって拡大していくのは〈唯一の体系〉ではなくて、〈流動性〉なのである。

ノヴァーリスも、「なぜ普遍哲学（Universalphilosophie）は、実定的体系（positives System）ではあり得ないのか――普遍哲学に可能なのは精神の完全な活動の形式を、一つの規定の下に包括することだけである」[59] と述べ、従来考えられていた意味での〈体系〉が不可能であることを示唆している。体系は精神の活動に、暫定的に〈一つの規定〉を付与するだけであって、その超時間的な全体の流れを捉えることはできない。捉えきることのできない精神の活動を追い続け、それに規定を当てはめようとするのがロマン派にとっての普遍哲学である。

エーコは〈構造主義〉への評価と批判の両側面をまとめた《不在の構造 La Struttura Assente》において、非哲学的な精神が哲学をやっているつもりで犯してきた普遍的な過ちとは「連続（serie）を構造（struttura）に硬直化させてしまったこと、更に深いところへと進んでいく探求の暫定的な通過点を原コード（Ur-Codice）と呼んでしまったこと」であると述べているが、それと同時に〈構造〉そのものが〈自らの発展的な不在性〉を顕わにしてしまうことも指摘している。[60]

〈哲学している主体〉そのものをめぐるフィヒテに代表されるドイツ観念論と初期ロマン派の対立関係は、構造主義とポスト構造主義の対立関係と平行していると見ることができる。当然エーコが〈連続〉と呼んでいるもの、もしくはデリダが〈差延 différance〉と呼んでいるものは〈構造〉ではないと言い切れるのかという議論が出てくるのと同様に、シュレーゲルが〈生成〉を呼んでいるものも実は〈物〉ではないのかという疑問が出てくる。〈中心に〉というのは、その点で気にかかる表現である。この問題については第Ⅲ章第二節で再検討する。

二 〈内部／外部〉の問題——操作概念としての〈自我〉

a 実在性の問題とシュレーゲルの同一律批判

初期ロマン派は従来の哲学における〈物（＝持続的なもの）〉へのこだわりを批判したが、では彼らにとって大きな転換点になったフィヒテの哲学において、〈物〉あるいは〈非我〉は、〈自我〉との関係においてどのように扱われているのだろうか。

既に述べたように、自己の無意識の活動によって引かれた〈内部／外部〉に境界線の下で反省が起ることで外へ出ていこうとする自我の活動の方向性が反転し、自我と対象（＝非自我）との関係が意識化される。逆に言えば、（絶対的）主体としての自我が、対象としての自我を自己として直観するためには、対象との〈衝突 Anstoß〉[1]が必要なのである。第二根本命題によれば、それは対定立された非我によって自我が自己自身に〈制限〉を与え、部分的に廃棄することに相当する。

対象との衝突によって制限されることで、（定立）する活動はもはや純粋な活動ではなく、対象を定立する客観的な活動となる。あらゆる対象は必然的に活動に対定立されたものとして、活動に〈抗い、あるいは向かい合っているもの Wider- oder gegenstehendes〉なのである。[2] 抵抗がなければ客観的な活動ではない。客観的活動という概念そのものに、抵抗を受けることが含意されている。

〈非我〉としての〈対象〉は自我によって自我自身によって対定立されているのであるから、その〝存在〟の根拠は自己自身にある。しかし自我の活動が外に出ていこうとする〈努力 Streben〉という形をとって自己意識内で顕在化するには、それに先行する形で自我の活動に抗う対象（＝非自我）がなければならないという循環論的な矛盾が生じる。自己ならざるものの介在によってはじめて自己の存在が概念化されるわけである。フィヒテ自身も第一根本命題と第三根本命題の関係が矛盾しているように見えることを意識している。第三根本命題の方から逆に展開していけば、自我は〈非自我によって規定された〉ものとして自己を定立することになる。[3] つまり自我が規定するのではなく、規定されることになり、逆に非自我が規定する側に回ることになる。

無論〝あらしめる〟という意味での〈定立〉と単なる〈規定〉とではレベルが異なっていると考えれば、必ずしも矛盾とは言えない。しかし〈存在〉している世界の唯一の起点であるはずの絶対的主体＝自我が規定を受けるのであれば、〈存在＝定立〉とともに成立している意識の統一性に亀裂が生じるのではないかという疑問が出てくる。フィヒテによれば、自我は〈実在性の絶対的全体性の一部のみ〉を自己自身の内に定立し、それを通して全体性の他の部分を廃棄することになるが、[4] それではそもそも彼が存在もしくは実在性と呼んでいたものは何だったのだろうか。

カントは《純粋理性批判》で、本来〈質 Qualität〉の〈範疇〉に属する〈実在性〉と〈否定性〉は〈定量 Quantum〉として表象可能であると述べているが、[5] フィヒテはほぼ全面的にこの議論に依拠する形で上の問題についての弁明を試みている。

自我の内に絶対的に実存性が定立されている。またその故に第三根本命題において、全面的に非自我は定量として定立されている。あらゆる定量は何かであり、実在性もまたそうである。にもかかわらず非自我が否定であるとすれば――すなわち非自我とはいわば実在的否定性（reale Negation）……とでも言うべきものであろう[6]。

これはかなり分かりにくい論法であるが、カントの議論に即して考えれば以下のように解釈できる。〈実在性〉と〈否定性〉はもともと質の概念である。対象としての非自我は自我の内に定立された実在であるが、その対象は非・自我であるという意味では否定性である。つまり〝実在性であり、かつ否定性である〟ということになるが、これは別の形で表現すれば〝有りかつ無い〟ということであり、矛盾である。ただし現実の感性的認識に注目しながらこの問題を見直すとやや様相が異なってくる。実在性は、感受性一般に対応している〈もの〉即ち〈存在するもの一般〉、更に言えば〈物自体〉を表象している。これに対して否定性は、その〈もの〉の〈非存在 Nichtsein〉を表象すると言える。このような〈もの〉自体は全ての対象の〈超越論的素材 transzendentale Materie〉であるはずだが、具体的な認識がなされる際には、その対象が時間の中でどの程度どのくらいの分量があるかという形で、即ち〈量〉の問題として実在化される。例えば「お金がある」と言うなら、具体的にはそれがいつどこでいくらあるか、という形で感性的に認識されねばならない。その量は最も少ない極限の場合は〈0〉＝〈無 Nichts〉、つまり否定性になる。そうした意味で、表象化された〈実在性〉は何らかの量としての〈実在性〉であり、実在性から否定性への移行は連続的である、と言うことができる。

カントは純粋に抽象的なレベルでの〈実在性〉と経験的意識のレベルにおける〈実在性〉の現れ方を区別して議論している。この二分法は経験的な認識の対象と物自体とを分けて考えるカントの哲学では有効だが、フィヒテはそもそもこうした二分法を克服して一つの命題から発する哲学を志向していたはずである。彼が当初問題にしていた実在性は絶対的主体によって純粋意識の内に端的に定立されている〈実在性〉のはずだが、それが議論の展開過程でいつのまにか経験的意識の中での相対的な〈実在性〉へと意味が変化してしまっている。純粋意識の場合と経験意識の場合とで定立、存在、実在、非自我といった基本的タームの意味するところが食い違っており、どちらのレベルで論じているのか判然としない。つまり〝実在〟という概念が宙に浮いてしまう。この問題はフィヒテの知識学の全般にわたって見出される。

フィヒテは〈実在性〉が事行であること、即ち事実であると同時に行為の中にあるという点をもう一度強調し、この〈見かけ上の矛盾〉を説明しようとしているが、[7] 純粋意識と経験意識との間のギャップはどうしても説明できない。これはヘーゲル（Georg Wilhelm Friedrich Hegel 1770–1831）が後に、〈否定〉（による規定）を介して無内容な〈有 Seyn〉から規定された〈定在 Daseyn〉へと変化していく弁証法な〈生成 Werden〉として改めて取り上げるテーマであるが、フィヒテ自身は自らが知識学の記述の過程で図らずも露呈してしまった〈存在〉をめぐるパラドクスの意義を十分認識していないようだ。

シュレーゲルは、こうした実在と否定をめぐる矛盾が起こる根本的原因は従来の哲学が自明のものと考えてきた思考の規則、即ち〈論理〉の内にあるとする。つまりヴォルフ（Christian Freiherr von Wolf 1679–1754）以降の論理学において〈充足律〉と〈矛盾律〉が非常に思弁的・抽象的に使用されてきたことにある。[8] 具体的に言えば、充足律は［a＝b、b＝c∴a＝c］の形式を取るが、これと［非a≠a］の形式を取る矛盾律はともに同一律［a＝a］を基礎にしていると通常考えられており、実はそこに問題があるというわけである。

［a＝a］は本来的には常に〈持続的 beharrlich〉であり、自己自身のみと同一であることを意味して

いる。［a＝a］を絶対的な意味で解すると、外への依存を完全に排除し、自己完結的かつ不変的であるはずで、［a＝b］とは相容れない。［a＝b］は、実は絶対的な意味での［a＝a］の状態でなくなることを意味する。伝統的な哲学では、これは［a］が神である場合に生じてくる問題として有名である。神は決して他の何かと等号で結ばれることはない。無制約のものが制約されたものと等置された形で表示されるのは論理的に矛盾している。シュレーゲルによればこの［＝］をめぐる逆説は、実のところほとんど全ての哲学が何らかの形で言及している内容である、しかしいずれの哲学も具体的に自らの論理体系を叙述するに際しては、単純に［＝］で繋ぐのは背理であるという点を「常にその体系のあちこちで忘れており[▼9]」、等置できないはずのものを等置している。充足律は見かけ上は、様々の個別的なものの間の連関を発見し、新たな知を生み出していく方法として有用であるように思われるが実際には、［＝］によって［a］を＝［b］＝［c］＝［d］＝［e］＝［f］……と結んでいくことで、逆に〈知られざるもの Unwissen〉を新たに増産している、という。

なぜ〈知られざるもの〉を増やすことになるのか原理的に説明すると次のようになる。〈何か〉を根拠付け（begründen）もしくは条件付け＝制約（bedingen）しようとする場合、条件付けるとは具体的には、そのものより大きい範疇によって定義することであるから、①条件付けられるものは必然的に、それを条件付けるより大きな全体の一部になっているはずであり、未知の大きさが先ず必要になる、②それに伴って個（条件付けられるもの）と全体（条件付けるもの）の関係が未知の要素として加わってくる、③その部分（条件付けられるもの）を自らの対象として自らにとって完結した意味を持つよう規定するもの（言い換えれば〈条件付けられるもの／条件付けるもの〉の間を規定する第三項）が更に両項の外側から付与されることになり、したがって〈条件付けられるもの〉は、単に直接それを〈条件付けているもの〉の部分であるに留まらず、より高次のもう一つの別の関係にも組み込まれる。このように何か一つの現象もしくは客体を〈＝〉で結ぶような形で規定しようとすると、それに伴って少なくとも新たに三つの〈知られざるもの〉を持ち込むことになる。この三つの〈知られざるもの〉を更に条件付けようとすれば、更にそれが三倍になり、またそれらを条件付けようとすれば更に三倍に……と無限に増加し続ける。では問題になっている客体が他との関連性によって成り立つものでなく、自立して存在する純粋な客体であると見做して、〈＝〉を放棄してしまえば問題は解決するかというと、今度は、個々の客体間の関係が一切説明できず、その客体について何も語れなくなってしまう。[10] 結局、経験を通して既に知っているように、我々の生における現象の全てが〈矛盾に依拠して〉成立しており、我々は〈＝〉で結ぶという背理によって、具体的な客体を理解し、行為の対象にしているのである。同じ一つの客体の規定をめぐって、それを記述しようとする多くの学、様々の体系の中に矛盾が含まれている例は無数に見出すことができる。

一つの根本命題から自己内で完結した体系を構築することは、原理的に不可能であることを示したわけだが、そうなると何ごとについても確実な命題を立てて議論することはできないのであろうか。この点についてシュレーゲルは、「根本命題は相対的な妥当性のみを有する」という立場に転換することで道が開けると述べている。つまり［a＝X］という形の〈定立＝命題 Satz〉に絶対的確実性を求めることを放棄して、逆に［a＝b］の持つ多義性・不確定性を〈無制約的なもの〉の展開としてポジティブに受けとめようということである。この立場は、「あらゆる単一性は、対立（Gegensätze）を通して無限の充溢へと展開し得るが、単一性の根拠、条件を常に自己の内に保持しており、内的制約性（innere Bedingtheit）によって常に単一性を維持している」[11] という形に集約される。

この箇所は以下のように理解できる。［a］＝［b］＝［c］＝［d］＝……という無限に関係の連なりの中で、ある側面もしくはある時点における［a］は当初は出発点であった［a］とは全く異なったものになっているかもしれない。この連鎖の一部だけ取って考えれば、確かに［a］の同一性が失われてしまったように見えるが、実はこの無限の連鎖の中で位置付けられることこそが、単純な等号では規定し得ない［a］の本来的なアイデンティティーであると見ることができる。つまりこの連鎖は最終的に［a］に戻ってくるのである。矛盾あるいは〈制約すること Bedingen〉は、(この無限の連鎖の中での) 構成部分に対して相対的な効力を持つだけであり、［a］から発する体系〈全体〉は決して制約されない。無限の連鎖としての全体は常に自己同一的であり、等号を通して現れてくる見かけ上の矛盾は部分間の矛盾である。このような意味での〈全体〉をシュレーゲルは〈制約されていないもの das Unbedingte〉と呼ぶ。[12] 方法的に意識されるとされないとにかかわらず、あらゆる体系は〈制約されていないもの〉の導入を原理的に必要としているのである。

フィヒテの知識学を文字通りに取れば、実在性は自我によって定立され、非自我も絶対的主体としての自我によって定立されているのであるから、絶対的自我の〈外部〉には何もないはずである。しかしフィヒテは第三根本命題において非自我による実体性の部分的廃棄を認めたことで、間接的に〈自我による定立〉に先行する形の外部の〈知られざる〉ものの存在を示唆した形になり、自らの第一根本命題に矛盾してしまった。〈自我によって定立された非・自我〉という概念の根本的矛盾性が露呈すれば、当然、自我による定立として同一律［A＝A］を説明しようとしたフィヒテの試みの全体が挫折してしまう。これに対して、シュレーゲルの行った発想の転換とは、自我による定立に際しその都度、〈外部〉から何らかの〈知られざるもの〉が第三項として定立に関与していることを明らかにすることであったと考えられる。彼は絶対的な意味での〈存在＝定立〉を論じるのは意味がないことを明らかにし、フィヒテが意図せずして露呈した同一律をめぐる矛盾の問題を、〈無限の充溢の中での有機的統一〉としてポジティブに捉え直したわけである。シュレーゲルの生成的な哲学のやり方は、通常の分析的なやり方とは違って、決して一つの体系に落ち着くことがない。逆に、内部に含まれる〈矛盾〉に基づく無限の展開こそ〝定立〟された［a］の本質と考える。

こうしたシュレーゲルの議論を踏まえて、もう一度［a＝a］の持つ意味を考え直してみよう。体系の出発点で［a］をそのまま〈無制約なもの〉として扱うことには無理があることが分かる。無制約な［a］であるなら、充足律に従って［a＝b］と展開することはできない。むしろ［a＝b］であるためには［a］が先ず制約されている必要がある。［a］から特定の［b］へ至ることが可能か否かは、その客体の性質に応じて決定される。したがってこの制約されたものとしての［a］の性格を規定しなければ［＝］で結ぶことはできない。伝統的三段論法とは異なるこの新しい論理に基づく方法を彼は、〈生成的方法 genetische Merhode〉、または数学との類比で〈構築の方法 Methode der Konstruktion〉と呼ぶ。[13] 《哲学の発展》に続いてケルンのサークルで行われた講義《予備学と論理学 Propädeutik und Logik》（一八〇五―〇六）では、〈構築の方法〉についてより詳細に次のように述べている。

構築の本質は概念の有機的文節と配列の生成的導出と根拠付けにある。世界それ自体の中で全てが有機的に連関しており、調和的な絆が全ての存在を一つの生きた全体に統一し、結合している。それと同様に、あらゆる概念は一つの全体を成しており、それを構成する部分、構成要素の性質に即してより大きな全体の部分、構成要素として自然で必然的な連関の中で、把握されねばならない。[14]

シュレーゲルがここで問題にしているのは、一つの概念が判明であるための条件はそれが生成的に把握されていること、即ちその概念の根源にまで遡って洞察し、それが我々の思考の体系の中でどのような関係、絡み合いの中にあり、どのように多様な形態、変形を経て現在の形式に至ったかが探求されていることである、つまり［a＝……］というタイプの定義を行ってみたところで、それは［a］の一側面を言い表したに過ぎないのであり、〈＝〉で結ぶことでかえって判明さを失ってしまう。数学的な実在が他と関係なく単独で成立することはなく、常に体系内での複数の〈＝〉関係を通して概念化されているのと同様に、哲学的に〝物〟を把握する際にもその体系的な〈構築〉に即した概念的な把握がなされねばならないというわけだ。

当然のことを言っているようだが、少なくともカント以前の論理学では、最も単純な概念から出発してその記号を数学的に操作すること（＝〈哲学的計算 calculus ratiocinator〉）によって真理に到達できるという普遍数学的な志向が支配的であったことを考えれば、〈構築〉という考え方は大きな転換を意味している。[15]つまり最も単純と思われる概念であっても、それは必ずより大きな全体との連関の中で生成的・歴史的な意味を担っているのであるから、〝最も単純な〟とは言えなくなる。〝単純な概念〟を指定して機械的な操作で全体を導き出すとする構想が土台から揺るがされてくる。そういう意味で概念とは、無限に規定可能である。その定義は常に（反省のレベルにおいて）上昇し、先へ進んでいくが、決して完結した絶対的な完全性に到達することはないのである。[16]定義とは、対象についての思考を実践的な関係に即して表現したものに過ぎないのであるから、理論的に絶対的な定義は現実問題として不可能である。可能なのは実践的な妥当性として根本命題を与えることであって、存在論的な根本命題は不可能なのである。[17]

この構築的な論理学に従えば、いわゆる〝実在〟概念も操作的なものとして捉え直すことができる。通常〝物〟という形で現れてくる〈客体〉としては、①変化する現象の静止した持続的な根底の概念、②現象を把握し、直観し、概念化する自我（＝主体）の概念――の二つが考えられる。

自我の概念が蓋然性に留まることは既に述べたが、ここで問題になるのは①の概念である。シュレーゲルによれば、それ自体としては知覚化されないで、客体を客体たらしめている根底こそ、変化する〈現象〉に対し〈存在〉と呼ばれるものである。現象としての客体は主体の意識の中では、常に〈実在性〉に関係付けられた形で把握されている。しかしだからといって、その根底にある〈存在〉が、〈実在的なもの〉であると言うことはできない。明らかなのは「そのような持続的な根底、もしくは、物自体的なものが前提されていなければいかなる現象も可能ではない」という法則が、自我の意識を支配しているということだけである。〈現象〉に常に随伴している〈存在〉は、いつも仮説もしくは虚構に留まり、それが実在性、学的妥当性を持つか否かは決して確定できない[18]。

カントの〈物自体〉に関する議論を繰り返しただけのようにも見えるが、カントの場合には〈存在―物自体〉に依然として存在論的な実在性が残存しているのに対して、シュレーゲルにとって〈存在〉や〈物〉は生成の運動が進行するための契機、もしくは構築のため必要な概念として実践的妥当性を持つに過ぎない。この場合の〈存在〉は常に〈まだないもの〉、即ち〈不在 Assenza〉として自己を呈示するエーコの操作概念としての〈構造[19]〉と類似した機能を担っていると考えられる。

b　構築の方法とヘーゲル弁証法

このように見てくると、〈存在―物自体〉の実在性に依然こだわっているカント哲学を批判して生成のプロセスにある〈自我／物〉関係を問題にしている点で、シュレーゲル、ノヴァーリスらの取った戦略はヘーゲルの弁証法に接近しているように見える。しかし両者の間の決定的な相違は、初期ロマン派にとって〈存在〉が常に仮説・虚構に留まるのに対して、ヘーゲルが弁証法的運動の終点で〈存在〉が意識に対して直接的に現前すると主張する点にある。ヘーゲルは《大論理学 Wissenschaft der Logik》(一八一二―一六)で生成の始まりと終わり、つまりそれぞれの終端について次のように述べている。

前進(Vorwärtsgehen)が根拠即ち根源的で真なるものへの遡行(Rückgang)であり、始められたものがその根源的で真なるものに依存しており、事実それによって産出されること、このことが――それはこの論理学において更に明らかになることであるが――本質的な洞察であることは認めざるを得ないだろう。このようにして意識はその道すがら、自らの始まりである直接性(Unmittelbarkeit)から自らの最も内奥の真理である絶対知へと連れ戻されるのである。というのは、この最終的なもの、つまり根拠は、当初は直接的なものとして現れた最初のものが由来しているもの、当初は直接的なものとして登場した最初のものを生ぜしめるものだからである。こうして絶対精神は全ての存在の具体的かつ最終的な最高の真理であることが明らかになり、より一層次のようなものとして認識されるのである。展開の終点で自由に自己を外化し(sich mit Freiheit entäußernd)、直接的な存在の形態へと自己を解放しつつ(sich zur Gestalt eines unmittelbaren Seins entlassend)あるものとして……。[20]

周知のように、最初のものから最終的なものへと向かう絶対精神の展開は世界の創造という形を取って現れる。否定されていない直接的で無内容な状態にあった〈最初のもの〉が、自己展開の運動を通して自己を概念的に媒介された形で外化する。当然その運動は循環的であり、〈終点=目的〉に向けて合目的連関を形成することになる。結果として現れているものは〈絶対的根底〉であるから、その展開の認識が暫定的なものあるいは仮説的なものであることは許されない。展開しているものは事柄の本質と内容に即して規定されねばならない。出発の際にも恣意的なものや単なる仮想が入り込む余地はない。[21] 出発点は〈絶対的に直接的なもの Absolut-Unmittelbares〉としての単一の〈純粋な存在・有 das reine Sein〉である。[22] 純粋で媒介されていない〈存在〉とは、予め何らの〈規定〉も受けていない状態の〈存在〉ということであり、これが〈無〉によって否定されることによって、規定を受けて内容のある有へと移行する。フィヒテの第一根本命題と第三根本命題の間の〈見かけ上の矛盾〉の問題に即して言えば、ヘーゲルの取った道は絶対的自我によって端的に定立された〈存在〉のレベルと、非自我によって規定を受けて〈実在性〉が部分的に廃棄されている〈存在〉のレベルとをはっきり分けて考え、両者の間の差異を産出する運動として生成のプロセスを考察したことになる。これに対してシュレーゲル、ノヴァーリスは、二つの〈存在〉の間の質的差異は問題にしていない。彼らは具体的な諸関係性から独立の〈端的な存在〉を想定することは不可能であり、そのような〈存在〉を固定化することは〈自我／物〉関係を死んだものにするという見解を取る。もともと、絶対的な意味での〈存在〉概念を設定することが拒否されているのだから、〈存在〉の規定性のレベルが特定の方向に向かって上昇することはあり得ない。ここにヘーゲルと初期ロマン派の大きな違いがある。

したがって存在を定立する自我の機能も大きく異なってくる。自我即ち〈直接的な自己意識〉は、ヘーゲルによれば〈直接的なもの〉であると同時にその他の表象に比してより高度な意味で〈知られているもの〉である。もちろんその他の〈知られているもの〉も自我によって知られているのであるが、これらは自我にとっては偶然的な要素である。〈自我〉は〈単純な自己についての確実さ〉であり、世界に対する自己の意識として〈最も具体的なもの〉だ。しかし自我が哲学の出発と根拠になるためには、この具体性を分離して完全に抽象的な自我、即ち〈純粋自我〉として意識の中に入ってこなければならない。この〈純粋自我〉の位置に立つことは、〈主体／客体〉の分離を超えた〈絶対知〉の視点を獲得することを意味する。ただし経験的意識からこの〈純粋自我〉に上昇すると言う時、重要なのはやはりそのプロセスである。〈上昇〉の運動は具体的な経験的意識の側からの必然性に基づいて生じているのであって、恣意的に上昇するのではない。[23]

この議論をヘーゲルのフィヒテ批判と考えると、次のように言い換えることができる。フィヒテの言っている〈絶対的（純粋）自我〉も結局は自己意識の内に現れる自我である以上、最初から経験的意識から独立した形で抽出されているのではない。〈絶対的自我がある〉とフィヒテが言っていること自体、（フィヒテの自我の内における）一つの意識的操作の結果であるはずだが、重要なのはむしろ経験的意識の中からいかなるプロセスを経て、〈表象しているもの〉としての自我と〈表象されているもの〉としての対象の相違を直観する純粋な意識の相が生成してくるかという点である。いきなり〈純粋意識〉→〈端的な定立〉と導き出すやり方は学問的ではない。ヘーゲルの議論は絶対的自我の概念を導くための〈方法〉の厳密性に即したフィヒテ批判である。哲学体系に備わる仮象的な厳密性を露出させ、根底から突き崩そうとしたシュレーゲルとは逆の方向からの批判と言える。

ヘーゲルによれば、数学的構築の方法では恣意的な形で暫定的に何らかの仮説を立て、それを土台として理論構築がなされているのであり、それを自らが依拠する規則を他には求めないことを原則とする論理学の方法に応用することはできない。[24] これに対してシュレーゲルは、抽象化および構築とともに哲学的思考の第三の構成要素として〈反省〉を挙げている。この場合の反省とは、特定の形式の哲学的思考様式などではなく、通常の意識の中で起こる反省的思考一般を指している。当然、生成的な性質を持つシュレーゲルの反省はいかなる特定の規則にも従わない。反省に固有の特別の練達などないのである。[25]

したがって数学的構築の方法を超える論理的規則性を追求するヘーゲル論理学に対して、シュレーゲルの構築的方法は規則性を拒否し、かつ反省の内包する恣意性を生かそうとする発想と見ることができる。［絶対主体─純粋意識─端的な定立─定立］という仕組みを自明のことと見做してそこから哲学を始めようとしたフィヒテのやり方を批判したという点でヘーゲルと初期ロマン派は共通していたが、結局目指している方向は全く異なっている。前者がフィヒテの論理的曖昧さを克服して、事柄の必然性に従いながら〈純粋自我─絶対知〉の視座に至るプロセスの解明を模索しているとすれば、後者は逆にフィヒテの曖昧さを利用して〈絶対的主体〉を定立することの不可能性を理論的に証明し、〈実践的妥当性〉に限定した知の体系を目指しているからである。

ヘーゲルの弁証法はシュレーゲルの〈構築の方法〉と同様に生成の運動と歴史的なものを視点に入れた哲学ではあるが、そのプロセスの両端が〈絶対知〉として確定されている点が根本的に異なっている。シュレーゲルの論理学においてポジティブな意味で操作概念として配置されていたものが、ヘーゲルにあっては専ら〈絶対知〉の自己展開のプロセスを妨げる不純物として排除されることになる。ヘーゲルは〈純粋な主体〉を安易に抽出してしまう態度は批判しているが、最終的に反省の運動を通してその主体の視点に至ることができ、また至らねばならないという考え方は、カント─ラインホルト─フィヒテの批判哲学の系列の場合よりも強く主張している。つまりシュレーゲルが批判している〈物〉化状態を歴史的プロセスの終点へと投射したことになる。

ボーラーはヘーゲルを意識しながら、本来ロマン的・美的なものとして性格付けられるべきであった

〈モデルネ〉が一八〇〇年以降目的論的な傾向を持つ〈合理主義的モデルネ〉の言説との対立状況に陥ってしまったと主張する。[26] 既に見たようなヘーゲルとロマン派のフィヒテ受容の方向性の違いを考慮に入れると、ボーラーがシュレーゲルの美的思考と目的論・歴史的哲学的思考の対立を強調していることの思想史的意義が理解できる。ロマン派の発見した〈美的モデルネ〉こそ本来のモデルネではないかとするボーラーの極端な主張には疑問があるが、ヘーゲル的モデルネもシュレーゲル的モデルネもともにフィヒテの絶対的自我による端的な〈定立＝存在〉を批判することから出発したことは疑いの余地がない。一八〇〇年を境として自我中心の近代哲学が（少なくともドイツ語圏において）二つの相反する思想潮流に分裂したという説は十分に有効であろう。

c　異質なるものの介入

フィヒテは実在性の問題以外にも、第一根本命題と第三根本命題の間の矛盾に関連してデカルト—カント—ラインホルト的な自我哲学の枠組みから初期ロマン派の生成の哲学への転換の上で重要ないくつかのテーマに触れている。その一つは自我と非自我の相互関係の問題である。実在性と否定性の間に質的な壁がなくなって相対化されることで、定立されている自我、非自我のそれぞれの性格も変化する。フィヒテはカントの用語を借りて、自我と非自我の間の相互に規定し合う関係を〈相互規定性 Wechselbestimmung〉[27]または〈関係 Relation〉と呼んでいる。カントは〈関係〉の範疇の三番目に相当する〈行為するもの das Handelnde／行為を受けるもの das Leidende〉という相互作用の持つ、他の二つの関係範疇とは異なる特質として、〈行為するもの〉と〈行為を受けるもの〉の間の因果関係が双方向的であることを挙げている。[28] フィヒテはこの定義を更に展開して、「端的な関係の概念においては対定立された両者のどちらに実在性を帰属させ、どちらに否定性を帰属させるかは本質的な問題ではない。むしろ二つの客体のどちらから反省が出発するかにかかっている。数学においては現実に全ての質が捨象され、専ら量のみが問題にされている」[29]という見解を示している。これはある意味で近代哲学の実体論から関係論への転換点とも受け取れる重要な発言である[30]。

当然のことながら、自我と非自我の間の関係を相互に規定し合う性格のものにしてしまえば、絶対的主体による端的な定立という知識学の根本原理からますますズレてしまう。フィヒテの〈存在〉概念は、シュレーゲルの批判を待つまでもなく自ずから揺らぎ始めているのである。ノヴァーリスが《フィヒテ研究》で「存在は関係である」と述べているのも、強引な拡大解釈ではなくフィヒテのテクストを第三根本命題を基準に忠実に読んだ結果と見ることができる。

フィヒテは〈関係〉の問題を更に展開する形で、〈活動〉の裏返しとして〈受動・受苦 Leiden〉の概念を導入し、それを「『我あり』の中に直接的に含まれていないもの、即ち自我の自己自身による定立によって直接的に定立されていないもの」[31]と定義する。この定義だけでは〈受苦〉が事実的な性格の〝もの〟であるかのように見えるが、元にある〈受苦する leiden〉は動詞であり、その〈行為〉の主体はやはり〈自我〉である。言い換えれば〈外界から影響を受けること Affektion〉であり、カント哲学との繋がりで言えば感性的認識を自我の行為という側面から見直しているのである。非自我はそれ自体としては（自我に対して）実在性を持たないが、自我が受苦している限りにおいて（自我に対して）実在性を持つことになる[32]。

この議論は、絶対的主体によって定立される〈存在（＝内部）〉の領域に実在性を限定しながら、一方で〝非・実在性〟としての〈外部〉が〝外側〟から定立に関与していることを認めていると読み替えることができる。フィヒテは形式的には第一根本命題の〈私＝私〉の同一律を守っているように見えるが、外部からの介入を前提とする〈受苦〉の概念を第三根本命題とともに導入したことで自ら原則を破ったことになる。これはシュレーゲルが指摘する〈制約されていないもの〉の問題である。

では〈外部〉へ出ていこうとする自我の能動性が〈外部〉の対象との衝突によって内部へと引き戻される〈能所交替 Wechsel Thun und Leiden〉[33]の運動の生じる契機をフィヒテはいかに説明するのであろうか。既に見たように、〈無限なるものを目指して〉外部へ出ていこうとする〈努力〉が対象の抵抗にあって自我の内部へと押し戻され、〈自我／非自我〉の境界線の下に〈存在〉の領域が確立されているのを自我自身が直観するというのがフィヒテの議論の大枠だが、問題は〈外部〉へ向かう〈努力〉が自我の内に生じる原因である。〈外部〉に向かうからには、既に自己の外側に自己ならざるもの（＝非自我）の〈存在〉が前提されていなければならないが、そうすると自我が非自我を自己に対して対定立する以前に、非自我が既に〈存在〉しているという矛盾が生じる。自我によって存在の領域が決定されるという点は自我哲学の最も重要な部分であるから修正することはできない。そうなると、自我による定立〝以前〟に介入してくる〈非自我〉は「実は存在しない」とするか、あるいは「実は自我の一部である」ということにするかのいずれかしか選択肢はない。

後者の立場は、人間の自我はより大きな自我の中に含まれているとするスピノザ主義に接近するものである。スピノザの体系では〈自我〉の外部もやはり〈自我〉である。フィヒテは、スピノザの〈自我〉（＝神性）と批判哲学が問題にしている〈自我〉との相違について論じている箇所で、スピノザの誤りは、決して到達し得ない〈理想体 Ideal〉であり、実践的にしか妥当性を持たないものを現実に与えられているものとして扱った点にあると述べている。[34]つまり、〈フィヒテの〈自我〉の外側に〈存在〉し、かつ狭義の〈自我〉に規定されていない）〈無限なるもの〉は外へ出ていこうとする自我の努力の対象となる〈理想体（＝目的・終点）〉――カントの用語で言えば実践理性の対象としての叡智体――であるので、人間の認識の最高次での統一性が保持される上での不可欠の要因ではある。自我の〈外部〉が〈理想体〉として予め前提されていないと、〈定立→衝突→反省〉の運動が起こってこないのだから、外部の理想体を否定することはできない。かといって自我の外部に〝理想体としてある〟ものを、実在性を持つかのごとく扱うスピノザの論法は正当化され得ないというのがフィヒテの立場である。

認識論のレベルで考えれば、スピノザ主義の論理に従う限り（フィヒテの言う意味での）〈外部〉にある〈非自我〉が表象の原因であり、かつ全てのものの〈実在根拠 Real-Grund〉であるのに対して、フィヒテの知識学の意味での〈自我／非自我〉を構成しているのは〈本質〉ではなく〈偶有性〉に過ぎないことになる。これでは自我哲学が根底から崩れてしまう。ただしその反対に、一方的に自我にのみ実在性を帰属させようとして、非自我は〈理想根拠 Ideal-Grund〉に過ぎず、表象の外部には実在性を持たないと言い切ってしまえば、今度は自我にとって実在性が制限されている理由が説明できなくなる。[35] 自我の努力が向かっていく（理想根拠としての）非自我はそれ自体として実在性を持つのではなく、カントの物自体がそうであるように、ただ可能性としてのみ前提されなければならないわけだが、ではどのような仕方で理想根拠として〝外部〟にあるべき非自我が、自我の内に定立されるのであろうか。

フィヒテはこうした問題点を意識しながら、最終的に無限を目指す運動の起こってくる契機は自我の内に〈異質なもの Fremdartiges〉が生じることであるとの見解を示している。

以下のことは完全に明白であるはずである。即ち、自我が自己自身を絶対的に定立し、有る限り、自我がどのような形で自己定立しようと、またどのような形で有ろうと、自我は自己自身と全く同一であり、自我の内に異なるもの（Verschiedenes）は生じてこないはずである。このことから直ちに次の結論が導き出される。自我の内に何らかの異なるものがあるとすれば、それは非自我によって定立されているはずである。しかしながら、そもそも非自我が自我の内に何かを定立し得るとすれば、そのような異質なる（fremd）影響が作用し得る条件が、全ての現実の異質な作用に先行する形で自我自体、即ち絶対的自我の内に根拠付けられているはずである。自我は自己の内に何かが自己に対して働きかけてくる可能性を、根源的かつ絶対的に定立しているはずである。自己自身による自己の絶対的定立とは別に関係なく、自我は自己自身をもう一つの定立に対してもいわば開かれた状態に保っているはずである。したがって差異性（Verschiedenheit）が入り込むとすれば、根源的に自己自身の内に既に差異があるはずである。詳しく言えば、この差異は絶対的自我それ自体の内に定立されているはずである。[36]

フィヒテは、自我の自己定立の〝以前〟に既に（実在性を持たないはずの）〈外部〉からの働きかけがあることを認めることで実質的なスピノザ主義に陥ってしまうのを防ぐために、自我自体内における〈差異〉という概念をここで新たに導入している。能所交替運動の生起する根拠が自我の外部ではなく内部にあり、かつそれが自我による絶対的自己定立とは独立に自我にとっての実在性を制限しているとすれば、それは自我内部の〈差異〉とでも呼ぶしかない抽象的な性質の〝もの〟であろう。自我は自己自身に内において、自己自身と区別される〈異種なるもの、異質なるもの etwas heterogenes, fremdartiges〉に遭遇する。[37]

自我の内に自己自身と異なるものが含まれているという考え方は、ヘーゲルの弁証法における発展の契機としての［非同一性 Nicht-Identität ＝差異 Differenz］[38] の概念に通じており、延いてはデリダの〈差延〉を連想させるが、フィヒテの場合、「〈差異〉が自我の中に定立されている」という表現からも分かるように、〈差異〉が存在の一様態としてしか捉えておらず、〈差異〉そのものが動的であるという見解には至っていない。右に引用した記述に見られるように、自我自体の内に既に定立されている〈差異〉の可能性と、〈外部〉から働きかけてくる〈非自我〉との関係がはっきりしなくなる点にフィヒテの限界がある。

シュレーゲルもフィヒテと同様に、〈行為〉が外部に向かう能動性[39]であることから内部と外部の間に能所交替の起点をめぐるパラドクスが生じる点に注目しているが、問題の処理の仕方はかなり異なっている。彼は先ずフィヒテが実在論的な立場を克服し切れず、自我と非自我の〈同一性〉を呈示しようとしたこと自体に誤りがあったことを指摘する。自我についての思考がなされるに際して、即ち〈自己直観〉がなされるに際しては、当然自我は〈思考しているもの das Denkende〉と〈思考されているもの das Gedachte〉の同一性によって成立していると考えられる。この点はシュレーゲルも認める。[40] 問題はその事態を「自我は主体でありかつ客体である das Ich sei Objekt und das Subjekt」と表現するフィヒテの叙述の仕方である。フィヒテの叙述では、自我に（シュレーゲルが否定している）〈存在〉という〈賓辞〉を付加して自我を〝物〟にしてしまい、その本質である〈自由〉を否定してしまうことになる。

〈思考されるもの〉と〈自ら思考するもの das Selbstdenkende〉との一体性を哲学の出発点にすることについてはシュレーゲルにも異論はない。が、それはあくまで理性を哲学の根拠にするという前提を認めた上での話であり、彼にとって不満なのは従来の哲学がこの前提を自明のものとして疑おうとしなかったことである。[41]

フィヒテは理性的存在者としての〈自我〉を自明のものとして念頭に置いた上で、〈自我〉を哲学する主体そのものであると同時に記述されるべき哲学体系の零点に位置する対象として扱ったが、これまで見てきたようなシュレーゲルの立場からすれば、絶対的主体としての理性的な自我が存在しているという発想自体が一つの固定化された視点によるものである。そこを疑わずに体系を打ち立てようというのであれば、彼の言っている意味で〈哲学する〉ことにはならない。理性を哲学（体系）の根拠にするという考え方自体によって、哲学する主体としての理性の働きが殺されてしまう。

「自我は主体であると同時に客体である」というフィヒテの定式に対して、シュレーゲルは「自我は自己自身にとって客体となる das Ich wird sich selbst zum Objekt」[42]と言い換えるよう提案している。言葉の上では〈～がある、である sein〉が〈～になる werden〉になっただけで大差はないようだが、シュレーゲルは"～がある"という意味が〈自我／非自我〉に含まれないように注意して〈哲学〉すべきだと考える。

〈自我性 Ichheit〉の本質は〈生成〉の内にあり、〈生成〉を通して〈存在〉は解消されることになる。それに伴ってフィヒテが無限の反省の連鎖を絶対的主体に収束させるため持ち出した〈（自己）直観〉の概念は〈感覚〉――〈理性〉――〈意志〉の三つの機能に再び分解する。直観に不可欠な要因としての〈自由〉はもはや特権化された位置にある絶対的主体に属する能力ではなく、〈意志〉と〈外部に向かう行為〉の中に既に〈定立された〉ものとして現れる。つまり〈自由〉の定立は（主体による）〈行為〉がなされるのに先行する。意志の定立についても、定立されているということから更に遡っての概念化は不可能なのである。最終的に自由の定立を解明しようとすれば、〈有限な自我性という制限〉を放棄して無限の自我性を観察することが必要になる。[43]つまりスピノザの拡大された〈自我〉の領域を問題にすることが必要になる。

フィヒテは〈有限な〉〈自我〉の行為としてはもはやそれ以上の遡及が不可能になる所に唯一の源泉としての〈絶対的主体〉を想定したが、シュレーゲルやノヴァーリスは、〈絶対的主体〉という仮説的な存在を絶対視するフィヒテの態度を批判する。〈自由〉を問題にしようとすれば、有限な自我哲学の立場を放棄して無限の自我を対象にしなければならない。ここに注目すれば、「フィヒテにとっては自我にのみ自我が属している。即ち反省はただ定立との相関関係においてのみ存在している。フィヒテにとって意識は『自我』であり、ロマン派にとっては自己である。更に別の言い方をすれば、フィヒテにおいては反省が自我に関係しているのに対して、ロマン派では端的な思考に関係する」[44]というベンヤミンの定式化の意味が理解できよう。ロマン派にとっては、絶対的主体としての自我はもはや閉じられた〈内部〉に留まることはできない。[45]

シュレーゲルは外部への能動性としての行為が直接関わっている非自我は仮象に過ぎないとも述べており[46]、〈自我／非自我〉の境界線についてのフィヒテの議論を完全に否定しようとしているかのように誤解されやすいが、シュレーゲルは自由な思考を〈概念〉として捉える作業の段階では〈死んだもの〉を内包した仮象が現れることを認めている。概念は常に〈最も外的なもの〉のみを包括し、生成の〈初め―中心―終わり〉、即ち最も外的な境界線を示しているに過ぎない。〈生の全体的な充溢〉を追っていくには、構築の原理に従った〈描出 Darstellen〉が必要となる。〈描出〉も〈概念〉も同じように内的諸力を表示する営みであるが、前者がその根源から頂点へと至る発展に関わるのに対して、後者は諸力の含む矛盾の最も外側の点を与える。別の捉え方をすれば、それぞれを〈冪級数化 Potenzierung〉、〈両極化 Polarisierung〉と名付けることができる。[47]

フィヒテの場合、自我の内部に生じる運動の出発点としての〈差異〉はそれ以上解明できないもの、そのように〈定立されているもの〉として現れるが、シュレーゲルの議論に従って考えれば、フィヒテの言う意味での〈差異〉が生じるのは〈自我／非自我〉が境界線の両側で外的に概念化されるからである。〈描出〉のレベルで見れば、両端を指定されていない自己変化（差異化）運動の鎖の特定の部分を固定することで仮象としての〈非自我〉が現れることになる。

フィヒテは当初自我による自己定立と反省とを連続した一つの運動の両面として説明しようとしたが、〈定立する〉ための前提として（絶対的主体としての）自我が自己自身と非自我の〈差異〉を既に何らかの形で〈知っている〉ことが要求されるため、[48] パラドクスが生じてきた。初期ロマン派は〈定立＝存在〉という概念を放棄し、無規定的、一般的、無制約的な努力を自我の反省運動の根底と見做す[49]ことで運動の根源としての〈差異〉をより積極的な要因として評価していると言える。

（蓋然性としての）有限な自我と非自我の関係は概念化のレベルでは必要であるが、生成の充溢を描出するに際しては有限性の枠内での考察を超える必要がある。思考による自己同一性の確認に先行して作用している前・自我的、無意識的な努力の領域へと視点を移したことに、初期ロマン派の〝脱近代性〟があったと言えよう。

III　初期ロマン派の脱近代的性格

一　根源の破壊――脱構築理論との戦略的類似性

a　根源の二次性をめぐって

ドイツにおけるロマン派再評価の代表的論客であるボーラー、メニングハウスらは一様に初期ロマン派のポストモダン性、フランスの脱構築理論との類似を強調している。しかし脱構築と一口に言っても中身はかなり多様であり、そもそも何が脱構築されねばならないのかについてさえ明確なコンセンサスが成立していないと言った方がいいような現状では、理論家Aの時期Bの作品CとDの点において似ているといった形での論証を試みても、今度はそれを一般化するのがかなり困難な作業になろう。そうした問題を一応承知の上で、メニングハウスの方法に準拠しながらシュレーゲル、ノヴァーリスのフィヒテ批判の方法と〈初期〉デリダの〈差延〉理論との比較を試みることにしよう。メニングハウスによると、「初期ロマン派の省察のいくつかでは自己自身にのみ依拠する最終審級、つまりあらゆる差異の彼岸にある、そしてそれゆえにあらゆる反省と描出の彼岸にあるいわゆる絶対的絶対者（ein absolutes Absolutes）の脱構築が直接的テーマとなっている」[1]。

既に見たようにフィヒテの知識学の体系においては、自己自身の内に自己を絶対的に定立する絶対的主体としての自我が（自己意識内での）反省によってはそれ以上遡及し得ない最終審級の位置に常にあった。絶対的主体が自我の自己同一性を確認する最終審級として常に〝ある〟ことによって知識学の体系性が保証され得たのである。ドイツ観念論の系譜でフィヒテの後継者と見做されるシェリングもまた、ごく初期の著作である《哲学の原理としての自己について Vom Ich als Princip der Philosophie oder über Unbedingte im menschlichen Wissen》（一七九五）で既に、「あらゆるものがそれに依存し、あらゆる悟性と我々の知の全ての形式がそれを起点とするような、実在性の最終点がなければならない。この最終点によって各要素が区分され、あらゆるものについて、知の宇宙の中で進行するその作用の円環が記述されねばならない」[2]と述べ、人間の知識の全体系を支える〈原根底 Urgrund〉の必要性を示唆している。

シェリングもシュレーゲルやノヴァーリスと同様に、〈非自我〉に実在性が分与されていることを認めれば、〈純粋自我〉の概念が崩壊してしまうこと、つまりフィヒテの第一根本命題と第三根本命題の間の矛盾に重要な意味があることを指摘しているが[3]、その解決策としては彼らとは逆に〈（有限な）自我（主体）＝（有限な）非自我（対象）〉の同一性を最終的に保証する〈（無限な）絶対的自我〉の概念を改めて持ち出す。有限な自我と非自我はそれぞれ全ての実在性の総体である絶対的自我の中で一致することを最終目的にしていると論じ[4]、それによって体系の最終審級は保持しようとする。

シェリングと初期ロマン派において、有限な自我の下での〈内部／外部〉の境界線を乗り越えようとする試みは共通していると言えるが、シェリングが（スピノザ的な）無限の自我に遡ってより深い所に最終審級を立てようとしたのに対して、初期ロマン派は〈根底〉を〈物〉として扱おうとする従来の哲学の姿勢に抵抗する。シュレーゲルの哲学探究においては、最初から「絶対的な点、宇宙の卵はない」[5]のであり、「哲学は絶対的に根源的なものにまで至ることはなく、またそれは不可能なのである」[6]と言明されている。

更にシュレーゲルは《哲学の原理としての自己について》についてコメントしている断片群の中で、シェリングが自我と非自我の矛盾の次元を超えて絶対的自我の〈絶対的統一性〉を論じた点は評価しながらも[7]、その一方で、シェリングの議論では絶対的自我から非自我の概念を導き出すことはできても、そこから直接的に〈非自我が現実において絶対的に定立されていること〉[8]とは言えないと指摘して、その議論の原理的欠陥を明らかにしている。シュレーゲルから見れば、シェリングは〈学〉をこれから構成していく上で不可欠な〈論理上の命令 ein logischer Imperativ〉を〈論理的な事実 ein logisches Datum〉と勘違いして、(既に論理的事実として定立されている無限な)絶対的自我から現実の〈非自我〉を演繹し得る可能性について議論を行っていないのである[9]。《哲学の発展》でのシュレーゲルの議論を当てはめて言えば、シェリングには〈絶対的自我があること〉と〈絶対的自我になる〉ことの区別がついていないというわけである。

絶対者(das Absolute)自体は呈示不可能であるが、絶対者と哲学的に仮定することは分析的に正当化され、証明され得る。〈この仮定は、絶対的なものではない。——この誤解とともに神秘主義が成立し、かつ没落する〉のである[10]。

こうした違いに注目すると、〈主体/対象〉の境界線の背後にある〈絶対者〉を哲学の〈最上の原理〉

にしようとしたシェリングの戦略をシュレーゲルら初期ロマン派のそれと単純に同一視するフランクの理解の仕方[11]はかなり粗雑と言わざるを得ない。哲学の叙述において（外部からの）〈無制約的なもの〉の介入が不可避であると言うのと、その〈存在〉を有限な自我に代えて哲学の第一原理に据え、改めて体系を打ち立てようとするのとでは全く意味が異なる。初期ロマン派における〈体系〉の不可能性の議論からシェリングの同一性哲学との違いを明確に指摘しているメニングハウス―ボーラー的な読みの方が、脱構築論的なロマン派理解として高く評価されえるゆえんであろう。[12]

メニングハウスが指摘する初期ロマン派とデリダの類似性は、〈根源〉の二次的性格に由来すると言うことができる。つまり、シェリングの同一性哲学では有限の自我の根底に〈主体／対象〉の分裂を超えた〈根源〉があり、ヘーゲルの弁証法哲学では事物の必然性に従う発展の中で自己自身に対して現前化しつつある〈絶対精神〉が、絶対的な意味での〈根源〉として想定されるのに対して、初期ロマン派にとって一貫した体系の〈根源〉は理論的に不可能である。可能なのは実践的妥当性に基づく蓋然的な〈思考するもの／思考されるもの〉関係に対して暫定的に付与される〈根源〉である。〈根源〉ないしは、〈第一のもの die Ersten〉は哲学を進めていくのに必要な〈統制的観念 regulative Idee〉に過ぎず[13]、当然そこから自己完結した体系を導出することはできない。有機的な生成の過程では〈根源〉の位置そのものがズレていくのである。この考え方は以下のノヴァーリスの断片にはっきりと現れている。

全ての現実の始まりは二次的契機（ein 2ter Moment）である。現にあるもの、現れているものはある前提（Voraussetzung）の下でのみあり、かつ現れている。その前提とはそのものの個別の根拠、あるいは絶対的自己（absolutes Selbst）がそれに先行するということ、少なくともそれより前に思考されて

(vor ihm gedacht) いなければならないということである。私は全てのものに対してそのものに絶対的に先行する何かが思考されることを前提せねばならない (Ich muß allem etwas absolutes Vorausdenken-voraussetzen) が、それは後から考えること、後から付け加えることでもあるのではないか (Nicht auch Nachdenken, Nachsetzen?)／先入見 (Vorurtheil)。意図 (Vorsatz)。予感 (Voremfindung)。模範 (Vorbild)。空想の前で (Vor Fantasie)。構想 (Projekt)[14]。

この断片で重要なのは接頭辞の［〈vor〉―〈nach〉］が単純に時間的な前後関係を表しているのではない点である。我々が〈(私は) 対象を認識した〉と自ら意識する際には、それに〈先行して〉その認識の主体になっている自我 (＝〈考えているもの〉) と認識の対象になる非自我 (＝〈考えられているもの〉) とが互いに相互規定し合う関係として定立されていなければならない。ここまではフィヒテの知識学の考察範囲に入っている。しかしノヴァーリスはその地点から更に遡及して〈(私が) 対象を認識した〉ことに先行して〈自我／非自我〉の境界線が確立されているという〈前提〉を、〈(現実に認識が成立した) 後から付け加える〉ことで私は〈(私が) 対象を認識する〉ということを考察している、という形のもうひと回り捻った発想をしている。自我哲学的な発想に従って、認識もしくは対象との実践的関わりに〈先行する〉形で絶対的主体としての自我自身による〈自我／非自我〉関係が定立されていると考えるのは、確かに我々の思考の便宜的な説明としては妥当である。しかし、そのような〈定立〉が実際に根源的事行として行われたか否かは、絶対的自我によって定立された客体であるはずの〈私〉にとっては確認しようがないことである。極言すれば〈定立されている〉ということ自体が、〈現実の思考のプロセス〉の単なる〈再現＝表象〉であって、虚構に過ぎないいかもしれない。フィヒテの知識学に完全に忠実に従えば、既に無意識下に行われている定立を自己意識化すること自体が不可能だったはずである。現に思考している〈私〉を起点に取れば、絶対的自我による定立とは〈前提する〉ことではなく、むしろ〈後から付け加える〉ことと考えた方が適切だろう。したがって、「第一のものに向かうあらゆる探求は無意味である。それは相対的な観念である」[15]という結論になる。

これは反省の中で捉えられる〈絶対者〉は実は〈絶対者〉の〈表象〉であって、〈表象〉化された時点で既に本来の意味での〈絶対者〉ではあり得なくなっていることから生じるパラドクスである。一つの〈絶対的公準〉や〈原理〉の探求は〈永久機関〉や〈賢者の石〉の場合と同様にそれについての〈否定的認識〉しか得られない営みであるが、理性とは永遠に〈そのような絶対的対象を定立し、固定化しようとする〉能力なのである。[16]したがって絶対者を求める哲学の運動は必然的に無限の二重化となる。

カント―ラインホルト―フィヒテは自我による対象の〈表象化＝再現前化・作用〉の機構を探求して自己完結した自我中心の哲学体系を構築する方向へ進んでいったが、一歩後退して考えれば〈自我／非自我〉、〈主体／対象〉、〈表象するもの／表象されるもの〉といった二項対立の図式を持ち出すこと自体（現に思考している）〈私〉の自我による〈再現前化〉作用に属する事柄のはずである。哲学している主体が〈始まり〉として設定しているものは〈再現前化〉された〈表象〉に過ぎないのであって、〈現実の第一契機〉ではあり得ない。〈内的表象〉と〈外的表象〉を区別し得ないことから生じたデカルトの議論の混乱は本質的には解決されていなかったことが改めて明らかになった。〈内部／外部〉を根拠付けている〈前提〉が、実は〈前・提〉に過ぎず、時間的には〈後から〉付け加えられているのであるから、〈（思考している主体としての）自我がある〉と言うことさえも不可能になる。

ヘンリッヒによれば、（〈私〉という表象を含む）これらの思考作用を繋ぎ合わせて仮想的な〈自我〉の存在の〈同一性〉を基礎付けているかのように見えるのは[17]、それ自体としては現前化され得ない非名詞的な〈自己〉である。この意味での〈自己〉とは、カントの言う〈純粋統覚〉ないしは〈根源的統覚〉としての〈我思う〉から具体的な〈思考〉の契機を捨象した極めて捉えがたい活動性である。ノヴァーリスは、〈私〉は否定的（潜在的）な形でのみ〈自我〉を〈哲学する全ての私の営みの根拠〉とすることができると論じている[18]。シュレーゲルもまた直観、描出および直観と描出とを繋ぐ連関的な活動としての〈知〉は有限な〈思考〉の一形態であり、これらの中に意識の〈始まり〉を求めるのは事柄をそれ自体によって説明しようとすることであり、原理的に不可能であると述べている。〈人間の精神の安定した体系〉を構築しようとする従来の哲学のあらゆる試みは、知的活動から意識を導出することにこだわり続けたため手が尽きてしまったという[19]。この文脈に即して読めば、「意識における全ての点は、既に第二のものである[20]」という断片はノヴァーリスの場合と同様〈根源〉の二次性を示唆しているものと解することができる。

デリダの比較的初期の著作、例えば《エクリチュールと差異 L'écriture et la différence》（一九六七）に含まれている論文《人文諸科学の言説における構造、記号、戯れ La structure, le signe et le jeu dans le discours des sciences humanies》を見れば、彼もまた西欧的哲学の伝統において繰り返し姿を変えて登場する〈根源〉の概念がその本来的な意味では現前化し得ないものである点をテーマ化していることが分かる。

> 我々が中心（le centre）と呼んでいるもの――それは内部であると同時に外部でもあり得るものであり、一様に、根源あるいは終点、アルケー（arche）あるいはテロスの名を与えられているが――を出発点として、反復、代入、変形、変換は常に意味の歴史の中に捉えられているのである。意味の歴史とい

うのは、いわゆる歴史そのもの——常に現前性（présence）という形で、その根源を喚起し、終点を予期することが可能であるような歴史である。したがって全ての終末論がそうであったのと同じように、全てのアルケオロジー（考古学）の運動はこのような構造の構造性を還元することに加担しており、常に充溢した現前性から戯れの外（hors jeu）で構造というものを考えようとしていると言ってよかろう。[21]

引用の中に見られるように、デリダにとって〈根源〉とは〈中心〉に与えられる名称の一つである。デリダがこの論文で問題にしているのは、一つの構造の〈中心〉（と思われているもの）は究極的な意味での〈中心〉ではあり得ず、いわゆる常に〈不在の中心〉であるという点である。彼によれば〈中心を持つ構造 structure centrée〉の概念は哲学あるいは科学（science）という名で呼ばれる西洋的な〈エピステーメー〉が成立するための条件である。即ち構造を組織化し、その論理的一貫性を表示するものである。しかしそうした〈中心〉によって保証される論理的一貫性は最初から矛盾を含んだ一貫性である。

人が理性のランガージュの秩序の内部で語ろうとする限り、その秩序を根拠付けている〈中心〉による支配・組織化を免れることはできない。中心を持っている構造の〈（歴史的）根源（＝起源）〉へと遡って理性の限界を明らかにしようとするミシェル・フーコーの〈知の考古学（アルケオロジー）〉の試みも、デリダに言わせれば構造性を還元しつつ戯れを免れた充溢した現前の下での構造を考えることを連綿と追求してきた伝統的な理性の歴史の中に〈捉えられている〉のであって、中心を出発点とする〈反復、代替、変形、変換〉の営みの一部に過ぎない、理性に反抗する革命は理性の中でしか生起し得ないのである。[22]

西洋形而上学の歴史では、〈中心〉の位置に〈ある〉ものはそれ自体としては摑まえられないためにエイドス（形相）、アルケー（根源）、テロス、エネルゲイア、ウーシア（本質（essence）：存在（existence）：実体（substance）：基体＝主体（sujet））、アレーテイア（真理）、超越論性（transcendantalité）、良心＝意識（conscience）、神など、様々な隠喩的、換喩的な名前を与えられ、絶えず全ての存在者の〈現前性〉を保証する〈中心的現前性 présence centrale〉としての性格を保持してきた。ただしその〈中心的現前性〉は〈既に自己の外に追い立てられて代替物という形を取って〉現れてくるのである。〈代替物〉そのものは決して〈それ以前に存在していた pré-existe〉ものに取って代わることはできない。〈中心〉は〈現前性〉を根拠付けるものでありながら、それ自体は〈（現に）現前しているもの étant-présent〉という形で思考されることはない。したがって中心の置かれている〈場 lieu〉は固定された場ではない。中心は〈機能〉であり、記号の代替物が無限に戯れている一種の〈非・場所 non-lieu〉なのである。〈中心〉もしくは〈根源〉は常に不在である。「超越論的なシニフィエの不在は無限に意味作用の領野と戯れとを拡大するのである」[23]。この場合の〈超越論的なシニフィエ〉とは、言語によって概念的に把握された（はずの）〈根源〉を指していると考えてよいだろう。

〈根源〉自体が原理的に不在であるため〝根源〟的なロゴスないしは形相を真似ようとするミメーシス（模倣）の自己二重化（auto-duplication）・増殖（prolifération）運動が無限に続くことになることをデリダは他の著作でも論じている[24]。合理主義的・目的論的な傾向を持つ哲学する（主体の）営みというのは、別の見方をすれば〈不在の根源〉の現前を求め続ける終点のない〈戯れ＝ゲーム〉と化している。

デリダの発想が従来の西欧哲学のそれと根本的に異なっているポイントを考えてみよう。彼のスタンスは、現前性を保証している〈根源〉を形を変えてよりオリジナルに近く〈代理表現＝再現前化＝表象〉しようとする営みに積極的に加担するのでないことは明らかであるが、かといって理性のランガージュの

〈内部〉にありながらその（歴史的）起源や終点を摑まえようとするヘーゲル―フーコー的方向[25]にも追随しようとせず、そのような営み自体が形而上学に取り込まれるものであることをアイロニカルに示唆する。デリダの立場は極めて規定しにくいものであるが、少なくともはっきりしているのは、ランガージュの外部に出て〈狂気〉の言語で語るのはパラドクスであるとはっきり認めている点である。デリダ自身も理性のランガージュの内部に留まり、理性の言語で語っているが、彼は、自らが語っているそうした立脚点をも問題系に取り込むことで理性の〈根源〉を求めるという前提の下に二次的な〈根源〉を創り出し、ミメーシスの自己増殖運動に加担してきた（伝統的）哲学の〈戯れ＝ゲーム〉を浮かび上がらせることに照準を当てていると言えよう。体系を新たに構築するのでも、積極的に破壊するのでもなく、自己解体し再現前化してくる〈根源〉の動きを追っているのである。理性のランガージュの領域を外部から攻めようとするのではなく、〈内部〉にありながらロゴスの裂け目、即ち〈危機＝転回点 crise〉を露出させていく戦略である[26]。

このような彼自身の戦略については、やはり初期の作品である《グラマトロジーについて De la grammatologie》（一九六七）の冒頭に掲げられた以下の文面から読み取ることができよう。

……危機はあたかもその意に反して、歴史的・形而上学的な一つの時期が、最終的に自らの問題領域の地平の全体をランガージュとして規定しなければならないことを示唆する。なぜ規定しなければならないのかと言えば、欲望がランガージュの戯れから奪い取ろうとしてきた全てのものが取り戻されるというだけでなく、同時にランガージュ自体が自らの生命を脅かされ、航行不能の状態にあると感じるからであって、更に自身の錨を解かれ、もはや限界（limites）もなく、まさに自身の諸限界が消失するように見える瞬間に自己の有限（＝目的）性へと送り返される（renovoyé à sa propre finitude）からである。その瞬間というのは、ランガージュが自己自身の上に安閑としていることをやめ、ランガージュ自体を超出すると思われた無限の意味されるもの（le signifié infini）に内包（contenu）され、囲まれた（bordé）状態が停止する瞬間である。[27]

理性のランガージュは根源ないしは中心としての〈不在の超越論的なシニフィアン〉の下で一つの閉じた体系を形成している（と考えられている）のであるから、ランガージュ自体の〈内部〉でランガージュを〈外部〉と分かつ〈境界線〉が示されることは原理的に不可能なはずである。しかしランガージュの〈根源〉の位置にある根源の代替物は絶えざる〈戯れ〉に巻き込まれズレ続けている。そうした〈戯れ〉によって体系に裂け目が現れる。その〈裂け目〉が現れる瞬間に至って初めてランガージュの〈目的＝限界〉性が見えてくるのである。

理性のランガージュに反抗して強引に〈外部〉へと出て行ったつもりになっても、結局不在の根源の引力圏から脱したわけではなく、〈(私）は外部へ出て語っている〉と思い込んでしまうことで逆にロゴスによる支配を強化することになる。〈戯れ〉の運動を通してランガージュの裂け目が自ずから見えてくる瞬間を待ち受けようというのがデリダのやり方である。

自らが〈内部〉にありながら（〈外部〉に出たつもりで実は〈内部〉に留まりながら）、〈外部〉との関連において自らの属している体系を〈完全〉に記述しようとする試みの不可能性を強調したことは、デリダと初期ロマン派との共通点と言ってよかろう。シュレーゲルは《哲学の発展》の中で、フィヒテやシェリングを批判する意図の下に「全ての定立は認識可能性の境界線を超越しその彼岸にある alles Setzen jenseits der

Gränzen der Erkennbarkeit」と主張して哲学の根拠そのものを根こそぎにしようとしたヤコービ（Friedrich Heinrich Jakobi 1743–1819）[28]の考え方を更に批判し、そのような発想は自己矛盾しており、哲学の終焉を意味すると述べている。シュレーゲルはヤコービへのメタ批判を通して〈内部／外部〉の境界線の所在について語ることがそもそも不可能であることを示唆しているのである。

更に言えば、理論的に絶対的なものが定立されるとすれば、認識可能性の境界線はいまだ全く知られていないことになる。――此岸にあり、かつ彼岸にあるのでなければ決して境界線を規定できない。（認識しながらではないにせよ）何らかの形で境界線の彼岸に到達することができないならば認識可能性の境界線を規定するのは不可能である。[29]

この議論はヤコービへの批判であると同時に体系の根源として〈理論的に絶対的なもの〉を定立しているフィヒテ、シェリングへの批判でもある。つまり理性のランガージュの領域の〈内部＝此岸〉においてその領域に属する全てが〈絶対的なもの〉に依拠する法則に支配されているのであれば、その法則が及ばない〈外部＝彼岸〉について思考することは不可能なはずである。知識学を体系的に論じているフィヒテ（という哲学する主体）自身は、あくまで経験的意識の主体に過ぎず、絶対的主体による〈自己定立〉の場面に直接立ち会うことはできないはずであり、まして主体が成立していないそれ〝以前〟の状態に遡って〈対象（＝非自我）〉と同一である〈絶対者〉を見出すことは問題にならない。定立が存在の起点であるとすれば、それが〈内部〉で生起するか〈外部〉で生起するかを現に〈存在しているもの〉が確定することはできない。

しかしだからといって、哲学することが無駄というのがシュレーゲルの言いたいことではない。偽りの哲学において〈境界線の確定〉や〈固定化〉が生じてくるのは自己を〈制限されていないもの〉へと高めることのできない無能力のゆえんである。論理的な無能力に由来する〈境界付けられた領域〉の内部では、本来的に〈確とした見解〉や〈一つの体系〉は存在し得ないのである。

確としたもの（das Feste）があるとすれば、それは経験主義、懐疑主義、神秘主義の本質に存在するのではなく、賢明な経験主義者や懐疑主義者の個性にあるのである。[30]

シュレーゲルが哲学そのものを哲学の対象にすることを目指しているというのは、自我によって基礎付けられている〈内部〉にあり、〈内部〉の法則に縛られていながらそうした自己の語っている場を問題化しなかった従来の哲学の方向を転換し、哲学する主体に向けるということである。シュレーゲルの哲学では、自らの語っている場の問題を忘却して〈確としたもの〉から体系を記述しようとする態度を批判し、哲学においては常に〈蓋然性〉しか得られないことが理論的に示されねばならない。獲得されたと思った体系が終点のない生成の過程にあることを意識し、自らの行っている描出自体も生成の中に取り込まれていることを自覚する必要がある。

こうしたシュレーゲルの哲学批判の戦略は、〈意識〉自体を超越した（著者と読者を複合した）〈我々にとって für uns〉という特殊な視点をわざわざ哲学叙述の概念装置として設定し、自らが超越論的・超越的な立場で語るのを正当化しようとしたヘーゲルのそれと形の上では似ているが、内容的にははっきりコントラストをなしていると言える。[32] シュレーゲルにとっては、哲学する主体が意識を超えた主体であることはあり得ない事態なのである。フィヒテの体系に〈一つの公準と一つの無制約的な命題〉があるとすれば、シュレーゲルの体系においては〈最終的根拠〉が実際には〈相互証明 Wechselerweis〉に過ぎない[33]ことが確認される。相互証明とは、トートロジカルに命題同士が証明し合う横の関係であり、ある特定の命題が無制約的な命題として特権化されることはない。

これまで見てきたように、シュレーゲルはある意味でデリダと同様に体系の〈根源〉の位置が常に〈戯れ〉の運動に巻き込まれ、ズレていることを計算に入れた上で自らの論を進めている。したがって、〈戯れ〉を免れている超越論的な〈中心〉を哲学している〈我々にとって〉概念的に把握可能なものとして語ることは許されない。

> 全ての知の始まりは恣意的であるが、我々の外部にある（我々を超えてある）もの全てについての恣意的な確信を想定することは許されない。ただし始まりにあっては我々のことが考慮に入れられる。[34]

右に引用した断片に沿って〈根源〉をめぐるシュレーゲルの議論をもう一度整理してみよう。彼は現に〈〈哲学している〉我々〉の〈外部〉に〈我々〉を超えているものを想定するような論法は退けるが、その一方で〈定立されて有る自我〉の下に全てを包摂しようとするフィヒテ的な体系の立て方も批判する。〈我々〉という視点が既に〈自我〉の内に、より正確に言えば、自我の表象の内に投影されているのであるから、〈始まり〉としての純粋な〈絶対的自我〉を抽出することはできないはずである。ヘーゲルのように〈我々〉を超越的視点として設定し、記述の対象となる〈意識〉から分離しようとしても、〈意識に対して〉と〈我々に対して〉との相互依存関係は解消不可能である。生成のプロセスの結果として〈〈哲学されている対象としての〉意識〉が〈我々〉の位置に接近していくと考えるヘーゲル弁証法のプログラムは、初期ロマン派の立場とは相容れない。自我は常に生成しているのであり、〈哲学している我々にとって〉は蓋然性に留まるのである。初期ロマン派は、ドイツ観念論をも含めた伝統的な哲学が（自我の）〈外部〉に仮想的な視点を設定して〈自我〉の根源を論じるという自己言及的な構造を取っていることを明らかにし、そこから〈哲学する〉営みに原理的につきまとう矛盾を新たな問題として俎上に載せたと言えよう。

b　主体概念の解体

このように、〈哲学する〉営み自体に含まれる問題を〈哲学〉の対象にするという発想の転換、哲学批判の哲学を目指す戦略であるという点で、初期ロマン派とデリダとの間に共通の姿勢が認められる。ただし両者の間に百数十年の隔たりがあり、克服すべき従来の哲学の在り方というのもかなり様変わりしているため、哲学批判に使用している〈言語〉はかなり異なっている。ロマン派が使用している〈言語〉においては、批判の対象になっている伝統的な哲学の言語が無造作に流用されている点、特にその絶対性が放棄されているとはいえ、［〈自我〉―〈存在〉］の繋がりが依然〈描出〉の上で維持されている点は脱構築の立場からすれば大きな難点だろう。〈私 Ich, je〉を主語とする言説を特権化しないことがポストモダン思想の特徴であると考えれば、ロマン派の〈言語〉は、依然〈私（という意識）〉による呪縛を十分に警戒していないのではないかとの印象が残るのは否めない。

デリダの〈記号・存在論 Semontologie〉に影響を与えたソシュール言語学の段階で既に、伝統的に〈言語〉の担い手と見做されてきた〈話す主体 das sprechende Subjekt〉は言語構造を意のままに操作する中心的な役割を剝奪されている。語る主体から独立した〈言語〉の内的構造の内にソシュールが見出した〈秩序（差異化）の原理〉をデリダは逆手にとって、構造の内部における〈非・秩序 Unordnung〉化＝〈自己差異〉化の運動、即ち〈差延〉を浮かび上がらせたのである。[35] したがって、デリダの議論では差異化の担い手としての〈主体〉は問題にならない。

この差延の運動は超越論的な主体に後から従ってくるのではない。運動が主体を産出するのである。自己・触発（auto-affection）は、既に自己自身（lui-même = autos）になっているような存在者を特徴付ける一つの経験様態ではない。自己・触発を通して、自己との関係として（comme rapport à soi）自己との差異の中に（dans la différence avec soi）自身であるもの（le même）が、つまり非同一性としての自身であるもの（le même comme le non-identique）が産出されるのである。[36]

〈自己・触発〉はデリダのフッサール論の文脈では〈声 voix〉という形での意識内における自己自身に対する自己の現前化を指している。[37] フィヒテの知識学で言えば、「自己自身を定立されているものとして直観する」ことに相当すると見てよかろう。フィヒテであれば〈我＝我〉の同一性を確定する機能は超越論的な主体即ち〈絶対的主体〉に帰属すると主張するところだろうが、デリダは〈主体〉の方が差異化の運動の中から産出されるという見方を逆転する。〈自我＝自我〉として定立されていることを直観するには、自我が予め〈自己〉自身というものを〝知って〟いなければならないことから、フィヒテの自我性をめぐるパラドクスが生じる。これに対してデリダは〈自己・触発〉を通じて〈触発している自己〉と〈触発されている自己〉の間に〈差異〉が生み出されると考える。つまり〈触発するもの／触発されるもの〉

の境界線が現れることによって〝触発する主体〟が成立する。この際に両項を媒介するのが〈同一であるもの＝自身であるもの〉である。[38] この〈同一であるもの＝自身であるもの〉は〈同一〉であると同時に〈触発している自己〉と〈触発されている自己〉との非同一性を産出するという両義的性格を有している。デリダの差延理論では、シェリングの同一哲学のように、〝触発する自我と触発されている自我との境界線がより深い所にある絶対的自我によって規定される〟という展開には至らない。差延の中で主体が産出されるのであって、その産出が行っているより深い所に位置する主体は問題にならない。

シュレーゲルの場合、〈定立されて存在している自我〉は排除するものの、哲学する道具立てとしての〈（蓋然的な）自我〉は依然保持し続けている。既に見たように、彼は〈思考するもの／思考されるもの〉の二項対立を絶対的なものとは見做さなかったが、〈思考する主体〉の主体性自体が〈生成〉の中から生まれてくるとまでは言い切っていない。後に述べるように、文学理論の領域では主体の特権化された視点を否定する傾向がより鮮明になっているが、少なくとも認識論・心理学の領域では自我哲学との決別姿勢が〈脱構築〉論ほど明確でないことは認めざるを得ないだろう。シュレーゲルは主体としての自我を排除するというより、自我の根底にあって自我を成立させている〈自己触発〉＝〈自己感情〉を不可解なものとしてそのまま残しておこうとしているようだ。彼は〈自我性〉―〈自己感情 Selbstgefühl〉―〈自己意識〉の謎について以下のように述べている。

というのは、自己自身を直観しようとする、あるいは直観自体の中に自己を摑もうとする全ての試みは既に示したように全く無駄だからである。我々が自我を固定しようとすると、いつも自我は我々から消え去るのである。この把握し得ないものという感情（das Gefühl des Unbegreiflichen）は無限に確実である、確実なのは即ちそれについてのより高次の証明抜きに直接的に知られているものである。これはまさに自己意識の場合がそうである。自己意識はそれ以上遡及して導き出すこともできない。自己意識は他の全てを証明する、したがって直接的であり、絶対的に確実である。……自己意識のことを、今後は自らの内に見出される（ein in sich finden）という意味で感受性（Empfindung）と呼ぶことにする。何故なら、自我は本来的に証明されることはなく、見出されることのみが可能だからである。[39]

自我は（自我自身による）直観の中では〈把握され得ない（存在者として現前化され得ない）〉が、自我についての感情は〈確実〉であると言う。あくまでも〝確実〟であると言い続ける姿勢は一見デカルトの自我にまで後退しているように思われる。ポストモダンの立場からは自我中心主義への固執であると批判を受けそうだが、彼の言っている〈確実さ〉は自我を絶対確実の根底・根源として全ての知の体系が論理的に一貫したものとして導出できると考えたデカルトやフィヒテとは違った意味での〈確実さ〉である。つまり〈我あり〉という現象は知の基礎として概念的に固定化することはできないが、〝我はある〟という〈自己感情〉だけは〈確実〉に残るという意味での〈確実さ〉だ。フィヒテは、デカルトが発見したコギトの確実さは〈経験的意識に先行して定立されて有るものとして直観される〉と考え、これを知識学の基礎にしようとしたが、シュレーゲルによれば、その確実さは捉えがたい〈感情〉であって、〈体系〉の根源ではあり得ない。定立している絶対的自我そのものは経験的意識の中では抽出できないのであるから、〈見出される〉ことはあっても証明することはできない。シュレーゲルは〈自我〉という装置を哲学の〈始まり〉の位置から敢えて排除しようとしないが、それが概念的に規定し得ないものであることに注意を喚起する。

「私は私が私を定立することを通してあるのではなく、私が私を廃棄することを通してある――私が私の内にあり、私を私自身に適用する限り私はない」[40]というノヴァーリスの断片も、〈私の確実さ〉自体は捉えどころがないことを示唆している。自己感情としての〈私〉のレベルと抽象的な概念としての〈自我〉のレベルの間には超えられない溝があり、〈私〉に対して哲学的な操作を繰り返しても〈自我〉としての〈確実さ〉が与えられるわけではない。概念として把握し得ない〈私の確実さ〉を、概念化された〈自我の確実さ〉に置き換えることで成立する自我哲学は常に〈戯れ〉の中にある。「最も規則的な観念の戯れ（das regelmäßigste Ideenspiel）こそが真の哲学である」[41]という彼の断片中の一文は厳密な観念の規則的操作を目的とする哲学の営みが、主体の意図のいかんにかかわらず必然的に〈観念の戯れ〉に加担している矛盾した事態を指していると考えられる。つまり、哲学的な〈規則性〉が生成のプロセス全体として見れば〈戯れ〉と化しているのであり、逆に言えばそうした〈戯れ〉を積極的に作り出すものこそが真の哲学なのである（哲学における〈規則性〉と〈戯れ〉のアンビヴァレントな関係については第V章第二節の〈イロニー〉の問題で詳しく論じる）。

〈自己感情〉として確実であるに過ぎなかったはずのコギトが概念的に首尾一貫した哲学のディスクール（言説）の〈根源〉になってしまうパラドクスは、デリダもデカルト的コギトをめぐるフーコーとの論争の中で指摘している。

そしてテクストの中で彼が引用するコギトに先行し、劣っている段階ではなく、コギトの瞬時的な経験の最も鋭い点に直接的に後続する瞬間からが、私がフーコーを読んでいてすぐれて啓示的であると思われる所である。その点では理性と狂気は依然分離されていない状態にある。そこでコギトを選び取る決心をするということは、理性的な秩序としての理性を選び取ることでもないし、非秩序あるいは狂気を選び取ることでもない。そこを起点として理性と狂気が相互に規定し合い、語り合うようになる源泉を捉え返すことである。私にフーコーの解釈が啓示的に見えてくるのは、コギトが組織化された哲学的ディスクールの中で自己を反省し、自己を主張しなければならなくなる瞬間からである。つまりほとんどずっとということである。……デカルトがコギトを言表する（énoncer）瞬間、彼はコギトを一つの演繹と保護の体系の中に書き込むのである。これらの演繹と保護は誤りを回避するため自らの生き生きした源泉を裏切り、コギトに固有の彷徨（l'errance propre du Cogito）を抑制するのである。結局コギトが呈示するパロールの問題を沈黙の下にやり過ごすことで、デカルトは思考することと明晰なもの・判明なものについて語ることは同じだということを暗示しているように思われる。[42]

デリダが指摘する通り、デカルトが発見した〈コギト（＝私はある）の確実さ〉は、いつのまにか哲学的ディスクールにおける〈明晰さ〉＝〈判明さ〉にすり替えられる。それを通してコギトは演繹と保護の体系の中に取り込まれ、〈理性／非理性＝狂気〉の境界線が生じる。〈生き生きとした源泉〉は失われ、コギトがその固有性によって理性的秩序を逸脱、彷徨しているとしても、哲学的ディスクールの体系はそれを隠蔽・抑圧し、論理の中に〝誤り〟が露出しないようにする。デリダにとって、コギトは生き生きと感じられる本来の位相、即ち、秩序と非秩序とを区別しないまま沈黙の内にある位相と哲学的ディスクールの中で〈自己を主張する〉ものとして機能する第二の位相とは明瞭に区別されるべきなのである。

シュレーゲル、ノヴァーリスもこの点では同じ問題意識を持っていたと言えるが、自我哲学の虚構性を露出させようとする反哲学のパトスはそれ程鮮明でないと思われる。ただ、ロマン派の時代には理性のディスクールが行使する暴力がまだはっきり目に見える形では現れておらず、理性的秩序に対する危機意識、反発が具体的な標的に向かっていたわけではないことを考えれば、フーコーやデリダに比して哲学のディスクールの特殊な装置としての〈自我〉を解体してしまおうという姿勢が徹底していないのは当然であろう。ただし哲学のディスクールの内部での〈自我〉=〈コギト〉の位置が〈自己感情〉としての確実さからズレているため、秩序を支えているはずの体系そのものが、〈戯れ〉ているという奇妙な現象が起こってくる点は、既に、初期ロマン派が見抜いていたことだけは確認できる。

シュレーゲルはフィヒテがその体系を展開するに際して、スピノザ的な〈実体〉の概念を排除しようとしたことを高く評価しているが、その〈始まり〉において、フィヒテ自身、自らの原則の適用を誤って実在論を抜け出していないと指摘する。既に見たように、実在論的というのは〈自我〉が不動の〈実在性〉を持ち、〈自我〉の定立によって〈非自我=対象〉にも〈実在性〉が付与されるという考え方、つまり〈自我〉を究極的な実在性の根拠にしてしまう思想である。こうしたフィヒテのやり方を〈自我の創出das Machen des Ichs〉と名付けるとすれば、シュレーゲル自身のやり方は〈自我の発見das Finden des Ichs〉と呼ばれる。[43] シュレーゲルから見れば、フィヒテの知識学は概念化された〈自我〉を哲学的ディスクールの装置としてあまりにも技巧的に利用しているのである。「彼が創出するという表現に誤って導かれてしまったのは、自我は実際に思考の中でのみ発見され、この思考というものに最大限の力、活動、自由が属しているのである（自我は無限である限り自己自身を理解すると言うことができるが、有限な自我は常に感受される）。当然、思考は恣意的な行為でもある。しかしこれら全てのことがあるとしても、このような恣意的で、自由で高められた活動によって自我が創出されるという結論は導き出せない[44]」。シュレーゲルがここで述べていることは、少々込み入っているが無限なものとしての自我を〈自己感情〉、有限な自我を、

〈(思考の中で) 概念化された自我〉と考えれば次のように図式化できる。

〈思考＝コギト〉の内に常に見出される〈自我〉は有限で概念として固定化された〈自我〉である。この有限な自我の背景をなしている、〈思考〉は自由で恣意的な行為であるから、その自由によって自我が、〈創出〉されるとフィヒテは考えた。ではその〈思考されたもの(思考の対象)〉が〈私(＝自我)〉自身と分かるのは何故かといえば、それは〈思考するもの(思考の主体)〉としての無限な自我において、既にその対象が〈自己であると感受されている(＝自己感情)〉からにほかならない。有限な自我が感受されることを契機として無限な自我が自己を理解する構図である。この循環構造に注意を払えば、〈有限な自我〉が思考の中で創出される(＝概念化される)と主張するわけにはいかなくなる。

ここで初期ロマン派との対比のために、フィヒテの議論をもう一度〈思考するもの／思考されるもの〉の関係から整理し直しておこう。「自我(＝絶対的自我、主体としての自我、無限な自我)は自己(＝対象としての自我、有限な自我)自身を絶対的に定立する」という彼の第一命題をひとまず認めるとしても、自己直観を通して定立されたものとして把握されているのは〈思考されるもの＝対象としての自我〉だけであって〈思考するもの＝主体としての自我〉自体が把握されたわけではない。ただし〈思考するもの〉は〈思考されるもの〉が〈自己〉として同一であると〈感じて〉いる。この〈自己感情〉という点を媒介として、〈思考するもの〉と概念的に把握された〈自我〉との関係が生じてくる：〈思考するもの〉＝〈自己〉＝〈思考されるもの〉。この(感じられた)〈自己〉を媒介とした同一性を根拠に、フィヒテは〈思考される自我〉ばかりでなく〈思考する自我〉までも自己定立によって固定化され、存在しているかのように論を進める。しかし厳密に検討すれば、〈同一性〉を支えているのは〈自己感情〉であって〈自己感情〉までも自我の内部で概念的に基礎付けることは原理的に不可能である。〈自己感情〉に支えられている〈同一性〉をも概念的に根拠付けようとすれば、更に上の審級として、〈思考するもの〉でも〈思考されるもの〉でもない第三項を持ち込まざるを得ないことになり、〈絶対的自我による自己定立〉という命題は崩壊する。結局〈把握できない無限な自我〉と関係していることによって、〈有限な自我〉が概念的に把握可能になるというパラドクスが最後まで残る。

　シュレーゲルによれば〈自己感情〉はそれ自体としては把握不可能であるが、「まさにあらゆる瞬間において我々は我々自身のことを直接的に確信するようになるのであるから」、我々が〈制限され、有限である〉と感じる瞬間に、その感情の根源としての〈無限である〉自己を感じるという〈感受性のアンティノミー〉が生まれてくる。[45] 既に見たように、自我の根底にあるのは固定化された思考の体系ではなく、〈無限、流動的で、変化する努力〉である。自我によって定立されているものと思われていた〈存在〉はそうした〈生成・努力の限界線〉の位置に相当する。その意味で〈存在〉とは移ろいゆく〈仮象〉に過ぎない。[46] 知の基礎である、〈（有限な）自我〉の根底に〈把握できないもの〉、〈無制約的なもの〉が働いているため、知の体系全体が〈戯れ〉に巻き込まれるのは避け得ないことである。

　ただしシュレーゲルは、哲学という営みを通して〈有限な自我〉に制約されていると感じる状態（＝生の感受性）から〈無限の自我〉（への洞察）へ導かれると述べており、[47]〈哲学する〉ことに積極的な意義を与えようとしている。彼の試みの主眼は、従来の哲学を方向転換し、哲学の絶対的基礎と思われてきた哲学する主体、哲学体系の始まりをめぐる問題も、哲学の対象として問題系に取り込むことであった。その点はデリダと共通しているが、〝現に語っている私（シュレーゲル）自身〟の立場をも含めて、哲学という営みそのものが理性的言語の秩序に囚われているといったネガティブな見解は表明していない。〈把握不可能なもの〉という非概念的な概念を持ち込むことで、我々が哲学し得る領域を限界付けているが、彼はそれを逆手に取って形而上学的な意味での〝超越的なもの〟を哲学よりも高い次元において、そのまま温存しようとしたのではないかという疑念が生じてくる。実際シュレーゲルは〝把握し得ない〟と断りながらも、哲学講義であるはずの《哲学の発展》の中で、〈神的なもの Gottheit〉について多く語っており、非合理主義に傾いているのではないかという印象は否めない。そうした〈哲学〉そのものに対する評価の甘さに初期ロマン派のポストモダン性の限界があると言えるかもしれない。

c　無限の二重性

ただそうした問題があるとしても、〈哲学すること〉ないしは〈思考すること〉が、〈私たち〉に確実につきまとう〈自己感情〉に由来するものであることを発見し、自己感情の概念化不可能性のためにその都度定立されている存在の体系に揺らぎの余地が残ることをドイツ観念論の全盛時代に発見した点は注目に値する。〈存在〉→〈仮象〉→〈存在〉→〈仮象〉→〈存在〉→〈仮象〉→……と無限の生成が起こるという指摘は、表象のミメーシス的な性格をめぐる現代的な美の理論の先駆と言えよう。〈＝〉で結んで概念化することは、〈無制約的〉なものの介入を意味するのであるから、（ランガージュの内部の）全ての存在は自我自体がそうであるように二重性を帯びている。シュレーゲルにとって、世界は永遠に解消しがたい〈二重性 Zweiheit〉の運動に囚われているのである。

世界は一つの卵から生じてきたのではなく、一つの卵になるのである。始まりは無限で〈単純な〉単一性の内にある不均等で創造的な二重性である。終点は揺らぎつつある〈無限に充溢した〉（完結した）〈流動的な〉統一された二重性の内にある無限の単一性、ないしは無限に充溢した再統一された単一性の内で揺らぐ二重性、即ち、〈自らの〉〈変容した〉始まりの内へと跳ね返っていく二重性である。[48]

フィヒテにしろヘーゲルやシェリングにしろドイツ観念論の系譜においては、〈世界〉には、絶対的で揺らぐことのない〈始まり〉と〈終わり〉があり、その両端の間は一本の線で結ばれているという大前提があった。彼らはその連関の全体を知によって体系化しようとする壮大な構想を立てたが、シュレーゲルの議論はその大前提を揺るがすものである。始まりや終わりについて語ることは自らが属している〈世界〉の外側に出ない限り意味がないはずだが、〈外出する〉ことはそもそも不可能である。〈単一性〉とか、〈統一性〉というのはそのような形で〈世界〉に取り込まれている主体に対して〉現前化してくるというだけのことである。〝単一〟として概念的に把握されているものを更に根底で支えているのは、概念化され得ない〈感情〉もしくは〈努力〉である。無理に概念的に両端が把握できると仮定して思考を進めていけば、〈単一性の内の揺らぐ二重性〉の矛盾が生じ、行き詰まってしまう。にもかかわらずデカルト以降の近代哲学はコギトの知によって世界を単一性の下に把握しようと試みているのだから不可避的にこの落とし穴に嵌まってしまう。

シュレーゲルの〈二重性〉の運動は、デリダが指摘した伝統的な西洋形而上学における〈二重性 la double séance〉の問題と同じ射程を持っていると考えられる。つまり〈世界〉の外部、理性のランガージュの〈外部〉に超越論的な視点を設定して、〝現前性〟そのものを捉えようとする限り、〈現前しているもの〉自体と《現前しているもの自体》を再現前化・表象するもの〉との二重性（二項対立）[49]に端を発する差延の運動が続くことになる。二つの項の間の根源的なズレが、〈始まり〉を求める哲学の運動を生み出す契機となるのである。

メニングハウスはシュレーゲルらの根源的な〈二重性〉についての議論を分析した上で、差延との関連について次のようにまとめている。

そしてこのことは最終的結論として次のように読める。即ち根底にある先行的な単一性の内に二重性(Dualität)があるのではないのと同様に、このような単一性一般が単なる根源的分裂性の結果であるわけでもない。ここでいつも繰り返し生じる二義性は、つまるところ絶対的に自己現前的な存在をめぐる形而上学を、その形而上学自体の言語によって撤廃しようとするアポリア的な企てから生じてくる。したがって差延としての絶対者をめぐるロマン派の最も意義ある考察の一つは、この二義性に刻印され続けているのである。▼50

彼の指摘で重要な点は、〈単一性〉と〈二重性〉のいずれか一方がより根源にあるわけではないということである。つまり〈単一性(=同一性)〉の内に既に二重化の契機が含まれていると同時に、二重性が二重性として現れるには両者が〈同一〉であることが前提されているのである。既に見たように、フィヒテの第一根本命題を支える〈=〉には同一律とともに充足律としての機能が備わっている。しかし同一性を指示しながらも〝その内に差異性をも含んでいることによって同一性に意味を付与するという矛盾〟(二重性)が〈=〉にはつきまとう。〈内部〉における存在は〈外部〉からの〈無制約的なもの〉の介入を通してのみ可能になっているが、それは絶対的自我の外部には何もないというフィヒテの知識学の潜在的自己矛盾である。シュレーゲルやノヴァーリスは、少なくとも結果的に見て知識学自体のランガージュを利用して自己解体へと導こうとしたことになる。〈同一性〉に〈差異性〉が含まれていることで必然的に生成の運動が起こるという議論はヘーゲルの弁証法にも共通しているとも言えるが、ヘーゲルの場合、アドルノが《否定の弁証法 Negative Dialektik》（一九六六）で指摘するように、[51]〈同一性〉が最初と最後において優位を占め、〈非同一性〉を取り込んでしまう方向性がある。ヘーゲルの弁証法は、〈同一性〉と〈非同一性〉を超えた所に〈絶対的同一性〉を保証する〈絶対者〉を想定するシェリングの立場を最初と最後の点で支持していると考えられる。〈絶対的同一性〉の優位は中期以降のヘーゲルにかなり顕著になるが、その徴候はイエーナ時代に書かれた《差異論文》の内に既に認められる。

絶対的同一性において主体と客体は止揚される。しかし両者は絶対的同一性の内にあるのだから、両者は同時に存立しており、この両者の存立こそが一つの知を可能にするものである。それは知の内で部分的に両者の分離が定立されているからである。分離する活動とは反省することである。この活動は、対自的に見れば同一性と絶対者を止揚することである。そしてあらゆる認識は、その内に分離があるのだから絶対的に誤謬ということになる。……哲学は主体と客体の分離を不当に扱わねばならない。しかし哲学はこの分離を分離に対定立されている同一性と同様に絶対的に定立することで、その分離を制約的にのみ定立したことになる。この対定立されている同一性もまた――それは対定立されたものの否定を通して制約されているので――相対的なものでしかない。したがって絶対者は同一性と非同一性の同一性なのである。対定立（Entgegensetzen）することと単一であること（Einssein）とが同時に絶対者の内にあるのである。[52]

ヘーゲルがここで主張しているのは、同一性と非同一性が、それぞれ〈同一性〉、〈非同一性〉として定立され得るのは最終的メタレベルに〈絶対者〉が設定されているからであるということである。したがって、［a＝b＝c＝d＝……］という形の同一性の系列のみによって体系が構築されているのではない。ヘーゲルは「非同一性［a≠b］が同時に（制約的に）定立されているのであり、（制約的に）定立されたことになる」という考え方を示しているのであり、これはフィヒテの第一根本命題と第三根本命題との間の矛盾を解決するための新たな可能性を提示している。しかしヘーゲルとシュレーゲルやノヴァーリスとの違いは、［a≠b］という不特定な関係も一義的な［a＝b］と同様に、絶対者において〈定立された〉関係であると考えていることにある。

〈同一性〉と同じ資格で〈非同一性〉が定立されていると考えれば、両者を定立している最終審級が問題になるが、ロマン派はそもそも定立の原型としての［a＝a］自体が〈定立されてある〉ことを認めず、暫定的に［a］という形をとって自我の内に取り込まれているに過ぎないと考える。そのアンチテーゼとしての非同一性が概念として〈定立されている〉か否かは最初から問題にならない。むしろ同一性が〈定立〉という概念的に明確に規定された状態にはなく、不安定な宙吊り状態になっている。その不安定な〈同一性〉を表象しようとすることによって、二重性の揺らぎが生まれてくるわけだが、逆に言えば二重性が単一性に先行しているとも考えられる。差異性もしくは非同一性は、そのような二重性に由来しているという議論である。

「同一であることと同一でないことは互いに対置されているのではない。両者はともに、共通の領域に関連付けられている限り端的に対定立されて有るのである。両者は部分的概念として全体に対定立されている、あるいは部分として全体に対置されている」というノヴァーリスの断片は、一見すると同一性と非同一性をめぐるヘーゲルの議論を先取りし、ほぼ同じ帰結を知識学から引き出しているようだ。しかしヘーゲルが両者とも〈絶対者の内にある sind ... im Absoluten〉として、〈(定立されて)有る〉ことを前提に論を進めているのに対し、ノヴァーリスでは〈共通の領域に関連付けられる werden ... auf eine gemeinschaftliche Sfäre bezogen〉となっており、現前性の根拠としての〈絶対者〉が、中立的で概念として極めて不確かな〈共通の領域〉という言葉に置き換えられ、動詞も存在詞の性格の強い〈sein〉の代わりに〈werden〉が使用されている。つまりノヴァーリスによれば、〈同一／非同一〉の境界線を形成しているメタレベルでの〈差異〉は、絶対者の中で絶対的な基準をもって位置付けられる〈根源的な差異〉ではなく、体系の中で概念化されないまま〈差異〉という意味自体が宙吊りにされ、揺らいでいるような〈差異〉である。彼はこの箇所に続いて〈根源的な差異〉についての考えを以下のように展開している。

全ての反省は一つの対象(Gegenstand)に関わる。ただし対象はそれ自体としては、根源的な矛盾(Gegensatz)によって規定されている。つまり私は規定されたものしか考えることができない。無規定のものは矛盾としてのみ思考可能である。しかしそれは、矛盾が対象である限りにおいて成り立っていることであり、その限りで矛盾は既に自己自身によって規定されているのである。[53]

これはフィヒテの〈主体の定立行為に対し抗ってくるもの〉としての対象の定義を更に展開しながら、これを〈自我が自己自体の内で出会う異質なもの〉=〈根源的矛盾〉についての考察に結び付けた議論であると理解できる。右の引用は、ドイツ語の名詞〈矛盾 Gegensatz〉が、〈対象〉を意味する〈Gegenstand〉と同様に〈gegen〉という接頭辞を持ち、〈定立する setzen〉の名詞形である〈Satz〉を複合した形になっているのを利用した言葉遊びである。この言葉遊びを通してノヴァーリスが示そうとしているのは、〈対象〉の自我に対して〈抗う性質 gegen-〉が自我の〈定立〉に先行する根源的矛盾、言い換えれば根源的な異質性ないしは二重性に依拠しているという点である。

ノヴァーリスはシュレーゲルと同様、〈定立された自我の確実さ〉を認めないわけだから、〈定立〉がなされる場としての〝自我自体内〟という領域が宙に浮き、〈対象〉の〈gegen-〉と〈根源的矛盾〉の〈gegen-〉が直接的に関係付けられることになる。言い換えれば、定立という事行からはみ出すような形で、対象は根源的異質性に由来する矛盾、即ち自我に対しての異質性を内包しているのである。根源的単一性としての自我の内に異質性が〈定立〉されて、したがって異質性の根底に同一性があるというフィヒテーシェリング的な発想から、無規定的で常に二重化の揺らぎの内にある根源的異質性の内で、仮象的な性質の単一性が現れるという考え方へと転換しようとしていることが分かる。ただし〈単一性／異質性〉は、原理的に一方の項のみが先行するのは不可能であり、双方向的に規定し合う関係にあるので、ノヴァーリスは両者を含んだ〈根源的な矛盾〉という言葉を使用しているのである。

この根源的矛盾はそれ自体として現前化することはないが、〈(自我の) 状態 Zustand〉とそれに対置される〈対象〉との相互関係として現れる。[54]〈Zustand〉の動詞形の〈zustehen〉には〈gegen-stehen 抗って立つ〉とは逆の〝〜に属する〟という意味が含まれる。〈対象〉の矛盾性とは、自我に定立されることによって自我に従属していると同時に、自我に対する異質性を含み、自我による定立を否定する性質であると理解できる。[55]このように〈始まり〉の点から読み替えていくと、〈対象〉はもはや自我によって定立された、自我にとっての実践・認識の対象ではなく、〈Zu-Stand / Gegen-Stand〉という二つの状態

(Stand)の相互規定的関係の中に位置付けられる流動的性格を有することになり、いわゆる〈物〉性からは遠ざかる。対象は自我によって規定を受けることで〈私〉にとって思考可能であるが、同時に〈私〉による規定を受け付けない部分を根源的に含んでいる。〈対象〉の内の〈規定〉されていないもの、即ちコギトの体系に取り込まれていないものは〈状態〉からはみ出し、〈矛盾〉という形で現前化するのである。

この考え方は、〈自己を感じること(=自己触発)〉を通して、自己自身との差異(〈触発する自我/触発される自我〉)の中に、非同一性を含んだ〈自己〉が産出されるプロセスに差延の運動の本質を見るデリダの思想と極めて類似している。自我が差異化の運動を生み出す〈始まり〉ではなく、逆に〈自己〉自身との〈差異〉として〈自己〉が産出されるのであるから、根源にあるのは単一性ではなく、〈自我/対象〉、〈主体/客体〉、〈内部/外部〉といった差異の二項形式を通してのみ、〈現前化〉する〈根源的異質性(差異)〉である。

ただしそのつど対象を通して現前化する〈差異〉は、差延を引き起こしている〈根源的差異〉そのものではない。〈根源的差異〉自体は、差延のプロセスのどの段階でもポジティブな形で捉えることはできない。これは〈絶対者〉が、〈絶対者〉の表象に過ぎないというのと同じ仕組みである。デリダは〈ポジティブな無限〉を差異化の運動の中で思考可能であるという態度を取っているヘーゲルの弁証法を批判して次のように述べている。

しかし無限の差延としてのイデア的なもののこの現れは、一般的に死との関係においてのみ産出され得るのである。〝私の死(ma-mort)〟との関係によってのみ、現前の無限の差延の現れが可能となる。同時にポジティブな無限のイデア性と対比すれば、この〝私の死〟との関係は有限な経験性にとっての偶有性となる。そのためこの関係の外部では無でしかない差延は、〈自己としての死〉への関わりとしての自己への本質的関わりとして、生の有限性（finitude）となる。無限の差延は有限である（＝終焉している）（La différance infinie est finie）。もはや有限性と無限性、不在と現前、否定と肯定の対立関係において差延を考えることはできない。[56]

ここで重要なのは、〈自我／対象〉の二項対立が有効である間は、イデアールなものとしての現前性の無限の差延が経験的意識の主体としての自我に対して、現前化することはなく、自我の働きが停止するところでしかその〈現れ apparaître〉は産出されないことである。この議論の大枠は〈対象による規定〉の問題のフィヒテからノヴァーリスにかけての展開に既に認められる。（フィヒテの言う意味での）自我が生きて活動している限り、自己自身内の差異性は、あくまで自我によって定立された差異であり、無限の自己差異化（差延）運動ではあり得なかった。絶対的自我が（理論的に）放棄される時、根源的差異が浮上してくる。

しかしこの自我と現前性の差延の関係を逆の方向から捉えれば、そもそも〈自我〉が前提されていなければ〈自我〉を中心に成立している〈同一性／差異性〉の関係は意味をなさなくなり、差延は差延でなくなってしまう。差延は〈私の死〉との関係、言い換えれば、〈私〉の活動が停止する瞬間の〈私〉との関わりにおいてのみ差延なのであり、その関係をはずしてしまえば〈無〉でしかない。自我の作用している領域の限界点、即ち〈私が死ぬ〉点で差延は〈自我〉の有限性という形で現前化する。無限の差延は、それが〈差異〉として現前化してくる時点では有限で終焉したものとなっている。自我の同一性と、根源的差異性とはまさに表裏の関係にあり、一方が定立されていなければ、他方は意味をなさなくなるが、かといって両者が同じ次元での対立関係として現れることはないのである。

ノヴァーリスもまた根源的な差異の自我に対する〈現れ〉のネガティブな性格について論じている。彼は《フィヒテ研究》で、〈全ての根拠〉〈活動の根拠〉としての〈本質 Wesen〉はネガティブにしか規定されないと述べている。〈本質〉は、〈状態〉もしくは〈矛盾〉と名付けられる特性（Eigenschaft）に対定立されることを通してのみ、規定された形で理解できるのであって、それ自体としては認識不可能である。しかも規定された〈本質〉としての〈特性〉は、決して〈本質〉自体ではあり得ない。単なる〈特性〉を超えて、〈本質〉自体を表そうとすれば、〈特性〉としての全ての規定性を取り払う（＝否定する）しかないが、それは結局、〈本質〉自体を対象として思考することは不可能であると言うに等しい。〈本質〉の規定とは、規定なき規定である。否定神学における神のごとき性格を有するノヴァーリスの〈本質〉は、自我に対して直接現前化することなく、自我の限界点を暗示する〈差延〉の思想に近い。


……本質の規定とは、全ての規定のポジティブな欠如である。

規定は特性の領域であり、否定は即ち本質の領域である。

我々は特性一般に対定立されたものであるということ以外、本質について何も知らない。特性は特性を通してのみ規定されるが、この規定は相互に対定立されている特性の追求を通してなされることである。何故なら、ここには本質の単一的な活動が見出されるからである。この活動は対定立されたものの中で顕わになる。

対定立すること自体が本質の根源的特性の在り方である。故に対定立を通して本質を発見することはできない。以下のことがじきに明らかになっているだろう。我々が認識し、概念として把握する限りでの本質は単なる特性である。そしていわゆる特性が、本質と対立関係にあるのと同様に、いわゆる本質とは知覚と感受性の基体に過ぎないということである。[57]

〈本質／特性〉を対立させる思考法は、ヘーゲルの弁証法の〈本質／現象〉の二項対立と類似しているように思えるが[58]、〈始まり〉＝〈根源〉をめぐる議論から既に明らかなようにノヴァーリスが語っている〈本質〉については〝ポジティブな規定を通しては現前化しない〟ことが判明するだけで、現実的諸規定の内に〈本質〉に接近する手掛かりが見出されることはない。彼の場合、ポジティブに規定された〈特性〉（＝現象）を通して〈本質〉が概念的に媒介された自己自身の把握、自己実現へと向かっているのではない。〈本質〉の活動は、動詞としての〈対定立すること〉即ち差異化することの内に見出されるが、既に名詞化されている〈対定立されているもの〉自体[59]は有限なものとして規定された〈特性〉に過ぎないのであって〈本質〉ではない。〈我々〉が〈根源〉について思考している時、実際に思考されているのは根源そのものではなく、根源についての表象、根源の代替物であるというデリダの議論と同じ構造である。ロマン派以前の哲学は特性を観察し、特性に現れている〈本質〉を捉えることが可能であるという前提で議論を重ねてきたが、そこで問題にされる〈本質〉は、本質と呼ばれているに過ぎないものであって、実際には現象化された有限な〈特性〉である。本質の運動が対定立の内に現れるからといって、対定立されたものを媒介として〈本質〉それ自体に迫ることはできないと考えるところがヘーゲルと対照的である。

〈本質〉を静止状態（＝端的な本質 das bloße Wesen）においてではなく、活動状態（＝〈活動している本質 das thätige Wesen〉）において理解しようとしたのは[60]フィヒテの〈事行〉の哲学を継承したヘーゲルとノヴァーリスに共通する発想であるが、対定立による自己差異化が意識による自己の本質の〈媒介された〉把握に繋がるか否かで両者の立場の違いが鮮明になる。ヘーゲルは現実的な仮象として現れている諸規定性の否定を通して意識が自己自身について反省し、自己の本質へ遡及していく筋書きを描いたが、ノヴァーリスにとってはもともと常にそこに回帰することのできる恒常的な自己意識は想定されていないのであるから、特性の否定によってより高い段階の自己把握に至るということはない。本質即ち自我自体[61]を捉えようとすれば、〈対定立〉が成されている場に立ち会わねばならないが、そこは私の限界点であり、その彼岸では哲学する主体は成立しない。結局〈端的な本質〉は概念化されないことになる。ノヴァーリスは非ヘーゲル的な差異の理論を目指していると言えよう。

二 〈絶対者〉の現前性をめぐって

a 原自我の意味

初期ロマン派哲学の反省理論とデリダの脱構築論の類似性を〈根源〉の自己解体の中に見ようとするメニングハウスのテーゼは、ノヴァーリスについてはかなり説得力がある。シュレーゲルに関しても、自我中心哲学の持つ〈有限性（概念的に把握された自我）／無限性（概念化され得ない感情としての自我）〉の間のアンビヴァレンスをめぐる議論に差延の問題に通じるものがあることが分かる。しかしシェリングとロマン派との関係をめぐるフランクとボーラーの見解の相違に見られるように、対象と自己、内部と外部とを区別する（経験的）主体の根底に、〈絶対者〉が姿を変えて潜んでいるのではないかという疑いが残る。事実《哲学の発展》の中でシュレーゲルが用いている〈原自我 das Ur-Ich〉の概念は、体系の〈中心〉としての〈絶対者〉であると考えることもできる。シュレーゲルは〈自我／物〉関係の根底にある〈存在〉が実は仮象に過ぎず、概念的に把握不可能な自己意識は〈感受性〉として扱われるべきだと主張した上で、有限な自我と無限な自我の間の〈矛盾〉の解決法について次のように述べている。

我々は予め有限なものと無限なものとの相違を次の段階まで廃棄しておいた。つまり、両者が生き生きと生成しつつある活動であり、精々度合いが異なるだけであって、両者の間の矛盾は生を固定し、殺し、物にしてしまう際に生じる仮象であることが明らかになる段階まで。にもかかわらず両者の抗争という感情は繰り返し回帰してくる。これだけでは、これほど制約を受けていると感じている我々が無限であるはずだということの説明にはならない。また同時に、自我は全ての容器として無限であり得ることも認めねばならない。我々はこの矛盾が一般的感情や信念と一致するような形で解消される可能性が見出されるよう、真に明確に表現しなければならない。熟考してみるに、全ては、我々の内にあることを否定できなければ、我々の生に常に伴っている制約性の感情（das Gefühl der Beschränktheit）は、我々は我々自身の部分に過ぎないと仮定する以外に説明できない。この仮定は直ぐに汝に対する信念（Glauben an ein Du）に通じる。この汝というのは、（生においてそうであるような）自我に対定立されたものに類似のものではない（人対人ということであって、動物や石対人のような関係ではない）。むしろ概して対自我（Gegen-Ich）と呼ぶべきものであり、したがってここで必然的に原自我（Ur-Ich）への信念に繋がる。この原自我は哲学を本来的に基礎付けている概念である。この点に哲学の全ての活動半径が集約する。我々の自我は、哲学的に見れば原自我、そして対自我への関係を含んでいる。それは同時に、汝、彼、我々である。▼1

「原自我は、本来的に哲学を基礎付けている概念である」という表現に対しては、大きく分けて次の三通りの解釈が可能であろう。即ち①原自我は、主体と対象の差異を超越した絶対者であり、全ての反省・生成の運動の根底には〈自我＝対自我〉の同一性を支える共通項としての原自我が潜んでいる②哲学のランガージュの内部で、無限の自我と有限の自我との関係を概念化し、記述しようとする時、哲学する主体自身は自我の〝外部〟に位置しなければならなくなる。その位置に立つことを理論的に正当化するためには、〈外〉の自我としての〈原自我〉という概念装置が必要となる③①と②双方を含むものとしての、〈原自我〉――の三通りである。①と②は一見、同じことを指しているようにも見えるが、大きな違いは、①の場合は、〈自我〉を超越するスピノザ的自我の〈存在〉を支持する考え方に通じるということである。シュレーゲルが当面、体系（の叙述）の不可能性を主張しているとしても、唯一の〈始まり〉があると言っている以上、潜在的に〈原自我〉を中心として全てが統一された、〈体系〉を念頭に置いていると解釈できる。つまり言葉で表現するのは不可能であるにしても、自我の理解を超えた体系があると言っていることになる。これに対し②の場合はあくまで、哲学を成り立たせるための概念装置として暫定的に、〈原自我〉を想定しているだけであって、［哲学する主体―哲学のランガージュ］と独立に〈原自我〉なる実体が生きているというような形而上学的な発想には結び付かない。

シュレーゲルが①の立場を取っているとすれば、原自我は、シェリングの言う、〈絶対的自我〉とほぼ等しいものになり、結果としてシェリングとシュレーゲル、ノヴァーリスを無限の自我の哲学として同一視するフランクの解釈に近くなるが、②であるとすればもはや［絶対的自我―存在］の関係そのものを問題にしようとせず、哲学的ディスクールの成立する条件について語っているのだから、メニングハウスやボーラーの提唱する脱構築論的解釈を支持することになる。

先ずメニングハウス、ボーラーのシュレーゲル解釈のガイドラインになっているベンヤミンの〈原自我〉解釈から検討していこう。反省の幕級数化のプロセスを通して標準的な〈形式／素材〉関係が崩壊し、〈絶対者性 das Absolutum〉を志向する形式のない思考へと転換していく図式を描くベンヤミンは、原自我こそ反省の基体になっている〈絶対者性〉であり、〈充溢された無限の反省の総体〉であると述べている。[3] 彼によれば、シュレーゲルの反省は〈自己自身において実体的で、充溢しており〉、〈空虚な無限〉に向かって進んでいくような性質のものではない。反省の中での絶対者性は〈閉じた反省の中で自己自身を直接再帰（＝反省）的に捉えている〉のであり、低い段階での反省は反省の営み自体によって媒介されることを通して最高次の反省における絶対者性に到達する。[4] つまり全ては〈無限の自我性の一部〉であり、〈原自我の内の全てを包括するもの〉に全てが含まれ、その〈外〉は無である。[5]

ベンヤミンの原自我解釈は、有限な自我の外部に自己自身を把握する実体的な〈絶対者性〉の働きを認めている点でシュレーゲルをスピノザ主義に引き付けている。原自我にとって〈自我／非自我〉の境界線が定立されてあるものではなく、全てが原自我の中に包括されている点に注目すれば、シェリングの同一性哲学に接近しているとも言える。ベンヤミン流に解釈すれば、原自我の内では自我と、非自我との絶対的差異はないはずである。

また原自我に相当する最高次の視点に立つ反省と、出発点としての最低次の反省（＝原反省）を両極に配置し、思考の思考の……思考としての反省の運動を階層的なものとして捉える点で、[6] この解釈はヘーゲル弁証法における絶対精神の自己展開の理論に類似しているとも言える。低次の反省の主体である（経験的主体としての）自我と、最高次の反省の主体としての原自我とが、同一の〈自己〉を認識するということで系列的に繋がっており、両極の間に超えがたい〈内部／外部〉の隔絶はなくなる。下位の自我の視点に立てば、〈外部の物〉は依然、外部に仮象として〈存在〉しているが、原自我の視点に立てば、自己の〈内部〉にあり、生きた〈汝〉として〈私〉に語りかけてくるのである。

ベンヤミンはかなり①の方に傾斜した解釈をしているが、この方向性は〈体系〉の不可能性を主張していたシュレーゲルの当初の立場と矛盾しているようにも思える。しかしシュレーゲル自身が、「自我がこの生成という観念を通して原自我に高められたように、この上昇した自我の概念を通して生成の観念は再度世界の概念に転化する。自我の傍らに別の自我があるのではなく、全ての生成は生成しつつある自我のみであり、したがって自我はまさに、我々が通常世界と呼んでいるものの総体である」[7]と述べ、更に〈自我の内かつ外にある〉世界全体が生成しつつある無限の原自我（＝神性）であると言い切っているのを見ると、原自我は自己運動している〈絶対者〉であると解することが不当とは言い切れない。ベンヤミンにしたがって考えると、シュレーゲルはフィヒテの定立理論を原自我の内での思考の思考の……思考としての反省理論へ変形し、スピノザの汎自我論と両立可能なものにしたと見ることができる。フィヒテとスピノザの中間を行くことは、《イエーナ講義》においてシュレーゲル自身が既に表明しているところである。[8]

にもかかわらず原自我の〈絶対者性〉を強調した箇所の直ぐ後でベンヤミンは「この絶対者は、最も正確な言い方をすれば、反省の媒体（Reflexionsmedium）と名付けられるだろう」[9]とも述べている。これを文字通りに取れば、〈思考するもの〉と〈思考されているもの〉の間の（自己）同一性を産出している（もしくは保証している）反省の運動が、実体的な〈（再帰的に反省している）絶対者〉に先行しており、かつ反省の運動の中で絶対者自体が産出されるという意味に取ることができる。始源としての絶対者が自己を反省しているのか、そうではなくて両端を持たない反省が〈絶対者〉という形式の下に現れてくるのか、シュレーゲルの思想を理解する上で無視できない重要な相違である。ベンヤミンが〈絶対者性〉として提示した概念の中身がどのようなものであったのか改めて問われねばならない。彼は〈絶対者性〉と〈反省〉の関係について次のように述べている。

反省は絶対者を構成する、しかも反省はそれを一つの媒体として構成するのである。絶対者性あるいは体系の中で常に同形を保っている連関——この絶対者性および体系はともに現実的なものの連関として、その実体（それは至る所で同一であるが）においてではなく、その明確な展開の度合いにおいて解釈される——にシュレーゲルは叙述の中で最大の価値を置いている。たとえ彼が媒体という表現自体は用いていないとしても。[10]

反省と絶対者の関連についてのベンヤミンの記述は極めてアンビヴァレントである。思考の思考の思考の……思考としての反省運動の体系としての連関性（＝自己〔同一〕性）を保持するために〈絶対者〉が構成されているとすれば、そのような〈絶対者〉は、もはや〈根源〉としての絶対者ではなく、メニングハウスが主張するように二次的・後発的な〈絶対者〉であると理解するのが妥当のようだが、反面その絶対者性は現実的なものの連関としても理解されている。この文脈での〈絶対者性〉というのは思考がなされる場としてのエーテルのようなものとも考えられるが、絶対者の根底にそのような実体が想定されているのであれば、〈絶対者〉概念が二次的であるとは言い切れなくなる。

ベンヤミンは一応反省自体の媒体としての〈絶対者性〉と、反省の運動によって〈絶対者性〉から構成される〈絶対者〉を区別しているようだが、そうすると今度は反省に先行する性格を有する〈絶対者性〉

と、反省にとって二次的な性格の〈絶対者〉との間にどのような関係があるのかが問題になってくる。また原自我は、絶対者性に相当するのか、あるいは絶対者に相当するのかも疑問点として出てくる。無論、〈現実的なものの連関〉も反省の媒体であり、〈現実〉も〈絶対者性〉も二次的に構成されたものであると考えれば、完全に②の方向に読み替えることは可能であるが、ベンヤミンは「現実的なものが反省によって構成される」とは言っていない。

この点についてもメニングハウスの立場は終始一貫している。彼は「絶対者は反省の媒体である」というベンヤミンのテーゼを、専ら哲学のディスクールの条件の問題として再解釈することを試みている。彼は先ず〈反省〉を〈哲学〉と等置した上で、哲学という営みの全てが反省における両極の間の往復運動であり、この〈反省的交替の彼岸〉に固定した始発点を持っておらず、全体として〈媒体〉になっていると説明する。[11]当然ここで〈反省〉と言われているのは、思考の思考の……思考としての〈反省〉一般ではなく、哲学する営みという意味での反省である。また二つの極というのは原自我と原反省の二極ではなく、哲学的営みの中で想定される対概念、対観念、対命題関係一般を指す。つまり〈主体／客体〉、〈自我／非自我（物）〉、〈内部／外部〉といった哲学（＝反省）体系上の二項対立関係を生じさせ、かつ統制的観念として体系全体の構築を支えている〈根源〉としての〈絶対者〉概念が二次的に構成されていると脱構築論的な読み方をするのである。メニングハウスはこの読みを正当化するために、哲学の〈第一のもの〉の根拠付けをめぐる循環論法についてのシュレーゲルのイエーナ時代の哲学的断片のいくつかを引き合いに出している。[12]

フィヒテの知識学でも自我を非自我の間での〈相互規定〉について論じられていたが、彼の場合は、全ての〈交替〉を超えた彼岸に絶対的自我の観念が想定されているために、相互規定作用自体は相対化されていた。シュレーゲルはこの関係を逆転させて第一のものとしての〈絶対者〉観念を否定し、相互規定関係を〈思考／思考されるもの〉をめぐる全ての領域に拡大したというのがメニングハウスの議論である。この議論の帰結として、「絶対者は交替に先行するものないしは交替を逃れているものではなく、それ自体としては非絶対的な交替の各項の全体以外の何ものでもないのであって、最終的には〈全ての現実的なもの〉の反省的連関と同一である」（WBGS I. 1; S. 37, S. 54）。「シュレーゲル自身がかつて直接的に〈反省の戯れと言い表している交替の極の間の〈二元論の戯れ Spiel des Dualismus〉（KA Bd. XVII, S. 403）は、先ずもって絶対者を定立する、より的確に言えば――固定した根底のない差異化的な戯れ（ein differentielles Spiel）の媒体として――絶対者である。このように第一哲学（prima philosophia）としての絶対者についてのロマン派の理論が第一哲学の否定として理解される。そして諸反省の絶対的戯れは本質的にそれらの極の間の運動であって、この運動の中心はそれが〈中心 Mitte〉の位置にあることによって、改めて創造的反省の〈中立点 Indifferenzpunkt〉の問題、即ち差異の力を指示する。この差異は自らの作品、即ち、反省の極の構造的網目の中でそれ自体として実在化しまた消滅している」[13]ということになる。

メニングハウスは、そもそも〈現実的なもの〉自体は〈反省＝交替〉によって構成されているのかどうかという観念論的な問題設定に関わるのを避けて、重点を〈反省的連関〉へシフトしていることが分かる。ベンヤミンは反省の媒体としての〈絶対者性〉を〈現実的なものの連関〉と名付けたが、メニングハウスはこの連関自体も〈反省的連関〉であると理解することで、〈現実的なもの〉と〈反省〉との関係をめぐる問題を括弧に入れたことになる。〈絶対者性〉＝〈現実的なものの実体〉ということであれば、〝現実的〟とはそもそも何であるのかを反省理論の立場から改めて定義せねばならなくなる。しかし、〈絶対者性〉に対応しているのが、〈現実的なもの〉自体ではなく〈現実的なものの反省的連関〉であるとすれば、結局〝(哲学という反省の営みにおいて)絶対者は、反省(相互作用)の両極を結ぶ媒体として二次的に構成されるのであり、絶対者性は(哲学的)反省の中で産出される現実的なものの連関である〟と、反省の中での[絶対者―絶対者性]の関係についてトートロジカルに語っていることになり、アンビヴァレンスは解消される。

この場合の〈現実的なもの〉は、主体としての自我を超越して現実的なものであるのか、あるいは自我に定立された現実的なものであるのかというレベルの問題と関わりなく、哲学的描出(=反省)の中で、〈現実的なものとして〉連関し合っているものを示す。つまり実際に〈現実的なもの〉に対応しているか否かにかかわらず、現実的なもの〝として〟連関しているということである。この場合、〈反省の媒体〉も実在性を持つエーテルのようなものとしてではなく、〈交替概念〉の間を論理(哲学)的に媒介し、体系を成り立たせている〈項 Medium〉と考えられている。

シュレーゲルの反省についての考え方がメニングハウスの解釈通りであるとすれば、彼の反省理論は〈絶対者〉の把握にこだわり続けたシェリングやヘーゲルらドイツ観念論の系譜と完全に袂を分かつことになる。例えばヘーゲルは、「自己自身として顕在化すること以外の何ものでもなく、他のいかなる内容も持たないという意味での顕在化として、絶対者は絶対的形式である。現実とはこのような反省された絶対性(reflektierte Absolutheit)として理解することができる」[▼14]と述べ、形式としての〈絶対者〉と〈現実〉との関わりの必然性に固執する姿勢を見せている。シェリングもまた、「絶対者は自己自身を素材かつ形式とする永遠の認識行為である。即ち絶対者自身が恒久的な形で観念として、あるいは純粋な同一性としての自己の全体性において実在的なもの、形式的なものとなり、そして再び同様に恒久的な形で形式としての自己自身を――その形式としての自己が客体である限り――本質ないしは主体の内に解消する産出の営みである」[15]と、永遠な認識行為の中での絶対者の（実在的な）自己産出について論じている。こうした論の立て方と比較すれば、（メニングハウスの）シュレーゲルは〈絶対者〉から、〈自己〉、〈産出〉、〈顕在化〉、〈実在性〉といった精神的な要素を抜き去り、括弧付きの〈絶対者〉を哲学体系を成り立たせる論理的形式としてのみ捉えていると言えよう。

端的に言えば、メニングハウスは専ら哲学的ランガージュの内部における概念装置として〈絶対者〉、〈絶対者性〉、〈現実的なもの〉を処理しようとしており、ランガージュの外部にこれらに対応する〈絶対者〉や〈現実的なもの〉があるのかという問題は最初から除外している。鏡の中に映っている影（表象）の動きを分析し、これから本体（実在）を支配している法則を導き出そうとするのが従来の哲学がやってきたことであるとすれば、（メニングハウスの）シュレーゲルは本体のことは問題にせずに、鏡の中の世界（哲学的なランガージュ）の内部に書き込まれている現象だけが新しい哲学によって分析されるべきである客体と考えているようだ。

シュレーゲル、ノヴァーリスの新しい哲学の試みはおおよそ以下のように理解できる。自我というフィルターを経由することで〈内部／外部〉の位相の違いが生じることを明確に計算に入れていなかった近代以前の哲学では、〈絶対者（＝神）〉は世界の〈中心〉に位置付けられ、完全に自立的な文字通りの〈有って有るもの〉であった。しかしデカルトからカントにかけての近代自我哲学の形成を通して〈絶対者〉は世界の〈中心〉そのものではなく、〈〝世界の中心として〟自我に対して（内部もしくは外部に）現前するもの〉として括弧付きの〈存在〉になる。

〈内部／外部〉問題を更に徹底させた初期ロマン派による〈哲学することの哲学〉の段階にまで至ると、〝〈世界の中心〉として自我に対して現前するもの〟もそれ自体として議論の対象とされることはなくなる。

つまり、二重括弧の外側から更にもう一つ括弧がかかって〈絶対者〉を起点とする（世界の）全ての事象、およびそれらについて思考している自我でさえ、哲学のランガージュの体系の〈内部〉に位置付けられることになる。その意味での〈絶対者〉は〈思考するもの／思考されるもの〉の分離に伴い、〈思考するもの＝自我〉による世界把握のための概念装置として形成される二次的な表象でしかなくなり、〈自我〉の外に〈より大きな自我〉として絶対者を想定するスピノザ—マールブランシュの論や、〈自我自身と非自我を定立する自我〉の内に絶対者を見るシェリングの論[16]などはいずれも原理的に不可能な試みになってしまう。

メニングハウスの解釈に従えば、〈絶対者〉を構成している（哲学的）反省の両極の間には固定された〈現実的な連関（＝現実に対応する（哲学的）概念の連合体）〉があるのではなく、反省に伴って変動する〈戯れ〉、即ち脱構築論的な意味での差異化の関係が支配している。既に見たように、哲学的ランガージュの〈中心〉に位置付けられる、〈絶対者（の代替物）〉は差延によるズレを免れ得ない。〈第一哲学〉としての〈始まり〉、〈根源〉、〈第一のもの〉の相対化・解体の試みは最終的には〈絶対者〉の解体に繋がる。先に引用したシュレーゲル自身の言葉によれば、「絶対者自体は呈示不可能であるが、絶対者を哲学的に仮定することは分析的に正当化され証明され得る。〈この仮定は絶対的なものではない。――この誤解とともに神秘主義が成立し、かつ没落する〉」のである。

デリダの場合にそうであるように、シュレーゲルにとっても〈中心 Mitte〉はそれ自体としては差異化の〈戯れ〉を逃れている〈中立点〉として（哲学体系の内部に）位置付けられているが、同時に創造的反省〈差異化〉を生み出す〈中心〉にもなっている。この場合の〈中心〉概念は推論のプロセスにおいて両端を〈統一 Einheit〉へと結び付け支える根拠として想定されたヘーゲル論理学の〈中心＝中間項 medius terminus〉の概念とある面で類似していると言えるが[17]、それが直線的に展開する弁証法的運動の中に、必然的に〉位置付けられているのか、あるいは運動の方向自体が絶えず〈戯れ〉に巻き込まれているのかを考えれば百八十度方向が異なっていることが分かる。

b　絶対者と体系

メニングハウスはベンヤミンによる（シュレーゲルの）テルミノロギー論も引き合いに出しながら[18]、〈絶対的なもの〉は初期ロマン派にあっては〝ランガージュの内部での〈絶対的なもの〉〟であって、〝体系の外部に存在し、外部から体系を支えている〈絶対者〉〟が論じられているのではないことを証明し、デリダの議論に近付けようとしている。が、ベンヤミン自身は自我の反省運動の媒体として実体性を持つ〈絶対者性〉にも言及しており、《芸術批評の概念》が全面的に右記の立場の解釈に属しているとは考えにくい。ベンヤミンはシュレーゲルの〈絶対者〉概念をめぐる記述、特に一八〇〇年前後に書かれたものが一義的でなく、多くの矛盾を含んでいることを指摘した上で、絶対者概念が多義的になっている根拠について以下のように述べている。

シュレーゲルの絶対者を規定しようとする試みが多様であるのは、単に欠陥のせいでも不明瞭さのみに由来するのでもない。むしろこれらの試みの根底には彼の思想に固有のポジティブな傾向がある。この傾向の内に、先に呈示しておいたシュレーゲルの断片の多くに見られる不可解さ、特にその体系的志向の根拠をめぐる問いの答えが見出される。ともかくアテネウム時代のフリードリヒ・シュレーゲルにとって、絶対者とは芸術という形態を取った体系であった。しかし彼はこの絶対者を体系的に把握しようとするのではなく、むしろその逆に体系を絶対的に把握することを追求したのである。[19]

シュレーゲルやノヴァーリスが知識学の目標であった〈人間の知識の唯一の体系〉の可能性を原理的に否定していることを想起すれば、この箇所でベンヤミンが使っている〈体系〉という表現は一見シュレーゲル自身の思想と矛盾しているようにも思われる。しかし《哲学の発展》の別の箇所を見ると、シュレーゲルは〈体系〉という言葉を〝一つの根本命題から出発し、一貫した論理によって展開される（哲学的）体系〟という意味に限定すべきではないと主張している。彼は哲学体系を構成している各概念が、実際には〈把握できないもの das Unbegreifliche〉である絶対者との関係に由来していることを確認し、〈概念〉は一般に考えられているように明確な境界線を持つものではないとした上で、〈体系〉とは形式面から見ればそのような概念から構成される〈有機的構造体〉であり、内容面から見れば〈単一性に向かう無限の充溢の連結体〉ないしは〈無限で境界のない外延〉であると述べている。[20] このような〈体系〉の定義はシュレーゲルの新しい哲学の立場からの、固定されない〝開かれた体系〟概念の提唱であると考えられる（以下便宜的に〝開かれた体系〟および〝閉じた体系〟という表現を使用する）。

またアテネウム時代の著作、特にアテネウム断片やイデーエン断片などを見ると、哲学的〈体系〉に限らず断片という形で表明された思想、概念、イデーから構成される有機的連結体という程度の緩やかな意味での〈体系〉というタームが思想、文学、芸術の領域にまたがって使用されている。[21] シュレーゲルはⓐ通常の哲学が依拠している〝閉じた体系〟、ⓑシュレーゲル自身の提唱する〝開かれた哲学体系〟、ⓒ一般的な有機的連結体としての〝体系〟と、少なくとも三種類の意味で〈体系〉という言葉を使っているようだ。〈芸術という形態をとった体系〉という表現もベンヤミンの主観的な造語ではなく、ⓒの意味での

〈体系〉と考えられる。

〈絶対者を体系的に把握する〉ことは古代ギリシア以来の、全ての西洋哲学の伝統であるが、ベンヤミンによればシュレーゲルはこの発想を逆転して、〈体系を絶対的に把握する〉ことを試みている。この違いをメニングハウスの再解釈に即して考えると次のように理解できる。シュレーゲルの哲学は絶対者に相当する〈唯一の出発点〉、〈唯一の根本命題〉を設定する試みを原理的に放棄し、可能な両極端のいずれでもない〈中心〉から出発している。つまり、絶対者は自我の内部にあるのか外部にあるのか、精神であるか物であるかという形で結果的に一方の極端に与することになってしまう概念化の試みを否定し、どちらの極にも決しない位置から哲学を始めるのであり、通常の意味での、〈絶対者の体系的把握〉は放棄されていると言ってよい。《哲学の発展》におけるシュレーゲルの次のような言葉からこのことが確認できる。

哲学の対象が無限の実在のポジティブな認識であるとすれば、この課題は決して完結し得ないのである。至高のものはまさにその高さのゆえに一つの概念には包括され得ない。無限の対象の認識は対象自体がそうであるように無限であるのだから決して完結せず、決して決まった言葉で完全に語り尽くされることはなく、決して一つの体系の狭い境界線の中に取り込まれ、包括されることはない。[22]

〈至高のもの〉=〈絶対者〉自体を体系の中で完全に固定化することが不可能であると言明している点は、シェリングが哲学は学である以上少なくとも一つの最上級の原理を持ち、それに伴って何らかの無制約者(das Unbedingte)を前提しなければならない[23]と述べ、〈絶対的自我〉を自らの哲学体系の〈原理=絶対者〉として扱っているのとは対照的である。フランクが指摘するように、〈絶対的〉ということはその語源からして〈全ての関係から隔絶されたもの quod est omnibus relationibus absolutum〉を指しており、したがって［物化・制限（be-Ding-en）されないもの＝無制約者（das Unbedingte）］でもある。[24] そのような性質の〈絶対者〉を有限な言語からなる哲学体系の中に制約してしまうこと自体に無理があるということは、シェリング、シュレーゲルそしてノヴァーリス[25]も共有していた認識である。しかし、その制約できないはずのものを〈体系〉とどのように原理的に関係付け、処理するのかという実際上の問題になると、シェリングと他の二者とでは発想が全く逆である。[26]

問題はシュレーゲルの〝完結した体系性の否定〟と一見矛盾しているように見える〈体系を絶対的に把握する〉ことの意味であるが、この説明の一例としてベンヤミンはアテネウム断片に含まれている、「全ての個体が少なくとも体系に向かう萌芽と傾向の内にあるように、全ての体系は個体であると言えないだろうか[27]」という言葉を引きながら「個体性の場合と同様、体系の全体を直観的に見通す[28]」ことが考えられているのではないかと言う。つまりシュレーゲルは先に挙げたⓑの〈体系〉がそうであるように、ⓒの〈体系〉も単に断片が連結しただけのものではなく、それ自体が生命を持つ有機的な個体として動的に理解しており、そのような個体としての体系自体が〈絶対者〉の一つの表現態になっているのではないかということである。当然この場合の〈体系〉は哲学的ランガージュの〈体系〉という意味ではなく、精神が働いている（実体的な）場のようなものと解すべきであろう。ベンヤミンによれば、シュレーゲルの〈絶対者〉はそれ自体としては概念的に把握され得ないが、〈形成〉、〈調和〉、〈創造的精神〉、〈イロニー〉、〈宗教〉、〈有機的組織〉、〈歴史〉など、様々の形を通して現れる。[29]〈体系〉はいわばそうした形態において〈絶対者〉の一部を反映している媒体なのである。

以上の点を整理すれば、〈絶対者〉を自己完結しているⓐの哲学的言説〈体系〉の中で概念的に固定化することは不可能である。その存在を哲学的に仮定することは正当化され得るとしても、この仮定自体は絶対的なものではない。これに対して、芸術、歴史、宗教など様々な形態をとっているⓑもしくはⓒの〝閉じていない体系〟は、体系全体として絶対者もしくは絶対者を構成する反省の運動の一つの側面の表現態である。

シュレーゲルは狭義の〈体系〉の内部に〈絶対者〉を概念として固定しようとした従来の哲学のやり方を原理的に批判してこれを放棄するとともに、他方で広義の〈体系〉の全体性を通してその〝外部〟にまで広がるものとして〈絶対者〉が〝象徴的に〟表象化されることは認めている。したがってそうなると、〈体系〉の意味が少なくとも二重化しているのに対応して、〈絶対者〉の意味も哲学的体系の内部での〈仮定〉としての〈絶対者〉と、芸術などの形態に映し出されているより実体的な〈絶対者＝反省〉とに二重化されていると考えた方が良さそうである。つまりメニングハウスが初期ロマン派哲学の特徴として強調している〈第一哲学の解体〉は、より正確に言えば哲学的体系の〝内部〟での〈絶対者〉の解体であって、哲学〝外〟の領域である芸術については、哲学とは別のレベルで〈絶対者〉の介在がテーマ化してくると補足しなければならないだろう。▼30

シュレーゲル自身は哲学的〈体系〉と非哲学的〈体系〉における〈絶対者＝無限なるもの＝神的なるもの〉の扱われ方の相違に関連して次のように述べている。

哲学は文学（Poesie）と同様に無限なるものという同一の対象を持っている。しかし、その外的形式、対象を把握し、扱う手続きは異なっている。哲学は無限なものについての学であり、文学はその描出（Darstellung）である。文学は神的なものをただ直観し、その直観を描出することで満足する。哲学は神的なもののポジティブな認識、学問的な規定と説明を目指して努力する。実践的な生において対象が特定の規則に従って扱われるのと同様に、哲学は無限なものを自らの支配下に置き、規定性と確実さをもって扱うことを目標にしている。哲学は最高のものを概念によって認識、説明し、その認識を体系的厳密さと首尾一貫性をもって構成しようとする。文学において至高なるものは、哲学がそれを特定の定式にもたらし、説明しようとするのとは違って、ただ暗示（andeuten）され、予感（ahnen）されるだけである。[31]

c　絶対者の描出

〈絶対者＝無限なもの＝至高のもの〉を共通の対象としていてもその扱い方が厳密な学である哲学と文学に代表される芸術とで異なることはシュレーゲルの指摘を俟つまでもなく当然ことであるが、重要なのはその点を彼が哲学批判・哲学の境界付けを目指す立場から改めて主題化していることである。〈絶対者〉の概念的把握を論理的一貫性をもって遂行していくことが可能であるのならば、哲学は哲学固有の方法を厳守すればいいのであり、異なった種類のアプローチである文学に特に顧慮する必要はないはずである。しかしシュレーゲルの議論の枠組みでは、哲学体系の内部に〈絶対者〉自体を固定化することは不可能であるから、哲学は恒久的に仮象のままに留まっている〈絶対者〉の仮定を追いかけることになり、結局〈絶対者〉は常に不在ということになる。哲学の哲学を徹底させていくと、概念としての〈絶対者〉の体系内での根拠は解体してしまう。にもかかわらず、理想体としての〈絶対者＝無限なるもの〉は〈哲学〉という営みが続く限り常に回帰してくることは否定できない。したがってフィヒテ、シェリングの自我哲学を自己解体に導いたシュレーゲルにとってその新たな課題は、概念化されないまま様々な形をとって

〈思考〉の中に入り込んでいる〈絶対者〉をいかに説明するかにある。

哲学の内部で、単なる仮定ではない体系の中心としての〈絶対者〉について語ることが正当化され得ないのであれば、哲学の外部に〈絶対者〉について語る場を求めざるを得なくなる。その際に浮上してくる哲学にとっての内部と外部の分かれ目が、シュレーゲルが示そうとする哲学の限界点に相当する。ただし哲学体系の外で〈絶対者〉を描出する可能性を求めるといっても、シュレーゲルは神秘主義者たちのように〈啓示〉を根拠に〈無限なるもの〉の概念をポジティブに規定しようとする試みは誤りであると言明し[32]、彼らとは一線を画している。少なくとも改宗以前のシュレーゲルは知の体系構築の作業を放棄し、その代替物を信仰や脱自体験に求めたのではないことを確認する必要がある[33]。

結果として《哲学の発展》においてシュレーゲルが〈絶対者〉について語ることを正当化し得る領域として指定しているのは〈絶対者〉をポジティブに規定せず、ただ暗示し、予感することを目指す〈ポエジー〉というジャンルであった。ではなぜ他の芸術の分野ではなく、特にポエジーなのであろうか?《哲学の発展》より数年前に著された《文学についての会話 Gespräch über die Poesie》(一八〇〇)の中でのルドヴィーコ、ロターリオ、アントーニオのやり取りは、〈絶対者〉の描出という観点から特にポエジーが重視されるべき理由を説明している。

ルドヴィーコ　……全ての美はアレゴリーだ。最高のものは言い表せないものなのだから、アレゴリカルに語ることしかできないのだ。

ロターリオ　だから全ての芸術と学問の最も内奥の神秘はポエジーに固有のものだ。そこから全てが発し、そこに向かって全てが流れ戻っていくのだ。人類の理想の状態においてはポエジーのみがあった。つまり芸術と学問はそこではまだ一つだった。……

アントーニオ　あるいは、全ての芸術と学問の伝達と描出はポエジー的な構成要素がなければ成立しないとも言える。

ルドヴィーコ　僕は全ての芸術と学問の力が一つの中心点（Zentralpunkt）で出会うというロターリオの意見に賛成で……。[34]

後に改めて詳しく論じるように、この会話のポイントは同一性の原理、即ち概念と概念を〈＝〉で一義的に関係付ける、より正確に言えば一義的に関係付けられるかのように装うことによって〈体系〉を構築する哲学の言語に代わって、〈言い表せない〉ものをアレゴリカルに語るポエジーの言語を復権させようとする構想にある。アレゴリカルな〈言語〉としてのポエジーを基礎とする思考が全ての芸術活動の根底にあると考えれば、〈ポエジー〉には単なる芸術の一分野としての〈文学〉以上の意味があるはずである。フランクの表現を借りれば、「描出されるべきものの、描出されているものに対する不適合性が芸術作品の解釈不可能性の内にアレゴリー化される」[35]のである。この場合、〈描出されているもの〉＝〈絶対者を反映する）媒体〉、〈描出されるべきもの〉＝〈絶対者〉である。つまり［〈描出されているもの das Dargestellte〉＝〈描出されるべきもの das Darzustellende〉］とはならず、実際には［〈描出されているもの〉＞〈描出されるべきもの〉］という不均衡関係になっており、両項の間の〝差〟がアレゴリー性を生み出しているのである。

既に見たように、シュレーゲルの言う〈描出〉とは〈概念〉と相互に補完し合いながら、〈生の全体的な充溢〉を表す作用である。〈概念〉が外的な〈＝〉関係の連関を指しているとすれば、〈描出〉は〈＝〉

関係には還元されない内的連関に相当する。知の体系は特定の概念をその源泉として固定的に捉えることによって成立するが、当然その構築は〈生の全体的な充溢〉そのものではなく、〈内的な力の外側の終端〉を示しているに過ぎない。知の形式はあくまで不完全であるため、まさにそれゆえに描出が必要になる。

描出は概念の単なる補完ではなく、その試金石もしくは知の証明であると説明することができる。描出は概念を無限の多様性、即ち世界へと展開することによって、知が死んだ空虚な仮象の知ではなく、実際には生の無限の充溢、全世界を対象としていることを証明する……。▼36

〈描出〉と〈概念〉は共働して哲学体系を構築しているが、〈概念〉が体系の完結性という前提の下で固定化されてしまう傾向があるのに対して、〈描出〉は当該の〈体系〉が本来的には〈閉じた体系〉ではなく、〈絶対者〉を映す開かれた体系、即ち〈世界〉そのものに対応していることを暗示する。この意味で〈描出〉は、哲学とポエジーを繋ぐ共通項でもある。〈体系〉の固定化を超えていく〈描出〉の作用によって、ⓐの体系が実は本質的にⓑの体系であり、かつⓒの体系とも対応していることが示され、更にⓒの体系の内部に働く描出作用を通して〈絶対者〉が予感されるという構造である。

ここでもう一度問題の〈原自我〉＝〝絶対者？〟のテーマに戻って議論を整理していきたい。シュレーゲルは〝完結した哲学体系〟の内部に〈絶対者〉を概念的に位置付けることを放棄したはずであり、〈原自我とは本来的に哲学を基礎付けている概念である〉という捉え方は彼の哲学批判の基本姿勢と矛盾しているように思われる。しかしその前後の文脈に出てくる〈原自我に対する信念〉、〈この点に哲学の全ての活動半径が集約する〉といった表現と比較してみると、彼が〈原自我〉を〈概念〉と呼んでいる場合の

〈概念〉は閉じた体系の中心概念という狭い意味で用いられているのではなく、むしろ体系内の両極端に属さない〈中心〉ではないかと考えられる。つまり〈哲学を基礎付けている〉というのは、体系にとっての第一哲学であることを意味するのではなく、哲学という活動を生み出している非概念的な〈信念〉であると理解すれば全体的に整合してくる。〈制約された自我〉の外部に〈汝〉が実体的に有るものとして定立されていると主張するのであれば、シュレーゲル自身が強く否定してきたスピノザや神秘主義者たちの立場と大差がなくなってしまうが、彼は、〈原自我への信念〉と言っているだけなのである。〈原自我〉がそれ自体としては概念化・現前化され得ない信念であり、ポジティブなもの、規定されたものでないとすれば、この信念は一つの中心的概念から出発して体系を構築していく哲学的営みの原動力に当たるものと考えられる。哲学そのものではなく、〃メタ哲学〃の〃概念〃と考える方が文脈上自然であろう。これは彼がイエーナ時代に断片として書き残している「哲学の始まりは概念である。しかし知の原源泉は事柄でも概念でもなく、行為である。根本命題、根本定理はこの行為の概念的表現である」[37]という見解とも基本的に合致している。彼はフィヒテの〈事行〉から概念化される以前の〈行為〉という側面を引き出した上で、それに概念的表現を与えることで哲学の根本命題が成立すると、二段階でコギト的な知の発生を捉えているようだ。概念化される以前の〈(原)行為〉において知の体系化への契機になっているのが〈原自我〉への信念であると理解すれば、シュレーゲルの哲学批判の基本的スタンスとも繋がってくる。即ち〈原自我―(原)行為〉の対は制約されず、感情としてしか捉えられない〈無限の自我〉に対応するものであり、哲学的体系の内部で概念的に表現されている〈制約された(有限な)自我〉の反省運動を基礎付けている前・哲学的領域に属することになる。

この議論に対しては、〈自我〉が定立される〃以前〃に既に何らかの形で〈自我〉の同一性が前提されているのではないか、あるいは自我哲学の大枠が実質的に残留しているのではないかという疑念が生じる。確かにヘンリッヒがフィヒテの知識学につきまとうアポリアとして指摘した、「私＝私という意識を説明するには、ある主体がある客体について明確な意識を獲得するだけでは不十分である。この主体は自らの客体が自己自身と同一であることを知っていなければならない」という問題を、シュレーゲルが本当にクリアしているかは疑問である。〈原自我〉について引用した部分の表現の曖昧さに見られるように、シュレーゲルは自らの哲学叙述においては体系の中で制約的に把握されている〈絶対的自我〉と〈原自我〉とを明確に区別していないのではないかという批判は可能だろう。

しかしこれらの難点にもかかわらずシュレーゲルの議論を擁護しようとすれば、シュレーゲルが概念的な対応関係を基礎に構成されている〈完結した哲学体系〉とその体系に還元され切れずに残留する〈感情〉とのズレを指摘し、自我哲学の限界を示した点は画期的であると言わざるを得ない。完結した体系と〈感情〉の間の根源的差異のゆえに哲学は常に生成の途上にあるという発想は現代に通じるものである。ただ問題はそうした発想の転換を特に新しいタームを用いて表現するのでなく、伝統的哲学の概念装置と描出方法を継承していることにある。フィヒテやシェリングと同じ平面に立ち、彼らの哲学を批判しながら自らの見解を呈示しているシュレーゲルと、メタレベルに立って〈哲学すること〉自体の意義を問うているシュレーゲルとが渾然一体になっており、それが彼の思想を分かりにくいものにしている。

実はシュレーゲル自身も《哲学の発展》における自らの議論の内で異なるレベルが重なり合っていることは意識している。主に従来の哲学の歴史の概観・整理に当てられている〈第一巻・序論〉では〈外部に向かう活動〉である〈行為〉が論じられているのに対して、シュレーゲル独自の意識の理論を展開する〈第二巻〉では〈描出すること自体の特性を記述する〉という基本的姿勢が表明されている。[38]外部に向かう行為は全て仮象である非自我に向かっているが、〈描出〉のレベルでは行為は内面、つまり、〈自我性〉に向かっている。つまり第一巻のレベルでは〈自我／非自我〉の二項対立を通して自我を外延的に規定していく通常の哲学のやり方が、シュレーゲル式にパラフレーズしてまとめ上げられているのに対して、第二巻では〈（無制約的な、感情としての）私〉がこの二項対立関係の〈描出〉によって自己自身を〈制約的に〉把握していく関係、いわば自我〈内部〉のセルフ・リファレンシャルな関係が問題にされているのである。

> 我々は自我性の本質を徹底して活動的で生き生きとして動いているものに、即ち自由の内に定立したが、これは非自我と物とに対する矛盾を通してのみ見出された単にネガティブな概念である。この概念は自我性への導きの糸に過ぎず、したがってそれ自体をその本質全体において開示することはできない。▼[39]

シュレーゲルは〈自我／非自我〉という外延的関係の枠組みだけでは自我を〈物〉と同列に置くだけで、自我性そのものを規定したことにはならないこと、更に進んで、自我自体によって営まれている〈描出〉そのものに突き進んでいかねばならないという極めて重要な問題を指摘している。〈描出〉は哲学的に論じられる対象としての自我の活動であると同時に、（制約された）自我哲学の限界を示し、メタ自我哲学への可能性を開いているのである。

ノヴァーリスもまた《フィヒテ研究》において、「哲学は根源的には感情である」ことを強調している。通常の意味での哲学的言説体系に還元できない〈感情〉が哲学の根底にあり、ノヴァーリスの哲学はこのレベルについて語ることに照準を合わせている。

それ（哲学）は、内面に由来する必然的に自由な関係の感情であるはずだ。……哲学は構築されることがない。感情の限界が哲学の限界である。感情は自己自身を感じることができない。

感情に対して与えられているものが原因かつ結果としての原行為（Urhandlung）であるように私には思われる。

哲学とその産物——哲学的諸学とを区別すること。

感情とは何であろうか。

感情は反省の中でのみ観察できる——感情の精神は外に出て有る。反省の図式に従って、産出されるものの内から、産出するものに結合する。▼40

この箇所で〈哲学〉と呼ばれているのは文脈から判断して概念的体系としての位相ではなく、根源的な〈感情〉に由来する反省的な意識としての相、いわば哲学の源泉に相当する部分である。一方、〈哲学的諸学〉とは既に概念的に展開され、構築された諸体系であると考えられる。〈感情〉自体は決して反省によって構築される〈体系〉に閉じ込められることはなく、常にその〈外部〉にあるが、それが観察されるのは必ず反省を通してである。感情自体が直接的に〝感じられる〟のではない。哲学の営みが、（哲学的）反省の産物として〈産出されたもの〉（＝〈感情〉についての反省的表象）の内から、〈産出するもの〉（＝感情）に自己言及的に関わっていることに感情と反省をめぐるパラドクスがある。ノヴァーリスはこの議論を更に敷衍し、絶対者が（哲学的）反省の中で二次的なものとして現れる仕組みを説明している。感情に対して現れる絶対者と、反省の中での絶対者の間の根源的差異の問題である。

意識の中では、意識は制限されたものから制限されていないものへと向かっているように見えるはずである。なぜなら意識は制限されたものとしての自己自身から出発するはずだからである——そしてこのことは感情を通して生じる——言うまでもなく感情とは抽象的に理解すれば、制限されていないものから制限されているものへの移行なのであるから——この逆転した現れは当然のことである。私は絶対者を根源的に観念的・実在的なものないしは実在観念的なものと名付けたいと思っているが、その絶対者が偶有性として、あるいは半分現れる（als Accidens, oder halb erscheint）や否や、その絶対者は転倒した形で現れるはずである——制限されていないものが制限される、そしてその逆もまた同じことである。[41]

〈制約されていないもの〉としての絶対者に関わり、その媒体になっているのは本来的には感情のレベルであるはずだが、感情はそれ自体としては捉えられない。この感情が反省の中に取り込まれて表象化され、事実上反省の産物としての哲学的諸学の中に現れるのである。このプロセスにおいて絶対者が〝完全な姿〟で現れることはあり得ない。現前しているものは絶対者の偶有性もしくは〈半分の現れ〉即ち反省された表象に過ぎないのである。この意味で感情と反省は〈制限されたもの〉と〈制限されていないもの〉という二つの異なったレベルを繋いでいる。感情の段階では〈自我であろうとする衝動[42]〉、即ち自己に特定の形式を当てはめて固定化しようとする衝動があるだけで、絶対的主体が定立されて〝有る〟のではない。そうなるとカント—フィヒテの系列において理論的に構築されてきた〈内部／外部〉の境界線はそのままの形では維持はできなくなり、デリダ風に言えばそこに〈裂け目〉が生じてくる。この〈裂け目〉にまで至ると、〈絶対者（＝神）〉と〈絶対者を思考する自我〉との分離が完全に有効ではなくなる。

シュレーゲルと同様ノヴァーリスにおいても、自我の〈内部／外部〉の境界線を廃棄した上で主体・客体の神秘的合一に向かっているのではないかという疑いが持ち上がるが、そもそもノヴァーリスは絶対的主体を想定していないので、主客の〈同一性〉が確定しない。その点で反省的な意識の在り方を完全に超越した非再帰的な絶対的同一性[43]を主張するシェリングとは根本的に異なる。ノヴァーリスによれば、「感情の純粋な形式を描出することは不可能[44]」であり、［感情→反省］のプロセスに現れる〈絶対者〉は戯れ続けるのである。

こうしたシュレーゲル、ノヴァーリスの〈無制約的な自我〉と〈絶対者〉をめぐる議論には、明らかにスピノザ主義の影響が認められる。しかし初期ロマン派は知的直観による神的なものとの合一は認めてはいないので、〈無制約的な自我〉＝〈汝〉＝〈絶対者〉＝〈神〉と単純にイコールで結ぶわけにはいかない。反省的思考の中での〈制約的な自我〉と〈無制約的な自我〉の二重化は原理的に解消され得ず、両者の不等号的な関係から自己差異化の運動が生じてくるという前提の下に議論を進めているため、初期ロマン派の言説は幾重にも屈折しており、体系的理解を拒絶する〈難解さ〉がつきまとう。シュレーゲルらの絶対者に対するアプローチを明確にするには、スピノザとの共通点と相違点を視野に入れておく必要がある。

シュレーゲルは《イエーナ講義》の段階で、〈内部／外部〉をめぐる問題に対するフィヒテ哲学とスピノザ哲学の基本的立場を図式的に整理した上で、両極端に立っている両者の中間を行こうとする自らの立場を表明している。〈我々〉が〈無限なもの〉を定立したとすれば、当然その〈無限なもの〉に対して対定立されるものがある。それは無限なものを〈抽象化しているもの〉もしくは〈定立しているもの〉としての〈意識〉である。つまり、〈無限なもの〉自体とは別に〈無限なものについての意識〉が作用しているはずである。この〈(無限なものについての)意識〉と、〈無限なもの〉自体とがそれぞれフィヒテ、スピノザの哲学の出発点である。シュレーゲルは全ての哲学は突き詰めて考えればこの両極の間を往復していると考える。

> フィヒテの哲学は意識に関わる。スピノザの哲学は無限なものに関わる。フィヒテの哲学の公式は、我＝我――である。あるいは我々としてはそれを非我＝我――と表現しておこう。この命題はその表現する所に従えば最も総合的命題なのであるから、我々の表現の方がより適切であろう。
>
> スピノザの哲学の公式はおおよそ次のようになる。aという文字で描出可能であるものを表し、xという文字で描出不可能であるものを表すとすればa＝x。
>
> ここで結合によって更に二つの公式が生まれる。即ち非我＝x、そしてa＝我。最後の公式、即ち「a＝我」が我々の哲学の定式である。命題は間接的であり、有限なものの誤りを廃棄し、それによって無限なものがそれ自体の内から生じるようにする。
>
> 我々の公式はポジティブな見方をすればおおよそ次のようになる。自我の最小限は、自然の最大限に等しい。そして自然の最小限は自我の最大限に等しい。つまり意識の最小領域は自然の最大領域に等しく、その逆も同じである。▼45

この箇所を見ると、〈無限なもの〉としての絶対者の扱いに関するシュレーゲルの基本的な立場がかなり明らかになる。「a＝我」を定義通りに読めば、「描出可能なのは、(有限なものとしての)自我である」となり、「x＝非我」は、「描出不可能なのは、(無限なものとしての)非我である」を意味する。ここで問題にされている〈非自我〉は、当然、フィヒテの言う〈自我によって自己自身に対定立された非自我〉ではなく、スピノザが言う意味での絶対的自我の外部にある非自我である。

右の二つの定式を繋げれば、「描出可能なのは有限なものとしての自我、即ち意識の内部だけであるが、意識の外部に描出不可能な無限なものとしての非我がある」という主張になる。シュレーゲル自身がこのうち前半だけを扱うというのは、言い換えれば〝原理的に描出可能であるのは意識の内部だけである〟ことを示し、それによって逆に、〈直接的〉には描出できず、体系からはみ出してしまうものを〈予感〉させることを意味する。この点から、自我は蓋然性に過ぎないと繰り返し強調しながらも〈自我性〉という概念的枠組みは放棄せず、〈絶対者〉を暗示しながらもそれを直接的に議論の対象にしようとはしない《哲学の発展》の特異な叙述形式の背景が理解できる。〝自我による自己自身の哲学的な描出は体系として完結せず、有限な主体としての自我は常に生成の途上にある〟と指摘することは、外部の〈無限なるもの〉の介在を間接的に指示する。

意識の〈内部（＝意識、自我、有限なもの）〉と〈外部（＝自然、非我、無限なもの）〉とは相互に独立して成立しているのではなく、まさに表裏の関係にあるのだから、一方の領域を制限して最小にまで狭めれば、他方は最大限に広がることになる。しかしそれは、一方が他方に還元されることではない。〈内部（＝描出され得るもの）／外部（＝描出され得ないもの）〉の区分によって自我の同一性が成立し、まさにその区分ゆえに自我概念も絶対者概念もともに揺れ続けるのである。

Ⅳ　哲学的言語と詩的言語

一　ドイツ観念論における〈構想力〉概念の受容

a　フィヒテの構想力論の両義性

〈定立されてある自我〉の外部に見出される〈無限なもの〉とそれを捉えている〈(自我の)意識〉の逆説的な関係は、既にフィヒテが《全知識学の基礎》で指摘しているところである。フィヒテは〈自我の外部〉=〈神の内〉に更に別の〝自我〟を見出そうとするスピノザのやり方を批判し、スピノザの体系では、純粋意識の〈場〉である後者の自我は自己自身を意識しておらず、したがってそこから経験的意識の主体としての前者の自我、即ち自己意識へ到達する道筋は示されないとするが、その一方で〈定立された自我〉のより根底にあるものを求めようとした姿勢は評価している。[1] 言い換えれば、フィヒテも〈我あり〉の以前、つまり〈存在の領域が確定される以前〉の〈無限なもの〉を求めようとする必然的努力が意識の内に働いていることは認めており、そこには既に初期ロマン派思想の萌芽が見られる。フィヒテの前期哲学の中心概念である［絶対的自我＝絶対知］は後期に入って神秘主義的傾向を強くし、〈絶対者〉に変化していったと一般的に言われているが、[2]［定立＝反省］理論との関わりで〈無限なもの〉が主題化される徴候は一七九四年の時点にまで遡って確認できる。

フィヒテもある意味でスピノザと同様に意識における最高次の統一、即ち定立された自我と外部との統一を求めたが、フィヒテが追求した外部のものは〈何かあるもの〉としてではなく、〈我々によって生じせしめられるべきであるが、生じせしめることのできないもの〉として想定されている。[3]つまりフィヒテにとっての〈（定立された自我の）外部のもの＝無限なるもの〉は、カントにとっての物自体がそうであったように〝存在するもの〟として認識されることはなく、外部に向かう自由な行為の客体として、つまり叡智体[4]として想定されている。自我の外部の叡智体が客体であるということは、端的に言えば〈自我によって定立された非自我〉の他にもう一つ別の種類の客体が指定されていることを意味しており、〈主体／客体〉関係の二重化が、カントの場合とは違った形で現れてきたことになる。

フィヒテによれば、自己自身の外に出ていこうとする自我の反省（再帰）運動は〈有限な客体的活動〉としては現実的な客体に関わっているが、〝無限なるもの〟を目指す〈無限の努力〉としては〈端的に構想された客体 ein bloß eingebildetes Objekt〉に関わっている。[5]つまり、〈定立／対定立〉によって〈内部〉と〈外部〉が分離される〝以前〟の絶対的自我において〝外〟に向かおうとする努力が生じてくるには、その努力の向かっていく目標として予め自我の［前に（ob-）投げ出されているもの（jectum）＝客体］[6]が必要である。しかし自我ならざるものはその時点では外部に定立されてはいないため、それは実在性を帯びた客体ではなく〈構想された客体〉ということになる。

構想された客体が〝外へ出て〟いこうとする努力の目標であるとすれば、〈客体〉は何らかの形で既に

〈自我ならざるもの〉として定立されていなければならないはずだ。しかしそうなると、非自我が客体として定立される以前に予め自我の〈外部〉の客体として定立されていたという論理矛盾に陥ってしまう。つまり自我は自己自身の内に〈異質なるもの〉を定立するという根源的差異の問題が生じる。フィヒテは〈異質なるもの〉を経由して自我に対して現れる〈構想された客体〉に関する議論を次のように展開する。

絶対的自我は絶対的に自己自身に等しい。絶対的自我の内の全ては唯一なる自我であり、（以下のような非本来的な言い方が許されるとすれば）唯一なる自我に属している。そこでは何も区別されず、多様なものはなく、自我は全てでありかつ無である。何故なら自我は自我自身に対して無であり、自己自身の内において定立するものと定立されるものとは区別されない（この先の関係を考えればやはり同じように非本来的な言い方になってしまうが）自我は自らの本質によってこの状態において自己を主張しようと努力する。自我の内に非同質性、つまり異質なものが際立ってくる（このような事態が生じるということはアプリオリには判明しない。各自が自分の経験の中で自ら証明すべきことである。この場合、異質なるものというのはそもそも全く区分され得ないものであるから、この異質なるものが、自我の内的本質からは導き出せないという以上のことは、これまでのところ何とも言えない）。

この異質なるものは絶対的に同一であろうとする自我の努力と必然的に対立する。自我の外部に何らかの叡智的存在を想定し、その存在が二つの異なった状態にある自我を観察しているとすれば、その存在に対して自我は例えば物質界においてそうであると仮定されているように、制限されたものとしてその力が抑圧されているように見えるだろう。

しかし自我の外部の存在ではなく、自我自体がこの制限を定立する知性であるはずだ。右に示した困難を解決するには、ここから更に何歩か進まねばならない。――自我が自己自身に等しく、必然的に自己自身との絶対的同一性に向けて努力することになるのであれば、自我はこの自己自身によらずに中断された努力をすぐさま再現するはずである。したがって自我が制限されている状態と妨げられた努力の再現の調停、即ち自我自体の自己自身に対する端的な関係は二つの状態の関係の根拠が示されれば、客体が全く付加されなかったとしても可能であるということになるだろう。[7]

いくつかの異なったレベルで、自我と外部の関係が論じられているためかなり錯綜した記述であるが、先ず確認しておくべきは〈絶対的に自己と同一であろうとする自我の努力〉即ち〈自己同一性の努力〉は〈自己の内なる異質なもの〉の定立と相互随伴的な関係にあるということである。先に〈異質なるもの〉が自己の内に生まれ、それを超克しようとする動きとして〈自己同一性の努力〉が発生すると説明しても、あるいは逆に予め〈自己同一性の努力〉が生じてくることで同一性に対立する〈異質なるもの〉が定立されると言っても、結局そこから更に遡って異質性に対定立される同一性ないしは同一性に対定立される異質性の問題が生じ、トートロジカルな矛盾に陥ってしまう。定立されてある異質性というのが、自我の外部の叡智的存在の視点から見た〈異質性〉であり、また〈同一性〉であるとすれば一応辻褄は合うが、逆にそうなると絶対的自我の自己定立を唯一の出発点とする知識学の大前提に抵触して自我とは別の要因を持ち込むことになる。フィヒテの立っている前提からして、自我を制限している叡智的存在は外部にあるのではなく、自我自身であると言わざるを得ないため、矛盾は解消しない。自我の自己定立に際して自我の外部からより高次の叡智的存在の視点が介入していることを認めない以上、自己自身と絶対的に同一であるという自我の本質からは異質性の根拠は導き出せない。

問題を整理するために、〈同一性／異質性〉という区分が自我の内に成立しているとひとまず仮定しよう。その場合、自己と同一であろうとする自我の努力が際立ってくるが、この努力を導くべく〝前に投げ出された〟形で現れるのが構想された客観である。自我は〝前に投げ出された〟ものを目指し、自己同一性を獲得しようとして外へ出ていく。しかし外部において、現実の客体と〈衝突〉することによって自我は〈内部〉へと押し返される。その押し返された際に〈内部／外部〉の境界線が生じ、〈自我／非自我〉が相互に対定立されて有ることが（自我に対して）自己意識化される図式になる。どこからか何らかの原因で〈異質性〉が入り込んでくることにより、自我の自己同一的で、自己に対しては無であるような無差別の状態に亀裂が生じ、［外出―定立―反省］が起こるのである。

〈同一性／異質性〉の相互随伴的構造は別のレベルでは〈有限なもの〉と〈無限なもの〉の二項対立として現れる。自我の〈外に出て〉いこうとする活動は〈無限なもの〉に向かっているが、〝無限〟が〝無限〟であるためには一方で〈有限〉と対置されている必要がある。自我に〈制限〉が加わり、有限な自我となることで〈無限なるもの〉に向かって努力する動きが顕在化するのである。

無限性がなければ境界線で囲まれることはなく、境界線で囲まれることがなければ無限性はない。無限性と境界線で囲まれることとは同一の総合的構成要素の内に統一されている。▼8

自我が純粋に自己自身とのみ関わっている限り、無限と有限との区別はあり得ない。異質なるものの介入で制限を受け、そこから制限された自我を超えて、外部の〈無限なるもの〉、言い換えれば自我自身の絶対的産物である〈理想体 das Ideal〉と同一化しようとする努力が自我の内部に起こってくる。この理想体は決して到達されることがなく、[9] そのつど常に自我の更に前方へと〝後退〟していくため、［外出―定立―反省］の循環は無限に続くことになる。

自己を〈無限性〉という〈賓辞＝述語〉で規定する自我は、同時に〈無限性〉の〈基体〉として自己を〈境界線で囲む〉ことになり、そこから自我内での無限と有限の間の交替が起こる。[10] このように自己を〈無限のもの〉と規定することによって無限の反省の連鎖を起動させる能力をフィヒテは〈構想力 Einbildungskraft〉と名付ける。[11]

構想力とは規定と非・規定、無限なものと有限なものの間の中間で揺らいでいる（schwebt in der Mitte）。……まさにこの揺らぎがその産物によって構想力を特徴付けている。構想力は、その産物をあたかもその揺らぎの間に、そして揺らぎによって産出する。[12]

これまで述べてきたような意味で、構想力は無限な自我と有限な自我との間を繋いでいる能力であるから、それ自体としては無限に属しているとも有限に属しているとも言いがたい。有限な自我の側から見れば無限に向けて自己を拡大するよう働きかける力であるが、無限の自我の側から見れば有限な自我へと自己を制限する方向に働く力であるから、どちらか一方の側でのみ働いているとは言えない。構想力には確固とした足場はなく、境界線も設定しない。理性が確固としたものを定立することによって、構想力が固定化されることになる。

構想力は無限に向かう自我の同一性を産出するという意味では生産的（produktiv）であるが、現にある〈私〉にとっては、既に〈自我〉は定立されてあるのだから、生産的というよりはむしろ〈努力〉によって既に定立されている自我を反省の中で再固定化するように働く。その面から見れば再生産的（reproduktiv）である。

> 構想力は現在の機能においては生産しない、（例えば保持するような方向を目指すのではなく、悟性の内での定立に向けて）、既に生産されたもの、悟性の内で概念的に把握されたものにのみ固着する、したがって再生産的である。[13]

ヤーンケに従って解釈すれば、生産的構想力即ち〈純粋構想 reines Einbilden〉は〈前意識的な活動〉であり、自我はこの活動の内で自己自身を直観しているが、直観している自我が同時に自己が直観していることについて反省することはできない[14]。一方再生産的構想力は、既に定立されている自我が新たに自己自身を定立することによって、自己を再生産していく働き、即ち自己意識の恒常的に再生産的な〈自己生産〉と考えられる。[15]

フィヒテの〈構想力〉はある意味で、有限な自我の定立〝以前〟に活動しており、かつ、固定した位置を持たず、有限（な自我）と無限（な自我）との間の絶えざる〈揺らぎ〉の内にあるため、この不確定さはシュレーゲルやノヴァーリスの言う〈根源的な二重性（揺らぎ）〉と共通しているように思われる。フィヒテの自我哲学を常識的に理解すれば、絶対的自我こそが全ての根源であって、絶対的自我を根底に置きながら構想力によって〈理想的なもの〉としての〈客観〉が〝構想される〟という所に落ち着いてしまいそうだが、生産的構想力によって〈定立するもの〉自体が生産されているプロセスの方がより根源的であると読み替えれば、知識学全体の枠組みそのものが〈揺らぎ〉の内に置かれることになる。〈絶対的自我〉

が実は構想力の揺らぎの中で再生産されながら現前しているのであるとすれば、ノヴァーリスが指摘するように〈絶対〉は二次的なものとなる。原理的に〈絶対的自我〉と〈構想力〉は表と裏の関係にあるはずであり、フィヒテが絶対的自我を表、構想力を裏に置いたとすれば、シュレーゲル、ノヴァーリスは構想力が表、絶対的自我が裏になるよう反転したことになる。
シュレーゲルは物を受動的に思考するのではなく、自由で恣意的な思考の形態として構想力を捉えている。彼にとって〈構想 Einbildung〉とは物の支配に縛られない〈内的表象 innere Vorstellung〉であり、その意味で〈自由な思考〉である。

構想力は、物もしくは客体的世界の法則に全く縛られておらず、即ち理性の対極に定立されている。形式においても両者は全く異なる。理性があらゆる形象的なもの（alles Bildliches）を避け、抽象的なものを求めるのに対して、構想力はその逆に形象的なものを求め、抽象的なものを避ける。形象とは自我の作品であり、自我が自らを物、非自我による支配から解き放つべく産出する対・物（Gegen-Ding）である。人が考えるに際しては、抽象的なものが客体性として取り込まれるが、それは形象を通して対象自体の内にはないものが対象の内にはめ込まれるからである。……
構想力は本来的に、それ自体が純粋に活動として観察される限りでは、自由である。構想力は特定の目的に関係するや否やもはや完全に自由というわけにはいかなくなる。通常の直観の内ではそうである。通常の直観の内では構想力は、相対的な活動にしか過ぎない。[16] ……

シュレーゲルがここで言っている〈理性〉は、文脈からして［感性―悟性―理性］の三分法の〈理性〉

ではなく、三つの能力全体を含めた感性的認識全体を統括する能力を指していると考えられる。感性的認識においては外界の〈物〉による刺激に対応して自我の内に〝外的表象〟が結ばれるため〈理性〉に定位して哲学している限り〈自我／非自我〉の二項対立によって引き起こされる両項の〝物化〟は避けられない。これに対して、〈内的表象＝構想（Einbildung）〉として〈形象 Bild〉を造り出し、〈対象〉の内にはめ込んでいく（hin-ein-legen）働きをする構想力は、物の支配から自由であり、逆に自我にとっての認識の対象を構成していると考えられる。

シュレーゲルの議論では、自我が〈制限された自我〉になってしまうのは、物との間での〈主体／客体〉関係に縛られてしまうためであり、したがって外的表象に直接拘束されない構想力自体は自由で恣意的な思考であると言える。しかし既に特定の〝物〟との関係が成立してしまっている現在の状態では、直観の内で外界からのセンス・データを基に形象を構成するという相対的に自由な活動に過ぎなくなる。フィヒテの議論でもそうであるように、構想力は無限と有限の間の不確定な場で作用する〝能力〟である。

ノヴァーリスも《フィヒテ研究》の中で、「〈自我性〉＝〈創造的構想力 produktive Imaginationskraft〉＝〈揺らぎ〉」とは〈自由〉になろうとする〈傾向〉であり、構想力自体が自らの揺らぎの幅となる〈両極端〉を作り出すと[17]、フィヒテ―シュレーゲルとほぼ同様の見解を示している。その数年後に書き下ろされた《一般的な下書き das Allgemeine Brouillon》（一七九八／九九）では、更に踏み込んで〈世界〉そのものが〈構想力〉によって構成されるとまで言っている。

感性的に知覚可能であり、機械となった構想力が世界である。構想力は最も容易に、そして最初に世界にやって来た、あるいは世界になったのであり――理性は恐らく最後にそうなったのであろう。[18]

シュレーゲルもまた、自由を本質とする構想力は〈世界〉との関わりにおいて、〈自己自身を任意に拡大かつ収斂する能力〉に変化すると述べている。[19] つまり確立された〈世界〉の中にあって、構想力は〈無限なもの〉と〈有限な自我〉の間の往復運動を引き起こす力として作用する。〈思考空間〉が無限である構想力はまた〈過去―現在―未来〉の全ての時間が流れ込み、かつそれとともに〈記憶〉と〈期待〉が生起し、全ての形態の思考が合流していく源泉でもある。[20]

ノヴァーリス、シュレーゲルの議論をまとめると以下のようになろう。根源にあるのは生産的構想力が生み出している〈揺らぎ〉であり、この〈揺らぎ〉の内から、ちょうど光源から光が放射されるように〈主体／客体〉の根源的二分法を含めて全ての実在性が流出し、〈世界〉が形成される。構成された〈世界〉は〈絶対的な自己知としての〉主体の理性を根底にして、閉じた体系を形成しているかのような外観を取るが、実際には〝〈主体によって定立された〉と通常考えられている〈両極端〉〟の間の〈揺らぎ〉の内に主体自体が成り立っている。〈現在の状態〉では絶対的主体が定立した自我と非自我の間に〈揺らぎ〉があるようにしか見えないが、より〝根源〟に遡れば絶対的主体〝以前〟に〈揺らぎ〉があり、その揺らぎの中に絶対的主体が暫定的に成立しているのである。したがって絶対的主体によって構成された世界に〈揺らぎ〉が出てくるのは当然である。全ての時間、全ての思考の源である構想力が特定の法則や目的には拘束されず、任意に拡大・縮小している以上、揺らがずに固定した〈物〉はあり得ないのである。

〈絶対的主体〉と〈構想力の揺らぎ〉とのどちらが先かという議論は堂々めぐりになって最終的な結論は出ないが、少なくとも自我を中心とした完全な体系を目指しつつあった観念論哲学の主張を批判し、相対化する上で、〈構想力＝揺らぎ〉の理論は強力な武器になったはずである。

b　カントの構想力論

近代哲学における構想力についての議論はデカルト、パスカルにまで遡ると言われているが[21]、〈自我〉の成立と〈構想力〉の生産的機能とがパラレルに論じられるようになる直接的なきっかけを作り出したのはカントであると考えられる。《純粋理性批判》（A版）の〈純粋悟性概念〉の演繹について論じている箇所で、カントは〈純粋構想力〉が、〈根源的統覚〉ないしは〈超越論的統覚〉と本質的な関わりを持っており、センス・データの形で与えられる諸現象の〈総合〉をアプリオリに根拠付けている能力であるとして定義する。

したがって構想力とはアプリオリな総合の能力であり、ゆえに生産的構想力という名称を与えることにする。そして構想力が現象の内のあらゆる多様なものに対してその現象の総合における必然的な統一のみを意図するものである限り、これは構想力の超越論的機能と呼ぶことができよう。したがって奇異に思えるかもしれないが、以上のことだけから以下の内容が納得されよう。構想力のこの超越論的機能を媒介にしてのみ諸現象の親和性、それに伴って連合、更にこの連合を通して最終的には法則に従った再生産、結果として経験そのものが可能となる。何故なら構想力がなければ対象のいかなる概念も経験の中へと合流していかないからである[22]。

この箇所を見る限り、カントの構想力とは外界からのデータが〈先験的統覚〉に対して、〈対象〉として構成されることを可能にしている（認識）能力である。現象界の多様なデータの間に〈親和性〉を置き、それらを〈連合〉させ、再生産することによって経験自体を可能にするということは、裏を返して〈統覚〉の側から見れば、経験的意識の主体としての経験的自我が定立されるための基盤の造成を意味している。ハイデガーの言い方を借りれば、〈向き合って立たせる地平 Horizont des Gegenstehenlassens〉を〈形成＝形象化する bilden〉ことである。この場合の〈bilden〉という言葉は単に地平の〈具象的知覚可能性〉を作り出すことのみを意味するのではなく、まさにその物の外観としての〈形象〉を創造するという意味までも含んでいる。[23] カント自身、構想力は「直観の多様なものを一つの形象へともたらす[24]」と述べている。このような形での〈構想力〉と〈形象〉の関係付けは先に触れた〈形象とは構想力によって対象の内に据え付けられた対・物である〉というシュレーゲルの議論にも通じており、この点でも構想力は〈自我／物〉との二項対立をアプリオリに根拠付けていると考えられる。

既に見たようにカントにとっての〈根源的統覚〉は〈経験的統覚〉と明確に区別されるメタレベルであり、フィヒテの〈絶対的主体〉に対応している。カントはシュレーゲルやノヴァーリスのように生産的構想力によって絶対的主体＝根源的統覚が産出される、とまでは言い切っていない。ただし「（根源的統覚という）一つの意識における全ての（経験的）意識の客体的な統一は即ち全ての可能な知覚の必要条件である」と述べるとともに、「（近いものであれ遠いものであれ）全ての現象の親和性はアプリオリに規則に基づいている構想力による総合の必然的帰結である[25]」とも論じており、間接的に認識における根源的統覚と純粋構想力の機能上の一体不可分性を示唆していると考えられる。[26] 構想力には、〈静止し、残存する自我[27]〉に一方的に従属する認識能力としては片付けられない特殊な位置が与えられている。

カントは純粋構想力のことをアプリオリに全ての認識の根底にある〈人間の魂の根本的能力[28]〉と特徴付けているが、ハイデガーは特にカントが〈根本的能力 Grundvermögen〉という言葉を使っていることを重視している。〈根本的能力〉という表現を文字通り理解すれば、超越論的構想力は他の要素に還元できないということであり、〈純粋感性〉および〈純粋悟性〉と並んで、カントの認識論における第三の根本的能力、第三の〈主体の側の認識源泉〉であることを意味している。[29] しかしハイデガーは第三の根本的能力であると指摘しただけでは満足せず、認識の源泉についてのカントの議論の矛盾にも言及している。《純粋理性批判》A版のある箇所でカントは「経験一般の可能性とその経験の対象の認識が依拠しているのは主体の側の三つの認識源泉、即ち感覚、構想力、統覚である」[30]と言っているが、この少し前の箇所では、「我々の認識は心の二つの根本的源泉から生じる。そのうち第一の源泉が諸表象を感受する能力であるのに対して（印象の受容性）、第二の源泉はこれらの諸表象を通して対象を認識する能力である（概念の自発性）。……何らかの形で刺激を受けることによって表象を感受する我々の心の受容性を感性と呼ぶとすれば、これに対して、表象自体を呈示する能力、あるいは認識の自発性は悟性である」[31]と、〈感性〉と〈悟性〉の二つのみを源泉として挙げている。この二つと第三の能力である〈構想力〉の関係が不明瞭になるが、ハイデガーは、実はカントは前二者が〈共通の根〉から育っていることを暗示しているのではないかと少し思い切った推論を展開する。彼の解釈によれば、

超越論的構想力は単なる二つの終端を結合する外的絆ではない。構想力は根源的に統一するものである、即ち固有の能力としての構想力は、他の二つの統一性を形成する。この二つの能力は、それ自体として構想力に対し、本質的な構造関係を持っている。この根源的に形成する中心があの二つの幹の〝知られざる共通の根〟であるとしたら？[32]

ハイデガーは第三の根本的能力という枠を更に超えて構想力を他の二つの能力の更に根底にある最も根源的能力として理解することを試みているが、これは必ずしも純粋感性と純粋悟性が純粋構想力の産物であり、故に〈構想されたものに過ぎない〉ことを意味するものではない。確かに〈超越論的構想力の内で形象化されたもの〉は〈単なる構想＝幻想 bloße Einbildung〉、言い換えれば〈現実に現前しているのではないもの〉なのであって、これに対応する実体はないのではないかとの疑問は最後まで残る。しかしハイデガーの理解によれば、構想力とは対象が統覚（主体）と向き合うための地平――《存在と時間》のタームで言えば〈存在了解〉――を形成する能力であり、むしろこの〈地平〉によって〈存在者的真理〉と〈存在的仮象〉＝〈単なる構想〉との区別が可能になるということであって、その意味では〈超越論的構想力の内で形象化されたもの〉は本質的に〈単なる構想〉ではあり得ない。言い換えれば、超越論的構想力は純粋直観を〈単に構想する〉だけではなく、純粋直観が〈現実に有る wirklich sein〉ことを可能にする地平を形成する。[33]

フィヒテの知識学で言えば、構想力によって〈自我／非自我〉が対定立され得る絶対的自我を中心とした存在の領域が確定することに相当する。自我の直観を通して〈定立されて有る〉ことは即〈存在している〉ことであって、定立〝以前〟に遡ることは禁止されているのだから、構想力の生産的活動の〈外部〉の位置に立って定立された〝対象が現実に有るのか？〟を問うことは意味をなさない。このようにハイデガーの提起する〈地平〉の問題に即して考えると、カントの構想力論は自我中心の認識論の枠組みを超えて、フィヒテ→シュレーゲルと続く観念・実在論的な構想力論の出発点に位置すると見るのは不当ではなかろう。[34]

しかしハイデガーが指摘するように、《純粋理性批判》のA版（一七八一）からB版（一七八七）への変化において第三の根本的能力としての構想力についての主要な記述が削除され、悟性についての説明が代入されているのが目立つ。例えば三つの根本的能力について最初に言及している箇所での、「全ての経験の可能性の条件を含み、かつ心の他の能力からは導出され得ない三つの根源的源泉（魂の能力）とは、即ち、感性、構想力、統覚である」[35]という記述が完全に削除され、B版では悟性の純粋概念のアプリオリな性格についてのロックやヒュームの理解が不十分であるとの批判が代入されている。[36]また、統覚と構想力の関係について論じられていた《純粋悟性概念の演繹について・第二節》はほぼ全面的に書き換えられており、[37]この中で構想力はむしろ感性に従属する能力であるかのように記述されている。[38]

ハイデガーが〈未知の根〉と呼んでいる構想力による地平形成の側面が《純粋理性批判》から大幅に後退し、悟性による総合が強調されることで、カントの認識論は、自我哲学としての枠組みをより強固なものにしたように思われる。構想力と統覚をパラレルに論じているA版の構図には〈自我〉の位置が相対化される兆候が見られたが、〈与えられた諸表象の多様なものを統覚（＝自我）の統一の下にもたらす能力以外の何ものでもない〉悟性が構想力と入れ代わったことで、自我の支配力が更に強まった印象は否めない。

このようにカントは構想力を核とした存在論的議論を撤回してしまったが、フィヒテの〈生産的構想力〉は明らかにB版ではなくA版の議論を踏襲したものである。そのメルクマールになるのは構想力による〈生産〉と〈現実〉の関連であるが、フィヒテは次のように述べている。

構想力は実在性を生産する。しかしそれは構想力の中に実在性があるということではない。悟性における把握と概念化によって初めて構想力の産物は実在的なものになる。我々が構想力の産物として意識しているものに実在性が由来しているというわけにはいかない。しかし生産の能力ではなく、単に保存の能力としか認められない悟性の内に含まれるものとして我々が遭遇するものにこそ実在性が起因していると考える。――反省の中で反省自体の法則に従うことによっては悟性までしか遡れないということ、そしてこの悟性の内ではともかく表象の素材として反省に対して与えられているものに遭遇するということ、しかしその反省に与えられているものがどのようにして悟性の内に入ってきたかは意識されないということが明らかになるのである。そこから、我々の側から全く何も付け加えることなしに、我々の外部に物が実在することを我々は固く確信するようになる。何故なら、実在性を生産する能力が我々の意識に上ることはないからだ[39]。

〈実在性を生産する〉という表現はある意味でハイデガーの〈地平〉概念に更に接近していると考えられる。〈物〉の実在性を生産するということは、裏を返せば非自我に対定立される形で自我自体が〝定立されて有る〟ための根拠を造成することにほかならない。しかし〈実在性の生産〉はあくまで無意識の状態で進行していることであって、それ自体が生産されつつある自我が意識的に実在性を定立できるわけではない。生産活動そのものの内に実在性が〝有る〟のではなく、〈生産されたもの〉が悟性の内で概念化されることによって自我に対して〝有る〟のである。

では哲学的反省によって、構想力による生産の場に立ち会って、実在性が生産されていることを直接検証できるかというと、自我は定立〝以前〟に遡ることはできないという法則のため、これは不可能である。哲学的反省によって直接的に解明できるのは〝悟性によって生産されたものが概念化されて有る〟ことだけであって、生産的構想力そのものは後追い的にしか摑まえられない。構想力は〈〈哲学している〉我々にとって〉常に知られざる根なのである。更に遡って考えれば、我々が〈哲学する〉こと自体が我々の悟性の内での概念化〝以前〟に構想力の働きに依拠している。我々の内に構想力が働いていなければ〝構想力の生産について哲学する〟ことさえも不可能である。「構想力は構想力によってしか把握され得ない」[40]のであり、〈構想力〉自体を概念化するのは極めて困難である。

c 美的構想力への転換

カントは認識論の枠組みの中での構想力の議論は後退させたものの《判断力批判 Kritik der Urteilskraft》(一七九〇)になると芸術的創造性の側面から〈構想力〉に再びアプローチすることを試みている。そこでは客体についての〈美的判断 ästhetisches Urteil〉において悟性と構想力が協働的に作用し〈心の状態〉に刺激を与えるという議論を展開している。[41] この場合の〈構想力〉にはフィヒテの場合のように、実在性を生産する能力はないが、自己を取り巻く〈現実の自然〉を素材に〈第二の自然〉を創造することに力を発揮する。[42] 詩人は構想力の助けを借りて不可視的(非感性的)な存在、例えば至福なるものたちの王国、地獄、永遠、天地創造などの〈理性観念 Vernunftidee〉[43]を具象化=感性化し、「また経験の内に模型が見出される死、嫉妬、あらゆる悪徳、愛、名声などを経験の中での〈制限〉を超えて、自然の内ではあり得ない完全な形態で具象化することを試みる。これらの〈美的観念 ästhetische Idee〉の能力が最大限に発揮されるのが〈文芸=創造の技術 Dichtkunst〉である。文芸において発揮される能力は、それ自体として観察した場合、(構想力による)才能ということになる。[44]

では、カントはどうしてこのような方向転換を行ったのだろうか。対象が現前していない状態でも直観の内で表象化する能力である構想力を認識における最も深い源泉として位置付けた場合、自我哲学にとって深刻なアポリアが噴出してくる。例えば、認識されている〝現実〟とはそもそも何であるのか？　それは〈外部〉の実体に対応しているのか？　また現実には〝無〟であるかもしれない〈対象〉を認識している自我の〝現存在〟とは？　自我の〝存在〟が〝無〟の上に成り立っているとすれば〈表象するもの／表象されているもの〉の差異は絶対的と言えるのか？〈表象するもの〉自体が、他の〈表象するもの〉によって〈表象されている〉のではないか？……と一連の問題群が生じて、認識論そのものの枠組みが崩壊してしまうことになりかねない。

ハイデガーの読みの延長線上で解釈していけば、カントはこうした事態を避けるために認識論における構想力の役割を可能な限り縮小しながらも、構想力の〈現実〉生産的側面についての考察を生かすために芸術における第二の自然の創造へと方向転換したと考えられる。第一の自然に関わる通常の感性的認識の〈現実的客体〉と、第二の自然に関わる芸術的創造の〈構想された客体〉をズラして問題を回避した格好である。彼の永年にわたる講義録として刊行された《実践的見地から見た人間学 Anthropologie in pragmatischer Hinsicht》（一七九八、一八〇〇）の第一部第一篇〈認識能力について〉における構想力についての記述では、認識能力としての〈構想力 facultas imaginandi〉——①経験に先行する対象の根源的描出としての生産的構想力、②予め所有した経験的直観を心の内に呼び戻す、派生的描出としての再生産的構想力〉の定義から、直接芸術的な構想力の作用へと話題を展開しているが、ここでも〈生産的〉というのは創造的（schöpferisch）という意味ではないとわざわざ断っている。つまり、我々の感性能力に未だかつて与えられたことのないものについての表象を産出するのではなく、生産的構想力による表象の素材は常に経験的にその存在を確認できるものだということである。[45]このように認識面での構想力の生産性をはっきりと限定してしまうことによって、カントは最終的に自我哲学を保持したのである。

《哲学の発展》におけるシュレーゲルの構想力論も、基本的には自我による物の認識・思考の問題から発展させて芸術的生産性へ向かっている点で《判断力批判》から《人間学》にかけてのカントの路線を踏襲しているが、絶対的自我の哲学を批判・解体しようとする基本的立場を取っているシュレーゲルは認識の問題と芸術的生産性の問題を区別しておらず、よりラディカルな論を展開する。構想力が形象を通して〈物の支配〉から解放する自由な自我の活動であると述べたすぐ後の箇所で、構想力に含まれる〈創作＝詩作 Dichten〉という側面がもたらす美的効果について次のように語っている。

構想力の固有の目的は内的で、自由で、恣意的な思考と創作である。創作において構想力はまた現実的に最も自由な状態にある。創作の内で構想力が自らに許容する恣意的秩序、そして創作における素材の恣意的創出が理性と逆にかなり高度な自由を生み出すとしてもそうした戯れ（Spiel）の内での恣意的秩序と創出の根拠と目的は何なのかという問いが常に残る。この問いは人間が特に自己自身の内から何を生産できるのかという問いと同様ここではまだ答えられない問いである。——美的なものにおいては直観している人の構想力のみが活動しているのではなく、美的なものを産出した人の構想力も活動している。——我々は相互に感動を与え合うのである。精神的直観における構想力は、常に共生産的（symproduktiv）でしかないのであって、孤立し、単独で生産的であることはない。[46]

自我の自己知を全ての根拠と見做すフィヒテの知識学であれば、構想力の根拠と目的、即ち〈構想された客体〉は絶対的自我によって前意識の段階で定立されていると説明し、あくまで知の自己完結性を保持しようとするところであろうが、シュレーゲルは（実在・観念論的）自我中心哲学の側から見れば〈無からの創造[47]〉とも言うべき構想力による恣意的な自己秩序と素材の創出を主張しているわけである。創作において素材そのものが恣意的に〈創出〉されるというのであれば、構想力は「経験的直観に与えられたことのないものを素材として創造することはできない」というカントの立場から更に踏み込んだことになる。構想力は感性的直観からも自由であり、自らの実在性そのものと世界を不在の領域である〈戯れ〉の中から産出しているというかなり思い切った議論である。

ただしシュレーゲルが感性的直観を全く無視して議論しているのではない点は確認しておく必要があろう。彼の基本的な立場は、フィヒテが曖昧な形で残してしまった構想力による〈生産〉と感性的認識作用の間の相互補完的関係を、明確に前者を後者に対して優位に置くことであったと考えられる。彼の整理によれば、カントその他の同時代の哲学者の認識の源泉をめぐる議論においては、素材の面から見れば（感性的）直観が、形式から見れば理性が源泉として扱われているが、シュレーゲル自身の哲学では直観に代わって感情が、理性に代わって想起がそれぞれの源泉に相当する。両者は無限の自我性の認識と関わっている。〈感情〉とは「現前する世界の中での他の自我を直接的に知覚すること」であり、〈想起〉は「現前する分断された派生的自我の内に完全な自我を再覚醒・再発見すること」を意味する。[48]

シュレーゲルの主張の要点は、〈原自我に対する信念〉を起点として外部へ向かっていく努力、世界の内に〈対自我＝汝〉を見ようとする活動が根底にあるからこそ仮象としての〈物〉との遭遇、いわゆる感性的認識が成立するのであるということであって、直観はカントらによって捏造された虚構の概念装置だと断定しているのではない。事実、感情が素材の面での源泉であると述べたすぐ後で、内的感性の直接的知覚としての感情は（感性的）直観は心と体のように常に一体であることを確認している。（感性的）直観と、対になっているという意味で、感情は〈精神的直観〉と呼ばれる。感性的経験にではなく、〈概念〉と〈美〉の本質とに関係する直観である。[49]

シュレーゲルが〈構想力〉を世界を生産しつつある根源的活動と見做しており、通常の認識・思考での構想力と芸術の領域での構想力を区別していないのは確かだが、その作用の現れ方については上の引用に見られるように一応思考と創作とに分類している。思考と創作のそれぞれに対応する能力は〈悟性〉と〈創作力 Dichtungskraft〉であり、対象の方も概念と美とに分けて考えられている。ただしこの二分法はあくまで構想力の双方向的な作用を示すためのものであって、創作を芸術という特殊な精神活動の領域に嵌め込んでしまうものではない。

構想力がどの方向を取るのかを別にすれば、それは創作力および悟性の根本的源泉である。世界を無限の多様性と充溢へと展開し形成する創作力、および世界の充溢と多様性を単一性へと凝縮、統合する悟性の両者にとって、構想力は必要である。構想力を魂の呼吸と名付けるのは正当である。構想力によって世界の無限の充溢が交互に吸い込まれ、はき出されるからである。

構想力は即ちそれ自体が、全体においてのみ、自我自体の本質によって拘束される自由な思考であり、その拘束の結果、構想力は二つの方向に分かれる。……構想力の対象としての、世界の無限の充溢との関係において、自我は構想力に対して、拡大と凝縮の二つの方向を取る。一方で創作力が流れ出て、他方で知が製造される。したがって素材についても構想力は理性に対定立される。構想力は自由な無限の思考であるのだから、その対象は世界（無限の自我）以外にはあり得ないが、他方、制約され制限された思考である理性の対象は制限され規定されたものでしかあり得ない。[50]

悟性は即ち構想力に依拠しているが、構想力の一つの特定の方向のみを進んでいるという点で、構想力とは異なる思考、つまり概念に向かう思考である。構想力は純粋にそれ自体として見れば孤立した思考であり、他のことには関わらず、自己自体の内でのみ活動する。[51]

つまり〈無限なもの〉に対する感情を根拠にそれを目指して外出し、〈自己〉の周囲に〈世界〉を構成していく自由な活動が〈美〉に関わる創作力であるとすれば、物との遭遇（衝突）を通じて自己の自我を精神的に直観し（思考し）[52]、それを更に有限で、制約、規定された自我へと概念的に把握する働きが知に関わる悟性である。悟性の制限する働きによって〈無限なもの〉と〈自我〉の間に裂け目が生じ、〈自我／物〉の対立構造が生じる。その際に〈悟性〉を自己制約の方向に向かわせるのが理性である。その意味で、無制約的な思考である構想力に対し理性は〈制約的な思考〉と呼ばれる。[53]

　構想力の作用が感情を源泉として無限へと拡大する方向を示す場合は、〈美的なもの〉が生じる。〈美的なもの〉とは対象の〈精神的意義〉もしくは感情を通して精神的なものへと高められた直観であり、無限であることを特徴とする。逆に悟性の概念的把握作用に際して構想力の働きを制約する形象が〈真なるもの〉もしくは〈現実的なもの〉である。[54]構想力によって対象に与えられる形象が、〈美的なもの〉への感情を（観察者の内に）喚起すると同時に、自我をして〈真なるもの・現実的なもの〉への直観に向かわせるのであるから、〈真なるもの〉と〈美的なもの〉は形象を挟んで表裏一体の関係にある。シュレーゲルがかなり広義に認識と呼んでいるものは〈世界〉を産出しつつある構想力の無限と有限の二つの側面を含んでおり、特に無限へと広がっていく〈美的なもの〉の方に重点が置かれている。カントが有限なものの認識を表にし、認識の枠からはみ出して無限なものに向かっていく美的形象を裏にしていたとすれば、シュレーゲルはその関係を完全に逆転させて構想力の創作的（拡大）機能を中心とした新しい認識論の枠組みの構築を試みていると言える。[55] 創作力の素材は制約されていないものであるから、新しい認識論の根源に当たる部分は概念化され得ない。敢えて根拠と呼べるのは、終端のない感情、無限への憧憬だけだ。したがって感情としての自我が含んでいる根源的戯れは、カテゴリカルに分類すれば創作力に由来するものと考えられる。創作力は〈戯れる活動 spielende Tätigkeit〉である。[56]

概念が構想力の活動の無限な多様性と充溢を単一性に凝縮、固定化し、有限な知の形式へと導く悟性の機能を媒介する役割を果たしているとすれば、概念と補完的な関係にある描出は単一性から無限の充溢へと拡大していく創作に関係している。第Ⅲ章第二節で述べたように、概念は〈有機的構造体〉の外的終端を示しているだけであって、知の形式としては不十分であるから、生の流動性と充溢を回復するために、概念を無限の多様性へと引き戻す〈描出〉が必要になってくる。描出は〈無から創出する〉能力ではなく、その内で〈生の全体的充溢に含まれるあらゆる個別のものが模倣される〉[57] 作用であるから創作ではなく悟性の領域に属するが、[58] 知の構成において概念だけでなく描出が必要になる原因は構想力の創作的機能を根拠にして知が製造されていることにある。同一律による概念の組み合わせだけでは〈創作されたもの〉の全体が捉えきれず、不均衡が生ずる。それを補完するのがポエジー的な要素を持つ〈描出〉である。描出は構想力が生み出す内的表象を現前化する働きであると解することができる。

《文学についての会話》の中で、ルドヴィーコとマルクスが以下のようなやり取りをしている。

ルドヴィーコ　内的表象は外に向けての描出を通してのみ自己自身についてより明晰になり、全く生き生きしてくる。

マルクス　そして、人がそれに対してどういう態度を取るにせよ、描出は芸術の問題だ。[59]

創作力から生じてくる美が生産者と受容者との間に共生産的に作用するのとパラレルに、描出も直観を媒介として外部に向けての〈伝達 Mitteilung〉の機能を果たす。

全ての描出は直観されることを目的としている。ここで言っている直観とは低次の直観ではなく感情によって解き明かされる高次の精神的直観のことである。全ての描出は伝達への衝動に依拠している。伝達は共通性抜きでは考えられず、このことによって初めて一般性が生まれてくる。したがって構想力に依拠する自我の全ての活動は恒常的な円環運動を続ける。高次の直観は好奇心に通じて、好奇心は知に、知は描出に、そして描出が再び直観へと連なっていく。[60]

構想力によって生み出される美が単独の個人にのみ属するのではなく、共通性を基礎にして伝達によって他の個人にも影響を及ぼすという議論はカントにも既に見られるが、[61]シュレーゲルはこの議論を更に拡張する。構想力は形象を媒介にして別の個人の内にも新たな美への感動を引き起こし、美を自己増殖させていく。この場合に形象による媒介作用を強化するものとして言語が位置付けられている。概念的思考にのみ依存せず、描出作用を基本とするポエジーによる絶対者へのアプローチは初期ロマン派思想の重要なメルクマールであるが、当然そこでは〈文学・ポエジー Poesie ＝創作 Dichten〉という形態を取って無限の多様性を産出する生産的構想力の作用が重要になる。次に言語を媒体とした構想力による美の自己増殖と詩的言語の関わりについての、シュレーゲルの基本的見解を見ていこう。

二　シュレーゲルの言語観――言語と生産的構想力

a　ヘルダーの詩的言語論

ドイツ語の〈Poesie〉の語源は周知のように〝作る〟ことを意味するギリシア語の〈poiesis〉であり、元から創作、生産、創造といった意味が含まれていた。ドイツ語圏でポエジーの原義を意識して［詩＝創造］であるという議論を最初に展開した例は十七世紀前半の詩人ヴェッカリン（Georg Rudolf Weckherlin 1584–1653）にまで遡ると推測される。[1] 十八世紀前半にはボドマー（Johann Jakob Bodmer 1698–1783）やブライティンガー（Johann Jakob Breitinger 1701–76）が、当時の文壇で支配的であった伝統的形式の美を重んじる見方に対して、創造性こそポエジーの本質であると主張しゴットシェート（Johann Christian Gottsched 1700–66）と論争したことが知られている。十八世紀末のカントからシュレーゲルへの思想的流れにあっては、こうしたポエジー観が更に拡張されて自我の（生産的）活動の本質的構成要素にまで昇格するに至った。カントは構想力の生産的な機能と芸術的創造性一般との関係については《判断力批判》と《人間学》で論じているが、具体的な芸術ジャンルとしてのポエジーが知と創作の間でどのように位置付けられるのかについては明確には述べていない。シュレーゲルは人間の用いる言語そのものに〈無限のもの〉を描出するポエジー的な機能を見出すとともに、言語から抽出され、作品化されたポエジーを媒介にした美の自己増殖を基礎にした文学理論を確立するに至るが、彼の〈言語＝ポエジー〉論を見る前に、カントと彼のほぼ中間に位置している〈ポエジー＝言語〉の理論として、言語起源論で知られるヘルダー（Johann Gotfried von Herder 1744–1803）[2] の議論を概観しておく必要があろう。

《判断力批判》より三年前に著された《形象、詩、寓話について Ueber Bild, Dichtung und Fabel》（一七八七）という論文でヘルダーは、自らのあらゆる器官を動員して外部からの感性的刺激を受容し、内的感性に刺激を与える人間そのものが〈非常に凝縮された芸術＝人為的（künstlich）な存在〉であると述べている。言語は感受したもの（Empfindungen）を魂に向けて集約する働きをする。

人間の持つ感覚のうち、視覚と聴覚こそが暗い感受性の大海の中から対象を最も近くかつ最も明晰に彼の魂の前へと（vor die Seele）もたらす。そして彼はこれらの対象を言葉によって固定し、記号化する（bezeichnen）技術を所有しているのだから、特に視覚と聴覚の内から人間の知覚と観念の世界が彼の言語の内に秩序付けられている。言語はその根源から遥かに隔たっていたとしても、根源の痕跡を示している。[3]

「暗い感受性の中から対象を言葉によって固定し、標識を付ける技術」として言語を規定するやり方は一見ごく平凡な発想のように思えるが、言語の起源をめぐる十八世紀の仏独での一連の哲学的議論を視野に入れると、非常に重要な示唆を含んでいることが分かる。啓蒙期のフランスの哲学者モーペルテュイ（Pierre Louis Moreau de Maupertuis 1698–1759）、コンディヤック（Etienne Bonnot de Condillac 1715–80）らの基本的立場は、（抽象的・計算的）理性が事物に名前を与えることによって諸表象を観念へと結合し、世界を秩序化する道具として言語を理解することにあった。理性が観念を通して思考した内容は直ぐに記憶から消え去ってしまう傾向があるが、それを固定化して更に発展させていくための規則として言語が生まれた。普遍的な理性を最も忠実に反映している学問は数学であるが、理性の道具である言語も数学的記号のような規則性を本質とするものと考えられた。[4]（自我に属する）理性が最初にあり、その理性が自己の周囲の世界を合理的に認識するために言語を使用するという発想であるから、当然感性的諸表象の秩序化のプロセスは理性内の法則によってアプリオリに制御されていることになる。ライプニッツ（Gottfried Wilhelm Leibniz 1646–1716）の〈普遍記号学 characteristica universalis〉の計画も自我中心哲学の合理主義的言語観を基盤にしていると見ることができる。

　これに対して啓蒙主義の陣営では異端的存在と見られていたルソー（Jean Jacques Rousseau 1712–78）は、《人間不平等起源論 Le Discours sur l'origine et les fondements de l'inégalité parmi les hommes》（一七五四）や死後刊行された《言語の起源についての論文 Essai sur l'origine des langues》（一七八一）でコンディヤックらの感覚論的な立場からの起源論を高く評価しながらも、〈話す技術〉を見出す以前に〈知ることの必要性〉が先行しているはずだとし、更に遡って起源を考えるべきだと主張する。[5]彼はコンディヤックの議論の順序を逆転させた形で、真の起源は不完全な被造物として生まれてきた孤独な未開人が環境からの刺激に対して感じる〈受苦＝悲哀＝激情 passion〉、〈自然の叫び〉であったろうと推測する論を展開する。[6]その意味で原初の言語は音楽的な性質のものであった。特に《言語起源論》では、最初の言語は哲学者たちが想定しているような理性の言語ではなく、詩人の言語[7]もしくは文飾のある言語[8]であり、人々は理性ではなく詩で語っていたとまで主張する。言語の本質を感受性のパトスと見る立場は古くはエピクロス、ルクレティウスにまで遡るが、[9]コンディヤックやルソーらの少し前の世代ではイタリアの反デカルト主義哲学者ヴィーコ（Giambattista Vico 1668–1744）が《新しい学問の原理 Prinzipj di Scienza Nuova》（一七四四）において、最初の〈知〉はムーサの詩的霊感によるものであり、したがって彼らの使用した言語も神的・詩的なものであったという立場を示している。[10]言語の本質を神的な啓示の内に見ていたハマン（Johann

Georg Hamann 1730–88）もこの系譜に属すると見ることができよう。

詩的言語観の系譜は理性的言語観以上に多岐にわたっているが、概して非コギト的・前意識的な感情の働きが理性に先行していると考える傾向がある。ルソーに代表されるように、こちらの系譜には言語を使用して思考するからには〈思考する必要性〉が先ず魂の内に生じてくるという発想が根底にあり、哲学的には反合理主義と結び付きやすい。ルソーとコンディヤックは双方とも〈自然の叫び〉と〈理性による観念形成〉の二つの側面を認めており、問題は成立の順序にのみ絞られていると言ってもいいが、主体としての自我の成立と自我の統制に属さない感情、パトスのどちらが先行しているかという議論は、これまで見てきたように初期ロマン派をフィヒテから分かった重要な分岐点でもある。

言語起源論をめぐってこの二つの系譜の競い合いがあったと考えれば、ヘルダーがプロイセン王立アカデミーの懸賞（一七六九）に応募する形で執筆した《言語起源論 Abhandlung über den Ursprung der Sprache》（一七七二）は、双方の論点のすれ違っている点を整理して言語と思考の複雑な関係をめぐる問題群を新たに提起し直したと言うことができる。この論文の冒頭で彼は〈痛みを伴う身体の感受性〉、〈魂の全ての激しい受苦〉が叫び、音、野生で分節化していない音声として表出してくることに言及し、その意味で人間は自然の法則に従って動物たちのそれと共通の〈感受性の言語 Sprache der Empfindung〉を持っていたと論じる。[11] これは一見ルソーの議論を支持しているように見えるが、その直ぐ後で、我々が文明化された状態で使用している人工的言語（künstliche Sprache）が次第にこうした自然の言語を駆逐してしまい、自然の感受性に基づく叫びは、母国語のアクセントなどに痕跡を残しているものの、我々が動物から遠ざかる度合いに比例して、自然言語の理解は困難になる[12]とする。つまりルソーが問題にしている自然の叫びの言語は人間の言語の起源とは別のレベルでの問題であり、区別すべきだという立場である。

全ての根源的言語においてこれらの自然音の残余が響いている。ただ当然のこととして、これらは人間の言語の主調となる色彩ではない。これらは本来の根ではなく、根を生きづかせている樹液なのである。[13]

そこでヘルダーは、人間の言語を動物のそれから分かつ重要なポイントとして、ごく初期的な理性の行使においても既に作用しているはずの熟慮性（Besonnenheit）もしくは反省[14]に言及している。この能力が〈暗い感受性の大海〉の中から一つの波を抽出し固定させ、それに関心を集中し、かつ〈自己が関心を持っていると意識する〉能力なのである。別の言い方をすれば、「自己の感覚をなでつけながら通過していく諸形象の揺らぎのまどろみの全体の内から自己を覚醒の契機の内へと集中し、一つの形象の上に意図的に留まり、その形象を明晰で静止した注視の下に置き、この形象が対象以外の何ものでもないということのメルクマールを自己に向けて抽出すること」が反省なのである。[15] そしてこうした〈熟慮のメルクマール〉こそが〈魂の言葉〉であり、それを見出すことが〈人間の言語〉の発見であったとされるのである。[16]

ここでヘルダーが行っている反省の定義は、これから二十数年後にフィヒテが知識学で試みている〝定立されて有る対象を直観しているものとして定立されて有る自己自身〟を意識する営みとしての〈反省〉の理論とかなり重なり合っている。フィヒテやシュレーゲルは対象が固定されることによって同時に自我の存在と存在の場としての自己意識も固定され、認識と反省が成立するという点で一致していたが、ヘルダーも基本的には同じ見解である。コンディヤックの議論は自我による理性的な思考の成立が対象の構成に先行しているような形を取っているが、ヘルダーは暗い感受性の大海の中から〈認識している主体／認識されている客体〉の明晰な関係が先ず析出されてこなければならないと論じている。根源的な状態において主体と客体を結び付けているのは〈揺らぎ〉の内にある諸形象であるが、それが完全に固定化され、意識が暗い状態から明るい状態へと移行する上で言葉が蝶番の役割を果たしていることになる。この点に注目すれば、ヘルダーの起源論は《純粋理性批判》以降カント→ラインホルト→フィヒテ→シュレーゲルと繋がっていく一連の自我をめぐる展開を先取りしていたと言ってよかろう。

先の《形象、詩、寓話について》からの引用はこうした議論を凝縮したものである。この論文では、起源論の段階よりもやや詳しく形象—対象—言語の関係について述べられている。先ず「知覚されたものについての何らかの意識と結合しているあらゆる対象の表象」が形象であると定義している。更に彼は〈形象〉を対象の〈現前〉の状態に即して二つに分類する。

私の眼前にある形象であれば、物質的な目に見える形象である。私の構想力に対して呈示されているのであればファンタジーである。しかしファンタジーは視覚的な対象からその法則を借りてくる。前者では私は覚醒しており、後者ではまどろんでいる。そして人のファンタジーは覚醒している状態にあっても恒常的に夢を見続けていることが分かる。[17]

ここでヘルダーの言っている構想力はカントの議論とは少しずれており、対象が〝現実には現前してない〟場合に限られているようだが、[18]大きな枠組みにおいては構想力が外界からのセンス・データを素材に形象を形成することを通して、統覚としての自我と対象が向き合う地平が成立するという図式になっていると見られる。構想力は感受性に〈私（＝自我）の内的感覚の刻印〉[19]を与え、暗いコギトのカオスの状態から秩序化された明るいコギトへの移行を可能にする。

したがって「我々の生の全体はいわば創作術（Poetik）である。我々は見ているのではなく、自己に形象を創造しているのである」[20]。つまり形象の形成のプロセスにおいて芸術的創造性に通じる要因が入り込んでいることをヘルダーははっきり認めており、先に見たシュレーゲルの議論にかなり近付いている。ヘルダーは当時の哲学において〈Ästhetik〉という言葉が〈感性論＝感性的感受性についての哲学〉という意味と〈美学＝快、感性的完全性、美の哲学〉という意味とに二義的に使用されていることに触れながら、後者は前者にとって不可欠の一部であるという指摘も行っている[21]。

このようにして、内的感覚に従って形成された形象に対応してその形象を見る魂の内に一定の〈思考〉が生じる。思考は言葉もしくは記号（Zeichen）を媒介としながら、思考している自己自身もしくは他者の視覚と聴覚に対して明確な形式を持つ〈表現 Ausdruck〉になるという構造である[22]。その意味で〈表現〉には感性的要素が含まれている。言語は〈形象〉→〈思考〉という魂の内部でのプロセスを経由してはいるものの、感受性が最初と最後の終端に位置しており、かつそれらが形象の形成、思考の表現に関与しているわけであるから、〈ästhetisch〉なものは言語の成立に不可欠な要因になっている。

ヘルダーは人間の言語は自然（感情）の言語とは異なるという基本的見解を取りながらも、素材の面では二重の意味で感情的要素を認めているのであるから、理性的言語観の側に立っているとは必ずしも言い切れない[23]。

b　シュレーゲルのヘルダー受容

《哲学の発展》でのシュレーゲルの言語論は、形象の問題をめぐって内容的にヘルダーの見解を踏襲した形になっている。

（自我と対象の）両者が統一され、対象が対象に留まりながらなおかつ自我の自己活動がある程度救い出されることが可能であるとしたら、新しい中間項（Mitteilglied）が必要となるはずである。この中間項が形象である。形象は対象の模写（Abbild）、対象の位置を代理するものに過ぎない。しかし形象は内的に産出されるものであり、自由の作品である。形象はいわば自我によって産出され、自我の自由を救い、かつ自我が分離を望まない対象を固定するための対・物である。……形象は感性的印象の優位に対する弱い対立物（Gegensatz）に過ぎない。そこで直観において必要であり、かつ保持しなければならない段階を踏み越えずに、つまり思考の中で喪失してしまう対象を逃さずにこの弱い対立物を強化するには、言葉と言語によって到達される共通性（Gemeinsamkeit）以外の手段は残されていない。これを通して初めて形象の内で次第に弱まっていく自由への接近が圧倒的に強化されるのである。形象はたとえ反・物に過ぎないとしても、自我による産出であり、自由への第一歩である。言葉はいわば形象の内に獲得された自由の確証と強化である。言葉は人間にとって、彼が直観において物の専制に完全には従属しておらず、物に対して自由に作用し、物を操作することが可能であることの確証なのである。これは第一に、自我が常に直観の段階に、したがって物の影響の下に留まっているとしても、言葉の内では形象の場合以上に自由と恣意が行使されるからである。第二に、共通性を通して個別的なものの弱い所が非常に強化され、言葉による形象の一般化と伝播によって自我により多くの活動の余地（Spielraum）と自由が与えられるのである。ここから言語能力が導き出される。[24]

〈物による専制〉という言い方は、〈自我／非自我〉の両項をそれぞれあたかも〈物〉であるかのごとく〈制約〉し、存在として定立する従来の哲学の在り方への批判であると同時に、この文脈ではそうした哲学的誤謬が生まれる原因である〈感性的印象の優位〉のことも意味していると考えられる。カントが《純粋理性批判》において整理した認識論の枠組みからだけでは〈感性的印象〉が自我の〈自己活動〉に対して優位であるという言い分は理解しにくく、単純な非合理主義と誤解されやすい。しかし言語起源論の文脈に合わせて感性の支配を人間の言語が発生する以前の自然の状態、即ち他の動物と同様に〈暗い感受性の大海〉に沈んだまま自己が対象を認識するという形での自己意識が依然成立していない状態であると考えれば、シュレーゲルの議論の筋がかなりはっきりしてくる。つまり彼もヘルダーと同様に対象認識に先立って中間項としての形象が構想力の内で形成されることによって自我と対象の間に〈認識するもの／認識されるもの〉の地平が生成されるプロセスが不可欠であるのを見て取ったと考えられる。ただフィヒテの知識学を契機として自我と非自我をめぐる議論が本格的に提起される以前に言語と認識に関する主要な考察を呈示したヘルダーにおいては対象と自我の関係が定立されて有るのかないのか、あるいは対象が有るのは自我の内部か外部かといった問題が特に意識されていないのに対して、シュレーゲルは対象を存在へと固定化してしまうのを避けようとして遠回しな言い回しをしている所に両者の差が見られる。

シュレーゲルにとって形象は①〈暗い感受性の大海〉の中から主体と客体の対を析出すると同時に②自我の〈物（についての感性的印象）〉からの自由、言い換えれば、自我の自己活動の自由を保障する働きをする。①と②は同じ作用の二つの側面に過ぎないが、ヘルダーが①に重点を置いて言語起源論を展開しているのに対して、シュレーゲルは②の方をより重視しながら議論を進めている。

形象自体はヘルダーが述べているように常に揺らぎの内にあり、瞬時にして〈魂の前〉から消え去っていく性質のものだが、諸形象の内から認識のための〈共通性〉を抽出し、自我に対して常に同じ形で再現前化可能にする媒体として言葉が使用される。言葉によって思考の中で絶えず揺らぎ続け、消え去ろうとする対象（の形象）が繋ぎ止められ、思考が継続的なものになる。また意識が直接的に感性的印象に晒されることなく、言葉が間に入ることによって自我は物のイメージ（形象）に囚われず、より自由に思考することが可能となる。言葉が対象を代理することで思考の自由が確立するというのがシュレーゲルの言語観の根幹である。人間が言葉を使用する目的は、低いレベルで見れば動物的な欲求を満たすための補助手段であるが、言語の内に〈話し、伝達する〉という人間に固有の欲求が含まれているのは、〈自己自身を産出し、自己を物の支配から自由にしようとする、理性的な力の努力〉が先行しているからである。したがって言語とは「共通の力によって世界の優位に対抗して自己を強化し、そこから自己を解放するための自由に向かって努力する人間の欲求」なのである。[25]

①と②の二つの側面は第Ⅳ章第一節で述べた構想力の悟性と創作力の二つの機能に対応していると考えられるが、しかしその場合悟性による概念的把握と言葉による対象の固定化との間の関係が問題になってくる。《哲学の発展》で悟性の仕事は「構想力、即ち想起と創作の素材を概念へと構築することである」と定義されているが、この仕事は〝自我の活動の自由〟の観点から、よりポジティブな見方をすれば〈熟慮 Besinnung〉ないしはその結実としての〈熟慮性 Besonnenheit〉とも呼ぶことができる。熟慮というのは〈自我が全世界を包括する〉という意味での自己意識のことである。[26]

これらの問題をまとめると、物（感性）の支配から解放された自我が概念を通して世界を知の体系へと包括し、同時にそのように思考している自己を意識することがシュレーゲルの言う（悟性の仕事としての）熟慮である。これはヘルダーの言っている熟慮とほぼ同じ内容を指していると見てよかろう。[27]数年後に出された古代インドについての総合研究書《インド人の言語と知恵について Über die Sprache und Weisheit der Indier》（一八〇八）においても、シュレーゲルは動物的な鈍重さを離れて熟慮性に辿り着いたことが、人間の言語の起源であるとはっきり語っている。[28] 悟性には知の素材を秩序化するとともに表明（aussprechen）する作用がある。即ち悟性（Verstand）の働きには語の作りに示されているように〈了解すること Verstehen〉—〈了解 Verständnis〉—〈合意 Einverständnis〉、更には伝達（Mitteilung）という要因が含まれている。したがって既に見たように、描出が〈了解〉の試金石となる。[29] 描出に際しては共通性を基盤として形成された〈言葉〉が重要な役割を果たすことになる。当然、言葉の作用には単純に概念にのみ還元できないものがある。

悟性は精神と文字とに即した知である。悟性の内の本質的な識別作用を営んでいる部分は伝達に依拠しているのであるから、言葉もまたその本質からして悟性の構成要因である。一般的、学問的な見方をすれば、言葉は精神の形象として恣意的または自然的な象徴（Sinnbild）であると解される。精神的感覚の端的な表現として言葉は必然的に形象である。何故なら全ての描出は形象的（bildlich）だからである。したがって悟性の本質は概念を通しての精神と言葉の結合にある。……我々は既に以下のことを論じてきた。即ち有機的な構造体が確かに概念の規則、必然的な形式であるということ、ただし感覚と生きた精神とがあらゆる場合において至高にして最終的なものであるということである。何故なら有機的に構成され、支配的な形式であったとしても——感覚がその内に含まれていなければいかなる素材も有機的ではあり得ないように——常に空虚であるからだ。したがって既に述べたことからこの文脈との関連で次の結論が導き出される。あらゆる概念は言葉即ち精神的直観に対する象徴であるはずだ。またその逆に通念的に考えればあらゆる言葉が必然的に概念を含んでいる。我々の見解では、概念というのは単にありとあらゆる素材の恣意的構築と秩序化というだけではなく、同時に象徴つまり精神を表現する言葉のはずである。そこから更にあらゆる概念は常に説明不可能なもの、解明不可能なもの、概念的把握不可能なもの（etwas Unerklärbares, Unauflösbares, Unbegreifliches）を含むという結論へ導かれる。それは人間の意識の内に決して入り込まないようなものということではなく、単純な概念、単純な構築によっては伝達され得ないものであり、精神的直観が必ず必要になってくるという意味である▼30……。

いくつかの重要な問題が絡み合ったまま論じられているため、かなり分かりにくい箇所であるが、ヘルダーとの共通点として先ず注目すべきは、〈言葉〉を特殊な精神の形象、即ち〈象徴〉と見做している点である。この場合の〈象徴 Sinnbild〉は意味（Sinn）を持った〈形象〉であると同時に感覚（Sinn）に訴える〈形象〉でもあると考えられる。つまり〈言葉〉は概念へと構築された〈意味〉のみを担うのではなく、〈熟慮 Be-sinn-ung ＝反省〉以前の〈感覚〉的な要素をも含んでいる。動詞〈besinnen〉は〈感覚を一点に集約する〉というのが本来の意味であり、ヘルダーはそれを念頭に置いて対象を固定化する作用を〈熟慮〉と呼んだが、シュレーゲルは原義に遡って言葉の〈意味〉そのものが〈感覚〉によって成り立っていると主張している。

ここから更に展開していくと、通常は抽象的な概念としか見られない言葉の〈意味〉自体に〝ästhetisch〟な要素が必然的に含まれていることになる。この〝ästhetisch〟な要素の内に、無限の充溢性へと向かって拡大していく生きた精神の働き（＝創作力）が表現される。言葉による描出は概念によって伝達される意味以上の〈形象的なもの〉を含んでいるのである。

言語起源論のヘルダーは言葉を媒介とする認知行為によって初めて〈判明な概念〉が与えられると述べ、感性の海の中からの概念の抽出を言語の本質と見ているが、[31] シュレーゲルはこの側面だけではなく、言葉が非概念的・形象的要素を伴っていることにも注意を向けている。シュレーゲルの言語論の特徴は、言葉が〈概念的に把握不可能な〉、〈解明しがたい〉要素を含んでいることを指摘するに留まらず、そこに精神の自由な活動の余地、構想力の美的側面、延いては〈無限なもの＝神的なもの〉のアレゴリカルな描出を看取したことにある。彼は〈概念的に把握可能なもの〉と〈概念的に把握不可能なもの〉の関係を対立的に捉え、積極的に非合理主義の立場を表明するのではなくむしろ概念の根底にある概念化できないもの、即ち〈象徴〉を暗示することで知の体系を固定化してしまうことへの抵抗をより本質的なレベルで試みているのである。根底において象徴的なものをも含んでいる言葉ないしは概念は、一義的な意味のみを表しているのではなく、描出されることによって（精神の自由な活動の表現としての）有機的構造体へと展開していく可能性を秘めている。言葉に潜在している〈説明不可能なもの〉に依拠しながら〈絶対者〉にアプローチしていこうとするのがシュレーゲルの哲学に独特の方法だが、ベンヤミンはそれをテルミノロギーの問題と呼んでいる。

ベンヤミンは〈体系〉と〈絶対的なもの〉についての議論との関連で、初期のシュレーゲルの思想は体系的に展開されることはなかったが、「徹底して体系的に方向付けられていた」と述べている。[32]〈体系的に展開される〉というのは、具体的には論証的思考によって論を進めていくことである。概念と充足律の限界を強調するシュレーゲルは、当然、自らの思考を叙述していく際にも従来の哲学のように完全な体系的展開を求めることはない。逆に完結した体系として叙述することを目指せば、概念へと構築されない残余が出ることになり、シュレーゲルが念頭に置いている本来的な体系とはズレたものになってしまう。そうなると、論証的思考をできる限り制限して〈思考内容の体系的射程〉を最大限に確保することが重要になってくる。しかし、かといってシュレーゲルは神秘主義者の言うような知的直観や脱自の状態に依拠しているわけではない。つまりそこでシュレーゲルが利用したのが言語自体が持っている〝体系的〟性格である。

テルミノロギーは論証性と直観性の彼岸で、シュレーゲルの思考が運動する領域である。術語（Terminus）あるいは概念は彼にとって体系の萌芽であるのだから、その根底において予造された体系（ein präformiertes System）自体にほかならない。シュレーゲルの思考は絶対的に概念的なもの、つまり言語的なものである。▼33

ベンヤミンが〈絶対的に概念的〉と言っているのは通常の意味で〈概念的〉ということではない。《哲学の発展》の言語論の文脈に即して言い換えれば、〈概念〉が〈言葉〉として、創作力としての構想力が自己生産的に展開していく媒体（エーテル）として機能することに相当する。シュレーゲルが哲学叙述のために用いる〈概念〉は単に操作のための〈概念〉ではなく、それ自体が〈言葉〉として機能する有機的な概念だということになる。

〝哲学されるべき事柄〟と〝哲学すること〟そのものとを分けて考え、前者をより忠実に映すように後者を体系的に展開すること、即ち客観的に叙述することが学としての哲学のあるべき姿であると伝統的には考えられてきたが、シュレーゲルの言語観によれば、哲学を叙述するための透明な概念などあり得ないのであって、叙述する言語の側にも象徴性が含まれているはずである。哲学のテルミノロギーとしての概念によって哲学的観察の客体である〝何か〟が描出されていると割り切って考えるのではなく、シュレーゲルにとっては哲学すること自体が言語的な描出である。彼の使用する一つ一つの術語は、メタ言語であるに留まらず、無限の充溢へと展開されていく萌芽を含んでいる。

例えば〝人間が悟性によって事物を概念として把握する〟という時、括弧の中に入っている概念だけではなく、同時に括弧の内容全体に対しての哲学する主体による〝概念的把握〟が行われているのだから、ここで二重の意味での概念が生まれていることになる。当然前者と後者の間には先に第Ⅲ章で絶対者の問題について見たのと同じ意味でのズレがあるが、これを解消して、完全に悟性によって把握された概念を抽出するには、やはり全てを見通し得る超越論的視点が必要になってくる。しかしこの視点は現実的には到達し得ない。このズレを本格的に問題にし始めればフィヒテの知識学のような形での体系的哲学は全く叙述不可能となる。近代哲学はこのズレを哲学そのもののテーマとは見做さず周辺的な問題としてきたが、シュレーゲルは常識を覆して概念そのものの性格を問題にするのである。

全ての概念の基底に〈概念的把握不可能性 Unbegreiflichkeit〉があると論じた後[34]でシュレーゲルは、哲学的概念に本来備わっている〈体系的〉性格について以下のように述べている。

この概念の定義からは、通常行われているように概念を制限してはならないという結論が導き出される。包括するものの視点から見れば、概念に対してはいかなる境界線も定立されていない。概念の形式、有機的構造体、そしてその内容、単一性に向かう無限の充溢の連結体、つまりそうした無限で境界のない外延は、通常、体系と名付けられるものであるが、これは高次の概念にほかならない。……

一つの哲学的概念はその有機的構築によって常に他の多くの概念を構成要因として含んでおり、これらの構成要因を単一性へと結合する。したがって体系は、むしろ包括的概念と呼んでもよいものだろう。▼35

それ自体が構想力の働きに依拠している〈哲学〉の概念は常に多義的であり、体系へと有機的に展開していくはずである。そうなると対象から超越しているかのような外観を呈する哲学の言語と生の活動そのものの現れである創作的・有機的な詩的言語との間に根本的差異はなくなる。哲学の言葉は本来的には詩的な言葉でもある。ノヴァーリスも断片の中で、言語の有機的な自己形成と哲学の関係についてほぼ同様の議論を展開している。

また言語は有機的な形成衝動の一つの産物である。この衝動はあらゆる状況の下、至る所で同一のものを形成するが、この場合、言語は文化、上昇しつつある鍛練と活性化を通して自己を有機体の観念の深淵な表現へ、あるいは哲学の体系へと形成していく。言葉の全体が一つの公準である。言葉はポジティブで自由な起源を持つ……。▼36

c　言語の理解不可能性をめぐって

言葉ないし言語の持つ根源的な概念的把握不可能性つまり象徴性についてのシュレーゲルの基本的見解は、アテネウムの最後の巻（第三巻）の巻末に掲載された《理解不可能なことについて Über die Unverständlichkeit》（一八〇〇）という文章に示されている。彼はこの中で、自らのアテネウムでの執筆活動の目的は究極的な〈理解〉を拒絶する言葉そのものの性質を露わにすることであったと述べている。

私は更に、言葉というものはしばしばそれを使用する人たち以上に自己自身のことをよく理解していることを明らかにしたかった。また、あたかもあまりに早く出てきてしまった霊たちの群れであるかのように、自らが書きつけられているものの内で（in ihren Schriften）全てを混乱させ、世界精神の見えざる力をその力を認めようとしないものに対してさえも行使する哲学の言葉の間に、秘密の騎士団同盟があるに違いないという注意を喚起するつもりだったのである。最も純粋で混ざりけのない理解不可能性とは、本来的には専ら了解させること（Verständigen）、理解可能にすること（Verständlichmachen）を目指しているはずの学問と芸術から、あるいは哲学と文献学から生じるということを明らかにするつもりだった。[37]

随筆風に書かれている文章であるため、含まれている哲学的考察が看過されてしまいそうだが、言葉が〈それを使用する人たち以上に自分自身のことをよく理解している〉というのは、現代哲学の文脈に入れて考えると非常に重要な示唆を含んでいる。つまり、使用された〈言葉〉はそれを使用した人間の〈意図〉を超出する〈（秘密の）意味〉を含んでおり、その隠された意味がエクリチュール（＝Schrift 書かれたもの）を混乱させ、見えざる力を行使してくると主張しているのである。〈理解の可能性 Verständlichkeit〉を生み出している言葉には同時に作者の意図をはずれ、全てを混乱させる〈不可解さ Unverständlichkeit〉が根底に含まれている。悟性の概念的把握の機能を最大限に発揮しているはずの哲学の言葉も例外ではない。むしろ芸術と並んで哲学の言葉の内からこそ、最も純粋な〈理解不可能性＝非・悟性・性〉が生じてくる。

もしもシュレーゲルがフランス啓蒙主義者やライプニッツのような合理主義的言語観をとっていたとすれば、言葉を使用する自我の思考から自立した言語自体による意味創出作用など認められないはずである。仮に言語活動の主体にとって（悟性的に）理解不可能な〈言葉〉があるとすれば、それは十分に判明な概念として規定されていないだけであるから、その不可解さは克服されるべきもの、あるいは克服され得るものということになる。ヘルダーの言語哲学の、特に詩的言語観の部分の継承者と見られるシュレーゲルの発想は全くその逆で、言葉の根底にある主体にとっても不可解なものこそが言語の本質的な部分である。この不可解なものによって言語活動全体、もしくは世界が支えられているのである。

いかなる放埒な悟性であっても、神聖なる境界線に敢えて近付こうとしないだろう。それどころか、人間にとって最も貴重なものである内的な安心さえも、誰でも直ぐ分かるように最終的にはどこか闇の下に留めて置かねばならない点に掛かっているのである。しかしこの点は闇の下に留め置かれることによって全体を担い、支えており、そしてこの力は、それを悟性の内へと解明しようとする瞬間に失われてしまうのである。[38]

シュレーゲルは〈闇〉の中に根拠を持ち、主体を超えた作用を及ぼしている言語の相を〈実在的言語eine reelle Sprache〉[39]と名付けている。実在的言語そのものは悟性では捉え切れないのであるから、それを理解しようとする限り〈理解〉と〈非理解 Unverstand〉との間の乖離が生じる。結局、悟性的思考の主体は最終的に言葉を自己に帰属せしめることはできないのである。

主体に対する言語の他者的性格がポストモダンの哲学・文芸批評で中心的テーマになっているのは周知の通りである。言語の理解可能性をめぐるシュレーゲルの問題意識はその意味で非常に現代的と言えるが、ドイツにおけるシュレーゲル研究の第一人者と目されているベーラー（Ernst Behler 1928–97）は、彼の理解概念を〈解釈学〉と〈脱構築〉の違いをめぐる現代的論争との絡みで性格づけようとしている。

シュレーゲルの親しい友人でもあったシュライアーマッハー（Friedrich Ernst Daniel Schleiermacher 1768–1834）は、一八二九年にベルリンのアカデミーの総会で二回にわたって行った解釈学についての講演の中で、芸術批評の目的として〈著者 Autor〉自身以上に著者を〈よりよく理解する〉ことを挙げている。「……定式において真なるもの、つまり解釈（Auslegung）の最高の完成度とは、そもそも著者が自分で申し立てをしている以上に彼をよりよく理解することである」[40]。〈書かれたもの〉への文法的、心理的アプローチを通じて著者自身が理解していた以上の内容を読み取ることを目標にして解釈学を厳密な学問へと鍛え上げたことはシュライアーマッハーの重要な業績であるが、〈よりよく理解すること Besserverstehen〉という発想自体は十八世紀の文献学において一般的に流布しており、ドイツ観念論によって次第に洗練されていったものである。上に挙げた《理解不可能なことについて》からの引用にも見られるように、シュレーゲルも〈よりよく理解する〉ことを提唱している。ただし一口に〈よりよく理解する〉と言っても、更に何をどのように理解するのか、具体的な問題になってくると同時代人の間でもかなり見解の相違がある。これは言語観と密接に結び付いている問題なので、かなり複雑な状況がありそうだが、ベーラーは〈理解〉についての哲学上の議論の傾向を次の三通りに分類している。(I)概念の伝達に際しての著者の混乱に関するもので、彼が本来表現しようとしていた意図を追っていくこと（カント《純粋理性批判》）(II)混乱した箇所の解明に加え、著者を超えたエクリチュールの精神に即して理解し、著者と読者の間に新たな関係を確立すること（フィヒテ《知識人の使命について Über die Bestimmung des Gelehrten》）(III)著者によって無意識的に創作されたものを作品から読み取ること（シェリング《超越論的観念論の体系 System des transzendentalen Idealismus》）[41]。

ベーラーはシュレーゲルの〈理解〉概念をこの三つの傾向のいずれかに敢えて分類すれば当然(II)に連なるものとすべきだとしているが、その但し書きとして、シュレーゲルは著者と作品の間の絆を解消し、エクリチュールに対して自己の自律性（Autonomie）を保証したことに注目すべきだと述べている[42]。「著者（Verfasser）が何を望むかという問いは終結するが、作品とは何であるかという問いは終結しない[43]」。ベーラーによれば、シュレーゲルが問題にしているのはシェリングの言うような〈著者が無意識的に作品の内に埋め込んだ意味〉のようなものではなく[44]、〈作品の持つ制作的性格 Werkcharakter des Werkes〉つまり自己産出的性格である。シュレーゲル自身はそのことを、「あらゆる優れた作品はどのような形態のものであれ、自らが語る以上のことを知っており、自らが知っている以上のことを望む[45]」と表現している。

シュレーゲルは〈理解不可能なもの〉であるということを〈無意識的なもの〉に完全に還元してしまうのではなく、理解可能性と理解不可能性の間の永遠のズレ、概念的把握の内にさえも含まれている根源的な揺らぎから来る生成過程にも注目していると言える。〈無意識的に作品に埋め込まれた意味〉ではないと言い切ってしまうベーラーの解釈は断定し過ぎであるから、本書では彼の指摘を少し弱めて、構想力による前意識的な産出作用だけでなく、戯れの作用もはっきり読み込んでいる点でシュレーゲルの〈構想力―言語―ポエジー〉論はシェリングのそれとは異なっていると解しておこう。シュレーゲルの言っている〈理解〉は言語を媒介として作品の中から著者による意識的ないしは前意識的な創作行為を掘り出すことに主眼を置くものではなく、著者個人には還元されない言語自体のオートポイエシス（自己産出）的作用を〈理解〉ないしは〈了解〉しようとするものである。当然〈了解〉すること自体が、共生産的な営みであって、〈了解〉する側が外部に立って全てを見通しているわけではない（〈理解―了解〉の共産出的作用については次章で更に詳しく論じる）。

シュライアーマッハーの解釈学は〈語られたこと Rede〉を〈言語の全体性〉との関係と〈その発話者の全体的思考〉との関係という二つの方向で理解すべきことを前提にしている。[46] その点では言語の主体からの自立性を認めているシュレーゲルの発想に近いと言えるが、一方で〈語られたこと〉を〈よりよく理解する〉ことの意味を、著者自身が意識していなかったことを〈解釈者 Ausleger〉が全体の文脈との関わりの中から意識することと取っており、[47] むしろシェリングに近い発想をしていると言える。ベーラーによればシュライアーマッハーから解釈学の伝統を継承したベック（August Böckh 1785–1867）やディルタイ（Wilhelm Dilthey 1833–1911）らの解釈学も、基本的にシェリング流の〈無意識的な創作活動の意識化〉を前提にして成り立っている。[48] シュライアーマッハーが基礎付けた解釈学は〈語られたこと〉を一方的にそれを語った主体に帰属するとは見做さず、逆に人間を言語が個別的に形態化される〈場 Ort〉として捉えている点でドイツ観念論の自我哲学に完全に組み入れることはできないと言えるが、常に〈著者（主体）〉―〈作品〉の〈絆〉の確実さを前提にし、その前提の上で解釈の多様性を許容しているのであるからポストモダン的であるとは言えない。シュライアーマッハーは〈心理的解釈 psychologische Interpretation〉においては作品の統一性あるいはテーマは〈書いている人を動かしている原理〉であり、構成（Komposition）の基本的性格は〈その（書くという）運動の中で開示されるその人に固有の性質〉に当たると述べており、[49] 著者を作品から分離する理解は考えられない。言語の創作活動の内で主体としての著者の特権化された位置を認めず、むしろ装置としての著者を解体して作品を完全に自立化させようとする要求が、現代の文芸理論の主要な特徴であるとすれば、[50] シュレーゲルの〈理解〉論は解釈学よりもポストモダン的な方向を示していると言ってよい。シュレーゲルの〈よりよき理解〉は〈著者自身よりよく理解する〉以上のことである。〈理解〉とは全てを支えている言語の〈不可解さ〉へと遡っていくことであるから、究極的に到達することのない課題であり、またそれ故に恒常的に変化していく課題である。カント哲学のスタイルについて述べている一連の断片群の中に、次のようなものがある。

誰かを理解するにはまず彼より賢くならねばならない、つまり彼と同じように賢く、また同じように愚かであらねばならない。著者自身が理解していた以上に混乱した作品の本来の意味を理解することだけでは十分ではない。また混乱（Confusion）自体を原理にまで遡って知り、性格付け、自ら構築することができねばならない。[51]

〈混乱〉というのは克服されるべきものとしてネガティブにしか見られない混乱ではなく、その混乱ゆえに哲学の体系全体が支えられ、展開することが可能になるような混乱である。〈混乱〉とは、「カントがそれによって他の哲学者たちを超えている超越的なものの効果」であり、それが生まれてくる原因は言葉の不完全な描写や見解の新しさとかではなく、その内的構築[52]によるものである。シュレーゲルから見ればカントの哲学の優越性は〈全ての中心的なもの、実定的なもの〉に反抗し、〈水平的なもの、否定的なものの味方である〉ことにある。[53]

シュレーゲルの〈理解〉論から言えば、このような混乱は偶然生じるものではなく、理解を支えている根源的な理解不可能性に起因している。カントの著述した作品が古典的な価値を持つものであるなら、概念的体系として完結しているかのような装いを取ることなく、むしろそのような混乱を隠蔽せず、それが共生産的に展開していけるような形で抱え込んでいるはずである。

全ての古典的書物は決して完全に理解されることはなく、それ故、永久に繰り返し批判され、解釈され続けねばならない。[54]

このような混乱はフィヒテやシラーの著作にも見出される。[55] 著者自身に対しても解釈者に対しても最終的な〈理解〉を拒絶している〈混乱〉にこそエクリチュールの本質があるようだ。[56] ベーラーは〈理解〉の問題をめぐるシュレーゲルとシュライアーマッハーの解釈学の相違を根拠にして、ガダマーらが一般に〈ロマン主義的解釈学〉と言い習わしているものはシュライアーマッハーの議論のみを一方的に強調しており、それと全く反対の方向を向いていたシュレーゲルの〈理解〉論はほとんど無視されてきたと主張する。[57]

問題を言語論との関係で再度まとめ直すと次のようになる。先ず〈理解可能なもの〉というのは、悟性による概念的把握が可能であるということであるから、これは言語の哲学的（概念的）側面によって表現される部分と考えられる。これに対して〈理解不可能なもの〉というのは、シュレーゲル自身が解説するように概念的把握を受けつけない部分であるから、描出の中で象徴的にしか現れてこないものであり、かつ伝達を通して共生産的に〈戯れ〉として産出されてくるものである。その点で主に構想力の創作（＝ポエジー）的機能から生まれてくる美に対応していると考えられる。言語には〈理解不可能なもの〉としてプロテウスのごとく変転し続ける〈無限のもの〉を描出する作用が根源的に備わっているのであるから、原初の言語は美的で無限な展開の可能性を持ち、生き生きとしたネットワークを形成する芸術的な言語であった。[58]

d　言語の創造性

ヘルダーは《形象、詩、寓話について》の中で、我々は感受性の大海の中に形象を見ているのではなく、創出しているのであるから、我々の生全体がある意味で〈詩の術 Poetik〉になっていると述べている。言語の内では対象が〈思考的形象 Gedankenbild〉へと変換され、それが更に〈言葉〉によって〈表現〉される。言語は本来的に〈アレゴリー化する allegorisieren〉作用を持っている。[59] 逆に言えば、アレゴリー化しなければ言語であり得ないのであって、言語の概念的な把握作用とアレゴリー的な表現を分離して考えることはできない。世界の概念的把握の枠組みが強固ではなかった原初の状態において、人々の言葉が散文ではなく、ポエジーであったという古代からの説をヘルダーが限定的に支持している理由も納得できる。[60]

即ち我々が形象と名付けているものは対象の内にではなく、我々の魂の内に、我々の器官と精神的感覚の本性に存する。この精神的感覚はあらゆる多様のものの内に常に一つのものを創り出す、即ち常に悟性的あるいは非悟性的に夢見、詩作している。したがって我々は内的形態と独自の在り方においてのみ、いわば我々の魂の力の形象創造的（bildschaffend）な習慣の中で、物事に気を留めるのである。そこから全ての人間の文学（Dichtung）の在り方と、趣味に合った様式とが簡単に導き出される。[61]

シュレーゲルは言語そのものに根源的に含まれているポエジー的な要素についても、やはりヘルダーのそれを継承するような形の議論を展開している。《哲学の発展》の第七巻でシュレーゲルはヘルダーの《言語起源論》の議論と同様に、動物とも共通の〈感受される音〉や〈音響の模倣〉をそのまま人間の言語の起源と見做すのは無理であるとした上で、これらに〈恣意的かつ理性的な一致の原理〉が加わることによって言語が成立すると述べている。言語は基本的に思考力に関わるものであり、分離と個別化の能力であると同時に、それと反対方向の伝達、結合、一般化という機能を持つ。[62]これらの機能により世界が無限の多様性をもって有機的に構築されるのであるから、既に述べたように、言語は構想力、創作力の働く場であると言えよう。シュレーゲルは構想力が生じる場として前意識的な領域の〈感情〉を視野に入れているが、ただその場合彼は、言語は感情に直接関わるものではないと断っている。感情を直接捉えられない点が言語にとって本質的に欠けた部分である。これに対し感情により直接的に関わる芸術の領域が〈音楽〉であると言う。

感情が全ての意識の根であるとすれば、言語にはこの方面で本質的に欠けているものがある。言語は感情の内へと十分に深く入り込むことがなく、単にその表面に触るだけで、人間の意識全体を把握し包括することはない。言語が我々の目的のために提供してくれるものが豊かであればあるほど、また言語が描出と伝達の手段として洗練され、完全化され得る度合いが高まれば高まるほど、その分この本質的な非完全性が別の仕方で埋め合わされ、また伝達と描出が補完されねばならなくなる。これは音楽を通して起こる。この場合の音楽とは哲学的言語と異なるという意味であるが、かといって演技芸術（darstellende Kunst）と見做すべきでもなく、本来的に単なる芸術を超えたところに位置するものである。普遍的な哲学的言語を見出そうとする全ての試みは無為に帰せざるを得なかった。何故なら哲学的言語の試みの根本的な誤りに触れてこなかったからである。——感じることと願望することはしばしば思考を超越する。意識をその根源的源泉において刺激する霊感としての音楽が、唯一の普遍的言語ないしは正当化し得る普遍的言語の唯一の理想である。それは音楽が意識の最も深奥の心に入り込むからである。もちろん感情が意識の支配者として卓越しているのではないが、順位と根源について見れば卓越していると言えるだろう。

また高次の言語は音楽であるはずだ。ここでポエジーが中間項として音楽と言語を結合する。——音楽が言語の判明性にとても接近し得ないのと同様に、言語もポエジーの中で音楽的になりきることはできない。しかし音楽のごとく感情に対して明瞭な形で深くかつ直接的に意識の内に入り込んでいくことは、言語には不可能である。——真の音楽は無限の充溢と単一性しか描出し得ない。ここから人間の完全な意識が覚醒する。音楽的に生成したポエジーにおいてもこのことは可能である。ただ音楽に比してかなり弱く、不完全な度合いにおいてではあるが。[63]

ここで〈音楽〉と言われているのは、芸術のジャンルとしての音楽よりもかなり広い意味の、人間の感情を根源的に刺激してくる響き、ヴィーコやルソーらが言語の詩的・音楽的起源として指定した根源的衝動、霊感のようなもの、演出的芸術を超えたものである。これは当然ピタゴラス以来の神秘主義的な天界の音楽の思想に通じる考え方であり、この点でもやはりシュレーゲルのテルミノロギーは冷めた思考と神秘主義との境い目の微妙な所を行き来している。構想力の創作的作用の美的な側面を代表しているのが広い意味での音楽であるが、音楽の基礎になっている音調は自然そのままの〈感受される音〉や〈音響の模倣〉とは異なり〈自然の意味 Naturbedeutung〉と言うべきものを含んでいる。[64] つまり、〈言葉の内に含まれる自然的な意味するもの das Naturbedeutende in den Worten〉に対応する形で、生の音が〈調和的に制限〉される、言い換えれば意味を持った音の単位へと分節化される必要がある。音楽の生成は言語による［〈形象〉の固定化＝意味付与作用］と不可分の関係にある。この関係は固定点のない〈揺らぎ〉の内に、〈有限なもの〉が意識の内に定立されることを通して、それに〈無限〉のものが対定立されるという《イエーナ講義》の図式を応用しているものと考えられる。意識の根っこにある感情の領野に根源的な音楽が生じるが、この音楽が自然の音響と区別され、制限されるのは言語による感性的刺激の弁別と、意味付与が起こるからにほかならない。感性的な、特に聴覚的な刺激を〈意味 Bedeutung〉へと変換していくプロセスを通して成立する点に音楽と言語の共通性がある。音楽を言語の対極に置く一方で、音楽を〈唯一の普遍的言語〉と見做す矛盾した言い方をしているのは、言語が感情に根差す構想力の働きで生まれたものでありながら、洗練されるにしたがって悟性による概念的把握の作用が優勢になっていくという両義的な性格を持つからである。

シュレーゲルが敢えて〈普遍的言語 universale Sprache〉に〈唯一〉という形容詞を付けているのは、ライプニッツ、ヴォルフなどによる〈（哲学的な）普遍的言語〉の追求に対して言語のより根源的なもう一つの側面、即ち感情に発し、美を創出していく機能の方をより強調するためである。音楽的な霊感がなければ世界を秩序的に把握しようとする願望はありえず、したがって言語も生まれてこないはずであるから、哲学で問題にされているより広い意味での言葉には〈感情―音楽的〉な要素が含まれていると言える。そして哲学的・概念的な意味での言語と直接的に感情に関わっている音楽の中間項として音楽的・美的要素を多分に含んだ言語態としてのポエジーが位置付けられる。ポエジーの言葉は意識化された悟性支配の領域と前意識的な美の領域とを繋ぐ境界領域である。
このように、広い意味での音楽やポエジーは無限的なものを目指す感情から発するものであるから、神性の問題、広い意味での宗教とも関わりがある。シュレーゲルは神的な霊感による予言に端を発する〈神話〉の言語としての形式はポエジーであると述べている。〈神話―ポエジー―音楽〉は、感情の内に生じるものが自然の中に自己に対応する〈意味〉を見出したことによって成立するという点で共通の起源を持っている。

また造形芸術は学問と宗教が接する点において宗教を補完するものである。人間の精神の内の高貴なもの全てが依拠している啓示は人間にとってあまりに崇高であるが、自然ではない。ここで造形芸術が媒体となり、感性的描出の判明性を通して、啓示を人間の眼前に明晰・判明なものとし、無限の神的生命の記号（Zeichen）と暗示（Andeutung）で全方面から彼を感性に満ちた形象と形態で取り囲み、彼に対し彼自身の高貴な運命を生き生きと現前（vergegenwärtigen）するのである。▼65

〈神話（宗教）―ポエジー―音楽（芸術）〉の原初におけるこの一体性を強調することは初期ロマン派思想の重要な特徴であり、シェリングが示した芸術哲学・神話学の方向性とも一致している。▼66 ただ留意しておかねばならないことは、シュレーゲルがあくまで根っ子が同一であると言っているだけであって、現実に存在している洗練され、制度化された、宗教・ポエジー・芸術の境界線を無条件に踏み越えることが可能であると主張しているのではないということである。シュレーゲルは自然的ポエジー（Naturpoesie）と人為的ポエジー（Kunstpoesie）、あるいは生の美と芸術の間には絶対的な差異があるとしている▼67が、その差異を生み出している本当の根源は解明し得ないのである。つまり宗教・ポエジー・芸術は、感性の暗い大海の内から〈自我＝世界〉が析出されてきた根源の一点において一体となって発生し、その後、〈人為的技巧 Kunst〉によって人間社会の伝統に依拠する制度的なものへと発展・洗練されてきたものである。しかしその最初の一点を生じさせた契機はいかなる哲学によっても確定的な形で解明できないし、また芸術や神話によってその原点にまで遡れるわけではない。シュレーゲル自身もそれを目指しているのでないことは、彼の理解不可能性の議論から見て明らかだろう。その点で芸術を通しての主体と客体の同一性の現前化を主張するシェリングとは微妙に見解が異なっている[68]。

原初における言語とポエジーの一体性を理論的に根拠付けようとする試みは、当然ノヴァーリスにも見られる。《ザイスの弟子たち》や《青い花》がまさにこのことをテーマとした小説であることは言うまでもないが、一七九八年に書かれた断片群の一つで、言語―ポエジー―芸術についてある程度まとまった論が展開されている。

最初の芸術は神聖文字の技（Hieroglyphistik）である。

伝達・熟慮の術即ち言語と、上演・造型芸術即ちポエジーはまだ一つである。後になってこの生の塊が自己分解し――そして名付けの術（Benennungskunst）、本来的な意味での言語が生じ――哲学―美術、創造の技（Schöpfungskunst）、ポエジー一般が生じてくる。

神秘の知恵、あるいは本質をその属性の下に隠蔽し、その指標を神秘的に困惑させる技は若き明敏さの営みとしてこの時期に特有のものである。神秘的でアレゴリカルな言葉、原初の定理が一般化していくプロセスの始まりであったかもしれない――たとえ認識一般が直接そのような一般的な形で生み出されたのではなかったとしても。譬え話はずっと後に形成されたものである。修辞的なポエジーは人為的もしくは技巧的ポエジー一般の不可欠な構成要素である。人為的ポエジーの特性は、合目性――異質なる意図（fremde Absicht）である――本来的意味での言語は、人為的ポエジーの領域に属する。言語の目的は規定された伝達（bestimmte Mittheilung）である。言語を意図の表現と定義すれば、全ての人為的ポエジーが言語ということになろう――その目的は規定された伝達――特定の思考を引き起こすこと（Erregung eines bestimmten Gedankens）である。[69]

事物に名前を与え、特定の思考を形成し、伝達していく言語の秩序形成的な機能は、同時に芸術的創造性一般としてのポエジーの表出の裏返しでもあった。ノヴァーリスはシュレーゲルよりも広い意味で〈音楽〉＋〈ポエジー〉に相当するものを〈ポエジー〉と言っているようであり、少しズレがあるが、基本的には原初において言語の悟性的側面と描出的側面、即ち哲学的言語態とアレゴリカルな詩的言語態とが合致していたという見解で一致している。二つの言語態が合致していたということは、充足律を基礎にする哲学的な思考形態と非論理的な詩的思考形態とが最初の言語表現としてのアレゴリーに収斂されていくことにほかならない。最初の認識の形態は、［A＝B］と一義的に決まる定理ではなく、［A＝B］であると同時に［A＝C、＝D、＝E、＝F……］と多義性を帯びた形態であった。

哲学的思考・言語形態がポエジーから分離することによって歴史的に純粋芸術が成立したが、初期ロマン派はその分離されているという現実を認めながら、一方で分離された二つの枝が、彼らの時代、即ちポスト・ゲーテ、ポスト・フィヒテの時代において再び互いを認識し合うに至ると主張する。《文学についての対話》の中でアンドレーアは次のように述べている。

哲学はいささか大胆な歩みを運んだ後、自己自身と人間の精神をその深みにおいて理解し、ファンタジーの源泉と美の理想とを発見し、これまでその本質と存在とを予感さえしていなかったポエジーをはっきりと認識するに至った。人間の至高の力としての哲学とポエジーはアテネの時代にあってさえそれぞれ絶頂を極めながら、別々に分かれてしか作用していなかったのであるが、今や互いに結び付いて永遠の相互作用の中で、相互に活性化し、形成し合うようになった。[70]

哲学の言語とポエジーの区別は基本的に維持しながらも、両者の根源的一致に基づく新しい言語態の可能性を彼らは追求したと言える。言語の理解不可能性、アレゴリー性、揺らぎ＝混乱＝戯れの効果を最大限に生かしながら、かつ概念的体系構築の可能性を残すスタイルを確立することが彼らの目標であった。

V　反省の媒体としてのポエジー

一　超越論的ポエジーと新しい神話

a　自己生産するポエジー

ラクー＝ラバルトとナンシーは初期ロマン派文学理論の中心的なテーマとして〈未完のものの生産 la production de quelque chose d'inédit〉を挙げている。この〈未完のもの〉はポエジー（poésie）、作品（œuvre）、小説（roman）あるいはロマン主義（romantisme）など様々な名称を持って現れるものであり、従来の古典的な〈文学 poétique〉のジャンル区分には当てはまらない。つまり現代ヨーロッパ語における広義の〈littérature 文芸〉に相当する新たなジャンルである。シュレーゲルらが開拓したこの新しいジャンルの特徴は〈生成的性格 générativité〉、即ち無限の果てまで完結することのない〈未完の営み＝作品 une œuvre inédite〉の中で自己を把握し、生産し続ける運動である。では何が〈自己生産 l'autopoïesie, l'autoproduction〉しているかと言えば、当然〈文芸的なもの la chose littéraire〉ということになるはずだが、ラクー＝ラバルトらはこれをいわゆる〈文学的なもの〉だけに限定して理解するのではなく、むしろ〈絶対者〉の自己生産と解すべきだと指摘する。[1]

ベンヤミンの〈絶対者〉解釈との関連で言えば、形成、イロニー、宗教、有機的機構、歴史など様々の形を取って現れ、究極的に把握することのできない〈絶対者〉の運動が〈文学的なもの〉の内にも見出されるということである。ただ第Ⅳ章第二節で見たように、前意識的な〈感情〉の領域から〈言語〉とともに概念的思考が分離し、〈世界〉が構築されるプロセスの中で中間項の役割を果たす〈ポエジー〉（＝詩的言語）〉は、〈絶対者〉描出の媒体としても特殊な位置を与えられている。詩的言語態に含まれている最終的な理解を拒絶しているものは、概念的思考を可能にすると同時にそれを変質させ、解体する。詩的な言語は個体に働く構想力の創作的作用をより直接的に反映しているだけでなく、個体を超えて共生産的に〈絶対者〉が描出される媒体でもある。その意味でラクー＝ラバルトとナンシーは、〈文芸的なもの〉を媒体にして自己生産を続ける〈絶対者〉を〈文芸的な絶対者 l'absolu littéraire〉と呼ぶ。

広い意味での〈ポエジー〉は文字通り〈世界〉の創出を意味する。したがって「ポエジーがなければ現実はない」[2]。ポエジーの本質について哲学することは〈世界〉について哲学すること、美的なものと真なるものの関係について哲学することに通じる。そこでポエジーが具体的な形を取って表現されているエクリチュール全般を対象に共生産的に哲学・創作する新たなジャンルが必要になる。それがシュレーゲルの掲げた〈発展的普遍性ポエジー progressive Universalpoesie〉の構想である。

ロマン主義的ポエジーは発展的普遍性文学（＝ポエジー）である。その使命は単に引き離されたあらゆる文学のジャンルを再統合し、文学を哲学や修辞学と結合させるに留まらない。これに加えて韻文

（＝ポエジー）と散文、独創的なものと批評、人為的ポエジーと自然的ポエジーを混ぜ合わせ、溶かし合わせ、ポエジーを生き生きと社交的ならしめ、生と社会とをポエジー的なものにし、機知をポエジー化し、芸術の形式をあらゆる種類の混じり物のない形成素材によって満たし、飽和させ、フモールの振動によって魂を与えようとするものであり、かつそれを使命としている。ロマン主義的ポエジーはそれ自体の内にいくつもの体系を含む最も大きな芸術の体系から始まって、歌を創る子供が技巧性のない歌の中へとはき出す溜め息や口づけに至るまで、ポエジー的でさえあるならば全てのものを包括する。……著者の精神を完全に表現することのできる形式はまだ存在しない。それでただ一篇の小説を書こうとした幾人かの芸術家たちが偶然に自己自身を描出できたというような状況である。ロマン主義的ポエジーだけが叙事詩と同じように周囲の世界全体の鏡、時代の形象となることができる。しかしまたロマン主義的ポエジーはほとんどの場合、描出されたものと描出するものとの間に、実在的、観念的なあらゆる関心に囚われずポエジー的な翼に乗って中心に漂い（in der Mitte schweben）、この反省を常に繰り返し、冪級数化し、合わせ鏡に映る無限の像のように重ね合わせていくことができる。ロマン主義的ポエジーは最も高度で最も多様な形成を可能ならしめる。それは単に内部からのみならず外部からでもある。即ち、ロマン主義的ポエジーの産物の中で一つのまとまった全体を構成しているあらゆるものをその各部分が類似するように組織することでそれを可能ならしめるのであり、それによって無限に広がりつつある典型（Klassizität）への展望が開けてくるのである。様々な芸術の中でロマン主義的ポエジーが占める位置は哲学における機知、人生における社交、交際、友情および愛に等しい。他の種類の文学のジャンルは完成して（fertig）おり、したがって完全に分解することができる。ロマン主義的文学ジャンルはまだ生成の途上にある（Die romantische Dichtart ist noch im

Werden)。いやそれどころか永遠にただ生成し、決して完結しないことが、その固有の性質である。それはいかなる理論によっても汲み尽くされることはなく、予見的批評（divinatorische Kritik）のみがその理想体（Ideal）の性格描写を敢えて企てることを許されるだろう。ロマン主義的文学ジャンルのみが無限であり、それのみが自由である。そして詩人の恣意はいかなる法則の拘束も受けることはないということをその第一の法則としている。ロマン主義的文学ジャンルはジャンルを超え、いわば文学そのものでもある唯一のジャンルである。ある意味で全てのポエジーはロマン主義的である、あるいはロマン主義的であらねばならないからである。[3]

アテネウム断片に含まれる〈ロマン主義的ポエジー〉についてのこの有名な定義には、初期シュレーゲル思想のエッセンスが凝縮されている。ポイントになるのは、彼が提唱するこの新しい文学ジャンルがジャンルを超えて〈文学 Dichtkunst〉という観念そのものを指していることである。文学ジャンル全体を一つの大きなジャンルと見做すという彼の発想には、第一に一般にポエジーと呼び習わされてきた種々の言語活動、つまり諸〈ジャンル〉を再統合し、改めて定義することを意味する。ポエジーは狭い意味で取れば〈韻文〉のことを指すと考えられるが、広い意味ではこれに近代に入って成立した〈長篇小説〉や〈短篇小説〉など散文形式のものや、メルヒェン、戯曲なども含めて美的（芸術的）な価値を持つエクリチュール一般のことと考えられる。〈美的である〉とは、常識的に考えれば、〈技巧的=人為的〉に形成されたものと考えられるが、《哲学の発展》で見たように、シュレーゲルにとって〈美〉とは構想力の拡大・展開する方向、即ち創作力によって産出されるものを意味しており、必ずしも技巧的である必要はない。ロマン主義的ポエジーには人為的ポエジーばかりでなく、自然的ポエジーないしは技巧性のない歌を創る子供のはきだす溜め息や口づけまでもが包摂される。人間の悟性的思考の場である言語の中に創作力の働きが描出されているとすればそれがポエジーである。

断片がアテネウム誌上で発表されたのは一七九八年であり、《哲学の発展》までには六年以上の隔たりがあるが、構想力をめぐるカント、ヘルダー、フィヒテらの議論はこの時期までにほぼ出尽くしているので、これらを受容したシュレーゲルが既にポエジーを言語化された構想力の運動一般として哲学的に把握し始めていたとしても不思議ではない。アテネウム創刊より三年前に書き下ろされた論文《ギリシア文学研究 Über das Studium der Griechischen Poesie》(一七九五―九七)では芸術・ポエジーを技巧的なものと見る一般的傾向を批判しており[4]、また断片の二年後に書かれた《文学についての対話》の冒頭では草木の中で動き、光の中で輝き、青春の花の中できらめいているような〈形式のない無意識のポエジー〉こそが根源的なポエジーであって、これがなければ〈文字によるポエジー〉もあり得ないと述べている[5]。もちろん〈形式のない無意識のポエジー〉というのは、言語を媒介にしての意味付与作用、感情の自己制約化作用が起こって自然の内に意味を見出すことが可能な状態が技巧的な〈文字による詩作〉の以前に成立しているということである。重要なのは詩的言語態に描出されている〈無限のもの〉が全てのポエジーのジャンルの源泉であり、したがって〈文芸的絶対者〉の追求を共通テーマとしてポエジーを再編成することが可能になることである。

このように哲学的なレベルからポエジーの定義を与えるとすれば、〈現実に成立している文学のジャンルの総和〉=〈ポエジー〉と考えるわけにはいかなくなる。言語活動の内で〈絶対者〉が描出される形式は可能性として無限に多様であり得るわけだから、〈ロマン主義的ポエジー〉というジャンルはそれが文学全体に相当する総合的ジャンルであるとしても、決して〈完結したジャンル〉になることはない。つまり常に生成の途上にあらざるを得ないのである。別の断片では、「ポエジーの定義はポエジーが現実にどうあったか、あるいはどうであるかではなく、どうあるべきかのみを規定することができる。もしそうでなければ、簡略にポエジーとはある時代、ある場所でそう名付けられたものであるということになるだろう」[6]と述べている。

《文学についての対話》の中でアンドレーアは、「ある生きた精神が形成された文字につづられて現れるところ、そこに芸術がある。即ち素材を克服して道具を操るための分離操作、そして処理するための構想と法則があるのである。だからこそ我々はポエジーの巨匠たちが自分のポエジーをできるだけ多面的に形成しようと力強く努力しているのを認めるのである……」[7]という出だしで《文学の様々な時代について Epochen der Dichtkunst》と題した試論の朗読を開始し、古代ギリシアからヴィンケルマン、ゲーテに至るまでの文学の諸形式の変遷過程をあたかも一つの有機的全体と見做す文学史を展開する。[8]合理主義的思考では把握しきれずに取り残されてしまう〝闇〟の要素、もしくは前意識的な構想力の非概念的作用を根底に含んだ〈全体〉として精神史、ないしは文化史を構想する試みは、ドイツ語圏にあってはヘルダーの《人類の形成のための歴史哲学異説 Auch eine Philosophie der Geschichte zur Bildung der Menschheit》（一七七四）が走りとされているが、[9]アンドレーアの試論はその視点を基本的に継承しながらテーマを〈文字〉を通して現れた〈ポエジー〉に集約し、体系化したものである。ポエジーの歴史は様々のジャンル、作品を通して現れる〈（描出されるものと描出するもの、著者と作品の間に漂う）ポエジー的反省〉の軌跡になっているのである。

シュレーゲルは歴史的統一体として全ての作品、ジャンルを包み込む最も大きな体系、一つの個体としての[10]〈ロマン主義的ポエジー〉を考えるべきだと主張する一方で、ポエジーの本質を最終的に規定することは不可能であるとする極めてアンビヴァレントな議論を展開している。ベンヤミンのシュレーゲル理解に即して言えば、ロマン主義的ポエジーとして生成の途上にあるのは芸術（＝ポエジー）というイデア（Idee）そのものである。[11] つまり、ロマン主義的ポエジーとは個々の具体的な作品の中から抽象された空虚な概念ではなく、それらの作品の実在の根拠になっているもの〈ポエジーのイデア〉とでも言うべきものとして想定されている。したがってロマン主義的ポエジーが生成の途上にあるというのは、ただ具体的な芸術のジャンル、作品として現れている外的形態が変遷していることを意味するのではなく、〈芸術（ポエジー）の諸形式の連続体〉として実体化している〈ポエジーのイデア〉が生成の途上にあることを指している。

ノヴァーリスが《超越論的ポエジー Transzendentalpoesie》と呼んでいるものも、一つの〈全体〉を構成しながら生成の途上にあるポエジーのイデアのようなものと考えられる。

従来のポエジーの大部分が動的に作用していたとすれば、将来のもの即ち超越論的ポエジーは有機的と呼ぶことができるだろう。もしそれが創出されたとしたら、次のようなことが分かるだろう。即ちこれまでの全ての真の詩人たちは自分でも知らないまま有機的に創作（poetisiren）してきたということ──しかしこの自分たちがなしていることに対する意識の欠如が──彼らの作品の全体に本質的な影響を及ぼしていた──だから彼らは大抵の場合、個別の作品においてのみ真にポエジー的であって、全体においては通常非ポエジー的であった。[12]

〈有機的に創作〉するというのはシュレーゲルのタームで言えば〈共ポエジー Sympoesie〉[13]に相当する。

つまり個々の作品を超越した〈全体〉である超越論的ポエジーの産出に意識的ないしは無意識的に参与することである。〈超越論的 transzendental〉という形容詞は、通常の哲学用語としては自己自身に向かう認識、即ち自己反省という意味合いを含んでおり、この意味で〈超越論的ポエジー〉を理解すれば〈自己自身を認識するポエジー〉、更に言えば〈自己自身の本質を認識するために自己を描出するポエジー〉ということになろう。[14] 即ち、詩人たちの創作活動を通して自己自身を歴史的統一体として形態化し、詩人たちの精神にイデアとしての自己自身を示しながら、それによって更なる創作へと詩人たちを誘いながら、自己自身の本質に迫ろうとする再帰的な運動体としてのポエジーである。ポエジーのイデアの再帰的な運動は、詩人の感情に端を発する。

他のものとは全く異なった性質を持つように思われるある種の詩（Dichtung）が我々の内にある。何故ならこれらの詩は必然性の感情に導かれているからであり、そして何といっても絶対的な意味でこれらの詩には他の外的根拠がないからである。人は自分がある対話の内に把捉されているように、あるいは何か未知の精神的存在が彼を不可思議な仕方で最も明晰な思考の展開へと誘っているように思える。この存在は何らかの高次の存在であるはずだ。何故ならこの存在は現象に束縛されている存在には不可能であるような仕方で自己自身を彼との関係の中に置くからである。[15]

ノヴァーリスは人を最も明晰な思考へと誘うこのポエジー的な存在を〈高次の存在〉と考えている。つまり自我の内で起こっている〈ポエジー的な反省〉の中心である。彼のポエジーの捉え方はかなり擬人化の傾向が強いように思われるが、それが経験を超越して働きかけるのは先ず感情のレベルであり、〈感情

／意識〉の境界線は一応維持されているため、文字通りの意味での詩的啓示と取る必要はない。自己意識が成立する〝以前〟のポイエシスの作用が自我の意識の中で対自我もしくは汝的な存在として現前化してきたものと考えられる。

またこれと逆に個々の創作主体としての詩人の側から見れば、超越論的ポエジーは、詩人の創作力が共生産的に作用し合って新たなポエジーを生み出し、ポエジーの全体を更に展開していく場のようなものであるとも考えられる。

ポエジーは各個別のものを全体の他の部分と本来的に結合することによって高める……。個体は全体の中に生き、全体は個体の中に生きる。ポエジーを通して最高の共感（Sympathie）と共働（Coactivität）、有限なものと無限なものとの最も親密な連帯が生じる。[16]

シュレーゲルがアテネウム断片で使っている〈超越論的ポエジー〉もこれとほぼ同じ意味に理解することができる。

観念的なものと実在的なものの関係がそのポエジーにとって全てであり、かつ哲学用語との類比で超越論的ポエジーと名付けねばならないようなポエジーがある。それは風刺詩として観念的なものと実在的なものとの絶対的相違をもって始まり、悲歌として中間に漂い、牧歌として観念的なものと実在的なものの絶対的同一性に終結する。批判的でなく、また産出しているものをその産出物とともに描出せず、超越論的思想の体系の内に同時に超越論的思考の性格描写を含まないような超越論的哲学にはほとんど価値が置かれない。そのことと同様に超越論的ポエジーは、近代詩人にあっては稀でない創作能力についてのポエジーの理論を形成するための超越論的素材と予備演習を、ピンダロス、ギリシア人たちの叙情詩断片、古代悲歌、あるいは近代にあってはゲーテに見出される芸術的反省および美的自己反映と結合し、そのあらゆる描出において自己自身も一緒に描出し、常にポエジーであると同時に、ポエジーのポエジーでなければならない。▼17

〈観念的なもの〉が個々の作品を超越したポエジーのイデア、〈実在的なもの〉が個々の作品であると取れば、哲学用語との類比で〈超越論的〉という語の意味がはっきりしてくる。カント哲学で言えば、超越論的反省をしている主体は、観念的なものとしての内部（＝自我）と、実在的なものとしての外部との関係で言えば、本来的に内部に属しているはずである。しかしこの主体は同時に、内部に対して超越論的な位置、即ち〈自我＝内部〉自身の外部に向かう認識活動を〝第三者〟として観察できる位置にある。そのことと類比的に、超越論的ポエジーはそれ自体としては観念的なものとしてのポエジーのイデアに属するが、同時にポエジーのイデアの〈実在的な作品〉に対する関係を自己自身の内に反映するという超越論的（再帰的）機能をも担っている。したがってイデアとしてのポエジーと実在の作品の間に隔たりがあることが認識されることで超越論的ポエジーの自己反映の運動が始まり、イデアと実在の間の揺れ動きを経由してイデア自体の現前化へと向かっていく。このプロセスが、シラーが《素朴詩と純情詩について Über naive und sentimentalische Dichtung》（一七九五）で定義した［風刺歌—悲歌—牧歌］のそれぞれにおける〈理想的なもの das Ideale〉と〈実在的なもの das Reale〉の関係に擬せられている。▼18

〈哲学を哲学すること〉との関係で何度か触れたように、シュレーゲルは哲学において〈産出しているもの＝哲学している主体〉をその〈産出物＝記述された哲学〉と切り離されたものと見做さず、〈産出しているもの〉の産出作用自体が批判的に考察されねばならないと主張した。哲学の哲学、即ち〈産出〉の二重化された構造が哲学の記述自体の中に再帰的ないしは自己反映的な形で書き込まれていなければならないように、超越論的ポエジーにおいては単に対象に指定されている素材を〈詩化＝創作〉するに留まらず、詩化している自己自身（＝作者ないしはポエジー）の活動をも観察して詩作品の中へともに歌い込むような性質のものでなければならない。後に見るようにシュレーゲルにとって《マイスター》に代表されるゲーテの作品は詩作するゲーテ自身の精神の活動をも反映した再帰的な性格のものであった。そういう意味で超越論的ポエジーは〈ポエジーのポエジー〉になる必要がある。

ベンヤミンによると、超越論的ポエジーはアテネウム時代のシュレーゲルの思考世界において、《哲学の発展》の時代の原自我に相当する主要な概念であり、ロマン主義的芸術哲学の起点となる体系的中心である。[19] シュレーゲルに限らずノヴァーリスにあっても、始点のない根源的戯れの中から生じる自己生産運動、ロマン主義的な意味での反省によって〈世界〉が構築されているということが哲学的な基本テーゼであると言ってよい。そしてこの反省が実際に始動するに際しては、言語の問題で見たように根源的な感情に発する衝動、そしてそのより直接的な表現としてポエジーが現れ、ポエジーの働きから反省的思考が分離して……という流れであるから、自我による世界構築の運動は超越論的ポエジーの再帰的運動に包摂されると言える。超越論的ポエジーによって哲学で言う超越論的反省が可能になると考えてもよい。ノヴァーリスはこのことを、「超越論的ポエジーは哲学とポエジーから混合されたものである。超越論的ポエジーは根底において全ての超越論的な機能を包んでおり、事実、超越論的なもの一般を含んでいる。超越論的な詩人は超越論的人間一般であると言える[20]」と表現している。

超越論的ポエジーがこのように各詩人の感情に働きかけ、共生産的に〝歴史的全体〟としての〈自己〉を描出しつつ変化している存在であるとすれば、ヘーゲルの弁証法の絶対精神の自己展開の思想とも外側の枠組みがかなり似ているように思われる。〈超越論的ポエジー〉→〈絶対精神〉、〈ポエジー〉→〈反省〉、〈感情〉→〈理性〉、〈作品〉→〈定在 Dasein〉と置き換えるとほとんど同じ構造になってしまいそうだが、しかし両者の違いはまさに、ポエジー（詩的言語）と哲学的言語の性格の相違にある。ヘーゲルの弁証法が概念に対する働きかけを通して無規定性（Unbestimmtheit）を克服し、〈形成された、完全な認識〉に至るプロセスであると考えられたのに対して[21]、超越論的ポエジーないしは発展的普遍性ポエジーはまさに無規定的な感情を出発点とし、概念的思考を経由しながらも無規定的な流れの内へと回帰していく運動である。ノヴァーリスによれば、「哲学者が全てを秩序化し、全てを配置するとすれば、詩人は全ての絆を解消する[22]」。

著作家としてのシュレーゲルやノヴァーリスにとって、ポエジーの諸形式の連続体として常に自己生産の途上にある発展的普遍性ポエジーないしは超越論的ポエジーは、それ自体が〈一つの見えない作品 ein unsichtbares Werk〉であったと言える[23]。ポエジーというイデアそのものは常に作品として（自己自身によって）制作されつつあるのであるから、断片にあるように〈ポエジーの理想体〉を完全に描出し切ることは永遠に不可能である。したがってポエジーの本質について語るということは、〈予見的批評〉による暫定的な性格描写にほかならない。

b　ポエジーと共同体

（超越論的）ポエジーの理想体の歴史的生成プロセスについての暫定的な理論化をシュレーゲルが試みた

例としては、パリ在住中に四人だけのサークルを聴衆として行われた《ヨーロッパ文芸の歴史Geschichte der europäischen Literatur》（一八〇三―〇四）と題する講義がある。[24] この講義の対象になっている〈文芸Literatur〉とは人間の無制限の発展能力の現れであり、人間の〈形成Bildung〉に寄与する優れた諸著作全般を指す。[25] シュレーゲルはこの講義を始めるに際して、ヨーロッパ全体にわたる膨大な文芸の作品群を一つの統一体として描出しようとする自らの試みの理論的根拠が、無条件に正当化され得るものではないことを確認している。導入部で、講義の中で使用されている文芸という概念規定自体があくまで〈暫定的〉なものであり、この概念自体が超越論的ポエジーの場合と同様に歴史的な生成の途上にあると述べている。

我々の歴史的描出を開始する前に、文芸についての暫定的な概念を予め与える、即ち全体の範囲と境界線を呈示する必要がある。この概念は暫定的なものでしかないが、それは最も完全な概念は文芸自体の歴史だからである。この暫定的な境界線規定の目的は、全体の主要な部分を呈示し、全ての異質なものを隔離し、関心を向ける主要点を浮かび上がらせることにある。[26]

言語とともに誕生した根源的なポエジーから文学としてのポエジーのエクリチュールと散文化された学問のエクリチュールが分離していくというのが、ヘルダーから初期ロマン派に継承されたポエジー起源論であるが、シュレーゲルは古代ギリシアの文芸においてその分岐点が見出されると考える。原初には叙情詩形の韻文（ポエジー）が成立し、それが短長格、悲歌、頌歌などに多様に分化し、その後に劇詩が分岐してくるのと、ほぼ同時に韻文が成立する。

ドイツ語と同様にその本性からして端的に韻文的であり、長い時間ただそれだけであったギリシア語にとっては、その間、散文を導入するのにかなりの労苦を要した。ほぼ一世紀にわたってギリシア語は語（Wort）についてばかりでなく語順、構文についても韻文的であり続けた。散文を必要とする諸学問、哲学、それどころか立法でさえ、ギリシア人にあっては韻律的に始まり、長い闘争を経てようやく、自然の必要性に従って言語をその根源的な形から引き離し、散文を産出することに成功したのである。[27]

文字として残されたものだけを根拠にギリシア語やドイツ語がポエジー的性質のものであると断定している点にはかなり無理があるが、哲学や法律に関する文書も元来韻律法に従って書かれていた事実に言及していることは注目してよかろう。それはポエジーが一部の芸術家のみに属する特権的な形式ではなく、社会一般にかなり浸透していたことを示しており、ポエジーを根底にして、人間社会・世界が形成されているというシュレーゲル、ノヴァーリスの主張の根拠の一つになっている。

韻文と散文の相違は、その語法について見ればかなり大きい。前者は概念、正確さ、規定されたものに関わる。韻文は、語に対して、より規定度が高く、正確に細部にまで浸透する概念の方を優先する。後者は直観、感情、形象、規定されていないものにのみ関わり、力強く、表現力に富んだ語を優先する。したがってギリシア人の書き方は、もはやその内に韻律が見られなくなってもポエジー（韻文）的であった。これは後の時代のギリシアの散文著作家たちについても、書き方ばかりでなく、部分的には内容についてまでも当てはまることである。イオニアの散文著作家たちが最初の散文著作家であったが、彼らの書いたものは内容的にもポエジー的であった。それはギリシア人の間で彼らに与えられた物語（＝神話）の記録者（Mythograph）という名称からも分かる。

最初のギリシアの散文は碑文と法律を除けば歴史（Historie）であり、最初の歴史家とは物語の記録者たちであった。彼らは過去と彼らの時代の状況や事件を記述したが、それは非常に多くの伝説、寓話を含んでいた。そのために先のような名前を得たのである。ヘロドトスにはもちろん先駆者があったはずだが、彼は我々の知っている最古の散文家であった……。彼がオリンピアの競技で朗読した歴史は、元来ギリシアとペルシアの戦争を記述したはずのものである。しかし彼はその中に彼がギリシア人からだけではなく、外国、例えばエジプト人から聞き知って収集した伝説や伝承（Tradition）をも含めたのである。最初のギリシアの散文はしたがって歴史的なものであり、最初の歴史は物語記録（Mythographie）であった。[28]

この引用の最初の部分から確認できるように、シュレーゲルの言語哲学において、ポエジー（文学）の言語態の対極には哲学の言語が位置している。狭い意味でのポエジー、即ち根源的ポエジーの象徴的性格をより多く含んでいる韻文が〈最初に生まれてきた〉というのであるから、哲学的言語は法律や歴史より更に後になって成立することになりそうである。シュレーゲルは、このことは歴史的にも裏付けられると考えている。「哲学を開陳するのに必要な最も厳密に学問的な散文はずっと後に生じてきた」のである。様々な文芸に現れている言語の描出的機能を中心にしたシュレーゲルの分析を見る限り、彼が文芸の歴史を体系化しようとする目的はかなりはっきりしている。即ち人間の言語活動、少なくとも文字として書かれたものの歴史においては、全てが一つのポエジーに発しており、一つのポエジーから、学問・文学・社会構造が分化してきたこと、更に突き詰めて言えば、人類の精神史は広義のポエジーの歴史に収斂されることの証明である。超越論的ポエジーの運動から分かれた枝である以上、哲学や歴史などの学問、あるいは政治、法律などの社会的活動もどこかでポエジー的な要素を残しているはずであり、それら全ての人間の活動が依拠している根っこを再発見することがロマン派にとって最大の課題であったと言っても過言ではない。ロマン主義的ポエジーの使命は、「単に引き離されたあらゆる文学のジャンルを再統合し、文学を哲学や修辞学と結合させるに留まらない。韻文と散文、人為的ポエジーと自然的ポエジーを混ぜ合わせ、溶かし合わせ、ポエジーを生き生きと社交的ならしめ、生と社会とをポエジー的なものにする」ことなのである。

シュレーゲルとノヴァーリス、それにシェリングも、根源的ポエジーが（概念的）言語とともに生じた時の最初の形態は神話であり、神話を源泉として［宗教―哲学―文学］が、分離・生成してきたという歴史観を共有する。アテネウム断片では、「ポエジーの核、中心は神話と古代人の秘儀の内に見出すことができる。生の感情が無限なるものの観念によって飽和した時、君たちは古代人、そしてポエジーを理解するだろう」[29]と述べられている。一般的に言えば、神話とは〈物語＝歴史 Geschichte〉、〈口承伝説〉、〈象徴性 Sinnbildlichkeit〉、〈恣意的に付加された詩〉などの混合体であると考えられるが、《ヨーロッパ文芸の歴史》にはこの混合体としての神話が全体として〈一つの大きな詩〉を形成していたという見解が示されている。「神話は常にポエジーの中心点であり、全てのギリシアの詩の一つの永続的内容であり、また全ての詩人の共同の詩（das gemeinschaftliche Gedicht）であった。全ての人がこの巨大な伝説と詩からなる織物を更に形成し、独自の仕方で描出しようとしたのである。これは神話一般についても言えることである。それは他のあらゆるものに勝って、一つの国民、一つの時代の根底にあり、かつ常に世界包括的な性格の最大の詩（das größte Poem）なのである」[30]。ギリシア神話が全ての詩人による共同の作品であり、全体として一つの〈詩〉であったというのは、別に哲学的な含蓄を込めたアレゴリカルな表現と考える必要はない。ギリシア語の諸方言を話すラプソーダイ（吟遊詩人）たちによって口伝えで語り継がれ、様々なバージョンを持った神々と人間についての物語が全体として大きな〈物語〉を形作り、それがギリシア民族の共有財産になっていた。一つの言語によって語られた神話と、神話に結び付いた宗教・社会儀礼を共有していたことが、民族のアイデンティティーであったというのは、シュレーゲル独自の主張ではない。最初の定型的文学ジャンルとして成立したのが叙事詩であり、最古の詩作品として知られるホメロスの《イーリアス》と《オデュッセイア》、あるいはヘシオドスの《神統記》が断片的に伝えられた神話を集積し、一つの物語へと結合したものであったのは偶然ではない。そもそもホメロスが実在の詩人か、歴史的に生成してきた作品に対して与えられた架空の著者であるのかも定かではない[31]。最初期の詩は事実としてモチーフにおいても韻律形式（ダクテュロス六単位音律詩句 daktylischer Hexameter ＝英雄詩句 heroischer Vers）においても民族共同の作品としての性格が強かったと言える。神話とはギリシア人にとって、共ポエジーを営む文学空間、更には世界把握のための共通の体系であった。

個人としての作家による技巧的な創作活動によって文学の形式、ジャンルが次第に分化し定式化され、また哲学、歴史、法律、自然学などの学問が韻文で叙述されるようになると、当然濃密な文学空間、世界体系であった神話は次第に解体していく。〈無限なるもの＝神的なもの〉を具象的に描出することで満足せず、概念的に把握することを目指す哲学はかなり後に成立したが、ギリシア哲学は失われてしまった全ての〈知―創作―思考〉の源泉である最古の啓示を再現する試みであったと解釈できる[32]。

古フランス文学、古英文学、北欧文学、古ドイツ文学は北欧地域に居住していた古ゲルマン民族の神話と寓話を共通の源泉として出発したが[33]、近代文学になるともはや神話に相当する〈共ポエジー〉の場はない。ロマン主義的ポエジーの構想はこのような意味での神話を復活させることであるとも言える。《文学についての対話》の中でルドヴィーコが読み上げる論文《神話についての議論 Rede über die Mythologie》はまさに近代における神話の欠如を指摘し、新しい神話の構築を提唱する内容となっている。

私が主張したいのは我々のポエジーには中心点が欠けているということ、つまり古代人にとっての神話のようなものが欠けているということだ。そして近代文学を古代文学に及ばなくしている本質的な問題の全ては次の言葉に要約される。我々は神話を所有していない。だが私は付け加えたい、我々はもう少しで一つの神話を獲得する所まで来ている、あるいは我々がそれを生み出すために真剣に共働すべき時期が到来している、と。[34]

古代の神話によって結ばれた世界では、人々にそのファンタジーを刺激してくれる共通の材料があり、かつそれを土台にして各人が創作した〈作品〉は言語を通して伝達され、共通の大きな〈作品〉の一部と化し、他の人の創作力に〈共生産的に〉働きかけるという神話の循環的構造[35]が保証されていた。この循環構造は意図的に運営されていたのではなく、母なる大地、天空、命に満ちた空気のように自明のものであったが、母なる大地を失ってしまった現代の詩人はまさに全てを自分一人で作り出さねばならない。つまり〈全く無からの新たな創造〉を余儀なくされている。

ルドヴィーコにとって神話とは全ての悟性的秩序を支えている〈不可解性〉、〈混乱〉に相当するもの、

〈無秩序〉あるいは〈混沌〉であった。

君たちはこの神秘的な詩、あるいは様々の詩の押し合いと充溢の中からでも発生しそうな無秩序のことを笑うかもしれない。しかし最高の美、それどころか最高の秩序でさえも、結局は混沌の、即ち愛によって触れられ、調和的世界へと展開していくのを待ち望んでいる混沌の秩序に過ぎないのである。古代の神話とポエジーはまさにそのような混沌であった。なぜなら神話とポエジーの両者は不可分に一体であったからである。古代の全ての詩はそれぞれ他と連結しており、次第に大きな集合、部分になりながら全体を形成するに至ったのである。全てが互いに介入し合っており、至る所に同一の精神があってそれが異なった仕方で表現されているだけなのである。だから実際次のように言うことは、決して単なる絵空事ではない。古代のポエジーは、単一の分割不可能な完結した詩(ein einziges, unteilbares, vollendetes Gedicht)であったということを。[36]

ギリシア神話においては、始源にはいかなるカテゴリーも受けつけない〈混沌＝カオス〉があった。そしてカオスから〈宇宙の秩序＝コスモゴニア〉、〈神々の世界の秩序＝テオゴニア(＝神統記)〉が生じてきたのであるが、この発想は〈秩序〉を〈秩序〉たらしめているのは〈混沌〉であるというシュレーゲルの哲学観と一致している。彼の構想力の理論から見ても、このカオスが創作力によって無限の充溢へと展開していく美の源泉である。カオスは歴史的に見れば、ギリシア世界のコスモスを支える神話とポエジーを生み出した母体でもある。

神話と共同体の関係の重要性については、シュレーゲルは《ギリシア文学研究》の時点で既にかなり進んだ議論を展開している。

ポエジーと神話（Mythus）は古代における全ての形成の萌芽であり源泉である。英雄叙事詩は神話的な形成の本来的な意味での絶頂であった。――後の時代の学識のある詩人でさえも規定された素材、形成された道具を目の前に見つけることができた。感受性は準備されており、全ては有機化されており、何も強制されてはならなかった。――これに対して近代の英雄叙事詩は全く拠るべきものがなく、孤立して、空虚な空間の中で揺らいでいる。偉大な天才たちは叙事詩的世界、幸運なる神話を無から創出するという試みのためにヘラクレス的な力を消耗している。一つの民族の伝統――この国民的ファンタジー――、巨大な精神は引き続き形成し、理想化することならできるが、しかし変態化（metamorphosieren）する、あるいは無から創出することはできない。例えば北欧の寓話は疑問の余地なく古代において最も関心を呼ぶものの一つに属する。しかしその寓話を扱おうとする詩人は一般的になるか、平板になるかのどちらかにならざるを得ない。あるいはそうではなく、個別化され、規定された形を取ろうとしたら、自分自身について注解する（sich selbst kommentieren）という危険に陥ってしまうことになるだろう。[37]

シュレーゲルは既に一七九五年の時点で、神話を単なる〝一つの大きな物語〟としてではなく、子供のような純真な状態で共同的に創出するファンタジーの場（トポス）として捉え、その場の持つ哲学的意味を分析していた。共通の場としての神話の世界は技巧的な創作を知らず、自動的に創作していく世界であり、後に彼が影響を受けたフィヒテ哲学の言葉で言えば（一七九五年の時点では本格的にフィヒテ哲学の研究を開始していない。第Ⅰ章第一節参照)、創作しているという自己の行為についての反省、悟性的な自己認識はなかったのである。その場が生きている間、詩人たちは〈規定された素材、形成された道具〉を眼前にしているのであるが、それが解体してしまった後では、無の状態から自分自身でファンタジーを働かせて創作している自己の行為を意識しながら、創作すると同時に自分で注解を付けていくような形で創作していかねばならない。ギリシアのポエジーは緊密に結び付いた全体を形作っていたのだから、全体から個々の作品だけを抽出して分析することは不可能である。[38]

《ギリシア文学研究》の中でシュレーゲルは人間形成の条件として〈力〉〈法則性〉〈自由〉に加えて、第四の要素に〈共同体 Gemeinschaft〉を挙げている。つまり芸術的創造性を個人の天才のみに見るのではなく、それを支える場としての〈共同体〉を意識しているわけで、具体的には〈平均的な相互影響関係〉や〈美的伝達〉などが重要な指標となる。[39] こうした共同体重視の見方はシラーには認められないシュレーゲル思想の特質であると言ってよい。《素朴詩と純情詩》で問題にされているのは主に近代詩人と古代詩人との性向の差であり、近代にあっても天才には素朴であることは可能である。シラーは近代と古代とを隔てている要素として文化(Kultur)を挙げているが、共生産の場としての神話にはほとんど触れていない。シュレーゲルによる文学創造空間としての神話の再評価は、天才の創造力を重視する古典主義とロマン主義の間の枠組みの相違を際立たせている。

c　近代の神話

シュレーゲルは近代のポエジーがファンタジーを生み出す共通の場を形成し得ないまま足踏み状態にあると主張しているのではなく、新たな場の形成に向けての動きがあることを認めている。彼は近代ポエジーの形成史を大まかに三つの時期に分け、彼の時代はその第三段階の初めに当たるという見解を示している。即ち①一方向的な民族的性格が平均的に優勢な傾向にあり、美的諸概念の形成と古代への関心への徴候がようやく見えてきた時期（十字軍時代に相当する）②古代についての理論と模倣が盛んになるが、趣味と芸術そのものは依然として一方向的な民族的性格が強い時期（宗教改革とアメリカ発見の時代）――その後、個別の様式・理論のアナーキー状態、様々な仕方での古代模倣、一方向的民族的性格の衰退など、移行の危機を経て――③客観的理論、客観的模倣、客観的芸術、客観的趣味など全面にわたって一般的に〈客観的なもの das Objektive〉が確立する時代（十八世紀）――の三つであり、時代が下ってくるにつれて〈主観的性向〉と〈客観的傾向〉のバランス関係が次第に後者優位に推移していく。そして客観的芸術と客観的趣味の興隆によって今や〈美的形成の重要な革命〉の時代を迎えているという。[40]〈客観的〉という言葉についてシュレーゲルは特に説明を加えていないため曖昧な点が残るが、文脈上〈美〉についての一般的な理論・形式・趣味が確立し、それが（共同体的に）広範に受け入れられた状態が生じているという意味であると考えられる。シュレーゲルは特に〈美学〉の理論が十八世紀に入って確立したことを重視しており、第二期には〈合理主義的・経験主義的美学の独断論的諸体系〉の影響力が強かったのに対して、移行の危機には様々の種類の美的懐疑主義が生まれ、カントの批判哲学を背景とした《判断力批判》の登場とともに第三期が始まったと述べている。[41] 第三期に入ってドイツでは美学理論の確立、古代ギリシア研究の進展と平行して、クロップシュトック、ヴィーラント、レッシング、シラーなどの創作活動によりドイツ文学（Deutsche Poesie）が新たに成立しつつある。[42]

《ギリシア文学研究》の結論はおおよそ次のようになる。原初におけるファンタジーの源泉であった神話の空間は悟性による反省的思考と人為性が次第に優勢になっていくプロセスの中で解体してしまい、近代の詩人は無からの創造を余儀なくされてきたが、逆に、近代の悟性的思考によってポエジーの本質が理論的・客観的に捉え直されるようになったことを契機として特にドイツの地において、ポエジー創造のための新たな場が生まれつつある。無論共同体といっても、子供の状態にあって自己の創作活動について反省的でなかった古代ギリシア神話の共同体と、徹底した自己反省によって自己自身の位置まで解体しようとする近代ドイツの文学空間とが同質であるはずはない。

このことを《文学についての対話》でのルドヴィーコの議論と重ね合わせて考えると、彼が〈新しく手に入れるべき神話〉と呼んでいるものは《ギリシア文学研究》で言われている〈客観的になった近代文学〉に相当すると考えられる。

というのは、新しい神話はかつての古い神話とは全く逆の道を通って我々のもとに来るだろうからである。古い神話は至る所において若きファンタジーの最初の開花であり、感覚世界における最も身近なもの、最も生き生きしたものに直接的に結び付き、それに似せて形成されてきたものである。新しい神話はその逆に精神の最も深い深みから外へ汲み出すように形成されねばならない。それは全ての芸術作品の内で最も技巧的なものでなければならない。というのは、それは他の全てを包括し、ポエジーの古い永遠なる源泉に代わる新しい苗床と容器にならねばならず、更には他の全ての詩の萌芽を覆う無限の詩でなければならないからである。▼43

最も人為的に創作された〈作品〉を神話と呼ぶのは神話の本来の意味と矛盾しているように思われるが、一つの共同体の創作活動の源泉であり、かつ創作されつつある〈未完の作品〉であるものが神話であると考えれば、最も反省的・技巧的性格を持っている超越論的ポエジーがまさにそれに当たると言えよう。

感覚的世界に隣接しながら〈古い神話〉と精神の最も深い深みから創出される〈新しい神話〉の関係は、シラーの素朴詩と純情詩の関係に似ているように見えるが、〈新しい神話〉は純情詩のように〈理想／現実〉の間に漂っているだけではなく、漂っている〈自己〉について更に反省する徹底的に観念論的な性格を持っている。〈自己から外部へと出ていき、自己の内部に戻ってくる永遠の交替〉が精神の本質であることを見出した観念論の哲学が十八世紀に入って確立したことは、近代文学の歴史と無関係ではない。観念論の成立は新しい神話が精神の最も内奥から創出するものであることの一例であるだけではなく、自体が新しい神話の源泉であるとさえ言える。[44]

初期ロマン派はこのように超越論的ポエジーあるいは新しい神話の到来を提唱したが、ではそれを代表する新しい文学ジャンルは何かと言えば、当然〈ロマン主義的 romantisch〉という形容詞の多重的な意味の相[45]にも含まれている〈小説 Roman〉である。シュレーゲルはリュツェウム断片の一つで、「最も優れた小説のいくつかは独創的な個性の精神生活全体の便覧、百科事典である。そのような作品は《ナータン》のように完全に異なる形式を持っていたとしても小説の外観を持つことになる。また形成され、かつ自己形成しつつあるあらゆる人間はその内面に一篇の小説を抱いている[46]」と、小説が精神の自己の内面からの形成を描出するのに適した形式であることを示唆している。ノヴァーリスはファンタジーによって古代の共同体の中に〈一つの物語〉を紡ぎ出す機能を担っていた叙事詩と、近代においての小説の役割とを比較する形で次のように述べている。

野生人の詩は初め、中間、終わりのない物語（Erzählung）——彼らがその中で感じる享楽は端的に病理的なものであり――表象能力の単純な行使、単なる力動的な活性化である。叙事詩は純化された原初の詩である。本質において全く同一のものである。小説はそれより遥かに高い所にある――叙事詩が先へと継続していくのに対し――小説は先へと成長していく――叙事詩において算術的進展があるとすれば、小説には幾何級数的進展がある。[47]

この断片だけではノヴァーリスの言いたいことは分かりにくいが、《ギリシア文学研究》におけるシュレーゲルの議論と同様の認識を彼も持っていたとすれば、完結し、閉じられた物語としての古代世界の構造を叙事詩が代表するのに対して、小説は反省によって冪級数化していくロマン主義的ポエジーの生成を代表しているという意味に理解することができる。つまり小説は自己自身の精神活動一般を描出するに留まらず、創作している自己についての超越論的反省を作品自体の内に抱え込もうとする近代詩人の性向に合っているということである。最初に引用したシュレーゲルのアテネウム断片の表現、つまり「ロマン主義的ポエジー（＝小説）のみが叙事詩と同じように周囲の世界全体の鏡となることができる」は、ノヴァーリスの別の断片にある「小説は生を扱う――生を描出する。……小説自体は決まった結論を持たない――小説は一つの命題の形象と事実ではない。それは一つの観念の直観的な遂行あるいは実在化である。しかし一つの観念は決して一つの命題で把握されない。一つの観念は命題の無限の列――無理数的な大きさである――定立不可能（音楽的）――共約不可能である。……しかしその進展の法則は呈示される――そしてこの法則に従って小説は批評されるべきだ[48]」という表現と内容的に合致する。つまり一篇の小説の作品の中で展開している一つの観念（イデア）は、ポエジー全体の中での超越論的ポエジーの観念がそうであるように、自己自身についてのポエジー的反省を通して無限に拡大していき、決して一つの命題としては捉えられない。言い換えれば、作品の中で〈描出しているもの／描出されるもの〉の間の相互反射的関係の列が[49]、その関係に固有の法則に従って、合わせ鏡のように無限に続き、それが全体として一つの作品を形成しているのである。

ベンヤミンは、初期ロマン派にとって小説は単にポエジーにおける反省の最高形式であるばかりでなく、〈諸形式の連続体〉としての芸術（ポエジー）のイデアが把握可能な形で現象したものであると述べており[50]、その具体的な根拠として小説が表現形式において自由であることを挙げている。

この形式について先ずもって目を引くのはその外的な非拘束性と非規則性である。小説は実際に任意に自己自身について反省し、常に新しい観察の中で所与の意識のあらゆる段階をより高い位置から反射し返すことができる。……しかしまさに小説は決して自己の形式を乗り越えることはないのであるから、別の角度から見れば、その中でのあらゆる反省は再び自己自身によって制限されているものと見ることができる。そうした反省を制約の内にはめ込むのは規則的な描出形式ではないからである。このことは、小説の中でその厳密さにおいてでなく、純粋性においてのみ支配的な描出形式によって中和されているのである。その外的な非拘束性は明らかであるからそれを強調する必要はないのだが、小説形式における被定立性と純粋な集積（die Gesetztheit und reine Sammlung in der Romanform）はロマン派によって繰り返し強調されたものである[51]。

自我が自己自身（絶対的自我）によって必然的に特定の形式へと定立され、規定されているというフィヒテの反省理論とは異なり、シュレーゲル、ノヴァーリスの無限の二重化の反省理論では自己自身について反省している自我（二乗された自我）は固定した位置にあるのではなく、常に反省の反省の反省の……という〈戯れ〉の中にあってアイデンティティー（自己同一性）は確立しない。これを別の仕方で表現すれば、自我は他のものによって定立されているのではなく、自己自身によって恣意的に外部との境界線を定めている、つまり「詩人の恣意はいかなる法則の拘束も受けることはない」のである。書かれた作品である小説が直接自我の反省の戯れを反映しているわけではないが、韻律、テーマ、展開などによって拘束されてはいないため、〈描出されたもの〉即ち小説のイデアが〈描出しているもの〉を超えて、描出の中で更に自律的に自己規定しながら展開していくことが容易になる。シュレーゲルは、《ヴィルヘルム・マイスターの修行時代 Wilhelm Meisters Lehrjahre》（一七九五―九六）についての批評《ゲーテのマイスターについて Über Goethes Meister》（一七九八）の中で、この作品が優れているのは作品自体が、自己について論評しているばかりか、自己自身を描出している点にあると指摘する。[52]

〈描出するもの／描出されるもの〉の間で生じる再帰的な運動というのは抽象的で分かりにくいが、具体的には現代の小説のスタイルとしてよく見られる小説自体の中でその小説の成立してきた〈物語〉について述べる技法や、著者が小説を書いていることの意味について述べたり、〈書く〉とはどういうことであるかを定義することを試みる、といったやり方が典型的なものと考えられる。ロマン派の小説でその典型的な例と見られるのがシュレーゲルの《ルツィンデ Lucinde》（一七九九）である。

この小説は〈ユーリウスからルツィンデ〉に宛てた手紙という形式で始まっている。ここでは「人間たち、そして彼らが願うこと、成していることは、思い起こして見れば、動きのない灰色の影のように現れる。しかし私の周囲の神聖な孤独の中で全ては光と色であったし、生命と愛の新鮮で暖かな息吹が私に吹き付け、こんもりとした林苑の全ての枝の間でさざめき、高揚していた……」といったように随筆調で抽象的な内容を語り出しているため、手紙にしては奇異であるとの印象を与えるが、かなり行が下った所で、「……私が夢に見たものは単なるキス、君の腕によって包み込まれること、というようなものではなかった、それはまた痛みを伴う憧れという棘を折り砕いて甘美な熱を身を捧げることによって冷却しようとする願望というだけでもなかった。私は君の唇にだけ、あるいは君の眼、君の体にだけ憧れたのではなかった……[53]」と、所有代名詞の〈君の dein〉を使用することでようやく〈私から君〉への語りかけであることが分かる。ところが二つ目の形式段落が終わった所で、空白・傍線を入れた後に、それまで述べてきた視点から急に方向転換している。

ここまでの所では無愛想で不親切な偶然が、私たちの抱擁の不可思議であると同時に、奇妙に錯綜してもいる劇的な連関についての柔らかい思考と意味深い感情の直中にあった私を中断させてしまったその時点までに、私が私自身と語り合っていたことが、君に宛てて書かれてきた……[54]。

つまりここまでに書かれているのは、無愛想で不親切な偶然が〈私〉を中断させてしまった時点までに私が書いたことである……と、まさに〈私〉が振り返っている（反省している）のである。これは反省哲学的に言い換えれば、それまでの語り手であった〈私〉をより高次の位置にある〈私〉が反省しながら語っている……という構造になっており、しかもその際の自我の次元の転換（二乗化）はまさに〈偶然〉として、何の前触れもなく行われている。つまり〈任意な自己自身についての反省〉が起こっているのである。また、それまで語っていた内容を中断・反省するだけではなく、先に引用した箇所の中だけでも関係文の繋がりを利用する形で、意味的に複数の〈私〉の相が含まれている。つまり①〈私たちの抱擁〉に含意されている〈私〉、②、①の状態にある〈私〉についての柔らかい思考と意味深い感情の内にある〈私〉、③、②の状態の〈私〉の中で話しかけている主体としての〈私〉、④話しかけられている対象としての〈私〉、⑤、①→④の状態まで〈手紙〉を書いていた〈私〉、⑥現時点で語っている〈私〉という形で少なくとも自我の六乗化が含意されている。しかも、〈中断されるまで手紙を書いていた〉と言いながら、依然として〈君〉に対して語りかけているのであるから、少なくとも〈手紙〉であることに変わりはない。〈私〉の位置の変化は厳密性によって遂行されているのではなく、純粋な思考の流れに沿った不確定な動きである。自己自身による自己制限の視点は、それ自体としては固定化され、浮かび上がることはなく、規則性のない描出形式のために全体の内で中和されているのである。

語りの形式の変化はこれだけでは留まらない。〈二人〉の間の関係についてもうしばらく語った後で、その関係についての自分の思いを吐露するという形で次のように続けている。

……そのことを私は多くの微笑み、いくばくかの悲哀、十分な自己満足なしには全体とその部分に渡って見渡すことは決してできないだろう。しかし私は教養ある恋人兼作家としてこのなまの偶然を練り上げ形成し、それを目的へと形態化しようと思う。私にとって、またこの書かれたものにとって、私のこの書かれたものへの愛着にとって、また、この書かれたもの自体の内での形成にとって、どのような目的もそれ以上に合目的でないような目的がある。即ち私が全く最初から我々が秩序と呼んでいるものを破壊し、これから遥かに遠ざかり、刺激的な惑乱の権利をわがものとばかりに公然と簒奪し、それを行為によって主張するという目的である。▼55

この中で語り手は、偶然によって中断される地点の〝前〟まで、あるいは〝現時点〟でも〈君〉に対して手紙を通して語りかけている〈恋人〉としての〈私〉の視点が〈作家〉としての〈私〉の視点へとズレていることを示している。つまりここから先は、これまで〈君〉に対する〈手紙〉として書かれていたものが書物として書かれるものへと変質しつつあることが、〈君〉に対して明らかにされているのである。作家としての〈私〉の目的は、エクリチュールを創出することによって秩序と言われているものを破壊し、混乱を正当化しようとする哲学的主体である〈私〉の願望を満たすことにある。〈偶然〉が契機となって、恋人としての〈私〉が恋人兼作家としての〈私〉に変わったのである。この変質を告げている〈私〉は、恋人兼作家としての〈私〉であり、この〈私〉が語っている場は手紙のレベルから小説のレベルへの通過地帯にある。手紙という〈形式〉をとって〈描出されているもの〉（〈＝私から君〉への語りかけ）が自己を〈描出しているもの〉としての〈手紙〉を超え、〝〈私〉にとっての〈書く〉ことの意味について反省する〟レベルへと上昇するプロセスであると解釈できる。

〈私〉は更にこのエクリチュールがこれからどのように構成されていくか、つまり自らの構想について語っている。

したがって私が疑う余地のない私の惑乱の権利を行使し、この全く不適当な箇所に、私が君を最も確実に見つけられるはずと思っていた場所で君を見つけられなかった時、憧憬と焦燥に耐えかねて君の部屋の中で、私たちのソファーの上で、君が最後に使ったペンで、そのペンが暗示してくる最初の一番いい言葉で一杯にした、あるいは台無しにしてしまった多くの散乱した紙片の内の一枚を配置する。それらの紙片を、親切な君は、私が知らない間に容易周到に保存してくれていた。[56]

つまりこの〈ユーリウスからルツィンデ〉への手紙の中に、ユーリウスが手紙の〝書き出し〟から更に遡ったある時点で書き綴った紙片の群れの中から一枚を取り出して、〈手紙―小説〉の素材にしようとしているのである。そこで小説の流れはその選び出された一片である〈最も美しい状態についての陶酔的賛歌のファンタジー Dithyrambische Fantasie über die schönste Situation〉へと移行する。

このように、この小説全体が手紙、ファンタジー、省察、対話などの自由・恣意的な結合体として成立している。シュレーゲルは当然この小説の創作に当たっては小説という形式を反省の媒体として最大限に生かすことを眼目としていた。[57] 小説とは最も人為的に創出された混沌である。様々の異質な形式、テーマをその内に抱え込みながら、自らの物語としての成立過程について反省しながら大きな物語を形成している《マイスター》の複合的形態は、シュレーゲルの小説論にかなり当てはまるものである。作品の中で語る主体が自己自身をより高みから見て自己相対化する動きは一般的に〈イロニー Ironie〉と呼ばれているものである。周知のように、イロニーはその後のドイツの文学・思想史で様々な影響を与え続けたロマン派思想の最も重要な概念の一つである。以下、イロニー概念の哲学的意味をシュレーゲルの反省理論に即して見ておこう。

二　ポエジーの自律性――イロニーの概念をめぐって

a　イロニーと反省

《文学の対話》の中でアントーニオは〈イロニー〉が特殊な手法ではなく、〈文学＝ポエジー〉一般に備わっているべき普遍的な性質のものであり、更に我々の生そのものに関わるものであると述べている。

全く大衆的な様式、例えば演劇（Schauspiel）のようなものについても我々はイロニーを要求する。つまり様々の出来事や人間、簡単に言えば生の戯れの全体（das ganze Spiel des Lebens）がまた実際に戯れとして受けとめられ、描出されることを要求するのである。このことは我々にとって本質的なことであると思われるし、一切がそれに含まれているのではないだろうか？――我々はしたがって全体の意味によってのみ自らを支えているのだ。各個人の感覚、心、悟性、想像を刺激し、感動させ楽しませるものは、我々が自らを全体へと高めるその瞬間には、全体を直観するための記号、手段にしか見えなくなる。[▼1]

この発言は一見かなり抽象的で、具体的な内容がないようにも思えるが、これまで見てきたシュレーゲルの〝哲学を哲学する〟反省理論をはっきりと踏まえている。先ずポエジーは特定の人々によって営まれる芸術の一ジャンルに収まるものではなく、無限に多様化していく構想力の現れであり、人間の生の営みの全ては根源的ポエジーに属するものである。ポエジーの自己展開においては本当の意味で固定した点はあり得ず、視点を変えれば、結局全てが〈戯れ〉の中に生成していることになる。アントーニオの言いたいことは、（狭い意味でのポエジーとしての）文学の使命とはそのようなポエジー的反省によって営まれている〈生〉の生成されていく様を描出することであり、そのためには文学自体に〈戯れ〉が含まれていなければならないということである。アントーニオを補足する形でロターリオは、「芸術の全ての神聖なる戯れは世界の無限な戯れ、即ち永遠に自己を形成しつつある作品のはるかな模倣（ferne Nachbildungen von unendlichen Spiele der Welt, dem ewigen sich bildenden Kunstwerk）である」[2]と述べている。つまり世界の〈戯れ〉に〈似せて形成されたもの〉が文学作品であり、そのような意味での文学作品の中での〈戯れ〉が〈イロニー〉であると解釈することができる。作品の中で根源的〈戯れ〉を描出する機能を持つイロニーは、具体的な作品の中では全てを高みから見下ろしているかのような著者の態度として現れる。ゲーテの《マイスター》では、詩人（＝ゲーテ）が「全ての登場人物、出来事を非常に軽々しく、気安く扱い、主人公に言及する際にはほとんど常にイロニーを含み、自分の傑作自体を自らの精神の高みから微笑みつつ見下ろしているように見える」[3]のである。

《哲学の発展》の中でシュレーゲルは、従来の哲学の〈主体／客体〉の二項対立図式では、〈物〉だけでなく〈自我〉まで物化されてしまうと指摘し、既に物化されている〈自我〉の位置をも〈哲学〉の対象に含めることで〈自我〉を〈存在〉から〈生成〉へと解放することを主張した。存在から生成へのシフトは、アントーニオの発言で言えば自己を〈全体〉へと高めていくこと、より詳しく言えば有機的に生成されつつある全体へと高めていくことにほかならない。感性、悟性の物へと固定化する働きから自我を解放し、〈全体〉の運動へと押し戻してやることが文学的イロニーの役割であるとすれば、それは原則的に〈哲学の哲学〉の営みと同じ目標を持っている。

シュレーゲルの哲学叙述においては、メタ哲学を紡ぎ出している自己自身が更にメタ哲学的に批判されるべきことを示唆しながら〈語る〉というスタイルを採用しているため、極めて錯綜とした論理構造になっている。それは意図的に仕組まれた混乱である。論理的に一貫した体系と思われているものに対して、それを叙述している主体、あるいはそれを理解している主体がどのように関わっているか、そこまで考えて哲学すれば、理路整然としていると思われたものが実は極めて混乱したものであることが分かってくる。シュレーゲルのアイロニカルな哲学批判は、そのような混乱を実践的に示すことで、体系に囚われている自我を再び自由にする作業である。

現代ドイツの言語哲学研究者として著名なブープナー（一九四一—二〇〇七）は、シュレーゲルのイロニー概念を全ての〈知〉の根底に〈絶対的な基礎〉を置くフィヒテの知識学の〈体系〉的思考に代わり得る新たな哲学の方法論として再評価している。

先導的な役割を果たす絶対的根本命題を放棄したため、進んでいくべき途上においてこれを代理するものが必要になってくる。それがイロニーである。終結することのない制限と分割のプロセスに対して、それを支える土台が見出されるように調整していた絶対的自我はもはやないのである。が、やはりそれでも究極的と思われているものの全てを恒常的に相対化し続ける弁証法的な思考の展開においては、創出されていくべき全体（das zu erstellende Ganze）を目標にした方向性が一貫して維持されていなければならない。自由に扱うことができない（nicht verfügbar）ものである全体について、——その自由にできないという性質にもかかわらず——それ（全体）が究極的な義務を課すものとして、かつあらゆる反省行為と視点とを超えた課題として現前すると考えるべきことを想起させる働きがイロニーにあるとシュレーゲルは考えるのである。絶対的原理からの厳密な演繹を遂行するのではなく、制限された位置しか得ていない相対的真理を否定していく道程においては、そのような形での方向性が与えられていなければ反省は目標を持たない否定の快楽（Lust an der Negation）の内で自己喪失してしまうことだろう。全ての肯定の声（Ja）に対し、抽象的な否定（ein abstraktes Nein）の音が反響し、全ての真面目（Ernst）が、諧謔（Scherz）に解消されるような状況では、反省の営みは方向を失い、最終的にはひとりで自己自身を享楽することになる。[4]

フィヒテの知識学では絶対的に確実でそれ以上遡って導出することのない〈根本命題〉によってその体系性が支えられていたのに対して、シュレーゲルは《イエーナ講義》の時点で既に哲学における〈絶対的真理〉を否定し、哲学が相対化されるべきものであることを主張した。[5]〈徹底した観念論〉の哲学は自らが〈真理〉を生産していることを自覚し、自らの視点が変化するとともに〈心理〉も変化していくことを認めねばならないはずだが、その視点の変化が全く無法則的に行われるのであれば、〈真面目さ〉がなくなり、反省は目標のない享楽の内で自己喪失してしまうことになりかねない。絶対的な根本命題から直線的に各命題を導き出せないとすると、自己が現に立っている立場をどの角度から批判し、どの方向へと論を展開していくべきかの基準がなくなってしまう。そこで〈全体〉を意識しながら自己を常に相対化する哲学的姿勢としての〈イロニー〉がクローズアップされてくる。イロニーは自らがそれまで拠ってきた論理の構造を保持しながら、一方では、それに拘束されないで全く新たな論理的次元に立つという両義的な性格を持つ。フィヒテの哲学は絶対知に基づく客観性に依拠しており、〈哲学する主体〉の位置は揺らがないという構造を持っていたが、絶対知の客観性が保証されていないシュレーゲル哲学では〈哲学する主体〉の位置に焦点が移る。哲学する主体には規定された論理に則って語るポーズを取ることはもはや許されず、自らの立脚点を常に新たに見出さねばならない。シュレーゲルは最初から一貫した論理を立てない懐疑主義的な態度を取るようなことはせず、一つの試論を立て、それを〈対話〉形式などで相対化していく方式を取る。リュツェウム断片で彼は自らの著作である《ギリシア文学研究》を評して次のように述べている。

私のギリシア文学研究についての試論はポエジーの内なる客観的なものを目指した散文で書かれた技巧的な賛歌である。この研究に関して最もまずいように思えるのは、不可欠なはずのイロニーが全く欠けていることである。そして最も優れているのはポエジーが無限に多くの価値を持つことに確信を持って前提していることである。まるでこのことは決着ずみであるかのように。[6]

シュレーゲルは自らの著作《ギリシア文学研究》において、古代ギリシアの神話的世界の解体とともに失われてしまったポエジーによる共同体が近代文学の第三期における客観的美の理論の確立を通して再生されつつあるというテーゼを立てた。彼はこのテーゼを散文によって〈真面目に〉叙述しているが、そうした自らの主張自体にブレーキをかけて相対化し、更に高みから見ようとする〈諧謔〉の姿勢は、あるいはそのような視点はこの著作の自体の内には認められない。アテネウム期のシュレーゲルの〈超越論的ポエジー〉という発想からすれば、「ポエジーはポエジーによってのみ批評され得る」[7]、つまりポエジーという観念そのものが自己産出の途上にあるのだから、〝ポエジーの生成について語る際には、そうした自己の定義自体について更に反省、相対化することによって、定義が死んだ物と化してしまうのを防ぐ生成的思考が必要なはずである〟。しかし〝かつてのフリードリヒ・シュレーゲルには、そのような視点が欠けていた〟と、現時点でのシュレーゲルが反省している構図である。

イロニーは自らの立てた理論に対して〈真面目〉であるとともに、[8]一方で〈戯れ〉ている姿勢、いわば断片に、〈真面目〉と〈戯れ〉の中間と言える。この状態を言い表していると考えられるものとして、アテネウム断片に、「素朴であるとはイロニーあるいは恒常的な自己創造と自己否定の交替に至るまでに自然的、個性的あるいは古典的であるかもしくはそのように見えることである」[9]という表現がある。つまり〈真面目〉に自己の立脚点を構築しながら、同時にその立場を破壊することのできる〈戯れ〉の態度が常に交替しているのが、シュレーゲルにとっての素朴な状態である。[10]

更に〈自己創造〉と〈自己否定〉のモチーフと関連した別の断片を参照すると、この二つの運動が交替している状態とは特定の対象を捉えるに当たって対象自体に完全に没入してしまうことなく距離を保ち続けている状態を指していることが分かる。

一つの対象について優れた記述ができるためには、もはやその対象に関心を抱いていてはいけない。熟慮をもって表現すべき思考は既に全く過ぎ去ったものであり、もはやそれに没入しているようなことがあってはならない。芸術家が創出し、熱狂している限り、彼は少なくとも伝達のためには不自由な状態にあることになる。そういう時、彼は全てを語ろうとするだろう。それは若き天才たちの誤った傾向、もしくは老いたる無能者たちの正しい偏見である。それによって彼は芸術家にとってのみならず人間にとって最初にして最後、最も必然的であり至高のものである自己制限の価値と尊厳を見誤っているのである。人が自己自身を制限しない場合は世界の方が彼を制限するのであるから、最も必然的である。人は無限の力、即ち自己創造と自己否定を持っていること、あるいはそういう面においてのみ自己を制限できるのであるから至高のものである。……しかし自己を語り尽くそうとし、またそうすることのできる作家が何も自分のもとに留めようとせず、自分の知っていることを全て語ろうとするなら、彼は大いに非難されるべきだろう。ただし三つの過ちには気をつけねばならない。無制限的な恣意即ち非理性ないしは超理性に見えるような、あるいはそのように見えるはずのものであったとしても、根底においてやはり絶対的に必然的かつ理性的でなければならない。さもないと気紛れは我が儘になり、不自由さが生じ、自己制限から自己否定が生まれる。第二に自己制限を急ぎすぎてはならない。まず自己創造、創作、熱狂が熟してくるまでゆとりを与えねばならない。第三に自己制限を過度に進めてはならない。[11]

〝第一の警告〟はブープナーの弁証法的解釈との関連で特に注意を要するところである。自己創造と自己否定が恒常的に交替しているという表現を表面的に取ると、シュレーゲルは哲学する主体もしくは芸術創造する主体は何の法則にも従っておらず、全くの空虚の中で活動していると主張しているかのように思われる。実際、後で見るようにヘーゲルは美学講義の中で、ロマン主義的イロニーを空虚な主体中心主義として批判している。しかしこの断片を見る限り、シュレーゲルはある意味でヘーゲル弁証法と同様創造した自己を否定することによって、〈自己を制限する sich selbst beschränken〉プロセスの根底に非理性的で恣意的と見える外観にもかかわらず理性的で必然的なものを見ているのである。自己否定は、哲学している主体としての自我、もしくは創作している主体としての、全く空虚な空間での戯れへと解き放ってしまうことではなく、否定を通し、別の視点へと再び制限する契機なのである。

そこで問題なのはイロニーの恣意的な戯れとしての外観と、根底における理性性・必然性の間の矛盾である。先にフィヒテの知識学における絶対的主体にとっての自由と、経験的主体にとっての必然性について見たように（第I章第二節）、どの視点から見た〈恣意〉であり〈必然〉であるかということである。絶対的自我（フィヒテ、シェリング）も絶対精神（ヘーゲル）も設定せず、（自我の）〈外部〉に立つことを認めていない以上、少なくとも絶対的な必然性はないはずである。

ベンヤミンは主として芸術（文学）に関して、この問題をイロニー概念の持つ恣意性と法則性の二重の意味として捉えている。[12] この二重性の第一の意味としては、ヘーゲル以降現代に至るまで一貫してロマン主義批判の標語になってきた〈純粋主観主義〉がある。これはまさに法則に囚われない恣意性の側面であり、それを端的に示しているのは、発展的普遍性ポエジーを定義しているアテネウム断片にあった「詩人の恣意はいかなる法則の拘束も受けることはないということを第一法則としている」という表現である。この表現に対して、ベンヤミンはそれを純粋主観主義の意味に解釈することが可能であるのを認める一方で、彼自身の解釈として第二の意味に繋がる解釈を試みている。つまりこの箇所での〈詩人〉とは、一般的に単に自分が〈詩 Gedicht〉だと思っているものを創作している人を指すのではなく、原型的詩人（ein urbildlicher Dichter）もしくは真の詩人（ein wahrer Dichter）を意味している。そのような詩人の〈恣意〉とは〈真の詩人の恣意〉であり、その恣意自体が既に客観的法則性に基づく制限を受けているというのが第二の意味である。

真の芸術作品の著作者はその下で芸術作品が芸術の客観的法則性に従属している諸関係の内で制限されている。[13]

この客観的法則性は芸術〔文学〕作品の〈形式〉の中にあるものであり、真の詩人の恣意は〈素材〉の中で作用するとベンヤミンは説明している。〈形式／素材〉の区分は自由な形式で書かれている文学作品の場合には、必ずしも明確ではないが、ベンヤミンの初期ロマン派解釈では〈形式／素材〉が〈反省〉の冪級数化と関係していることを想起する必要がある。〈思考の思考〉としての〈反省〉とは、最初の段階の〈形式〉が次の段階の〈素材〉へと〈変形〉されていくことである。この法則は基本的に文学作品にも当てはまる。超越論的ポエジーの描出形式としての〈小説〉の特性の問題と重ね合わせて典型的な図式を考えると次のようになるだろう。

小説の展開のある段階で内容〔素材〕Aについて主体Bが語っている形式Cが成立しているとすると、次の反省段階ではより高次の主体DがBの語っていた内容〔素材〕Cについて形式Eによって語り、そして次にはDより高次の主体Fが……と続いていく。《ルツィンデ》の場合がそうであったように、Aが省察的内容、Cが手紙形式であったのに対して、Eが随想兼序文形式というように具体的な描出形式の変化も伴ってくる。描出形式の変化としては、この他にも主語、人称、話法の変化や引用なども考えられる。つまり小説という全く無規則的な文学の形式についてもそれが伝達を前提にした言語による描出活動である以上、各段階ごとに自己制限としての自己形式化の法則が働いているはずである。形式CからのEへの〈変形［a］〉は、語る主体がBの位置にある限り予期し得ないものであり、必然性はないはずであるが、逆にDより先の主体Fの位置においては［a］の根底に何らかの理性的法則が働いていることが観察されるはずである。逆にそうでなければFはDより高次の反省段階とは言えなくなる。もちろん小説以外のジャンル、特に韻文では思考の形式と具体的形式がはっきりリンクしながら変化するとは限らないし、また《ルツィンデ》のようにかなり意図的に〈主体〉の変化と〈形式〉の変化をリンクさせたものは小説としてもかなり稀な例であり、通常、変形は中和されて、明確に浮き上がってくることはない。ただ基本的考え方としては、何らかの〈形式〉を恣意的に（より高次の主体から見れば〈客観的法則に基づいて〉）構築することによって〈自己制限〉が起こると考えられる。この場合、高次の主体といっても絶対的主体により接近した主体という意味ではなく、前の段階の主体を距離を取って見ているということである。究極的な視点は与えられないが、その都度次の段階の主体によって（相対的な）法則性が発見されていく。

したがって恣意的でありながら法則的であるというイロニーの逆説的性格[14]を十分に承知していないと、恣意的に自己否定したつもりが逆にネガティブな意味で〈自己制限〉されてしまうことになる。創作もしくは思考では、自己創造（熱狂）→自己否定（恣意）→自己制限（理性）→自己創造（熱狂）→……という螺旋状の運動が常に起こっている。そこにはベンヤミンの言う原型的な詩においてはまだ意識されていないレベルでの対象への没入と、法則に則った意図的な操作とが矛盾せずに同時に働いているはずである。

美しく、ポエジー的で、理想的な素朴さは、意図であると同時に本能でなければならない。この意味での意図の本質は自由である。意識は意図にはまだはるかに隔たっている。……意図は必ずしも深い計算や計画を要するものではない。ホメロスの素朴は単なる本能ではない。少なくともそこには愛らしい子供や無邪気な少女の魅力と同程度の意図がある。彼自身には意図がなかったとしても、彼のポエジー、そしてその本来的作者である自然には意図がある。[15]

作者もしくは主体の意識を超えた〈意図 Absicht〉は〈よりよく理解すること〉とも密接に関わる問題である。自然が真の作者であるという言い方はいかにも神秘主義的な響きがするが、ベンヤミンに即して解釈すると、自然の意図とは個別の、作者を超えて作品の中に働いている客観的法則性としての意図であると見ることができる。つまり作者であるホメロスが創作に当たって反省的思考を行っているか否かには関係なく、たとえ彼が素朴に作品に没入していたとしても、彼の制作は形式的に見て何らかの客観的法則性に依拠しているはずである。そのような客観的法則性をホメロス自身が意識していなかったとしても、それを創作主体としてのホメロスを超えた〈意図〉の現れとして別の〈主体〉が〈理解する〉ことは可能である。ホメロスの創作を他の主体が観察し、それを更にまた別の主体が観察して……とホメロスを通して現れた〈(自然の)意図〉の読み取りは無限に多様化していく。

このようにベンヤミンをガイドラインにしてイロニー概念に関連した断片を読んでいくと、純粋主観主義や無制限的主観性というのは恣意性のみを強調した一面的な見方であり、描出形式に即した客観的法則性に拠っている点も同時に視野に入れねばならないことが分かってくる。ベンヤミンのほか、彼のロマン派解釈を継承するボーラーやメニングハウスもこれまで前者の見方のみが誇張されてきたとし、後者の側面からイロニー概念を再評価すべきだと主張している。[16]

シュレーゲルにとって〈真面目と戯れ〉の中間状態としてのイロニーの性格を代表していたのはソクラテスのイロニーである。

ソクラテスのイロニーは唯一、徹底的に非恣意的でありながら、同時に徹底的に熟慮された偽装(Verstellung)の術である。それを装う(erkünsteln)こともそれを暴露してしまうことも同様に不可能である。それを所有していない者にとってはあからさまに打ち明けられた後でも謎のままである。ソクラテスのイロニーはそれを欺瞞と見做す人、世間全体を馬鹿にするという大きな茶目っけに喜びを見出すような人、あるいは自分たちも当てつけられていると感じて不機嫌になってしまうような人たちを除いて誰も欺くことはない。その内では全てが戯れであると同時に全てが真面目であり、全てが正直で開けっ広げであると同時に、全てが深く偽装されている。……それは制約されないものと制約されているもの、完全な伝達の不可能性とその不可欠性との間の解消しがたい対立の感情を含んでおり、そのような感情を刺激する。それは全ての許可証のうちで最も自由なものである。というのは、それを通して、我々は自分自身を超えることができるからである。しかしそれはまた最も法則的である。というのは、無条件に必然的だからである。調和のとれた平凡な人たちはこの恒常的な自己パロディーをどう扱ったらよいか全く分からず、繰り返し新たに信じたり信じ損なったりして、ついにめまいがして、戯れを真面目と、真面目を戯れと取るようになってしまう……。▼17

感情のレベルでの〈制約されていないもの／制約されているもの〉、あるいは〈伝達の不可能性／伝達の不可欠性〉の解消しがたい二項対立は、これまで見てきたようにシュレーゲルの哲学をシェリングのそれと隔てている重要な分岐点である。〈制約されていないもの〉は〈制約されている自我〉によって概念的に把握されることはなく、〈感情〉として現れてくるだけである。しかし〈制約されていないもの〉は概念では言い表されないとしても、それは概念的言語の中に常に外部から介入してくるだけではなく、構想力が既にそれを描出するように働いている。したがって〈制約されていないもの〉の描出は必然的であるが、その一方でそれを〈悟性的〉な形で把握し〈伝達〉するのは不可能である。〈制約されていないもの〉の描出は、必然的にアレゴリー（多義）的になる。

〈ソクラテスのイロニー〉の特徴である〈偽装の術〉は、〈制約されていないもの＝絶対者〉のアレゴリー的な描出と関わっているが、このことについてフランクは〈イロニー〉と〈アレゴリー〉のそれぞれの元になっているギリシア語に遡って二つの言葉の意味上の類縁性を指摘している。〈イロニー〉の元になった〈eironeia〉には、偽装（Verstellung）、知っていないような外観（Anschein von Unwissenheit）、茶目っけ、深そうに見せること、偽善など、シュレーゲルが断片の中で使っているような意味がもともと含まれている。これに対し〈アレゴリー〉の元になった〈allegorein〉という動詞は、〈allos 異なった、他の〉という形容詞と〈agorein 広言する、言う〉という動詞からなる合成語で、〈実際に言っているように見えることとは異なることを言う〉という意味になる。[18] つまり、どちらも文法的な意味として文字通り語られたこととは異なった意味内容が〈語り〉の中に含意されている状態、言語哲学的に言えば〈意味されるもの／意味するもの〉、あるいは〈描出するもの／描出されるもの〉の間の〝ずれ〟が生じている状態を指している。[19] 描出形式について言えば、ソクラテス的イロニーの〈偽装〉は見かけ上の形式を超越してその形式に従って理解される意味とは異なった意味を暗示することによって新たな客観的法則性への展望を開くことになる。更に言えば、それは〈概念的に把握できないもの〉にまなざしを向けさせることである。リュツェウムとほぼ同時期の断片に、「パロディーは本来的に冪級数化そのものであり、イロニーは端的に言って無限に向かっていくべきものの代替物である」[20] という表現がある。〈イロニー〉は〈自己パロディー化〉という〈戯れ〉の外観を取りながら、一方で描出形式を超出する〈無限なもの＝制約されていないもの〉を常にアレゴリカルに指示するという極めて〈真面目〉な営みに従事させる。

シュレーゲルの理解によれば、ソクラテスは対話の参加者をして真面目になって真の〈知〉に向かわせるために、〈戯れ〉てみせることつまり〈語られていること〉の意味を相対化し、ズラしていくことを必要としたのである。これは〈戯れ〉をあくまで相手を〈対話〉に誘い込むための便宜的な手段と考え、ソクラテスの対話の本質は事物をより厳密に規定していこうとする徹頭徹尾〈真面目〉な哲学的態度にあると考えたヘーゲルと全く対照的である（この問題は第VI章第二節で更に詳しく扱う）。シュレーゲルのイメージしたソクラテスのイロニーは、次第に真面目へと推移していくような性質のものではなく、戯れていることで〈無制約的なもの〉をより豊かに描出する運動なのである。[21]

このように見てくると、シュレーゲルの言っている〈ソクラテス的イロニー〉というのはソクラテスという一人の偉大な哲学者が彼以外の人間をして己の無知を知らしめるために利用した〈技術〉であるに留まらず、むしろソクラテスという個人を超越した言語活動そのものに含まれる法則性の現れであるように思われる。「哲学の本来的な故郷はイロニーである」という有名な一文で始まるリュツェウム断片で、彼は修辞学的なレベルのイロニーとソクラテス的イロニーの本質とを明確に分けて論じている。

もちろん修辞学的イロニーというものもあって、それは控え目に使用すれば特に論争において優れた効果を及ぼす。だがそのようなイロニーはソクラテス的詩神の崇高な洗練に反する。それは最も絢爛な雄弁の壮麗さが高度の様式を持つ古代悲劇に反するようなものである。ポエジーのみがそうした修辞学的イロニーの側から哲学の高みにまで上昇することができる。ポエジーは修辞学とは異なり、イロニー的な言い回しによって基礎付けられているようなものではない。全体として至る所でイロニーの神的な息吹を呼吸しているような詩の作品は古代にも近代にもある。それらの内には真に超越論的な喜歌劇性がある。[22]

哲学がイロニーの本来的故郷であると言えるのは、シュレーゲルにとって哲学もイロニーもともに徹底的に超越論的であることを特性としているからである。《イエーナ講義》の冒頭で、〈哲学〉とは〈知の知〉であると定義されていることに示されるように、シュレーゲルは哲学を徹底した自己反省的（超越論的）な営みと見ている。自己反省が徹底して、自己の立脚点までも否定していく運動がイロニーによる戯れである。喜歌劇性（Buffonerie）はイロニーの外的形態であって、内側では徹底した超越論的反省が行われている。修辞学的イロニーとは、ソクラテスの同時代人のソフィストたちが用いた〈エイロネイア〉がそうであったように、言語表現として〈偽装〉の形式を備えてはいても真の自己反省の契機にはなっていないものと考えられる。つまり部分的イロニーである。外的表現としての喜歌劇性と内面での超越論的反省の姿勢とが一致して超越論的喜歌劇性を生むのは超越論的ポエジーだけである。逆に言えば、哲学が[自己創造─自己否定─自己制限]のバランスのとれた真の哲学になるには、ソクラテス個人によって操作される言葉遊びの次元を超えて〈詩神〉によって導かれるポエジー的反省が進行している必要がある。本来的なイロニーの中での彼の言語活動は〈他者性 Andersheit〉を帯びたものである。[23]

b　言語の他者性とイロニー

《理解不可能なことについて Über die Unverständlichkeit》の中でシュレーゲルは、雑誌《アテネウム》の理解しにくさ＝非・悟性・性（Unverständlichkeit）は主にイロニーに起因しているとした上で、優れたイロニーの種類を列挙している。[24] そこには様々な事物の本性の内に見出される〈加工されていないイロニー〉、〈繊細なあるいはデリケートなイロニー〉、〈超繊細なイロニー〉、……劇作家が三幕目まで書き終えた時点でもう一人の人物が生まれてきて、あと二幕書かねばならなくなるような場合の〈劇的イロニー〉、〈二重のイロニー〉などが挙げられているが、更にシュレーゲルはこれら各種のイロニーの最高形態を

〈イロニーのイロニー〉と呼んでいる。

……イロニーが至る所で繰り返し現れるためにイロニーにうんざりするようになった状態こそが、最も完璧なイロニーのイロニーである。しかし我々がここでイロニーのイロニーとして理解されるものを知ろうとする時、それはいろいろな形で現れる。たった今がそうであったようにイロニーについてイロニーなしで語る場合。イロニーをもってイロニーについて語りながらまさにその時にもう一つのより顕著なイロニーに入り込んでいるのに気が付かない場合。この理解不可能なことについての試論がまさにそうであると思われるが、もはやイロニーから抜け出せないような場合。イロニーが手法になってしまって詩人をいわばもう一度イロニー化してしまうような場合。自分の在庫の見積もりをしないで余計なポケット版を約束してしまって、まるで腹痛を抱えている役者のように悶えながら意志に反してイロニーを生み出そうとしている場合。イロニーが荒れ狂ってもはや制御できない場合。どんな神々がこのようなイロニーから我々を救い出すことができるだろうか？[25]

シュレーゲルは〝自分がイロニー抜きでイロニーについて語ろう〟としている事態がまさに彼のイロニー論から見て皮肉な事態であることを発見し、そのことをこの試論の中に書き付ける。逆に〝自分がそのことを書いているのはイロニーである〟と意識して書けば、更にその事態をイロニーと意識する自分がいて……という風に無限に自己言及し続け、〝《理解不可能なことについて》を書いている著者シュレーゲル〟はイロニーから抜け出せなくなってしまう。そもそも〈理解不可能なこと〉＝〈伝達不可能なこと〉について伝達し、読者に理解させようとしていること自体があまりにもアイロニカルな試みである。人為的に作り出されるはずのないソクラテス的イロニーを出版のために無理やりでっち上げようとしているシュレーゲルの行為もイロニーである。このように続けていくと無限に堂々めぐりしてしまうが、考えることの意味、あるいは書くことの意味について〈伝達する〉ということに含まれている根源的な逆説的構造（無限の二重化）を表面に出しているエクリチュールには、このように〈戯れ〉を自己増殖させていく作用がある。これは本来的には言語活動全般に含まれている〈戯れ〉であり、言語を使っている主体が詩人であるかないかに関係ないはずである。違いがあるとすれば、自己差異化していく〈戯れ〉の法則にどれだけ親しんでいるかの、その度合いであろう。シュレーゲルは《理解不可能なことについて》において〈自分自身がイロニーの中に入り込んで書いている〉状態を描出してみせることで〈言語〉の根底にあって世界を支えている〈理解不可能なもの〉をアレゴリー的に表現しているのである。理解（伝達）不可能な部分を隠蔽して悟性的な言語態を表に出すことで伝達と理解とが一応可能になっているのである。イロニーは我々の世界把握の根底にある〈理解不可能なもの〉の自己増殖運動に気付かせる方法と見ることもできる。

言語そのものに含まれる〈理解不可能なもの〉の〈伝達の不可能性／伝達の不可欠性〉の対立から生じてくるイロニー現象を端的に描出した初期ロマン派の言語論の例として、フランクはノヴァーリスの《独白 Monolog》（一七九八）を挙げている。このごく短い文章では、語る主体にとっての言語の無意味性が独白という形で綴られている。

それは話すことと書くことをめぐる愚かしさである。真の対話は単なる言葉遊びである。人には考えがあるのだと思ってただ驚嘆するのは滑稽な誤りである――人は物のために話しているのである。言語が自己自身にのみ関わっているというまさに言語に固有の事象を誰も知らない。それだからある人が話すためにだけ話す時、彼が最も偉大にして独創的な真理を言表しているのだということは非常に驚嘆すべき、生産的な秘密なのである。彼が何か特定のこと（etwas Bestimmtes）について話そうとする時、おどけた調子の言語は彼に最も滑稽で最も倒錯したことを言わせている。そこから真面目な人がしばしば言語に対して抱く憎しみも生じてくる。そういう人たちは言語の悪ふざけには気付いているが、軽蔑調のおしゃべりこそが言語の無限に真面目な側面であることには気付いていない。言語は数学の公式と同じようなものであることを人々に把握させることができたとしたら――数学の公式は自己にとっての世界を形作っている――数学の公式は自己自身とのみ戯れ、自己の驚異的な本性のみを表現し、まさにそれ故に表現力に満ちていること――まさにそれ故に数学の公式の内に風変わりな物の関係の戯れ（Verhältnisspiel der Dinge）が反映されている。その自由を通してのみこれらは自然の構成要因であり、その自由な運動の中にのみ世界霊が自己を表現し、これらの公式を物の柔らかな尺度、輪郭にしているのである。言語についてもそうである――言語の運指法、言語のタクト、言語の音楽的精神についての繊細な感情を持ち合わせている人、自己の内に言語の内的本性の柔らかな働きを感じ、それに従って自らの舌と手を動かす人は予言者となる。しかしその逆にそのことをよく分かっているが、そのための十分な耳と感覚を持たない人はそれと同様の真理について書くであろうが、言語自身によって翻弄され、カッサンドラがトロイ人にそうされたように人々から嘲られるであろう。これによって私はポエジーの本質と役割を最も明確に申し立てたと思っているが、同時に私はいかなる人もそれを理解しないこと、自分が馬鹿げたことを言ってしまったことを知っている。なぜなら、私はそれを言おうと欲していたが、それに伴っていかなるポエジーも生まれてこなかったからである。

しかし私が語らねばならないとしたら？　そしてこの話そうとする言語衝動（Sprachtrieb zu sprechen）が私の内での言語の霊感、言語の効果の指標であったとしたら？　そして私の意志が私がなさねばならない全てのことを欲しているだけであり、そのことが最終的に私が知らないでそう思ってもいない間にポエジーとなり、言語の秘密を理解可能にするものであるとしたら？　そしてもし私が召命された作家であるとしたら、作家とはただ言語の霊感に動かされている者ではないだろうか？[26]

この〈独白〉はソクラテス的イロニーの戯れを言語の問題として更に徹底したものと考えられる。自己あるいは他者が〈話す〉または〈書く〉という行為を営むのは、何らかの〈物〉を対象として〈話す〉または〈書く〉ことであると考えられている。つまり人間の言語活動は現代言語哲学のタームで言えば〈志向性がある intentional〉[27]と通常理解されている。しかしシュレーゲルやノヴァーリスの徹底した観念論哲学にあっては、〈物〉というのは存在として定着することはなく常に生成の中にあるものである。〝存在し（定立され）ていない〟はずの〈物〉が〈物〉として一応把握されているのは、〈概念〉を通して有機的に構築されている言語の体系の中に取り込まれているからである。実体としての〈物〉が問題にならない以上何か〈特定のこと〉＝〈規定されたもの〉を語るということは、〈言葉〉を〈言葉〉で規定することでしかない。[28]〈語る主体〉が自分ではその〈物〉を実体として概念把握しているつもりでも、裏を返せばそれは〈言語体系が自己自身と関わっている〉ことにほかならない。〈志向性 Intentionalität〉の内にも言語の自律的性格が深く食い込んでいる。それが言語と思考についての驚嘆すべき秘密である。

言語の自己言及的な性格は数学の場合と極めて類似している。数学の公式は一応何らかの実体的関係の写像であるという前提に立っている。しかし数学の〈全体〉は現実から独立した〈世界〉を形成しており、各記号に対応する実体のことを考慮に入れないでも式によって表現されている記号と記号の関係のみで定理が導き出され、自己展開する。もちろん数学的操作を行っている主体を想定することは可能だが、どのような主体を想定しても、世界内の規則に従っている限り公式間の相互関係は常に同一であるはずであるから、〈志向性〉よりも〈記号体系の自律性〉の方が優勢であると言わざるを得ない。数学に造詣の深かったノヴァーリス[▼29]は、数学の世界との類比で〈自律化した言語現象〉を捉えているのである。フランクは、〈言語〉が〈現実〉とは独立した〈世界〉を形成しているという発想はヴィトゲンシュタインの《論理哲学論考 Tractus Logico-Philosophicus》(一九二二)に通じるものであるとしている[▼30]。

《独白》は言語体系の自律性の問題に加えて、言語の戯れつまり〈差延〉の問題も示唆している。それは〈話そうとする言語衝動〉のパラドクスである。言語の内的本性のリズムに乗って語ればその語りは〈(真の)ポエジー〉となるが、その規則を知っているだけで、リズムに乗っていなければカッサンドラの運命となる。〈私がそれを言おうと欲した ich habe es sagen wollen〉のである限り、つまり〈語る主体〉の志向性が言語の自律性を圧迫している限り〈ポエジー〉は生まれない。根源的ポエジーは言語の内的本性の現れだからである。ポエジーであるには〈私が語らねばならない ich reden ... mußte〉ような状態、即ち言語の自律性に従って語っているような状態になっている必要がある。しかし〈私の意志が欲している〉という事態は、実はその根底においては〈私が語らねばならなかったこと〉であるかもしれない。それは〈(私の)志向性〉自体が〈言語の自律性〉に依拠していることを意味する。私自身が言語の内部で思考している以上、それを否定する根拠はない。もしそうであれば、私は自分でも知らないうちにポエジーを創作していることになる。フランクはこれをシュルレアリスムの〈無意識的なものの意図的生産〉のパラドクスを先取りした発想であるとしている[▼31]。ノヴァーリス自身断片の一つで「……全てのポエジーは活動的な観念連合（Ideenassociation）に依拠している――即ち自己活動的、意図的、理想的な偶然の生産に依拠している――（偶然の――自由な連鎖 freye Catenation）」[32]であると述べている。これはシュレーゲルの言っているホメロスを超出した〈意図〉の問題、ベンヤミンの指摘する客観的法則性と恣意性の問題と同じレベルの議論である。

ポエジーの根源的な戯れから生じてくる言語哲学的パラドクスの現象を、ノヴァーリスはシュレーゲルの〈イロニー〉（より正確には〈イロニーのイロニー〉）とほぼ同じ意味で〈フモール Humor〉と呼んでいる。[33]要するに初期ロマン派にとって〈イロニー（のイロニー）〉もしくは〈フモール〉とは、言語の中で生成しつつある世界霊を描出するために言語活動の逆説的性格を浮かび上がらせる意図的な操作である。自律的な言語の戯れに意図的に身を委ねていくイロニーは、いわばドイツ観念論の絶対知の発想に代わる、初期ロマン派の新しい知の形態を表していると考えられる。

c　機知の創造性

ロマン派的な新しい知の形態としてのイロニーと並んでしばしば言及されるものに〈機知 Witz〉がある。現代ドイツ語で“Witz”は〈笑いを誘う話〉という意味で用いられることが多いが（英語の“joke”に相当）、アイヒナーはシュレーゲルらの“Witz”は、十八世紀に支配的であった〈鋭敏な感覚〉（英語の“quick wit”、ドイツ語の“Scharfsinn”）という意味に取るべきであると指摘する。この意味での〈機知〉はロックやヒュームが既に哲学用語として用いており、一般的に類似性を発見し、観念を結合する能力として理解されてきた。[34]ロックは〈機知 wit〉は素早さ（quickness）を特徴としているが、それによって見出される観念結合は隠喩（metaphor）や引喩（allusion）の性格を持ったもので、厳密な関係にはなっていないとネガティブにしか見ていなかった。[35] これに対して概念構築の絶対的な根拠を認めずポエジー的な知の在り方が哲学的な知より本質的であるという前提に立っていたシュレーゲルやノヴァーリスは、機知に含まれる恣意的結合の法則をむしろ積極的に評価した。シュレーゲルはリュツェウム断片で「機知は論理的社交性である」[36] としており、ノヴァーリスも「意味をなしておらず、下等で、生のままで、醜く、野蛮なものは機知を通してのみ社交能力を持つようになる。それはあたかも機知のためにだけそうなっているようなものである。その目的規定は機知である」[37]、「親和性の原理（Prinzip der Verwandtschaften）としての機知は同時に、普遍的な接着剤（das menstruum universale）でもある」[38] と、機知の観念連合・意味産出的作用を暗示している。見方によっては、機知とはカントの〈先験的総合〉をその厳密な概念規定から解き放ってポエジー的反省の体系に取り込んだものとも考えられる。[39]

《哲学の発展》での定義によると、機知は統一性と充溢に対して、類似性（Ähnlichkeit）と差異性（Verschiedenheit）の両面で関わりを持っている。機知によって結び付けられている二つの対象が隔たっていればいるほど、機知の作用がより高度かつより結合的（kombinatorisch）に現れていると考えられる。

知、あるいは一般的に他の全ての活動との関係について見た場合、機知とは通常互いに全く独立で、異なり、分離されている対象間に類似性を発見し、最も多様なもの、最も異質なものを統一性へともたらす能力、即ち結合的精神（kombinatorischer Geist）と呼ぶことができる。全体として機知は良心と同様に一般的な能力であるがこの高次の意味においては誰にでも該当するような素質ではない。それこそが一般的に諸学が貧困であると思われる理由である。というのは、結合的精神こそが諸学、特に哲学に豊かさと充溢を与えるからである……。[40]

機知というと学的な知とは対極の知の形式であるように思われがちだが、シュレーゲルはその発想を逆転させていわゆる厳密な学問における概念と概念の有機的な関係も元を辿れば機知によって見出され、論理的に統一されたものであると考える。論理の必然性に従って精神の運動が展開すると考えるヘーゲルと対照的に、シュレーゲルの弁証法では機知による恣意的な結合によって対象相互の関係を規定する論理そのものが産出される。学問の豊かさはいかに新しい結合法を見出すかにかかってくる。機知の恣意性は構想力に基づくポエジーの特性であり、そこから概念的知とポエジー的知の根源的同質性を窺うことができる。

機知が学的創出性の原理であるというのは、既に述べたこと即ち機知が徹底した戯れの活動であり、構想力の変形に過ぎないと述べたことと矛盾するように思われる。しかし戯れの活動は高次の意味においては学的なものという概念と矛盾しない。逆に戯れの活動は全ての高次のものを自由の内に定立するのであるから、それは規定されたもの、規則、形式、方法よりも優位にある。機知の学的な関係を方法と混同してはならない。方法とはもちろん徹底して必然的なものであり、その最高の厳密性において優れたものである。しかしそれが適用される以前にそれが準拠すべき観念、原理が予め与えられていなければならない。全ての方法に先立つ第一のものが必要である。最初の観念は方法に拘束されるものではあり得ない。現実においても最良・最高の観念は多くの場合、常に思いつきや全く偶然の産物である。[41]

機知による恣意的な思いつきの方が学の〈方法〉に先行している以上、〈方法〉に従って概念の厳密な体系を立てたとしてもその最も根底にあるのは偶然ということになる。その点に注目すると、知とは本来的に断片的な観念群が機知の結合作用によって集積されたものであり、その結合法則自体は無数に創出され得る。したがって唯一の普遍的な知の体系は考えられないのである。シュレーゲルやノヴァーリスが文学の新しいジャンルとして〈断片 Fragment〉を用いた理論的根拠は、この〈機知〉の思想にあると言ってよい。彼らは単に未完のまま散逸してしまった文章の〝切れ端〟を意味する“Bruchstück”とは区別して、意図的に他の文脈から寸断され自己完結した形態の文章として〈断片〉を執筆した。[42]リュツェウム断片に「機知とは無制約的に社交的精神、あるいは断片的独創性である」[43]とあるが、この場合の〈断片的〉とは偶然の〈思いつき〉であるという意味とともに、〈断片〉という形式によって最も明確に表される性格のものであるという意味をも含んでいる。語っている主体、あるいは書いている主体にとってある一定の論理的一貫性を持って進行しつつあると思われるエクリチュールも、分解していけば機知によって結合された断片の集合体であることが判明する。

対話とは断片の鎖あるいは花環である。往復書簡は規模の拡大された対話である。回想録は断片の体系である。素材と形式の両面において断片的であり、全く主観的・個人的であると同時に客観的で全ての学の体系の不可欠の一部であるようなものはまだない。[44]

偶然の〈思いつき〉でありながら、あらゆる学問に不可欠の構成要素になっているような〈断片〉を〈意図的偶然〉として産出することが彼らの偉大な構想だったのである。

〈機知―断片〉のもう一つの側面は、結合とは逆の〈分解〉である。少なくとも文化の中にある人間は既に言語による伝達の体系の中で生きているのであるから、その限りでは、意識するとしないとにかかわらず既成の結合法則に従っていることになる。超越論的ポエジーの構想はある意味で既成のジャンルの枠組みを自己解体させ、ポエジーの新しいジャンルを産出していくことであり、この視点から機知による分解作用が注目される。

機知に富んだ思いつきは様々の精神的素材の分解現象である。それらの精神的素材は、突然の分離の前には極めて密接に混合されていたに違いないのである。構想力が自由なる社交性の摩擦によって電気を帯び、ほんのわずかの友好的ないしは敵対的接触の刺激によってさえも構想力からひらめく閃光、輝く光線、あるいは轟く衝撃を誘発することができるような状態に達するには、構想力はあらゆる種類の生によって飽和状態に達するまで充溢していなければならない。[45]

フィヒテの知識学を頂点として知の論理的体系化が理想とされたドイツ観念論の時代にあって、シュレーゲル、ノヴァーリスらは体系構築の可能性と同時に体系解体の契機を含んだ知の表現形式を求めたと言える。体系を持つことも体系を持たないことも精神にとって同様に致命的であり、両者の傾向を結合する必要がどうしてもある。[46] 単なる箴言(Aphorismus)ではなく〈断片〉という形式が採用されたのは、非体系化とでも言うべき逆説的なものを、イエーナのグループが理想体として追求したためだとも言える。このこととの関連で、次に初期ロマン派が構想した〈大きな未完の作品(=超越論的ポエジー)〉としてのテクスト構築に向けての理論を概観しよう。

VI 〈テクスト〉構築の意味

一 連続体としてのテクスト

a 作品と批評の関係

ベンヤミンは、《ドイツ・ロマン主義における芸術批評の概念》の序論で、彼がこの論文で扱うのは芸術批評の歴史ではなく、〈芸術批評という概念の歴史 Geschichte des Begriffs der Kunstkritik〉であると断っている。[1] その場合の批評とは、単に芸術（文学）作品を論評したり、注解を加えたエクリチュールを指しているのではなく、作品自体と批評とがどういう関係にあるのかについての哲学的視点からの考察を含む批評を指す。反省理論の視点から見れば、〈作品〉（＝素材）について〈批評する〉という自己の営み（＝形式）についての反省の契機を含んでいる〈再帰的〉な性格の批評である。このような性格の批評はイエーナ・ロマン派が残した多くの文学批評のうちでもごく限定されたものであり、ベンヤミンはA・W・シュレーゲルの批評実践は彼の弟の考えていた批評の概念とはほとんど関係なく、Fr.シュレーゲル自身でさえその理想を全面的に展開し得たのは《ゲーテのマイスターについて》だけであろうと述べている。[2]

第V章第一節で見たように、シュレーゲルは《マイスター》のような優れた文学作品は自己自身について論評（beurteilen）かつ描出するとしている。またノヴァーリスは、自らの内に、〈書評 Recension〉を含んでおり、故に書評を必要としない〈本〉があると述べている。[3] これは見方を変えれば作品自体の内に本来的に自己反省＝批評的性格が備わっているべきであるということを意味する。ロマン派が問題にしている芸術（文学）作品を媒体とした〈反省＝再帰〉の主体は、〈芸術（文学）的形象物〉自体である。〈形象物についての反省〉というのは〈形象物を超えたところでの反省 Reflexion über ein Gebilde〉であり、形象物を変化させることはできない。より本質的な運動とは、〈形象物の中での反省 Reflexion in einem Gebilde〉である。[4] しかしその場合、外部からのコメントは非本質的な批評ということになり、[5] シュレーゲルが実際に《マイスター》について批評していることにはどういう意味があるのかという疑問が生じてくる。

この点を理解する鍵としてベンヤミンは、《マイスターについて》が《アテネウム》に掲載された後シュレーゲルがシュライアーマッハー宛ての書簡の一文で「有り難いことに、君は私の超マイスターをめぐるイロニー（Ironie um Uebermeister）を分かっているようだ……」[6] と、〈Ueber Meister マイスターについて／マイスターを超えて〉という表現で言葉遊びしていることを指摘する。文字通りに取れば、《ゲーテのマイスターについて》は、《マイスター》について何らかの説明を付加しようというものではなく、《マイスター》を超えた一個の文学作品ということである。

問題は〈超えて〉いるということの具体的な意味である。無論外部にあって超越しているということではない。ベンヤミンによれば、反省の運動の中でより高次の位置にあるという意味で〈超えて〉いるのである。

ある形象物の批判的認識は、その形象物の中での反省と見た場合、その形象物に対する意識から自立的に生じたより高い段階の意義であると言える。批評の中での意識の上昇は無限である。批評とは即ちその中で個々の作品の制約性が方法意識的に芸術の無限性に関係付けられ、最終的にその無限性の内へ移行していく媒体である。というのは、芸術はそれ自体の本質から分かるように反省の媒体として無限だからである。▼7

既に見たように、初期ロマン派は個々の作品、個別のジャンルを超えたポエジーのイデアとしての〈超越論的ポエジー〉の生成の軌跡とその本質を理論的に基礎付け、それを基に〈新しい神話〉を生み出すことを目標とした。その全体的プロセスの中で〈批評〉は個々の作品に対して（反省の段階としては）より高い位置に立ちながら、作品が依拠している〈制約性〉をポエジー的反省の中で超越し、〈発展的普遍性ポエジー〉へと繋いでいく中間項と考えられる。その意味でシュレーゲルも「真の批評とは二乗された位置にある著者」であるとしている。▼8

ただしそのような媒体であるためには、批評は単なる作品の説明に終わってはならない。作品の内に見出される混沌の内から新たな反省の段階を創出していくもの、更に言えば、自体がポエジーとしての性質を持つものでなければならない。ノヴァーリスによれば、

真の読者とは拡大された著者である。彼はより低い審級（Instanz）で予め手を加えられた事柄を受容するより高次の審級である。著者が自らの書物の材料を精製する際の媒介となった感情は、読者に対

しても再び本の中の生のものと形成されたものを分離する働きをする——そして読者が自分の観念に従って本を加工するとすれば、第二の読者は更に一層精錬することになるだろう。[9]

つまり最終的には〈作品〉とその〈批評〉という特定の従属関係が止揚され、批評自体が二乗化され〝新たな文学作品〟になっていなければならない。〈批評されるもの〉としての作品が反省の第一次に位置していると考えれば、〈批評するもの〉としての第二次の作品は一次の作品を支配している形式を素材として自己の内に取り込む形になる。〈批評されるもの／批評するもの〉の間の［形式→素材→形式→素材→……］の無限の連鎖によって普遍性ポエジーが自己増殖し続けているのである。逆に言えば、一人の著者によって書かれた独立の個体と思われてきた文学作品が実は全体の反省運動の生成の一コマとして過去のいくつかの作品の批評として成立したものと見ることが可能になる。シュレーゲルの〈新しい神話論〉の帰結として、自己完結した空間を形成しながら同時に〈全体〉に向かって開かれている新しいテクストが必要になる。そのような本歌取り的な構造を隠蔽してしまわず、自己言及的に明示する形式を取ったテクストは現代文学ではさほどめずらしくないが、シュレーゲルはそうした連続体としての作品のモデルとしてゲーテの《マイスター》を念頭に置いている。

周知のように《マイスター》では、自身が役者である登場人物たちの会話という形で、シェイクスピアの演劇、特に《ハムレット》についての批評が展開されている。シュレーゲルによれば、《ハムレット》に描かれている精神の動きは小説自体（＝《マイスター》）のそれと極めて類似しており、そこには、《ハムレット》の展開と小説の展開とがオーバーラップした構造が生まれている。[10] 逆に、《ハムレット》の側から見れば、戯曲としての《ハムレット》が生み出した様々なポエジー的反省の要素が《マイスター》の登場人物、殊にヴィルヘルムの理解を通して、新たな意味を与えられているわけである。更にその理解を踏まえた上での彼の生き方が小説の本筋として展開することで、《ハムレット》という作品が二乗化された形になる。つまり［《ハムレット》→《マイスター》］の関係は（シュレーゲルの）ポエジー的反省の理論から見た理想的な〈作品〉と〈批評〉の関係になっていると同時に、シュレーゲルが〝現に〟構築しようとしている［《マイスター》→《マイスターについて》］関係のモデルにもなっている。《マイスターについて》の中でシュレーゲルは、《マイスター》の内部のハムレット批評がそれ自体として一つの作品を形成している状態について以下のように述べている。

この巻（第四巻）と第三冊の最初の巻（第五巻）に散見するハムレットについての見解は、批評というよりは高度のポエジーである。一人の詩人が詩人として一つの文学作品を直観し描出するのであるから、そこで生じるのは一つの詩以外の何であろうか。ハムレットについての見解がそのような域にまで達しているのは、それが推測や主張によって可視的な作品の限界を超越していることに主たる原因があるのではない。それはむしろ全ての批評の義務である。というのは、どのような種類のものであれ優れた作品は自分が語っている以上のことを知っており、自分が知っている以上のことを欲するのであるから。問題はむしろ目的と経緯の完全な相違にある。このポエジー的な批評は単なる碑文とは異なり、事柄の本質が何であり、それはそもそもどこに位置しており、かつどこに位置すべきなのかを語るだけに留まることはない。そのようなことだけなら必要な期間の間中ずっと全く脇目もふらずにその作品を自分の活動の中心に置いているような人間が一人いれば十分である。そのような人間が口頭や文書による伝達を好むのであれば、彼に対して基本的に単一不可分でしかあり得ない認識を長々と展開してみせる楽しみを許容してやってもよいだろう。本来の性格描写はそのように生じてくるものである。これに対して詩人・芸術家は描出されているものを新たに描出し、既に形象化されているものをもう一度形象化しようとするだろう。彼は作品を補完し、若返らせ、新しく形態化する。彼は全体を各構成部位、単位、部分に分割するだけで、決して作品全体との関連においては既に死んだ状態にあるような根源的要素にまで分解することはない。なぜなら、そうした根源的要素はもはや全体と同種の統一体を含んではいないからである。もっともこれらでさえも宇宙との関連では生きており、その構成部位、単位ではあり得るのだが。普通の批評家は自らの芸術の対象をこのような構成要素に関連させるため、不可避的に生きた統一体を破壊し、対象をある時はその元素にまで解体したり、ある時は対象がより大きな単位の原子と見做すことになってしまうのである。▼11

シュレーゲルはこの箇所で単なる〈性格描写 Charakteristik〉の域に留まる批評とポエジー的な批評を明確に区別している。▼12 単なる〈性格描写〉とは、彼の表現に沿って考えれば、この作品を通じて著者が訴えたいのはこれこれこれの点であり、そのことが何ページのこれこれの文章に適切に表現されており、キーワードはこれこれで……といったように内容を細かく列挙していき、その間に自分の賛同的ないし批判的な意見を挿入していくようなタイプの書評である。あるいはそれとは逆に、大きな歴史的伝統・傾向（＝より大きな単位）の中でその著作を位置付けるようなタイプの書評もこれに含まれよう。シュレーゲル自身の著作のいくつかをも含めてこの時代に〈性格描写〉と呼ばれるものはそうしたポイント整理的な文章、いわば碑文的なものが多かったが、そのような批評にそれなりの価値があるとしても、自分自身が芸術家である批評家は、あまりにも細かく分解したり、全体へ還元してしまうような批評は行わない。アテネウム断片に「ほとんど全ての芸術論評はあまりに一般的であるか、あるいはあまりに特殊的である。批評家たちは詩人たちの作品の内にではなく、自らが生み出したものの内に美しい中心を見出すべきである」▼13とある。

問題は〈美しい中心〉をどうやって見出すかであるが、それは現実に書かれたものとして成立している作品の限界を無視して恣意的に外部から推測や主張を付け加えて、この作品のこの箇所はこういうことを言いたいはずだ……というような批評とも異なる。「既に形象化されているものをもう一度形象化する」という表現は抽象的で分かりにくいが、ベンヤミンはこれを芸術作品の中に潜在している反省の冪の上昇と解釈している。

詳細な観察を通じてシュレーゲルは主人公の形成において様々な芸術のジャンルが果たしている役割の中に一つの体系性が隠された形で暗示されているのを見ようとする。その体系性を明らかな形で芸術全体（das Kunstganze）の内へと展開し、組み入れることが作品の批評の使命である。その際に批評が行うのはまさに作品自体の秘密の装置を明るみに出し、作品の隠匿されている意図を執行することである。作品自体の意味、即ちその反省において作品自体を超越し、絶対的なものにしなければならない。▼14

ポイントになるのは体系性ないしは意図が作品の中に隠されていることである。常識的に考えれば、詩人論（第二巻第二章）や音楽論（第二巻第十一章）、それに演劇論などを通して著者ゲーテが作品の内に仕掛けた体系性を解読し、それによってゲーテが言わんと欲している意図を理解することになろうが、これまで見てきたように、そうした隠された意図は必ずしも〝ゲーテが意図したこと〟に限られる必要はない。「作品は自らが語っている以上のことを知っており、自らが知っている以上のことを欲している」のであるから、批評家の位置にあるシュレーゲルが〈著者の位置にある〉ゲーテに対しても隠されていた意図を解読することは何ら不当ではない。《マイスター》への〈形成〉が《ハムレット》に対する批評であると見れば、ゲーテ自身が既に超出を試みていると言ってよかろう。主人公ヴィルヘルムは、役者は自分の役という観点から戯曲について判断すべきでなく、全体を通して著者が意図していることを先ず理解すべきであるという持論[15]からシェイクスピアの意図に沿った戯曲の解釈を試みる。オフィーリアの役柄をめぐってアウレーリエと議論している際、彼自身はあまりに全体の連関と完全性に意識を集中させていたため、彼女がオフィーリアと自分が現実に置かれている状況とを重ね合わせて語った言葉を純粋な解釈と受け取って、そのまま話を続けていくくだりがある。[16] この例に象徴されるように、《マイスター》の中には、《ハムレット》を、〈著者の意図〉に従って純粋に解釈しようとする位相と、小説としてのマイスター全体の形象化の過程で、《ハムレット》の〈隠された意図〉をより明確に展開しようとする位相とが並立しているわけであり、この二つの位相の間に〝二乗された形象化〟が行われていると考えられる。ゲーテ自身がそうした作品の中での反省の冪級数化を意図しているか否かにかかわらず、二乗化された著者の位置にあるシュレーゲルがその構造が暗示されていることを発見するのは可能である。[17] シュレーゲルは《マイスター》から世界のイロニー化や反省の法則……などの隠された体系性を読み取ったわけである。

　作品に含まれている隠蔽性は第Ⅳ章第二節で見たシュレーゲルの言語観によれば、著者自身が作り出したものというより言語活動の根底にある根源的な理解不可能性もしくは混乱に由来すると考えるべきである。したがって、現に思考している主体としての著者自身ではなく、むしろそれを上から見ることのできる批評家の視点からでなければ発見できないのである。シュレーゲルはシラーの主宰する雑誌《ホーレンHoren》に掲載した《ヴィルヘルム・マイスターにおけるウィリアム・シェイクスピアについてEtwas über William Shakespeare bei Wilhelm Meister》（一七九六）という書評で、やはり《マイスター》のハムレット論との関連で、〈美的注釈の術ästhetische Auslegungskunst〉とは創造的作品の〈深く隠された〉意味を注釈し、引き出すことであると述べている。

即ち天才の作品の内には力のない不手際な芸術家の混乱とは完全に区別されるある種の不可解性（Unergründlichkeit）がある。この不可解性は最も明晰な形で存立し得るものであり、自然の不可解性の場合と同様に内的な特有の生の無尽蔵性から生じてくる。[18]

作品に含まれる根源的な不可解性は批評によってある程度明確に規定することが可能であるが、批評自体が言語によって営まれている以上、新たに解明されるべき不可解性を生み出すはずである。《マイスター》では、《ハムレット》を純粋に解釈しようとするヴィルヘルムの目的を超出して、その解釈の経緯の中で詩人ゲーテによる創作が行われているのである。[19]批評は〈隠れた体系〉を発見すると同時に新たに〈不可解性〉を生み出す両義的な性格を持っている。一七九八年頃書かれた断片には、「自己自身に対して理解不可能性と混乱の領域を定立することは精神形成における高次の、恐らくは最終的な段階である。混沌を理解する鍵は認識にある」[20]とある。

〈作品／批評〉の関係を〈素材／形式〉の関係として捉え直すと次のように考えられる。ゲーテは小説という〈形式〉（＝《マイスター》）を利用して《ハムレット》（＝それ自体の形式としては戯曲）という〈素材〉

について思考し、これに対してシュレーゲルは批評という〈形式〉によって「ゲーテ→ハムレット」関係を素材として思考していることになる。シュレーゲルの連続体的な批評観においては、批評の対象になるのは常に著者の主観的意図ではなく、作品の形式が依拠している客観的法則性である。《ギリシア文学研究》でシュレーゲルは、天才の創造性にのみ信頼を置き、明確な法則性や基準を持たない独断論的な従来の芸術批評に反発し、カントの三批判書による革命に相当する〈実践的かつ理論的な美の諸学の客観的体系〉の確立を通しての美的革命への展望を示唆しており、[21]《ホーレン》の論文でも、「芸術作品の効果を解明するのは心理学の仕事であって、批評家とは関係ない」[22]と、批評から主観性を排除する立場を示している。ノヴァーリスもまた「趣味だけではネガティブにしか論評できない」[23]と述べている。ポエジーはポエジーによってしか批評できないと言いながら、一方で客観的体系の構築を提唱するのは一見矛盾しているように思われる。しかし「既に形象化されているものを新たに形象化する」営みも「不可解性の中から深い意味を注解し引き出してくる」営みも、ともに超越論的ポエジーの媒体としての作品の（著者からの）自律性を理論的根拠としており、著者の〈天才性〉や〈意図〉は主要なメルクマールではあり得ない。彼らの批評理論は現代文芸批評〈（作品）内在的批評 immanente Kritik〉の先駆的形態と見ることもできる。[24]

b　シュレーゲルの批評理論とシュライアーマッハーの解釈学

シュレーゲルの批評理論は超越論的ポエジーという極めて秘儀的な観念によって支えられている反面、ベーラーが指摘するように作品を著者から引き離して理解しようとするポストモダン的傾向を強く示している。[25]そこで問題になるのが、やはりそのポストモダン性がしばしば哲学的な議論の対象とされる解釈学との関連である。フランクはシュライアーマッハー以降のテクスト解釈論の展開を概観した《個別的に一般的なもの Das Individuelle Allgemeine — Textstrukturierung und Textinterpretation nach Schleiermacher》（一九七七）において、《芸術批評の概念》でベンヤミンが提示した初期ロマン派の批評理論はシュライアーマッハーのアカデミー講演の〈著者よりよく理解すること〉と同じ基盤に立っているとする。つまり〈拡大された著者であること〉（ノヴァーリス）＝〈著者よりよく理解すること〉（シュライアーマッハー）ということであり、フランクはシュレーゲルやノヴァーリスもロマン主義的解釈学の一翼を担っており、その基本的思想はガダマーにまで繋がっていると考えているようだ。[26] 著者自身の意図に拘束されず〈作品を理解する〉ことを正当化している点は三者の共通性であり、シュライアーマッハーもシュレーゲルの友人として共哲学に参加していたことを念頭に置けば、ロマン主義の芸術批評理論と解釈学は同根であると言ってよかろう。カダマーは《真理と方法》において、シュライアーマッハーによって基礎付けられた解釈学の特徴として、「解釈学は機械的操作ではなくまさに芸術である。したがって解釈学は自らの作品、即ち了解を自らの手によって完成へともたらす[27]」としており、また〈著者自身よりよく理解すること〉という定式について「シュライアーマッハーは理解という行為を一つの生産を再構築的に遂行することと見做していた。そのような行為は原著者にとっては無意識に留まっていたものをある程度意識化するのである[28]」としている。これらの点は《マイスター》をめぐってシュレーゲルが示した理解観とほぼ重なっている。

　ただしシュライアーマッハーの心理的解釈はシュレーゲルのポエジー的反省と一見似ているようだが、〈主体の冪級数化〉の原理が含まれていない点で議論のレベルが全く異なっていることに留意する必要がある。心理的解釈には、自己自身をいわば他者に移入することで個別的なものを直接的に把握する〈予見的方法 divinatorische Methode〉と、理解すべき対象を先ず一般的なものとして措定し、その一般性を基礎に特殊性を発見していく〈比較的方法 komparative Methode〉とがあり、両者の相互補完的関係によって成り立っている。[29] 予見的方法は一般に〈感情移入 Einfühlung〉と呼ばれるもので、自分自身を著者と同じ心理的状態に置くということである。シュライアーマッハーが文字通り著者と完全に同じ状態に到達できると考えていたのかどうかは議論の余地があり、あくまで〈理解〉に至るための一つの〈方法〉（むしろ〝身振り〟に近いもの）[30] と考えるべきとの見方もあるが、いずれにせよ《マイスターについて》を見る限り、〝詩人ゲーテはヴィルヘルムという自己の化身を通して……を表現しようとした……〟といった解釈は一切見当たらない。例えば《マイスター》第一巻第十七章でヴィルヘルムの眼前に見知らぬ男が現れることによって〈空虚な無限に向かって出て行こうとする感情〉が押し止められ、（ヴィルヘルムの）目が大きな視点に従って距離を測定し、広大な視野をいくらか制限することが可能になり、作品がより高い次元に上っていくことが可能になるとシュレーゲルは解釈している。[31] フィヒテの定立理論の〈非自我との衝突を契機として自我が自己自身の定立されていることを直観する〉図式、もしくはシュレーゲル自身のイロニー理論の〈自己創造と自己否定の絶えざる交替〉の図式が「ヴィルヘルムの視点の動き＝ヴィルヘルムの思考の動き＝作品の自己描出的生成過程」の三段階に重ね合わされた形である。これらの図式は精神の運動一般に対して客観的に適用できるはずのものであって、ゲーテが意識的にせよ無意識的にせよそのような図式に従って創作していたかどうかに拘泥する必要はない。むしろ創作しているゲーテよりも、ゲーテの創作行為（＝対象）について反省する主体の位置にあるシュレーゲルにこそ恣意的な創作行為が依拠している〈形式〉が見えているはずである。

　比較的方法について言えば、シュレーゲルは少なくとも文芸批評においてはその時代・文化・言語を規定している〈一般的なもの〉、別の言い方をすれば特定の歴史的・記号論的な状況の連関[32] を基準にしてはいない。〈作品自体が語っていること〉から〈知っていること〉へ、更に進んでそれが〈欲していること〉へと解明の次元を変化させているのである。《文学についての対話》でアントーニオとルドヴィーコは、我々自身の内に文学作品（として形象化されるもの）についての観念を発見し、それにしたがって〈来るべき文学作品をアプリオリに構築する〉ことは果たして可能であるかと語り合っている。▼33 この点に象徴されるように、シュレーゲルは自己反省的に自己生産しつつあるポエジーの理想体を目標として、それを描出しようとする試みを予見的批評と呼んでいるのである。シュレーゲルの予見的批評では、むしろ固有名詞としての著者や歴史的・文化的に制約されている〝意味の地平〟は解消される方向にある。

このような視点から見れば、シュレーゲルの批評の概念は解釈学と最終的に袂を分かち、主体の解体、非歴史的思考を特徴とする現代の脱構築論により接近していると言えよう。作品が依拠している形式自体が反省によって自己解体し、常に変形されていくため作品理解のための原コードは決して現前化せず、解釈自体が自己変形の運動に巻き込まれているという発想は、エーコの言う〈開かれた構造〉としての〈セリーの思想〉にかなり接近している。▼34 当然のことながら、実際にシュレーゲルが著者の性格や歴史的・文化的状況と全く切り離された所で、全く作品の形式に内在的な法則のみに従って批評する方法を見出していたか否かというのは、別の次元の問題である。また思想的影響関係を考えれば、シュライアーマッハーが反省理論を念頭に置いて［著者―注解者］関係を定式化しなかったとは言い切れない。《文学についての対話》でマルクスは、「真の芸術論評つまり一つの作品に対する十分に形成され、全く熟達した見解」というものがあったとしても、それは常に〈一つの批判的事実〉に過ぎず、最終的な動機を与えることは不可能であると述べ、更に批評が外部に対して自らの存在理由を示すには本来芸術論評とは相容れないはずの学問が必要であることを示唆している。▼35 具体的にどのような学問が必要であるかは明らかにしていないが、批評がいかなる体系にも属さない自由を特性としている以上[36]、（他の領域との関係で）自己の活動を動機付けるには体系化された学問から理論を借りてこなければならないのは確かである。シュライアーマッハーが解釈学の体系化の構想を固めるようになったのは少なくとも一八〇五年以降のこととされており[37]、初期シュレーゲルの批評理論の影響がどれだけあったか疑問であるが、この時代の大きな流れの中で初期ロマン派文芸批評理論と一般的解釈学が互いに補完し合うものとして成立したと考えることはできる。両者は元来密接に関係し合って成立したが、現在のモダン超克の議論に照らしてみた時、それぞれの立っていた哲学的前提の差異がクローズアップされたというのが恐らく妥当な見方だろう。

c　ロマン派の聖書計画

ラクー＝ラバルト／ナンシーが指摘するように、初期ロマン派の文芸理論は個々の作品を超えた〈大文字の（未完の）作品〉の自己増殖運動を前提にしている。この〈大文字の（未完の）作品〉の生成過程では、個々の作品を〈作品〉として成り立たしめている制約性が否定される。既に見たように〈断片〉という形式は小文字の作品を〈大文字の作品〉へと解消する試みであると考えられる。ブランショは〈未完成の本〉や〈完結しない作品〉、あるいは断片という形を取って現れる初期ロマン派の創作活動を〈作品が不在の営み l'œuvre de l'absence d'œuvre〉と呼んでいる[38]。少し分かりやすく言えば、〈大文字の作品〉の〈営み œuvre〉は、具体的な個別の〈作品 œuvre〉を志向するものではなく、作品が不在の状態で自己自身を〈作品〉として制作していく〈営み〉である。自己増殖的な性格を持つ〈作品の不在の営み〉としての作品の追求は〈聖書 Bibel〉を〈書く〉構想へと繋がっていく。

〈本のモデル〉としての〈聖書〉の観念はロマン派のエクリチュール論の重要なテーマである。しかし彼らの具体的〈聖書〉論を見る前に、〈聖書〉の持つ哲学的な意味を確認しておこう。周知の通り〈聖書〉の語源のギリシア語"biblos"は〈本〉を意味している。〈聖書〉とはもともと〈本のモデル〉として想定された〈本〉である。〈聖書〉の中に書き込まれているのは〃最初にあったロゴス〃であり、したがって世界の創造の過程の〈全て〉は聖書の中に〈ある〉。ブランショによれば、聖書はあらゆる〈ランガージュ〉をその〈起源〉へと結び付ける役割を果たしている。聖書の空間と時間が続く限り、世界のどこで何が書かれ、何が語られようと、それらは全て聖書の〈単一性 Unité〉へと連れ戻される。あらゆる本は聖者の派生体であり、聖書と同時代に属する。[39] その意味での聖書は新旧約の六十数巻からなる具体的な作品に限定されず、また自己自身を現前化することなく〈ランガージュ〉の中で〈作品の不在の作品〉としての成長を続ける〈本〉なのである。

イデーエン断片でシュレーゲルは全ての実在する本のモデル、究極の作品として永遠に生成の途上にある新しい〈聖書〉の到来を告知している。

レッシングが予言したように新しい永遠の福音が聖書として現れるだろう。しかし通常の意味での個別の本としてではない。我々が聖書と名付けているのはまさに本というものの体系なのである。加えてこれは決して恣意的な語法ではない! あるいは、一冊の無限なる本という観念を他の月並みなもののそれから区別するのに聖書、本自体、絶対的な本という以外の呼称があるとでもいうのだろうか。それに一冊の本がある目的のための単なる手段である場合と、自立した作品(selbständiges Werk)、個体、人格化された観念である場合では、恐らく永遠に本質的な、更に言えば実践的な区別でさえあるだろう。これは神的な要素なしでは考えられないことであり、その点で秘儀的な概念も公開の概念と一致するであろう。つまりいかなる観念も孤立してあることはなく、他の観念の間にあってこそその観念が本来そうであるところのものであるのである。一つ例を挙げれば明らかになるだろう。古代人の古典的な文学作品の全ては不可分に関係し合っており、有機的全体を形成している。正確に見れば、それらはただ一つの詩、その中で文学自体が完全に現象してくる唯一の詩である。同じような仕方で、完全な文芸においては全ての本がただ唯一の本であり、そしてそのように永遠に生成されつつある本の中で人類の、そして文化の福音が啓示される。▼40

古代文学が有機的全体として〈一つの詩〉を形成していることと類比的に〈聖書〉を論じていることから分かるように、シュレーゲルが〈本〉と呼んでいるのは具体的に紙の上に書き留められたものではなく、生成している一つの大きな〈歴史〉=〈物語〉のことである。我々が通常〝一冊の本〟と思っているものは、一冊という形で編集されているから〝一冊〟になっているのであって、実際には大きな物語を構成している複数の〈物語=本〉の集積であるはずである。オデュッセイアやイーリアスはホメロスによって書かれた〝一篇〟という外観を持っていたとしても、より小さな単位の本から生まれ、より大きな本の一部になっている。〈(全ての)本の体系〉としての〈聖書〉という考え方は単に秘儀的なものとは言い切れない。

古代ギリシアの〈神話〉と〈聖書〉のどこに違いがあるかと言えば、ブランショが説明しているように〈聖書〉が特定の時代・地域の物語の集積体としてではなく、過去・現在・未来を超越し、ランガージュの中で語られた。あるいは語られるであろう〈全て〉の〈体系〉として自己を規定している点に違いがある。〝初めにあった言葉〟から〈全て〉が展開しているからである。聖書に書き込まれている自己規定に従って〈聖書〉を理解すれば、聖書自体は自己現前化することのない透明なイデア的存在へと止揚され、全てのポエジーを結合する中心としての機能を果たすものになる。

では新しい聖書が〈現れる〉とは具体的には何を指しているのであろうか。上の断片だけでははっきりしないが、断片が《アテネウム》に掲載される前にシュレーゲルとノヴァーリスは往復書簡を通して〈聖書〉の問題について意見交換している。[41] これらの書簡の中でシュレーゲルは〈聖書を書く〉ことを構想していると打ち明けており（一七九八年十月二十日付）、〈聖書が現れる〉というのは単なる象徴的な出来事ではないことが窺える。ただ同年十二月二日付のかなり詳細にわたって〈聖書構想〉を説明している書簡を見ると、〈書く〉というのは〝シュレーゲル一人が本のモデルを一冊の本として書き下ろし、出版する〟行為を指しているのではないようだ。レッシングは《人類の教育 Erziehung des Menschengeschlechts》（一七八〇）において従来の啓示宗教を超えた普遍的人間理性に基づく〈新しい宗教〉の到来を告知した。〈新しい宗教〉を具体的に表現するためにあらゆるランガージュを〈一冊の本〉として体系化していく営みは既に進行しつつある。その営みに意図的にコミットして〈書く〉行為のことをシュレーゲルは〈聖書を書く〉と表現している。〈新しい宗教〉とは、別の言い方をすればゲーテを中心としたポエジーの革命とフィヒテの知識学による哲学革命を総合した体系であると言える。これまで〈聖書〉と言われてきたものが自然に成立した〈作品＝営み Werk〉であったとすれば、新しい聖書は技巧（＝芸術）的な作品である。つまり〈新しい宗教〉あるいは〈聖書〉は《文学についての対話》の中で〈新しい神話〉と呼ばれているものに対応する概念である。シュレーゲルは彼とともに〈聖書を書く〉営みに積極的に参画している人物の例として、シュライアーマッハーと詩人ティーク（Ludwig Tieck 1773–1853）を挙げ、ノヴァーリスにも〈構想〉への参加を呼び掛けている。

フィヒテの《全知識学の基礎》が出されたのが一七九四年、ゲーテの《マイスター》が一七九五年、シュレーゲル兄弟による《アテネウム》創刊が一七九八年であり、この往復書簡が書かれたのは〈新しい宗教〉ないしは〈新しい神話〉の形成が加速していた時期に当たると言えよう。そして翌年の一七九九年にはシュレーゲル兄弟、カロリーネ・シュレーゲル、ドロテーア・ヴァイト（Dorothea Veit 1764–1839 後のFr. シュレーゲル夫人）、ノヴァーリス、ティーク、シェリングらイエーナ・ロマン派の主だった顔ぶれがイエーナに集合し、初期ロマン主義の運動が本格的に動き出す。そうした彼らの周囲の知的状況を考え合わせると、シュレーゲルはこれらのメンバーによる共哲学・共ポエジーの営みが全てのランガージュを自己の内に体系的に取り込む〈新しい聖書〉を作品化する仕事と見ていたと推測できる。

これに対してノヴァーリスは十一月七日付の書簡で、彼の方でも学一般の体系化を考えているうちに〈聖書〉の観念に突き当たったと述べている。ただ彼の〈聖書〉には宗教的な色合いはほとんど含まれておらず、専ら〈著述すること Schriftstellerei〉、〈言葉を形成すること Wortbildnerey〉のモデルとしての〈本の本〉を指している。ノヴァーリスは自らの構想を〈聖書構想の批判〉、〈聖書化（Biblisieren）の普遍的方法の試み〉、〈真の百科全書体系 ächre Enzyklopädistik〉、〈知性の総合批判的戦略〉などと呼んでいる。つまり言語を媒体とした人間の精神活動全般を包括し得る〈本〉が果たして可能であるのか、その可能性を先ず検証しようとしているのであって、その点で既に〈一冊の聖書〉の到来を前提に話を進めているシュレーゲルよりも哲学的に厳密であると言える。ノヴァーリスによるイデーエン断片への欄外注のノートが残されているが、それを見ると彼は〈聖書〉という観念が現実に人々の間に生きていることは認めるものの、それが単一の観念であるという点には疑問を呈し、更に〈一冊の聖書を書く〉とは優れた人が陥りやすい完全を目指す狂気への傾向だとアイロニカルな見方を示している。▼42

ノヴァーリスは、シュレーゲルと聖書構想について論じ合っていたのとほぼ同時期に〈百科全書体系〉

というテーマの下に一連の断片群を残しており、この中で彼は〈本を書く〉ことと〈学問〉の自己組織化の関係について哲学的な考察をしている。そのうち最も原理的考察を含んでいると思われるものをいくつか挙げておこう。


百科全書体系。私の本は論評すること、著述すること、実験すること、観察すること、読むこと、話すこと等々の批判的形而上学を含まねばならない。

　全ての学問的操作の分類法。一般的な学問的組織（Organon）の——より適切に言えば知性の——形成学[43]。

一般的な知識学。移行——特殊歴史的な知識学——両者の相互適用。両者の相互関係の学——総合批判的知識学。

　全的体系（Panthomatie）の可能性——その不可欠性——その現実性
その特殊歴史的な現実性。

その完全な実現方法——一般的な特別の、特殊な、個別の等々[44]。

私の本は科学的聖書（scientifische Bibel）になるはずである——実在の、理想的模型——そして全ての本の萌芽に[45]。

文献学。索引（Register）——そして構想（Plan）を先ず手がけねばならない——それからテクスト

――それから序論（Einleitung）と序文（Vorrede）――それからタイトル――全ての学問が一冊の本を形成する。あるものは索引の――他のものは構想の構成要因である。

……

聖書を記述することが、本来、私の企図である。――より適切に言えば聖書学――聖書の術（Bibel Kunst）そして自然学。

（一冊の本の聖書への上昇）

完遂された聖書は完全な――よく整理された図書体系（gutgeordnete Bibliothek）である――聖書の図式は同時に図書体系の図式である。――真の図式――真の定式（Formel）は同時に自らの生成――自らの使用法等々を表示する。（処方箋と記述に加えて、あらゆる対象の完全な仕様書）▼46

ノヴァーリスの〈聖書〉はシュレーゲルの〈聖書〉と同様に全ての〈本〉と〈知識〉を一つの体系として自己の内部に取り込んだ〈本〉、いわば〈図書体系〉であり、その意味で一般的な〈知識学〉と呼ぶことができる。一見するとフィヒテの〈知識学〉と同じことを構想しているようだが、《全知識学の基礎》は自己自身が〈本〉として成立してきた過程までは視野に入れていない。〈本〉としての〈知識学〉は自己が記述している体系の外部に立っている。しかしノヴァーリスの百科全書体系の視点から見れば、〈学〉はそれが知的操作として体系化されている限り（印刷されたものであるとないとにかかわらず）、序論、序文、索引、構想などの〈本〉としての基本的構造を備えて成立している。逆に言えば、〈本〉としての構造がなければ体系とは言えないだろう。つまり全ての知識を体系化することは、個別に成立している〈本〉を整理して〈図書体系〉を作っていくことを意味する。

一冊の〈本〉は地理学、地学、鉱物学、年代学、数学……といった様々な知の体系の〈表 Tafel〉のどこかに自らを位置付けている。[47] 同時に〈本〉自体がより下位のカテゴリーの〈表〉になっており、自己自身に内在する法則に従って序論、序文、本文、索引、注といった構造を持っている。〈序文〉はその本を〈読むための哲学〉を与えるもの、[48] 言い換えれば〈本〉が自己展開する法則を与えるものである。

〈本を書く〉あるいは〈読む〉ことがランガージュの内部での〈書く〉ことあるいは〈読む〉ことである以上、〈書く〉ことと〈読む〉ことは本来的に〈図書体系〉としての〈聖書〉中に自己を関係付けることを意味する。ではそのように様々な形で、〈書かれている〉特殊な知識学体系（〈本〉の体系）の全てを包括する一般的な知識学体系としての〈聖書を書く〉ことは原理的に可能であろうか？〈聖書〉はその定義からして、全ての本が生成してきた〝歴史＝物語〟を自己の内に取り込み、全ての〈本〉を表の中に位置付け、一冊の〈本〉としての構造を与える〈本〉である。したがって先の利用からも分かるように、そのような〈聖書〉は〈聖書〉自体の生成の歴史物語をも含んでいるはずである。

ノヴァーリスは少なくともその点まで聖書論を進めているが、そこで更に疑問が生じる。〈本〉の構造を持つ全ての知の体系の構成原理を自己の内に含む〈本の本〉としての〈聖書〉が仮に成立しているとすれば、その〈聖書〉は自己自身が用いた〝全ての知の体系の構成を記述するためのメタ体系〟の構成原理をも自己自身の内に含んでいるはずである。このメタ・メタ体系をも記述し得たとしても、更にそのメタ・メタ体系の生成をも記述するメタ・メタ・メタ体系……と無限に続き、結局、永遠に〈聖書〉は完成しないことになる。これは自己言及的なランガージュの体系が原理的に陥るパラドクスである。〈百科全書体系〉に属する次の三つの断片は、ノヴァーリス自身がこのパラドクスに気付いていたことを示唆している。

君は分類する試みを通して、分類の原理を最も見事に学ぶことができる。そしてその君の試みを分類、定義するのだ。そうやって続いていく。

フィヒテは彼が前提とした論理の下でとらえねばならない。[49]

論理的哲学。客体と同時に主体も分類原理（Classificationsprincip）に寄与する。

分割の原理（Eintheilungsprincip）を逆に分割される項（Eintheilungsglieder）に従って分類することができる――双方向的な分類とそれらの完全な重なり合いの内に分類プロセスの分解と試練の本質がある。分割の原理と分割されているものとは相互に汲み尽くされねばならない。[50]

論理学。対象が概念を分割するがその逆もある。この二つの分類法がまた相互に分割し合い、そのようにずっと続いていく。[51]

これらの断片に即して理解すると、ノヴァーリスの〈聖書〉はメタ・メタ・メタ・メタ……原理と単純に積み重ねていくのではなく、分類した原理がそれが分類した対象の各項を原理として、新たに分類され直すという円環構造を取っている。例えば哲学の法則を、定義・分類のためのメタ原理とした上で、論理学―文献学―文法学―数学―物理学―化学……などの有機的相関関係を記述して、暫定的な〝百科全書体系A〟を構築したと仮定してみよう。そうするとメタ原理となった哲学自体は表の中に入らず、その位置が浮いてしまう。そこで今度は哲学を定義することが必要になる。そこで〝百科全書体系A〟に含まれている（既に暫定的に定義されている）項のうちのいずれか一つ、例えば文献学を、哲学という項を含んだ全知識学の分割のための新たな原理として採用したとする。その再分割によって生まれた〝百科全書体系B〟は、別の原理に拠っているので、その他の被定義項である文法学、数学、物理学……の定義・分類法が〝百科全書体系A〟の場合とズレてくるはずである。そうすると今度は、例えば文法学をメタ原理にして哲学や文献学を被定義項として含んだ再分割を行うということになるが、その文法学がAの文法学かBの文法学かで定義・分類の仕方が異なってくる。このように考えていくと無限のズレが可能であり、究極的な出発点、終点が確定できず全体を〝一冊の本〟として構想することは不可能になる。〈聖書〉が完全に自己完結的な体系であると仮定すると、〈聖書〉が自己自体内で際限のない自己差異化運動を開始し、体系として確定できなくなる。そればかりか、〈表〉が確定しないのであるから厳密な意味で〈本を書く〉ことはできない。断片群《花粉》に含まれる「本を書く術はいまだに発明されていない。しかしそれらが発明されるべき地点にある。このような種類の断片は文芸的な種子（litterarische Samereyen）である……」[52]という謎めいた言葉は、ノヴァーリスが嵌まり込んだ迷路を言い表していると取ることができる。

デリダは《散種 La dissémination》に収められている《本の外 Hors Livre》という文章の中で、〈本文〉に対して〈序文 préface〉が占めてきた超越論的位置の問題から出発し、〈本を書く〉ことの意味を追求しながらノヴァーリスの〈百科全書体系〉を取り上げ、以下のような考察を加えている。

……ノヴァーリスは彼の百科全書体系の中で書かれた本（livre écrit）としての全体的な本の形式の問題を明確な形で呈示している。……《百科全書体系》は《断片、書簡、詩、厳密な学問研究》等々の様々なモードに従って書かれた《ある種の学問的文法》となる……文字で書かれたもの（le littéral）、著述された形のもの（le littéraire）、そして書簡体のものがこのロマン主義的百科全書体系の生命体の内に自らの居場所と秩序を見出す。……というのは《花粉》の著者にとって本の秩序（l'ordre du Livre）は有機的であると同時に表的（tabulaire）、生殖的（germinal）であると同時に分析的なものになるはずだったからである。[53]

……したがって表的空間（espace tabulaire）であると同時に自己に対して自己自身を表示する種的理性（raison seminale s'expliquant elle-même）である聖書は、絶えず自己の発生的産出（production génétique）、秩序、使用法を説明しようと願望している。[54]

デリダが注目しているのは、ノヴァーリスの《百科全書体系》が全てのエクリチュールの体系を〈表〉として整理・分類するものであると同時に絶えず自己増殖しようとする生殖的あるいは有機体的性質を持っている点である。この生殖的性質は《百科全書体系》が自己自身の生成を自己に対して表示する性格を持っていることに由来する。生殖によって増えていくのは〈表〉の上に並べられている各項目だけではない。〈表〉を形成するためのコード自体がコードのコードのコード……と無限に自己増殖していき、原コードが見出せない以上、《百科全書体系》に〝書き込まれている〟自己展開の〈構想 pro-gramme ＝予め・書き込まれているもの〉[55]を確定的に予見することはできないはずである。このように自己自身に対しても予測不可能な形で自己規定しながら自己展開する《百科全書体系》の法則を、デリダは自分の議論の文脈に引き付けて〈種的理性〉ないしは〈精子的ロゴス logos spermatikos〉と呼んでいる。

ノヴァーリスは最終的にこの事態にどう対処したのであろうか。原コードが現前化し得ないものであることをはっきり認識していたのであれば、そこから先へ進むことはできなくなる。実際ノヴァーリスの《百科全書体系》は、常識的な意味で言えば完成した形では残されていない。先に引用したような断片群があるだけである。それはノヴァーリスの構想が挫折することを意味しているのであろうか。デリダはこの点について、「しかしノヴァーリスの百科全書の未完成（l'inachèvement）は何を意味しているのか？ その完成（l'achèvement）自体を告げているのか？ それとも経験的偶然か？」[56]と疑問形でコメントしている。ノヴァーリスの意図していたのが、〝未完成に終わらせることで完成させる〟ことであったのか、偶然そうなったのかを確かめる方法はないが、ロマン主義的批評の原理に従って理解すれば前者の意味に取るのは不当ではない。

そう理解すると、ノヴァーリスの聖書構想が最終的に至った結論は、ブランショの言うように〈未完成〉ないしは〈断片〉として現れる〈作品の不在の営み〉としての〈作品〉ということになる。《花粉》（＝花の種子）の断片にあるように、《百科全書体系》の最小構成要素としての〈断片〉は無限に増殖する〈種子〉に相当すると考えられる。シュレーゲル、ノヴァーリスの〈断片〉形式の創作は広い視野で見た場合、ラクー＝ラバルト／ナンシーが指摘するように大文字の作品の〈散種〉を意味していたのである。[57]

ロマン主義的百科全書体系が種として飛び散ってしまったのに対して、それと全く対照的に直線的な自己展開を遂げたのがヘーゲルの構想した百科全書体系である。《エンツィクロペディー Enzyklopädie der philosophischen Wissenschaften》（一八一七、二七、三〇）という〈本〉のタイトルから分かるように、ヘーゲルはノヴァーリスとは異なって自らの試みを〈断片〉には留めず、通常の意味で〈本〉と呼ばれる形で表現している。この著作に限らず、《大論理学》（一八一二）以降のヘーゲルは厳密な哲学の〈方法〉の確立による学一般の基礎付け、体系化を目指してきたが、彼もある意味でノヴァーリスと同様に自らの百科全書体系の〈始まりAnfang〉をどこに設定するか苦慮している。〈始まり〉が〈始まり〉であることを学的に根拠付けようとしたら、〈始まり〉を基礎にして展開される体系に先行するメタ体系が必要になり、そのメタ体系の〈始まり〉を学的に根拠付けようとしたら……と、やはり無限の後退になる。《エンツィクロペディー》の〈序論Einleitung〉でヘーゲルは〈始まり〉の問題の処理の仕方について次のように述べている。

哲学は哲学が設定しなければならない始まりについて見れば、一般的に他の諸学と同様、主観的な前提、即ち特殊な対象から出発しなければならないように思われる。他の諸学は例えば空間や数字などの特殊な対象から出発するが、哲学の場合は思考することをその思考の対象としなければならない。しかしこれは思考が自己自身に向かって有り、かつそれによって自己に対して対象を産出し与える視点に自己自身を置く思考の自由な行為である。更に言えば、そのように直接的に見える視点は学の内部において自らを結論へと、つまり最終的なものへともたらさねばならない。その結論の内で学はその始まりに再び到達し、自己自身に回帰するのである。このように哲学は自己を自己自身に回帰する円環として呈示する。この円環には他の学と同じ意味での始まりはない。というのは、その始まりは哲学しようと決意する主観にのみ関わりを持っており、学自体には関わっていないからである。[58]

この議論は、大枠においてフィヒテの知識学と同様に自我の自己知の図式を前提に成り立っている。哲学する主体の自己自身への関わりを全ての〈知〉の営みの出発点に置くのはまさに《知識学》の発想である。しかしヘーゲルとフィヒテの違いは、ヘーゲルが出発点における自己自身との関わりが絶対に確実なものとして〝定立されている〟とは考えず、むしろ恣意性・主観性を含んだものとしてネガティブに見ている点にある。この恣意性を克服するために、哲学の内部で自己否定を通して自己を規定していく精神の運動が展開するのである。このプロセスは円環的構造を成しており、最終的には出発点まで戻ってくるが、結果として与えられる自己自身との関係は〈始まり〉における恣意性を克服した、より厳密なものになっているという図式である。

この弁証法的プロセスは、別の見方をすれば主体の反省の次元の高次化である。したがって、シュレーゲル、ノヴァーリスの批評理論がそうであったように、ヘーゲルの弁証法においてもある反省の段階にある主体の立脚点から構成されたテクストは次の段階の反省では超克されているはずである。つまりヘーゲルの百科全書体系は常にテクストとしての自己自身を否定する契機をも含むテクストとして構築されねばならない。ガダマーは《ヘーゲル論理学の理念 die Idee der Hegelschen Logik》（一九七一）という論文で、特に《大論理学》のテクストとしての生成に関連してヘーゲルのテクストの内部での自己否定の問題を論じている。ヘーゲルは《大論理学》第一巻のテクストを第二版で大幅に修正しているだけでなく、同じ〈本〉の内部でも自己自身がそれまで述べてきた内容を否定し、角度を変えて論じ直しているが、ガダマーはそうした自己修正自体が弁証法に基づく必然性を持っていると指摘する。ヘーゲルは自分の依拠している論理自体が不完全であることを意識し、その方法論自体が後に他者あるいは自己自身によって超克されるべきものであるという前提で〈本〉を書いているというのである。[59]

《大論理学》の〈序論〉でヘーゲルは《精神現象学》の依拠していた〈方法〉と《大論理学》自体の〈方法〉の間の弁証法的関係を規定することを試みている。これまでの哲学は哲学に固有の〈方法〉を見出していないとした上で、「それのみが真の哲学的学の方法であり得るようなものの解明は論理についての研究に属する事柄である。というのは、方法とは論理の内容（Inhalt）の内的自己運動の形式に関する意識だからである。私は精神現象学でこの方法の例を最も具体的な例、即ち意識によって示したのである」[60]と述べ、《精神現象学》の〈方法〉が自己（＝《大論理学》）の〈方法〉の一つの〈例〉であったことを明らかにしている。〈例〉である以上、《精神現象学》の〈方法〉が《大論理学》の〈方法〉を全体的に包括しているはずはなく、その一側面に過ぎない。しかし《大論理学》は《精神現象学》の〈方法〉を完全に超えた位置にあるわけでもない。《大論理学》のテクストで前提されている〈純粋な学〉の概念とその〈演繹〉の仕方は《精神現象学》のテクストから演繹されてきたものであるとヘーゲルは断っている[61]。つまり《大論理学》の〈方法〉は《精神現象学》の〈方法〉から必然的に導き出された〈方法〉であるが、同時にこれに対して超越論的な位置にあるメタ方法でもある。

このように考えると、ヘーゲルの百科全書体系もノヴァーリスのそれと同様にコード自体をも増殖するテクストの自己生殖によって拡大していくものとして自らを呈示していると言える。ではなぜ両者の外観はここまで異なっているのか。ガダマーも指摘するように、ヘーゲルの弁証法では〈方法〉の一つの段階から次の段階への移行は恣意的に進行するのではなく、〈方法〉自体に内在する法則による必然性を持っている[62]。したがってテクストの自己生成には必ず中心的な流れがあり、歴史的に後の段階のコードの方がより厳密で包括的になっているという大前提が既に働いている。ノヴァーリスの場合はそもそもテクストの中心を設定するためのコードが不在であるというところから議論が始まっているためフリー状の自己増殖ではなく、リゾーム型の無限に複雑なネットワークになるはずである。テクストの増殖に〝中心部〟があるかないかがヘーゲル主義的モデルネとロマン主義的モデルネの分かれ目である。巨大な樹系図のように発展していくヘーゲルのテクストに対して、細分化された〈種子〉としての〈断片〉の恣意的な結合がノヴァーリスにとっての百科全書体系の作品化された形態である。〈断片〉形式が普遍性の媒体になっているという点では、シュレーゲルも最終的にノヴァーリスと同意見に至ったようである。アテネウム断片の中に次のような対話形式のものがある。

A．あなたは断片が普遍的哲学の本来的形式であるとおっしゃるのですね。この形式には何もありません。一体そのような断片が人類の最も偉大にして最も真面目な要件である学の完成にとって何を貢献し、また何を意味し得るのでしょうか？——B．まさに精神の怠惰に対するレッシングの塩辛さというところでしょう。恐らく古代のルキリウスやホラチウス式の一杯になった皿、あるいは批判哲学のための認識のパン種、時代というテクストへの欄外余白の書き込み（Randglossen zu dem Text des Zeitalters）でしょう。[63]

特定の体系化の法則には従属しない〈断片〉が大きなテクストの中に紛れ込むことによって、テクストの自己増殖的機能が始動する。〈断片〉の結合の恣意性が逆に、ロマン主義的な百科全書体系の真の普遍性を保証しているのである。

二　ヘーゲルの初期ロマン派批判——真面目と戯れ

a　精神現象学とロマン派

ドイツ語圏に現在でも根強く残っているロマン主義＝非合理主義＝ゲルマン的神秘主義＝非現実主義＝ファシズムの先駆……といった一連のネガティブなイメージは、戦後主にトーマス・マンとルカーチの共同戦線を通して定着したとされている。古い所では、ロマン主義の陣営からその徹底的批判者に転じたハイネ（Heinrich Heine 1797–1856）の《ロマン派 Die Romantische Schule》（一八三二、三五）が体系的ロマン主義批判として有名であるが、ボーラーはロマン主義的モデルネの存在を歴史的に抑圧してきた本当の元凶はもう一つのモデルネの創設者であるヘーゲル自身であると主張している。本書でこれまで見てきたように、〈ファンタジー〉や作品の〈再帰性〉といったカテゴリーは初期ロマン派の芸術理論を理解するための重要なメルクマールであるが、ボーラーによれば、ヘーゲルはこれらを不当に過小評価し、ロマン主義〝批判〟の原型を確立したのである。

ロマン主義の現代性を本来的に基礎付けている再帰性とファンタジー的なもの（das Phantastische）という一つのカテゴリーを、ヘーゲルはネガティブに解釈し変えてしまった。これらのカテゴリーの意味内容が実在性喪失ないしは〈空虚なる〉悪という非難の下で解消されてしまい、そのことによってこれらが持っていた未来の芸術のための許容力についての認識が歪められてしまった。文芸的、学問的な言説のリーダーたちが、この評決に追随することになる。ハイネはロマン派をその理論家フリードリヒ・シュレーゲルを標的に皮肉ってみせ、政治的に闘争したが、その際にファンタジー的なモチーフは救い出し、その美的な魅惑を隠蔽しようなどとはしなかった。しかし、彼のファンタジー的なものへの理解はそれにすぐ続く時代に失われてしまい、その再発見はシュルレアリストたちの登場を待たねばならなかった。ファンタジー的なものはヘーゲルの判断＝判決（Urteil）の一面性のために、ドイツにおいては長い間消失させられてしまったのである。▼1

第Ⅳ章第一節の内容をもう一度振り返っておくと、〈ファンタジー〉とは〈自我／対象〉関係を産出している〈生産的構想力〉の作用のうち、概念的把握と反対の方向に働く美的な〈創作力〉の現れである。前意識的な〈ファンタジー〉の創出作用によって〈世界〉が生み出されると言ってよい。〈ファンタジー〉によって産出される〈ファンタジー的なもの〉という概念は、シュレーゲル、ノヴァーリスより少し後の年代のブレンターノ（Clemens von Brentano 1778–1824）やアルニム（Achim von Arnim 1781–1831）らハイデルベルク・ロマン派の詩作活動の理念として応用され、彼らの作品を経由してアポリネール、アラゴン、ブルトンらによる〈無意識的なもの〉の発見に影響を与えた。▼2 ボーラーにしてみればドイツ・ロマン派、特にイエーナの初期ロマン派が現代の文学・芸術に与えた影響が多大なものであるにもかかわらず、彼らの文芸理論・美学が正当に理解されなかったことは、ドイツ文化にとって大きな損失のはずである。その損失をもたらした張本人がドイツ観念論を体系化し、合理主義的な近代のディスクルスを勝利へと導いた哲学者ヘーゲルだったのである。

これまで見てきたように、シュレーゲル―ノヴァーリスとヘーゲルはともに自己意識の反省の理論を徹底化することによってフィヒテの自我哲学を超克することを目指した。自分自身が〈哲学している〉立脚点までをも自己増殖しつつある大きなテクストの一部と見做し、自らの哲学自体を超えて展開していく構想を立てた点では、両者の発想はある面で非常に似通っていたとも言える。両者の構想を異なったものにしている相違を整理しておくと①自我の本質は理性か感情か、②言語の本質は概念的把握作用か美的創出作用か、③反省運動に究極の始まりと終わりがあるか、④反省運動は必然的法則性に従っているのか根源的戯れを本質としているのか、⑤超越論的視点から〈哲学する〉ことは可能かといった点が挙げられる。両者の体系はかなり明確なコントラストをなしている。

早逝したノヴァーリスは別にしても、シェリングを共通の友人としていたヘーゲルとシュレーゲルの間に何らかの思想的影響関係があるのではないかと想像されるが、それを裏付けるような史料・研究はほとんど知られていない。ヘーゲルがシュレーゲルの《イエーナ講義》を聴講していたことが伝えられており、一説にはヘーゲルはシュレーゲルを手本として自らの弁証法思想を構築したとも言われているが、それも確固とした根拠があっての議論ではない。[3] ヘーゲルのロマン派批判として有名なのは一八三五年に刊行された《美学講義 Vorlesung über die Ästhetik》[4]であるが、ヒルシュの研究によれば既に《精神現象学》の段階で名指しはしていないものの暗にシュレーゲル、ノヴァーリスの意識理論を皮肉っていると思われる箇所がある。それは、第六部〈精神〉C章〈自己自身を確信している精神。道徳〉c節〈良心。美しい魂、悪とその許し〉の部分である。ヒルシュの解釈によると、〈美しい魂 die schöne Seele〉はノヴァーリスないしヘルダリン（Friedrich Hölderlin 1770–1843）に、〈悪 das Böse〉がシュレーゲルに相当し、両方ともヘーゲルがロマン派に対して抱いていた〈分裂した意識〉というイメージを表している。[5]

《精神現象学》自体に即してこの二つの分裂した意識の在り方を見ておこう。先ず、〈美しい魂〉の方は〈自己〉自身の内に引き籠もって現実との関わりを持たない〈不幸な意識 das unglückliche Bewußtsein〉の状態である。

この意識には、外化（Entäußerung）の力、つまり自己を物化し、存在に耐える力が欠けている。この意識は自らの内面の栄光を、行為と定在によって汚してしまうことを恐れながら生きている。そして自らの心の純粋さを保つために現実との接触を避ける。またわがままな虚弱性のために究極的な抽象化に至るまで尖鋭化されてしまった自己を断念することができず、また自らに実体性を与え、自らの思考を存在に転換し、自己に対して、絶対的区分を与えることができないのである。したがって意識が自己に対して産出した空っぽの対象は、今や意識を空虚性の意識によって満たしている。この意識の営みは自己を本質のない対象へと生成する過程の中で自己を失い、そしてこの喪失を更に超えて自己自身の元へ墜落しながらただ喪失されたものとしての自己を再発見するような憧憬である。こうした意識の契機の透明な純粋性の中で、不幸ないわゆる美しい魂は自己の内で徐々に弱っていき、空気の中に解消する形のない靄のように消えていく。[6]

右の箇所が実際に〝当て擦り〟になっているとしたら、ノヴァーリスだけでなくシュレーゲルにもかなり当てはまる。[7] シュレーゲル、ノヴァーリスの哲学では自我が自己自身を〈定立〉すること、あるいは〈物化〉することが徹底的に否定される。彼らにとって〈存在〉ないし〈物〉とは自我の本質である自由が否定され、対象との間の特定の関係に固定されてしまった極めてネガティブな状態である。したがって哲学する主体の反省によって物化された自我の在り方を否定し、自我を解放しなければならないという発想になる。これに対してヘーゲル哲学では〈定在 Dasein〉化は自我の自己自身との関わりにおいて、即ち〈即自的 an sich〉な状態の自我を否定し、〈対自的 für sich〉な状態へと高めていくのに不可欠な過程である。言い換えれば、〈定在〉化によって概念的な把握のレベルが高まっているのであるから、それを拒否している〈美しい意識〉には上昇がなく、自己自体内で空回りしていることになる。ヘーゲルの弁証法では自己を外化できない意識は次第に弱まって消滅するしかない。

無論《哲学の発展》を見れば分かるように、シュレーゲルらは〈物〉との関係なしに自我が反省を続けていると言っているのではなく、〈物〉の〈存在〉が固定されていないという点と、〈自我／対象〉関係が恒常的なものでないという点について議論しているのであるから、文字通りに取ればヘーゲルの批判の方が空回りしていることになる。ただヘーゲルの哲学が反省を通して、精神が自己をより概念的に判明に把握するのは必然であるという前提に立っていると考えれば、これは意図的な誤解と取ることもできる。ヘーゲルに言わせれば概念として厳密化されることのない戯れの中にある反省など理性を本質とする絶対精神の自己展開プロセスの中では本流には属さない派生的な動きに過ぎないであろう。

初期ロマン派にとって〈無制約的なもの〉=〈絶対的なもの〉が哲学的思考によって捉えられる境界線の外部にあり〈感情〉の中でしか描出され得なかったのに対して、ヘーゲルの場合は〈無制約的なもの〉は何らかの概念的〈規定〉を受けない限り〈空虚な〉ままである。したがって無制約のままのものを憧憬するノヴァーリスの営みは全く意味がないことになる。

一方〈悪〉というのもやはり自己自身のみと関わっている魂の状態であるが、〈美しい魂〉の場合よりも道徳的な意味での自己中心性として捉えられている。つまり良心が〈義務〉に対してネガティブな態度を取り、義務から自由になろうとしている状態であり、その状態においては〈自己自身についての確信〉と〈一般的なもの〉との間に対立が生じている。

この義務に固執する側から見れば、最初の意識は悪である。それはこの意識が自らの自体内存在（Insichsein）と一般的なものとの不一致だからである。またそういう状態においてこの意識が自らの営みを自己自身との一致であると同時に義務であり、良心に従うことであると表明するならば、それは偽善である。[8]

つまり〈偽善〉とは、自らの意識の内で〈自己〉に対する義務と〈全体〉に対する義務の間に明らかな乖離が生じているにもかかわらずそれを隠蔽しようとする態度である。言い換えれば、〈一般的なもの〉との関係を視野に入れず全く恣意的に振る舞っているにもかかわらず自らの行為に何らかの客観的根拠があるかのように正当化する態度である。ヒルシュの解釈によれば、シュレーゲルのそうした〈偽善〉的な意識の在り方を端的に示しているのが小説《ルツィンデ》である。[9] ヘーゲルにとってこのような意識はあくまで過渡的な一段階である。〈他者 das Andere〉の存在の認識を契機として、〈実現されつつある自己 das verwirklichende Selbst〉が全体の中の一つの契機に過ぎないことが分かれば、そうした意識の一面性は克服されるはずである。[10]

〈一般的なもの〉を無視しているという批判には第V章の発展的普遍性ポエジーの問題を対置することができるだろう。シュレーゲルの〈恣意性〉は行為している主体の視点から見た〈恣意性〉であって、ポエジー的発展の次の段階では前段階で自己の恣意性として理解されていたものが実は何らかの法則性に従っていたことを発見することは可能である。ゲーテの恣意的な創作の依拠していた客観的法則を、拡大された著者であるシュレーゲルが見出すことは可能である。形式自体が自己を創出しつつ変形を続ける連続体の中では、恣意性と必然性の対立は相対的なものでしかない。つまりロマン派にとって〈一般的なもの〉があるとすれば、それはその都度の行為している主体あるいは創作している主体にとっての〈一般的なもの〉ではなく、〈全体〉の生成過程の中で〝一般的〟という形で現れたものであるはずである。そうした〈主体〉と〈全体〉の関連を考えればヘーゲルの批判は一方的であろう。ただ主体の存在を認めないロマン派的な思考の枠組みでは、主体の意識的行為の〈道徳性〉を問題として設定することは困難であり、その点でヘーゲルがシュレーゲルの意識を一般性を装う偽善であると非難するのもそれなりに理由のあることである。シュレーゲルの体系では意識の分裂は不幸ではなく、むしろ構想力が無限を目指して自由に展開する契機なのである。

ヘーゲルは自己自身への義務と一般的なものへの義務との間に引き裂かれた意識を最終的に調停するものとして〈絶対精神〉=〈神〉を持ち出すが、少なくとも初期シュレーゲルの思想では絶対者の現前は考えられない。《精神現象学》の〈良心〉の節は、次のような終わり方をしている。

……この外化を通して、この自己の定在において不和を起こしている知は自己の統一性へと回帰する。それは現実的な自我即ち自己の絶対的な対立物である自己内に存在する知(das insichseiende Wissen)の中にある一般的な自己知である。この自己内に存在する知というのはその分離された自己内存在(Insichsein)の純粋性自体のために逆に完全に一般的なものなのである。その下で二つの自我が互いに対して対定立されている定在を放棄する和解させる〝諾〟(das versöhnende Ja)は二重性へと拡大された自我の定在である。二重性へと拡大された自我とは自己自身と同一であり続けながらその完全な外化と対立物の中において自己自身を確信しているのである。——それは自己を純粋知として知っているものの間に現れる神である。▼11

ヘーゲルから見ればシュレーゲル、ノヴァーリスの論じている意識の在り方は絶対精神の自己実現のために超克されねばならない分裂の状態である。敷衍すれば、ヘーゲルが自らの体系を完結するためには初期ロマン派の議論を封じ込めて最終的和解を証明する必要があったと言える。〈精神〉の章の最後の部分で〈美しい魂〉と〈悪〉の問題を扱ったことの背景には二つのモデルネの言説の深刻な対立が隠されていたかもしれない。

b ヘーゲル美学とロマン派美学

《美学講義》の段階になるとヘーゲルのロマン派批判の戦略はより鮮明になってくる。講義の序論に含まれる〈真の芸術概念の歴史的演澤〉という部分で、ヘーゲルは先ずカント美学の主観性と抽象的思考を打破して近代的美の概念への道を開いた主たる功績をシラーに帰した上で、シラーの美学を［理性的なもの＝現実的なもの］という自らの図式に引き付けながら紹介している。

……したがって美とは理性的なものと感性的なものとの合一的形成であり、この合一的形成が真に現実的なものとして表現されている。一般的にこのようなシラーの見解は既に《優美と威厳 Anmut und Würde》および彼の詩の中に見出すことができる。彼は特に女性への賛美をその対象とし、まさに女性たちの性格の内にそれ自体として備わっている精神的なものと自然的なものの統一を認識し、際立たせたのである。この一般的なものと特殊なもの、自由と必然性、精神性と自然的なものの統一をシラーは芸術の原理かつ本質として学問的に把握し、芸術と美的形成を通して現実の生活にもたらそうと絶え間なく努力したのである。したがってその統一は理念自体として認識と定在の原理にされ、かつその理念は真にして現実的な唯一のものとして認識されるに至ったのである。[12]

先の《精神現象学》の〈不幸な意識〉との関連で言えばシラーの美意識は内面にのみ留まるのではなく、精神的なものと外化された対象の間の統一を基盤にしたものであり、かつ〈美的教育〉あるいは〈美的形成〉を通して現実の生における道徳的実践に繋がるものである。つまりヘーゲルから見て彼の弁証法哲学と調和させやすい枠組みを持っていたわけである。

シラーを持ち上げた後で、それに続く美の理論家としてシュレーゲル兄弟を挙げているが、出だしから彼らの批評は基本的な哲学的認識に依拠するものではなく、その尺度は〈規定されていない、揺らいでいるもの〉だと酷評する。[13]《哲学の発展》前後のシュレーゲルの議論から見れば、〈根源的な揺らぎ〉を〈揺らぎ〉のままに多様に展開していくのが〈創出力〉の作用であり、作品の中にその〈揺らぎ〉の運動を見出そうとする〈批評〉も同じ視点に留まっているわけにはいかない。ヘーゲルが意図的にシュレーゲルの美の尺度をパロディー化しようとしているのかどうかはっきりしないが、両者の価値基準が百八十度逆であることは分かる。ヘーゲルはシュレーゲルの美の理論としての〈イロニー〉に照準を当ててロマン派批判を展開するがそれに先立ってそもそもシュレーゲルの哲学の下敷きになったフィヒテの自我理論に問題があったと主張する。

フィヒテの命題とイロニーという一つの方向の関連を詳細に見ていくには、その関連で以下の点に注目すれば十分であろう。即ちフィヒテが全ての知、全ての理性と認識の絶対的原理として自我を固定したことである。この自我というのは全く抽象的で形式的なものに留まっている自我である。したがってこの自我の第二の特徴は自己自体内において単純であり一方でその自我の内では全ての特殊性、規定性が否定される――それは全ての事柄が抽象的な自由と統一性の中で没落するからである――他方、自我に関わるべきあらゆる内容は自我のみによって定立され、認められる。有るところのもの（was ist）は自我によってのみ有るのであり、自我によって有るものは同様にまた自我によって否定され得るのである。▼14

ヘーゲルが批判しているのはフィヒテの〈絶対的自我〉によって〈定立〉されている〈存在〉（＝〈有〉）が否定によって自己規定されていない〈存在〉、現実的になっていない〈存在〉であって、空虚だという点である。全てが自我によって定立され、かつ自我によって否定されるのであるから自我が〈全ての上に君臨する支配者にして主〉であり、〈即自・対自的に存在しているもの〉も結局は自我によって生み出された〈仮象〉に過ぎず、それ自体の価値は認められないと言うのである。

このフィヒテ批判には明らかにヘーゲルの〝誤解〟が含まれている。第Ⅱ章第一節で見たように絶対的自我によって存在しているものの定立は〈純粋意識〉の内で生じているのである。〈定立〉は経験的意識の主体としての自我には意識されることがない。無意識的なレベルで定立されているものを経験的自我が恣意的に否定することは不可能である。存在しているものは経験的自我にとっては〈必然的に〉定立されているのであって、単なる〈仮象〉ではない。ヘーゲルは絶対的自我と経験的自我のレベルを区別せず、経験的自我が即全てのものの主であるかのごとく扱っている。ヘーゲルの弁証法では空虚な存在が現実の諸関係の中で規定を受け、定在へと昇格していくことが重要であり、〈端的に存在すること〉を絶対視するフィヒテの体系を論破する必要があったが、まさにそのために知識学の〈実在論〉的な側面を無視して単純〈観念論〉であるかのようなイメージを作り上げている。フランクが指摘しているガダマーの誤解も元をただせばヘーゲルのフィヒテ観に由来するものかもしれない。

ヘーゲルはこうしたフィヒテの自我の絶対性の理論を芸術に応用する場合、対象に全く囚われていない状態を〈独創性 Genialität〉と理解する態度が生まれてくると言う。

> 私がこの原理に従って芸術家的に生きるとは、私の全ての行為と表出（Äußern）が何らかの内容に関わっている限り私にとって単なる仮象に留まり、全く私の力の範囲内にあるような形態を取ることである。したがってそれは私にとって、その内容に関しても表出および現実化（Verwirklichung）に関してもそもそも真の真面目（Ernst）ではない。真の真面目とは実質的な関心（ein substantielles Interesse）自体において内実ある事柄、真理、人倫性等々、即ちそれ自体として既に私に本質的に関わるような内容を通してのみ入ってくるのである。つまりそのような内実（Gehalt）に私が没入し、私の全ての知と行為においてその内実に適合したものになる時にのみ私は私自身に対して、私にとって本質的になるのである。全てを定立しかつ解消する自我がそれに依拠することによって芸術家であるような立脚点、その立脚点に対してはいかなる内容も絶対的かつ即自対自的な意識としてではなく、自己自身によって創出された破壊可能な仮象の意識として現象するが、そこに真面目の余地はない。自我の形式主義にのみ妥当性が与えられるからである。▼15

この箇所にはヘーゲル美学と初期ロマン派美学の対立点がはっきりと現れている。ヘーゲルにとって、

〈芸術〉とは自我が対象の中に表出・現実化されている自己自身を見出すプロセスである。言い換えれば、〈真理〉を感性的な芸術的形態という形式を通して開示し、〈和解へともたらされた矛盾〉を描出することを使命としている。[16] 対象の中に外化されることを通して自我が自己自身に対して本質的なものとなっていくというのはまさに《精神現象学》の図式である。私が対象の内に没入し、その〈内実〉と私が本質的な関わりを持つことがヘーゲルの〈真面目〉である。そしてそういう意味での〈真面目〉がヘーゲルの基本姿勢であるとすれば、それは《哲学の発展》でシュレーゲルが主張した〈対象への没入〉からの解放、即ち〈戯れ〉と全く正反対のものである。無論、シュレーゲルも〈自我／対象〉関係の固定化を人間が言語によって思考する以上、不可避的な現象と見做していたのであるからヘーゲルの見方と完全に排除し合う関係にはない。ヘーゲルが自我が対象へ没入していく方向に照準を当てて芸術を論じているのに対して、シュレーゲルは対象への没入から解放される方向に照準を当てている。

ヘーゲルとシュレーゲルはある意味で同じ事柄に表と裏からアプローチしている形であるから、ヘーゲルとしてもイロニー的な性格の芸術の〈独創性〉を全面的に否定することはできない。イロニー的な独創性についてヘーゲルはそのようなタイプの芸術家は一般的なものと関わり、つまり自己と現実の関わりにおいて常にアイロニカルな態度を取り続け、最終的に自己自身の享楽のためにのみ生きているとコメントする。ボーラーの指摘によれば、これは〈芸術作品〉の自律性についての議論から道徳性の問題へと論点をズラそうとするヘーゲルの戦略である。[17]

ヘーゲルはこのようなネガティブな芸術形式としての〈独創的神的イロニー〉論の代表者としてフリードリヒ・シュレーゲルを名指しした上で、イロニーは純粋主観主義的な態度であると断じている。

このようなイロニーの否定性の次の形式は、一方において全ての事物的なもの、人倫的なもの、それ自体において中身があるものの空虚性（Eitelkeit）、即ち全ての客観的なもの、即自対自的に妥当性を持つものの虚無性（die Nichtigkeit alles Objektiven und an and für sich Geltenden）である。自我がこの立脚点に留まる限り、自我にとって自己の主観性を除く全てのものは虚無で空虚なものとして現れる。主観性はそのため虚ろで空っぽで、それ自体が空虚なものになってしまう。翻って別の面から見れば、自我はこの自己享楽の中で満足な状態にはなく、自己自身にとって不十分になるはずである。したがって自我は確固として実質的なもの、規定された本質的な関心への渇きを感じるようになり、それによって不幸と矛盾が生じる。つまり主体が一方で真理の内に入り込もうとし、客観性を願望しながら、他方でこうした孤独、引き籠もった性質を放棄し、この充足しない抽象的な内密性（Inningkeit）を振り切ることができず、切望状態（Sehnsüchtigkeit）に囚われているのである。この切望状態はフィヒテの哲学からも同様の形で生まれてきたものである。[18]

ヘーゲルの戦略は〈イロニー〉による〈戯れ〉をヘーゲル美学の本質である〈真面目〉に対置することにある。〈イロニー〉を〝不真面目な〟態度であると規定することで、つまりロマン派の芸術論は〈最も非芸術的なもの〉を、真の芸術の原理にしてしまっていると批判することで[19]、ヘーゲルはロマン主義的イロニーの意味をかなり矮小化してしまっているのである。

ボーラーがはっきり指摘しているようにヘーゲルのイロニーの捉え方の問題性は、単純に［イロニー＝芸術家の主観性］と決め付けている点にある。[20] 第V章第二節で見たように、シュレーゲルのイロニーの定義は多様であり、確かにイロニーを操る主体の態度もそこには含まれているが、〈イロニーのイロニー〉

になるとそれはもはや主体の意図に属する行為ではなく、作用するランガージュの内部の戯れの運動と解されるべきものである。《マイスター》という作品に現れている〝自己の作品を精神の高みから微笑みながら見下ろしているように見える詩人の態度〟は、文字通りの意味でゲーテの意図なのではなく、作品自体に備わっている再帰的性格である。イロニーは〈制約されたもの〉ないしは〈物化〉されているものに囚われている主体の状態を自己否定し、〈無制約的なもの〉つまり〈根源的戯れ〉を再発見する運動である。ヘーゲルの言っているのとは別の意味で〈全体〉との関わりが前提されているのである。ヘーゲルはファンタジーによる芸術生産の特徴について、「ポエジーの中でのみ見事に際立ってくるこの生産の原理はイロニー的なものとしての神的なものの描出である」[21]と述べているが、この一文はまさにヘーゲルの意図の如何にかかわらず〈無限なもの〉への関わりとしてのイロニーの本質を表現している。シュレーゲルの哲学は〈ポエジー〉と〈概念的思考〉の永続的交替の中で創作する主体ないしは思考する主体がいかに振る舞うかをテーマにしているのであって、創作する主体が恣意的に〈ファンタジー〉を操れるという前提で議論しているのではない。イロニーの言語は主体の意図とは関わりなく自己描出し続けるのである。

〈ポエジー〉と〈概念的思考〉の表裏一体の関係はヘーゲルとシュレーゲルがともに注目している点である。シュレーゲルが主に前者の側から哲学しているのに対して、ヘーゲルは後者の側から体系を展開しているため、本来二人の体系は相互補完的な関係にあるにもかかわらず、ヘーゲルはシュレーゲルが主体による概念的思考をも視野に入れた上でイロニーを論じている点を故意に無視しているように思われる。また《美学講義》の中で展開されているヘーゲルの言語観は、ある意味でシュレーゲルのポエジー論と実質的にはかなり重なっているが、彼はそのことには触れていない。講義第三部の〈ポエジー〉の章で、ヘーゲルは韻文的言語と散文的言語にそれぞれ対応する形で、意識の中に捉えられる表象に〈ポエジー的表象poetische Vorstellung〉と〈韻文的表象prosaische Vorstellung〉の二つの相があると指摘し、前者がより根源的な相であることを認めている。ポエジー的表象の特徴は、〈形象的〉な性格にあり、韻文的表象の本質は悟性的把握にある。[22] 詩的言語の根源性を認めている点ではヘーゲルもヘルダー――シュレーゲルの言語論を継承しているとも言える。ヘーゲルはこの二つの言語態の関係に弁証法の図式を持ち込んで、ポエジー的表象を、〈直接性Unmittelbarkeit〉に、韻文的表象を〈規定性Bestimmtheit〉に対応させている。「……更に詳しく言えば、韻文においては対象の外的なものを固定的かつ鋭く記号化することが不可欠となる。しかしその場合、この記号化は形象性を目指してなされるのではなく、何らかの特殊な目的に起因する。したがって一般的に韻文的表象の法則として一方では正確さ、他方では判明な規定性と明瞭な理解可能性を挙げることができる。これに対して隠喩的かつ形象的なものは常に相対的に非判明的で、不正確である[23]」。散文的意識はポエジー的表象を分析し、それを〈形象〉の相と〈意味Bedeutung〉の相に分離し、理解可能なものにするように作用する。

原初の言語においてはポエジー的表象の方が優勢であったが、時代の推移とともに次第に韻文的表象が優位になりそれが規範となっていく。韻文が規範化した状況下にあっては、慣習化した抽象を打ち破って具体的で生き生きとしたものを取り戻すため、意図的にポエジーを創作しようとするエネルギーが生まれてくる。ポエジーの創作は一般的なものに関わる思考と〈個別的なもの〉のみを捉える〈直観〉や〈感受性〉の対立を和解させる働きをする。[24] ヘーゲルは美学講義の最後の部分で次のように芸術の必要性を主張している。

というのは芸術の中で我々は単に快い、あるいは有用なからくり（Spielwerk）のみと関わっているのではなく、有限性の内実と諸形式からの精神の解放、感性的なもの、現れつつあるものの中にある絶対者の現前性と和解、真理の展開に関係しているのである。その真理とは自然史として汲み尽くされるものではなく、世界史として自己を啓示するのであり、その中では真理自体が最も美しい側面となり、現実的なものの中での大変な仕事、認識の辛い労苦の報酬となるのである。[25]

つまり自我の概念的思考を対象の有限性の内実と形式から解放し、〈絶対者〉の自己展開の運動に繋げていく作用を芸術の内に見出しているわけであり、基本的にシュレーゲルの芸術・ポエジー観と同じ構図になっている。異なっているのはヘーゲルの場合に、真理の現実的なものの中での現れが、歴史の最終ゴールを目指した現れであるのに対して、シュレーゲルの場合は、〈我々にとって〉の主体の位置が不在であるために真理の運動の絶対的方向性が与えられず、真理自体が常に混沌の中で産出されている点である。

このような〈ポエジー〉と〈概念的思考〉の関係の相互補完的な捉え方は実際にはシュレーゲルのイロニー論にかなり類似したものである。シュレーゲルのイロニーは概念的思考による拘束性を緩めて根源的ポエジーの躍動性へと連れ戻す作用である。イロニーによって日常の理性的思考が崩壊するわけでも、また主体が対象の具体性と縁がなくなってしまうわけでもない。しかもシュレーゲルの目指す〈新しい神話〉は原初の神話的精神状態に戻ることを意味するのではなく、カント以降の客観的な美の理論に基づいて生み出される人為的な戯れ、言い換えればイロニーによる共ポエジー・共哲学の営みを指している。これはヘーゲルがポエジーに認めている機能と矛盾するものではない。先に記したような言語・芸術観を持っているヘーゲルは本来シュレーゲルのイロニー理論を支持してもよかったはずである。ヘーゲルが〈イロニー〉の意味を狭めて受け取ったために、ヘーゲル哲学と初期ロマン派哲学との共通性が見えにくくなっている（もっとも《哲学の発展》の内容は両者が存命中は本として刊行されていなかったので、ヘーゲルがシュレーゲルの言語・芸術論の哲学的位置付けを十分に把握していないのは致し方ないことかもしれない）。

ヘーゲルとロマン派の対立は〈世界〉を構成している〈ポエジー／概念的思考〉、あるいは〈戯れ／真面目〉の二項対立関係をどちらの側を基準にして描出するかという問題に最終的には集約される。ヘーゲルにとって〈戯れ／真面目〉の対立がはっきり現れるのは《哲学史講義 Vorlesungen über die Geschichte der Philosophie》[26]における〈ソクラテス的イロニー〉の解釈の問題である。ソクラテスはヘーゲルから見れば、哲学の真の発展の方法である〈弁証法〉の原形を示した先駆者であり、シュレーゲルも《イエーナ講義》で「ソクラテスの時代に哲学は弁証法的であった。……哲学の方法はソクラテスであるべきだ[27]」と明言するほどにソクラテスを重視している。しかし両者がプラトンの対話篇から引き出したソクラテス像は全く対照的なものである。

ヘーゲルは先ず、ソクラテス的イロニーとは〈対話 Dialektik〉の中で自分自身は何も知らないような素振りをして相手にしゃべらせるやり方であり、弁証法的な対人関係における特殊な身振り（Benehmungs-weise）であるとしている。[28]自分自身は何も知らないソクラテスは、対話の相手に彼の持っている根本命題を説明するよう求める。相手の説明を聞いているソクラテスは、基本的な命題から展開されたはずの議論が最初に定義していたことと矛盾しているのではないかと指摘し、彼の議論が実は確固とした根拠に基づくものではないこと、真の知ではないことを暗示する。つまりソクラテスのイロニーは、事物の在り方についての漠然とした知を具体的な知へと根拠付けていくプロセスへの導入となるのである。

ソクラテス的イロニーのこの偉大さは抽象的な表象を具体的なものとして、展開するような方向へと導く点にある。例えば私が「私は理性とは何であり、信仰とは何であるか知っている」と語るとすれば、それは全く抽象的な表象に過ぎない。それが具体的になるには、それが外示＝解釈（explizieren）され、かつそれが何であるのか分かっていないという前提に立つことが不可欠である。そのような表象の説明をソクラテスが引き起こすのである。それがソクラテス的イロニーの真実である。▼29

ヘーゲルから見てソクラテスの方法で重要なのは、反省を通して無媒介で空虚な知を概念的に厳密化していくことである。つまり重要なのは知らない振りをして〝戯れ〟てみせる〈偽装の術〉ではなく、対話を通して追求されている〈概念〉の中身である。イロニーの本質は出発点になっている抽象的な表象から最終目標である具体的な概念に向かう運動であって、〈偽装〉は概念化される内容とは直接関係ない。

こうした〝正統的なソクラテス理解〟の前提に立った上でヘーゲルは、当時哲学者たちの間で盛んになっていたソクラテス的イロニーをめぐる議論のほとんどは、イロニーが本来的に弁証法的方法であることを無視し、相手を混乱させる偽装の術にのみ注目するという全く転倒した方向性を示していると批判している。そのようなイロニー論を仕掛けた張本人がシュレーゲルであり、それに追随しているのが文献学者のアスト（Friedrich Ast 1778–1841）である。偽装の術を精神の最高の振る舞いであり、神的であるとさえ見做す彼らの態度は、ヘーゲルから見れば全く不真面目なものである。シュレーゲル－アストのイロニー論は次のように総括されている。

イロニーとは全てのものとの戯れである。このような主観性はもはや真面目とは関係ない。主観性は真面目を生み出すが、再びそれを否定し、全てを仮象に変えてしまう。全ての高貴で神的な真理は虚

無性（低劣さ）へと解消される。全ての真面目が同時に諧謔なのである。▼30

この箇所を見る限り、ヘーゲルは自己創造と自己否定、真面目と戯れの永続的交替という〝シュレーゲルのソクラテス的イロニー〟の本質を少なくとも字面の上ではかなり的確に把握していると言える。しかしヘーゲルは《美学講義》の場合と同様に、イロニーを専ら主体の振る舞いの問題と理解して、シュレーゲルの哲学する主体は戯れ続けている、とかなりズレた批判を行っている。しかし実はシュレーゲルは現に哲学・創作している主体は常に真面目であるが、その主体の振る舞いはより高次の主体から見れば〝戯れ〟の中にあると言っているのである。つまりヘーゲルの〈真面目／戯れ〉が現に行為している主体の態度の問題であるのに対して、シュレーゲルの〈真面目／戯れ〉は低次の主体と高次の主体の視点の差異の問題であって、問題設定の次元が異なっているのである。

シュレーゲルとヘーゲルはどちらも自らの哲学の方法としてソクラテスの弁証法を目指し、ある面で極めて類似した芸術・言語論を構築したが、最終的に〈真面目／戯れ〉の捉え方をめぐって行き違ってしまった。結果としてはヘーゲルの合理主義的（真面目な）言説の方がドイツ語圏でより広範に受け入れられ、その後トーマス・マン、ルカーチ、ハーバマスに至るまで評価の仕方はかなり多岐に渡るもののヘーゲル的思考がドイツ近代思想の本流、それに反抗する非合理主義的なロマン主義は傍流であると見做されてきた。しかしその図式は一九八〇年代後半以降急速に変化しつつある。ロマン派の哲学・文芸理論が単純な神秘主義や〝原初に戻れ〟といった感情的なスローガンではなく、近代合理主義の根幹である自我哲学と概念中心主義的言語観を根底から掘り崩すラディカルな批判の契機を持っていることが理解されつつあるからだ。今後の動向次第では、二つの言説のバランスが更に大きく変化していくかもしれない。

註

序章

▼1　一九八九年のベルリンの壁崩壊を契機にドイツ再統一の是非をめぐる議論が知識人間で盛んになる中で、ハーバマスは一九九〇年一月に刊行した《遅ればせの革命》を通してドイツ人の集団的アイデンティティー形成に伴う危険を暗示し、普遍主義的な〈憲法愛国主義〉こそドイツ民族にとって唯一可能なパトリオティズムの形態であると主張した。これに対してボーラーは同年一月十三日付《フランクフルター・アルゲマイネ》紙上で、ナチズムに対する過度の警戒感から、長い歴史的伝統の中で形成されてきた〈国民〉の理念を抑圧してしまうのは不当であるという視点から、ハーバマスの憲法愛国主義論を批判し、自らの持論であるロマン主義再評価の必要性を改めて強調する。詳しくは、村上淳一『仮想の近代――西洋的理性とポストモダン』（東京大学出版会、一九九二年）、第V章「社会主義体制の崩壊と近代思想」を参照。

▼2　《*Merkur*》誌の一九九〇年十月・十一月合併号に掲載された論文〈親離れする美学〉で、ボーラーはフランクも含めて、ロマン派をシェリングに連なる「歴史哲学」のユートピア構想として捉えようとする論者たちのため、「フリードリヒ・シュレーゲルという理論上の出来事はあたかも起こらなかったかのような」扱いを受けてきたと従来の歴史哲学的シュレーゲル論を批判し、その代表格としてハーバマスを挙げている。

▼3　『隠喩としての建築』（講談社学術文庫版）、六一頁。

▼4　『探求I』（講談社学術文庫版）、第十二章「対話とイロニー」。

▼5　『鏡の中のロマン主義』（勁草書房、一九八九年）、第四章「脱自と創造／ロマン的詩学の方途」参照。

第I章第一節

▼1　Walter Benjamin Gesammelte Schriften Bd. I. 1, hrsg. v. Rolf Tiedemann und Hermann Schweppenhäuser,

Suhrkamp Verlag, S. 18; hinfort zit.: WBGS.

▶2　Kritische Friedrich-Schlegel-Ausgabe Bd.V, hrsg.v. Ernst Behler unter Mitwirkung von Jean-Jacques Anstett und Hans Eichner, Verlag Thomas Schöningh, S. 72; hifort zit.: KA.

▶3　Novalis Werke Bd. II, hrsg. v. Hans Joachim Mähl und Richard Samuel, Carl Hanser Verlag (1978) ‹Blütenstaub (1797/98)› Nr. 45., S. 245; hinfort zit.: NW.

同じ編者らによるノヴァーリス全集（«Historische-Kristiche Ausgabe (HKA)»）が一九六〇年にコールハンマー社から出されている。HKAが全四巻で、哲学に関するものはそのうち、第二巻、第三巻の二冊に分けて収録されているが、カールハンザー版では分量が大幅に削減されて第二巻一冊にまとめられている。削減した根拠としてメールは、ノヴァーリスが断片として書き残していたもののうち、主に他の著作からの抜粋などを除いてノヴァーリス固有の思想をより正確に再現することを試みたと説明している。

▶4　«A. W. Schlegel — Über Litetatur, Kunst und Geist des Zeitalters, Eine Auswahl aus Kritischen Schriften» hrsg. v. Franz Finke, Universal-Bibliothek, Philipp Reclam; ‹Poesie›, S. 96.

▶5　Vgl. ‹Einleitung›, zu KA Bd.VIII (Ernst Behler), LIII f.

▶6　Vgl. KA Bd. XXIV; ‹Brief von und an Friedrich und Dorothea Schegel›;

166. Friedrich Schlegel an Novalis: Jena, 9. August 1796, S. 328.
171. Friedrich Schlegel an Novalis: Jena, 4. Oktober 1796, S. 336.
197. Friedrich Schlegel an Novalis: Jena, 5. Mai 1797, S. 363.
201. Friedrich Schlegel an Novalis: Jena, 26. Mai 1797, S. 367.
203. Friedrich Schlegel an Novalis: Jena, 26. Mai 1797, S. 369.
204. Friedrich Schlegel an Novalis: Jena, 8. Juli 1797, S. 370.

例えば［197］には次のような表現がある。「……僕は君を本当に心から抱きしめる。旧友よ。僕たちだけで二、三日、一緒に座って哲学できたら――あるいは僕たちのいつもの言い方ではフィヒテする（fichtisieren）ことができたら――どんなに素晴らしいことだろう。人間フィヒテを僕はますます愛するようになった。しかし君にとっては彼の哲学は十分にリベラルではないのだろうか。……」。

▶7　KA Bd.VIII, S. 25 ff.

▼8 Ebd., S. 28.
▼9 Vgl. KA Bd. XII; «Transzendentalphilosophie [Jena 1800–1801]», S. 32. この講義でFr.シュレーゲルは、フィヒテの反省の哲学とスピノザの思弁（Spekulation）の哲学を対比して、自らはその中間を行くと宣言しており、既に理論的にはフィヒテとの間に距離を置き始めていることが見て取れる。
▼10 Œuvres Philosophiques de Descartes Tome I, Édition de F. Alquié, Garnier, S. 606.
▼11 Ebd., S. 607.
▼12 Œuvres Philosophiques de Descartes Tome II, S. 193 (L.), S. 434 (F.).
▼13 Ebd., S. 194 (L.), S. 434 (F.) ff.
▼14 Ebd., S. 213 (L.) ff., S. 467 (F.). L.＝ラテン語版（一六四一）と、F.＝フランス語版（一六四七）とは必ずしも逐語訳的に対応していない。
▼15 Ebd., S. 222 (L.), S. 481 (F.).
▼16 Ebd., S. 222 (L.), S. 482 (F.).
▼17 「表象する」とは、〈praesentia intueor〈現前するものとして直観する〉〉ことなのだから、〝表象を直観する〟というのはダブリ表現になってしまうが、日本語では、どうしても「表象する」ことと、「直観する」ことの関係がはっきり表現できないので便宜的に使用した。
▼18 Œuvres Philosophiques de Descartes Tome II, S. 226 (L.), S. 487 (F.).
▼19 ハイデガーは、デカルトが、物（Ding）が〈存在すること Sein ＝ esse〉の意味を、常に（ständig）〈現存在 Dasein ＝自我〉の手元にあって接近可能であること（Vorhanden-Sein）に置き換えてしまったと指摘している。Vgl. Martin Heidegger Gesamtausgabe Bd. II (‹Sein und Zeit›), Vittorio Klostermann Verlag, S. 128 ff.; hinfort zit.: MHG.
▼20 《知的直観 intuition intellectuelle》という表現は、デカルト自身が『精神指導の規則 Regulae ad directionem ingenii』の第三規則で用いている。ただしここでは《省察》と異なって、直観（intuition）自体が〈純粋で注意深い知性からなる表象 une représentation qui est le fait de l'intelligence pure et attentive〉であると定義されており、感覚的な表象は最初から排除されている。
▼21 カントは《感覚界と叡智界について》で知的直観を批判する際にその代表な例としてマールブランシュを挙げ

ている。Vgl. Immanuel Kants Werke Bd. II, hrsg. v. Ernst Cassirer, verlegt bei Bruno Cassirer Berlin, S. 426; hinfort zit.: IKW. またフリードリヒ・シュレーゲルはデカルトの〝第一弟子〟としてマールブランシュ、第二にスピノザ、第三にライプニッツを挙げており、初期ロマン派のデカルト哲学理解においてマールブランシュの占める位置がかなり大きかったことが分かる。Vgl. KA Bd. XII, S. 266 ff.

▼22　Malebranche-Œuvres (Bibliothèque de la Pléiade) Tome I, Edition de G. Rodis-Lewis, Gallimard, S. 89.

▼23　Ebd., S. 349.

▼24　Spinoza Opera II, hrsg. v. Carl Gebhardt, Heidelberg / Carl Winters Universitätsbuchhandlung; «Ethica». S. 52.

▼25　Ebd., S. 94.

▼26　Ebd., S. 96.

▼27　Ebd., S. 102, S. 122.

▼28　ロックは《人間悟性論 An Essay concerning Human Understanding》で、外界についての我々の知識が常に物についての観念（Idea）によって媒介されていることを前提に、霊体は言うまでもなく自然の物体（physical things）そのものに関する科学を作ることは不可能であり、それを求めるのは無益な仕事だと断言している。Vgl. Book 4, Ch. 3. ‹Extent of Human Knowledge› §26; John Locke — Works Vol. 2, London (Reprinted in Germany, Scientia Verlag Aalen), S. 377 ff.

▼29　IKW Bd. II, S. 412 f.

▼30　Ebd., S. 413 f.

▼31　Ebd., S. 427.

▼32　Ebd., S. 427 ff.

▼33　IKW Bd. III, ‹Vorrede zur zweiten Auflage›, S. 18; ‹Einleitung›, S. 51 ff.

▼34　Ebd., S. 23 ff.

▼35　IKW Bd. V, S. 64.

▼36　Ebd., S. 64.

▼37　思弁的理性の領域と実践理性の領域の一貫性をいかに保持するかが倫理学としての《実践理性批判》を構築する上で重要なカギになることは、カント自身明確に意識している。Vgl. ebd., S. 5 ff.

▼38　Ebd., S. 130 ff.
▼39　Ebd., S. 6.
▼40　IKW Bd. III, S. 200 ff. (u. S. 274 ff [B]).
▼41　《純粋理性批判》の同じ箇所について、カッシーラーは論理展開がトートロジカルになっていることを認めながらも、むしろ合理論と観念論の立場を仲介する新たな見解を示したと評価している。Vgl. Ernst Cssirer,«Das Erkenntnisproblem in der Philosophie Wissenschaft der neuen Zeit» (1907) Bd. II, Georg Olms Verlag, S. 725–733.
▼42　ハイデガーはカントにおける〈私の内 in mir〉と〈私の外 außer mir〉の相互規定的関係の不確定性を、彼以降の認識論哲学の根本的欠陥として指摘している。Vgl. MHG Bd. II, «Sein und Zeit», S. 268 ff.

第Ⅰ章第二節

▼1　Vgl. «Über den Begriff der Wissenschaftslehre» (1794); J. G. Fichte Gesamtausgabe der Bayerischen Akademie der Wissenschaften Bd. I. 2, hrsg. v. Reinhard Lauth u. Hans Jakob, Friedrich Frommann Verlag, S. 120 ff., hinfort zit.: FGBAW.
▼2　FGBAW Bd. I. 2, S. 256 ff.; ‹Ester Theil: Grundsatze der gesammten Wissenschaftslehre›.
▼3　Ebd., S. 264 ff.
▼4　通常は〈entgegensetzen〉は〈反定立〉もしくは〈反措定〉と訳されているが、それだと、〈setzen〉と〈entgegensetzen〉とが常に対になっていることが訳語の上に出てこないので、本書では〈定立〉に対して〈対定立〉と訳すことにした。
▼5　FGBAW Bd. I. 2, S. 268 ff.
▼6　Ebd., S. 270 ff.
▼7　〈否定性 Neagtion〉および〈無 Nichts〉には、そのものの存在可能性を完全に否定してしまう絶対的な無（否定）と、その性質の一部分だけを否定する相対的無（否定）と、二つの相があるという議論は、古くはドンス・スコトゥスにまで遡るものである。近世では、スピノザが「全ての規定は否定である Omnis determinatio est negatio」（《Ethica》）と述べて、否定の持つ〈制限〉としての意味の相を指摘している。この問題についての議論の主要な系譜は、ヘーゲルが《大論理学 Wissenschaft der Logik》の冒頭の〈有 Sein〉をめぐる章で扱っている。またフィヒテ

がここで使用している［実在性―否定性―制限（Schranke）］の各概念はカントの範疇表（Tafel der Kategorien）の二番目〈質 Qualität〉を構成する［Realität-Negation-Limitation］にそれぞれ対応している。Vgl. IKW. Bd. III, S. 98.

▼8　FGBAW Bd. I. 2, S. 272.

▼9　Ebd., S. 270.

▼10　ディーター・ヘンリッヒは、フィヒテ自身が《全知識学の基礎》の第一版を出した時点でその曖昧さに気付いていたが自我についての自らの洞察を適切に解釈できるようになったのは、《知識学の新たな叙述の試み Versuch einer neuen Darstellung der Wissenschaftslehre》（一七九七）と《知識学への第二序説 Zweite Einleitung in die Wissenschaftslehre》（一七九七）を執筆するようになった頃であると指摘している。Vgl. «Fichtes ursprüngliche Einsicht»（一九六六）in: «Subjektivität und Metaphysik; Festschrift für Wolfgang Cramer», hrsg. v. Dieter Henrich u. Hans Wagner, Vittorio Klostermann Verlag, S. 221 ff.

▼11　FGBAW Bd. I. 2, S. 279.

▼12　《知識学への第二序説》で、フィヒテは自らがカントの継承者であることを強調しているが同時にカントの哲学叙述の方法と知識学のそれとを比較して、カントは《純粋理性批判》では理論理性のみ、《実践理性批判》では実践理性のみを扱い、全ての哲学の基礎を扱ったわけではないとしている。Vgl. FGBAW Bd. I, 4, S. 225.

▼13　FGBAW Bd. I. 2, S. 279.

▼14　Vgl. FGBAW Bd. I, 4, S. 225.

▼15　ヘンリッヒはデカルトからカントに至るまでの近代哲学が、自我を専ら自我以外の物との関係で捉えていたのに対し、フィヒテが初めて自我そのものの問題としての自己意識を取り上げたと指摘している。Vgl. «Subjektivität und Metaphysik», S. 191 ff.

▼16　Vgl. Zweiter Theil der «Grundlage der gesammten Wissenschaftslehre», FGBAW Bd. I. 2, S. 283, S. 370 ff.

▼17　Ebd., S. 371.

▼18　ヘンリッヒは直観すること即ち見る（sehen）という作用がフィヒテの自己意識論で次第に重要性を増し、自我性（Ichheit）が、「目を備えた活動性」として把握されるようになると指摘している（Vgl. «Subjektivität und Metaphysik», S. 216)。〝一八一二年〟と書かれた三つの哲学的ソネットの二番目のものでは自己意識における〈見る

sehen〉という契機について、フィヒテが至りついた根源的洞察がメタフォリカルに表現されている（Vgl. FGBAW Bd. I, 8, S. 32)。

▼19　FGBAW Bd. I. 2, S. 371.

▼20　Ebd., S. 253.

▼21　Vgl. «Zweite Einleitung in die Wissenschaftslehre», FGBAW Bd. I, 4, S. 225.

▼22　Ebd., S. 217.

▼23　Ebd., S. 217.

▼24　《哲学の発展》はシュレーゲルがケルン滞在中（一八〇四―〇六）に、友人のサークルで行った一連の講義が、ボン大学教授ヴィンディシュマン（Windischmann）の手で遺稿集（«Friedrich Schlegels philosophische Vorlesungen aus den Jahren 1804 bis 1806 nebst Fragmenten vorzügliche philosophisch-theologischen Inhalts, 1834»）として出版される前に、その一部として編集されたもの。この時期のシュレーゲルは、カトリック信仰への傾倒のためアテネウムの時期のダイナミズムを既に失いかけており、フラグメント的な叙述から、体系的叙述志向へと思想的に硬直化しつつあるのではないかと一般的に言われている。これに対してベンヤミンは同講義で体系化されているのは、初期の思想に既に萌芽として含まれていたものでカトリックに完全に帰依した後の教条主義的傾向はまだ見られないと述べており、KA Bd. XII, Bd. XIII の編者ジャン・ジャック・アンシュテットも同様の見解を示している。Vgl. WBGS Bd. I, 1. S. 15; KA Bd. XII, ‹Einleitung›, S. XXIII ff.

▼25　KA Bd. XII; ‹Erstes Buch. Einleitung›, S. 297 ff.

▼26　Vgl. ebd., S. 239 ff., S. 297 ff.

▼27　Ebd., S. 300.

▼28　Ebd., S. 287.

▼29　シュレーゲルは《イエーナ講義》（一八〇〇―〇一）で既に哲学が最終的には、哲学という営みそのものを問題にせざるを得ないことを指摘している。Vgl. KA Bd. XII; ‹III Theil der Philosophie›, S. 91 ff.

▼30　Vgl. «Über den Begriff der Wissenschaftslehre», FGBAW Bd. I. 2, S. 149.

▼31　KA Bd. XII, S. 324. 大文字の〈A〉ではなく小文字で〈a〉になっているのは、定立されている対象が固定的（beharrlich）なものではないという点においてフィヒテとの違いを示唆しているように思われるが、断定はできない。

▼32　Ebd., S. 325.
▼33　Ebd., S. 325.
▼34　ベンヤミンはこの著作で表明されているフィヒテの〈反省〉概念が、初期ロマン派の考え方に最も近いと指摘している。Vgl. WBGS Bd. I, 1. S. 20.
▼35　FGBAW Bd. I, 2, S. 138–141.
▼36　Ebd., S. 141 f.
▼37　Ebd., S. 142.
▼38　FGBAW Bd. I, 2, S. 262.
▼39　WBGS Bd. I, 1, S. 21. ベンヤミンは《知識学の概念について Über den Begriff der Wissenschaftslehre》で問題にされている自由な反省による〈直接的認識〉とフィヒテが後に導入する知的（内的）直観とはニュアンスが異なっていると主張している。これはベンヤミンが、〈自由〉という表現をかなり強い意味に取って、必然的行為とは完全に隔絶した次元に、自由な行為を想定しているためと思われるが、フィヒテ自身は〈必然〉のレベルにある精神の行為のうち何が抽出されて、〈自由〉のレベルでの素材になるのか依然として謎であると述べており、〈絶対的主体〉による〈直接的認識〉を神秘主義的に論じているわけではない（Vgl. FGBAW Bd. I, 2, S. 142 ff.）。ただし反省が可能であるからには、必然的精神行為の主体とは別の次元での主体が前提とされなければならないのは確かであり、その限りではベンヤミンの〈絶対的主体による直接的認識〉への言及はあながち不当とは言えない。
▼40　IKW Bd. III; Elementarlehre. 2.T. I. Abt. 2. Buch, Anhang ‹Von der Amphibolie der Reflexionsbegriffe, S. 224 f. (u. S. 316 [B]).
▼41　反省についての議論の前で、思考と直観の関係、とりわけ認識の領域における知的直観排除の問題を詳しく論じている。Vgl. IKW Bd. III, S. 212–S. 224 (u. S. 294–316 [B]).
▼42　Vgl. KA Bd. XII, S. 113 f.; S. 285 f.
▼43　WBGS Bd. I, 1, S. 27. メニングハウスは、主に《知識学の概念について》で論じられている〈形式／素材（内容）〉の変形の問題は、前後の分脈からして反省についての一般的定義であるというよりも論理学と知識学との相関関係についての特殊な記述であるとして、ベンヤミンの一般化を批判している（Vgl. Winfried Menninghaus, «Unendline Verdopplung» (1987), Suhrkamp; II. Walter Benjamins Darstellung der romantischen Reflexionstheorie, S. 32

ff.; hinfort zit.: UV〉。確かにこの箇所での、〝反省〟は、少なくとも自己意識としての反省とは異なるレベルでの議論であり、その点ベンヤミンの叙述が多少粗雑であることは認めざるを得ない。後で述べるように、思考の思考としての反省の中で思考されている客体は、前の段階で思考されていた内容のほか、思考している主体としての自我自身である場合も考えられ、そのために〈反省〉の意味のレベルが多重化してくる。ただし自己意識としての反省も客体である非自我との関係を基礎に成り立っているので、完全に切り離して考えるわけにもいかない。本書ではフィヒテが〈反省〉を、《知識学の概念について》の場合のような一般化したレベルと、《全知識学の基礎》以降に見られるように自己意識のレベルに限定して使用しているとの前提の上で便宜的にベンヤミン流の叙述を利用することにする。

▼44　FGBAW Bd. I, 4, S. 275.

▼45　〈形式／素材〉の二項関係は古くはアリストテレスの〈eidos / hyle〉にまで遡り、デカルト、スピノザ、ライプニッツを経て、カントの体系にまでも入り込んでいる。ラテン語の哲学用語としては、〈forma / materia〉でこれをドイツ語にすると〈Form / Stoff〉となる。カントの場合は一部では〈Stoff〉を使用しているが、多くの場合は〈Materia〉で通している。したがって〈Materia〉=〈Stoff〉と見做しても差し支えないと考えられる（Vgl. «Historisches Wörterbuch der Philosophie». Hrsg. v. Joachim Ritter. u. Karl Grunder; Schwabe & Co. AG Verlag; «Form / Materie, Stoff»）。

▼46　IKW Bd. III; Elementarlehre. 2. T. 1. Abt. 1. Buch, 2. Hauptst. ‹Von den Prinzipien einer transzend. Deduktion›, S. 106 (u. S. 118 [B]).

▼47　Ebd.; Elementarlehre. 2. T. 1. Abt. 2. Buch, 2. Anhang ‹Von der Amphibolie der Reflexionsbegriffe›, S. 228 ff. (u. S. 322 [B]).

▼48　Vgl. KA Bd.XII, S. 34.

▼49　KA Bd. XII, S. 38.

▼50　Ebd., S. 39.

▼51　Vgl. ebd., S. 92 ff.

▼52　NW Bd. II; «Vorarbeiten zu Verschiedenen Fragmentsammlungn», Vorarbeit1798, Nr. 105, S. 334.

▼53　KA Bd. XII, S. 338.

▼54　Ebd., S. 339.

▼55 Vgl. ebd., S. 92.

第Ⅱ章第一節

▼1 KA Bd. II; «Über die Unverständlichkeit» (1800), S. 367.

▼2 KA Bd. XII, S. 292.

▼3 Ebd., S. 293.

▼4 WBGS Bd. I. 1, S. 22 ff.

▼5 Ebd., S. 23.

▼6 FGBAW Bd. I. 2, S. 371.

▼7 Vgl. ebd., S. 358. 後で述べるように〈無限なるもの das Unendliche〉というのはこの場合、自我の行為の客体としての外部の〈もの〉であって、〈無限なるものを求めて外へ出て行こうとする〉とは〈反省の無限の連鎖を志向している〉という意味ではない。

▼8 WBGS Bd. I. 1, S. 23 f.

▼9 FGBAW Bd. I, 4, S. 275 f.

▼10 先に第Ⅰ章第一節の註39で見た、《知識学の概念について》における直接的〝認識〟としての反省の議論と、その後に導入された知的直観の議論とを比較すると後者の方に後退が見られるというベンヤミンの指摘（WBGS Bd. I. 1, S. 21）は、自己定立と表裏の関係にある知的直観が、反省より優位にあるという意味では妥当性がある。しかし《知識学の概念について》でフィヒテが既に自己定立の問題に言及していることを考慮に入れると、彼が後退したと言い切れるかどうか疑問である。メニングハウスもこの点を指摘している。Vgl. UV, S. 35 ff., S. 42 ff.

▼11 Vgl. «Subjektivität und Metaphysik», S. 212.

▼12 KA Bd. XII, S. 325 f.

▼13 Ebd., S. 326 ff.

▼14 Ebd., S. 328.

▼15 NW Bd. II; «Philosophischen Studien 1795/1796 (Fichte-Studien)», 1. Handschriftengruppe (1795), S. 12.

▼16 WBGS Bd. I. 1, S. 30 f.

▼17　ベンヤミンの解釈によれば、フィヒテは〈反省〉がパラドクスに陥るのを最初から分かっていたことになるが、メニングハウス流に読めば、分かっていたのは〈反省〉の意味が多義化することである。いずれにしても知的直観による〈自我／非自我〉の境界線の確認の有効性をめぐってフィヒテと初期ロマン派が対立しているのは明らかであろう。

▼18　NW Bd. II; «Fichte-Studien» 4. Handschriftengruppe, S. 156.

▼19　KA Bd. XII, S. 330.

▼20　FGBAW Bd. I, 2, S. 259.

▼21　Vgl. «Subjektivität und Metaphysik», S. 199.

▼22　IKW Bd. III; Elementarlehre. 2. T. 2. Abt. 2. Buch, 1. Hauptst. ‹Widerlegung des Mendelssohnschen Beweises der Beharrlichkeit der Seele›, S. 282 (u. S. 413 ff. [B]). この部分でカントは大前提「あらゆる考えるものは存在する ein jedes denkendes Wesen existiert」から出発して、「我思う故に我あり」を導き出すのが不可能であることを指摘するとともに、〈我思う〉が〈我、存在する Ich existiere〉を含んでいることから、むしろ〈我、思いながら存在する ich existiere denkend〉と言うべきだと述べている。

▼23　FGBAW Bd. I. 2, S. 262.

▼24　Ebd., S. 262 f.

▼25　シュルツェは一七九二年に匿名で《印刷地不明——エネシデムス、あるいはラインホルト教授がイエーナで流布させている基礎哲学の根拠について。理性批判の僭称に抗する懐疑論の弁護を添えて Ohne Druckort: Aenesidemus, oder Über die Fundamente der von dem Hrn. Prof. Reinhold in Jena gelieferten Elementar-Philosophie. Nebst einer Vertheidigung des Skepticismus gegen die Anmaßung der Vernunftkritik》と題したラインホルト批判の本を著した。フィヒテはこれについての書評をイエーナで発行されていた《一般文学新聞 Allgemeine Literatur Zeitung》の第四七、第四八、第四九号にかけて（一七九二～九四）掲載したがこの中で既に知識学の基礎になる独自の議論を展開している。

▼26　Vgl. FGBAW Bd. 1, 2, S. 48.

▼27　Vgl. ebd., S. 62.

▼28　IKW Bd. III; Elementarlehre. 2. T. 1. Abt. 1. Buch. 2. Hauptst. ‹Der Deduktion der reinen Verstandesbegriffe›,

S. 114 (u. S. 132 [B]).

▼29　FGBAW Bd. I, 2, S. 263.

▼30　Ebd., S. 264.

▼31　フィヒテは、ライプニッツ主義の最終帰結がスピノザ主義と一致することの例として、マイモン（Salomon Maimon 1754–1800）の《哲学の領域における流浪　第I部 Streifereien im Gebiet der Philosophie, Erster Theil》（一七九三）に収められた《哲学の進歩について。一七九二年のベルリン王立アカデミー懸賞論文――ライプニッツとヴォルフ以来、形而上学は進歩の為に何をしたか Ueber die Progressen der Philosophie veranlaßt durch die Preisfrage der königl Akademie zu Berlin für das Jahr 1792: Was hat die Metaphysik seit Leibniz und Wolf für Progressen gemacht?》を引き合いに出している。この中でマイモンは、批判的哲学が自らの根拠としている先験的経験についての一般的法則はないと述べるとともに、ライプニッツ―ヴォルフ学派に属するメンデルスゾーンの《哲学的対話 Philosophische Gespräche》（一七五五）での議論を更に発展させた形でライプニッツ学派とスピノザ主義の近似性を指摘している。Vgl. Salomon Maimon Gesammelte Werke Bd. IV, hrsg. v. Valerie Verra, Georg Olms Verlag, S. 59 ff. (u. S. 37 ff.), S. 73 ff. (u. S. 51 ff.).

▼32　Ebd., S. 263.

▼33　«Einführung in die frühromantische Ästhetik, Vorlesungen», edition Suhrkamp, S. 127. ガダマーは《真理と方法 Wahrheit und Methode》（一九六〇）でフィヒテ→シラーの系列を源泉としてロマン主義におけるラディカルな主観主義的傾向が生まれたと論じている。Vgl. Hans-Georg Gadamer Gesammelte Werke Bd. I, J. C. B. Mohr (Paul Siebeck); Erster Teil ‹Die Frage nach der Wahrheit der Kunst›, S. 87 (u. S. 77); hinfort zit.: HGG.

▼34　NW Bd. II; 1. Handschriftengruppe, S. 11.

▼35　Ebd.; 4. Handschriftengruppe, S. 156.

▼36　Ebd., S. 156.

▼37　Ebd., S. 156.

▼38　FGBAW Bd. I, 2, S. 261, S. 270, S. 279 usw.

▼39　Vgl. IKW Bd. III; Elementarlehre. 2. T. 1. Abt. 2. Buch. 3. Hauptst. 4. Abschn. ‹Von der Unmöglichkeit eines ontologischen Beweises vom Dasein Gottes›, S. 414 ff. (u. S. 626 [B] ff.).

▼40 S. Anselmi Opera Omnia Tomus Primus, hrsg. v. Franciscus Salesius Schmitt, Friedrich Frommann Verlag (1968), photomechanischer Neudruck der Nelsonschen Ausgabe (Seckau, Edinburgh, Rom; 1938–1961); Volumen Primum, ‹Proslogion›, Capitulum II, S. 101 f.

▼41 Vgl. IKW Bd. III, S. 440 (u. S. 669 [B]).

▼42 Vgl. KA Bd. XII, S. 240 ff., S. 305, S. 307 ff.

▼43 Ebd., S. 310.

▼44 Ebd., S. 307. この場合の〈実践的 praktisch〉というのは、カント哲学の場合のように〈認識〉に対置される人倫的な意味での〈実践〉とは異なって、一般的に我々が思考・行為をなすに際して、暫定的基準を与える仮象的な〈もの〉全般を指している。

▼45 Ebd., S. 307.

▼46 NW Bd. II, S. 157.

▼47 KA Bd. XII, S. 331.

▼48 IKW Bd. III, S. 16.

▼49 KA Bd. XII, S. 326.

▼50 Ebd., S. 326 f.

▼51 Vgl. FGBAW Bd. I, 2; Zweiter Theil ‹Grundlage des theoretischen Wissens›, S. 288.

フィヒテは実在性について以下のように述べている。「自我が実在性（Realität）を規定し、実在性を媒介にして自己自身を規定する。自我は全ての実在性を絶対的な量（ein absolutes Quantum）として定立する。この実在性の外側には何もない。この実在性は自我の内に定立されている。実在性が規定されている限り自我はそれに従って規定されている」。

▼52 Ebd., S. 327.

▼53 Ebd., S. 328.

▼54 KA Bd. XII, S. 330.

▼55 NW Bd. II; 4.Handschriftengruppe, S. 163 ff.

▼56 KA Bd. XII, S. 330.

▼57 Ebd., S. 328.

▼58 FGBAW Bd. I, 2; «Über den Begriff der Wissenschaftslehre», S. 324.

▼59 NW Bd. II; 6. Handschriftengruppe, S. 202.

▼60 Umberto Eco; «La struttura assente: La ricerca semiotica e il metodo strutturale», S. 324.

第Ⅱ章第一節

▼1 FGBAW Bd. I. 2, S. 369 ff.

▼2 Ebd., S. 393.

▼3 Ebd., S. 287.

▼4 Ebd., S. 289.

▼5 Vgl. IKW Bd. III; ‹Tafel der Kategorien›, S. 98; Elementerlehre 2. Teil 1. Abteilung 2. Buch 1. Hauptst. ‹Von dem Schematismus der reinen Verstandesbegriffe›, S. 144 f. (u. S. 182 [B]). 範疇表によれば、〈量〉のカテゴリーは①単一性（Einheit）、②数多性（Vielheit）、③総体性（Allheit）、〈質〉のカテゴリーは①実体性（Realität）、②否定性（Negation）、③制限性（Limitation）。

▼6 FGBAW Bd. I. 2, S. 292.

▼7 Ebd., S. 293.

▼8 KA Bd. XII, S. 317 f.

▼9 Ebd., S. 320.

▼10 Ebd., S. 321.

▼11 Ebd., S. 321.

▼12 Ebd., S. 319, S. 321.

▼13 Ebd., S. 322 f.《Historisches Wörterbuch der Philosophie》の〈Konstruktion〉の項を参照するとおおよそ以下のような歴史的経緯が説明されている。〈構築 Konstruktion, constructio〉という概念はギリシア幾何学に由来し、具体的には〈作図 constructio〉による証明のことを指していたが、エウドクソス学派は、この概念を拡大して数学的対象の存在は〈構築・作図〉によって証明されるべきものであると主張し、数学的実在も永遠のイデアに由来すると

論じるプラトン学派と対立。ユークリッドもこの思想を受け継いだ。近世に入ってからは、数学でのユークリッド・ルネサンスを通じて、〈構築〉の概念も復活し、学問の演繹方法のモデルとして受容されるようになり、デカルト、スピノザ、Chr. ヴォルフなどにその影響を見ることができる。この他に、悟性の中での客体の構築による概念についても可能性を認めた。ランベルトは命題の証明のネガティブな判定基準が無矛盾であるとすれば、ポジティブな判定基準は〈構築可能性 Konstruierbarkeit〉であるとして、〈構築〉に重要な位置を与えている。周知のようにカントは、経験から独立な〈構築〉は数学の領域においては認めたが、感性的直観においては理性によって〈構築〉が制約を受けているという立場を取った。ドイツ観念論の系譜では、マイモン、フィヒテ、シェリング、シュレーゲル、ノヴァーリスらが〈構築〉の影響を受けたとされているが、その受容はかなり多様。フィヒテの場合は、端的な概念に加えて構築可能な概念も学の根底になければならないという主張が特徴。

▼14 KA Bd. XIII; ‹Darstellung der Logik›, S. 322.

▼15 シュレーゲルは、ライプニッツを充足律乱用の元凶と見做しているわけではない。ライプニッツがあくまで〈蓋然性〉、学を営む上での〈格率 Maxime〉として語ったことをヴォルフ以降の〝後継者〟たちが拡大解釈したことに問題があると見ていたようである（Vgl. KA Bd. XII, S. 318）。ただし実際の数学における〈構築〉の思想が、普遍数学を支持するのかシュレーゲルの〝生成〟を支持しているのかについては今のところどちらとも決めがたい。

▼16 KA Bd. XII, S. 249.

▼17 Ebd., S. 260 f.

▼18 Ebd., S. 273.

▼19 Vgl. «La struttura assente», S. 323.

▼20 G. W. F. Hegel Werke in zwanzig Bänden Bd.5, hrsg. v. Eva Moldenhauer und Karl Markus Michel, Suhrkamp Verlag, S. 70; hinfort. Zit.: HW.

▼21 Ebd., S. 71. 蓋然的で仮説的なものを体系の出発とする哲学の例として、ヘーゲルはラインホルトを挙げている（Vgl. ebd., S. 68 f.）。

▼22 Ebd., S. 68 f.

▼23 Ebd., S. 76 f.

▼24 Ebd., S. 71 f. ヘーゲルは〈構築〉の例として図形の証明などの際にまず線を引いた後で、その線と角との関係

を考察して、その線を引いたのが有効であったと後から論証する場合を想定している。ヘーゲルの目指している学においては、むしろ〈その線を引く〉ということ、そして〈関係を考察する〉ことの方が重要だというわけだ。本節の註13から分かるように、この当時の〈構築・作図〉概念は、数学・哲学の境界線上でかなり錯綜しているので、実際に誰の立場を批判しているのかはっきりとは分からないが、この場合はシェリングが念頭にあると言われている（Vgl. «Historisches Wörterbuch der Philosophie»）。

▼25　KA Bd. XII, S. 324.

▼26　Vgl. Karl Heinz Bohrer, «Die Kritik der Romantik», edition Suhrkamp, S. 7.

▼27　FGBAW Bd. I. 2, S. 292.

▼28　Vgl. IKW Bd. III, S. 98; S. 145 (u. S. 183 [B]). 関係の範疇には、①内属と自存（Inhärenz und Subsistenz）、もしくは実体と付随性（substantia und accidens）②原因性と依存性（Kausalität und Dependenz）、もしくは原因と結果（Ursache und Wirkung）③相互性（Gemeinschaft）、もしくは行為するものと行為されるものとの間の相互作用——が含まれる。③についてカントは、「相互性（相互作用）あるいはその付随性に関しての実体の双方向的原因性（wechselseitige Kausalität der Substanzen in Ansehung ihrer Accidenzen）は一般的な規則による一つのものと他のものとの規定の同時性（Zugleichsein der Bestimmungen der Einen mit der Anderen nach einer allgemeinen Regel）である」と述べている。つまり①②の場合は必ず実体によってその付随性が規定される、あるいは原因によって結果が規定される関係にあるという形で、一方が他方を一方的に規定する関係であるのに対して、③の場合は、双方向的に規定し合う関係にある。

▼29　FGBAW Bd. I. 2, S. 292.

▼30　中世スコラ哲学以来、〈関係〉とは実体的なある〈関係物Relar〉と他の関係物との間の関係として捉えられていたのが、カントにあって初めて悟性の能力として理解され、むしろ関係の機能によって対象そのものが構成されるという近代的関係概念が生まれたという指摘もある。そのように読んでいくと、関係概念がカント→フィヒテ→ノヴァーリスの系列で発展したと言えそうだ（Vgl. «Europäische Enzyklopädie zu Philosophie und Wissenschaften», hrsg. v. Hans Jörg Sandkühler, Felix Meiner Verlag; «Relation»）。既にシュレーゲルの伝統的哲学批判で見たように、古代ギリシア以来、哲学は持続的な〈物〉にこだわり、〈生成〉の視点を欠いていたわけであるが、〈物〉を支えているのは〈実在性〉の概念である。中世スコラ哲学にあっては〈関係 relatio〉は、主に〈実在するものと実在するも

のとの関係〉として理解されてきたが、フィヒテがここで述べている〈関係〉は、関係の両端にある実在性を捨象して量的なものだけにしてしまった極めて現代的な関係概念である。

▼31　FGBAW Bd. I, 2, S. 293.

▼32　Ebd., S. 294.

▼33　Ebd., S. 306.

▼34　Ebd., S. 263.

▼35　Ebd., S. 310.

▼36　Ebd., S. 405.

▼37　Ebd., S. 405.

▼38　ヘーゲルは、《フィヒテとシェリングの哲学体系の差異 Differenz des Fichte'schen und Schelling'schen Systems der Philosophie》（一八〇一）（通称〈Differenz-Schrift〉）と題した初期論文で、同一律［A＝A］の内には、主体としての［A］と対象としての［B］との〈同一性 Identität〉とともに〈差異〉が含まれており、同様に［A＝B］には、［A］と［B］との同一性と差異とが含まれているという、ある面シュレーゲルの〈構築〉に類似した論法で、同一律と充足律との二律背反を指摘し、〈矛盾 Widerspruch〉の内に発展の契機が含まれていることを示唆している（Vgl. HW Bd. 2, S. 39 ff.）。ただしシュレーゲルは［＝］の立てられ方自体が恣意的であり、〝外部〟から規定性が持ち込まれていると考えるのに対し、ヘーゲルは［A］自体の内に含まれる矛盾の必然的発展という方向で考えるようになり、その点が両者の大きな相違となる。

▼39　KA Bd. XII, S. 370.

▼40　Vgl. FGBAW Bd. I, 2, S. 381–S. 382. なおシェリングも〈思考するもの das Denkende〉と〈思考しているもの das Gedachte〉との関係に注目してここから〈主体＝客体〉の同一性の哲学を導き出している。Vgl. Schellings Werke Bd. II, hrsg. v. Manfred Schröter, C. h. Beck'sche Verlag, «System des transcendentalen Idealismus» (1801); S. 365; hinfort zit.: SW.

▼41　KA Bd. XII, S. 342.

▼42　Ebd., S. 342.

▼43　Ebd., S. 370.

▼44　WBGS Bd. I, 1, S. 29.

▼45　ただしシュレーゲルが必ずしも自我の有限性を全面的に否定しているのではなく、また無条件的に〈外部〉に自我の領域を拡大しているのでもないことを考え合わせると、［フィヒテの有限な反省（＝自我）vs.ロマン派の無限な反省（＝自己）］というベンヤミンの図式は一方的であるとするメニングハウスの指摘にも留意しなければならない。Vgl. UV, S. 43.

▼46　KA Bd. XII, S. 370.

▼47　Vgl. ebd., S. 362 f.

▼48　ヘンリッヒによると〈定立〉に先立って自我が自己自身を知っていなければならないというパラドクスに、《全知識学の基礎》の段階ではフィヒテ自身は気付いていなかったが、一七九七年以降はこの点を説明しようとする試みが認められるようになる。Vgl. «Subjektivität und Metaphysik», S. 201 ff.

▼49　KA Bd. XII, S. 372.

第Ⅲ章第一節

▼1　UV, S. 89.

▼2　SW Bd. I, S. 86.

▼3　Ebd., S. 113 ff.

▼4　Vgl. ebd., S. 124 f.

▼5　KA Bd. XVIII; [V] Philosophische Fragmente. Zweyte Epoche. II, ‹Zum Idealismus›, S. 409. この巻の編者であるエルンスト・ベーラーは、断片グループ［V］の成立年代を一応、［一七九八―一八〇一］としている。シュレーゲルは自らの思考の発展過程を跡付けるために、後になってノートに年代を付しているので、正確な数字が確定しにくいことはベーラーも認めている（Vgl. ebd., ‹Einleitung›, XLI–XLVIII）。ただいずれにせよシュレーゲルが依然としてフィヒテから強い影響を受けていた《イエーナ講義》時代以前のものであることは確かなようだ。

▼6　Ebd., [IV] Philosophische Fragmente. Zweyte Epoche. I, ‹Bei Gelegenheit der Fichteschen Religionshandel›, [1798–1801], S. 248. この断片でシュレーゲルは、〈根源的なもの〉と〈無限なもの〉とを区別して「無限なものではなく、根源的なものはその全体的充溢の中で考えれば神的である」と述べている。前後の文脈がないので決め手はな

いが、〈無限なもの〉を（フィヒテの体系において）自我の努力が〈外部〉に向かって出ていくに際しての目標であると考え、〈根源的なもの〉を努力が（自我の内に）生じてくる原点、運動の起点と考えれば一応辻褄が合いそうだ。これに続いて、「人間の根源的状態は神を考え、感じること、即ち黄金時代である」と述べられている。
▼7　Ebd., Beilage I. [Philosophische Fragmente 1796, S. 512 [70] / Beilage] に収められている断片群は、シュレーゲル自身によって年代が記されている [Philosophische Fragmente I–XII] のノートとは別に見つかったもので、[Beilage] の場合、扱っているテーマから成立したのは一七九六年頃と推定されている（Vgl. ebd., LX）。
▼8　Ebd., S. 514 [94].
▼9　Ebd., S. 514 [89].
▼10　Ebd., S. 512 [71].
▼11　Vgl. «Einführung in die frühromantische Ästhetik». 全体を通じてフランクは、カント―シラー―シェリングの系譜を通して〈絶対者〉を芸術を通して表現しようとするロマン派美学の哲学的バックグラウンドが成立してきたことだけ強調しており、シェリングとシュレーゲル、ノヴァーリスとの立場の違いはほとんど問題にしていない。
▼12　Vgl. UV, S. 54–S. 55. メニングハウスはベンヤミンが《芸術批評の概念》でシェリングのロマン派への影響についてほとんど論及していないのは両者の立場の違いを考えれば当然のことという見解を示している。
▼13　Vgl. NW Bd. II; ‹Fichte-Studien› 6. Handschriftengruppe, S. 164. "絶対者" が〈絶対的観念〉であるという考え方は、《純粋理性批判》における〈統制原理 ein regulatives Prinzip〉としての "至高存在の理想" をめぐる議論をネガティブに継承したものと思われる。
「この考察に従えば、至高存在の理想は世界の内の全ての結合が完全に充足した必然的な原因から発しているかのような外観を取り、それによってそれらの結合の説明に、体系的で、かつ一般法則から見て必然的な統一性の規則を根拠付けている理性の統制的原理以外の何ものでもない。しかしこの理想というのは、それ自体として必然的な存在を主張することではないのである」（IKW Bd. III, S. 426 (u. S. 647 [B])）。
▼14　NW Bd. II; ‹Vorarbeiten zu verschiedenen Fragmentsammlungen› (1798) S. 380. この巻で〈Vorarbeiten〉に収めれている断片群は、もともとアテネウム断章への批評として書かれたもので、新たな断片集として書き下ろされる予定のものではなかった（Vgl. ebd., ‹Schlußnotiz›, S. 850）。また〈Das Allgemeine Brouillon〉（1798 / 99）というタイトルで知られている断片群でも同じような表現が見られる。

「自我の始まり（der Anfang des Ich）は、単に理想的なもの（bloß idealistisch）である。自我に始まりがあったというのであれば、そのように始まったのでなければならない（Wenn es angefangen hätte, so hätte es so anfangen müssen）。始まりというのは、既に遅れた概念（ein späterer Begriff）である。始まりは自我よりも遅く生成してくる。したがって自我に始まりがあったということはあり得ない」（Vgl. ebd., 1. Handschriftengruppe, S. 485）。

▼15 Ebd., ‹Fichte-Studien› 4. Handschriftengruppe, S. 164.

▼16 Ebd., 5. Handschriftengruppe, S. 181.

▼17 ディーター・ヘンリッヒは、一般的に反省理論において〈同一性〉をめぐるパラドクスが起こってくることを指摘している。

「……しかし、私＝私という意識を説明するには、ある主体がある客体について、明確な意識を獲得するだけでは不十分である。この主体は自らの客体が自己自身と同一であることを知って（wissen）いなければならない。この同一性についての知識（Kenntnis）は、主体に対し決して第三の審級からの伝達（Nachricht einer dritten Instanz）によって付与されることはない。何故なら自己意識という現象は自己自身への直接的な関係を呈示しているからである。そして自我の反省理論（die Theorie der Ich-Reflexion）は、この現象と調和させた形で自我は自己自身への遡及（Rückgang in sich）を通してのみ自己を把握すると仮定するのである」（Vgl. «Subjektivität und Metaphysik», S. 194）。

同一性の〈知〉に関わっている限り、この悪循環から逃れることはできないわけだが、ヘンリッヒはフィヒテは既にこの矛盾を洞察して〈知的〉反省の環から切り離されたより根源的な〈自己 Selbst〉を想定したと主張する。「しかし彼は既にこの根源的な自己存在（das ursprüngliche Selbstsein）を前提している。この自己存在によって初めて以下のような帰結に至る。自我が自己を世界連関から解き放ち、自己自身を明確に予め自己が既にそうであったはずのものとして把握する（sich ausdrücklich als das ergreift, was er zuvor bereits gewesen sein muß）ことになるのである。つまり知る主体性としての自己自身についての知（Wissen von sich als wissender Subjektivität）である」（Vgl. ebd., S. 196）。

ヘンリッヒの解釈は、一見フィヒテがロマン派と同様に〈知〉の体系では到達できない〈自己〉の前・哲学的作用を見抜いていたかのような印象を与えるが、結局〈自己を知るものとして〉という契機が残されているため、ノヴァーリスの場合のように、既に哲学している〈自我〉と、現前化し得ない〈自己〉との差異が明確になっていない。メニングハウスもヘンリッヒのフィヒテ評価が極めて両義的であると指摘している（UV, S. 126–S. 130）。

▼18　NW Bd. II, S. 182.

▼19　KA Bd. XII, S. 371 f.

▼20　KA Bd. XIX; [IX] Zur Philosophie, 1805. I, S. 62, [212].

▼21　«L'écriture et la différence», éditions du Seuil: ‹La structure, le signe et le jeu dans le discours des sciences humaines: Conférence prononcée au Collège international de l'Université Johns Hopkins› (1966), S. 410; hinfort zit.: ED.

▼22　《エクリチュールと差異》に収められている《コギトと狂気の歴史 Cogito et histoire de la folie》（一九六四）という講演録でデリダはフーコーの《狂気と非理性――古典時代における狂気の歴史 Folie et déraison. Histoire de la folie à l'âge classique》（一九六一）を批評し、〈狂気をして自ら語らしめる〉という方法は結局、理性の内部での理性自身への反逆に過ぎないと述べている（Vgl. ED, S. 59)。

▼23　ED, S. 411.

▼24　プラトン以降の西欧形而上学の伝統におけるミメーシスの自己二重化の問題については、《散種》（一九七二）に収められている《La double séance》（一九七〇）で詳しく論じられている（Vgl. «La dissémination», Éditions du Seuil, S. 217 ff.)。

▼25　Vgl. ED, S. 59. デリダはフーコーのアルケオロジーとヘーゲルの歴史哲学的思考との関連を示唆している。

▼26　《コギトと狂気の歴史》で、デリダは〈理性の危機 crise de raison〉について以下のように述べている。「とどのつまりは、理性の危機、即ち、理性への接近（accès à la raison）と、理性の接近（accès de raison）である。というのはフーコーが私たちに考えるべき問題として教示してくれたことは理性の危機と呼ばれるものが存在し、それは奇妙なことに、世の中で狂気の危機（crises de folie）と呼ばれるものと奇妙な共謀関係にあるということである」(ED, S. 97)。

▼27　Vgl. «De la grammatologie», Éditions du Seuil, S. 15.

▼28　《哲学の発展》の中でシュレーゲルは、ヤコービは単に理性に反抗する形で〈信仰 Glauben〉と〈啓示 Offenbarung〉の哲学を提唱しただけでなく〈自らの体系を十分に表明した〉点は評価している。「……彼（ヤコービ）は決して、信仰や啓示の上に、実体的なもの、規定されたもの（etwas Positives, Bestimmtes）を打ち立てたのではな

い。彼は他の人々が想起（Erinnerung）や生得概念などを持ち出すように、超感性的、超自然的な認識の源泉を仮定したりしない……」（Vgl. KA Bd. XII, S. 294）。結論としてはヤコービが信仰・啓示の概念を拡大して、通常は〈経験〉に属する領域に含めてしまっていると批判しているが、従来の神秘主義のように体系を無視したり、超経験的な〝源泉〟を提案したりしていないことは肯定的要素と見ているようだ。

▼29　KA Bd. XVIII; [Beilage II] S. 521 [23].

▼30　Ebd., S. 521 [24].

▼31　Vgl. KA Bd. II; «Athenäum Fragmente» [1], S. 165.「哲学ほど、哲学する対象になることが稀なものはない」。アテネウム断片が、《アテネウム》第一巻第二部に掲載されたのは一七九八年で、[Beilage II] が書かれてから二年ほど経過したことになる。

▼32　《精神現象学 Phänomenologie des Geistes》（一八〇七）の〈序論 Einleitung〉に次のような叙述がある。
「……この状況は、意識の形態の全系列（die ganze Folge der Gestalten des Bewußtseyns）を、その必然性に即して導くのである。この必然性それ自体、もしくは、どのような事態が起こっているのか知らないでいる意識に対して自己を呈示（darstellen）してくる新たな対象の生成（Entstehung）は、我々から見ればいわば意識の背後で起こっていること（was für uns gleichsam hinter seinem Rücken vor geht）である。そのことによって意識の運動の中に、即時的に、もしくは我々にとって有る状態という契機（ein Moment des an sich, oder für uns seins）が入り込んでくる。この契機は経験の内に捉われている意識には、自己を呈示しない。我々に対して生成してきたものの内容（der Inhalt aber dessen, was uns entsteht）は、意識にとっての内容であり、我々はそのものの形式的な部分（das formelle）のみ、あるいはその純粋な生成（sein reines Entstehen）を把握するのである。意識にとってはこの生成してきたものは単に対象であるが、我々にとっては同時に運動・生成（Bewegung und Werden）なのである」（HW Bd. 3, S. 80）。

　このようにヘーゲルは意識の必然性を逃れた虚構的な〈我々にとって〉を想定することで意識の〈外部〉から超越論的に、意識について語ることを正当化していると言える。〈我々にとって〉をめぐる問題についてジャン・イポリット（Jean Hyppolite 1907–68）は以下のように述べている。

「だから意識が経験する必然性は二重になって提示されてくる、あるいは二重の必然性があると言った方がいいかもしれない。つまりその一つは意識自体が自己の知を試す形で経験の内で遂行する対象の否定という必然性であり、もう一つは先行する経験を通して形成される新しい対象の流れ（l'apparition de l'objet nouveau）という必然性である。この第二の必然性は現象学的展開について再考している哲学にのみ属する事柄であり、その内には意識の内には見出されない即自的（de l'en soi）もしくは〈我々にとって（pout nous）〉という契機がある。……」（«Genèse et Structure de Phénoménologie de l'esprit de Hegel» (1946), tome I; Aubier, Éditions Montaigne; S. 29 f.)。

ハイデガーも《Holzwege》に含まれている論文《ヘーゲルの経験の概念 Hegels Begriffe der Erfahrung》（1942／43）の中で〈我々にとって〉の問題を論じている（Vgl. MHG Bd. V, S. 168 ff.)。

▼33 KA Bd. XVIII, S. 521 [22].

▼34 KA Bd. XII, S. 333.

▼35 メニングハウスはソシュール→デリダの系譜では〈語る主体〉が喪失してしまう点に言及しているが、初期ロマン派でも〈主体〉は〈言語〉の中に解消されてしまうのかという肝心な問題に触れておらず、代わりにディーター・ヘンリッヒのフィヒテ解釈とデリダの言語理論を比較しており、議論が中途半端になっている（Vgl. UV, S. 117)。

▼36 «La voix et le phénomène» (1967), Presses Universitaires de France, S. 92.

▼37 Ebd.; Introduction, S. 16.

▼38 通常のフランス語では、〈le même〉という代名詞は、〈同じもの〉〈同一であるもの〉を意味するが、形容詞としての〈même〉は、人称代名詞に付加されると〈彼自身 lui-même〉というように、〃……自身〃という意味になる。本節の註36の引用箇所では文脈から考えて、〈同じもの〉という意味に不確定な〈……自身〉という意味が被っていると考えられる。

▼39 KA Bd. XII, S. 333–334.

▼40 NW Bd. II; ‹Fichte-Studien› 2. Handschriftengruppe, S. 104.

▼41 Ebd., S. 106.

▼42 ED, S. 91.

▼43 Vgl. KA Bd. XII, S. 343.［一七九六／九七年冬学期～一七九八／九九年冬学期］の間に、フィヒテがイエーナ大学で行ったとされる知識学講義の書き写しである《新しい方法による知識学 Wissenschaftslehre nova methodo》を見ると、〈finden〉と〈machen〉について次のように記されている。「これ（具体的な思考）は現象以外の何もの

でもなく、これが正しく理解される限り、自我が自己自身を見出す（das Ich findet sich）と言うことができよう。より厳密に表現すれば、自我は自己自身を、自己を見出しつつあるものと考える（das Ich denckt sich als sich findend）ということになろう。総合的な思考のことだけを考えれば、自我は自己を見出すのでなく、自我は自己自身を作り出す（es macht sich selbst）のである。総合的思考と分析的思考が結合すれば――それは意識の中で常に必然的に生じているはずの事態であるが――自我は、既に自我を作り出した後で見出すことになる（so findet sich das Ich nachdem es sich schon gemacht hat）。……」（FGBAW Bd. IV. 2, S. 196）。

▼44　KA Bd. XII, S. 343.

▼45　Ebd., S. 334.

▼46　Ebd., S. 336.

▼47　Vgl. ebd., S. 335.

▼48　KA Bd. X IX [X] Zur Philosophie. 1805. II, S. 92 [93].

▼49　Vgl. «La dissémination», S. 217.

▼50　UV, S. 91.

▼51　アドルノは《否定の弁証法》の〈序論 Einleitung〉で同一性の問題について以下のように述べている。

「しかし、同一性という仮象（Schein von Identität）は、思考の純粋な形式に従って思考自体に内在しているものである。思考とは同一化（identifizieren）することである。概念的な秩序は思考が概念として把握しようとするもの（was Denken begreifen will）の前面に満足気にゆっくりと身を乗り出してくる。この秩序では仮象と心理とが交錯する。仮象は思考の規定性の総体の外部にある即時的に存在しているもの（ein Ansichseiendes）に負担を課すことで、司令的に除去できるようなものではない」（Vgl. «Negative Dialektik», Suhrkamp S. 17）。

ヘーゲルはこうした仮象をカントの内に発見し、カント批判に利用したが、アドルノから見ればヘーゲル自身、自らの思考の作り出した仮象に囚われている。

▼52　HW Bd. 2; ‹Differenzschrift›, S. 95 f.

▼53　NW Bd. II; ‹Fichte-Studien› 2. Handschriftengruppe, S. 104.

▼54　Vgl. ebd., S. 122, S. 128, S. 134, S. 152 usw.

▼55　〈gegen-〉と〈zu-〉との関係については以下のような断片が見られる。

「否定（Negation）は、ドイツ語では、〈～に対して -Gegen〉という言葉で最もよく表される。全ての肯定（Position）はまさに否定であり、その逆も言えるのではないか。結果として、（全てを allem）専ら〈～に対して das Gegen〉、および、肯定の表現である〈～に付け加えて das Zu〉に付加する（anhängen）ことができるのではないか。……」（Vgl. ebd., S. 138）。

▼56 «La voix et le phénomène», S. 114. 差異として現れてくる〈無限なるもの das Unendliche = l'infini〉の問題については《フッサールの幾何学の起源・序説》で詳しく論じられている。Vgl. «L'origine de la géométrie, de Husserl. Traduction et Introduction, 1962», Presses Universitaires de France; chap. X, XI.

▼57 NW Bd. II; ‹Fichte-Studien› 4. Handschriftengruppe, S. 149.

▼58 《精神現象学》でヘーゲルは〈本質／現象〉の関係について次のように述べている。「こうした事物の真実の本質は、今や以下のような形で自己を規定している。即ち本質が、意識に対して直接的にあるのではなく、意識が内面に対し間接的な関係（ein mittelbares Verhältnis zu dem Innern）を持ち、悟性としての諸力の戯れのこの中心を通して事物の真の背景を見つめる（durch diese Mitte des Spiels der Kräfte in den wahren Hintergrund der Dinge blicke）ような形での規定である。悟性と内面という両極端の間を結び付ける中心は、力の展開された有、悟性自身にとっては今や消滅（das Verschwinden）を意味する有である。それ故この有は現象（Erscheinung）と呼ばれる。直接的にそれ自体に即して見れば非有であるような有（das Sein, das unmittelbar an ihm selbst ein Nicht-sein）が、仮象（Schein）と呼ばれるからである。しかしそれは単なる仮象ではなく、現象、即ち仮象の全体（ein Ganzes des Scheins）である。……意識に対する対象の有は現象の運動によって媒介（vermitteln）されている。この運動において知覚の有と、感性的・対象的なもの一般は単に否定的な意味しか持たず、したがって意識は真なるものとしての自己自身の内へと向かって自己を反省する（sich in sich als in das Wahre reflektiert）のである。しかしこの際に意識はこの真なるものを再び対象としての内面とし、事物についてのこの反省を意識自身の内での反省と区別するのである。……」（HW Bd. 3, S. 116）。

ヘーゲルの論点は意識が外的に規定された現象を通して、自己自身の本質を〈見つめる〉ということにあり、〈特性〉はあくまで〈特性〉であって〈本質〉ではないというノヴァーリスと対象的である。

▼59 ノヴァーリスは、「特性は、名詞の一つの様式である。その大部分は、動詞から成っている。そして特性についての事実は動詞自体である」と〈本質／特性〉関係と〈動詞 Verbum ／名詞 Substantiv〉関係をパラレルに論じて

いる (Vgl. NW Bd. II, S. 150)。

▼60 Ebd., S. 149.

▼61 Vgl. ebd., S. 149.「本質とは一般的なもの—止まるもの—自我—活動するもの……」。

第Ⅲ章第二節

▼1 KA Bd. XII, S. 337.

▼2 WBGS Bd. I. 1, S. 31.

▼3 Ebd., S. 35.

▼4 Vgl. ebd., S. 31.

▼5 Vgl. KA Bd. XII, S. 338, WBGS Bd. I. 1, S. 36.

▼6 WBGS Bd. I. 1, S. 31.

▼7 KA Bd. XII, S. 339.

▼8 ベンヤミンが当時利用できたミノール版のJugendschriftenなどの資料は全部合わせても今日KA版などに含まれているものに比して分量が半分程度であり、特に《イエーナ講義》が文献として入手できなかったため、彼のシュレーゲル解釈が偏ったものになっていることをメニングハウスは明確に指摘している (Vgl. UV, S. 39–45)。にもかかわらず本書で《イエーナ講義》を引用したのは、あくまでスピノザとの関係がシュレーゲル自身によって言及されているからであって、同講義全体がベンヤミンの解釈を支持していると判断しているからではない。

▼9 WBGS Bd. I. 1, S. 36. この部分に付いている註でベンヤミンは反省と絶対者の関係が逆転しているような印象を与えるのを意識して、次のように述べている。

「この名付け方に含まれる二重の意味は、この場合いかなる不明瞭さももたらさない。というのは一方では、反省それ自体が媒体であり——それは反省の恒常的な連関によってそうなっているのであるが、他方問題になっている媒体は、反省がその中で運動する媒体になっており——絶対者としての反省が自己自身の内で運動しているからである」(Ebd., S. 36, Anm. 60)。

▼10 Ebd., S. 37.

▼11 UV, S. 56.

▼12　KA Bd. XVIII; [Beilage II] S. 518 [16].

「哲学の根底には相互証明（Wechselbeweis）だけでなく、相互概念（WechselBegriff）がなければならない。あらゆる証明（Erweis）についてそうであるようにあらゆる概念に関して、それ自体の概念および証明について問うことが可能である。したがって叙事詩がそうであるように、哲学は中心において始まる（in der Mitte anfangen）必要がある。また第一のものが即座に、それ自体として完全に根拠付けられ解明されている（für sich vollkommen begründet und erklärt）かのように哲学を論じ一つ一つ数え出していく（hinzählen）ことは不可能なのである。それは全体なのであり、それを認識する道は直線ではなく円である。根本的学の全体（Das Ganze der Grundwissenschaft）はその他の素材を含まない二つの観念、二つの命題、二つの概念、そして直観から導出されなければならない」。

▼13　UV, S. 57. なお引用符中に入っているベンヤミン、シュレーゲルからの二重引用についてはそれぞれ書名が、"I" "S" という略号で表されていたが繁雑になるので本書の略号に合わせておいた。

▼14　HW Bd. 6; «Wissenschaft der Logik», Zweites Buch, Erster Teil, Dritter Abschnitt, Zweites Kapitel, S. 200. なお本文で挙げた引用箇所の前後で〈絶対者〉〈反省〉〈現実〉について次のように述べられている。

「絶対者は、即時的に存在している第一の統一体（erste ansichseiende Einheit）であり、その意味で内部と外部の統一体（die Einheit des Inneren und Äußeren）である。解釈（Auslegung）は、自己の側に予め見出されるものとしての直接的なものを有する外的反省として（als äußere Reflexion, die auf ihrer Seite das Unmittelbare als ein Vorgefundenes hat）現れてきたが、この反省は同時にこの直線的なものが絶対者に向かう運動、関係であり、そしてこのような運動、関係として直線的なものを絶対者に引き戻し、単なる一つの在り方として規定するのである」。

「現実は現存（Existenz）よりも高い所に位置している。現存というのは根拠と諸条件から、あるいは本質とその反省から現れている直接性である。したがって現存は、即時的に現実であるところのもの、つまり実在的な反省（reale Reflexion）であるが、反省と直接性の定立された統一体（die gesetzte Einheit der Reflexion und der Unmittelbarkeit）である」。

▼15　SW Bd. I; «[Einleitung zu den] Ideen zu einer Philosophie der Natur. Als Einleitung in das Studium dieser Wissenschaft» (1793 und 1803, Zweite Auflage), ‹Zusatz zur Einleitung›, S. 712.

▼16　Vgl. SW Bd. II; «Vom Ich als Princip der Philosophie oder über das Unbedingte» (1795). この論文の冒頭でシェリングは、人間の〈知〉の最終的根拠としての〈絶対者〉について次のように述べている。

「したがって、人間の知におけるこの最終的なものが、その実在根拠（Realgrund）を、再び他のものの内に見出さねばならないというようなことがあってはならない。その最終的なものが、単にそれ自体としてより高次の何かから独立であるというだけではなく、我々の知は帰結（Folge）から根拠（Grund）に向かう方向のみ上昇し、逆に根拠から結果に向かって進展（fortschreiten）するのであるから、最高次のもの（das Höchste）であり、かつ我々にとって全ての認識の原理であるものは再び他の原理によって認識されるということがあってはならない。即ちその最終的なものの存在の原理とその認識の原理は、重なり合い、一つのものでなければならない。というのもそれがそれ以外の何かではなく、まさにそれ自体であることによってのみ思考され得るからである。……絶対者は絶対者を通じてのみ与えられる（das Absolute kann nur durch das Absolute gegeben werden）」（S. 87）。

このように〈絶対者〉についてはその存在（Seyn）の原理とそれについての認識の原理が一致しなければという見解を示した後で〈学の完結した体系〉の出発点である〈絶対的自我〉を〈絶対者〉に等置している（Vgl. ebd., S. 100）。

「絶対的自我は現象ではない。現象であれば既に絶対者の概念に矛盾するからである。絶対的自我はそもそも物ではないのだから現象でもなく、物それ自体でもない。そうではなくて全ての非自我を排除する、絶対的に自我であり、端的な自我であるものである」（S. 101）。

▼17　Vgl. HW Bd. 3, S. 353.

▼18　Vgl. UV, S. 57 f.

▼19　WBGS Bd. I. 1, S. 45.

▼20　KA Bd. XII, S. 365.

▼21　例えば、《アテネウム断片 Athenäum-Fragmente》（一七九八）では自我という言葉を次のように用いている。

「精神にとっては一つの体系を有することも、全く体系を有さないことも同じように致命的である。したがって精神は両者を結合するようはっきり決断しなければならない」（KA Bd. II, S. 173 [52]）。

「対話というのは断片の鎖もしくは環である。文通とは拡大された範囲の対話であり、回想録は断片の体系（ein System von Fragmenten）である。素材と形式において断片的であり、全く主観的で個性的であると同時に全く客観的で全ての学の体系の必然的な一部（ein Teil im System aller Wissenschaften）であるがごときものはまだ存在していない」（Ebd., S. 176 [77]）。

「性格描写とは批評の芸術作品、化学的哲学の検査報である。論評とは文学や公衆の現状に考慮して応用されたあるいは応用を意図した性格描写である。展望とか文学年鑑は性格描写の総括あるいは連結である。対比とは批評の組み合わせである。両者を結合することで、古典作家の選集、哲学あるいは文学という所与の領域にとっての批評的世界体系（das kritische Weltsystem）が生まれる」（Ebd., S. 253 [439]）。

▼22　KA Bd. XII, S. 166.

▼23　SW Bd. I, S. 88.

▼24　«Einführung in die frühromantische Ästhetik», S. 156.

▼25　Vgl. NW Bd. II; ‹Blütenstaub›, S. 227.「我々は至る所で無制約者（das Unbedingte）を求めるが、見出すのは常に物（Dinge）のみである」。

▼26　フランクは〈絶対者〉それ自体を対象にすることの原理的不可能性を三者がともに認識していたと指摘しているが、〈絶対者〉と〈体系〉との関係を考慮しないままシュレーゲル、ノヴァーリスの議論もシェリングのそれに包摂できるかのような口調で語り続けており曖昧さが残る（Vgl. «Einführung in die frühromantische Ästhetik», S. 156 ff.）。

▼27　KA Bd. II, S. 205 [242].

▼28　WBGS Bd. I. 1, S. 46.

▼29　Ebd., S. 44.

▼30　メニングハウスは、芸術作品と反省の関係について論じている《反省の媒体としての芸術》および《反省の中心としての作品》の二つの節では、専ら記号論の立場から議論を進めており、既に解体してしまった〈絶対者〉の問題にはもはや触れようとしていない（Vgl. UV, S. 61–67）。

▼31　KA Bd. XII, S. 165 f.

▼32　Vgl. ebd., S. 300 f.

▼33　初期シュレーゲル哲学の神秘主義的な傾向についてはボーラーやメニングハウスが強く否定するところである。メニングハウスはシュレーゲルが〈脱自 Ekstase〉という言葉を使っているのは専ら芸術哲学の文脈においてであり、しかもこの言葉は初期ロマン派ではほとんど出てこないと主張している（Vgl. UV, S. 53）。

▼34　KA Bd. II, S. 324.

▼35　«Einführung in die frühromantische Ästhetik», S. 136. ただしこの後に続く「美（das Schöne）こそが、自然と理性の統一の根拠を描出する唯一の機関である」というフランクの言い方は、シュレーゲルが新しい〝哲学体系〟の構築と取り組む姿勢を放棄していないことを考えると安易すぎるように思われる。

▼36　KA Bd. XII, S. 365 f.

▼37　KA Bd. XVIII; [BeilageII] Aus der ersten Epoche, Zur Logik und Philosophie, S. 517 [2].

▼38　KA Bd. XII, S. 370.

▼39　Ebd., S. 370 f.

▼40　NW Bd. II, S. 18.

▼41　Ebd., S. 19.

▼42　Ebd., S. 31.

▼43　フランクは《Vom Ich als Princip der Philosophie》の記述に依拠しながらシェリングとフィヒテの決定的な違いとして、シェリングの絶対的自我における同一性が反省と完全に切り離された次元にあって〝非再帰的〟であること、かつ知的直観が自己意識と区別されていることを指摘する。Vgl. «Eine Einführung in Schellings Philosophie» (1985), Suhrkamp S. 59 f.

▼44　NW Bd. II, S. 21.

▼45　KA Bd. XII, S. 5 f.

第Ⅳ章第一節

▼1　FGBAW Bd. I. 2, S. 263.

▼2　一七九七年の《知識学叙述の新たな試み》の辺りからフィヒテが次第に〈絶対者＝神〉への傾斜を強めていることは古くから定説になっており、クノー・フィッシャー（Kuno Fischer）やニコライ・ハルトマン（Nikolai Hartmann）の研究が有名である。比較的最近の研究ではヴォルフガング・ヤーンケ（Wolfgang Janke）は、従来の転回（Wende）説を踏襲しながらも〈自我の自己自身についての絶対的知〉という知識学の大前提自体に、既に〈絶対者〉が主題化されざるを得ない根本的問題が含まれていることを指摘している。Vgl. «Fichte — Sein und Reflexion — Grundlage der kritischen Vernunf» (1970) Walter de Gruyter & Co.; Teil II ‹Das absolute Wissen, Die Grenze der absoluten Reflexion (Darstellung der Wissenschaftslehre. Aus dem Jahre 1801)› 1. Kap. Die Wendung des Wissens zum Absoluten; 2. Kap. Beschreibung des absoluten Wissens.

「絶対的知は絶対者ではないが、それ自体が知として絶対的である。したがって絶対的知を記述することは、絶対的に存在していることのメルクマールを示している。それに伴って絶対的に存在しているということの基準が一般的に呈示され、絶対的知としての知の特性描写に応用可能とならねばならない」(2. Kap., S. 227)。

「一八〇一年の知識学の始まりは、一七九四／九五年の知識学の基調の終端に適合しており、先ずもって、それを記述的に注解する形を取っている」(S. 232)（一八〇一年の知識学＝《Darstellung der Wissenschaftslehre 知識学の叙述》(一八〇一))。

一八〇〇〜〇二年にかけて、フィヒテはシェリングとの往復書簡の中で〈絶対者〉それ自体と〈絶対者についての知〉とを同一視しようとするシェリングの同一性哲学を批判し、〈絶対者〉自体と区別される〈絶対的知〉を中心に据えるのが知識学のやり方であることを強調している。この論争を機にフィヒテとシェリングの立場が明確に分離し、フィヒテも〈絶対者〉を直接的に主題化するようになったと言われている。往復書簡を中心にした〈絶対者〉と〈絶対的知〉をめぐる両者の立場の違いについての解釈としては«Fichte-Schelling Briefwechsel; Einleitung von Walter Schultz» (1968, Suhrkamp Verlag) に含まれているシュルツの〈序論〉が代表的であろう。日本での研究としては大峯顯の『フィヒテ研究』(創文社、一九七五年）の第三、第四章でこの問題が詳しく論じられている。

▶3　FGBAW Bd. I. 2, S. 264.

▶4　フィヒテ自身、行為の原因となる〈外部のもの〉が〈叡智体〉に相当することに言及している。Ebd., S. 380, S. 412.

▶5　Ebd., Dritter Theil, a. 5. Zweiter Lehrsatz, S. 402.

▶6　フィヒテは、「依然、客体（*ob*jekt）として定立されていない限りの客体……」と斜体にして〈Objekt〉のラテン語まで遡った原義を意識して用いている（FGBAW Bd. I. 2, S. 398)。

〈objectum〉は、動詞〈obicio（前に投げ出す、呈示する)〉の過去分詞であり、これをドイツ語形に直訳した“Gegenwarf (Gegenworf)”という言葉は、エックハルトらの神秘主義者らによって用いられていた。ラインホルトは、《人間の表象能力についての新しい理論の試み Versuch einer neuen Theorie des menschlichen Vorstellungsvermögen》(一七八九）の中で、〈対象 Gegenstand〉とは「根源的にメタフォリカルな表現」であり、「見るに際し目に対峙するもの——目が何かを見る時、目の前に突き付けられるもの。自己を目の前に投げ出してくれるはずのもの、つまりder Vorwurf もしくは das Objectum である」と述べ、〈Gegensatnd〉とともに〈Objekt〉にも、〈Gegenwarf〉の意味が含まれていることを示唆しており、フィヒテもこれを念頭に置いた上で〈Objekt〉と言っていると考えられる（Vgl. «Historisches Wörterbuch der Philosophie», ‹Objekt›, Kobusch）。《全知識学の基礎》岩波文庫版の訳者木村素衞も〈Objekt〉には〈objectum〉の意味が込められていると見て訳註を付けている（Vgl.『全知識学の基礎　下』（一九四九）、三六六頁）。

▼7　FGBAW Bd. I, 2, S. 399 f.

▼8　Ebd., S. 358.

▼9　Vgl. ebd., S. 403.

▼10　Ebd., S. 358 f.

▼11　Ebd., S. 359.

▼12　Ebd., S. 360.

▼13　Ebd., S. 376.

▼14　«Fichte-Sein und Reflexion», S. 159.

「純粋構想の前意識的活動においては、自我は、直観された物（das hingeschaute Ding）が産物であること、直観されるものと直観しているものが同様に自我であることを忘れている。……自己を思考している思考の自己意識的な行為（das selbstbewußte Handeln des sich denkenden Denkens）から、生産的構想力による生産（Produzieren）が前意識的行為として現れてくる。構想力の行為は直観するものとしての自我（das Ich, sofern es anschaut）が自らの直観について反省せず、それについて全く反省できないことの理由を隠している」。

▼15　Ebd., S. 160.

「これらの関係の総合的統一体は、一つの循環の内で生き、かつその中に留まっている。その循環の中では、生産的な始まりとして定立された各部分（jeder als produzierender Anfang gesetzte Teil）が、他の全ての部分を通過するうちに、生き物として自己自身に回帰していく。他の部分を定立することによってその定立している部分は、定立された部分によって定立され、再び他の部分を定立していく。この恒常的に再生産的な自己生産（ständig reproduktive Selbstreproduktion）に意識は現前している（west … an）のである。この現前性が有限的・理論的理性の本質なのである」。

▼16　KA Bd. XII, S. 359.

▼17　NW Bd. II; ‹Fichte-Studien›, 5. Handschriftengruppe (1796), S. 177.

「自由であること（Frey seyn）は、自我の傾向である――自由である能力は、生産的構想（produktive Imagination）である――調和（Harmonie）が構想力の活動――即ち、対定立されたものの間の揺らぎ（das Schweben, zwischen Entgegengesetzten）の条件である。……全ての存在（Alles Seyn）、存在一般（Seyn überhaupt）は、自由で有ること（Freyseyn）――両極端の間の揺らぎ（Schweben zwischen Extremen）にほかならない。この両極端は必然的に結合され（nothwendig zu vereinigen）、かつ必然的に分離されるべき（nothwendig zu trennen）である。……この揺らぎという光点（Lichtpunkt）から、全ての実在性が流出する――揺らぎの内に全てが含まれている――主体と客体が、揺らぎから生まれてくるのであって、揺らぎが主体と客体から生まれてくるのではない。

　自我性もしくは生産的構想力、揺らぎ――が、揺らぎが起こる両極端を規定し、生産する（bestimmt, producirt die Extreme, das wozwischen geschwebt）――これは惑わし（Täuschung）であるが、それは一般的な悟性の領域だけでのことである。通常それは全く実在的なものである。なぜなら揺らぎ、その原因は全ての実在性、実在性それ自体の源泉であり、母（Mater）である」。

〈Einbildung〉は、元来ラテン語〈Imaginatio〉の訳語であり、バウムガルテンやカントも［Einbildung = imaginatio］として用いている。

▼18　Ebd., «Das allgemeine Brouillon», S. 484.

▼19　KA Bd. XII, S. 360.

▼20　Ebd., S. 360.

▼21　近代哲学における〈構想力〉概念の歴史的展開については、三木清が『構想力の論理』（一九三九、四六）でコンパクトにまとめている（Vgl.『三木清全集　第八巻』岩波書店）。カント以前の構想力の理論としては、デカルト、パスカル、スピノザ、マールブランシュ、ヒューム、バウムガルテンが挙げられている。ドイツ・ロマン派の構想力理論は特に取り上げられていないが、シュレーゲルやノヴァーリスと同時代人である英国ロマン主義の詩人コールリッジ（Samuel Taylor Coleridge 1772–1843）の〈imagination = esemplastic power〉の議論が取り上げられている。

▼22　IKW Bd. III. Elementarlehre 2. T. 2. Abt. 1. Buch. 2. Hauptst. 2. Abschnitt ‹Der Deduktion der reinen Verstandesbegriffe›; (Lesarten) S. 625 (u. S. 123 [A]). 当然のことながら、カントの〈悟性概念〉はアプリオリな性質を持つものであり、恣意的に構築された体系の中でのみ意味を持つシュレーゲルの〈概念〉とはかなり意味がズレている。

▼23　MHG Bd. III; «Kant und das Problem der Metaphysik» (1929, 50, 65, 73), S. 90 f.

▼24　IKW Bd. III; (Lesarten) S. 624 (u. S. 120 [A]).

▼25　Ebd., S. 625 (u. S. 123 [A]).

▼26　ハイデガーは、「したがって、構想力の純粋（生産的）統合の必然的統一性の原理は、統覚に対し、全ての認識、特に全ての経験の根拠である。Also ist das Principium der notwendigen Einheit der reinen (produktiven) Synthesis der Einbildungskraft vor der Apperzeption der Grund der Möglichkeit aller Erkenntnis, besonders Erfahrung.」(S. 118 [A] (IKW Bd. III, S. 622)）という箇所に出てくる〈統覚に対し vor der Apperzeption〉の前置詞〈vor〉の取り方をめぐって、構想力と統覚の関係を論じている。先ず、〝前に〟という意味であるとすれば、〈統覚の以前に〉ということで、全体的に「純粋総合は、純粋認識の可能性の根拠付けの規則において、超越論的統覚に先行して位置付けられている。die reine Synthesis ist der transzendentalen Apperzeption in der Ordnung der Begründung der Möglichkeit einer reinen Erkenntnis vorgeordnet.」ということになる。つまり構想力による〈総合〉が統覚の前提になっているということであるが、ハイデガーはこの解釈を取らず、別の箇所に出てくる〈von einem Gegenstande vor einer ganz anderen Anschauung〉という表現について、〈von〉が〈für に対して、にとって〉という単純な意味ではなく、ラテン語の〈coram の現前する状態において〉に相当するかなり強い意味で使われていることを指摘し、上の場合も、それに当たるという自らの見解を示している。即ち、構想力による純粋総合は、統覚の現前下において全ての認識、特に経験を根拠付けていることになり、構想力と統覚は構造的に一体となる（MHG Bd. III, S. 80–81)。

▼27　Vgl. IKW Bd. III, S. 625 (u. S. 123 [A]).

▼28　Ebd., S. 625 (u. S. 124 [A]).

▼29　MHG Bd. III, S. 134–136.

▼30　IKW Bd. III, S. 620–621 (u. S. 115 [A]).

▼31　Ebd., S. 79–80 (u. S. 74–75 [B]; S. 50–51 [A]).

▼32　MHG Bd. III, S. 137.〈知られざる〉というのは、構想力について最初に言及されている箇所に、「我々はそれについてごく稀にしか意識しない der wir uns aber selten nur einmal bewußt sind」(S. 78 [A]; S. 103 [B]; IKW Bd. III, S. 97) という言い回しがあることによるもの。こうした言い回しに特に注目するのは、構想力を〈未知の力〉として呈示しようとするハイデガーの意図が反映されているためと思われる。

▼33　Vgl. MHG Bd. III, S. 138–139.

▼34　ハイデガーは、§27の註でフィヒテ、シェリング、ヤコービらも構想力を〈根本的能力〉と考えていたことを示唆しているが、彼のカント構想力論解釈はドイツ観念論全体の流れとは逆の方向を向いていると述べている (Vgl. ebd., S. 137)。この点についてハイデガーは、フィヒテ、シェリングの構想力の解釈を示していないので、〈逆の方向〉という意味は明確ではない。ただ彼の意図が伝統的ドイツ哲学の認識論的枠組みを根本から解体することにあり、そのため《純粋理性批判B版》以降、観念論がカントの存在論的議論を隠蔽したと強調する必要があったことを考慮すると、〝フィヒテの構想力論は再び認識論の枠組みに戻っている〟という強い主張と取る必要はなかろう。

▼35　IKW Bd. III, S. 610 (u. S. 4 [A]).

▼36　Ebd., S. 111 (u. S. 127 [B]).

▼37　Vgl. ebd., S. 113–136; S. 610–629 (u. S. 129–168 [B]; S. 95–130 [A]).

▼38　「構想力とは対象それ自体が現前していない状態にあっても、直観の内で表象する能力である。全ての我々の直観が感性的であるのだから、主体の側の制約――その制約の下では構想力だけが悟性概念に、対応する直観を与えることができる――のゆえに構想力は感性に属するのである。……」(Vgl. ebd., S. 126 (u. S. 151 [B]))。

これに対して〈総合〉の機能は主に悟性に帰属せしめられる形になっている。

「アプリオリに与えられている直観の内の多様なるものの総合的統一は、全ての私に規定された思考にアプリオリに先行する統覚それ自体の同一性の根拠である。その統合は対象の内に成立するのではなく、例えば知覚を経由して対象からその結合を借りてきて、そうして初めてそれが悟性の内に受容されるというのではあり得ない。この結合は専ら悟性の作用なのである。悟性というのはアプリオリに結合し、与えられた諸表象の多様なものを統覚の統一の下にもたらす能力以外の何ものでもない。統覚の統一という根本原則は、人間の認識の最上級の原則である」(Vgl. ebd., S. 116 (u. S. 134 f. [B]))。

▼39　FGBAW I, 2, S. 374.

▼40 FGBAW I. 2, S. 415.

▼41 IKW Bd. V; «Erste Einleitung in die Kritik der Urteilskraft» (1789–1790): Von der Ästhetik des Beurteilungskraft, S. 203.

「客体についての美的判断を名指すことによって直ぐに以下のことが明らかになる。所与の表象は、客体に関係付けられるが、判断においては客体の規定性ではなく、主体と、主体の感情の規定性が理解される。というのは判断力の内では悟性と構想力とが相互の関係において観察され、かつその関係というのが第一義的には認識の構成要因として客体的に観察されるからである。しかしこの二つの認識能力の一方が他方を、同一の表象において、促進もしくは阻害する、そしてそのことを通して心の状態に刺激が与えられるのであれば、この二つの関係を専ら主体的なものとして、即ち感受的な関係として観察することができる」。

《第一序論》は、執筆中に分量が予定よりかなり超過したため、差し替えられたものである。IKW Bd. Vで《判断力批判》の編集を担当したオットー・ビューク（Otto Buek）は、この際に内容面でカントの意図が変化したわけではないと説明している（Ebd., Lesarten, S. 581 ff.）。

▼42 IKW Bd. V, S. 389.

▼43 特定の直観と一致していない概念を指しており、特定の概念に適合することのない構想力による表象である〈美的観念 ästhetische Idee〉に対置される（Vgl. ebd., S. 389）。

▼44 Ebd., S. 390.

▼45 IKW Bd. VIII, S. 54 ff.

▼46 KA Bd. XII, S. 359.

▼47 メニングハウスは〈無からの創造 Schöpfung aus Nichts〉は初期ロマン派とデリダに共通するテーマであると論じている（Vgl. UV, S. 142 ff.）。例えばデリダは《エリクチュールと差異》に所収の論文《力と意味作用 Force et Signification》（一九六三）で、《判断力批判》における〈生産的構造〉による〈第二の自然の生産〉をめぐる議論も参照しながら〈文学的行為 l'acte littéraire: エクリチュールとレクチュール〉における〈創造的構想力 l'imagination créatrice〉の作用について論じているところで構想力が作用している〈場〉について、「それを起点として全てがランガージュの内に現れ、自己生産することが可能となるこの本質的な無（ce rien essential à partir duquel tout peut apparaître et se produire dans le langage; wesentliches Nichts, auf grund dessen alles in Erscheinung zu treten vermag und alles sich in der Sprache erzeugen kann (Menninghaus))」という表現を用いている（Vgl. ED, S. 17)。これに対応する表現としてメニングハウスは、シュレーゲルが一七九八〜九九年に書いたと推定される断片の中で、〈無〉—〈創造〉—〈精神〉を並列している箇所を挙げている。「形而上学の宗教的観念は、無と全て、創造と無限、精神と言葉——（Die religiösen Ideen der Metaphysik sind Nichts und Alles, Schöpfung und Unendlichkeit, Geist und Wort-)」(Vgl. KA Bd. XVIII [Philosophische Fragmente Zweite Epoche. I]; Zur Metaphysik, S. 283)。

▶48　KA Bd. XII, S. 355.

▶49　Ebd., S. 355.

▶50　Ebd., S. 361.

▶51　Ebd., S. 363.

▶52　シュレーゲルは〈自己を直観する〉と言えば〈物への偏見〉を連想させるので、〈知的直観〉という表現は用いないと宣言している。彼の表現では、自己の自我は直観されるのではなく、思考されることのみが可能である(Vgl. ebd., S. 355–S. 356)。

▶53　この場合の〈思考〉とは、当然〈努力〉と対立する概念的思考ではなく、精神活動一般を指していると考えるべきだろう。また〈理性〉が制約し、規定する思考であるというのは《純粋理性批判》での（構成的な）悟性に対する理性の統制的（regulativ）な機能についての議論を受けていると考えられる（Vgl. IKW Bd. III, S. 425 (u. S. 645–S. 646 [B]))。

▶54　Vgl. ebd., S. 357 f.

▶55　フランクはシュレーゲルが〈無限なるものへの憧憬〉の根拠を認識の枠外にある〈美的対象〉に求めた背景には、《判断力批判》で展開された美的根本的経験についてのカントの議論の影響があったと指摘している。

「したがって《無限なるものへの憧憬 Sehnsucht nach dem Unendlichen》(KA Bd. XII, S. 7）としての哲学はある種の信仰（Glaube）に根拠付けられる。しかしそれは単なる信仰ではなく、一つの原理の必然的な前提である。その原理というのはそれを前提としない限り、無限なものについての思考を起点として主体の上に働きかけてくる無限の魅力（unendliche Anziehung）が全く説明できなくなるところのものである。主体の有限性の内からは吸引作用(Sog）は導き出され得ない。その吸引力の根源は主体の認識可能性の外部にあるのだから、主体は憧憬の源泉を象徴的な形で、美的形象（ästhetisches Bild）を通して間接的に現前化（repräsentieren）しなければならないのである。

どうして美的形象を通してなのか？　何故ならカントが示したように美的形象だけが有限性の直中にあって、我々に感性の無限性を呈示することが可能だからである」(Vgl. «Einführung in die frühromantische Ästhetik», S. 80)。

▶56　Ebd., S. 371.

▶57　Ebd., S. 363.

▶58　Vgl. ebd., S. 366.

▶59　KA Bd. II, S. 306.

▶60　KA Bd. XII, S. 366.

▶61　カントは《判断力批判》の〈§39 Von der Mittelbarkeit einer Empfindung〉と〈§40 Vom Geschmack als einer Art von sensus communis〉の二つの節で、この問題を論じている。

「知覚の実在的なものとしての感受性（Empfindung, als das Reale der Wahrnehmung）が、認識に関わる時、感性的感受性（Sinnesempfindung）と呼ばれる。そして、この感性的感受性の質の特殊なものは、あらゆる人が我々と同じ感性を持っていると仮定した場合、同一の形式によって一般的に伝達可能（mitteilbar）なものとして表象される。……」(IKW Bd. V, S. 365)。

「sensus communis という名称は、共通感覚の即ち判断能力の概念（die Idee eines gemeinschaftlichen Sinnes, d. i. eines Beurteilungsvermögens）と理解しなければならない。この能力は自らの反省において他の人の思考における表象のあり方を（アプリオリに）考慮に入れ、そのことによって自らの判断を全体的な人間理性に合うように調整し、主観的な個人的制約（Privatbedingungen）——客観的であると思い違いをしやすい——に端を発して、判断の上に不利な影響を及ぼす幻想を回避する能力である」(Ebd., S. 367 f.)。

第Ⅳ章第二節

▶1　《グリム・ドイツ語辞典》の〈Poesie〉の項では、ヴェッカリンがポエジー（詩）の〝創作的〟性格について述べている例が紹介されている。

Poesie ist rein und ächt betrachtet, weder rede noch kunst; keine rede, weil sie zu ihrer vollendung tact, gesang, körperbewegung und mimik bedarf; sie ist keine kunst, weil alles auf dem naturell beruht, welches zwar geregelt, aber nicht künstlerisch geängstiget werden darf; auch bleibt sie immer wahrhafter ausdruck eines aufgeregten erhöhten geistes, ohne ziel und zweck (ges. v. Geoedeke).

　ポエジーは純粋に正しい見方をすれば、言葉でも技芸でもない。言葉でないというのはポエジーが完成されるためには抑揚、歌い、身体運動、身振りを必要とするからである。技芸でないというのは制御されることはあっても、技巧的に脅かされてはならない、自然のものに全てが依拠しているからである。またポエジーは常に目標や目的を持たず、刺激され高まった精神の真実の表現であり続けるのである（Vgl. «Grimm Deutsches Wörterbuch» Bd. VIII; ‹Poesie›）。

▼2　カッシーラーは《象徴形式の哲学・第一部　言語》でヘルダーの言語哲学はライプニッツ―カントの系譜における合理主義的言語観（言葉を理性的反省の媒体（Reflexionsmedium）と見る）と、ポエジーもしくは感情を言語の本質と見るヴィーコ、ルソー、ハマンらの言語観を結合し、ロマン主義的な言語観へ至る道筋をつけるものであると述べている。Vgl. «Philosophie der Symbolischen Formen; Erster Teil ‹Sprache›» (1923) Wissenschaftliche Buchgesellschaft Darmstadt (1973), S. 90–S. 97; hinfort zit.: PSF I.

▼3　Johann Gottfried v. Herders Sämmtliche Werke Bd. 25, J. G. Cotta'scher Verlag (1853); Nachlese zur schönen Literatur und Kunst, I., 1. Ueber Bild, Dichtung und Fabel, S. 207; hinfort zit.: JGHSW.

▼4　Vgl. PSF I, S. 88–S. 89. コンディヤックはロックの経験主義の影響を受けているので、生得観念の立場は取らず、感性的経験を通しての観念の形成を主張しているが、言語との関係では、精神の活動が先行するという前提の下で言語が知覚の固定化を補助するという見解を示している（Corpus général des philosophes français Tome III Œuvres philospphiques de Condillac Volume 1, hrsg. v. Georges Le Roy, Presse Universitaires de France; «Essai sur l'origine des connoissances humaines, 1746», S. 60）。モーペルテュイもほぼ同じ時期に出した言語起源論で、観念の形成が言語に先行するという見解を示している（P. L. Moreau de Maupertuis Œuvres I, Nachdruck der Ausgade Lyon 1768, Georg Olms Verlag (1974); «Réflexions Philosophiques sur l'Origine des langues, et la signification des Mots» (1748), S. 262）。

▼5　Œuvres Complètes de Jean-Jacques Rousseau, Tome III (Bibliothéque de la Pléiade, Gallimard «Le Discours sur l'origine et les fondements de l'inégalité parmi les hommes», S. 146 f.

▼6　Ebd., S. 148.

▼7　«Essai sur l'origine des langues — ou il est parlé de la mélodie et de l'imitation», hrsg. v. Charles Porset; A. G.

N. Porset Nizet, S. 41.
▼8　Ebd., S. 45.
▼9　Vgl. PSF I, S. 91.
▼10　Vgl. «Principj di scienza nuova d'intorno alla commune natura delle nazioni», edit. Napoli. Reprint; libro secondo ‹Della Sapienza poetica›, S. 130 f.
▼11　JGHSW Bd. 27, S. 9 f.
▼12　Ebd., S. 11.
▼13　Ebd., S. 13.
▼14　Ebd., S. 33, S. 36.
▼15　Ebd., S. 36.
▼16　Ebd., S. 37.
▼17　JGHSW Bd. 25, S. 209.
▼18　ただし更に後の、カント批判論文《メタクリティーク Verstand und Erfahrung — Eine Metakritik zur Kritik der reinen Vernunft》（一七九九）になると《純粋理性批判［A版］》の感性、悟性、構想力の相互関係をめぐる議論を踏まえて、前二者を媒介する構想力の作用について述べており、それから推測すると、《形象、詩、寓話について》でも基本的にはカントの認識論の枠組みの内での構想力論を踏まえていたのではないかと思われる（Vgl. JGHSW Bd. 37, S. 193 ff.）。
▼19　JGHSW Bd. 25, S. 209.
▼20　Ebd., S. 209.
▼21　Ebd., S. 208.〈Ästhetik (aesthetica)〉を、最初に〈美学〉の意味で使用した哲学者は、周知のようにバウムガルテン（Alexander Gottlieb von Baumgarten, 1714–64）であり、彼は〈Meditationes philosophiae de nonnullis ad poema pertinentibus, 1735〉と題した講義で、〈美〉についての〈学〉の確立を提唱している。クリスチアン・ヴォルフ（Christian Wolff 1679–1754）の弟子に当たる彼は認識を理性を中心とした上級認識（höhere Erkenntnis）と感性を中心とした下級認識（niedere Erkenntnis）とに分類し、後者による表象は必然的に〈混乱した verworren〉ものであり、悟性の働きによって秩序化されるという基本的立場を取っているが、この〈混乱した表象〉の内から理性

的完全性とは別の尺度として、〈美〉という要素を出している（Vgl. «Einführung in die frühromantische Ästhetik», S. 39 ff.; «Historisches Wörterbuch der Philosophie», «Ästhetik»）。カントの場合《純粋理性批判》の章立てでは〈感性論〉の意味で使用しているにもかかわらず、九年後の《判断力批判》では特に断らないまま〈ästhetisch〉を〈美的〉の意味で使用しており、ヘルダーの指摘するように用語・概念上の混乱があるように思われる。〈形象〉の問題との関わりで考えると、両者に対して同じ言葉が当てられたのは極めて興味深いところであり今後の課題として残しておきたい。

▼22　JGHSW Bd. 25, S. 210.

▼23　麻生建『ドイツ言語哲学の諸相』（東京大学出版会、一九八九年）の第二章「ヘルダー」では人間の言語の成立に際しての〈熟慮性〉〈熟慮〉と〈メルクマール〉の関係が的確にまとめられているので本書でも参考したが、構想力による〈形象〉の形成というテーマが取り上げられていないため、前意識的・ポエジー的な要素が抜けてしまって、〈理性〉の作用のみが強調されている点に不満が残る。

▼24　KA Bd. XII, S. 344.

▼25　Ebd., S. 345.

▼26　Ebd., S. 386.

▼27　当然、シュレーゲルが《言語起源論》から、ヘルダーの〈熟慮性〉という概念を借用してきたのではないかと考えられるが、《哲学の発展》ではヘルダーの名前には言及していないので断言できない。

▼28　KA Bd. VIII, S. 168 ff.

▼29　Ebd., S. 386.

▼30　Ebd., S. 387. シュレーゲルはこの文脈では、〈精神〉を〈魂 Seele〉と区別して用いている。〈魂〉の方がより〈感情〉に近いのに対して、〈精神〉は〈悟性〉に対応する。

「悟性は秩序化され、表出され、形成された精神（geordneter, ausgesprochener, gebildeter Geist）である。悟性はその内的本質において精神であり、構築され、形成された魂（konstruierte, gebildete Seele）である」（Vgl. ebd., S. 386）。

▼31　Vgl. JGHSW Bd. 27, S. 36.『ドイツ言語哲学の諸相』（一五九頁以下）によると、ヘルダーはライプニッツの図式にしたがって、〈明晰 klar clarum〉ではあっても〈雑然とした verworren, confusum〉状態にある段階から（言

語の）メルクマールを介して〈判明な概念〉に至るという筋道で論を展開している。

▼32 WBGS Bd. I. 1, S. 47.

▼33 Ebd., S. 47.

▼34 KA Bd. XII, S. 364.

▼35 KA Bd. XII, S. 364; Vgl. WBGS Bd. I. 1, S. 48. ベンヤミンはこのほかに次の箇所も引用している。「世界を一つへと集約し、それを再び一つの世界へと拡大し得る思想、あるいは、その中で最大の多様性と、無限の充溢が単一になって合流する思想は概念と呼ばれるものである」（KA Bd. XII, S. 361）。

▼36 NW Bd. II; ‹Vorarbeiten 1798›, S. 347.

▼37 KA Bd. II, S. 364.〈あまりにも早く出てきてしまった霊たちの群れ〉という譬えは、最後の審判の時に復活してくるはずの霊のことを指しているものと思われるが、他に酒精（Geist）の泡のイメージを重ねているかもしれない。〈秘密の騎士団同盟〉は、具体的には〈薔薇十字騎士団〉のような神秘主義結社を念頭に置いていると思われる。〈世界精神 Weltgeist = spiritus mundi〉というのは、この時代に流布していた概念であり、世界を生命体に見立てる有機的自然観を土台にして、その〈精神〉として想定されていると考えればよかろう。この場合は、ヘルダーやゲーテの〈世界精神〉論やシェリングの《世界霊について Von der Weltseele》（一七九八）を念頭に置いていると見られる

▼38 Ebd., S. 370.

▼39 Ebd., S. 364.

▼40 シュライアーマッハーの〈解釈学〉についての著作は、生前刊行されたものは一つもない。彼の解釈学観は、弟子のフリードリヒ・リュッケ（Friedrich Lücke）がシュライアーマッハー自身の講義ノートと聴講録を元に刊行した遺稿集を通してのみ知られている。ただしこの遺稿集のテクスト・クリティークをめぐって、ハインツ・キンマーレ（Heinz Kimmerle）とフランクの間で論争がある（この経緯については、Vgl. 麻生建『解釈学』（世界書院、一九八五年）、第二章第二節「シュライアーマッハー」、一〇九頁以下）。本書ではフランク編集・解説の版を参照した。«Schleiermacher — Hermeneutik und Kritik» (1977) hrsg. v. Manfred Frank; Suhrkamp Taschenbuch; Anhang «Über den Begriff der Hermeneutik mit Bezug auf F. A. Wolfs Andeutungen und Asts Lehrbuch», S. 325; hinfort zit.: SHK.

▼41 «Friedrich Schlegels Theorie des Verstehens: Hermeneutik oder Dekonstruktion?» in: «Die Aktualität der

Frühromantik» (1987); hrsg. v. Ernst Behler u. Jochen Hörisch, Ferdinand Schöningh; ‹4. Kunst der Interpretation vs. Dekonstuktivismus›, S. 148.

▼42 Ebd., S. 149.

▼43 KA Bd. XVIII, S. 318.

▼44 シェリングは《超越論的観念論の体系》で、作品と著者の関係について以下のように述べている。「芸術作品は我々に向けて、意識された活動と意識されてない活動の同一性を反映している。……芸術作品の基本的性格はしたがって意識されていない無限性［自然と自由の総合］である。芸術家は作品の内に自らがその作品の内に明らかな意図を持って埋め込んだもの（was er mit offenbarer Absicht dareingelegt hat）以外にあたかも本能的に無限性を描出しているかのように思われる。いかなる有限な悟性にも、この無限性を完全に展開することはできないのである」(SW Bd. II, S. 619)。

▼45 KA Bd. II; «Über Goethes Meister», S. 140.

▼46 SHK; «Hermeneutik und Kritik», S. 77 ff.

▼47 Ebd., S. 104.

▼48 «Die Aktualität der Frühromantik», S. 149.

▼49 Ebd., S. 167.

▼50 現代フランスの文芸批評家・哲学者が〈著者〉の特権的位置を解体する論を展開している例は数え切れないくらい多い。例えばフーコーは次のような言い方をしている。

「言説を希薄化させる原理がもう一つ存在すると思われる。……それは著者の問題である。勿論、テクストを言葉として発したないしは書いた、語る個人と見做される著者ではなく、言説の集合の原理としての、それらの意味作用の統一性と起源としてのその論理的一貫生の源としての著者である。この原理は至る所で作用しているわけでも恒常的な形で作用しているわけでもない。我々の周囲全体に多くの言説が回転しているが、その回転においてはそれらの言説が帰属せしめられている所の著者によって与えられる、それらの意味と効果は保持されない。……しかし一人の著者に帰属せしめることが規則であるような領域――文学、哲学、科学――ではそのことが常に同じ役割を演じてきたのではないことがよく分かる。科学的言説の秩序について言えば中世においては一人の著者に帰属せしめることが不可欠であった。それが真理の指標であったからである。……十八世紀以降、科学的言説においてこの機能は絶えず消失し続けてきた。もはや定理、効果、標本、症状に名前を与える以外に全く機能していない。その逆に文字の言説においてはその同じ時代から始まって絶えず強化されてきた。……著者とは不安を抱かせるような存在に虚構のランガージュ、統一性、論理的一貫性のための結び目、実在的なものへの挿入を可能ならしめるものなのである」(«L'ordre du discours» (1971); Editions Gallimard; S. 28 ff.)。

▼51 KA Bd. XVIII; [II] Philosophische Fragmente Erste Epoche II; Form der Kantischen Philosophie; S. 63 [434].

▼52 Ebd., S. 62 [429].

▼53 Ebd., S. 63 [435].

▼54 KA Bd. XVI, S. 141.

▼55 Vgl. KA Bd. XVIII, S. 63 [436], [437].

▼56 ベーラーはシュライアーマッハーが主に〈語られたこと Rede〉の〈理解〉について語り、シュレーゲルの方が〈書かれたもの Schrift〉を念頭に置いて〈理解〉のことを論じていることに注目し、これをデリダらが提起しているパロールとエクリチュールの対立の問題と比較している。これは確かに重要な指摘だが、あくまでもどちらに軸を置いて論じているのかその傾向についての話であって、シュレーゲルが直接、〝エクリチュールはパロールより本質的である〟という意味に取れる見解を表明しているわけではない。この問題についての判断は保留しておく(Vgl. «Die Aktualität der Frühromantik», S. 149 f.)。

▼57 Vgl. «Die Aktualität der Frühromantik», S. 159 f.

▼58 KA Bd. VIII, S. 170 f.

▼59 JGHSW Bd. 25, S. 209 f.

▼60 Vgl. JGHSW Bd. 27, S. 55 ff.

▼61 JGHSW Bd. 25, S. 216.

▼62 KA Bd. VIII, S. 56 f.

▼63 Ebd., S. 57 f.

▼64 Vgl. ebd., S. 57.

▼65 Ebd., S. 55 f.

▼66 イエーナ大学とヴュルツブルク大学で行われた講義《芸術の哲学 Philosophie der Kunst》(一八〇二、〇三、

〇四、〇五）の中に神話―芸術―ポエジーの関係について述べた次のような箇所がある。

「§38神話は全ての芸術の必然的な結合と第一の素材である。

……主要な証明は、特殊な美的なものを通しての、絶対的に、それ自体として美しいものの描出としての芸術の観念にある。即ち絶対者であることを止揚することなく、制御することによって絶対者を描出することである。この矛盾は神々の観念の内にのみ解消される。またこれらの神々自体、独自の世界へ、つまり神話と呼ばれる詩の全体へと完全に錬成されていくことの中でしか、独立で真に客観的な存在を獲得し得ない。更に説明すると――神話は、高貴な衣装をまとった、絶対的な形を取った宇宙、真の宇宙それ自体、神的な構想力の内にある生と驚異的な混沌以外の何ものでもない。それは既にポエジーであり、かつそれ自体として再びポエジーの素材、要素なのである。神話とはその内でのみ、芸術が花咲き、存続し得る世界いわば土壌である。……

ポエジーが素材を形成するものであり、狭義の芸術が形式を形成するものであるならば、神話は絶対的ポエジーいわば群を成すポエジー（Poesie in Masse）である。神話はその内から全ての形式が驚異的にかつ多様に産出してくる永遠の原料である」（SW Bd. III, S. 425 f.）。

▼67　Vgl. Bd. II; ‹Athenäum-Fragmente›, S. 207 [252].

▼68　シェリングは《超越論的観念論の体系》で、次のように述べている。

「美的直観がまさに客体的になった知的直観であるとすれば以下のことが自ずと明らかになってくる。それは、芸術が哲学の唯一にして真であり、同時に永遠なる器官であり、かつその記録であるということだ。つまり芸術は外的に描出できないもの即ち行為と生産における意識されていないもの（das Bewußtlose im Handeln und Produciren）および、そのような意識されていないものと意識されたものとの根源的同一性を常に永続的に新たに証明するのである。芸術はまさにそれ故に哲学にとって最高のものである。何故なら芸術は哲学者に対していわば最も聖なるものを開示するからである。その開示される場所は、自然と歴史の中で分離されているもの、生と行為、そして思考の中で永遠に逃げ去り続けるものが、永遠にして根源的な統一の中で一つの炎の中に燃えるのである」(SW Bd. II, S. 627 f.)。

▼69　NW Bd. II; ‹Vorarbeiten 1798›, S. 360 f.

▼70　KA Bd. II, S. 302 f.

第V章第Ⅰ節

▼1　Vgl. «L'absolu littéraire» (1978); Philippe Lacoue-Labarthe / Jean Luc Nancy; Éditions Gallimard; ‹avant-propos›, S. 21.

▼2　KA Bd. II, S. 227 [250].

▼3　Ebd., S. 182–S. 183 [116].

▼4　KA Bd. I, S. 265.「ポエジーは普遍的芸術である。何故ならポエジーのための器官であるファンタジーが既に自由と非常に類縁的な関係にあり、外部の影響から自由だからである」。

〈ファンタジー〉と〈構想力〉の関係はかなり微妙である。シュレーゲルの〈ファンタジー〉の使い方は一定であるとは思えないが、ラクー＝ラバルトとナンシーによれば、〈ファンタジー〉は、生産的（ポエジー的）な意味での〈構想力〉であり、再生産的という意味で使われているいわゆる〈構想力〉に対立する（Vgl. «L'absolu littéraire», S. 436 f.）。生産的構想力＝ファンタジーと見るのは、少し単純過ぎるので〝現実にある〟対象の現前化作用と切り離された純粋な創造的作用がファンタジーであると理解しておこう。

▼5　KA Bd. II, S. 285.

▼6　Ebd., S. 181 [114].

▼7　Ebd., S. 290.

▼8　Ebd., S. 290–303. 試論はおおよそ以下のような内容である。

ホメロスの二つの作品を中心として原初の混沌の内から古代ポエジーの世界が形成されたことに始まって、叙事詩形式―神話文学から、短長格芸術―悲歌への中心点の移動叙事詩を素材にして悲劇の創作、悲劇からの喜劇の誕生、ローマでの風刺詩の流行、ゲルマン的中世における英雄歌謡、物語詩（Romanze）、ペトラルカ、ダンテ、ボッカチオによる近世的文学様式の確立、ロマンツォ様式の発展、セルヴァンテス（スペイン：長編小説）とシェイクスピア（英国：戯曲）の二大巨匠の時代などを経た後、ヴィンケルマンによる古代芸術の再発見と、ゲーテの包括的な創作活動を通してポエジーはドイツで新たな段階を迎え、今や〝ポエジーの完全な歴史〟が姿を現すという形で結ばれる。新たな時代を迎えたドイツにおいては哲学がファンタジーと美の理想を発見し、ポエジーの本質をはっきりと認識するに至る。また《ニーベルンゲンの歌》からフレミング（Paul Fleming 1609–40）やヴェッカリンに至るまでの祖国の言語・文学の研究を通して、その精神が復活しようとしている時代でもあることも強調されている。

▼9　周知のようにヘルダーはフランスのヴォルテール（François Marie Arouet Voltaire 1694–1778）や百科全書派らの普遍主義・合理主義的な〈進歩 progrès〉史観に異論を唱えて、各民族に固有の文化に現れる人類精神の〝形成〟を重視する〈文化史 Kulturgeschichte〉の歴史哲学を構想し、最終的な理性の勝利を主張するカントと論争した（Vgl. «Historisches Wörterbuch der Philosophie», ‹Geschichtsphilosophie›）。

▼10　Vgl. KA Bd. II, S. 205 [242].

「誰かが古代人をひとまとまりとして性格描写しようとすれば、誰もそれをパラドクスと思うものはない。しかし古代文学が最も厳密かつ、文字通りの意味において個体（Individuum）であると主張するとすれば、人々は自分のしていることが分からないのだから特異なことに感じられるだろう。……そもそも個体以外の何を性格描写できるだろうか。ある所与の視点から見て、もうそれ以上掛け合わせることができないものはそれ以上割ることのできないものであるのと同様、一つの歴史的統一体ではないだろうか。全ての実在的統一体は歴史的なものではないだろうか。個体の体系の全てをその内に含む個体というのは存在しないだろうか」。

▼11　Vgl. WBGS Bd. I. 1, S. 88. ベンヤミンは〈Einleitung〉で“Kunst”と言うのは芸術の中で中心的位置を占めている“Poesie”のこと、“Kunstwerk”というのは、“einzelne Dichtung”のことと理解してよいと断っている（Ebd., S. 14）。

▼12　NW Bd. II, S. 322.

▼13　Vgl. KA Bd. II; Lyceum-Fragmente [112], S. 161; Athenäum-Fragmente [125], S. 186.

▼14　Vgl. UV S. 68. メニングハウスは〈超越論的ポエジー〉は、再帰的構造を持った〈自己描出的ポエジー sich selbst darstellende Poesie〉であると解説している。

▼15　NW Bd. II, S. 319.

▼16　Ebd., S. 321 f.

▼17　KA Bd. II, S. 204, Athenäum-Fragmente [238].

ベンヤミンはシラーとの論争などとの絡みで観念的なものを古代ギリシア詩、実在的なものを近代詩と取り、その上に観念論と実在論の論争が暗示されていると、かなり字面に近い解釈をして、シュレーゲルの〈超越論的ポエジー〉とノヴァーリスのそれとの関係をかなり複雑にしてしまっている（Vgl. WBGS Bd. I. 1, S. 95 f.）が、メニングハウス流に最初から〈超越論的〉=〈自己反省的〉=〈再帰的〉と考え、その前提でシラーなどとの関連で暗示されている内容を解釈していけばノヴァーリスの言っている〈超越論的ポエジー〉とほとんど同じものであることがより自然に理解できる。

▼18　Vgl. Schillers Sämtliche Werke Bd. IV, hrsg. v. Otto Harnack, der Tempel Verlag in Leipzig; Dritter Abteilung (hinfort zit.: SSW). シュレーゲルはシラーの美学から大きな影響を受け、一七九二年から個人的に交際があったが、《素朴詩と純情詩》が出版された前後から、両者の見解の相違に起因する不和が表面化する（Vgl. KA Bd. II; Einleitung ‹Der Streit mit Schiller›, S. X ff. (Hans Eichner)）。

▼19　WBGS Bd. I. 1, S. 93.

▼20　NW Bd. II, S. 325.

▼21　HW Bd. 3; «Phänomenologie des Geistes», ‹Vorrede›, S. 35. ヘーゲルの言語観における〈概念把握 Begreifen〉の役割については、Vgl.『ドイツ言語哲学の諸相』第四章「ヘーゲル」。

▼22　NW Bd. II, S. 322.

▼23　Vgl. WBGS Bd. I. 1, S. 90 f.

▼24　講義の成立事情については、Vgl. KA Bd. XI; Editionsbericht XXIX (Ernst Behler)。シュレーゲルの包括的文芸（文学）史としてはこの他、ウィーンでの講義録《古代文芸と近代文芸の歴史 die Geschichte der alten und neuen Literatur》（一八一二―一三）があるが、これは時期的に後期に属する作品であり、内容上も政治的・宗教的バイアスが目立つようになっているので、本書では取り上げなかった。

▼25　ＫＡでの同講義の目次は次のようになっている。

EINLEITUNG

Allgemeine Bemerkung über Europa

DIE GRIECHISCHE LITERATUR

Die griechische Mythologie

Chronologie der verschiedenen Epochen

Allgemeine Bemerkungen über die griechische Sprache

Das epische Zeitalter

Das lyrisch-dramatische Zeitalter

Die lyrische Poesie
Die dramatische Poesie
  Charakteristik der griechischen Tragödie
  Charakteristik der griechischen Komödie
Die griechische Philosophie
Die Epochen der griechischen Philosophie
Über den Ursprung der Prosa
Über den Inhalt und Stoff der Philosophie
  Charakteristik des Plato
DIE RÖMISCHE LITERATUR

LITERATUR DER CHRISTLICHEN ZEITEN

DIE NEULATEINISCHE LITERATUR
DIE ALTFRANZÖSISCHE LITERATUR
  Über das Italienische und spanische Silbenmaß
DIE ITALIENISCHE LITERATUR
DIE SPANISCH-PORTUGIESISCHE LITERATUR
  Dramatische Poesie der Spanier
DIE ALTENGLISCHE LITERATUR
DIE NORDISCHE LITERATUR
DIE ALTDEUTSCHE LITERATUR

▼26 KA Bd. XI, S. 6.
▼27 Ebd., S. 46.
▼28 Ebd., S. 46 f.

▼29 KA Bd. II, Athenäum-Fragmente [85], S. 264.

▼30 KA Bd. XI, S. 22 f.

▼31 Vgl. ebd., S. 35–39.

▼32 Vgl. ebd., S. 116 f.

▼33 Vgl. S. 141 ff., S. 167 ff., S. 178 ff., S. 180 ff.

▼34 KA Bd. II, S. 312.

▼35 Vgl. KA Bd. XI, S. 141.

▼36 KA Bd. II, S. 313.

▼37 KA Bd. I, S. 333 f.

▼38 Ebd., S. 347 f.

▼39 Ebd., S. 360 f.

▼40 Ebd., S. 355 f.

▼41 Ebd., S. 357, S. 364. 二つの箇所を比較するとシュレーゲルの美学の傾向の区分は必ずしも一定していないように思われる。

▼42 Ebd., S. 365 f.

▼43 KA Bd. II, S. 312.

▼44 Vgl. ebd., S. 313 ff. シュレーゲルがここで言っている〈観念論〉は、通常〈ドイツ観念論〉と理解されているものでなく、〈世界〉を自我の自己反省運動として捉える哲学全般を指しており、シュレーゲル自身の〈哲学の哲学〉は、それの究極的な形と考えられている。《哲学の発展》では〈物〉概念の扱いをめぐって従来の高次の哲学の三つの形態である、〈観念論〉〈実在論 Realismus〉〈経験論 Empirismus〉の問題点を批判した上で、それらを批判している〈我々〉の哲学を以下のように位置付けている。

「それは決して、それら三つの哲学の高次の形態を融合したものではないし、またこれらの間違いを避けるための新しい形態でもない。それが観念論であることはかなりはっきりしている。ただ全く完結した観念論なのである。そしてこのことを通してそれは他の全ての観念論に対して際立っている。それは主体の側の根拠によって、全ての観念論者たちは完結から遠ざけられているのである」（KA Bd. XII, S. 341）。

▼45　ＫＡ第二巻で編者のハンス・アイヒナーは"romantisch"に含まれている意味を、①ラテン語の派生言語としての〝ロマンス語の〟という意味、②〝一般民衆の言語（Vulgärsprache）の〟という意味、③民衆言語で書かれており、古典的韻律の形式に従わない詩の形式であるという意味、④中世のロマンツェ、特に騎士物語のように幻想的で、エキゾチックで、信じられないようなといった意味（軽蔑的なニュアンスが含まれることもある）、⑤、④との関連で〝愛の物語の〟という意味、⑥叙事詩や戯曲と並ぶ文学ジャンルとしての〝長編小説の〟という意味――の六つに分類している（Vgl. KA Bd. II, S. LIII–LVII）。

▼46　KA Bd. II; Lyceum-Fragmente [78], S. 156

▼47　NW Bd. II; Vorarbeiten 1798, S. 322 f.

▼48　Ebd., S. 359.

▼49　ベンヤミンはアテネウム断片一一六の〈描出するもの／描出されるもの〉の間に漂うというのを、両項をそれぞれ、〈著者〉〈作品〉の意味に取って、著者の作品を通しての自己反省の意味で解釈しているようだが、メニングハウスはこれに対し、脱構築論で言う、〈意味するもの／意味されるもの〉のズレから生じる差延のようなものと解すべきだと指摘する（Vgl. UV, S. 62–S. 64）。

▼50　WBGS I. 1, S. 100.

▼51　Ebd., S. 98.

▼52　KA Bd. II, S. 134.

▼53　KA Bd. V, S. 7.

▼54　Ebd., S. 8.

▼55　Ebd., S. 9.

▼56　Ebd., S. 9.

▼57　《ルツィンデ》の構造についてはＫＡ第五巻でハンス・アイヒナーが詳しく述べており本文中でもかなり参考にした（vgl. KA Bd. V; Zur Struktur der Lucinde, S. XXXV ff.）。

第Ⅴ章第二節

▼1　KA Bd. II, S. 323.

▼2　Ebd., S. 324.

▼3　Ebd., «Über Goethes Meister», S. 133.

▼4　«Zur dialektischen Bedeutung romantischer Ironie», in: «Die Aktualität der Frühromantik», ‹3. Subversion des Subjekts vs. Frühromantischer Subjektivismus›, S. 93. この論文でブープナーはイロニーを〈弁証法〉という枠組みで捉え、ヘーゲルに接近させることを試みており、全体としては、ヘーゲルの方法論をシュレーゲルのイロニーより優位に置こうとしているように思われる。

▼5　Vgl. ebd., S. 88 f. 《イエーナ講義》の第三部でシュレーゲルは、哲学の相対性について次のように述べている。

「我々がこれから見ていこうとする第一命題は、既に我々の哲学の第一部から導き出されている。即ち、全ての真理は相対的である。

この場合、真理とは主体的なものと客体的なものの一致であるという通常の真理の説明は当てはまらない。（第一）命題は、観念論から出発しているのであり、観念論は主体とも客体とも呼ぶことのできない実在性と関わっている。真理の通常の説明が正しかったとしても何の説明にもならないのである。その逆に観念論では、実在的なものが中心にあり、したがって真理は二つの対定立されている誤謬からの中立性であるので、この定義は真理がどのように生じるか、真理が生産されることを教えてくれる。そしてこの定義は我々が誤謬と戦う時に、どういう風に我々が真理を生産しているのかを教えてくれる。

全ての真理は相対的であるという命題から——あらゆる結合に対して、それを超えて、無限なるものへと向かっていく更に高次の結合が見出されるのであるから——直接的に次の命題が導かれる——全ての哲学は無限である」（KA Bd. II, S. 92）。

▼6　KA Bd. II; Lyceum-Fragmente [7], S. 147 f.

▼7　Ebd., Lyceum-Fragmente [117], S. 162.

▼8　シュレーゲルは〈真面目 Ernst〉をネガティブにのみ評価しているのではなく、〈戯れ〉の対概念として同様に重視している。アテネウム断片に次のようなものがある。

「世間はあまりに真面目そうな様子を見せている（viel zu ernsthaft）が、真面目（Ernst）は極めて稀である。真面目は戯れの反対である。真面目は一定の目的、即ち、あらゆる可能な目的の内で最も重要な目的を持っている。それは遊び半分にやったり、自己を偽ったりしない。自らの目標が到達されるまで倦むことなく追求し続ける。それには絶対的基準で無制約に拡大・縮小するエネルギーと精神力が必要である。人間にとって絶対的な高みと遠方というものがなかったら倫理的な意味での偉大さという言葉は不必要になるだろう。真面目は行為における偉大さである。偉大とは同時に熱狂と独創性を持ち、同時に神的でありかつ完結していることである。完結しているとは自然的であると同時に人為的であることである。神的であるとは愛から湧き出て、あらゆるポエジーと哲学よりも高い所にある純粋で永遠な存在と生成へと注ぎ込んでいくことである。……」(KA Bd. II, Athenäum-Fragmente [419], S. 245)。

▼9　KA Bd. II; Athenäum-Fragmente [51], S. 172.

▼10　〝素朴〟＝〝徹底したイロニー〟であり、それに自然的、個性的、古典的の区別がないというのは、明らかにシラーの一面的な〈素朴〉概念に対する〝皮肉〟である。

▼11　KA Bd. II; Lyceum-Fragmente [37], S. 151.

▼12　WBGS I. 1, S. 82.

▼13　Ebd., S. 83.

▼14　Vgl. KA Bd. II; Lyceum-Fragmente [47], S. 153.「イロニーとは逆説の形式(Form des Paradoxen)である。逆説とは良きものであり、同時に偉大であるもの全てである」。

▼15　Ebd., Athenäum-Fragmente [51], S. 173. 次のような例もある。「優れた詩においては、全てが意図(Absicht)であると同時に全てが本能でなければならない。そのことによって詩は理想的になる」(Ebd., Lyceum-Fragmente [23], S. 149)。

▼16　Vgl. «Die Kiritik der Romantik», S. 36–38; UV, S. 67–S. 68.

▼17　KA Bd. II; Lyceum-Fragmente [108], S. 160.

▼18　«Einführung in die frühromantische Ästhetik», S. 362.

▼19　フランクは文字通りの意味とイロニーとのズレの問題を、ジャック・ラカンの〈滑り le glissement, das Gleiten〉の概念と比較して論じている。〈滑り〉は〈語られたもの〉もしくは〈書かれたもの〉の意味作用が固着されようとする瞬間に生じる。Vgl. ebd., S. 366 ff.

▼20　KA Bd. X VIII; [II] Philosophische Fragmente Erste Epoche II, S. 112 [995].

▼21　実際の問題として、〝偽装〟としての〈イロニー〉を、〈ソクラテス的イロニー〉と呼ぶのはイロニーの概念史から見てかなり問題があるようである。〈Eironeia〉がギリシア語の文献に見出されるようになったのは、紀元前四

世紀に入ってからで、語源は不明とされている。ソクラテス（470–399 v. Chr.）以前に、〈詭弁法〉や〈喜劇〉で〈皮肉家 Eiron〉という決まった役柄があった。特に喜劇の舞台で二人の敵対者が登場し、一方が大袈裟なことを言って欺こうとするのに対し、わざと控え目にしゃべりながらより狡猾に立ち回って、最後に出し抜いてしまう方を〈皮肉家〉と呼ぶ。同時代人であるアリストファネス（Aristophanes 455?–385 v. Chr.）は《雲》でソクラテスを逆に皮肉家にだまされる方の大言壮語する役柄にしている。Vgl. «Historisches Wörterbuch der Philosophie»: ‹Ironie›.

▼22 KA Bd. II; Lyceum-Fragmente [42], S. 152.

▼23 KA Bd. XII, S. 3.

▼24 KA Bd. II, S. 368 ff.

▼25 Ebd., S. 369.

▼26 NW Bd. II, S. 438 f.

▼27 Vgl. «Einführung in die frühromantische Ästhetik», S. 353.

▼28 《フィヒテ研究》の中でノヴァーリスは、〈言葉〉と〈物〉の循環関係について次のように述べている。「全ての言葉、全ての概念は対象から借りてきたものである——つまり対象である（Gegenstande）——したがって、言葉や概念は対象を固定することはできない。まさに無名性（Namenlosigkeit）こそがその本質を表している——したがってあらゆる言葉が対象を追い払う。それは非言葉、非概念である。声だけのものに反響（Echo）があるだろうか?」(Vgl. NW Bd. II, S. 110)。

▼29 ノヴァーリスの数学研究としては、《Freiberger Naturwissenschaftlichen Studien (1798/99)》と呼ばれる自然科学関係の断片群に含まれる〈Arythmetica Universalis〉などが知られている（Vgl. NW Bd. II, S. 443 ff., S. 457 ff., S. 465)。

▼30 «Einführung in die frühromantische Ästhetik», S. 356 ff. 《論考》で該当する主な箇所は、

4・12 命題は現実の全体を描写する（represent the whole reality）ことができる。しかし現実を表示するために現実と共有しなければならないもの（what they must have in common with reality in order to represent it）——即ち論理形式は描写することができない。論理形式を描写するには、我々は自己を論理の外に置かねばならない。そこは世界の外部である（outside the world)。

4・121 命題は論理形式を描写することはできない。論理形式は命題の中に自己を反映する（mirrors itself)。自

己を言語の中に反映するものを、言語は描写することができない。言語の中で自己自身を表現するもの（That which expresses itself in language）を我々は言語で表現することはできない。命題は現実の論理形式を示すことができる。それを呈示するのである（They exhibit it）（«Tractus Logico-Philosophicus», Ludwig Wittgenstein; Kegan Paul, Trench, Trubner & Co., Ltd. (1933), International Library of Psychology; S. 78, S. 79）。

▼31　«Einführung in die frühromantische Ästhetik», S. 355.

▼32　NW Bd. II; ‹Das Allgemeine Brouillon›, 4. Handschriftengruppe, S. 692.

▼33　ノヴァーリスも〈イロニー〉という言葉を独自の議論でも用いているが、彼自身はシュレーゲルが〈イロニー〉と呼んでいるものを自分はむしろ〈フモール Humor〉と呼ぶとして用語のズレを示唆している。

「フモールは恣意的に想定された振る舞い（eine willkürliche Manier）である。恣意的なものが、そこできわだっているもの（das Pikante）である。フモールは、制約されたものと制約されていないものとの自由な混合の結果である。フモールを通して、本来的に制約されたものが、一般的に興味深いものになり、客観的な価値を得る。ファンタジーと判断力が遭遇するところで機知が生まれ、理性と恣意が一緒になるところでフモールが生まれる。茶化し（Persiflage）はフモールの構成要因であるが一段階下がったところにある。純粋に芸術的（artistisch）ではなく、ずっと制限されている。シュレーゲルがイロニーとして性格描写しているものは、私の（議論の上での）必要から言えば、熟慮性（Besonnenheit）の性格の、つまり精神の真の現前性の帰結にほかならない。シュレーゲルのイロニーは私には真のフモールであるように思われる。一つの観念にはいくつかの名前があった方が都合よい」（NW Bd. II, S. 239 / S. 241）。

　シュレーゲルは、《アテネウム》と《リュツェウム》に掲載された〈断片〉の中では、〈フモール〉という言葉は四回しか使用していない。

▼34　KA Bd. II; ‹Einleitung›, XXXVI ff. ヴォルフやゴットシェートもロック、ヒュームとほぼ同じ意味で〈機知〉を哲学用語として用いている。

▼35　ロックは〈機知〉に対し、観念をより厳密に判別し、結合する能力を〈判断 judgement〉と呼んでいる（Vgl. Book 2. Ch. 11, in: John Lock — Works Vol. 1, S. 145）。

▼36　KA Bd. II; Lyceum-Fragmente [7], S. 148.

▼37　NW Bd. II; ‹Blüthenstaub› [30], S. 241.

▼38 Ebd., ‹Blüthenstaub› [57], S. 251.
▼39 Vgl. «L'absolu littéraire», S. 75.
▼40 KA Bd. XII, S. 403.
▼41 KA Bd. XII, S. 404.
▼42 Vgl. «L'absolu littéraire», S. 62.
▼43 KA Bd. II; Lyceum-Fragmente [9], S. 148.
▼44 Ebd.,Athenäum-Fragmente [77], S. 176.
▼45 Ebd.,Lyceum-Fragmente [34], S. 150.
▼46 Vgl. ebd., Athenäum-Fragmente [53], S. 173.

第Ⅵ章第一節

▼1 WBGS I. 1, S. 11.
▼2 Ebd., S. 14.
▼3 NW Bd. II, S. 605.
▼4 Vgl. WBGS I. 1, S. 65–S. 66. この箇所で、ベンヤミンはドイツ語の前置詞“über”（三、四格支配）が、「……について」という意味でも、「……を超えて、……の上方に」という意味でも四格支配になることを利用して言葉遊びをしている。“Reflexion über ein Gebilde”は、〝形象物とは直接関わりのない向こう側での形象物についての反省〟という皮肉な意味に取れる。
▼5 シュレーゲル自身、《マイスター》のような作品の印象を描出しようとすれば、最悪の文学作品を生み出すことになりかねない、とそのリスクを指摘している（Vgl. KA Bd. II, S. 134）。
▼6 KA Bd. XXIV, S. 148; 81. Friedrich Schlegel an Schleiermacher: Dresden, Mitte Juli 1798.
▼7 WBGS I. 1, S. 67.
▼8 KA Bd. XVIII; [II] S. 106 [927].
▼9 NW Bd. II; ‹Vermischte Bemerkungen› [125], S. 282.
このほか次のような断片もある。「自分で文学作品を生み出せない人は文学作品をネガティブにしか論評しない。

真の批評には批評されるべき産物を自ら産出できる能力が不可欠である」（Ebd., S. 323）。

▼10　Vgl. KA Bd. II, S. 139 f. 《マイスター》の第三巻第八章で伯爵の館に滞在中のヴィルヘルム（メリーナを座長とする一座の演出家を務めていた）はヤルノーと知り合い、演劇について語り合う。ヴィルヘルムがラシーヌやコルネイユのフランス古典演劇を高く評価したのに対して、ヤルノーが「あなたは全くシェイクスピアの作品を観たことはないのですか」と尋ねる。ヴィルヘルムが「一度もありません」と答えると、ヤルノーは彼にシェイクスピアの戯曲を何冊か貸し与える。第十一章で、ヴィルヘルムは読んだ印象を次のように語っている。「……子供の頃から僕自身が気付かぬうちに、僕につきまとってきた、僕がかつて人類とその運命について抱いた全ての予感が、シェイクスピアの作品の内に成就され、展開されているのが分かります。彼は私たちに全ての謎を解き明かしてくれているのだけれど、それは『どこそこに解明の言葉がある』とは言えないような形で明かされているように思えます。……ほんの少しシェイクスピアの世界を垣間見たことが他の何にもまして私を刺激し、現実の世界で更に急いで前へ向かって進み、かつ、その上方に垂れ籠めている運命の洪水に入り込んでいきそして将来運が良ければ真の自然の大海から、盃何杯分か汲み取って、それを舞台の上からわが祖国の乾きを覚えている聴衆に捧げたいと思わせるのです」（Vgl. Johann Wolfgang von Goethe Werke-Hamburger Ausgabe Bd. 7; Romane und Novellen II; hrsg. v. Erich Trunz, Deutscher Taschenbuchverlag; S. 192; hinfort zit.: JWGW）。

《ハムレット》の登場人物の性格付けをめぐる議論は、第四巻、第五巻でかなり詳細に展開され、第五巻第十一章で初演を迎える。第五巻では、冒頭でヴィルヘルムの父の死、初演の後の、オフィーリアを演じたアウレーリエの死など《ハムレット》の展開と、ヴィルヘルムを取り巻く〝現実の〟人間関係とがオーバーラップしてくる。一つの小説の内部で、他の文学作品が取り上げられ、しかもそれが〈形成 Bildung〉に向けて大きな役割を果たすというのはそれまでの文学史ではなかったことである（Vgl. ebd., Anm. S. 745）。

▼11　KA Bd. II, S. 140 f. 一七九五〜九六年に《ヴィルヘルム・マイスターの修業時代》が、ベルリンのウンガーから最初に刊行された時、二つの巻が一冊（ein Band）にまとめられ、全体で四冊になった。したがって第三冊には、第五、第六巻が含まれる。

▼12　Vgl. WBGS I. 1, S. 69 f. Anm.; UV Anm. S. 259 usw.

シュレーゲルが、ロマン主義的な芸術批評と、性格描写を区別していると最初に指摘したのは、ルドルフ・ハイム（Rudolf Haym 1821–1901）（«Die Romantische Schule, Ein Beitrag zur Geschichte des Deutschen Geistes»（1870））

でベンヤミンはその見解を踏襲している。ただ引用した箇所から既に分かるように、シュレーゲルはそれほど厳密に〈批評〉と〈性格描写〉とを区別していない。ハイム―ベンヤミンの説明にはかなり異論が出されているようだ。

▼13　KA Bd. II; Athenäum-Fragmente [167], S. 191.

▼14　WBGS I. 1, S. 69.

▼15　Vgl. JWGW Bd. 7; Viertes Buch, Drittes Kapitel, S. 216.

▼16　Vgl. ebd., Viertes Buch, Vierzehntes Kapitel, S. 246 f.

▼17　《マイスターについて》に対するゲーテの直接的反応は文章として残されていないが、アテネウム誌上での発表から数カ月後、A・W・シュレーゲル夫妻と会見した際には、フリードリヒの批評にイロニーの精神が生かされていること、個々のキャラクターに拘泥しないで全体との関係で論じていることなどを高く評価したと伝えられている。

A・W・シュレーゲルの妻のカロリーネ（Caroline Schlegel 1763–1809 後シェリング夫人）はフリードリヒへの書簡でその内容を報告している。Vgl. KA Bd. XXIV, S. 176 f.; 104. Caroline Schlegel an Friedrich Schlegel: Jena, 14.–15. Oktober 1798.

「……ゲーテは大変上機嫌にアテネウムのことを語っておられましたし、あなたのヴィルヘルム・マイスターについてはそれを語るに全く相応しい雰囲気（ganz in der gehörigen über Ihren Wilhelm Meister）でした。それというのも彼は、あの作品の内の真面目さ（Ernst）だけではなく、称賛されるイロニーを把握しておられ、それに非常に満足し大変な期待を持って続きを待ち望んでおられるからです。彼は先ず、本当にいい、本当に魅力的だとおっしゃった後で、いつものように天気の話をされ、それからやはり温かな口調で、あなたの扱い方、つまり、あなたがいつも全体の構造と取り組まれ、個々の人物の分析に病的なまでに拘ったりしようとしない姿勢が適切であるとおっしゃいました。あの方はまた、多くの表現を、特にイロニー的な表現を何度も繰り返されて、よく読み込んでいることを証明されました。この点でもあなたはご自分の作品を完結すべきです。直ぐにそうされるべきです。……」（《マイスターについて》は、続編が出される予定でシュライアーマッハーらもそれを期待したが、結局、一回分で終わった）。

▼18　KA Bd. II; Schillers Horen. 1796. Viertes Stück, S. 14.

▼19　Vgl. ebd., S. 14–S. 15. シュレーゲルは、ヴィルヘルムを通しての《ハムレット》論を優れているとしながらもゲーテ自身の創作力が抑制され切れないで、前面に出ているので論評と言えるかどうか疑問であるという見解を示している。

▼20　KA Bd. XVIII, S. 227 [396].

▼21　Vgl. KA Bd. I, S. 357 ff. / WBGS I. 1, S. 52 ff. シュレーゲルは《ギリシア文学研究》では批判すべき従来の芸術批評家を具体的に名指ししていないが、ベンヤミンは、ゴットシェートのほかレッシング、ヴィンケルマンらの名を挙げている。

▼22　KA Bd. II, S. 14.

▼23　NW Bd. II, S. 323.

▼24　Vgl. WBGS I. 1, S. 72.

「ロマン派以来の批評活動の主要根本命題、即ち内在的基準に即しての作品の論評は、ロマン派の理論を土台として獲得された。彼らの理論はその純粋な形態のままでは決して今日の理論家を満足させることはないであろうが」。

ベンヤミンはまた《芸術批評の概念》を博士論文として作成する過程でのゲルショム・ショーレム（Gershom Scholem）に宛てた書簡（1918 Nov.）の中で、「ロマン派の批評の概念から現代の批評概念が生まれてきた。しかしロマン派にあっては、〈批評〉とは全く秘儀的な概念であった」（WBGS I. 3; Anm. zu: «Begriff der Kunstkritik in der deutschen Romantik», S. 801）と、ロマン派の批評概念の両面性を示唆している。

▼25　ボーラーは《ロマン主義の批評》でベンヤミンの言っている作品の〈再帰性 Reflexivität〉は著者の〈主体性 Subjektivität〉と同一であるとしているがこれは作品の自律性と矛盾するし、ベンヤミン自身は著者の主体性は問題にしていない（Vgl. «Kritik der Romantik», S. 26）。

▼26　«Das Individuelle Allgemeine», Suhrkamp; Die Überwindung des Konflikts zwischen strukturaler Textanalyse und sinnverstehender Interpretation — Die Bedeutung des Grundsatzes ‹Einen Autor besser verstehen als er sich verstand›, S. 358 ff.

▼27　HGGW Bd. 1, S. 194 [u. S. 179].

▼28　Ebd., S. 196 [u. S. 180].

▼29　SHK S. 169 f.

▼30　Vgl.『解釈学』、一三一頁以下。

▼31　Vgl. JWGW Bd. 7, S. 68 ff. / KA Bd. II, S. 128 ff. この “ein Unbekannter” もしくは “der Fremde” は後に〈塔の結社 Turmgesellschaft〉から派遣された使者であったことが分かる。

▼32　Vgl. «Das individuelle Allgemeine», S. 363.
▼33　KA Bd. II, S. 350.
▼34　Vgl. «La struttura assente», S. 303 ff., S. 323.
▼35　KA Bd. II, S. 349.
▼36　シュレーゲルは《哲学の発展》で〈批判＝批評 Kritik〉と呼ばれる活動一般の性格について以下のように述べている。
「哲学における批判は、他のあらゆる批判的な仕事の根底にあるのと同じ前提条件しか必要としない。即ち批判は体系に先行し、あらゆる哲学を特定の体系の視点からではなく、批判それ自体から哲学を説明しなければならない。自らが自己自身によって立てられた哲学の理想に達するか、といったことを探求しなければならない……」（KA Bd. XII, S. 286）。
▼37　Vgl. SHK; Einleitung des Herausgebers, S. 57 ff.
▼38　Vgl. «L'Entretien infini» (1969), Maurice Blanchot, Éditions Gallimard: III. l'absence de livre. XI. l'Athenäeum, S. 517 f. "l'œuvre de l'absence d'œuvre" は、"œuvre" というフランス語がドイツ語の "Werk" と同様に、〈作品：男性名詞〉と同時に〈仕事、営み、行為、作用：女性名詞〉という意味を持っていることを利用した言葉遊び。
▼39　Vgl. ebd., III., XVIII l'Absence de livre, S. 627 ff.
▼40　KA Bd. II; Ideen-Fragmente [95], S. 265.
▼41　往復書簡での聖書についての主なやり取りは、次の通り。
① Friedrich Schlegel an Novalis: Berlin, 20.Oktober 1798.
「……僕の文芸構想の目標は、新しい聖書を書き、モハメッドやルターの例に倣うことだ……」（KA Bd. XXIV, S. 183）。
② Novalis an Friedrich Schlegel: Freiberg, 7. November 1798.
「……君は君の聖書構想について書いているが、僕の方は学一般についての研究の途上――そうした学一般の肉体（Körper）、つまり本を研究している途上で――やはり聖書の観念に突き当たった――そう聖書の――あらゆる本の理想としての聖書の観念に。聖書の理論は、著述すること（Schriftstellerei）あるいは言葉を形成すること（Wortbildnerey）一般についての理論を展開する、またその理論を与えてくれるものだ――その理論は同時に、創造的精

神による象徴的、間接的構築の理論を差し出す。君は義理のお姉さんからの手紙を通して、僕が非常に包括的な仕事に取り組んでいることを知るだろう――この冬はその仕事に完全に没頭している。

それはまさに聖書構想の批判――聖書化（Biblisieren）の普遍的方法の試み――真の百科全書体系（Enzyklopädistik）への序論となるだろう。

僕が考えているのは、真理と観念一般――独創的な思考を生み出すこと――生き生きとした学問の機関（Organon）を産出すること――この知性の総合批判的戦略（synkritische Politik）を通して自分にとっての真の実践の道――真の再統合プロセスへの道――を敷くことだ……」（Ebd., S. 194–S. 195）。

③ Friedrich Schlegel an Novalis: Berlin, 2. Dezember 1798.

「ともかく期せずして僕たちが同時に聖書構想に至ったというのは僕たちの相互理解と誤解の顕著な指標であり、驚異的なことだ。

聖書が文芸の中心的形式、即ちあらゆる本の理想体であるという点では君と全く同意見である――ただしいくつかのかなりはっきりした留保条件と、相違はあるが。雑誌、小説、戯曲等々もある意味で聖書であるはずだ。しかしそれらは聖書という名前とその名前の精神とを表示し、概括するものでしかないのだ。今僕が考えている聖書というのは、ある意味での聖書ではなく、いわば全く文字通りあらゆる精神と意味において聖書であるもの、そういう種類の最初の芸術作品だ。というのは、従来の芸術作品は自然の産物に過ぎないからだ。それらの従来の作品の内でそれに値するものが、この構想を実現するための古典的原型（klassische Urbilder）として措定されねばならない。ちょうどギリシアの詩がポエジーという芸術にとっての古典的原型としてゲーテによって実践的に、僕によって理論的に定立されたのと同じように。

想像するに、君の仕事（Werk）は僕が考えている著作することの原理についての理想的な本と一致しているようだ。その本を通して僕は読書、そして大学に欠けている中心点を構成しようと思っている。僕の断片、そして性格描写はその仕事の側翼あるいは柱だと見ることができる。それらの持つ意味はその仕事を通して初めて明らかにされるだろう。……僕の考えている百科全書は、それらの原理の大学への適用であり、純粋な雑誌の反対物なのだ。

僕の聖書構想は、文芸的なものではなく、――聖書的、そう徹底して宗教的なもの。僕は新しい宗教を創設しようと思って、いやむしろ、その告知を手助けしようと思っていると言った方がいいだろう。新しい宗教は僕がいなくても到来し、勝利するのであるから。僕の宗教は哲学とポエジーを飲み込むような類いのものじゃない。むしろ僕はこの二つの原芸術・学問の独立性と友好、自己中心性と調和とを存続させようと思っている。ただ両者がその特性を変化させる時が来たとは思っているが。……僕の考えではカントとフィヒテの最大の功績は、彼らが哲学を言ってみれば宗教への入り口（Schwelle）にまでもたらし、そこで中断したことだ。ゲーテの形成（Bildung）も別の方向から神殿の入り口にまで歩んできた。

……そういうことが一冊の本を通して起こるというのはさほど奇妙なことではなかろう。偉大な宗教の創設者たち（Autoren）、モーゼ、キリスト、モハメッドは――次に政治家としての側面が薄れ、教師、作家としての比重が高まっているのだから。……レッシングがまだ生きていたら、僕がこの仕事を始める必要はなかったろう。その端緒（Anfang）は既に完成していたはずだから。彼ほど新しい宗教を予感していた人はいなかった。その点ではカントばかりかフィヒテ、ヤコービ、ラファーターもはるか後方に留まっている。彼らのような人たち何百万人もがるつぼの中で掻き回されているが、レッシングほど強固な材質と宗教の純粋なエーテルを生み出すに至っていない。……

この新しい宗教は既に動き出していると思う。今述べたような哲学や実践上の徴候のほかに、この宗教は、とりわけ我々の同時代人で、始まりつつある時代を構成しているごく少数の個人の間で作用している。いくつか例を挙げて見よう。シュライアーマッハーは使徒ではないが、生まれついてのあらゆる聖書的雄弁術（biblische Kunstreden）の批評家であり、ただ一言の神の言葉を与えられたらそれについて力強く説教する人だ。彼は宗教についての仕事を手がけている。ティークは大変な愛情を持ってヤーコプ・ベーメと取り組んでいる。彼は確実に正しい道を行っている。もう一つ気付いたことを言っておこう。ゲーテとフィヒテを総合した時に生まれてくるのはまさに宗教ではないだろうか。……」（Ebd., S. 204–207）。

④ Novalis an Friedrich Schlegel: Freiberg. 10. Dezember 1798.

「……君の構想が僕の構想と絡んでいるのは明らかだ――そして君のそれがまさに天を動かすものであれば、僕のそれは地上の扁球を動かす。

このような構想については十分長い間語られてきた。僕たちが同じようなことを成し遂げようとしていけないわけはない。人は世界の中で、紙の上でと同じ在り方をしている――つまり人は観念の創造者（Ideenschöpfer）なのだ。

君の宗教と聖書についての話には今は触れないことにしよう――また触れることができないのだ、僕にとってその大部分は全く闇に包まれているからだ……もう一度このことを口頭で語り合おう――あるいは文書の上でもし読むことが可能な断片（lesbare Bruchstücke）が完成し印刷されることがあったら……」（Ebd., S. 210）。

▼42　NW Bd. II; Friedrich Schlegels ‹Ideen›, S. 726.

▼43　Ebd., «Das Allgemeine Brouillon (Materialien zur Enzyklopädistik)», 2.Handschriftengruppe, S. 598.

▼44　Ebd., S. 598 f.

▼45　Ebd., S. 599.

▼46　Ebd., S. 602.

▼47　Vgl. ebd., S. 515 f.

「百科全書体系。哲学的銅版表（Kupfertafeln）はいかに構成されるべきか。

……地理学的――地学的――鉱物学的――年代学的――数学的――技術的――化学的――官房学的――政治的――ガルヴァーニ電気学的――物理学的――芸術的――生理学的――音楽的――紋章学的――貨幣学的――統計学的――文献学的――文法的――心理学的――文芸的――哲学的銅版表。本以前の計画（Pläne vor den Büchern）はある意味で既に銅版表になっている――（アルファベット）――指標（Indice）は、特殊な辞書、百科全書である。

例えば、幾何学を大きな表に入れると――算術――代数学、等々。

可能な限り全ての文芸的、芸術的、世界的歴史＝物語（Geschichte）を、表系列（Tafelsuite）へもたらすことが可能なはずである（一冊の本は表になっている度合いが低いほど劣悪になる）」。

▼48　Vgl. ebd., S. 599.

▼49　Ebd., S. 600.

▼50　Ebd., S. 604.

▼51　Ebd., S. 610.

▼52　Ebd., S. 285.

▼53　«La dissémination», ‹Hors Livre›, S. 57 f.

▼54　Ebd., S. 60.

▼55　Vgl. ebd., S. 58.「もはや生成的な構想（pro-gramme génétique）あるいはテクストの序文（préface textuelle）の問題を避けて通ることはできない……」。

▼56　Ebd., S. 60.

▼57 Vgl. «L'absolu littéraire»,S. 80.

▼58 HW Bd. 8, S. 62 f.

▼59 Vgl. HGGW Bd. 3, S. 71 f.
この問題はデリダも《本の外》でヘーゲルのテクストにおける〈序文〉あるいは〈序論〉の本文に対する〈外部性 extériorité〉の問題として論じている（Vgl. «La dissémination», S. 15 ff., S. 55 ff.）。《本の外》は、そのタイトルが示しているように《散種》のテクスト全体の〈序文〉もしくは〈序論〉の位置にあるが、その位置から〈序文〉〈序論〉と〈本文〉との一般的関係について論じるという構造を持っている。

▼60 HW Bd. 5, S. 49.

▼61 Vgl. ebd., S. 43.

▼62 Vgl. HGGW Bd. 3, S. 72 f.

▼63 KA Bd. II; Athenäum-Fragmente [259], S. 209.

第Ⅵ章第二節

▼1 «Die Kritik der Romantik», S. 180 f.

▼2 Ebd., S. 39 ff. ボーラーはアポリネールによるブレンターノの《Rheinlied》の研究など具体的なテクストの連関を手掛かりにして、シュルレアリスムの原点がドイツ・ロマン派であったことを証明しようとしている。

▼3 初期のヘーゲルとシュレーゲルの〝交渉〟については、山本定祐が『現代思想』の臨時増刊号『総特集＝ヘーゲル』（一九九三年七月）に掲載された論文「ヘーゲルとロマン派フリードリヒ・シュレーゲルの場合」（S. 299–S. 306）の前半でまとめている。山本はシュレーゲルが講義を行った翌年にヘーゲルが彼に代わる形でイエーナ大学の教壇に立ち、その後、シュレーゲルに大学での教授の道が閉ざされてしまったという事情や、シュレーゲルがシュライアーマッハー宛ての書簡で《差異論文》を酷評していることを挙げ、両者の間に学問上の対立以前に何らかの感情的わだかまりがあったのではないかと推測している。

▼4 ヘーゲルの《美学講義》として一冊の本になっているものは、ベルリン大学での一八二〇／二一年冬学期、一八二三年夏学期、一八二六年夏学期、一八二八／二九年冬学期の四回にわたって行われた講義を編集したもので一八三五年に出されたホトー（Heinrich Gustav Hotho 1802–73）の版が代表的なものとされており、本書で引用してい

るHWもホトー版を基本にしている。もっともベルリン大学での講義以前にヘーゲルはハイデルベルク大学時代（一八一六―一八）にも〈美学〉の講義を行っており、彼の美学の骨格がどの時期に固まったのか確定しにくい。

▼5　Vgl. «Beisetzung der Romantiker in Hegels Phänomenologie» (1924) v. Emanuel Hirsch; ursprünglich in: Deutsche Vierteljahrschrift für Literaturwissenschaft und Geisteswissenschaft Bd. II, S. 511 ff., wieder abgedruckt, in «Materialien zu Hegels ‹Phänomenologie des Geistes›» (1973) hrsg. v. Hans Friedrich Fulda u. Dieter Henrich, Suhrkamp, S. 245–S. 275; hinfort zit.: MHPG.

▼6　HW Bd. 3, S. 483 f.

▼7　ヒルシュは［美しい魂＝ノヴァーリス］の根拠として、ヘーゲルが哲学講義でノヴァーリスを美しい魂と呼んでいること、ノヴァーリスの文章では〈憧憬 Sehnen〉と〈次第に光が弱って消え去っていくこと Verglimmen〉とが重要なモチーフになっていることを挙げている。ヘルダリンについては小説《ヒュペーリオン Hyperion》に出てくる〝世の汚れを受けることへの不安〟というモチーフが反映されていると言う（Vgl. MHPG, S. 256 f.）。

▼8　HW Bd. 3, S. 485.

▼9　Vgl. MHPG, S. 259 f. ヘーゲルは後に《法哲学 Grundlinien der Philosophie des Rechts》（一八二一）の§164で《ルツィンデ》に表されているシュレーゲルの愛情観を批判している。簡単に言えば、シュレーゲルが愛さえあれば公式的な結婚など不必要という態度を取っているのに対し、ヘーゲルは結婚という形態を取って更に大きな単位である〈家族〉へと発展していくのが理性的な男女関係の在り方だと主張している（Vgl. HW Bd. 7. S. 317–S. 318）。

▼10　Vgl. HW Bd. 3, S. 492.

▼11　Ebd., S. 494.

▼12　HW Bd. 13, S. 91.

▼13　Vgl. ebd., S. 92.

▼14　Ebd., S. 93.

▼15　Ebd., S. 94–S. 95.

▼16　Ebd., S. 82.

▼17　Vgl. «Die Kritik der Romantik», S. 145 ff.

▼18　HW Bd.13. S. 96.

▼19 Vgl. ebd., S. 98.

▼20 Vgl. «Die Kritik der Romantik», S. 149 ff.

▼21 HW Bd. 13, S. 97.

▼22 Vgl. HW Bd. 15, S. 276 ff.

▼23 Ebd., S. 280–281.

▼24 Vgl. ebd., S. 281–282.

▼25 Ebd., S. 573.

▼26 《哲学講義》は《美学講義》よりも遥かに長い期間にわたって分散しており、イエーナ大学で一八〇五／〇六年冬学期、一八〇七年夏学期の二回、ハイデルベルク大学で一八一五／一六年冬学期、一八一六／一七年冬学期、一八一七／一八年冬学期の三回、ベルリン大学で一八一九年夏学期、一八二〇／二一年夏学期、一八二七／二八年冬学期、一八二九年夏学期、一八三一／三二年冬学期（ヘーゲルの急死で二時間で中断）の五回と計十回に及ぶ。ホトーらとともに最初のヘーゲル著作集の編集に当たったミシュレ（Karl Ludwig Michlet 1801–1892）による版が基本になっている。

▼27 KA Bd. XII, S. 103.

▼28 HW Bd. 18, S. 457 f.

▼29 Ebd., S. 459.

▼30 Ebd., S. 460.

旧版あとがき

本書の元になったのは、一九九四年度に東京大学総合文化研究科地域文化研究専攻に提出した修士論文『〈モデルネ〉の葛藤』である。注の部分で必ずしも必要でない部分を削ってややスリムにしたことを除けば、誤字の訂正だけに留めて、ほぼそのままの形で本にした。最近の著者の仕事は、マルクスとか政治・法といった、かなり戦闘的で野暮な領域に集中しているので、「ポストモダン派の新左翼」であるかのように言われることもしばしばあるが、前著『〈法〉と〈法外なもの〉』の「あとがき」でも述べたように、もともとの関心領域は、ドイツ・ロマン派である。それは基本的に、今も変わっていない。

修論を完成した当初は、審査の先生たちからそれなりに〝お褒めの言葉〟を頂いたので、「良い仕事であると評価されたのだからいずれ発表できる機会があるのではないか」と密かに思っていたが、そう簡単にはいかないことがすぐに分かった。自分の研究テーマが出版業界のブームに乗っており、しかも個人的にかなり強いコネを持っていれば、「評価された論文」をそのまま活字にすることはそれほど難しいことではないようだが、両条件が完全に満たされていない院生やODだとそうはいかない。東大の総合文化研究科（駒場）というところは、周知のように、微妙な条件の「差」によってその点での明暗がはっきり分かれるところであるから、かなり苛々していたのを思い出す。「世間」から注目されず、すぐに職を得られないことが専ら自分の実力のせいであるかのごとく（冗談でも）言われると、かなりグサッとくる。六年も経って御茶の水書房の特別の配慮で、ようやく処女作の論文を刊行できるに至ったが、その当時の鬱屈した気分は未だに引き摺っている。客観的に考えればおかしいことは十分承知しているが、今でもまだ、周りから期待されている後輩の院生たちが自分よりもエラそうに見えてしまう。初期体験のおかげで、ついつい自分の方がマイナーであると考える癖がついてしまった。

やや牽強付会かもしれないが、初期ロマン派のシュレーゲル、ノヴァーリスも、そして彼らがポストモダン・シーンに再参入するきっかけを作ったベンヤミンも、執筆活動をしていた当時はマイナーな存在であった。今では、記号学の基本テクストとされているベンヤミンの教授資格論文『ドイツ悲劇の根源』が周りの教授たちから理解されなかったために、彼が学者としてのキャリアを断念して、文芸批評家に成り切ったのは有名な話である。フィヒテの知識学を極めて精緻な言説によって脱構築し、もう一つの「百科全書」を構想していたシュレーゲルやノヴァーリスが西欧思想史の中にきっちりと位置付けられることなく、ドイツ文学史の片隅に追いやられてしまった背景には、彼らがシェリングやヘーゲルのように大学の哲学教授になれなかったという事実がある。ヘーゲルが体系的で、合理主義的な近代知識人にとって「納得しやすい」哲学を構築するようになったのは、教職を得てからであり、我々がよく「ヘーゲル主義」と呼んで批判の槍玉に挙げているものを構築するようになったのは、ベルリン大学教授就任以降である。（知それ自体を愛しているはずの）哲学少年たちが有名大学の哲学講座の教授の言うことを「標準」と信じている一方、偉い先生は偉い先生で、周りを気にして差し障りのない本を書くという構図は、ドイツ観念論ーロマン派の時代から変わっていない。「存在が意識を規定する」話を繰り返すつもりはないが、一八〇五年までのフリードリヒ・シュレーゲルのように、しがらみのない自由な文筆家でなければ、常識的な「物の見方（味方）」をラディカルに寸断していく思考を続けるのは難しいと思う。

出版順序は逆になってしまったが、修士論文である本書と、博士論文を元にした前々著『〈隠れたる神〉の痕跡』（世界書院、二〇〇〇年〔現『危機の詩学』作品社、二〇一二年〕）は内容的に姉妹編の関係にあるので、併せて読んで頂ければ幸いである。いずれも著者が「しがらみらしきもののほとんど皆無であった時代」に書いた、個人的に思い入れのある著作である。今でもそれほど有名人ではないのだが、それなりに付き合いはあるので、何か書こうとするたびに、自分が周りからどのように思われているのかほぼ条件反射的に反省＝反照してしまい、想像される読者の反応が気になる。それを通して自分が次第に常識化していくのを感じる。無論、読者なしの自分だけの「本」などあり得ないわけだが、緊張感のある「対話」を通して相互発展していけるような理想的な「読者の顔」をイメージするのは、極めて難しい。シュレーゲルやノヴァーリスが論じた「本についての哲学」の重要さを改めて実感している。それはこれからも大きな課題であり続けるだろう。

二〇〇一年八月　　　　著者

増補I
〈絶対的自我〉の自己解体——フリードリヒ・シュレーゲルのフィヒテ批判をめぐって

フィヒテの〈知識学〉は、デカルトによって発見された自我を原点として、人間の有する全ての〈知〉を一元的に体系化しようとする壮大な構想であった。それはドイツ観念論のスタートに位置し、近代の自我＝理性中心主義を代表する思想であったと言える。イエーナ大学でフィヒテの講義を聴講し、強い影響を受けたフリードリヒ・シュレーゲルは雑誌《アテネーウム》に掲載した断片群（一七九八）の一つで、「フランス革命、フィヒテの知識学、そしてゲーテの《マイスター》、これが時代の最大の傾向だ」（KA 2, 198）と述べ、知識学を西欧近代哲学の到達した頂点と見做した。しかしこの数年後にケルンで行った哲学講義でシュレーゲルはフィヒテの体系が自己矛盾に陥っていると指摘し、自我中心哲学をその内側から解体してしまう新しい哲学の在り方を提示した。それは、自我哲学が抱える矛盾を〈歴史〉（＝絶対精神の自己実現プロセス）という枠組みの中で最終的に解決することを図ったヘーゲルの体系とも異なる、もう一つの可能性としての〈美的近代〉（カール＝ハインツ・ボーラー）を追求する思想だった。シュレーゲル、ノヴァーリスをはじめとする初期ロマン派の試みは、ヘーゲル哲学に押される形でドイツの正統な哲学史から排除されてきたが、一九八〇年代後半から、ドイツへのポストモダン思想の流入と連動する形で初期ロマン派の哲学的言説の再評価が始まった。初期ロマン派の代表的理論家として知られるシュレーゲルが知識学の体系の内に見出した自我哲学の自己解体的要因について以下検討していこう。

1．〈絶対的自我〉の自己定立

知識学を最初に体系的に記述した著作である《全知識学の基礎》（一七九四）でフィヒテは、第一根本命題として［自我＝自我］の定式を挙げている。我々の最も基本的な判断の形式である同一律［A＝A：AはAである］が成立するためには、［で有る sey］という必然的連関Xが定立（setzen）されていなければならない。［で有る］と判断している主体は〈私＝自我（das）Ich〉であるから、連関Xは自我によって自我の内に定立されているはずである。つまり、［A＝A］という判断が保証されるためには、先ず、定立もしくは判断しつつ有る〈私〉、常に自己自身と等しく、同一で有るものとしての〈私〉が定立されて有らねばならないことになる。この根本命題は、「自我は根源的に自らの存在（Seyn）を端的に定立する」（FG I. 2, 261）と読み換えることができる。次に、矛盾律の根拠としての第二根本命題［自我≠非・自我］が提示される。あるAが定立されれば、必然的にその反対物としての非Aが対定立（entgegensetzen）される。［A≠非A：Aは非Aではない］第一根本命題より、（自我自身によって）自我が根源的に定立されて有るわけだから、その定立された自我に対しても端的に対定立されたものが有るはずである。それが非自我（das Nicht-Ich）である。「自我に対しては確実に、非自我が端的に対定立されて有る」（FG I. 2, 266）。

この二つの先行する根本命題から生じる論理的矛盾を解決する形で第三根本命題が導き出されてくる。定立の場合と同様に対定立もまた判断主体としての自我の同一性を前提として成立する。したがって、第二命題において対定立されて有る非自我もまた自我の内に定立されて有ることになる。そうすると、同一的な自我の内で、［自我が定立されて有る］と同時に［非自我が定立されて有る（das Nicht-Ich ist gesetzt）＝自我が定立されていない（das Ich ist nicht gesetzt）］（FG I. 2, 268）という相互に矛盾する命題が成立することになってしまう。この二つの根本命題を相互に否定し合わないような形で統一するには、我々はどう考えるべきだろうか。フィヒテはここで〈可分性 Theilbarkeit〉という概念を導入する。つまり、［A＝B］というタイプの判断がなされる場合、端的に［AはBで有る］と定立されているわけではなく、Aの内のある部分（Theil）とBの内のある部分とが等号で結ばれているのである。［A＝B］は内容面から見ると、［Aのある部分はBのある部分で有る］という判断を指しており、定立されて有るのは両者の共通部分Xであるということになる。自我と非自我の関係についても、定立されて有るのがそれぞれの部分であると考えれば、非自我の対定立によって自我の存在が完全に廃棄されることはない。自我と非自我は相互の実在性を制限し合う関係にある。ここから、「自我は自我の内で、可分的な自我に対して可分的な非自我を対定立する」（FG I. 2, 272）という第三根本命題が定式化されてくる。自我は自己自身を〈可分的な自我〉の概念へと下降させることで、非自我との対定立において規定し得るものになるのである。そして、〈存在を定立する〉という事行（Thathandlung）によりこれら三つの根本命題をはじめ全ての判断を成り立たしめている主体（論理的主語）は、絶対的（無規定的）自我（FG I. 2, 279）と呼ばれる。絶対的自我による自己定立の活動＝事実を通して、内部と外部の間に境界線が引かれ、自我と非自我がそれぞれ規定されたものとして現れてくるのである。

フィヒテはこの第三命題によって、カントの批判哲学では依然〝未解決〟の課題として残された認識主体としての〈自我〉と〈物自体〉の統一を図ったと見ることができる。カントは、超越論的な統覚（自我）によって構成される〈対象〉と〈物自体〉とを区別することで理論理性の限界を設定した。物自体を客体とするのは実践理性だけである。カントはこの区別によって、デカルト以降の近代哲学が取り組んできた〈主体＝内／客体＝外〉問題を整理し、一応のピリオドを打とうとした。しかし、イエーナ大学におけるフィヒテの前任者で、カント哲学の継承者とされるラインホルトの根元哲学における〈（表象される）客体／表象／（表象している）主体〉の三項図式をめぐって、マイモンやシュルツェとの間で展開された論争でこの問題が再浮上してくる。原理的に認識し得ない〈客体＝物自体〉の存在を前提とし続けている限り、統一的な哲学体系を樹立できないことが改めて明らかになった。フィヒテは、マイモンやシュルツェの懐疑主義的な言説とは距離を取りながらも、〝カント＝ラインホルトの体系〟を完成するためには、〈物自体〉を含まない理論的枠組みが必要であると考えるようになる。[1] フィヒテは三項図式を〈自我／非自我〉の二項図式に改編した上で、両項をお互いに対して対定立する絶対的自我を超越論的な位置に据えることで、批判哲学が抱えてきた諸問題を一挙に解決しようとしたのである。彼は《全知識学の基礎》の中で、「端的に無制約なもの、またそれ以上に高次のものによって規定されることのないものとしての絶対的自我を呈示する」批判哲学の基本原則に忠実に論理展開すれば知識学が導き出されると述べ、自らの体系がカント哲学を完成にもたらすものであることを強調する（FG I. 2, 279）。

無論、フィヒテは〝全て〟を（絶対的）自我に還元することで、バークリー流の主観的観念論にまで後退したわけではない。〈非自我〉は自我に対し、（制約された）実在性をもって存在しているのである。《全知識学の基礎》の第二部でフィヒテは〈非自我〉が自我の自己定立運動の契機になっているという見解を示す。(絶対的) 自我には〈無限〉へと向かって自己自身を (再) 生産しようと努力する〈構想力 Einbildungskraft〉と呼ばれる能力が備わっている (FG I. 2, 359 ff.)。構想力による自我の活動が〈無限〉へと向かって一方的に進んでいる限りでは、意識の中には〝自己と他者〟のそれを含めて一切の区別がない。この活動の中で何らかの〈衝突 Anstoß〉が起こると、外に向かって進んでいた活動が内に向かって反転＝反射 (reflektieren) される。(無差別の) 自我自体の中にはこの活動を阻むものはないわけだから、この衝突は〈非自我〉との遭遇を通して生じるはずである (FG I. 2, 369 f.)。衝突によって自他の境界線が生じ、無規定的な自我が規定された自我となる。非自我との衝突によって反転した (定立された) 自我は、非自我に対定立されて有る自己の状態について反省的に意識する。自我と非自我の間の相互作用を通して、〈私〉を中心とした世界が構成されてくる。〈自我〉という概念装置を通して、世界の構造を統一的に解明しようとする点に知識学の特徴があると言えよう。

2. シュレーゲルの〈知識学〉観

フリードリヒ・シュレーゲルは《全知識学の基礎》が出された二年後の一七九六年から翌九七年までイエーナに在住し、フィヒテと個人的に知り合いになり、本格的に知識学の研究を始める。この当時の彼と兄アウグスト＝ヴィルヘルム・シュレーゲルやノヴァーリスとの往復書簡でフィヒテのことが頻繁に話題にされている。[▼2] この時期の彼はフィヒテの知識学に必ずしも全面的に同意していたわけではないが、冒頭に引用した断片に見られるように、啓蒙化された近代精神の生み出した最大の成果の一つであると見ていた。フィヒテの〈自我〉は、無限に向かって自己を拡大していこうとする十八世紀の理性を象徴的に表していたのである。シュレーゲルは、冒頭に挙げた断片とほぼ同じ頃に《アテネーウム》誌に掲載した《ヴィルヘルム・マイスターの修行時代》への批評《ゲーテの〈マイスター〉について》(一七九八)で、知識学を応用した読解を試みている。この批評は、「努力する精神が静かに自己を形成し、展開していく様子、そしてその内面から生成しつつある世界がひっそりと立ち上っていく様を、この澄んだ物語は、尊大ぶることなく、また騒ぎ立てることもなく語り出す」(KA 2, 126)という文で始まる。この一文からはっきり分かるように、シュレーゲルは小説《マイスター》の構造を、外に向かって自己を無限に拡大しようと努力しながら世界を構成する(フィヒテ的な)自我の運動の現れと見たわけである。ヴィルヘルムが父の家を離れ、旅の一座の一員として広い世間(=世界)へと出て、視野を広げていく物語(=語り手のまなざし)の展開は、自己の外へ出ようとする〈自我〉の活動のアレゴリーになっているのだ。しかし、一方的に外に向かっているだけでは、自我が定立されて有る〈自己〉の在り方について〈反省〉する契機は生まれてこない。自我の自己拡大運動に抗う非自我との衝突が起こる必要がある。シュレーゲルは、第一巻での最後で突然ヴィルヘルムの視野に入ってくる〈見知らぬ男=他者 der Fremde〉がこの役割を果たしていると考えた。

だが単に感情が空虚な無限へと出て行くのを防ぐためばかりでなく、目が大きな視点に従って具体的に距離を測り、広い視野をある程度囲い込むべく、そこに見知らぬ男が立っている。彼を見知らぬ男と呼ぶには十分な理由があるのだ。ヴィルヘルムを取り巻く現実とも、彼が夢見ている可能性とも異なって見える別の高い世界から現れたもののように、ただ一人、不可解な姿をしたこの男は、この作品がこれから昇っていくべき高みの尺度にもなっているのだ。この高みに昇りついた時、芸術は学問となり、生は芸術になるだろう。(KA 2, 128)

この見知らぬ存在との出会いを通して、それまで虚しく空を彷徨っていたヴィルヘルムの視線(構想力)は自己へと向かって反転し、彼は、現に規定されて有る自己(定立されて有る自我)と、これから努力して向かっていくべき無限(絶対的自我)の間の距離を認識することになる。《全知識学の基礎》は、構想力から生み出された産物を〈現実的なもの〉として固定する能力を〈悟性 Verstand〉と呼んでいるが(FG I, 2, 374)、これとパラレルに、シュレーゲルはこの箇所で、見知らぬ教養ある(gebildet)男の〈悟性〉と、若く恋するヴィルヘルムの〈構想力〉が対置されていると読んでいる。このような非自我との出会いを何度も繰り返しながら〈私〉は次第に自己形成(bilden)していく。

《マイスター》の語りの構造と、知識学の理論的構造の間にはパラレルな関係があるわけだ。近代文学の頂点に位置する《マイスター》の中に知識学の図式を読み込んでいることからも分かるように、当時のシュレーゲルはフィヒテ的な自我の運動によって、我々を取り巻く〈世界〉の解明を試みていたのである。

ただしシュレーゲルは、初期知識学の最も基本的なテクストとされる《全知識学の基礎》そのものよりも、これに対して投げ掛けられた様々な疑問に答える形で、フィヒテが一七九七年から翌九八年にかけて《哲学雑誌》に連載していた《知識学の新しい叙述の試み》の方により大きな関心を寄せており、これにかなり独特な解釈を加えている。《アテネーウム》に掲載された別の断片で、シュレーゲルは《新しい叙述の試み》を念頭に置きながら知識学を以下のように性格付けている。

フィヒテの知識学はカント哲学という素材についての哲学だ。形式について彼は多くを語っていないが、それは彼が形式の作者であるからだ。批判的方法の本質というのが、その中で、規定する能力についての理論と規定された心の作用の体系が、予定された調和の内にある事物と思考のように、親密に結合していることにあるのだとすれば、彼が形式において二乗されたカントになり、知識学がその見かけ以上に批判的になってもいいわけだ。とりわけ、知識学の新しい叙述は常に、哲学であると同時に哲学の哲学になっている。批判的という言葉の妥当な意味があるとすれば、それはフィヒテの一歩一歩の歩みには必ずしも当てはまらないだろう。しかしフィヒテに関しては、彼自身がそうしているように、副次的なことは一切考慮せず、全体に、そして問題になっている一つのものに目を向けねばならない。そうすることによってのみ、彼の哲学とカントのそれとの同一性を見出し、把握することができる。批判的というのは、十分になり切ることができないものなのだ。(KA 2, 213)

この断片の意味を理解するために《新しい叙述の試み》の中の該当する箇所を見ておこう。《哲学雑誌》の第一巻第五号に掲載された第一回分の中でフィヒテは、「自我の自発的活動(=知的直観)を体系の出発点としている知識学の著者のやり方は、カント哲学の誤った理解に基づいている」というタイプのカント主義者たちの非難に応える形で、カントの批判哲学と知識学の関係について明確に論述している。フィヒテは先ず、《純粋理性批判》の中の、「私はそれを(既に述べた)経験的統覚から区別するために純粋統覚と呼ぶ。それはまさにこの統覚こそが、他の全ての表象に必然的に随伴し、全ての意識の中で同一であって、それ以上の何ものからも随伴されることのない〈私は考える〉という表象を産出する自己意識だからである」という箇所を挙げながら、カント自身も我々の思考の客体になる〝全て〟を条件付け(bedingen)ている純粋自我＝自己意識を前提にした上で、自らの認識論を構築していると指摘する（FG 1. 4, 228 f.）。人間の意識のメカニズムを首尾一貫性をもって解明しようとする哲学は、この自己意識（＝〈私〉）の問題と取り組む必要がある。たしかにカント自身は自己意識についての統一体系を立てなかったが、そのような〝体系〟を前提にしていたことは明らかであり、彼の全ての議論はその部分、あるいは断片になっている（FG 1. 4, 230）。その〝体系〟が知識学だというわけだ。

フィヒテに言わせれば、（哲学する〈私〉を含めて）我々の思考の枠組みは全て自己意識によって条件付けられているわけだから、体系的な知を構築しようとすれば、〈条件付けているもの das Bedingende〉としての〈自我〉の問題に遡っていかざるを得ない。フィヒテの言う〈自我〉とは、〈自己へと回帰する行為 in sich zurückgehendes Handeln〉を意味する。知識学はそれ自体が（抽象化された）自我の活動をめぐる哲学であると同時に、現に哲学している〈私〉の思考の成立条件を問うメタ哲学にもなっている点で、従来のあらゆる哲学体系と全く異なった構造を有する（FG 1. 4, 209 ff.）。

引用した断片の中でシュレーゲルがポジティブに評価しているのは、フィヒテがそういう意味でのメタ哲学として知識学を構築していこうとしている点である。〈哲学の哲学〉として、〈自我〉という現象と取り組もうとする発想は彼にとって極めて斬新だった。しかし一方では、フィヒテの個別の歩みが（自我哲学の視点から見て）十分に〈批判的〉になっていないと強調しているところからも分かるように、シュレーゲルは知識学の叙述が不徹底だと感じている。カント哲学が到達した〈自我〉に関する見解を〈素材〉として、更に哲学する（＝二乗する）ことでフィヒテが到達したのが知識学という〈形式〉であったとすれば、次の段階としてシュレーゲルが知識学の構造を〈素材〉に、更に哲学することで、三乗されたもの、つまりメタ・メタ哲学が生まれてくるのではないかと推測できる。実際、シュレーゲルは後にその方向に歩み出すことになる。

3.〈知識学〉からの離脱

無神論論争のためにフィヒテがイエーナを去った後、シュレーゲルは一八〇〇／〇一年冬学期にイエーナ大学で私講師として超越論哲学について講義している。[3] この講義で彼は、〝全て〟の根底にある〈無限なるもの das Unendliche〉と、その無限なるものについての〈意識〉の双方を視野に入れた新哲学を樹立することを試みている。既に見たようにフィヒテは《全知識学の基礎》で、全ての存在の根拠としての〈自我／非自我〉を定立する（絶対的）自我を設定したが、自我意識の枠を超越する〈無限なるもの〉は排除した。[4] フィヒテはその点で知識学の理論的枠組みとスピノザ主義のそれとを峻別している（FG 1. 2, 264 f.）。シュレーゲルはフィヒテとスピノザの立場の違いを弁えた上で、敢えて両者を（再）結合しようとする。

フィヒテ哲学は意識に関わる。スピノザ哲学は無限なるものに関わる。フィヒテ哲学の定式は［私＝私］である。あるいはその代わりに、［非自我＝自我］と言ってもいい。この命題はその表現から見て、最も総合的な命題だから、この言い方の方がいいだろう。

スピノザの哲学の定式は次のようになる。aという文字を描出可能なものと考え、xを描出不可能なものと考えれば、［a＝x］。

ここから二つの定式を結合して、［非自我＝x］および［a＝自我］が生じてくる。最後の定式、即ち［a＝自我］が我々の哲学の定式だ。この命題は間接的であり、有限なるものの誤りを揚棄し、無限なるものが自ずから生じてくるようにするのである。

我々の定式をポジティブな側面から見れば、大体次のようになる。自我の最小値は自然の最大値に等しい。そして自然の最小値は、自我の最大値に等しい。即ち、意識の最小領域は自然の最大領域に等しく、その逆も真である。（KA 12, 5 f.）

ここで彼らが自らの哲学の定式として採用した［a＝自我］は一見すると、知識学と同じことのように思えるが、重要なのは［a］が描出可能な（darstellbar）ものであると明記されている点である。「描出可能なものが有る」からには、その背後に〝描出され得ない何か〟があることが前提されているはずだ。シュレーゲルは、自らの〈哲学〉を（描出可能な）自我哲学の領域に限定する一方で、同時に、自我が〝全て〟であるわけではなく、その背後に描出不可能な〈無限なもの〉の領域が拡がっていることを〈間接的に〉示そうとしているわけである。この立場は、自己意識の外部を認めない知識学の立場と異なるし、また〈無限なもの〉を哲学体系外へと押し出している点で、スピノザ主義とも異なる。フィヒテが自我を全ての知の核に据え、統一的学問体系を構築しようとしているのに対し、シュレーゲルは〈自我〉を自らの哲学の概念装置として用いながらも、この装置をもはや絶対知に至るための手段とは見做さず、かなり相対化している。〈自我〉によっては、〝全て〟の内の描出可能な部分しか解明できない。彼は、自我哲学の〈内部〉に留まりながらも、自我哲学が原理的に負っている制約を認める立場を取っているわけだ。

シュレーゲルは、〈有限なるもの（＝自我）〉と〈無限なるもの（＝神）〉の間の溝は原理的に克服し得ないことを認めた上で（KA 12, 70）、両者のいずれか一方のみを措定するのは誤謬だとしている。しかし、我々に対して「絶対的知が与えられることは有り得ない」（KA 12, 93）以上、あらゆる哲学は必然的に〈有限／無限〉問題をめぐる誤謬に陥ってしまう。シュレーゲルはその逆説的な事態をペシミスティックには受け止めていない。絶対的真理が与えられず、常に誤謬に陥っているからこそ、我々の精神の活動は完結することなく、永続するのである。彼の言う〈哲学の哲学〉とは、そうした我々の哲学がその都度陥っている誤謬を単純に排除してしまうのではなく、その誤謬が哲学の中に生じてくる原因を原理的に考察することを通して、真理への新しいアプローチの可能性を開く営みである。〈哲学の哲学〉は、哲学の無限なる展開自体が〈無限なるもの〉の現れになっていることを洞察する。このように人間理性の営みとしての哲学の限界を設定することで、〈無限なるもの〉の存在を間接的に浮かび上がらせるシュレーゲルの戦略は、カントの批判哲学に近いように思われる。シュレーゲルもその点で、カントの方法と自らのそれとの類縁性を指摘しているが、他方では自らの哲学を〈歴史的 historisch〉と呼び、批判哲学との違いを際立たせている。批判哲学は〝最初〟に理性の〈限界〉を規定しているが、シュレーゲルに言わせれば、〝最初〟から理性の力が分かっているというのはおかしい。理性にはもともと規定された限界などなく、理性に備わった力というのは、哲学の歴史的展開の〈全体〉の中でしか現れてこない。狭い意味での個別の哲学が批判的になる必要はあるが、無限に展開していく広義の哲学は歴史的でなければならない（KA 12, 96）。

このように見てくると、シュレーゲルは、フィヒテの〈哲学の哲学〉の思想は継承したものの、それによって自我哲学を体系的に完結させようとするのではなく、自己解体へ追い込む方向に進んでいることが分かる。シュレーゲルにとって重要なのは、〈無限なるもの＝描出不可能なもの〉が我々の精神活動の無限なる歴史的展開においてどのように〈抽出〉されてくるかであって、その〈描出 Darstellung〉の媒体は（狭義の）哲学体系でなくてもよい。シュレーゲルの〈哲学の哲学〉は、（狭義の）哲学的言説から特権的地位を奪った上で、より広範な視野から、哲学を芸術や宗教など〈無限なるもの〉を描出しようとする他の精神活動と（再）結合させようとする。


それは一つの全体になるべきである。

分離は揚棄されるべきである。

ただ一つの実在的なものだけがある。全ての芸術と学問はその組織（Wesen）である。

哲学は一つの改革を設計すべきである。芸術と学問の有機的全体とは、各個別の分野が全体と成るような性質のものである。政治、宗教、そして道徳を結合するとともに、全ての芸術と学問を一つの芸術──それは精神的なものを産出する芸術になるだろう──へと結合する学問が成立するとすれば、それはまさに魔術（Magie）としか言いようのないものとなるだろう。（KA 12, 105）

ここでシュレーゲルが言っている〈魔術〉とは、神秘的合一の状態を瞬時に実現する文字通りの魔術ではない。学問や芸術の各個別分野において我々の〈自我〉が受けている制約を明らかにしながら、〈(直接的には）描出不可能なもの〉をめぐって展開する精神の活動の〈全体〉の輪郭を描き出すことがシュレーゲルの（広義の）哲学の目標であり、彼はその全体を〈魔術〉と呼ぶ。シュレーゲルは〈無限なるもの〉の直接的な現前の不可能性を認めた上で、様々な精神活動における〈描出〉（の試み）の連関の中に間接的に浮かんでくる〝無限なるもの〟を見出そうとする。この時点で既にシュレーゲルの〈哲学の哲学〉は〝哲学〟というディシプリンの枠自体を解体する方向に進み始めており、〈哲学の哲学〉を自己回帰する自我の哲学へと最終的に収斂させていこうとするフィヒテの立場とは相容れなくなっていたのである。

4．〈存在〉から〈生成〉へ

シュレーゲルがフィヒテの自我哲学と自らの哲学の違いをはっきり表明したのは、一八〇四～〇五年にケルンにおいて友人のサークルで行った哲学講義《哲学の発展》[5]である。シュレーゲルは序論の部分で古代ギリシアからフィヒテ、シェリングに至るまでの哲学発展の歴史を批判的に概観した後、自らの哲学を［a＝a］からスタートさせている。シュレーゲルによれば、この定式が表しているのは、専ら［a］が可能な思考の対象として〈私〉の意識の中に取り込まれていることであって、［a］および［a］を思考する〈私〉が持続性を持ったものとして存在しているということではない（KA 12, 324 f.）。シュレーゲルは［a＝a］が、フィヒテの［A＝A］とは異なって、〝～で（が）有る〟という定立を含意しない点を確認することで自らの独自性を打ち出す。

aがあるためには、自我がaを意識することが可能でなければならない、ということは極めて明晰に導き出される。しかしこのことが可能であるためには、自我が、自己自身へと回帰する活動を通して、自己自身を把握し、自己自身の中で二重化し、自己自身を意識することが必要である。この自我が自我であるための能力は無限である。というのは直観の直観があるように、直観の直観の直観があって云々、という具合に無限に続く。これには限界がない。自我がこの限界のない反省を無制約的に追っていくとすれば、決して一つの直観には到達しない。……有限な構成的規定によって限界のない反省を止めるこの能力は――誰もが推測するように――意志である。（KA 12, 325 f.）

シュレーゲルの哲学では、反省作用に〝先立つ〟形で端的に定立されて有る自我は前提されていない。対象aを直観する自己を直観する自己を……と無限に続く反省の列が、その都度〈意志〉によって引き止められることで、限定された〈主体＝表象するもの／対象＝表象されるもの〉関係が構成されるだけである。無論この限定された関係はそのまま恒常化してしまうわけではなく、意志の力が作用している間だけ持続しているに過ぎない。意志が作用しなくなれば、〈自我〉は再び無限の反省の中へと解消されていく。我々が自らの〈自我〉として表象しているのは、あくまでそうした暫定的な性格のものであって、全ての現象の背後にある〈絶対的自我〉のような不変のものではない。無限に自己を直観し続ける〈私〉が、全てを定立する〈絶対的自我〉に到達することはないのである。[6] 自我がこのように不安定なものである以上、自我の思考の対象である［a］にも〈物〉としての安定した性質が付与されることはない。シュレーゲルにとって、「物に対する疑いと自我の蓋然性」（KA 12, 328）こそが哲学への第一歩なのである。我々は通常、〝物（対象）a〟を思考している〝我〟が存在していると思い込んでいるが、実際には、この［物―我］関係は無限の反省の連鎖の一部を暫定的に固定したものに過ぎず、哲学する主体としての〈私〉が、自我の自己表象の無限列に視線を投じれば、〈私〉を制約している〈存在〉という仮象は崩壊してしまう。〈存在〉とはそもそも、行為主体である〈私〉にとっての目標として設定された、有用かつ不可欠な仮象に過ぎない。「人間の制約性の内では、その目標は固定し、持続しているが、それが到達されてしまうと、行為の中で仮象は消失する」（KA 12, 336）のである。シュレーゲルは、［a＝a］を思弁的な〈存在〉としてではなく、無限に流動し、絶えず運動し続ける〈生成 Werden〉の相において見ることが自らの哲学の課題であると主張する。

シュレーゲルによれば、フィヒテの第一の誤りは、「自我は主体で有ると同時に客体で有る（das Ich ist Subjekt und Objekt zugleich）」と言ってしまったことにある。これをシュレーゲル風に言い換えれば「私は自己自身にとって対象になる（das Ich wird sich selbst zum Objekt）」（KA 12, 342）。トリヴィアルな表現上の問題のようであるが、これは〈自我〉を固定化した〈存在〉として見るか、無限の連続的な〈生成〉と見るかの大きな分かれ目なのである。フィヒテは、〈自我〉を自己の〝外〟に出て行き、再び自己の〝内〟へと回帰してくる活動だとしているが、だとすれば、〈自我〉に不変・持続的な〈存在〉という賓辞を付与すべきではない。フィヒテは自らの体系の叙述において、スピノザ流の〈実体 Substanz〉観念を自我意識の中に解消しようと躍起になっているが（cf. FG 1. 2, 280 ff.）、スタートの地点で〈〜で有る〉と言ってしまったために、結果として（絶対的）自我を実体化することになり、自己矛盾に陥っているというわけだ。シュレーゲルはフィヒテの〈絶対的自我〉概念に代えて、〈原・自我 Ur-Ich〉を自らの哲学の原点に置く（KA 12, 337）。〈絶対的自我〉が自我自身と非自我の存在を端的に定立する絶対的主体であるのに対し、〈原・自我〉とは、現に思考している（制約された）〈私〉（＝表象しているもの）が、〈表象されているもの（＝思考の対象としての私）〉を〝自己〟であると直観することを可能にする根源的な〈感情〉である。言い換えれば、〈私〉に「全ては私の内にある」と感じさせ、〝私〟自身へと回帰すべく無限の反省へと誘い込む契機になる〈感情〉である。〈原・自我〉は無限の生成の中で常に浮上してくるが、〈存在〉へと固定化することはなく、その〝実体〟は決して捉えられない。〈原・自我〉に導かれて、我々は〈哲学する〉ように仕向けられるのである。

このように確実な知の根拠としての〈存在〉を無限の〈生成〉へと引き込んでしまった以上、そうした〈生成〉の運動について哲学するシュレーゲルの体系それ自体も決まった形式を持たない流動的な性質のものとなる。〈存在〉が〈生成〉を暫定的に固定化したものであるのと同様に、シュレーゲルの体系における〈概念〉あるいは〈根本命題〉は、無限に拡がっている多様性を、単純で固定したものとして思考するために暫定的に統一性へともたらしたものである。生の流動性を奪い去られた〈概念〉から組み立てられた知の〈構築物 Konstruktion〉は常に不完全であって、決して〈全体〉を表すことはできない。それを補う意味で、やはり〈叙述=描出 Darstellung〉という側面が重要性を帯びてくる（KA 12, 365）。絶対的真理を映し出す厳密な学として自己構築することを目指す従来の哲学体系は、〈根本命題〉と基本的な〈概念〉を最初に明晰かつ判明に規定しておけば、そこから全ての帰結が必然的に演繹されてくるという前提に立っていたが、シュレーゲルに言わせれば、そのような固定化された知の体系は、空虚な〈仮象の知 Scheinwissen〉に過ぎなくなる。〈生成〉という視点から見れば、むしろ〈直観したもの〉を暫定的に規定したものとしての〈概念〉が体系の中でいかに〈叙述〉されているかが重要である。芸術作品における〈描出〉がそうであるように、哲学の〈叙述〉もまた、それ自体が直観されることを通して、創作者＝著者（哲学者）が直観したものを、観察者＝読者に〈伝達〉するという機能を果たす（KA 12, 366）。シュレーゲルによれば、特定の概念がそれ自体として絶対的真理を全面的に代表することはあり得ないわけであるから、哲学の場合も芸術と同様に、一定の制約性の中で無限なる多様性をいかに〈描出＝叙述〉するかをその最大の課題とすべきである。既に述べたようにシュレーゲルにとって、哲学とはあくまでも無限の反省の〈媒体〉であって、その意味で芸術との間に本質的差異はない。〈叙述＝描出〉という側面を強調することで、哲学を脱領域化していくことがシュレーゲルの〈哲学の哲学〉なのである。

5. まとめ——シュレーゲルとポスト近代

比較文学者のW・メニングハウスは、ポストモダニズムの視点からのドイツ・ロマン派再解釈の基本文献とされる《無限の二重化》（一九八七）で、十八世紀以降のドイツ哲学のメイン・テーマであった、自己自身にのみ依拠する最終審級としての〈絶対者〉概念を脱構築している点で、フリードリヒ・シュレーゲルとノヴァーリスの哲学の方法は、デリダの〈差延〉戦略の先駆けであるという見解を示している。フィヒテの知識学が絶対的自我を全ての〈存在〉と〈活動〉の根拠と見做し、シェリングの同一哲学がそこから更に進んで、〈主体／客体〉に分裂した反省的意識の彼方に知的直観を通してのみ垣間見ることのできる絶対的な〈絶対者〉を設定しようとしたのに対し、これまで見てきたように、シュレーゲルは〈無限なるもの＝絶対者〉を絶対知の始発点として固定化することを回避し、様々な描出媒体の中で無限に〈生成〉する〈全体〉として捉えようとする。〈描出されるもの＝（超越論的）シニフィエ／描出する媒体＝シニフィアン〉の間に横たわる根源的差異のために、描出された〝絶対者〟（の仮象）は我々の反省的意識を媒質にして自己差異化（差延）し続けるのである。

こうしたシュレーゲルの〈生成〉の哲学は、一見すると〈歴史〉全体を絶対精神の自己現前化のプロセスと見るヘーゲルの歴史哲学と類似している。しかしヘーゲルの場合、絶対精神が人間理性を媒介に絶対的自己〈実現〉というゴールを目指して歴史的に展開していき、それに伴って〈絶対精神〉を中核にした全ての知の体系化が進行する構図が設定されているのに対し、シュレーゲルの〈原・自我〉は我々の学問・芸術の営為を通して多様に自己を描出するが、一つの固定化された知の形式へと収斂されることはなく、無限にオートポイエシス（自己産出）し続ける。ヘーゲルの絶対精神の自己把握の運動がツリー（樹木）状に縦方向に自己を構築していくとすれば、シュレーゲルの原・自我の自己回帰運動はリゾーム（地下茎）状に自己の形式を解体しながら、脱中心的に拡散していく。シュレーゲルに代表される初期ロマン派の哲学は、［フィヒテ→シェリング→ヘーゲル］という系譜で展開していった観念論の系譜とは異なる〝もう一つの（哲学的）近代〟の可能性を暗示していたのである。その後、シュレーゲル自身がカトリックへの改宗（一八〇八）を機に急速に神秘主義的傾向を強めたため〈生成〉の方法が後退してしまったこと、後期ロマン派が初期ロマン派のラディカルな脱中心的思考を継承しなかったこと、ヘーゲル型の合理主義的歴史哲学がドイツ思想界の主流になったことなどいくつかの要因が相俟って、初期ロマン派の言説は思想史の片隅に追いやられ、最近まで、単なる「病的な美しい魂と憧れ気分」（ヘーゲル）に過ぎないと誤解されてきた。[▼7] シュレーゲル、ノヴァーリスの言説がヘーゲル的近代を超えるものであると即断することは厳に慎まねばならないが、少なくとも我々が〈近代〉を思想史的に再考する際に、シェリング、ヘーゲルと同時代に、この二人のいずれとも異なる方向に知識学を批判的に継承した思想家たちがいたことを念頭に置く必要があるだろう。

＊フィヒテとシュレーゲルからの引用にはそれぞれ以下の全集を用い、次の略号で本文中に記す。
J. G. Fichte-Gesamtausgabe der Bayerischen Akademie der Wissenschaften, hrsg. v. Reinhard Lauth u. Hans Jakob, Stuttgart-Bad Cannstatt = FG

Kritische Friedrich Schlegel-Ausgabe, hrsg. v. Ernst Behler, München-Paderborn-Wien = KA

註

▼1　この経緯については、『講座ドイツ観念論　第三巻――自我哲学の新展開』（廣松渉・坂部恵・加藤尚武編、弘文堂、一九九〇年）に所収の以下の二本の論文で詳しく解説されている。廣松渉「総説　カントを承けてフィヒテへ」（一―一三頁）、瀬戸一夫「カントとフィヒテの間」（一五―七二頁）。

▼2　例えば一七九七年六月八日のノヴァーリス宛の書簡でシュレーゲルは、「ああ、今年の冬にも何度かそうしたように、もう一度二人で心をこめて、愉快に、心地よく、フィヒテする（fichtesiren）ことができたらなあ」（KA 23, 370 f.）などと述べている。

▼3　KAに収録されているイエーナ講義のテクストは、シュレーゲル自身が書き残したものではなく、一九二七年に文学史家のJ・ケルナーが発見した名前の知られていない一聴講生の清書したノートに基づいている。

▼4　フィヒテが自我意識を超える〈無限なるもの＝絶対者〉を意識的に排除しようとしていたのはあくまで初期の段階での話であり、後期に入ると次第に反省的知の根源としての〈絶対者〉を求めるようになる。W・ヤーンケによると、〈絶対者への転回〉の兆しが現れるのは一八〇一年に行われた私的講演《知識学の叙述》であり、完了するのは一八〇四年の講演《知識学》の〈真理論〉においてである。Janke, Wolfgang: Fichte — Sein und Reflexion. Grundlage der kritischen Vernunft, 1970, Berlin, S. 221 f.

▼5　KAに収録されているケルン講義のテクストは、シュレーゲルの友人だったC・J・H・ヴィンディシュマンが彼の死後、未亡人ドロテーアが所蔵していた自筆の草稿や、聴講した友人たちのノートを整理・編集して刊行した一八三六年の版に基づいている。

▼6　W・ベンヤミンは一九一九年にベルン大学に提出した博士論文《ドイツ・ロマン派における芸術批評の概念》で、シュレーゲル、ノヴァーリス等初期ロマン派の哲学では、フィヒテの〈定立〉概念に対して、無限に連鎖する〈反省〉の方が優位に置かれていると指摘している。Walter Benjamin Gesammelte Schriften Bd. 1. 1, hrsg v. Rolf Tiedemann u. Herman Schweppenhäuser, Frankfurt a. M., S. 26 ff.

▼7　ヘーゲル以降の初期ロマン派〝読解〟の歴史については、K・H・ボーラーが以下の著作で詳しく記述している。Bohrer, Karl-Heinz: Die Kritik der Romantik, 1989, Frankfurt a. M.

増補Ⅱ
フリードリヒ・シュレーゲルの詩学における祖国的転回[1]

1. 序――後期シュレーゲルにおける祖国的なもの

初期ロマン派の代表的理論家であり、一九八〇年代以降、ドイツ語圏を中心とした脱構築的な文芸批評理論において改めて注目されるようになったフリードリヒ・シュレーゲル[2]が、一八〇八年のカトリックへの「改宗」とそれに続く「ウィーン」への接近の前後から、「国民」的な言説へとはっきりとシフトしたことはよく知られている。一八〇六年のイエーナの敗戦、ナポレオンのベルリン入城、神聖ローマ帝国の解体といった一連の事態を受けて、フィヒテが講演『ドイツ国民に告ぐ』（一八〇六／〇七）を行った、ドイツ史の変わり目におけるシュレーゲルの「祖国的転回」は、彼と同世代のドイツ知識人たちの多くが、親フランス革命的スタンスから反仏・ナショナリズムへと方向転換していった大きな「政治的」流れの一部と見做されることが多い。

後期のシュレーゲルをアダム・ミュラーとともに「政治的ロマン主義」の代表的思想家として位置付け

るカール・シュミットは、「フランス革命とフィヒテの知識学、ゲーテの『マイスター』が今世紀の最大の傾向である」（KA II, 198）[3]と主張したシュレーゲルのフランス革命への共感は「一時的」なものに過ぎず、その熱狂はすぐに反革命な保守思想へと反転し、カトリックを基礎とする「君主主義的身分制国家」――この理想は結果的にメッテルニヒの復古主義的な意図に合致するものであった――を要求するようになった点を指摘している。[4]シュミットによれば、シュレーゲルのようなロマン主義者は、体制変革への意志を持たないまま、専ら「パトス」に働きかけてくる要素に反応しているだけであるから、フランス革命の内にも、エドマンド・バークのそれのような保守思想の内にも、「美的賛嘆と模倣」への刺激を見出し得たのである。[5]現代のシュレーゲル研究の第一人者とされるエルンスト・ベーラーも、ロマン派全体が初期に示していた世界主義やヨーロッパ愛国主義から、自己の民族的・文学的伝統に心酔するナショナルな傾向へと反転したことを大前提にした上で、シュレーゲルの『近代史』（一八一一）や『古代・近代文学史』（一八一四）の成立が、彼がオーストリアを基盤とする「保守革命」へと傾斜していったことと密接に絡んでいる点を指摘している。[6]最近の研究としては、ヴァニングが『フリードリヒ・シュレーゲル』（一九九九）で、彼の初期の「（普遍的）ポエジー」概念とリンクした共和制志向の自由主義的思想が、当時の政治的情勢の中で大きく変貌し、（カトリック）神学的に正当化された権威、身分制的・ヒエラルキー的支配形態を志向するようになったと述べている。[7]

シュミットやベーラーのように従来のシュレーゲル研究の多く――後期シュレーゲルに対して否定的なものも肯定的なものも含めて――は、彼が祖国的伝統に傾斜するようになった理由を、彼の思想にもともと内在していた「美的共同体」への志向性が、外的環境（政治・歴史）の変化に影響されてベクトルを百八十度転換した、という外因論によって説明している。こうした通史的文脈に依拠した彼の「祖国的転回」

の説明は、それなりに説得力があるが、その反面、イエーナ期のシュレーゲルの批評において大きなウェートを占めていた「神話(的共同体)」と「国民的文学」の相関関係をめぐる言説が、(イエーナの敗戦もしくは改宗以降の)後期の「文学史」と理論的に「連続」しているのか、それとも大きく「断絶」しているのかという文学理論上のより重要な問題を見えにくくしている。

著者の見方では、初期のシュレーゲルは、「神話」と「国民文学」の間の「一般的な関係」についての一定の見解を示しており、その尺度に従って、ゲーテを頂点とする当時のドイツ国民文学を評価していた。ドイツに「固有なもの」に対する彼の〝評価〟は、後期になってよりポジティブなものへと明らかに変化したわけであるが、それは、背景にある「神話―国民文学」関係図式が根本的に変化したためなのか、それとも、図式自体はそのままで、歴史的「現実」が図式に(彼の視点から見て)近付いたのか、従来の研究では必ずしも明確にされてこなかった。本章の主題は、そうした神話理論と歴史(認織)の緊張関係に焦点を絞りながら、初期の「神話」論が、後期の「国民文学」観とどのように絡んでいるのか明らかにすることである。

2. 「国民」共同体における「神話」の〝根源〟的な機能

初期のシュレーゲルの「神話―文学」関係論が最も明快に叙述されている『ポエジーについての会話 Gespräch über die Poesie』(一八〇〇)は、文学を愛好する六人の男女の「会話」と、その内の四人が読み上げる「論文」が組み合わされた混合形式を取っている。この内の第一論文に当たる「詩作の様々な時代

Epochen der Dichtkunst」で、アンドレーアは、芸術・文学における個別の作品とその「源泉 Quelle」の関係について以下のように述べている。

あらゆる芸術には、形成＝形像化されているもの（das Gebildete）に結び付こうとする特性があり、それゆえ歴史は世代から世代へ一段一段と遡っていき、最終的には古代にまで、つまり最初の根源的な源泉（die erste ursprüngliche Quelle）にまで行き当たる。／私たち近代人、ヨーロッパにとって、この源泉はギリシアにあるわけだが、ギリシア人と彼らのポエジーにとってそれは、ホメロスと、古代ホメロス派である。それは極めて形成可能性に富んだ（allbildsam）涸れることのない源泉、生命の波がどよめき合う描出（Darstellung）の力強い流れ、大地の充溢と天空の輝きが朗らかに自己を映し出す静かな海である。賢人たちが自然の始まりを水に求めるように、最古のポエジーは流動的な姿で現れるのである。（KA II, 290–291）

この箇所は一見平凡な古代ギリシアへの賛美に過ぎないように思えるが、「ポエジー＝文学 Poesie」という営みに「根源」的に含まれるミメーシス（模倣）的な性格を極めて的確に言い表している。「（形）作ること＝形成＝具象化」を意味するギリシア語「ポイエシス poiesis」を語源とする「ポエジー」という営みは、「水」のように「流動的」な「自然」を、一定の「像＝イメージ Bild」を通して再現することとして理解できる。いわば、カオス的な「自然」を「模倣＝ミメーシス」した「像」を「作り出す」わけである。ただし、個別の（模倣）作品を作り出す営みに際して、全く恣意的に新たな「像」が産出されてくるわけではなく、既に「形像化されているもの」が、ポエジー＝創作活動の「源泉」として参照される。

その意味で、「ポエジー」における「像」形成は、既に他の〝誰か〟によって遂行された「自然」の模倣（の「像」）を、「模倣」しながら自らの仕方で（自然を模倣した）「像」を形成する、「二重の模倣」であると言える。デリダによれば、こうした「自然」に接近しようとする（二重化された）「模倣」は遂行されるたびに、必然的に「模倣されるもの／模倣しているもの」の間の「差異」を産出し、ミメーシスの運動を反復・連鎖させていくことになる。[8]

　このような視点から遡及的に考えれば、我々が自らの主体性によって産出した作品ⓐの「源泉」として、既に「形象化されているもの」ⓑがあるはずであり、更にそのⓑの「源泉」としてのⓒも、それ以前に「形象化されているもの」としてのⓓ……という形でミメーシスの連鎖が歴史的により旧い時代へと次第に遡っていき、最終的には、「古代」における「最古のポエジー＝最初の根源的な源泉」ⓧに行き着くと想定することができる。「近代ヨーロッパ人」として「ポエジー」の連鎖に参与しているシュレーゲルにとって、「自然／芸術」の境界線の位置に相当する「最初の根源的な源泉」として「表象」されるのは、ホメロスである。シュレーゲルたちが遂行するあらゆる「ポエジー」は、ホメロスが最初に作り出した「像」の中に表象される「根源」の〝模倣〟を、近代的なパースペクティヴを通して更に模倣し続けることを意味する。こうした模倣の連鎖として構成される「詩作」の歴史的運動は、アテネウム断片一一六番で言われている「描出されるもの（das Dargestellte）と描出するもの（das Darstellende）の間で……反省を常に繰り返しながら」「永遠に生成（werden）し続け、決して完結することがない」「発展的普遍性ポエジー die progressive Universalpoesie」あるいは「ロマン主義的ポエジー」（KA II, 182）[9]に対応すると見ることができる。

　ただ、ここで留意する必要があるのは、ホメロスを仮想の起点とする「ポエジー」の連鎖＝発展的普遍性ポエジーに、「私」が全く恣意的な形で参入できるわけではなく、「私」が属している「時代」および「国民Nation」の枠内で形成される「固有の形式 eine eigentümliche Form」(KA II, 294)を通して創作することになる、という点である。アマーリアの「論文」では、ギリシア人、ローマ人、イタリア人、スペイン人、イギリス人、フランス人、ドイツ人にそれぞれ「固有の形式」が、ポエジーの歴史全体に関連付けながら叙述されている。これに続く「会話」の部分では、文学におけるジャンル・形式を重視する立場のマルクスが、「最も本質的なものは、規定された(bestimmt)目的、つまり専らそれを通して芸術作品が輪郭を獲得し、自己自身の内で完結することになる分離=特殊化(Absonderung)だ。詩人のファンタジーは、カオス的な〝ポエジー一般〟に注ぎ込まれてはならず、各作品が形式とジャンルにおいて、全くもって規定された性格を有すべきである」(KA II, 306)と述べて、「試作する私」の営みが時代・国民に固有な「形式」に拘束されるという見方を理論的に補完している。

では、シュレーゲル自身の属する「ドイツ国民」は、超越論的ポエジーの運動全体の中でどのように位置付けられる=規定される「形式」を有するのだろうか? アマーリアの論文では、ヴィンケルマンやゲーテの功績によって、ドイツ文学においては、「芸術をその形成の歴史を通して根拠付け」、「芸術の諸形式をその根源にまで遡って探求し、その各々を再活性化し、結び合わせることのできる」(KA II, 303-304)技法が獲得されたとされている。つまりドイツ人たちは、これまで歴史的に登場してきた諸「形式」を、ポエジーの「根源」との関係において反省的・哲学的に捉え返した上で、それらの「形式」と結び付いている「精神」を再現前化し、総合することのできる位置にあるのである。超越論的ポエジーの運動の最後尾に位置しているがゆえに、全体を事後的に再構成できる有利な立場にあるわけである。

しかしながら、これに続く『会話』全体の核心部に当たるルドヴィーコの論文「神話についての議論

Rede über die Mythologie」では、そうした近代ドイツ人の事後的な優位性を否定するような論点が提起されている。

3．「不在の根源」と「根源の不在」

ルドヴィーコは、詩人は創作するに当たっては、「自分の仕事のための確固とした支え、母なる大地、天空、生き生きした空気」（KA II, 312）が必要だが、「近代の詩人はそれら全てを自らの内面から創造」（ebd.）しなければならず、いわば「無からの新たな創造」を強いられている状態にある、というところから議論を始めている。そのように、創作に際しての詩人の「支え」を提供するのが、詩人が属する（国民的）共同体を統合している神話である。

私たちのポエジーには中心点が、つまり古代人にとっての神話に相当するものが欠けている、と主張したい。そして近代の詩作を古代のそれの下位に立たしめているところの本質的な要素の全ては、以下のように要約できる。私たちには神話がないのである。だが私は以下のように付け加えたい。私たちはそれをほぼ獲得しつつある、あるいは、神話を生み出すべく本気で協同すべき時が来ている、と。（KA II, 312）

シュレーゲルは既に『ギリシア・ポエジー研究』（一七九五―九七）の中で、古代世界においては、「ポエジーと神話＝物語（Mythus）こそが古代における人間形成（Bildung）全体の萌芽であり、かつ源泉である」（KA I, 333）として、「神話」（＋ポエジー）が各国民の生を形成し、詩作＝ポイエシスを促進する上で中心的な機能を担っていることを指摘しているが、ここではそれを更に敷衍して、近代人にとってもポエジーを「形象化」していく際の原型を与えるものとして「神話」は単に個々の文学作品のモデルを提供しているだけではなく、あらゆる「ポエジー」と「不可分で一体」の関係にある。そうした「神話（の体系）Mythologie」を核としながら、「古代における全ての詩作品（Gedichte）は、相互に結び付き、次第に大きな集団を成しながら、最終的に一つの全体を形成していた」（KA II, 313）と言う。いわば全体として、「唯一にして、不可分、完成した詩作品」（ibid.）を形作っていたわけである。古代世界においては、こうした神話的「全体」が自然と成立していたのに対し、近代は今のところそれを欠いており、これから獲得しようとしている、というのがルドヴィーコの主張である。問題は、来るべき「近代（ドイツ）の神話」がどのような性質のものになるかである。ルドヴィーコは、この「来るべき神話」が、古代の神話とは極めて異なった性質のものになると〝予測〟している。

というのも、新しい神話は、古いかつての神話とは全く逆の仕方で私たちのもとにやってくるからである。かつての神話は、全面的に若々しいファンタジーの最初の開花であり、感覚的世界における最も身近なもの、最も生き生きしたものと直接的に結び付き、それに似せて自己を形成していた。それに対して新しい神話は、精神の最も深い深みから形成されてこなければならず、あらゆる芸術作品（Kunstwerk）の内で最も人為的（künstlich）でなければならない。それはポエジーの古き永遠の原源泉（Urquell）に代わる新しい苗床、容器でなければならず、かつまた同時にそれ自体として、他のあら

ゆる詩作品の胚を含む無限の詩でなければならない。(KA II, 312)

「古い神話」が人々の共同体的な生の感情と〝自然〟に結び付き、極めて身近であったのに対し、「新しい神話」は「人為的」なものでなければならないと言う。この「人為的」であるということは、先に言及したアマーリアのゲーテ観や、ルドヴィーコ自身が新しい神話を迎えようとしているこの世紀の特徴として、「自己自身を規定し、自己から出て、自己に回帰する交替を永遠に繰り返す精神」(KA II, 314) の観念論的運動を挙げていることと併せて考えれば、超越論的ポエジーとしての反省=再帰的性格を備えていることを指すと解釈できる。つまり、「新しい神話」に参与することは、自然にポイエシスするのではなく、自己自身のそれも含めて、既存の「形式=規定性」を「意識」的に捉え返しながら詩作することを意味する、と考えられる。[10]

しかしながら、そうした無限の自己反省を繰り返す「神話」が、古代ギリシアやローマの(国民)文学におけるそれと同じような実体性・特性を備えたものになるかについては、ルドヴィーコの論述だけではっきりしない。マルクスによる第四論文「ゲーテの初期・後期の作品における異なったスタイルについての試論」で、ゲーテが様々な古典的「形式」を取り込んで、独自のスタイルを確立していることが強調されているが、例えば、そうしたゲーテの総合性が〝ドイツ国民的〟なものへと個別化していく可能性が具体的に記述されているわけではない。

ゲーテを中心として、これまでの全ての「形式」の長所を反省的に取り込んで、歴史的に優位に立つドイツ特有の「形式」が──古代のそれと同じくらいに実在的に──登場するというのであれば、ベーラー等の言う「保守革命」へと移行する要素を既に宿していたと言えるかもしれないが、「新しい神話」があくまでもシュレーゲル自身が自らの「批評」活動において試みているような、それ自体としての実体を持たないメタ作品・理念的なものに留まるのであれば、通常の意味での〝ナショナリスティック〟な志向性を帯びていたとは言えない。モーリス・ブランショは『無限の対話』（一九六九）の中で、シュレーゲルの「超越論的ポエジー」論を参照しながら、「作品が不在の営み＝作品 l'œuvre de l'absence de l'œuvre」[11]、つまり〝自己〟自身としては直接的に現前化せず、絶えず「不在」であるが、個別の「作品 Werk = œuvre」を通して間接的に現れる〝自己〟を反省的に捉え返し、再総合化していく「営み œuvre」として運動し続ける「未完の作品」という〝理念〟を提起している。後者の意味での「新しい神話」であれば、こうした「作品が不在の営み」に限りなく近いと言えよう。[12]

このように、初期のシュレーゲルの「神話―国民文学」論は、到来しつつある「国民」に固有な神話を実体化していく保守主義的な方向と、歴史的な諸「形式」を反省的に捉え返しながら自己を脱構築的に産出するポスト近代的な方向のいずれかを志向するのか、非常にアンビヴァレントなものであった。「根源」としての「新しい神話」は本質的に「不在」に留まり続けるのか、あるいは、現時点で「不在」でも、これから現前化しようとしているのか宙吊りのままである。

4.「根源」の（再）現前化

山田広昭は、ドイツの政治的後進性と、ドイツ・ロマン派が強調する〝真の精神〟性の関連を論じる文脈で、「ロマン主義はつねに欠如のまわりに生まれる。……ロマン主義とは欠如から価値をつくり出すシステムである。このシステムは通常、それを非常に単純な操作によっておこなう。……それは、欠如それ自体を、一挙に、『想像的に』、積極的な価値へと反転させる」[13]と述べている。実在的な「神話」と、それに直接的に支えられた国民に固有の文学様式を（依然として）欠いていながらも、あるいは、まさにそれゆえに、様々な「形式」について反省・批評しながら自己産出することのできる超越論的な位置にある〝ドイツ〟の歴史的特異性を示唆する『ポエジーについての会話』は、こうした「欠如の反転」の図式を暗示していると見ることもできる。

『ポエジーについての会話』の段階で「新しい神話」という形で言及されていた「不在の根源」が、その後のシュレーゲルのエクリチュールの中で次第に位置ずらしされ、歴史的プロセスの中で「現前化」可能なものとして再設定されるに至ったとすれば、シュレーゲルの詩学が臨界点を越えて「反転」したと言ってもよかろう。祖国的なものに向かう「反転」の痕跡が極めて明白に認められるのが、『古代・近代文学史』である。『ポエジーについての対話』の発表から――イエーナの敗戦、神聖ローマ帝国の解体、シュレーゲル自身の改宗を挟んでの――十二年後（一八一二）に一連の講義として行われ、その二年後に刊行されたこの著作の冒頭でシュレーゲルは、自らの執筆の意図が、「古代および近代の最も高貴な諸国民の文学の発展と精神の全体像を、とりわけても文学（Literatur）が現実の生、諸国民の運命と時代の成り行きに与えた影響を描出すること」（KA II, 9）にあると明言している。この著作における「国民文学」は、無限に自己産出し続ける超越論的ポエジーの一「形式」というよりも、諸国民の「現実的な生」に密着し、相互依存関係にあるものとして「歴史」的に性格付けられているのである。シュレーゲルの「文学」理解の重点は、「発展的普遍性」から諸国民に固有の「歴史性」へとシフトしている。諸国民の生という限定された枠の中での、「文学」の中心的な機能は、以下のように規定されている。

この歴史的な、諸民族（Völker）をその価値観に即して比較する視点から見た場合、一つの国民の更なる発展の全体、延いては、その精神的現存在の全体（das ganze geistige Dasein）にとってとりわけても重要であるように思えるのは、一つの民族が偉大なる古き国民的記憶（National-Erinnerung）を有している、ということである。その国民的記憶というのは、通常は、その最初の根源の暗き時代の中に依然として埋没しており、それを保持し、讃えることこそが、詩作の最も優れた営みである。そうした国民的記憶、つまり一つの民族が持ち得る最もすばらしい遺産は、他のいかなるものによっても置き換えられない長所である。（KA VI, 15–16）

「民族」もしくは「国民」の生の中心となるべき「国民的記憶＝最初の根源」を「保持」していくという機能を付与されることで、国民的「文学」は、『ポエジーについての会話』の段階では見られなかった新たな特性を帯びることになる。『ポエジーについての会話』における国民文学とは、あくまでも、超越論的ポエジーの生成の過程で生じてきた一「形式」に過ぎず、自己の「（現）存在」の固有性を自己主張するようなものではなかった。それぞれの「国民文学」に属する詩作する主体は、結果的・受動的にその場に置かれているだけであって、自らの「国民性」を能動的に擁護する使命は必ずしも負わされていなかった。『古代・近代文学史』が設定する枠組みにおいては、「文学」あるいは「詩人」が、民族の最大の遺産である「国民的記憶」を〝主体〟的に守っていくことを要請されているのである。

「ポエジー」によって「太古からの記憶」を保持している「国民」は、自らが「高められた、高貴なもの」であると感じることができるが、自らについての「記憶」の痕跡を留めることができなかった「不運な国民」は、「名前もないまま没落して」いくことになる（vgl. KA VI, 16）。ある「国民」が世界史の中で「記憶」されていく「現存在」を獲得するには、単にそれまでになかったような大きな仕事を成し遂げるだけでは不十分であり、それを自らの中で自覚することが必要だ。

注目すべき事績（Tat）、大いなる出来事（Ereignis）と運命だけでは、私たちの称賛を保持し、後の世界の判断を確定するには不十分である。ある民族が価値を有するのだとすれば、自らの事績と運命を明確に意識しなければならない。観察し、描出する諸作品の中で自己を表出する（sich aussprechen）、一つの国民のこうした自意識が歴史（Geschichte）である。（KA VI, 16）

ここからはっきり分かるように、国民「文学」の使命は、自らの「民族」が営んできた「事績」や経験した「出来事」を、集団的に「記憶」するための「作品」を産出し、それを通して民族に固有の「歴史＝物語」を紡ぎ出していくことにある。古代ギリシアにおいて、国民の歴史を叙述し、後世に語り伝える役割を担ったのは、ホメロスあるいは、散文の領域において彼を継承したヘロドトスのような神話＝物語作家（Mythograph）たちである（vgl. KA VI, 34）。神話的文学によって表象される「国民的記憶」が、民族の「歴史」に連続性・統一性を与える「根源」としての機能を果たすわけである。「根源」としての「国民的記憶」を中心に、国民の自己「意識」が育まれていく。こうした意味で、「文学」とは、〝根源〟を意識的に可視化していく営みである。

このように、英雄たちの偉大なる事績が、詩的な「語り」によって組織的・人為的に「記憶」化されることを通して、「記憶の共同体」が形成され、発展していくという図式は、ハンナ・アーレントの古代ポリス論と極めて類似している。アーレントによれば、ポリス世界に生きる人々は、世代から世代へと語り伝えられる「物語＝歴史」の網の目の中で自らのアイデンティティーを見出すことになる。[14] これに対して高橋哲哉は、自らの「始まり」（＝根源）を人為的に創出するアーレント的記憶は、踏み越えてはならない「限界＝境界線 Grenze」を指定する「内部の記憶」であり、したがって必然的に（共同体にとっての）「共通世界の外にある全ての出来事」を「記憶の外に」置くことになるとして、[15] その閉鎖性を指摘している。

自らに固有の「内部」を閉鎖的に形成する「記憶の共同体」に対するこうした批判は、当然、「その勝利と事績がリヴィウスのスタイルを通して称賛され、その不運と没落がタキトゥスの筆致によって後世に伝えられていく」ような民族を、「人間的精神の歴史の中で何らかの位置を占めることのないまま、舞台から過ぎ去っていく……諸民族の群れ」（KA VI, 16）に対して優位に置くことを自明視しているシュレーゲルの議論にも当てはまるだろう。『古代・近代文学史』は、いわば確信犯的に、優れた文学によって「国民的記憶」を残すことに成功した民族の「内部」の視点に定位しながら、「歴史＝物語」を再構成するという立場を取っているのである。

シュレーゲル自身の足場である近代ドイツの国民文学に関しては、古代ギリシアの詩学と北欧神話・伝説・文学の双方を研究しながら、ドイツに固有のスタイルを模索した「第一世代」の作家たちのうち、クロップシュトック、ヴィンケルマン、レッシングの三人を「私たちの新しいドイツ文学の本来的な創設者（Stifter）」（KA VI, 379）と呼んでいる。その後ゲーテに代表される「第二世代」が活躍し、「現在」では、シュレーゲル自身も属する第三世代、つまり一七八〇年代後半から九〇年代にかけて精神的に形成された世代の台頭と並行して、ドイツ国民文学は新段階に入りつつあるという。

恐らくは、個別の作家よりも、国民全体それ自体の発展が問題になるような時が来るのは、遠い将来のことではないだろう。それは、これまでのように、作家が公衆（Publikum）を形成するというよりも、むしろ国民が自らの精神的欲求と内的努力によって、自らの作家を育て、形成していくようになる時である。（KA VI, 407–408）

このように、個々の作家がそれぞれ無からの創造を試みるのではなく、「国民＝公衆」を母体として〝自然〟と詩作品が生成してくる状態は、『ポエジーについての会話』で示唆されていた、「中心＝神話」が〝欠けていない〟状態に相当すると考えられる。最終的に、「作品が不在の作品＝営み」としての「超越論的ポエジー」という不可視の運動ではなく、記憶を共有する「国民」という実在する共同体が、詩人の創作のための大地になったわけである。文学の「根源」は、もはや単にオートポイエシス的運動の目標として仮想的に設定される理念——カント用語で言えば「統整的理念」——ではなく、国民が歴史的・政治的に要求する〝現実〟なのである。

5．「不在」を「存在」化させたナポレオン戦争

「国民」という歴史＝物語共同体を重視するシュレーゲルの新たな理論的スタンスは、彼自身も属する第三世代以降の「ドイツ国民文学」が、ある程度〝実体〟的に現れつつあった——と少なくとも彼の目には映った——ことに対応している。具体的には、既に述べたように、「公衆」としての「国民」が誕生し

つつあり、ポエジーの「中心点」がはっきりしてきたことであるが、シュレーゲルはその過程で決定的な影響を与えた要因として「革命」を挙げている。「革命」という「大いなる世界史的な震撼」(KA VI, 379)によって、それまでバラバラだった人々の間に、「公衆」としての「参加 Teilnahme」の可能性が生じてきたというのである。

革命とともに書くことと読むことが異常なまでに増大し、それはじきに政治の領域から哲学的領域、個々の文芸的領域へと拡散していった。それがしばしばあまりにも目的から外れ、あちこちで有害な影響を及ぼしたとしても、一般的な参加が次第に覚醒されていった。たとえこれまでよりも活発に党派性が見られるようになったとしても、しばしば闘争の中で最もよく発展する精神にとっては有益であった。(KA VI, 392–393)

シュレーゲルは、フランスの市民革命に続く一連の政治的「革命」をその方向性と帰結に関してはあまり評価しておらず、むしろ「革命」を批判するバークの議論の方が「革命的」(KA VI, 393)という態度を取っているが、「革命」によって「読むこと」+「書くこと」(エクリチュール)が人々の間に浸透したことだけは高く評価している。エクリチュールを媒介として新たに形成されつつある「公衆」の間に、〝自ら〟の「国民」としての在り方をめぐって、様々な形での「闘争」が展開され、精神的カオス状態が生じている。このカオスの中から、多くのネガティブな要素と並んで、ドイツ的なファンタジーの源泉を掘り起こしたティーク(vgl. KA VI, 412)や、「国民的作家にして、将来に残るべき価値のあるドイツ的なキャラクター」(KA VI, 413)であるゲレスが浮上しつつあるというのが、シュレーゲルの現状分析である。

全ての絆から解き放たれた理性と思考力の荒々しい迷走、および空虚な見せかけの知と無意味な生の形式の圧力下で死滅していたファンタジーの覚醒は、こうした多様な現象と運動の内的根拠であると同時に、大いなる帰結でもある。フランスにおいては、全てを支配し、全てを解体し、あらゆる信仰と愛の絆を拒絶する理性が破壊的作用を外に向かって及ぼし、国民の生の全体を、同時代人および後の人々にとって恐怖の舞台にしてしまった。それに対してドイツでは、その国民性に即して、絶対的理性が――最も高貴なる諸力によって外から拘束されながら――その方向を全面的に内面へと向け、市民革命の代わりに、形而上学的な闘争の中で体系を作り出し、かつ破壊するようになった。時代の第二の現象、つまり過剰に理性的になった世界の中でほとんど消え去り、忘却され――そしてまさにこの世界のただ中でいわば二回目に、改めて発見された――死滅していたファンタジーの覚醒の個々の痕跡は……他の国々でも見出される。しかしながら、再覚醒されたファンタジーが多様な産出物の中で自己を告知しているだけでなく、太古における様々な形状においても理解され、かつ認識されているドイツほど、この現象の広がりと深さが見出される国民はないだろう。（KA VI, 411）

ここでシュレーゲルは、「革命」という言葉を意味論的に拡張して用いている。この時点での彼にとっての「革命」は、第一段階としての（フランスで勃発した）「市民革命」だけでなく、その後に続く、（神話不在・理性過剰の時代には抑圧されていた）「ファンタジーの覚醒」の段階をより本質的要因として含んでいたのである。[16]『ポエジーについての会話』との関連で言えば、政治的革命が、来るべき「新しい神話」の徴候である「至高の秩序」としての「カオス」（KA II, 313）を人為的に作り出す外的装置になったわけである。

言い換えれば、「革命」が、ポエジーとしての生命を失っていた既成の表象秩序を崩壊させ、それを通して、これまで不可視に留まっていた「不在の根源」が——ドイツ国民の眼前に実体的に——（再）現前化してくる契機が生まれたのである。シュレーゲルは、自らも属する第三世代以降のドイツ文学者たちと、形成されつつあるドイツ公衆の動向を、歴史的な実体性を帯びた〝根源〟の「再現前」化運動の一部と見做すに至ったのである。

これまで見てきたように、アテネウム期のシュレーゲルは、〝諸国民の文学〟について「批評する」自己自身の足場を現実の「ドイツ国民」と強くリンクさせることなく、「超越論的ポエジー」というメタ・レベルからより包括的に捉えようとしていた。しかし、イエーナの敗戦、神聖ローマ帝国の解体を経た後期の詩学になると、そうしたメタの視座を放棄して、「国民的なもの」の中に現前化しつつある「不在（であるはずの）根源」を求めるようになった。後期のシュレーゲルから見て、「不在の根源」が国民的なものの中に（再）浮上するきっかけになったのは、フランス革命とそれをドイツなど近隣のヨーロッパ諸国に伝播したナポレオン戦争であることは先の引用からも明らかだ。ただし彼は、市民革命とナポレオン戦争を専ら「不在の根源」の国民的な現前化に向けての歴史的契機として評価しているのであって、それ自体としてポジティブな価値を持つ出来事とは見ていなかった。超越論的ポエジーの審級から降りて、ドイツ化された「根源」の側に立つシュレーゲルにとって、ナポレオン戦争は速やかに通過すべき移行過程に過ぎなかったのである。

彼が死の前年に当たる一八二八年に行った講義の記録として刊行された『歴史の哲学』（一八二九）では、現前しつつある「根源」に対して破壊的な作用を及ぼすようになったフランス革命とナポレオンについて以下のように否定的にコメントしている。

しかし当然のことながらフランスは、常に、破壊の主要中心点かつ一般的な発信源であり続けた。革命の全ての暴力は一人の男の人格に集中するようになったが、そのことによって革命の過程に本質的な変化が生じたわけではない。外側から見れば、それはその形式において、また他の諸勢力、国々との関係において、二十一年間にわたって宗教戦争の様相を呈し続けた。というのは、これは全くもって本来的に、つまりその最初の根源においてそうであるというだけではなく、その革命的・破壊的性格において、また全ての聖なるものへの持続的な狂信的憎しみにおいてそうなのであった。こうした今の時代における新たな異端にも、その根底にはポジティブなものがあった。……それは常に、時代を誘惑し、世界を支配しようとする政治的破壊のデーモン、アンチ・クリスト的国家精神であった。……こうした政治的偶像崇拝が完全に除去され、かの破滅への深淵が完全に閉じられるまでは、その内で平和と正義が抱擁し合う主の家が、新しく真っさらになった地上の王国が立ち上がってくることはないだろう。(KA IX, 403–404)

ここで「一人の男」と言われているのは、ナポレオンである。フランス革命で解き放たれ、ナポレオンという人格に集中するに至った破壊のデーモンが、世界制覇に乗り出し、宗教戦争を引き起こすに至ったというのである。これを迎え撃つのが、(既にその中に根源が現れ)「地上の王国」が実現されつつある「ドイツ」を中心とする、宗教的に真に覚醒したヨーロッパ国民群である、という構図である。言うまでもなく、ここには黙示録的・アルマゲドン的な終末(=歴史の終焉)イメージが投影されており、かなり先鋭化された二項対立図式が形成されている。これまで不可視であった〝根源〟が「国民的」な形を取って可視化し始めた時、それはシュレーゲルの中で、伝統的なユダヤ＝キリスト教的終末観と融合してしまったのである。フランス革命からナポレオン戦争を経て、ウィーン会議に至るまでの一連の政治的な「出来事」は、シュレーゲルの詩学・哲学の中での「根源の再現前化」に対応していたのである。

デカルト—フィヒテ的な「絶対自我」に代わって、オートポイエシスし続ける「超越論的ポエジー」を新たな知のパラダイムにしようと試みた点で、ポストモダンの言説の先駆けとも言えるフリードリヒ・シュレーゲルであるが、彼は、「不在の根源」を歴史的国民という姿で可視化しようとする逆説的な課題に取り組むうちに、終末論的な世界観に引き寄せられていった。これは現在「ポストモダンと保守主義の接近」＝「新保守主義」と呼ばれる現象とパラレルな関係にあると見ることができる。シュレーゲルはこの意味でも〝先駆け〟だったのかもしれない。

▼註

▼1　「祖国的転回 vaterländische Umkehr」とは、もともとヘルダリン関係の用語であり、基本的には、『アンティゴネー注釈』でヘルダリン自身が用いているように、①革命的騒乱の中での絶対的なものとの遭遇を経て、物語の表象形式が「祖国的」なものへと転回することを指すが、ハイデガーらによるヘルダリンの詩学全体の解釈の基本的図式として、②異邦の地を放浪していた「精神」が根源＝故郷に回帰することを指す場合もある。これについては、以下の第五・第六章で論じた。仲正昌樹『〈隠れたる神〉の痕跡』世界書院、二〇〇〇年（現『危機の詩学』作品社、二〇一二年）。そうした「詩学」上の転回が、フリードリヒ・シュレーゲルに関しても起こったという推定の下に、このタームを本章のタイトルとして用いることにした。

▼2　脱構築的な文脈におけるフリードリヒ・シュレーゲルの哲学・詩学の再評価については、本書の旧版部分、特

にⅢ～Ⅵ章で論じた。参照されよ。
▼3　Schlegel, Friedrich: Friedrich Schlegel. Kritische Ausgabe, hrsg. V. Ernst Behler, München, Paderborn u. Wien, Bd. II, S.198. 以下同全集からの引用に際しては、本文中にKAと略記し、ローマ数字で巻数を、アラビア数字で頁数を記すことにする。
▼4　Vgl. Schmitt, Carl: Politische Romantik, 2. Aufl., München u. Leipzig (Duncker & Humblot) 1925, S. 51. u. S. 159–166.
▼5　Vgl. ebd., S. 180 f.
▼6　Vgl. Behler, Ernst: Friedrich Schlegel, Reinbek bei Hamburg (Rowohlt) 1966, S. 114–130.
▼7　Vgl. Wanning, Berbeil: Friedrich Schlegel. Zur Einführung, Hamburg (Junius)1999, S. 136 f.
▼8　Vgl. Derrida, Jacques: La double séance II, in: La dissémination, Paris (Éditions du Seuil) 1972, S. 217 f.
▼9　この関係については本書、二三三―二三四頁を参照。
▼10　この解釈については、vgl. Gockel, Heinz: Die alte neue Mythologie, in: Die literarische Frühromantik, hrsg. V. Silvio Vietta, Göttingen (Vandenhoeck & Ruprecht) 1983, S. 201.
▼11　Vgl. Blanchot, Maurice: L'Entretien infini, Paris (Gallimard) 1969, S. 517 f.
▼12　ポール・ド・マンは、後者の視点から「新しい神話」を理解すべきだと主張している。Vgl. De Man, Paul: Concept of Irony, in: Aesthetic Ideology, Minneapolis (University of Minnesota Press) 1996. またマンフレート・フランクは、「新しい神話」はナショナルなユートピアではなく、より普遍的な性質のものと見るべきだとの見解を示している。Vgl. Frank, Manfred: Der kommende Gott, Frankfurt a. M. (Suhrkamp) 1982, S. 208 f.
▼13　山田広昭『三点確保』新曜社、二〇〇一年、一一八頁。
▼14　Vgl. Arendt, Hannah: Human Condition, Chicago (University of Chicago Press) 1989, S. 197 f.
▼15　高橋哲哉『記憶のエチカ』岩波書店、一九九五年、一〇二頁以下。
▼16　この第二段階は、研究者の間では一般的に「美的革命」と呼ばれている。Vgl. Yoon, Tae Won: Der Symbolcharakter der neuen Mythologie im Zusammenhang mit der kritischen Funktion der romantischen Ironie bei Friedrich Schlegel, Frankfurt a. M. (Peter Lang) 1996, S. 42–47.

増補Ⅲ シェリングとマルクスを結ぶ「亡霊」たちの系譜

1. シェリングとマルクスの「自己二重化」

ドイツ観念論の神秘主義的な側面を代表すると見做されることの多いシェリング（一七七五―一八五四）と、唯物弁証法を体系化したマルクス（一八一八―八三）は、ドイツ思想史の二つの異なった極を象徴しているようにも思えるが、初期シェリングと、初期マルクスの基本的なテクストを比較してみると、両者の基本的思考が驚くほど似ていることが分かる。著者が注目しているのは、認識・実践・生産の「主体（Subjekt）」が、「客体（Objekt）」を介して「自己」自身を二重化するという意味での「自己二重化」のテーマである。ヘーゲル的な主体／客体図式の限界を、経済学的な視点から分析することを試みたとされる初期のマルクスのテクスト『経済学哲学草稿』（一八四四）に属する第一草稿の「疎外された労働と所有」と第された節では、以下のような形で「自己二重化」が論じられている。

それゆえ人間は、まさに対象的世界の加工（Bearbeitung der gegenständlichen Welt）において初めて、現実に自己を類的存在（Gattungswesen）として確認する。この生産（Production）こそが、彼の制作活動的な類的生活（werkthätiges Gattungsleben）である。この生産を通して自然は彼の作品＝仕事（Werk）、彼の現実として現れる。したがって、労働の対象は、人間の類的生活の対象化である。というのは、人間は単に意識の中で知的（intellektuell）に自己を二重化するだけでなく、制作活動的に、現実的に二重化し、したがって、自分自身で創造した世界の中で自己自身を直観（sich anschauen）することになるからである。▼1

この箇所からはっきりと読み取れるようにマルクスは、〝二重〟の意味での「自己二重化」について言及している。一つは、主体としての「私」の意識の「内部」で生じてくる「自己二重化」である。「端的に存在」しているだけの自我が、「対象＝（私に）対峙するもの（Gegenstand）」からの反省＝反射を通して、「自己」が存在していることを知的に「直観」することになるという意味での「自己二重化」である。これは、フィヒテの「知識学」以来、彼の影響を受けたドイツ観念論や初期ロマン派の間で盛んに論じられたテーマであり、シェリングの友人でもあるフリードリヒ・シュレーゲル（一七七二―一八二九）は、連続講義『哲学の発展』（一八〇四―〇五）の中で、私の存在を直観する私を直観する私を直観する……私という形で、無限に連鎖する自己二重化の運動を描き出している。▼2 シェリング自身も初期の著作『超越論的観念論の体系』（一八〇〇）において、「知的直観」の中での自己二重化に言及している。

自らの客体の生産として現れることがない、つまり直観自体が直観されるものとは異なっている感性的直観に対して、そのような直観は知的直観と呼ばれる。そのような知的直観こそが自我（das Ich）である。何故なら、自我の自己自身についての知を通して、自我自身（客体）が生成するからである。というのは、（客体としての）自我はまさに自己自身についての知にほかならず、したがって自我は専ら、自我が自己自身について知っていることを通じて生じてくる。そういうわけで自我は、同時に（客体としての）自己自身を生産する知である。知的直観は、全ての超越論的思考の器官である。というのは超越論的思考はまさに、自由を通して、通常は客体ではないものを客体にすることを起点としているからである。[3]

主体としての自我が自己自身を客体として直観することを通して、「主体（私）＝客体（私）」の「同一性」の定式が成立するという「知的直観」論は、初期のシェリングの超越論的思考の出発点である。知的直観においては、自我は、自己自身を客体として「産出」するわけであり、マルクスの自己二重化論と繋がっている。ただし、シェリングは純粋に「意識」の内部において成立する知的直観〝だけ〟を問題にしているわけではない。この同じ論文の後半でシェリングは、主体が外的な素材を利用して外的・感性的な客体を産出する活動、特に「芸術」の営みにおいて、「主体」が、自らが作り出した「客体」の内に自己自身を直観するという意味での、自己直観（＝自己二重化）にも言及している。芸術的な創作主体は、自らの生産活動の〝結果〟として生じてきた「産物」の内に、自己自身がそれまで意識していなかった、自己の在り方を見出すことがある。そうした意図せざる効果の中で見出される自己同一性が、美の本質である。これは、マルクスのもう一つの意味での自己二重化、すなわち、制作活動的・現実的な自己二重化に対応していると見ることができる。マルクス自身、先に引用した箇所の直前で、「人間は美の諸法則に従って

（自らの対象を）形態化（formieren）する」[4]とも述べている。シェリングは、芸術を通しての自己直観について以下のように述べている。

> 芸術作品は私たちに、意識的な活動と無意識的な活動の同一性を反射＝反省する。しかしこの両者の間の矛盾は無限の性質のものであり、自由の助けを借りることなく、止揚されることになる。したがって芸術作品の基本性格は、無意識的な無限性（*bewußtlose Unendlichkeit*）である。芸術家は、自らの作品の内に、明らかな意図を持って投入したものの他に、いわば本能的に、それを全面的に展開することはいかなる悟性にとっても不可能であるような無限を描出（darstellen）しているように見える。一つ例を挙げてはっきりさせるとすれば、あらゆる観念に対応する無限の意味と象徴を内包しているように見えるギリシア神話は、全てを一つの大いなる全体へと統一している発明と調和の中の透徹した意図性を到底感じられないような民族の下で、そういうものを感じさせないような仕方で生まれてきた。それは、いわば無限のものが意図的にそこにあるかのように無限の解釈が可能な、真の芸術作品について言えることである。そのような真の芸術作品については、この無限性を芸術家が自ら投入したものか、端的に作品の内にあるのか、どちらとも言えない。[5]

有限で意識化された主体の創作活動を通して、「無限のもの」が意図されたかのように「作品」の内に現れてくるというのは、確かに矛盾である。「無限のもの」は、どのようにして、作品の内に入ってきたのか？　いわゆる〝神秘主義〟の思想であれば、ここに無限なる神の直接的な介入を見るところであろうが、シェリングは、いきなり神に飛ばないで、媒介項として、歴史性・文化的固有性を帯びた共同体的な語りとしての「神話（Mythologie）」に依拠しようとしている。周知のように初期ロマン派の文学・芸術論において「神話」は、個々の芸術家の創作「意図」を超えて芸術的創造（ポイエシス）が生まれてくる「源泉」として位置付けられ、シェリング、ヘルダリン、ヘーゲルの共著として書かれた『ドイツ観念論最古の体系プログラム』（一七九六）でも、ポエジーの源泉となるべき「新しい神話」の到来が告知されている。▼6「神話」という共同体的な枠組みを足場として創作する詩人・芸術家は、それまでの共同体の中で蓄積・形成されてきた素材や形式を利用するので、時として、個人としての私の意図を超えた〝何か〟を、作品の内に描出することができる。創作主体自体が、共同体の中で形成された存在であるので、その〝何か〟が彼あるいは彼女のものか、共同体のものか明確に区別することはできない。

こうした意味で、社会的な関係の中で形成された〝何か〟＝直接的には不可視の［X］が、生産過程に――創作主体の「意図」を超える形で――入り込み、〝結果〟として作品＝産物の内に現れてくる、という図式は、『経哲草稿』にも見られる。そもそも「疎外論」というのは、「生産」という社会的な営みの中で「生産主体」自体の意図に還元することができない、不可視のXが入り込んでくることで、客体としての「生産物」が「主体」にとって「疎遠」なものになる、という議論である。資本主義的な生産過程に組み込まれている「労働主体」は、本当の意味で、自らの客体の主人になることはできない。

労働者は自らの生命を対象の内へと投入する。しかし投入された生命は、もはや彼のものではなく、対象に属する。したがってこの活動が大きくなればなるほど、労働者はますます対象喪失状態に陥っていく。彼の労働の産物（Produkt）はもはや彼自身ではないのである。したがってこの生産物が大きくなればなるほど、労働者はますます自己自身を喪失していく。生産物の中での労働者の外化（Entäusserung）は、彼の労働が対象、外的な存在になるということだけでなく、労働が彼の外部で、彼から独立に、彼に対して疎遠（fremd）に存在し、彼に対して自立した力になること、つまり、彼が対象に付与した生命が、彼に対して敵対的かつ疎遠に対峙する、ということをも意味する。[7]

先に引用した箇所では、労働者が生産物の中に〝自己〟の類的本質としての労働が現実化されている様を直観することが指摘されていたが、ここではそれと同時に、「私」自身とは異なる社会的なXが「生産」に関与しているせいで、「生産物」が「私」にとって「疎遠」なものになってしまうという「疎外（Entfremdung）」の側面も強調されている。労働者自身にとっての純粋な「使用価値」のためにではなく、市場での「交換価値」を前提にして社会的「生産」が行われる市民社会においては不可避的に、社会的関係性Xが生産物＝客体の内に入り込み、客体を主体にとって「疎遠」なものにしてしまう。『経哲草稿』以降のマルクスは、貨幣を媒介に構成された社会的関係性Xが、「労働」を変質させてしまうという「疎外＝物象化」の問題系を追求している。[8] 類的存在としての特徴である共同体的な生産が、かえって、労働主体を（自己の本質としての）労働から疎外するという逆説を引き起こしているのである。「疎外された労働は、人間から彼の生産の対象を奪い去ることによって、人間から彼の類的生活を、彼の現実的な類的対象性を奪い去り、そして動物に対する人間の長所を、人間の非有機的身体、すなわち自然が彼から奪い去られるという短所へと転換してしまう[9]」。

生成しつつあった資本主義社会における「生産」に関心を持ったマルクスは、神話的な世界における芸術的「生産」の可能性に期待していたシェリングとは全く逆に、主体にとって不可視のXの作用を極めて否定的に捉えている。しかしながら、両者の方向性が正反対になっているように見えるのは、外的客体の中での（主体自身が「意図」せざるものを含んだ）〝自己〟二重化という基本的な思考法を共有しているからだとも言える。マルクスにとってもシェリングにとっても、共同体的な枠組みの中で「生産」する主体は不可避的に、個人としての「私」にはコントロールしきれない不可視のXを背負いながら、主体としての自己自身と、客体を産出しているのである。Xに対する態度の違いは、古代ギリシア世界に見られるような創造的な神話の再来をまだ期待することのできた十九世紀初頭と、詩の源泉としての伝統的な共同体の崩壊が進行し、貨幣に媒介された交換関係が支配するようになった十九世紀半ばの時代の変化を反映していると言えるかもしれない。

マルクスとシェリングの中間項とも言うべき位置にいるヘーゲル（一八七〇—三一）は、絶対精神の自己展開の運動という意味で、自己を産出する「主体」と、その外化された「客体」の間の距離（＝疎遠さ）が最終的に克服されて、「主体」と「客体」が——絶対精神の内で——理性的に合一化されるまでの道筋を描こうとしたが、「疎外」の問題に直面した初期マルクスには、解決への道程を見出すことができなかった。その点でマルクスはむしろ、不可視のXの余地を自らの理論体系の内に残していたシェリングに接近していたと言えよう。

2．シェリングとマルクスを繋ぐブロッホの「唯物論」

マルクスとシェリングを接続することで、新しいタイプの「唯物論」を切り開くことを目指したマルクス主義哲学者エルンスト・ブロッホ（一八八五—一九七九）は、哲学史についてのライプチッヒ講義（一九五〇—五六）の一環として行った『ドイツ観念論』についての講義の中で、初期シェリングの自然哲学における「生産作用（Produzieren）」論が、マルクスの労働観と通じていることを指摘している。ブロッホは、『自然哲学体系の最初の構想』（一七九九）などで展開される「能産的自然（natura naturans）／所産的自然（natura naturata）」をめぐる議論[10]において、自然の自己生産プロセスへの「主体」としての人間の参与が前提されている点を指摘している。[11]「主体」としての「私」が認識する〝自然〟は、無限の生産力を秘めた「能産的自然」ではなく、一定の制約された形式の下で——主体の介在によって——生産された「所産的自然＝作られた自然」に過ぎない。しかし、「主体」自体が、そうした有限な〝自然〟が自らも関与したプロセスによって産出されたことについて反省的に熟考することを通して、彼の前に「能産的自然」の無限の生産性が再び開示される。それが主体にとっての「自由」であり、この自由を通して、「能産的自然／所産的自然」の間の往復運動が進行していく。ブロッホに言わせれば、そうした自然のプロセスへの主体の関与とパラレルな関係が、マルクスの労働疎外論における、商品の生産プロセスへの主体の関与にも見出される。労働する主体は、「商品」が生産されるまでの過程に自らが関与していることを自覚しておらず、あたかも自分の目の前の現実が運命によって規定されているかのようなイデオロギー的幻想に囚われている。マルクスの課題は、そうした自家撞着から労働主体を救い出し、「（能産的）自然」と密着した新たなる生産の可能性を開示することであった。マルクスはシェリングの自然哲学に、自らの思考との共通性を見出していた、というのである。

実際のところマルクスは、既に述べたように、生産作用についてのシェリングの思考との類縁性を、一八四三年十月三日付のフォイエルバッハ宛の書簡の中で、自ら強調している。この中でマルクスは、物象化、疎外に対するシェリングの異議申し立てを彼の「誠実なる青年の思考」として称賛している。無論、シェリングにおいては、生産作用は、自然の生産作用であって、歴史の生産作用ではない。したがって、能産的自然と経済的な労働概念の違いには拘らねばならない。マルクスは疎外について、人間的労働の産物がその労働自体に対して疎遠な対象として、疎遠な存在として、生産する者から独立した力として対峙するという意味で語っている。この見方によれば、人間の労働は、その不透明性を通して、人間自身にとって彼の疎遠な「運命」を作り出す。政治経済の批判によって初めて、労働は生産物の中での忘却状態から引き出され、主体的要因へと引き戻され、そのようにして実践的に、疎外と運命が止揚されることになる。しかしながら、認識論の場合のように、物から認識へ、物の神秘から知の形而上学へと向かうのではなく、硬く凍りついた生産物から生産する者へと向かうまなざし、つまり物象化、呪物化に抗するまなざしは、シェリングの自然哲学とともに始まる。▼[12]

ブロッホはマルクスとともに、シェリングの自然哲学に見られる「主体の自由」と「自然の必然性」の対立の内に、疎外論や物象化論の先駆的な形態を見ようとしている。所産的自然（＝主体の関与によって既に構成されている自然）の中にあって「主体」が、自らが〝自由〟でないと感じるのは、自らが「産出」のプロセスに関与していることを忘却しているからである。自らの〝主体〟的関与を自覚することによって、「主体」は自由になるし、〝自然〟は能産的自然としての本来の姿を現すことになる。この考え方は、自己自身が労働過程から疎外され、物象化された狭い〝現実〟の中に生きている主体が、自己の生産主体性を自覚することを通して、解放される＝自由になる（sich befreien）と同時に、より〝生産的〟な生産体制への移行のきっかけが生まれるという、マルクス主義の［疎外―物象化―解放］論とよく似ている。

無論、主体の前に立ちはだかっている「運命」は、資本主義という歴史的・社会的な要因によって支えられているというマルクスのイデオロギー論的な見方とは異なって、シェリングの〝疎外〟論には制度的なものは想定されていない。いわば「自然」主体の内に、主体の「自由」を妨げているものがある。それが、意識以前のレベルにおいて「主体」と繋がっており、主体を通して無限の生産性を発揮する母体（Materie）としての「物質（Materie）」である。[13] ブロッホは、自然の必然性と、それから離脱しようとする個々の主体の意志の対立という形で展開するシェリングの「自由」論を、正統マルクス主義で言われるのとは異なった意味での「唯物論」の文脈で捉えることを試みる。[14]『唯物論の問題――その歴史と実質』（一九七二）では、主体の「自由」を阻害するとともに可能にする「物質」のシェリング哲学における位置付けについて、以下のように要約している。

自我は、非自我を摑もうとする時、先ずもって自己自身について反省する必要はなく、自然それ自体の創出するもの（das Hervorbringende）のごとく、そしてまた創出するものとして直観的に生きることになる。（一八〇一年までの）初期のシェリングの著作は専ら、このようにして、産出し、発酵しつつ活動する道に関知することと関わっている。その道は物質へと通じる、そして同時に物質の道である。シェリングは物質を、こうした原活動の諸力、引き寄せかつ反発する諸力の中から今一度――読者の目の前で、ただし客体自体の内で――生じさせようとした。つまり彼は、物質を「明らかにし」ようとしたのである。それは彼にとって、物質の――異なった仕方で超越論的な、そしてまさにそれゆえ最初から、動的で生き生きとした――根拠付けであり、自己自身を生産するものとしての自然を把握しようとする根拠付けである。……カントの認識批判は、主体はどのようにして客体に至るのか、と問う。シェリングはそれに加えて更に、客体はどのようにして主体に至るのか、そしてそこからまた発展史的に先に進んで、人間に至るのか、ということを問う。この当初認識論であった問いの転倒によって、重力から生を照らす光へ、最終的には意識に至るシェリングの自然哲学のトポスが形作られる。超越論的・動的な根拠付けは、このように首尾一貫した形で、物質の動的理論へと通じる。▼15

カントの認識論では、認識の「主体」によって構成される「客体」の外部に存在する「物」それ自体は哲学の範囲外に置かれたが、シェリングの自然哲学は、ある意味でマルクスの唯物論と同様に、「主体」の意識の根源になっている「物質」について考察する道を開こうとしたわけである。意識以前の暗い闇の中に引き摺り戻そうとする「物質」の重量と、そこから抜け出して明るい光の下で「自由」になろうとする「主体」の間の葛藤を通して、能産的な「自然」の生産プロセスが進行していく。意識の「主体」と、「客体」の背後にある「物質」の間の根源的同一性と差異性の矛盾が、〝自然〟を動的なものにする。これは、客体として存在する「物質」と、それを自らの目的に従って加工することを通して、自己の自由を獲得しようとする労働主体の間の緊張関係を契機として展開していくマルクスの唯物弁証法と同じ構図だと見ることができる。それがブロッホのシェリング読解の戦略である。ただし、そのようにしてマルクス主義的唯物論の「物質」観を、「神話」の内に主体と物質の葛藤の原型（＝光の天使ルシフェルの堕落）を見ようとするシェリングのそれに近付いていくと、自然科学的という意味で〝客観〟的法則に基づいた弁証法的発展の論理を維持することは難しくなる。通常のマルクス主義では、「主体」と「客体＝生産物」の間に割り込んで、「主体」を「客体」から「疎外」している資本主義的な生産体制を、労働者階級の蜂起を通して除去すれば、「客体」と「主体」の間の溝は歴史的に克服されていくことになるが、シェリングの自然哲学に従う限り、そうした歴史哲学的な見通しは利かない。「物質」は、客観的に認知可能な法則に従って自己展開するのではなく、無意識の闇の中に留まり続ける。これは、マルクス主義の革命論にとって都合の悪い考え方であるはずだが、ブロッホはむしろマルクスをシェリング化することで、偶然性や不透明性を許容する唯物論を目指したように著者には思われる。

ブロッホの主要著書『希望の原理』（一九三八―七九）では、シェリング的な「物質」が時として示す――「主体」の目から見ての――未知で神秘的な特性から、ユートピア的なイメージが喚起され、それが革命の原動力になるという独自の〝唯物史観〟が呈示されている。[16] この本の第十六章では、シェリング的な「物質」の闇の内に、私たちにとっての「現実」の地平を掻き乱し、自然の過程を進行させるものが潜んでいることが示唆されている。

この無との関わり（Nichts-Umgang）は、アリストテレスが誤って、機械的な物質のせいにしたもの、シェリングが古いサタンとして理性から放逐し、世界の原根底に据えようとしたものである。両者は、自らの完結した、つまり静的に既に最後まで定義された世界における不完全さのための犠牲の山羊を必要としていたのである。……本質――最高に質の高い物質――は未だ現れておらず、したがってこれまで成功してきたあらゆる本質の現れにおける欠如は、依然として顕れていない〝そもそも〟を表象している。しかしこうした欠如にも、世界は場を与えており、そのプロセスの前線において、目標の中身が発酵し、実在的な可能性を有する。目標の中身のこうした状態を、具体的に予期する意識が志向しており、そこに意識の開示性と実定性がある。[17]

私たちの前に完全に現前化することのない「物質」には、完全であるはずの世界における「欠如」を私たちに自覚させ、その完全に現れていない〝部分〟を現実化させるべく〝主体〟的に努力するよう仕向けるユートピア(=どこにもない場)的な機能がある。シェリングが、堕天使=サタンとして表象した、意識によって明確に捉えることのできない、亡霊のように漠然としたものが、不完全さを含む現在の世界を破壊して、物質がより充溢した姿で現れる道を〝主体的〟に切り開くよう、私たちに無意識レベルから働きかけるのである。

3. ファンタスマゴリー化するX

「私」の前に完全に現前化することのない物質の〝不完全さ〟が、革命の原動力になるという議論は、『共産党宣言』(一八四八)以降のマルクスのテクストから直接的に読み取ることもできる。周知のように、『宣言』の冒頭には「ヨーロッパに妖怪=亡霊(Gespenst)が出る――共産主義という名の妖怪が」というフレーズが見られる。通常は単なるメタファーとしてしか理解されないこの「妖怪=亡霊」という言葉であるが、デリダ(一九三〇―二〇〇四)は後期の主著『マルクスの亡霊たち』(一九九三)の中で、これを、不可避的に世界秩序の変革を引き起こすことになる、既存の「主体/客体」の枠からはみ出した「残余」として理解する読解を試みている。デリダによるマルクスの「亡霊」読解を著者なりに要約すると、以下のような展開になる。[18]

「私」によって構成された「客体」は必然的に、その素材(Material)である「物質」それ自体とは異なるが、両者の間の潜在的なズレが次第に大きくなっていくと、「私」たちの秩序を脅かす、表象不可能な「妖怪」、あるいは抑圧されてきた物質の「亡霊」の様相を呈するようになる。マルクス自身の政治経済学的テクストから、このズレを顕在化させる契機になるのが、素材である「物質」の内に刻み込まれ、「客体」に（交換）価値を与えている未知のX（＝「生産」をめぐる社会的な関係性）であることが読み取れる。Xは無意識レベルで「主体」の欲望を喚起し、生産・交換活動へと誘導し、その時点での［X―主体］関係に最も適合した「客体」を構成するように仕向けるが、そのX自体が社会的・歴史的な文脈の中で絶えず変動しているので、次第にXと、その表象形態である客体の間にズレが生じ、それが結果として「革命」的変動を引き起こすことになる。「主体」の側に定位して言うと、自己が自らの労働の「客体」から疎外されていることを「主体」が意識することによって、既存の「主体／客体」図式が崩れ始める。ここで再び、マルクスとシェリングを結ぶ、客体の〝物質性〟の中での主体の「自己二重化」のテーマが浮上する。つまり、自己二重化作用の〝ねじれ〟――デリダ自身の用語で言えば、「差延」――を通して、「主／客」関係には収まり切らないXの〝存在〟が可視化される。「主／客」の枠に収まらなくなった、それ自体として表象不可能なXが、瞬間的に「妖怪」的な「現れ」――「現れ」を意味するフランス語〈apparition〉は同時に、「幽霊」や「化けて出る」ことをも意味する――方をするのである。

『資本論』の第一巻第一章第四節「商品の物神的性格とその秘密」でマルクスは、「商品」という形式で生み出された「物 Ding」が、「主体」が身を置いている〝場〟としての社会的関係性Xを反映して、怪物のように幻影的な姿を見せると論じている。「物」に取り憑いたXは、「物」に超感性的な奥行きを与える。

それゆえ商品形態の秘密に包まれたものは、単純に次のことの内にある。すなわち、商品形態は、人間に対して彼ら自身の労働の社会的性格を労働生産物自体の対象的性格として、これらの物の社会的な自然属性として反映するということ、したがってまた、総労働に対する生産者の社会的関係をも、彼らの外に存する対象の社会的関係として反映するということだ。この取り違え（quidproquo）によって、労働生産物は商品となり、感性的に超感性的な、また社会的な物ともなるのである。……この場合、人間に対して物の関係の幻灯装置的な形態（die phantasmagorische Form）を取るのは、人間自身の規定された社会的な関係であるに過ぎない。したがってアナロジーを見出そうとすれば、私たちは、宗教的世界の霧のかかったような領域に逃れねばならない。[19]

マルクスは、感性的に知覚し得る「物」でしかあり得ない「商品」が、まるで幻灯装置（ファンタスマゴリー）で照らし出されているかのように、感性レベルを超えた化物のような巨大な影として、「主体」である我々の前に立ちはだかる不可思議な現象に注目している。第一章第一節では「妖怪＝亡霊のような対象性（gespenstige Gegenständlichkeit）[20]」という言い方もしている。マルクスは、「商品」がファンタスマゴリー的に「化けて出る」のは、「商品」を生み出そうとする我々自身の社会的な欲望が、「物」を介して自己自身を二重化しているからだと考える。その自己二重化が無意識的に遂行されているため、我々には、物に宿っているファンタスマゴリーが自己自身の欲望の反映であると分からず、どこからともなく出てきた得体の知れない「妖怪」だと思ってしまう。この「妖怪」は、身体を持っている我々自身から遊離してしまって実体をなくし、ヴァーチャルに〝存在〟しているだけであるにもかかわらず、人に取り憑いて、新たな生産・交換へと誘導するという意味で、「亡霊」的でもある。自己二重化作用の化身であるこの「亡霊＝妖怪」は、既存の「生産」体制を維持する機能を担っているが、それを根底から揺るがす危険も秘めている両義的な〝存在〟である。デリダはこの箇所でのマルクスの記述に関係付けて、労働主体の自己二重化の過程の中で生じてくる「亡霊＝妖怪」の、宗教の霧の中に包み込むようにしながら、革命を引き起こす作用について以下のように述べている。

生産があればただちに、フェティシズムが、つまり、理念化、自律化と自動化、非物質化と亡霊的な受肉、あらゆる労働と同延の喪の労働、等々が生じてくる。マルクスはこの同延性を、商品の生産に限定しなければならないと考える。それは我々の目には、……悪魔払いに見える。／したがって宗教的なものは、いくつもあるイデオロギー的な現象あるいは幻影的な生産（production fantomatique）の内の一つに過ぎないようなものではない。一方において宗教的なものは、亡霊＝幻影（fantôme）の生産あるいはイデオロギー的なファンタスマに、その根源的な形態、準拠枠、第一の「類似物」を与える。他方では（そしてまず第一に、また、間違いなく同じ理由から）、宗教的なものはまた、メシア的なものおよび終末論的なものを伴いながら、不可避的に未規定的で空虚で抽象的で乾いた形を取ることになるが、ここにおいてマルクス主義的な解放の「精神」が特権化されると告知する……。[21]

デリダのマルクスは、物質的な「生産」を通して、「商品」としての「物」に対して超感性的な次元から意味を付与する「宗教的なもの」の世界が開けてくることを知っている。この「宗教的なもの」が、メシア的で終末論的な幻想の領域を生み出し、そこに人々を引き付けるのである。商品の生産は、その意味で、必然的に自らの作り出した「亡霊」による解放の可能性、つまり自己自身を解体する可能性を内包しているのである。これは、ブロッホがシェリング的な「物質」の内に見た無意識のユートピアに通じる考え方である。マルクスは、この「物質」の霊の二重化の逆説を、資本主義の自己解体に限定して理解しようとしているが、ブロッホやデリダはむしろ、その限定を外して、唯物論を、亡霊的存在論（hantologie）に近付けようとしているわけである。

本来ならば感性的に知覚不可能であるはずのものが、感性的に知覚可能な「物＝客体」に取り憑くことによって、神秘性を帯びた幻影的なものが見えてくるという議論は、シェリングも、先に挙げた『超越論的観念論の体系』の中の芸術論の部分で展開している。シェリングの芸術作品観において、主体の意識を超えたところで「作品」の内に現れてくるのは、既に見たように、社会的に媒介された欲望の連関ではなく、主体と客体の根底にある「無限なもの＝能産的自然」の本質としての「物質」であるが、この無限性を秘めた「物質」と、それを描出する個別の作品の有限性のズレが、「主体」としての我々の眼前に、彼岸へと通じる幻想を生み出す。

私たちが自然と呼んでいるものは、神秘的ですばらしい文字の内に隠された詩作品である。しかし、謎が露見するとすれば、我々はその内に、すばらしく欺かれて、自己自身を求めながら、自己自身から逃れ去る精神のオデュッセイアを認めることになるだろう。というのは、その感性的世界から垣間見えてくるものといえば、言葉を通して現れてくる意味、半透明の霧を通して現れてくる――私たちが切に求める――幻想（Phantasie）の国でしかない。あらゆる壮麗な絵画は、いわば現実世界と理想的世界を区別する仕切り板が取り払われることによって成立するものである。それは専ら、現実の世界を通して不完全な形で微かに輝きを発しているだけの幻想世界の形象や領域が完全に姿を現してくる開口部である。自然というのは芸術家にとっては、……専ら持続的な制約の下で現れる理想的な世

界、あるいは、彼の外にではなく、彼の内に存在する世界の不完全な反射に過ぎない。▼22

我々は、この幻想世界をどこかに〝実在〟しているものとして理解しがちだが、それは、主体である我々にとっては、あくまでも我々自身の意識の内で表象＝再現前化される幻想に過ぎず、その実体は、我々が捉えようとした瞬間に、我々の前から逃げ去ってしまうのかもしれない。そう考えれば、シェリングの神話学や啓示の哲学に登場してくる神々もまた、マルクス―デリダの「亡霊」のように、秩序を構築するとともに破壊するファンタスマゴリー的な形象として理解することもできよう。シェリングの〝神秘主義〟的に見える言説は、実は、ポストモダンの「亡霊的存在論」と紙一重のところにある。

シェリング―マルクス―ブロッホ―デリダの四者を繋ぐこの脱近代の「亡霊＝幽霊」の系譜は、私たちに、主体／客体の〝彼岸〟のユートピアを夢見させ、現在の秩序を攪乱するように誘導する。

註

▼1　Karl Marx, Ökonomisch-philosophische Manuskripte, in: Karl Marx/Friedrich Engels Gesamtausgabe (MEGA) Bd. I. 2, Berlin (Dietz Verlag), 1982, S. 370.

▼2　無限の自己二重化論について詳しくは、vgl. Winfried Menninghaus, Unendliche Verdopplung, Frankfurt a. M. (Suhrkamp)。このテーマについては、本書の旧版部分、特に第Ⅲ章でも論じた。

▼3　F. W. J. Schelling, System des transzendentalen Idealismus, in: Schellings Werke (SW) Bd. 2, hg. V. Manfred Schröter, München (C. H. Beck'sche Verlagsbuchhandlung), 1958, S. 369.

▼4　Marx, a. a. O., S. 370.

▼5　Schelling, a. a. O., S. 619 f.

▼6　Vgl. Das Älteste Systemprogramm des deutschen Idealismus, in: Hölderlin Sämtliche Werke (Stuttgarter Hölderlin Ausgabe) Bd. 4. 1, hrsg. Friedrich Beissner, Stuttgart (W.Kohlhammer Verlag), 1961, S. 299. 初期ロマン派の芸術論における「神話」の位置付けについては、本書二二三頁以下でも論じた。

▼7　Marx, a. a. O., S. 365.

▼8　『経哲草稿』以降のマルクスの、社会的関係Xと労働をめぐる考察については、拙著『貨幣空間』情況出版、二〇〇〇年、四一頁以下で論じた。

▼9　Marx a. a. O., S. 370.

▼10　Vgl. Schelling, Erster Entwurf eines Systems der Naturphilosophie, in: SW Bd. 2, S. 13; Einleitung zu dem Entwurf eines Systems der Naturphilosophie oder Über den Begriff der spekulativen Physik, in: ebd., S. 284.

▼11　Vgl. Ernst Bloch, Neuzeitliche Philosophie II, Deutscher Idealismus. Die Philosophie des 19. Jahrhunderts = Leipziger Vorlesungen zur Geschichte der Philosophie 1950–56 Bd. 4, Frankfurt a. M. (Suhrkamp), 1985, S. 203.

▼12　Ebd., S. 203 f.

▼13　『超越論的観念論の体系』等で展開されているシェリングの「物質」概念について詳しくは、松山嘉一『人間と自然』萌書房、二〇〇四年、四五―五八頁。

▼14　Vgl. Bloch, Das Materialismusproblem, seine Geschichte und Substanz, Frankfurt a. M. (Suhrkamp), 1985, S. 73 f.

▼15　Ebd., S. 216 f.

▼16　ブロッホの独特な「革命」解釈と、マルクスの「主体／客体」論の関係については、以下の拙論で論じた。仲正昌樹「『世界を変革する』とは?」『情況』二〇〇一年七月号、四九―六三頁（現『増補新版　ポスト・モダンの左旋回』第四章）。

▼17　Ernst Bloch, Das Prinzip Hoffnung (Kapitel 1–32), Frankfurt a. M. (Suhrkamp), 1985, S. 222 f.

▼18　こうしたデリダの革命論については、前掲拙著『貨幣空間』の第六章「〈亡霊〉としての貨幣」および拙論「マルクスの亡霊がもたらす『正義』」（『〈法〉と〈法外なもの〉』所収、御茶の水書房、二〇〇一年）で詳しく論じた。

▼19　MEGA Bd. II. 10, 1991, S. 71 f.

▼20 Ebd., S. 40.

▼21 Jacques Derrida, Spectres de Marx (Galilée), 1993, S. 263 f.

▼22 SW. Bd. 2, S. 628.

増補新版あとがきに代えて――ポストモダンと近代の超克

ドイツ・ロマン派とは？

ドイツ・ロマン派には二面性があった。本書のベースになった旧版『モデルネの葛藤』を通して論じたように、イエーナ・ロマン派の中心メンバーであるフリードリヒ・シュレーゲルとノヴァーリスは、デリダの「脱構築」の先駆と見ることもできる、ラディカルなテクスト理論を展開した。絶対的に強固な知の地盤と見られていたデカルト的な「自我」を、その内在的な矛盾を露わにすることによって解体へと追い込み、主体たちの意識の根底で作用している、神話（共同体）的想像力を解き放とうとした。他方で、ドイツ・ロマン派には、民族共同体の理想化された過去のイメージを作り出し、近代化に抵抗する保守反動的な政治の流れに合流した。本書に増補として収めた論考「フリードリヒ・シュレーゲルの祖国的転回」で指摘したように、カトリックに改宗して以降のシュレーゲルは、メッテルニヒによる復古体制を支持し、保守的な傾向を強めていく。

この二つの相反するように見える傾向について、もう少し詳しく説明しておこう。反省的な意識の主体をめぐる、カント、フィヒテ、シェリング等の哲学的な議論と、反省と創作の媒体としての言語をめぐる文芸批評上の議論をインターフェイスし、更にそれを創作に応用したとはっきり言えるのは、シュレーゲルとノヴァーリスの二人、それも一九世紀の〇年代の前半に限定される――ノヴァーリスは、一八〇一年に夭逝している。イエーナのサークルのメンバーでもあったティーク（一七七三―一八五三）や、ベルリン・ロマン派のメンバーで音楽家としても知られるE・T・A・ホフマン（一七七六―一八二二）などの小説には、シュレーゲルたちの批評理論の影響が見られるが、これらの作家たちは哲学の理論的な問題に直接取り組んだわけではなかった。

シュレーゲルたちと同年代のヘルダリン（一七七〇―一八四三）やクライスト（一七七七―一八一一）もまた、カント、フィヒテ、シェリングの哲学と取り組み、「自我」に絶えず取り憑き、時として破滅へと導く無意識の深淵を見つめ、言語の主体との緊張関係をテーマ化したことが知られている。しかし、彼らは「反省的意識」の無限の連鎖（↓世界のロマン化）に着目し、その運動に身を委ねる、という方向性は追求しなかった。そのため、ロマン主義的な想像力の解放にポジティブな期待を寄せるそぶりはみせず、合理的な自我の崩壊と神話的暴力の噴出をストレートに描き出す作品が多い。そうした観点から、彼らを狭義のロマン派に数えない研究者・批評家は少なくない――ヘルダリンについては拙著『危機の詩学』（作品社）、クライストについては拙稿「クライストの『戦争』と『愛』」（『〈過去の未来〉と〈未来の過去〉――保坂一夫先生古稀記念論文集』所収、同学社）で論じた。

ロマン派の過去を美化する保守的な傾向というのも、一枚岩的なものではなく、様々な異なった方向性を含んでいた。後期のシュレーゲルやアダム・ミュラー（一七七九―一八二九）、ゲンツ（一七六四―一八三二）などは、メッテルニヒの復古主義の政治を実際に支え、カール・シュミットから「政治的ロマン主義者」

と呼ばれたが、ゲンツやミュラーは基本的に政治思想家・ジャーナリストであって、初期のシュレーゲルなどによって切り開かれたロマン主義的な「批評」の成果をどこまで、自らの思索に取り入れたのか疑問である。反啓蒙主義的スタンスや、過去に向かう想像力の肯定といった側面で、ごく表面的な影響を受けただけかもしれない。シュレーゲル自身についても、彼のカトリック的復古主義が、初期の脱構築的な思考とどれだけ内在的に関係しているのか疑問である。

ヘーゲル主義的に理性に適った普遍的な法を探究するのではなく、民族ごとに特徴のある法の在り方を重視する歴史法学派の始祖とされる法学者のサヴィニー（一七七九―一八六一）は、ロマン派の小説家ブレンターノ（一七七八―一八四二）やアルニム（一七八一―一八三一）と縁戚関係にあり、自らもロマン派と見做されることが多い。しかし、民法学者としてのサヴィニーは、ドイツ民族に固有の慣習法を再発見することよりも、ドイツに継受されたローマ法の研究に力を入れた。彼は、プロイセンのフリードリヒ・ヴィルヘルム四世（一七九五―一八六一）に重用され、枢密顧問官や閣僚にもなったが、この王は、ノヴァーリスの『信仰と愛』（一七九八）の影響を受け、神の恩寵の下で、王と臣下が一体となっていた中世の王権に憧れていたことが知られている。ただ、周知のように、プロイセンはプロテスタント国家であり、カトリック国家である神聖ローマ帝国の後継国家であるオーストリアと主導権争いをしていた。王の政治的ロマン主義は、カトリックの信仰に根ざしたシュレーゲル等のそれとは、むしろ対立する関係にあったと言える。

ドイツ・ロマン派は、民族固有の文芸作品を収集したことでも知られている。ハイデルベルク・ロマン派の中心人物であるブレンターノとアルニムが民衆歌謡集『少年の不思議な角笛』（一八〇六―〇八）、彼らの影響を受けたジャーナリスト・自然哲学者のゲレス（一七七六―一八四八）が各種の民衆本のエッセンスを紹介する『ドイツ民衆本集』（一八〇七）を、ティークが民話と民間演劇を集めた『ファンタースス』（一八一二―一七）を、そしてサヴィニーの影響を受けた法学者・言語学者であるグリム兄弟（ヤーコプ（一七八五―一八六三）、ヴィルヘルム（一七八六―一八五九））が『グリム童話集』（一八一二／一七）を編集している。これらが刊行されたのを、ナポレオン戦争でドイツ諸邦が敗北し、神聖ローマ帝国も解体し、ドイツ民族がアイデンティティの危機に陥っていた時期である。これらの文学的な伝承の再発見は、歴史法学派によるドイツ固有の法伝統の復権等と並んで、ドイツのナショナル・アイデンティティの形成に大きく貢献した。ただナショナリズム的な傾向を共有していたとしても、カトリック的保守主義を支持したブレンターノと、自由と統一のための政治活動に積極的にコミットしたヤーコプ・グリムでは、目指すところがかなり異なる。

E・T・A・ホフマンやアイヒェンドルフ（一七八八―一八五七）のように、現実と幻想の境界線を曖昧にする、典型的にロマン主義的とされる作品を多く残していても、復古主義やナショナリズムの傾向をはっきりと示さない作家もいる。代表的なロマン派の作家の作品がはっきり目に見える形で復古主義的ナショナリズム的な傾向を持っている、と言い切るわけにはいかない。精神分析的な解釈を試みれば、表面的に非政治的作家も含めて、やはり〝ナショナルなもの〟がロマン派を動かした共通の原動力であると〝判明〟するかもしれないが、そういう解釈は結論ありきの恣意的なものだという疑いを払拭できないだろう。

こうした多様性と緊張関係が見られるので、本当のところ、単純に「ロマン派」の〝二面性〟と言うわけにもいかない。ただ、少し強引になるが、こうした〝二面性〟を持っているように見える、〝ロマン派〟と総称される潮流が生じた原因について、以下のように大雑把にまとめることができる。

ドイツ・ロマン派登場の歴史的背景

ロマン派が登場する歴史的な背景として、「フランス啓蒙主義→フランス革命→恐怖政治→ナポレオン戦争」、という一連の歴史の流れと、ドイツ諸邦におけるそれへの抵抗があった、ということを先ず押さえておこう。ドイツの独自性を確立しようとする、ナショナリズム的な動きが知識人を中心に次第に強まっていった、ということがある。そうした政治的な動向は、それまで文化的・政治的先進国であるフランスが代表してきた、西欧的な合理主義、デカルト的な［自我＝理性］観を乗り越えようとする哲学的な試みと結び付いていった。

一九世紀のドイツ哲学の基本的枠組みを形成したカント、フィヒテ、ヘーゲルが、デカルトの思考空間では解明できない問題に取り組み、概念的枠組みを拡張したが、「自我」の本質が「理性」であるという前提を解体しようとはしなかった。デカルト的前提に立つ限り、「理性」の暴走による恐怖政治を批判しても、「理性」の働きを活性化するという意味での「啓蒙」は肯定的に捉えることはない。彼らは、「理性」の正しい使い方、ドイツの歴史的な状況に合わせて、人々の「理性」を徐々に拓き、自律に至る道筋を探究した。

それに対し、ヘルダー、シラー、ヘルダリン、シュレーゲル、ノヴァーリス、シェリングなどは、「自我」に備わった「理性」とは異なる側面、「自我」自身の制御が及ばない、無意識の領域で発動する「情念」や「想像力」の働きに注目した。「想像力」の作用は、個人の意識に留まることなく、様々な媒体を介しての、他者たちとの相互関係、間主観性を含意している。言語、文学、神話、芸術、工芸などには、「想像力」による「共産出」の影響がはっきりと表れる。これらの領域における「想像力」による「表象」の媒体は、あらゆる主体にほぼ均等に作用するわけではなく、言語、生活習慣、歴史、宗教を共有する人々、「国民」や「民族」の間で強く作用する。場合によっては、他の共同体に属する者を排除する排他性を示すことさえある。
誰から誰に対する働きかけであるかに関わりなく、その概念的・命題的な内実を正確に伝達することができる（と想定される）数式のような中立的な媒体ではなく、言語、身振り、慣習、法などの、不可避的に党派性を帯び、「情念」的な繋がりをも生み出す媒体に注目し、それを哲学的な考察の本格的な対象にしたことが、一九世紀前半のドイツ思想の特徴だ。その中でも、ドイツ的な媒体の特性を強く意識し、「批評」や自らの創作活動に応用したのが、狭義の、主として文学的な意味での「ドイツ・ロマン派」と言うことができるだろう。

人間の思考や感情を表現する媒体としての言語や芸術を研究対象とする哲学の伝統は、プラトン―アリストテレス以来ある。プラトンは、言語や芸術が誤った使い方をすれば、人間の理性的な思考に悪影響を与えることを指摘していた。しかし、記号による表象体系としての言語や芸術が不可避的に共同体的・歴史的な偏りを帯びており、その偏りを伴って人間の心身に影響を与えており、そのため、「正しい表象／偽りの表象」の厳密な区別をすることはできないことを、本格的にテーマ化したのは、ヘルダー以降のドイツの思想家・文学者たちである。言語を中心とする各種の表象体系を利用する「哲学」自体も、表象の特性から自由ではなく、表象的な揺らぎの中で営まれるものであることを、フィヒテの知識学を批判的に継承・敷衍する形で明らかにしたのは、初期ロマン派の功績だ。哲学そのものにコミットしたとは言えないティークやブレンターノ、ホフマン等も、「理性的な思考」の媒体依存性という思想を彼らから学び、実践したと言えるかもしれない。「ドイツ・ロマン派」が、フランス系の現代思想、無意識の領域を映し出す記号や匿名のエクリチュールに焦点を当てる思想の系譜に影響を与え続けているのは、媒体をめぐる問題の領域が彼らによって発見されたからである。

無論、言語を始めとするドイツ的媒体の特性を強く意識することが、そのまま文化的ナショナリズムだというわけではない。自らの文化的特性を意識したからといって、自らを他の国民や民族に優越しているという傲慢さや、他者を危険分子として排除しなければならないという被害者意識に繋がるわけではない。ドイツ的な媒体の特性を意識する批評・創作・収集活動が、先に述べた、フランスの政治的・軍事的圧力や、フランスの制度の強制的輸入という形を取る啓蒙主義に対抗しようとする、政治的ナショナリズムと動機の面で結び付く時、ロマン派は政治性を帯びることになる。

ロマン派と政治、三つの経路

ロマン派が政治性を帯びていく経路は、大きく分けて三つある。一つは、本論中でも話題にした、古代ギリシアの古典研究に基づく、ギリシア的な表象様式の再発見とそれのドイツ的な詩作への応用である。ヘルダリンのベーレンドルフ宛ての書簡に見られるように、ギリシア的なものとドイツ的なものを対比して、自分たちの特性を自覚するという方向もあった――『危機の詩学』参照――が、その一方で、ローマ、スペイン、フランスなどのラテン系文化を間に挟むことなく、ドイツ的なものとギリシア的なものを直接的に関係付けようとする発想も生まれてきた。古代ギリシアのそれに相当する神話的・共同体的な想像力が、近代ドイツにおいて復活しつつある、という歴史観だ。ゲーテとシラーによって、ドイツ文学の標準的スタイルが確立され、ドイツ文学がヨーロッパの中心に位置するようになったことで、そうした見方の根拠になった。『パンと葡萄酒』(一八〇〇)など、ヘルダリンの作品のいくつかはそういう読み方が可能だし、シュレーゲルの『文学についての対話』(一八〇〇)には既にその兆候が見られる。こうした発想は、一八世紀後半以降、ドイツ語圏で盛んになった、ローマよりもギリシアの芸術や古典を重視する「新人文主義Neuhumanismus」の運動によって補強された。言語学者でプロイセンの文教政策を担当する官僚となったヴィルヘルム・フォン・フンボルト（一七六七―一八三五）は、ギムナジウムの教育の中心にギリシア語の古典や芸術を位置付けるべくことを理論的に正当化した。

ギリシア―ドイツの特別的な歴史哲学的結び付きを強調するロマン主義的傾向を最も極端な形で継承したのが、ニーチェやハイデガーの思想である。ニーチェは、『悲劇の誕生』（一八七二）で、古代ギリシアの悲劇の核にあったディオニュソス的原理が、（音楽上の後期ロマン派に属するとされる）ワーグナーの楽劇に見られる近代のゲルマン民族の芸術の中で再生しつつあると宣言している。ハイデガーは、ギリシア人にとってのホメロスと、ドイツ人にとってのヘルダリンのパラレルな関係を前提に、ヘルダリンの詩作が、西欧の存在史にとって決定的な意味を持っていること、これまでとは異なった仕方で、「存在」を樹立したことを主張する。

第二の経路は、国家と教会が調和し、ヨーロッパ全体が一つの信仰の下に統一されていた状態としての、理想的な「中世」の表象だ。啓蒙主義とフランス革命がもたらした混乱と不安を克服するために、過去を美化する傾向が生まれきたわけであるが、ノヴァーリスの評論『信仰と愛』や『キリスト性あるいはヨーロッパ』（一七九九）、ティークの小説『フランツ・シュテルンヴァルトの遍歴』（一七九八）、ブレンターノ＋アルニム編集の『少年の不思議な角笛』、アーサー王伝説やジークフリート伝説を素材とするワーグナーの楽劇等が、そうしたイメージを流布し、定着させるのに貢献した。

キリスト共同体としての中世ヨーロッパが理想化されると、当然、その中心にあった神聖ローマ帝国がクローズアップされる。基本的には神聖ローマ帝国の継承国家で、カトリックの伝統が根づいているオーストリアにとって有利な設定だが、ナポレオンの攻勢を受けて神聖ローマ帝国が一八〇六年に既に解体しているという事実を踏まえれば、近代化を強力に推進し、経済、軍事、文教政策の面で英仏を圧倒しつつある新興国家プロイセンこそが、ドイツの栄光を取り戻す中心的な役割を担っている、という見方もできないわけではない。

「中世のドイツ」は、ロマン主義的芸術家や、ドイツ統一を目指すナショナリストにとって想像力の源泉になった。異なった系譜に属する資料や伝承、史跡を素材とし、ロマン主義者たちの芸術的想像力によって再構成された「中世のドイツ」は、騎士道、王朝、力、恋愛、魔術、奇蹟、信仰、祝祭、自然…など、多様な要素を含み、茫漠としている。そのため、自由主義からカトリック保守主義まで、極めて異なったタイプの、相互に対立する政治的理想に対応するよう、辻褄合わせの解釈することができた。それが人々を引き付ける強みであったが、裏を返せば、状況次第で右から左まで極端に変動し、安定的な像を結ぶことがない、ということでもある。

カトリック保守主義の立場から秩序の形成・維持を重視するカール・シュミットは、その点で「政治的ロマン主義」に見られる想像力の浮遊と、政治的目標の不確定性を批判し、一線を画している。あるいは、一線を画そうとしている、と言うべきかもしれない。シュミットは、文学的な想像力を縦横に駆使して「政治」や「法」の本来の姿——神学的な秩序——を可視化することで、標準的な法学の実証主義的な論理を打破するのを持ち味としており、しかもその描き方が時期によってかなり変動したことは、よく知られている。彼自身の思考がロマン主義的であるという印象はぬぐい切れない。だからこそ、「政治的ロマン主義」との違いを強調することが必要だったのかもしれない。

ルター派の信仰を前提とする保守主義的な法治国家論を展開した、ユダヤ系の法哲学者もフリードリヒ・ユリウス・シュタール（一八〇二—六一）も、国家を有機体として表象するアダム・ミュラーとは一線を画していた。しかしシュタールがフリードリヒ・ヴィルヘルム四世から、反ヘーゲル主義（＝反自由主義）の旗頭としての期待を受けてベルリン大学に招聘されたことや、彼の国家観自体が、教会と国家が融合していた理想の中世をモデルにしているのではないか、と多くの研究者が指摘していることからすると、彼もまた、ロマン主義化された「中世」の影響を受けていたのではないか、と推測できる。シュタールやシュミットのような、一応非ロマン主義的な立場を取る保守思想と、ロマン派との関係は今後更に研究される必要があるだろう――シュミットの政治的ロマン主義批判については、拙著『カール・シュミット入門講義』（作品社）を、ピーター・ドラッカーのシュタール論として、同じく拙著『思想家ドラッカーを読む』を参照。

第三の経路は、歴史法学派の議論や、ブレンターノ＋アルニムやグリム兄弟の収集作業などを通して、徐々に浮上してきた「民族 Volk」という概念の政治化である。ラテン語由来の「国民 Nation」がフランス革命以降、言語や歴史、慣習を共有していることに加え、同胞としての強い政治的連帯意識を持っている人々の集団という意味で使われるようになったのに対し、ゲルマン語系の〈Volk〉はもともと、政治意識は必ずしも持たず、慎ましい生活を送る素朴な「民衆」という意味で使われていた。しかし、グリムのような童話・伝承の収集活動や、文学と政治のコラボによる、理想としての「中世のドイツ」像の拡がりによって、ドイツの「民衆」が次第に肉付けされるにしたがって、単なる「民衆」ではなく、近代化の波にもかかわらず、自分たちに固有の生活様式を維持している「民衆」というニュアンスを付与されるようになる。そこから、ドイツ人たちの本来の在るべき姿、個人の自覚を越えて人々の生き方を規定している共同的な生、というようなイデオロギー的な意味を帯びた「民族」概念が生まれてきた。

この言葉は、フランス革命以降、英語の〈people〉やフランス語の〈peuple〉に対応する、国家を構成する市民の総体、主権者という意味での「人民」という意味でも用いられるようになったが、この政治的・法的意味と、「民衆―民族」系統の意味とが相互に干渉し合って、（フランス的な意味を帯びた）「国民Nation」に代わる、政治的自決の本来の単位としての「民族」の像が徐々に形成される。政治的自覚や政治的共同体を形成しているという事実が基準となる「国民」に比べて、文化的な同質性や血統的な繋がりといった曖昧な基準しかない「民族」は、その領域の境界線を融通無碍に変化させることができる。ドイツ民族の居住地域は、オランダ・ベルギーからヴォルガ川の流域地帯にまで広がっている。

一九世紀後半以降、「民族」の文化の純粋性を守る運動や、ドイツ人とユダヤ人を「民族」としてはっきりする反ユダヤ主義の文脈で、「民族的 völkisch」という形容詞が使われるようになる。人種の違いを進化論的に根拠付けようとする人種主義的な民族主義の思想も生まれ、ナチスにまで繋がっていく。無論、こうした〈Volk〉の極端なイデオロギー化の過程全てが、ロマン派のせいというわけにはいかないが、その発端がティーク、ブレンターノ、グリムたちの「（ドイツ的）民衆」の再発見にあったことと、ロマン派の影響を受けたニーチェやワーグナーの民族神話をめぐる言説が、イデオロギー化に拍車をかけたことは間違いない。

ナチズムにまでエスカレートしていった民族主義的ナショナリズムと、ポストモダンの先駆とも言うべきロマン派の思想をどう関係付けて理解するかというのは、戦後ドイツ思想の重要なテーマである。ロマン派が、ドイツ・ナショナリズムの独特の発展に影響を及ぼしたのは確かだが、ロマン派とナチズムを直接的に結び付けるのは、強引に過ぎるように思われる。一九世紀以降のドイツのナショナリズム。保守主義、反啓蒙（合理）主義、神秘主義には様々な系譜があり、その内のどれとどれがロマン派と関係しているのか、なかなか判別し難い。

ドイツのリベラル左派の代表格であるハーバマスが『近代の哲学的ディスクルス』(一九八五)で、ドイツ・ロマン派、ニーチェ、ハイデガー、ポストモダンなどの言説を、合理的近代からの逸脱ということで一括りにして把握しようとした。無論、それでは、ドイツ思想史から捨てるべきものがあまりにも多くなってしまう。ハーバマスは、カント―ヘーゲルの系譜から、コミュニケーション的理性をめぐる思想を引き出し、それを唯一の継承し得る遺産と考えているふしがあるが、それでは狭すぎるということで、ボーラーたちが反発し、ロマン派の再評価をめぐる論争へと発展したわけである。

ハーバマスとボーラーの議論の共通前提として、西欧近代の合理主義を超克しようとしたロマン派の言説が現代のポストモダン派のそれとパラレルな関係にある、ということがある。問題は、近代合理主義を哲学的に超克しようとする試みが、不可避的に、新たな拠り所として、ナショナル・アイデンティティや民族としての歴史的連続性、幻想の中世のようなものに救いを求める傾向を助長し、自己に対する批判=批評性を失わせてしまうことになるのか、ということだ。「脱近代」と、古いアイデンティティへの退行の間に直接的な関係はないという前提にはっきり立つのであれば、ロマン派を全否定する必要はないし、それとポストモダン派が関連していても、政治的懸念を抱くこともないだろう。必然性はないまでも、前者から後者に向かう可能性がそれなりに高いということになれば、ロマン派の中の危険な要素とそうでないものを腑分けしたり、ポストモダン的な言説との〈決定的差異〉を理論的に明確にする必要があるかもしれない。無論、人間の思考は、ロマン派や現代のポストモダン派が示唆するように、本来非合理的なものであり、合理主義自体の内にこそ、最も不合理な野蛮が宿っているという、フランクフルト学派第一世代的やペーター・スローターダイク(一九四七―)のような見方・態度もある――拙著『現代ドイツ思想講義』(作品社)参照。その場合、ロマン派やポストモダン派を極端に危険視し、排除して、近代思想を浄化しようとすることこそ、危険だということになるかもしれない。

「日本浪漫派」とロマン派研究の課題

こうした問題は、「日本浪曼派」評価をめぐる日本思想史上のテーマにも当てはまる。一九三〇年代後半に保田與重郎（一九一〇—八一）や亀井勝一郎（一九〇七—六六）を中心に結成された日本浪曼派は、それほど大きな広がりを持った運動ではなく、活動期間もそれほど長くなかった。ドイツ・ロマン派をモデルにしながら、日本固有の文化的伝統に回帰することを標榜した文学運動であったが、初期ロマン派がデカルト、カント、フィヒテ、ゲーテのテクストと批判的に取り組み、独自の哲学的な方向性を見出したことに相当するような、哲学的な出発点はない。

しかし、中心人物である保田がシュレーゲルとヘルダリンの影響を強く受け、シュレーゲルの批評の方法であった「イロニー」を、日本の置かれている歴史的状況を分析しようとしたことはよく知られている。保田は、自我中心主義・合理主義的に構成された西欧近代の哲学を克服し、日本（東洋）的な哲学の在り方を探究した「京都学派」の言説に次第に接近していった。一九四二年の『文学界』誌上の座談会「近代の超克」には、亀井等が出席し、西欧文明の一元的支配を脱して、日本を中心とした新しい文明を打ち立てて、世界史の流れを変えるという意味での「近代の超克」という基本的方向性を、京都学派と共有している——『近代の超克』（冨山房）、橋川文三『日本浪曼派批判序説』（講談社）、廣松渉『〈近代の超克〉論』（講談社）等を参照。

無論、「国家総動員体制—太平洋戦争」下の時局的な圧力の中で、保田や京都学派が、落ち着いた理論的な思索ができない状態にあったので、彼らの政治的発言をあまり額面通りに取るべきでとして、あっさり片づけることもできるが、ドイツ・ロマン派もまた、フランス革命とドイツ諸邦の敗戦、神聖ローマ帝国の解体という、ドイツ国民あるいは民族にとってのとてつもない危機の中で生まれてきたものである。歴史的情勢と、近代合理主義を相対化しようとするロマン派的なアイロニーの関係は、そう簡単には論じきれない。解明すべきことは多く残されている。

二〇一九年五月二十三日

文系的教養がちょっとした危機に直面している金沢大学角間キャンパスにて

人名索引

ア行

タ行

ナ行

ハ行

マ行

ヤ行

ラ行

仲正昌樹（なかまさ・まさき）

一九六三年広島生まれ。東京大学総合文化研究科地域文化研究専攻博士課程修了（学術博士）。現在、金沢大学法学類教授。専門は、法哲学、政治思想史、ドイツ文学。古典を最も分かりやすく読み解くことで定評がある。また、近年は、『Pure Nation』（あごうさとし構成・演出）でドラマトゥルクを担当し自ら役者を演じるなど、現代思想の芸術への応用の試みにも関わっている。

最近の主な著作に『ヘーゲルを越えるヘーゲル』（講談社現代新書）、最近の主な編共著に『政治思想の知恵』『現代社会思想の海図』（ともに法律文化社）、最近の主な翻訳にハンナ・アーレント著／ロナルド・ベイナー編『完訳カント政治哲学講義録』（明月堂書店）、最近の主な共監訳にドゥルシラ・コーネル著『自由の道徳的イメージ』（御茶の水書房）。

増補新版　モデルネの葛藤

二〇一九年七月二十日　第一刷印刷
二〇一九年七月三十日　第一刷発行

著　者　仲正昌樹
発行者　和田　肇
発行所　株式会社作品社
〒一〇二-〇〇七二　東京都千代田区飯田橋二-七-四
電話　〇三-三二六二-九七五三
ファクス　〇三-三二六二-九七五七
振替口座　〇〇一六〇-三-二七一八三
ウェブサイト　http://www.sakuhinsha.com

装　幀　伊勢功治
本文組版　大友哲郎
印刷・製本　シナノ印刷株式会社

ISBN978-4-86182-756-3　C0010

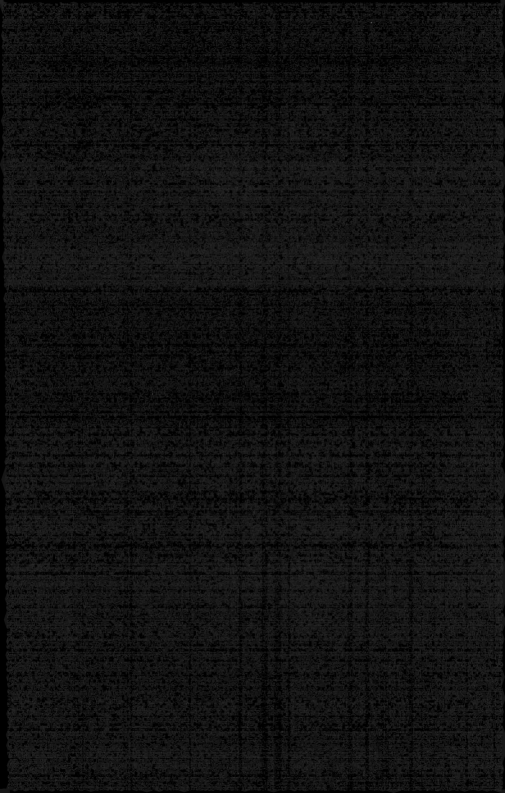